文学華陽典藏

诗歌卷

曾涵复 主编

UNITY PRESS 團結出版社

图书在版编目(CIP)数据

文学华阳典藏 / 曾涵复主编. -- 北京：团结出版社，2020.12
ISBN 978-7-5126-8501-7

Ⅰ. ①文… Ⅱ. ①曾… Ⅲ. ①中国文学-当代文学-作品综合集-华阳县 Ⅳ. ①I218.714

中国版本图书馆 CIP 数据核字(2020)第 253019 号

出　　版：团结出版社
（北京市东城区东皇城根南街 84 号　邮编：100006）
电　　话：(010) 65228880　65244790
网　　址：www.tjpress.com
E - mail ：65244790@163.com
出版策划：力扬文化
经　　销：全国新华书店
印　　刷：成都兴怡包装装潢有限公司

开　　本：145mm×210mm　1/32
印　　张：33.625
字　　数：957 千字
版　　次：2021 年 3 月第 1 版
印　　次：2021 年 3 月第 1 次印刷

书　　号：ISBN 978-7-5126-8501-7
定　　价：148.00 元（全 2 册）

华阳文脉含馨吐蕊
华阳·文化馆

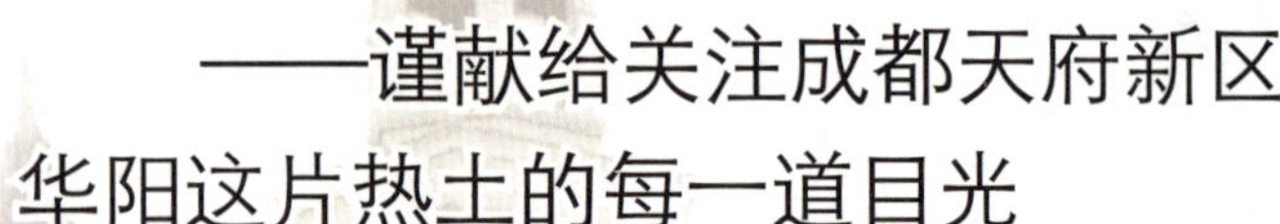

——谨献给关注成都天府新区
华阳这片热土的每一道目光

赏阅典象藏隽的礼赞

——序《文学华阳典藏》

曾涵复

阅读其实是一种情调。生活中，不能拒绝阅读，因为阅读可以开阔视野。生活中，也不能拒绝创作，因为创作可以升华思想。特别阅读的感动，是精神取暖。特别创作的快乐，是遇见美的共鸣。

注视作家诗人们心灵深处的跳动，每一个温柔投来的字眼和流盼，每一个深邃拷问生命的思想，是馈赠给阅读者的一片星光，是享受精神最高度的愉悦。

让作品说话，是文字的使命和境界。作品的生命，是长着翅膀飞翔的过程和停下来经受最沉重考验的过程。

华阳，这块镶嵌在成都天府盆地里，得天独厚的美丽土地，平缓涵天，风采卓尔，远源滋漫，人杰地灵。多少文人墨客徜徉其间，多少名家雅士关注造访，千年文脉，躬耕不辍。丰蕴的历史，瑰丽的风情，深厚的文化，得其山川草木之浸润，受其儒雅文风之熏陶，淡然超脱，巍巍然成就了华阳强大的精神筋骨。

《文学华阳典藏》的编纂，作为一部多人文学作品集，仿佛积沙成塔，聚水成流。其功能不仅是以文学的方式表现社会与生命的观照，不仅是描写生活形态的喜怒哀乐，或许更是留下一份特别文化形象的史料符号。似乎可以说，这部文学华阳典藏，是探究成都天府历史文化，启程今天文化华阳的薪火传承，表达对这片千年热土的深情礼赞。

《文学华阳典藏》分为小说/散文卷、诗歌卷，共收录了上百位作者的两百多篇作品，约95万字。其中不乏聚拢著作等身的资深学者、教授作家、著名诗人，以及才华横溢、倚马可待的“前浪”知名文学人和才高八斗、妙笔生花的“后浪”翘楚。

翻开《文学华阳典藏》，分明走入一片宁静的天空，感觉到现代文明勃然声动的节律，发现鲜明的时代性和地域性的价值指向呈现春花满树，既有理性的华丽，也有想象的美妙。一页页真情真性的文字，体现的不仅是传统与时代的融合，不仅是对生命进程中精神世界的坚守，更是站在新的历史节点上，与之同步释放内心的希望和创作的自觉意识。

作品深处大多是沉静的，或自然而然浅浅的叙事，或简洁平和淡淡的抒情，或趣致独特穿透心智的流露，所有呈现出来的是热爱与感恩对生命的敬重，是性情与趣味的表达，质朴而灵动，拙野而精工，可谓煌煌熠熠大气渊然。

实在的，文学是立足于生活至上的一种感情宣泄，既深且诚，因此，文学才乐于跟生活携手而行。生活本身平凡琐碎，作家只有经过自己的眼睛和心灵，用跃动的灵感和敏锐的捕捉，才有自己想写的独到发现和感受。作家诗人内心的情感动力是爱，是一种“把吴钩看了，栏干拍遍”，或“自在飞花轻似梦，无边丝雨细如愁”的文学情怀。可见，作家诗人必须有一双善于发现美的眼睛，可谓形动于外，而斯心独存得来的文思文采斐然的文字篇章，也才有艺术价值属于作者独有而传神流芳的作品。

这两卷《文学华阳典藏》的价值，希冀是典象藏隽。（典象藏隽，四字组合似乎生僻，但语意清晰易解，是我一时心动创意的成语。）我以为，一切可以永存的文学作品，是以时代的现实本质、自由真诚的精神品格和作家足够的智慧凸起出来的。作品的普遍和深刻意义是肯定和赞美人的尊严，承载着整整一代人所经历的痛苦、热爱和梦想的一切。作家诗人的写作不是独自的创造，是从惯见的平凡事物中，见到引人入胜的另一面。因此似乎可以认为，凡内心灵感激情滋生出摇曳生姿、荡气回肠的语言，都是烂漫的文学作品。

编辑完满《文学华阳典藏》小说/散文卷、诗歌卷，我吐出一口长气，如释重负。合卷沉思，内心特别感谢每一位付出心血和智慧的作家诗人，留下了对历史承接、对生活引领、在字里行间有文化清风掠过而自现风采的华章。让我不禁欣然，触摸到沧桑背景里流逝的光辉。

感谢华阳文联和华阳作协初心神旷，以成都天府华阳文学作品陶然起步，创造了这份文化见证，特别提醒文学的华阳砥砺前行，走向更为宽广的人文之境。可见可思，《文学华阳典藏》是架设起一道与外界文化交流的桥梁，以及带给华阳人一份欣赏、一份思念、一份情感、一份记忆、一份期盼、一份祝福。

当茶余饭后咀嚼《文学华阳典藏》书中的文字，所有的慧眼一定淡淡品味出一种心情、一种愉悦、一种陶冶、一种感悟、一种共鸣。此时，我们的作家、诗人和编者就有了一种追求美在远方的快乐。此时，我作为主编的心境很平静，很恬淡，因为完成了文学华阳起步这件文化实事。

2020 年 9 月于天府华阳

目录
Contents

第一辑　巨石与穿云

第二辑　似水柔情的美

第三辑　独醒的呼吸

第四辑　动情的风吹来

第五辑　缘分妖媚写意

第六辑　古韵新风华阳

第七辑　散文诗

文学華陽典藏

第八辑　爱在武汉

NO：01 祈福武汉

NO：02 壮美武汉

NO：03 **英雄武汉**

第一辑　巨石与穿云

守住梦想，守住人生的翅膀
守住梦想，守住心上的阳光
不为一朵乌云放弃蓝天
不为一次沉船放弃海洋
——吕进

另一片天空。洁白柔软如灵魂的眠床
人说:轻轻一跃便成解脱
一些故事便到这里来
以下坠的抛物线结束或者开始
——李加建

想找那个叫闲人的聊聊
据说已经作古
即使是一片云，也被要求
一会儿卷，一会儿舒
——张新泉

淡淡的淡如一缕春色
一脉烟雨，一笼云霞
淡淡的淡如君子之交
一点灵犀，一丝牵挂
——曹纪祖

吕进，西南大学二级教授，博士生导师。国家级有突出贡献专家，国务院政府特殊津贴专家，我国第一家中国新诗研究所创建人。中国文联第六届、第七届全委委员，重庆直辖市第一届文联主席（迄至2019年）。有著作41部。1993年获（韩国）世界诗歌研究会授予的第七届世界诗歌黄金王冠，2017年获全国诗歌报刊网络联盟授予的“百年新诗贡献奖·理论贡献奖”。2018年获（香港）国际华文诗人笔会授予的“中国当代诗人杰出贡献金奖”。

守住梦想（十一首）

◎吕　进

遇见

茫茫人海，会有多少遇见
许多遇见转眼也就风吹云散

有的遇见却属于永远
人生的意外，绝妙的奇缘

永远的遇见，千山万水也不会走远
永远的遇见，千载万年也是瞬间

拥有遇见，就像浪花拥有大海
拥有遇见，就像花朵拥有春天

刻骨铭心的理解，绵绵无尽的思念
肩与肩的并行，心与心的呼唤

守住梦想

守住梦想，守住人生的翅膀
守住梦想，守住心上的阳光

不为一朵乌云放弃蓝天
不为一次沉船放弃海洋

荒漠中守住一方绿洲
风暴里守住一片晴朗

守住一句承诺
守住久别的造访

守住一封远方的信
守住爱的目光

守住鲜花的呼唤
守住明天的太阳

纵有严寒，守住梦想的花
也会在冰天雪地里开放

纵有险关，守住梦想的江
也会浩浩荡荡地奔向远方

守住梦想，守住不谢的花季
守住梦想，守住迷人的远航

你的名字

你的名字是夜航者前方的灯
闪耀希望，燃烧热情

你的名字是春天的雨
绿了大地，化了坚冰

你的名字是爱神的别称
温馨的约会，甜蜜的拥吻

你的名字是屋顶，关爱着我们星球上
每一户追求人格完善的家庭

你的名字拒绝硝烟弥漫
没有流血，没有哭声

你的名字是神话般的未来
和睦的世界，花开的梦境

将你的名字刻在我们心上
让它融进每个人的生命

将你的名字写在婴儿的微笑里
让它在下个世纪发出人类的最强音

香港印象

有一个高高的香港

有一个低低的香港
座座高山是大厦
条条峡谷是街巷

有一个地上的香港
有一个地下的香港
地上的夏天烈日高悬
地铁的车厢洁净冰凉

有一个海面的香港
有一个海底的香港
海面的香港辟成两片陆地
海底隧道是陆地与陆地的握手

有一个阳光的香港
有一个夜幕的香港
白天的香港喜欢 T 恤衫
晚间的香港展览半裸晚装

有一个金钱的香港
有一个文化的香港
在股市和商场的影子下
文学在灌溉多彩的梦想

闪雨

新加坡只有夏天，没有四季
但是这里永远有闪雨
突然倾盆而下，转眼阳光满地
一闪而来，一闪而去

花草树叶在一闪里洗得明亮
闪雨是新加坡的辛勤环卫工
卷走炎热，留下清凉
闪雨是新加坡的巨型空调机

东京

大大的是东京
小小的是日本

一切都放在缩小镜下
窄窄的街道，矮矮的屋顶

只能跪在餐桌前吃饭
连电视机也搁得低了几分

总在鞠躬，总在“哈依”
总在“是吗”，制造惊诧的表情

有如一切被塞进这个小岛
人也被塞入礼仪的小框

多想甩去皮鞋，扯掉领带
飞上蓝天，随意地舒展我的全身

曼哈顿

车的急流，楼的森林
人是蚂蚁，在地上匆匆寻找幸运

街道的喧哗，社区的清静
美元是喧哗和清净的灵魂

冷冷的是飞天冬雪
热热的是股票行情

不见建筑工地，不见新的高楼
曼哈顿，褪色的油彩，昨日的明星

奥斯陆雕像公园

人是雕像，雕像是人
一生的人，人的一生
人生里有哲理
复杂里有单纯

桥头站立的发怒小孩
是人性与良心的证明

相会台北

虽是第一次握手
却早在梦中见面

是照片像人？
还是人像照片？

虽是第一声问候
却早在诗中欢谈

是诗篇像人？
还是人像诗篇？

致卡纳别相教授

一切都会过去
但不是一切都会遗忘
比如您家中这个美丽的夜晚
比如这次畅谈的灯光

是您在住宅里放满了书
还是本来这里就是书的天堂
它们借给您一个小小的角落
于是您安放一张书桌，一张小床

文字挤挨着文字
思想挤着思想
从地上到天花板
每间房子都是书的海洋

在书的环绕中，在餐桌旁
我在品尝俄罗斯、亚美尼亚
以及久违的故乡
我在享受学术的光亮

一切都会过去
但不是一切都会遗忘
比如您和夫人给我的情谊
比如您住宅里飘散的书香

思念

从遥远的异邦眺望你
才看得清你真实的形象
你是涛声不息的长江
你是钟情东方的太阳
你是我无处不飘香的校园
你是校园里我的书房的灯光

你是成功，你又是挫折
你是困惑，你又是希望
你是大海的浪花，不属于消失
永远开放在航船前进的地方

在异邦，我把你想象成烈火
一团烈火在严冬里给我春光
在异邦，我把你想象成明月
一弯明月在静夜给我向往
在异邦，我把你想象成眼睛
一双眼睛在生活中给我顽强

久久地离开你
才懂得你在我人生中的位置
远远地离开你
才懂得乡愁的全部分量……

李加建，1936年出生于四川富顺县。1949年冬参加中国人民解放军参与实战，后调空军从事技术工作，1954年冬退伍。1957–1979年因《草木篇》一案诛连被专政。1988年成为专职作家，出版有诗集多部，短篇小说集一部、长篇小说两部、杂文集一部、随笔集一部，大型歌剧一部与歌舞剧、电视风光片与文献片脚本多部。另有文学、艺术、军事评论多篇在海内外媒体刊发。现为自由撰稿人。

峨眉水墨八帧

◎ 李加建

峨眉立轴

把胸中块垒
随意堆积起来
于是，便长出一些树
长出一些云烟
长出一些传说和庙宇
再加上一座
　　——舍身崖
西蜀群山因之而低头了

达摩踏海而来
疲惫之极，已无力
伴我直上金顶
我独携杖登山
挥去缕缕炉烟
倚危楼听雨

冷眼看众僧徒把释迦
切成碎片
让芸芸众生
拱着背驮来驮去
辜负了轻云一抹
朝朝暮暮
画微蹙的峨眉

噫——山复何言？
天复何言？
且拿酒来
醉眼朦胧处，我教你
领悟禅机

雷洞坪

云浓雨冷之夜
捉雷洞坪一颗颗雷声
串成念珠
对满山青翠、不忍放落
便随手挂在胸前
震动自己成一口钟唱灵魂的颤栗
使佛经的篇页散落
如枯叶飘飞
峨眉山所有的菩萨
纷纷从莲台上逃下
趸出门来张望
盼寺外种的蘑菇
在云团滚过之后
快快生长

万年寺

那半轮明月
早让李白扔到平羌江里去了
剩下半轮
艰难地照我相思

本该编造一个诗仙和村姑的
浪漫故事，无奈
总是从悲哀的结局开头
想去找广浚和尚论琴
山径昏昏，也不知他睡在何处？
那绿绮琴早就被琴蛙们吞吃了
一千几百年梗在喉头
只叫出：梆梆、梆梆
吵得睡莲不睡

夜云深深
不知枕畔的峨眉
可在低头望我？为我
偷来普贤菩萨的如意
把梦细细铺排

清音阁

千片万片叶儿，揉
涨落的涛声成青碧
我燥热的灵魂沿双溪滑落
此时，峡谷正幽深

慧通禅师枕着女妖小梦江陵
一幅宋人的立轴清凉而潮湿
水声中，有桥、有亭
有我家乡人刘光第题撰的对联：
　　双溪两虹影
　　万古一牛心
他写完以后就到京城去了
为戊戌变法，输掉了
那颗一度回响过清音的头颅
而我在清音之中清音之上
不忍登高阁倚危楼
怕看出，有人
以血的故事镶嵌风景

伏虎寺

说的是一座佛经幢
已将猛虎降伏
而那卷着落叶的旋风
日夜悬挂在古寺上空
使这些殿堂禅院
徐徐向峡谷绿影深浓处陷落，如
不胜时间的重量
且又一尘不染

林木依旧森森，寂静中
沉积着当年植树僧众的灵魂
禅，无声踏过小径
黄草无风自动

蒲团在此
一稽首而虫声四溅万木萧萧
昂头迸出千丈长啸
山鸣谷应
证我前生

洪椿坪晓雨

老僧一合眼便天低风疾
夜云涌九级浪
他梦见古寺成了一艘嘎嘎作响的破船
急匆匆向寺前那棵洪椿树上系缆

老僧睁开眼睛遍坡的树就开始作梦
那梦飘在空中便是洪椿坪微雨朦朦
无声的啜泣呵海棠褪色风铃喑哑
唯有那寺前那棵烧焦了的洪椿岿然不动

矗立的洪椿曾经以头颅撞碎雷霆
一个拒绝消失的死亡几百年痛成风景
当世界淡化为释迦脸上的苍白
峨眉山与诸般色相一起沉沦

朦朦雨呵染青了游子的征衣
念珠如链牵动着斗转星移
一个拒绝消失的死亡在不断长大
遂令老僧的尘尾亦无力挥起

洗象池月色

下临万丈幽壑

上倚翠峰千仞
人在将悟未悟间
寺在已寒未寒处
流云，铺垫着危楼
冷杉，支撑着流云

这儿风正好，池却太小
只能洗象，不能洗心
顺手将普贤与白象的故事轻轻抹去
剩得身边碧空如海
　　云下已黄昏
来者未来，去者已去
禅机何所系？欲问僧人
回首僧人不见，蓦地锵然一磬
一轮圆月沿着栏杆升起
照我胸中澄明万里
清凉透骨
身比风清

金顶舍身崖

上天已是无路
凝伫于青峰断臂处
尘寰已远
登九千石级上山，倍感
这躯壳的沉重
而山风薄如蝉翼
万丈悬崖下
白云遂虚凝出另一片天空

另一片天空，洁白柔软如灵魂的眠床
人说：轻轻一跃便成解脱
一些故事便到这里来
以下坠的抛物线结束或者开始

云缝裂开处，下望
是一片绿色的晕眩
其中似有一星星白点，不知
是横呈崖畔的骷髅，还是
那终究逃不出这肮脏世界的
舍身者自嘲的苦笑？
当我坐在那块无神论的石头上小憩
于是，高山带着我慢慢向深渊倾斜

徐康，四川省眉山人。系中国作家协会第五、六届全国委员会委员，曾长期担任四川省作家协会副主席、巴金文学院常务副院长、四川省散文创作委员会主任。退休后被聘为四川省作家协会名誉副主席。系国家一级作家，先后出版文学著作24部，并集结出版《徐康文集》8卷本，计500余万字。曾荣获国务院“政府特殊津贴”，中共四川省委、省政府曾授予“四川省有突出贡献优秀专家”称号。

朝花夕拾（四首）

——早年诗作选读

◎徐　康

长城抒怀

这可是：白昼燃烟，夜间举火
急报边塞军情的烽火台？
这可是：城高地险，万夫莫开
号称京都门户的居庸关？

想当年，皮鞭下多少血肉之躯，
背负着砖与石，背负着民族沉重的苦难；
才有这：大漠上巍巍长城万里，
横亘在东半球，横亘在世界文明的峰巅。

哪儿去找？孟姜女寻夫遗落的包裹，
何处去觅？将士们守城射出的矢箭。
再不见旌旗蔽日，再不闻悲笳呜咽，
曾记否黄尘滚滚一霎时弥漫了燕山……

塞上驼铃摇不醒沉睡的冻土，
关外逆风吹折了王朝的旗杆，
北门锁钥已化作游览的胜景，
古老城堞标榜着华夏的昨天。

呵，古长城！你可是祖先的化身，
才这般铁骨铮铮雄峙在万里荒原？
呵，八达岭！你可是历史的见证，
才知此坎坷不平到处是曲曲弯弯？

请让我用八十年代矫健的步伐，
来丈量两千年前的每一块方砖；
请让我以热血青年犀利的目光，
把每个中国旅游者的心思洞穿——

问花伞下一汪汪泉水般的眸子：
慷慨的春风可荡起你心中的漪涟？
问镜头下一张张蓓蕾般的笑脸：
成熟的凝想可催开你思维的花瓣？

诚然是国宝吧，难道我们只配
用杂沓的脚步给它镶一道花边？
即便是圣地吧，难道我们只能
用廉价的颂歌给它镀一层光圈？

如果只知在砖墙上刻下游者的姓名，
炎黄子孙又该怎样续写青史新篇？
如果只会在马蹄窝里拾取先人的骄傲，
轩辕儿女又怎能够开创辉煌的明天？

呵，长城！你不该是一条蛰伏的恐龙，
空留下化石般的龙骨在世间展览；
你应当是一匹附托着民族之魂的奔马，
让我们每个人，都在你身上猛加一鞭！

1982. 5.

杜甫草堂

茅草，茅草
被秋风卷起的三重茅草
纷纷扬扬如乱发，飘落在
唐代多皱纹的前额
变成丝，变成诗
变成些五言、七律与新乐府
变成线装平装精装的
杜诗版本

一个面容憔悴的老人
颠踬在长安古道的尘埃中
双手如枯藤
手中的竹杖如长篙
想撑出这人世的苦海
于是挣扎
挣扎出一些“三吏”“三别”的呼号来
(那时候他不知道自己
是一千二百年后的世界文化名人
也不知道杂沓的每一步脚印
都将成为学者们争论不休的题目)

马蹄踏踏，马蹄踏踏
黑压压滚过安史之乱的铁骑
天宝年的皇历被蹬破一个窟窿
露出一大堆白色的死亡

珍藏着版本的玻柜是透明的
历史和诗史，每一根肋骨都清晰可鉴
带电梯的广厦站立在锦官城里
透过窗眼看草堂如看一幅古画
画外音
是些车辚辚、马萧萧、声啾啾
叩着《年谱》的铅字
老杜的竹杖声渐行渐远
然而勾人心魄
我沿着平平仄仄有格律的石径
走进去

1984. 12.

李白故里

旅游车，碾着《蜀道难》的音韵
把“噫吁嚱！危乎高哉”
碾成铺路石碾成通衢坦道
一个急刹车
眼前是太白纪念馆

为寻诗而来
为沾仙气、酒气、才气

而来
这里有洗墨池有衣冠墓
有三千丈白发
和一万卷诗书
有浪迹天涯的行吟图
只是
杨贵妃为你捧过的砚
高力士为你脱过的靴
这两件文物丢失了

我走进诗意画廊
在簌簌风声中，听你
唱《子夜吴歌》唱“峨眉山月半轮秋”
听你
醉卧在长安市上打鼾。一时
天子的威仪使臣的谗谤皂隶的吆喝
全都被鼾声淹没

毕竟是侠骨仙肠不肯摧眉折腰
太白太白，你太洁白
青莲青莲，你过于“清廉”

终于，你捉月江心骑鲸而去
留下点灯山的灯火照后人夜读
留下谪仙渡（念你的德行从不收船钱）
留下磨针溪磨砺了读书人
一千二百年的意志

也留下这故里
属于中国，属于

古中国今中国和未来中国

1985. 1.

香港印象

随手翻开　数十版一摞
如高楼般叠起的《天天日报》
让目光　拾级而上扶摇登临
透过那些套色的窗户　浏览
港事国情　欧风美雨
市井闲话　花边轶闻

再从高空鸟瞰
摩天的楼群植入泥土
阳光强劲而有力
烤熟了热狗汉堡包，和
鳞次栉比的笋状建筑
使钢筋水泥不再缺钙
生长　寸土寸金
生长鸽子笼般的人际关系

维多利亚港出入的汽笛
隐约可闻　呼唤着
投资者的热情和勇气
街市上　金融比脚步更忙
竞争比计算机更急迫
而车速之快，令人
有　惊　无　险

三级片对十八岁敞开大门
《龙虎豹》和《花花公子》
裸示于猥琐的青睐
地铁里，浓妆的妖冶
与潜心英语的少女的清纯
反差成座位的两极
据说，小偷已不再睥睨
行人皮包里鼓胀的安全感
却偶有抢劫银行的枪声
洞穿报纸的新闻版面
丰富了警匪片的
特　写　镜　头

当四通八达的贸易
膨胀了弹丸之地的繁荣
金钱比空谈更容易找到市场
琳琅满目的各色诱惑　使内地人
囊中的消费观感到羞涩
当然也有例外　比如我
只用俭省的目光和廉价的时间
便买回满满一代
货真价实的香港印象

1994. 5.

张新泉，(1941－）四川富顺人，居成都。成都市文学院特邀作家。著有诗集《乌落民间》等。作品曾获四川文学奖，首届鲁迅文学奖诗歌奖。

此地及其他（十首）

◎ 张新泉

此地

忙名。忙利。忙色。忙赌
忙求一张医院的加床
忙着上香，念南无阿弥陀佛

想找那个叫闲人的聊聊
据说已经作古
即使是一片云，也被要求
一会儿卷，一会儿舒

一只刚表演完的猴子说
先生，我陪你玩——
石头，剪子，布
徐康

看见一排待岗的椅子

一定是得罪了
某些肥臀和小腰
才落得凄然面壁
活在世上，人艰难
椅子也不容易

所幸只是待岗
那么，粗茶淡饭会有的
屁股和二郎腿会有的
听，麦克风开始试音了：
喂——喂呃——
后排加十把椅子
列席

暗处

那妇人坐在暗处
手里攥着一把零钞
她的目光尽头
一个瘸腿的小女孩
在红灯前的汽车长龙里
艰难地蹦跳

女孩向一辆辆汽车
鞠躬，然后伸出手
她肮脏的头发
被轰鸣和气浪
吹成一蓬乱草

坐在暗处的妇人
目光死盯着从车窗
送出的钱币，包括
一截红肠，两根香蕉……

从一辆车到另一辆
小女孩艰难地移动

她不是在玩跳绳，过家家
她是提线尽头的一个木偶
拖着一条残腿的木偶
因疼痛和劳累拧紧了眉毛……

暮色中的都市正酒绿灯红
今夜，我阳台上的花卉
将集体失眠，并拒绝含苞

跳水者

桥上，一自杀者纵身欲跳
我近前细语：下面怪石多，水浅
我知道一个地方，可入水升天

他随我去找死地，中途
踅进一家酒馆
先白后啤，高杯矮盏，裸心亮肺
他以拳击桌：哥，这水跳定了
儿子今天上一米板。大眼，虎牙
你见了一定喜欢……

许多年了，记不清是否去看过
可以肯定的是，那虎牙少年
无论什么动作
都比他爹，跳得好看

在打铁房洗澡

这种澡，我洗了六年

将一坨毛铁
烧至半死
再令它把一桶凉水
烫出白烟

门窗俱破，武斗炽烈时
惧裸死，防流弹

书在砧磴上等我
冷硬的锅盔、馒头
遇砧就软……

从未洗至眉清目秀

沦为文人之后
擦尽煤烟、汗渍之后
须眉白如降旗
唯有嵌进骨中的铁屑

由黑而红，在寒凉时暖我

逼至绝境，会亮成刀尖

春天的婴儿车

神啊，让我变成车上那个肉蛋蛋吧
藕节的四肢，粉粉的屁股
傻笑着流尿，因舒适而啼哭

或者，让我是那个推车的男子
如同君王的侍从，小心挪步
喝退哪怕是过路的微风
不屑世间五颜六色的幸福……

神啊，让我一直当那个车夫吧
让日月做那车子的轱辘
千万啊，别让那小人儿长大
只允许他朝我笑，糖一样笑
把世界笑成一个大花圃……

仿真时代

水印和暗处的伟人头像
已仿制得天衣无缝
面值越大的钱币
越有理由让我们
诚惶诚恐

一个农妇为一张二十元的假币
在市场上哭完了一生的泪水
一头注水猪在长夜里
痛得自寻屠刀
至于用炭粉喂出的乌鸡

据说已黑至每一根睫毛……

无边无沿的仿制业
正突飞猛进
重阳节无须九月九
嫁接的茱萸
真实得怀念欲滴
踏一座人造的土丘
就算登高

看见轮回

一只在湖边散步的狗
和我去世半年的好友
长得几乎一个模样——
那脸，那眼神，鼻梁……

轮回有这么快？
邂逅能如此巧？
我对其久久注视
它嗅嗅我，又回到主人身旁

当晚我托梦过去——
死后变同类，你我再兄弟一把
狗日的，狗东西，狗尾续貂……
在爱恨情仇里
一起呜呜，或者，汪汪

机场安检

取掉皮带，约等于

拔了卧室的门栓
女安检在我身上又扫又刷
摸和捏都十分坦然
一手拎裤头，另一手高举
脸红筋胀的我，形貌怪诞
她用眼神说，一大把年纪了
还不好意思？
我想回答，皮囊是旧了些
但器官还在盛年……

重新系上皮带后
我哼起一首老歌：
“骑着马儿过草原
青青的流水蓝蓝的天”

留言

1

草坪上挖个坑
放下骨灰之后
务必将草皮复位
别因我的死
毁了草的生

2

挨着什么人都可以
别挨着穿正装的

3

清明节我肯定不在
邀孤魂野鬼出游
躲避火燎烟熏

4

碑上的字
抽空擦擦
“我先走一步
你们慢慢来”
要把“慢慢”二字
擦干净

5

老五米花糖
正餐之后
最佳甜品……

6

可以不药而眠了
拜拜
舒乐安定

曹纪祖，四川成都人。毕业于四川师范大学中文系。中国作家协会第七届、第八届全国委员会委员。四川省作家协会前副主席兼秘书长，现为名誉副主席。一级作家。作品获得四川省文艺评论奖一等奖、四川文学奖、《四川日报》文学奖、全省报纸副刊好作品一等奖等。曾担任第四届、第五届鲁迅文学奖评委。

带着当初的笑容（六首）

◎ 曹纪祖

故事

小楼是昨夜的小楼
春雨是昨夜的春雨
那个卖杏花的小姑娘
是旧时的故事

那时城市很清静
街巷深深，庭院深深
有桃花如面
有凌波轻盈

有一个人，她就住在
街巷某处，是谁
伴她度过锦瑟年华
这是我少年时惆怅的寻问

哦，古诗里写过
生活中见过
但如今
楼房很高，城市很挤
扑面是热浪与灰尘

我们上班很匆忙
我们下班很困顿
梦中
便进入唐诗宋词
于江南的杏花春雨中
回望
一双美丽的眼睛

手机

出门带上它
带上这个世界
带上就不孤独
这是高科技时代

刷刷屏
看看朋友圈
坐进书吧或餐吧
扫扫二维码

想起某个人
翻看她的照片
把她的名字
默默念上几遍

美丽聪慧
却从来不向你展示优秀
只是向你吐露真实
这是信赖　你懂的
知人者善　自知者明

金风也好　玉露也好
只要能让人减岁
我不要关于德与望的祝词
那是悬于头上的达摩克利斯之剑

微笑　摇头
继续走路
手机在手
握得有些温热

那座桥

去等我
去那个老地方
那片河滩
那座桥下
等我

我会来
带着当初的笑容
一本书　一首歌
一件灰色上衣
一双带泥的草鞋

几十年过去
世事变迁
如果见到你
会不会脸红

我匆匆赶来
脚下虎虎生风
你不会老
老去的只是时间

看，那座桥还在
晚风还在，夕阳还在
潮湿的水草还在
喃喃的私语
还在

我想来
因为那座桥
还在

山路弯弯

走了一辈子　始终
走不出你古老的盘桓
青石板铺成的日子
延伸到记忆的遥远

山野肯定有一种神奇
它的深邃　它的空寂

甜味的山泉是诗意的浪漫
山雀儿啁啾　山花儿点点

当年那个知青　他是否
还在弯弯的山路上踟蹰
苦酒无味　苦日子难说
小酒店独坐过少年的心事

生活挥洒青春的汗水
孤独却通向生命深处
弯弯山路　山路弯弯
蹉跎曾是最美的华年

为了一杯酒　一碗肉
为了山妹子野味的情歌
真想再系上一双草鞋
把从前的岁月重新走过

离别与归来是一种轮回
往事留成纯情的记忆
永远牵挂　难忘追寻
弯弯山路是一生的梦境

蒙顶品茶

淡淡的淡如一缕春色
一脉烟雨，一笼云霞
淡淡的淡如君子之交
一点灵犀，一丝牵挂

淡而能品，品
悠悠的岁月，古老的文化
品难得的清醒与透彻
品个中的微妙与复杂

当世风渐趋炫耀
人情一天天涨价
蒙茶让你回味友谊
回味童贞的年华

回味也淡，却淡而不白
有久久的甘甜在绿意中溶化
你的诗思也如茶香泛开
关于世事与人心的估价

时间老去了多少风流
不老的是真切的物华
别把茶香看得太淡，太淡
盛筵才常常是一时的虚假

今夜的故乡

今夜的故乡就是雅安
无论是明月如水
还是细雨绵绵
一种温暖在心中泛开
蒙山的清茶那样甘甜
青衣江流走我的旧梦
那些往事　那些思念
雅安的女儿如此令人动容

朗月般的笑　还照在心间

我庆幸曾经生活在这里
如今已离开得有些久远
这方水土　一草一木
都让我梦绕魂牵

我能历数雅安的珍奇：
大熊猫　夹金山　高颐阙　白马泉
清溪的风汉源的梨
茶马古道西风夕照
马帮的铃声仿佛还在耳边
要不要让枫叶再把激情点燃
二朗山篝火映红沉醉的夜晚
芦山的石棺与姜庆楼可还安好
地震过后我还有访古的心愿

今夜的月色浸染着山川
沿江行步音乐般抒缓
藏茶村　红豆谷牛碾坪　桃花山
其实我最担心雅安的诗人
会不会忘情之后总是失眠
心中乡情　笔下诗情
纸上风流是文化的名片

对着镜中笑我早生华发
青春只浓缩为一声轻轻的呼唤
往事如梦　年华如烟
记忆中还是个翩翩少年

邹惟山，本名邹建军，四川省威远县越溪镇人。1963年生。文学博士。华中师范大学文学院教授，博士生导师。中国作家协会会员，湖北省作协全委会委员，中国诗歌学会理事，中国文学地理学会副会长。主要从事诗歌、辞赋和散文写作，著有诗文集多种。主要研究中国现当代文学、外国文学和比较文学研究，在文学地理学和文学伦理学方面，卓有建树。有著作三十余种，论文和批评四百多篇。

巨石与穿云（十首）

◎ 邹惟山

之一：

天马峰上有一团光芒
不知何时它自天而降
似乎不是那一匹天马
倒像是来自天外凤凰

在黎明之前黑暗弥地
在黄昏之后星星闪亮
自始至终它都在那里
沉默不语且从不变样

谷中的溪水淙淙而去
坡上的云雾匆匆忙忙
林下的枯叶飞来飞去
水里的青蛙吵吵嚷嚷

沟里的浮游生生死死
洞中的老狼踉踉跄跄
一只狐狸眨一眨单眼
一只小鸡如小丑跳梁

一团火焰燃烧在坡上
总是发出至善的光芒
天马峰上的那只大雁
还没有展开它的翅膀

之二：

西北的人离天空很近
举头三尺就看见神明
他们忧郁地塬上行走
他们欢乐地听水流声

水源自于他们的生命
山流自于他们的感情
草青自于他们的身体
花红自于他们的爱情

眼敏捷于天上的大雁
手伸展于山间的雄鹰
脚奔腾于地上的黑豹
乳流动在沙漠的深层

从东方飘过来一片云
从北方飘过来一片云
从南方飘过来一阵雨

从西方飘过来一句经

穿过大地就进了火焰
穿过雨水就见了秋云
穿过秋天就听到春风
穿过春风就上了天门

之三

一生就像飞翔的雁群
走着走着就消失踪影
一不小心也就不见了
再也没听见他的声音

人生像大雁一样短暂
一程又一程珍贵友情
飞过一座山又一个湖
飞过一条江又一口井

没有困难可挡住我们
没有烟火可吓倒我们
我们不需要各自飞翔
大河上下全都是歌声

我们似乎有九个头颅
可以感知地上的山影
可以思索人间的斗争
可以望到极地的光明

可是有时候相当痛苦

可是有时候特别烦闷
面对邪恶却无人说话
面临小人却隐居山林

之四

坐上地铁就失去方向
不知去向东方或西方
东方的天空没有月亮
西方的地上没有太阳

有一群少男坐在椅上
面无表情似乎也恐慌
目中无泪也没有忧愁
嘴唇悄悄地扇动翅膀

一群少女坐在了对面
双眼一直盯在手机上
有些微笑就像山间风
有些迷茫就像湖上光

一群太婆坐在了地上
叽叽喳喳地前呼后仰
她们就像在自己家中
扯开嗓子掀起了声浪

面对列车我面色红润
飞驰而过的只是时光
迎面而来的只是未知
与我相随的只有忧伤

之五

一不喝水就有些口渴
一不饮茶就心里发慌
一过安检就让我自饮
一饮就饮下九湖三江

一次我饮下东南五夷
口中飞来一条九曲江
牛栏坑里的气流温暖
大红袍穿在我的身上

一次我饮下西南洱海
苍山在我的胸间隐藏
一个女子在湖边舞蹈
我再也难入越溪之乡

一次饮下了楚南羊楼
洞里的风景相当疯狂
一瞬之间就把我淹没
用劲功夫也不见天光

只有一只羊原野吼叫
声音总让我感觉迷茫
一千只羊从洞中跑出
一下就钻进我的胸膛

之六

以看书方式相遇古人

以朗读复原古人声音
在文本之海回到汉唐
在文字之山又见先秦

以看书方式相遇古人
以默读探测古人文心
在书籍之山倾听两宋
在书法之江仰望明清

以看书方式相遇古人
一眼就看穿一部诗经
黄河在那些诗中流动
汉水在那些词里呻吟

以看书方式相遇古人
一读就见证古老楚民
一篇离骚中满是忧患
一部楚辞里全是风声

祖先的风骨震古烁今
祖先的思想博大精深
以行走方式感知今世
古人让我们无愧今生

之七

有一种矿物给我风骨
有一种植物壮我气场
风骨让我不惧怕小鬼
气场让我保持着善良

没有风骨如何打石头
没有风骨如何上栋梁
没有风骨如何抬起笔
没有风骨如何撒开网

没有风骨如何迈开步
没有风骨如何上战场
没有风骨如何对邪恶
没有风骨如何伏虎狼

气场并非是一阵秋风
气场并非是一片风霜
气场并非是一阵得意
气场并非是一片苍茫

自贡的井中片片雪花
让我的生命壮如青岗
让我的胸怀层云飞渡
让我的骨头闪闪发光

之八

有一个地方名曰洪山
太阳一出来把它照亮
一大片一大片的岩石
一大片一大片的冰霜

有一种植物俗称菜苔
月亮一出来将它照亮

一大片一大片的森林
一大片一大片的佛光

在深厚的土层中深埋
在漫长的冬天里生长
在斜斜的山岭上快乐
在曲曲的莲溪边换装

让所有的洪山人有福
让所有的洪山人仰望
甜美的身体进入千家
淡黄的鲜花就是佛光

每一天都想与她相守
每一夜都想与她相望
你就是大洪山的女儿
东山一横圣母的裙裳

之九

我一倒头就打起呼噜
据说可连通五湖三江
三江的吼声也不如我
五湖的浪涛我的音箱

我一倒头就打起呼噜
据传抵得过五岳九洋
五岳也不如我的起伏
九洋也不如我的洪荒

我一倒头就打起呼噜
据信可搅得天地异样
鬼神在山中胡乱起舞
天地在海里舌剑唇枪

我一倒头就打起呼噜
呼噜在江南之间震荡
左冲右突左冲右突时
江南的天空升起佛光

我一倒头就进入梦里
梦中的一切都是虚妄
惊动了天地实在有愧
吵醒了龟蛇怀中生香

之十

天马峰上的天空发亮
天马峰下的水流温良
彩云在这里观看许多
春风在这里回转方向

一颗巨石在一直金黄
一棵大树在一直放光
一位高人在一直酣眠
一个仙子在一直歌唱

二十四圆山一路奔来
一个接一个连接村庄
左一个圆山右一圆山

左一只长手右一臂膀

三十公里外向左旋转
三十公里内向右飞翔
左边的力量过于弱小
右边的力量过于强壮

到处都有生机与活力
到处都是至善的光芒
一代人又一代人经过
天马峰上有永恒锋芒

伍立杨，1985 年毕业于中山大学中文系，其后长期任人民日报社记者，主任编辑，1995 年加入中国作家协会。著有《中国 1911》《民国幕僚史话》《潜龙在渊—章太炎传》《铁血黄花—清末民初暗杀论》《青山之隐》等史论、专著三十余种。曾任海南省作家协会副主席、海南省政协委员。曾在深圳市、宁波市、嘉峪关市等地举办个人画展。现供职于四川省作协。

偶然的显影（四首）

◎ 伍立杨

古扇上的烟云

好多年毕竟过去了
云杉和荆棘丛编织着时间
野花在繁茁的寂寞里
谢了又开
野意与零落随意漫延成自然的古怪

消失了　甚至
食孤独而肥的鲜苔

召我以烟景的阳春
假我以文章的大块
永远不再
唯有他　衲衣百结的老僧
仿佛永在林中端坐

人生最后的泪滴
已结成大有深意的琥珀
揣在他的心怀
不知《洛神赋》的意境是否
缭绕于他的意识
我唯有惊叹绘画语言
叙事的含蓄与实在
有一只惊鸿定然高高飞起
个中真意难以注释很费疑猜

所以今天只有很少的人
知道他为何郁郁地坐在那里等待
像一只古歌飘逸时
遗落下来的沉重长久的节拍

好多年毕竟过去了
蓊郁的森林已幻为枯干的柴
星子坠落水面都没有回声
何况枫叶的红　鹰驰的快

而他还坐在那里
仿佛要挣出生死雾障的掩盖
清晰的似乎只有泉声
冷却了时间和身世
数落着瓦罐似破碎的梦
从深涧里传来

壁上的衲衣

蝉鸣　虫唱　朝风　暮雨

都在那色彩中凝聚
越来越深　越来越沉
像无梦无醒的雾絮
季节船行驶在岑寂的河道
只空留回忆像涌来的秋潮
灰色的长空诉说辽远
更不见了那沾露的草
喃喃自语的诵经声
深如湖泊的僧眼
早已翩然辞别
如今只听冷风独语袅袅
智慧曾在这里发芽
又在布满青苔的心上开花
但春秋代序各有深意
最深的凝思
也化为淡淡的一抹水墨画
寒意里阳光颤如蝶翅
一根枯枝翛然倾斜
注视是寂寞
冥想更是寂寞
静沉中万物都不说话
就连悟解也仿佛融入了最酽的茶

偶然的显影

（一）

浸在水中的月光
于夜色里摇荡

忧郁的眼睛
栖息在芭蕉树上

不远的森林里
有萤火虫轻晃
仿佛是时光外
游移着的幻想
把咀嚼
一盏盏点亮

（二）

在野外
在荷塘边上
想象回到很古的地方
万籁无声
黎明显露了水中的波浪
有荷花悄然回眸
沉淀什么的情肠

呵　一切悄然
你已站成一根树桩

（三）

初月　偶然一现
白露就凝固了风景
洋溢冷寒的天籁
黯淡笼着菊花
小径无人问候

情绪恍如野烟

生命之爱匆匆
多少亲切的物事
此时推到遥远的昨天

(四)

秋雨　百草烂死
红黄醉于树枝
凉风萧萧
天籁成了低泣
五彩的绚烂
是生命的最后标点

生存的河道
流得愈久
感叹就愈深厚

(五)

载着花的梦
载着甘冽的松风
山溪
汩汩而逝
爱意匆匆
涧谷　酝酿凄迷
林叶
在水声里染红

（六）

最后一张菩提叶
在浓酽的秋里落下

智慧的叶子
不对威严的时间表示惊讶
只有深的凝眸
把它的骸骨
在心中长长描画
就蓦然想起
那已成灰烬的晚霞

峡谷

鸟音寂然
　　偶有一声两声
也像在山楂树上过滤
　　变得轻盈
脚步充满疑问
　　唯心跳频频
雁翅倏忽掠过
　　携走草荣草枯
翘首唯见蕴含大有深意的冥冥
峭壁作欲倒之状
　　不过是悬念
它已这样度过了无数的春秋
厚厚的花粉铺满灌木
仿佛凝聚了许多无声的生命

惟泉的叮咚
　　却不见踪影
　　这鸣声连缀昨天和今天
时间在此接受丈量
野百合悄悄开了
　　又默默闭上了苍白的眼睛
当熟透的果子跌入荆丛
你听出这分明是寂静的声音
阳光从狭长的天空跌入
便照亮容纳沉甸甸思绪的梦境

李自国，笔名西村，四川富顺人，中国作家协会会员，国家一级作家，《星星》诗刊编审。1983年弃医从文，已出版诗集《第三只眼睛》《告诉世界》《场－探索诗选》《生命之盐》《西村诗话》《行走的森林》《2018—2019我的灵魂书》《骑牧者的神灵》(中英文）等14部。作品入选百余种选集，曾获四川省文学奖、中国第三届长诗奖、新诗百年优秀作品奖、郭小川诗歌奖等。

我在罗平的云彩下走动（组诗）

◎ 李自国

多依河，你沿河的风景正爆炒出锅

流水诵出你一夜经书
你爱笑，却笑而不答的多依河
我不该把你放在曦城宾馆，放在睡梦中

放在罗平县城的这个制高点
让你最率真地流，最阳光地漂，最浮世地颠
我从窗口，临帖出你的半脸春色
也放任那些游走的一只只陶罐
信口开河

你的七滩瀑布铺满了床
铺满了单间、标间、大堂、收银台
若还不够，就铺成滇东云朵、布依族的
悲喜善恶
你让天地辽阔，拉着罗平的旅游经济

在云彩之下走动

多依河，你的疯，你的跑，你的浪
你的短你的长，你的龙飞凤舞，你的彝族箍箍帽
在我的梦里梦外穿梭
不经意间，治好了我的偏头痛

多依河的门票也不贵
小吃摊还很多，沿河的风景正爆炒出锅
我划着我的小龙舟，载着冒油菜花的灶火
切细丝凉拌的满河诗书

等我回到岸上大吼一声
跑堂的，来一份水车水牛水妖水葫芦
来一份多依树多依梯田多依果
多依的山寨水寨良心寨
最后，用你依水而立的吊脚楼
下一杯野酒

油菜花在罗平劳动，我在游泳

我把我的春天托付给了罗平
如今，我抖落凡尘，留下云朵和轻
我要让滇东门户的油菜花，写满春天的流水辞

其实，我与罗平素昧平生，一粒菜籽让我投缘
一瓶打翻的菜油任我掌灯，一朵璀璨的油菜花神
随我迎娶。金玉满堂的朵朵们：春心春雨春蕾
像久违的一次艳遇，我不停地举着她们的名字
油菜花姐妹们的名字，我在天空中大胆地游泳

就这样，我把我的夜晚托付给了罗平
滇黔锁钥么，再黑的夜，一唱雄鸡天下就白了
鸡鸣三省的罗平，招惹来了边地上簇拥的蜂群
“二月二”对歌节、“三月三”泼水节
醒来的鲁布革小镇纷纷扭起来，扭出身段优美的福音

罗平，从天堂驮回一匹匹黄金马车的罗平
多依河沿岸的油菜花姐妹走漏你怀春的消息
我不停地念叨：罗平虽好，就是风声大了点
我还说：罗平就是好，只是远了一点呵
远在彩云之南某个 62 万人口的家，远在滇东不颠，
却让诗人颠三倒四、魂不守舍的罗平兄弟

不过，罗平离罗平其实很近
就像罗平离诗歌、离天府之国的四川也很近
因为油菜籽们一花世袭的爱情，因为种植大面积的诗
还因为油菜花从不放列假，在罗平任劳任怨地劳动
把她金金网网的美，展现给天南地北的游人
罗平就拥有了太阳一样在人间的好名声

走完金花银瀑的罗平，你让我感恩戴德，从今往后
我就是你放纵过的花事，就是你省下来的口粮
就是你泅渡过时空与天空的那色峰海
就是你丰水秀节的神龙瀑所抵达的
一块最不起眼的地方呵，什么时候开始
我把我的沧桑托付给了罗平，托付给了
高原上的海子，又让我弯下腰就悄然离去

黑久格博：那色峰海

黑久格博：彝语为出去游玩。
山高石头多，
出门就爬坡，
九分石头一分土，
土如珍珠水如油。

——罗平县旧屋基彝族乡民谣

我从群山劈开的时光中来
在大补懂彝族村寨，异美的那色峰海
彝家汉子在承欢中修缮炊烟
女人们忙着往乡愁里添柴
其乐融融的大山，相互道出晨安
相互在爱恋，让图腾吉祥物
山石相依，柔情在大地徘徊

无需投石问路，沿着石板路前行
探险般登上山巅观景台
举目眺望，那色峰海就在眼前
峰峦叠嶂，层林尽染，黑久格博
如同一幅水墨画，我在画中行
山在画外攀，云海里风云变幻
起伏的群山，是否为明天演绎出
跌宕而丰腴的人生沧海和桑田

急流的山与阳光的海拔
为每一天早潮的光阴而澎湃
此刻，远离城市喧嚣，抛开俗世烦忧
留给你的，只有盛景峰海的辽阔无边

那些人间的正道，又是谁的昨天
未知的秘密，都在岁月深处掩埋
有的人在上山，有的人在下海

在那色峰海，谁调遣了十万大军
谁将群山的大阅兵搬到云贵高原
没有舞台，群山就是上帝的主宰
群山就是这世界的舞台，飘飘欲仙
石头用腮呼吸，游人用眼睛尖叫
谁是山的前世，谁是水的今生
山河此消彼伏，古城盛开莫测的艰险

黑久格博，黑久格博，黑久格博
我是来自峨眉山的飞来峰
岁月的晚云与你朝夕相伴，心手相牵
牵出一座秀美的馒头山
佐我罗平晨曦宾馆的免费早餐

峻冰，四川大学教授，比较电影学研究所所长，四川省电影家协会副主席，韩国汉阳大学[ERICA校区]国际文化学院文化创意战略研究所特聘资深研究员，泰国皇家理工大学曼谷分校特聘教授，博士生导师。在国内外公开发表电影理论评论等学术论文及诗歌、散文等文学作品三百余万字，出版电影学、应用语言学以及诗集、散文集、长篇小说、电视连续剧剧本三十余部。

走进西藏（组诗）

◎ 峻　冰

拉萨的天空

拉萨
一个神秘的名字
高寒、遥远、佛意、圣洁
既令人畏惧又令人向往
我害怕精神的沉醉而身体却突然迷失了

奔向它
把所有间接的记忆
以飞翔的姿势肆意于蓝天以及簇拥它的云朵
站在布达拉宫高高的楼顶上
你能否看到我的想象、喜悦、怀疑
还有追问

在八角街上徜徉
我用碎步丈量朝圣者长头磕过的距离

在大昭寺前
他们用肢体和经文书写的坚韧、执着、神圣
让我的心灵脆弱得不敢直视
我只能记录肩膀上的天空
包括那些美丽而神秘的檐角、塔顶、华表、旗帜和经幡

哦　我惊诧了
白云在信步写意
潇洒抒情、闲庭悠然
狂放泼墨、万马奔腾
那是动物的乐园、勇士的战场
白帆对大海的深情
游仙对天堂的迷恋
在古香古色挥洒禅意的建筑群落上
在佛教乐音和多种语言烘托的大背景里
自然留下高不可及的
奇美的素描、工笔和诗章

请不要来拉萨
请不要抬头看天
我担心
只是那么一瞬的仰望
你就会把回去的路迷失了
或者
迷失了
尘世为你描画的方向

坐在玛吉阿米旁边的门楼下

玛吉阿米

一座黄色的三层小楼
一家有咖啡美食酥油茶出售的酒吧
一个仓央嘉措约会情人诗歌与春天的处所
幽静的夜晚的雪地上
那一行深浅不一的脚印
诉说着坚持、变革、生命与无奈

坐着　抬头　仰望
那傲然独立于环境的明黄色
在夕阳犀利的注视下
我渐成它的陪衬或背影
躲在阳光晒不到的角落
借那抹强烈的明黄色的反光
我翻看心灵
一地鸡毛
那位叫屈子的先哲
为什么
他向世界告别的姿势
那么决绝

其实
我在期待
进入这座于我的心里不知该如何命名的所在
尽管它在八角街上
在神州大地
在这个数千年前并没有国界的忙忙碌碌的世界上
有着响当当的声名

坐上木椅
思考着面前木桌上我从未品尝过的

显然有年代感的饮食
想着他的前世今生
想着我的过去现在与未来
我是不是该有一种直面世事的断然
像他一样
好在每一个人生的路口
不那么踯躅

仓央嘉措写在冬天的渴望春天的诗
响在我的耳边眼前和心里
沐浴在浓浓的酥油茶炒羊肉
佛教音乐爱情诗歌完美融合的氛围里
我的思绪慢慢地
慢慢地飘向远方
远方　有时
也并非如海子说的
一无所有

走过羊湖

走过羊湖
有些夸张或矫饰
我只是坐在车上翻阅羊湖
和他们一起
偶尔下车
用眼或手机、相机
在空白的书页边
记下惊奇的发现

羊湖的美

是令人震撼的那种
让人怀疑那不是真的
不是天工的自然
而是人工的画作
或者否定自己的眼睛
或者再一次感叹
世间奇美常在于险远

碧绿的水
在深浅不一的咖啡色的层峦拥抱下
在白云的嬉戏和抚慰下
它把一尘不染的娇羞
坦诚奉献给太阳
以及那些审美的眼睛和心灵
让你禁不住走近它
用颤抖的双手感知它柔软肌肤的温度

此时
我想起泸沽湖　神秘的
摩梭族用来安放生命的圣湖
有着安静神奇虔诚的美
柔柔的水草
透明的银鱼
古朴的码头
窄窄的独木舟
还有那浸入碧水的浓得化不开的蓝天

之于经年守护它的藏民
之于我
像极了泸沽湖

羊湖安静神奇虔诚的美
也被那柔柔的水草
戏水的云朵
浓得化不开的蓝天
波澜不惊的涟漪
轻轻地揽在怀中了

我匆匆地挥手
没有带走一叶水草
只带走我的依恋和遗憾
也许
在返程的时候
我能够真正地拥抱它
诉说心中萦绕不去的思念

宋学镰，四川彭山人。七十年代初期在省刊发表诗，八十年代初期在省刊发表小说。在《人民文学》《诗刊》《星星》等发表诗千余首、中短篇小说近百篇。出版诗集三部，长篇传记二部，长篇小说四部。另有散文、报告文学等发表。作品入选多个选本。获四川文学奖、省委宣传部特别奖、东坡文艺贡献奖等文学奖。中国作协会员，省政协八、九届委员。

亲近人间（组诗）

◎ 宋学镰

由落叶想起

一夜冷风冷雨，树叶落了一地
我扫。很轻。决不伤了任何一片叶子
因为它们，都绿过。

想起当年陈晓旭，在电视剧里葬花
她多么伤心，仿佛那一滴一滴的红
都是从她心上，浸出来的

又想起小时候，看见一个儒夫子
晚上把废字纸，都装入一个瓷盂
双手端着，去至屋外地边上
蹲下身子，口中念念有词，十分虔诚地
为写过字的纸，焚尸

世外桃源

天刚亮的时候
看见对面青山，一道白色的云絮缓缓流出
好像还在用乳汁，哺育
蜷缩在她怀中的弱小生灵
河堤上的柳
一直铺向望不尽的地方
三五只早起的白鹭，贴着烟柳在飞
还有流水
还有河滩上微闭着眼睛打坐的石头
和潜入自己深厚内心的沙滩
所组合成的，一幅迷人的风景
要是整体浮升起来
远离人世的罪恶
就真的是
世外桃源了

擦拭墓碑的人

每年清明，我都要上山
看看母亲的坟地
看看坟园的清明
看看清明的风
把树上的花，一把把拧下来
又均匀地抛洒在，一个个坟头上
更要看，那个擦拭墓碑的人
每年清明，他都要把一块墓碑
擦拭得光光亮亮，堪配清明

今年，却没有看见他了
他是不是也成了，一块墓碑
正在等待，擦拭的人

亲近人间

我居家在岷江河畔
河对岸是葱秀的东山
我住电梯公寓，第四层
刚好与山水结伴
如果再上几层
就能翻越起伏的山脊，看到那一边
如果上到顶层
就能看到山的波浪，一浪一浪，铺向天边
可是这样一来，真山水就成了沙盘
目光，就成了激光手电
我喜欢和山水亲近
若是俯瞰，就怕生出虚幻
更有甚者，站得太高
不幸成了瑶台的七仙姑
真去亲近人间，就成罪愆
因为天有天规
在高处，只许看……

望乡

从城里高楼的窗口，望出去
就能望见远处的山，山上蓊绿的树林
我就依稀看见，林中有几间茅屋
茅屋里住着一家人

有父亲，有母亲
有哥哥，有妹妹
哥哥已能荷锄助耕
妹妹还是采摘野花的年龄
茅屋旁边有桃，有李，还有杏
果树下面有鸡，还有鹅群
鸡鹅声中，常会伴有鸟鸣……
可我知道，我已经到不了那山
因为还隔着水，隔着雾，隔着云
我更知道，我已经走不进那户人家了
因为那是上一个世纪
或者，更上个一世纪的场景

王学东，西华大学硕导。四川作协会全委会委员、四川省校园文艺联合会副主席。出版研究著作《第三代诗论稿》等3部，参编《新视野大学语文》《现代文学经典导读》等教材多部，在《中国现代文学研究丛刊》等刊物上发表评论80多篇，主持国家社科基金项目"《星星》诗刊与中国当代新诗的发展研究"、四川省哲学社会科学重大项目"20世纪四川新诗发展史"、四川省哲社重点研究基地项目"四川民间诗刊编年（1979-2013）"等9项课题研究。

如是我闻（组诗）

◎ 王学东

爱情经

如是我闻：
我又失约了，为此我也不快乐，
不过很快我将又有誓言的能力，
分享工人们正在浇灌的花园。
我发誓，我不喜欢和海对立，
是自私在利用我，是知识让我开心。
还是让梦想来感谢我吧，
做一个傻瓜，偷吃西红柿，
静静地在路边等候着需要你帮助修车的人。
我走出满天的星星，初尝了甜味，
只留下游泳池中的酒窝弥漫，
让银行宣布破产。
赶快找人把门打开，"等等"，
我们的礼服已经交了定金，
婚车也已经把油加满。

别急。船上老人掉下了他最喜欢的一颗牙，
所以我们应该经常在一起，喝喝酸奶，
参加感觉培训班。
其实，最可怕的是笑容，因为太真实了，
无法容纳下爱的治疗作用。
明天后我就能安静下来，
帮她写回信，和她商量一日三餐，
以及购物路线。

育儿经

如是我闻：
我的吻已经被肉体扔出，
你的抚摸中充满了性、温度和繁殖，
自由暂时可以随意享受，
这已经是我们最后的一面鲜红旗帜了。
生育就像优惠一样，要限量，
超市推车上的几张发黄车票，或者钞票，
吹出凉飕飕的风。
教育孩子一定要有完整的经验，
但她说，“你真的不行，什么都不行”，
因为小学时候的同桌，
已经让我爱上了学校和学生。
该如何去建立一个正确的培养方式呢？
我此时用心在小丑一样的教材上施展暴力，
割开公主的裙子，
让王子生活在共和国，
思考童话的意识形态，研究社会主义，
这些我都无法演绎给孩子们看。
此后，你们应该去寻找山谷中的黄金，

躲避战争大发横财，
或者释放毒气，去环游世界。

衰老经

如是我闻：
关于头发变白的第一条条款是，
衰老的人要坚持打开绿色的盖子，
让鳄鱼变成飞刀，看人群高呼，
欣赏年轻姑娘的青筋。
“有人吗，有没有人？”
在下雨的夜晚，路上只有停止生长的咸鱼，
我扔掉身份证上的出生年月，
去医院完成衰老的表演。
他们已经在喊你叔叔了，你肯定不会喜欢，
如果喊你一声“爷爷”，
身体流出的便是带螃蟹味的海水。
就尽量躲开尿布、奶粉、婴儿车，
让新闻跳海，我或许就能更永久些。
在夕阳中，我已经看不清反光镜中的子弹，
偷听不到情人的电话，
在监狱高墙的门口，舞蹈还是终于停止了。
这里有衰老，
也有美人鱼炖的汤。

梦经

如是我闻：
我们一起从山下出发，
沿着长长的高速公路行走，

但我们之间并不认识，只等待命令。
“你还是跟我走吧”，是你在说话？
还是我在说话？
我们没有遗漏下一句废话，
也不关心手臂受伤的问题，
感冒对我也没有任何的影响。
一直以来，我的样子没有变过，
我的工作就是表演绝技，
在历代传人之中，偷学功夫，
看不见自己，但重要的是让自己不失传。
我很喜欢，这个没有变化的我，
这个我根本不了解的我，
因为这是我的意识世界。
这是我的梦，这却不关我的事，
而且事先丝毫没有一点征兆，
这对我又是极不公平的，
但这只是肉体的日常工作，
或者是精神故意走出肉体。
当我还在研究该不该去爱的时候，
其实我更喜欢的是梦中的自己。
还是把自己退回，彻底地归还给发件人，
归还给自己，只有神秘最完美，
迷人。

毛翰，湖北广水人，历任西南大学、华侨大学教授，出版《诗美创造学》《歌词创作学》《辛亥革命踏歌行》等。为稻粱谋写论文，余暇写诗、歌词及随笔。朗诵诗《老有老的骄傲》流传较广。歌词多写闲情，如《妹妹的眼睛会放电》，偶涉家国情怀，如《大中华》，近作有中外名曲填词40首。

为爱而歌，为爱而狂

——歌词近作10首

◎毛 翰

抱陶罐的少女

天边有一条小河，
日夜在流淌，
有一个女孩朝河边走来，
一路走呀一路歌唱。

她用陶罐去舀水，
舀起了波浪，
波浪里有一条快乐的小鱼，
还有一片快乐的月亮。

女孩捧出了鱼儿，
送回河中央，
只把那月儿轻轻地抱起，

回到她那天边的村庄。

夜曲

人在夜半，梦在天边
那是谁的一双泪眼
前尘往事，似水流年
一路走来多少悲欢

今夜风儿无心打听
海角天涯多少无眠
今夜月儿她该知道
多少相思已经失联

人在夜半，梦在天边
那是谁的一双泪眼
去日苦多，余生苦短
未来还有几度月圆

与谁相识，与谁相知
与谁注定今生无缘
与谁相逢，与谁相拥
与谁只能梦里相见

青春易逝，旧梦难圆
不应有恨，不恨也难

走近古庙

秋雨在秋天里飘呀飘，

秋雨中我走近一座古庙，
半是游人半是香客，
古庙里依旧青烟袅袅。

我想到寺院去看一看，
那晨钟暮鼓是谁在敲？
走了一半我停下了脚步，
我怕我的冒昧把他打扰。

我想到寺院去看一看，
那流云落叶是谁在扫？
走了一半我停下了脚步，
我怕我的冒昧带来尘嚣。

秋雨在秋天里飘呀飘，
古庙外有一座青石小桥，
小桥对岸是我的前世，
前世不知我今天来到。

离骚

长太息以掩涕兮
可恨我
救不了我苦难的祖国

路漫漫其修远兮
我要去哪里
我和我的祖国已无前路
何用再求索

五月呀五月有谁知道
我的绝望
永别我的美人，美人香草
魂归汨罗

寂静之声

有一种声音
你怎么听不到
情窦初开谁的心在跳
关关雎鸠谁家伊人俏
蝴蝶双飞谁把谁的名字叫
红杏枝头已是几回春意闹

有一种声音
你怎么听不到
秋尽江南落叶风中飘
万里霜天菊花强颜笑
月光如歌谁与谁的情未了
箫声隐隐谁的梦里佳人老

少年意气

少年意气冲云霄
如今流落在荒郊
春不理，秋不睬，任人嘲笑
天生我才天不用
一直埋没到今朝
天不怜，地不爱，有何牢骚

也曾苦读诗书
希望人前显耀
也曾寻访桃源
向往尘外逍遥
入世出世儒释道
几番蹉跎，少年已不再年少

我来世上走一遭
一事无成人已老
杯中酒，眼中泪，雨中断桥
浊酒千杯醉不倒
只因还有梦未了
一片云，一弯月，一生怀抱
路迢迢，不敢问阿娇

迟到

春天的风儿没迟到
秋天的月儿没迟到
天上人间数你忙呀
你为什么迟迟不到

夏天的潮流没迟到
冬天的时尚没迟到
天上人间数你傻呀
你为什么迟迟不到

有情无情情知道
有缘无缘缘知晓
有一个约会迟到了多少年

多少年的少年已不再年少

罗密欧与朱丽叶

天生了你，天生了我
天生了美，天生了爱
爱从天上来

天生了你，天生了我
唯美，唯爱
与我们同行，我们同在

这辈子，我和你
为爱而歌，为爱而狂
爱情就是唯一信仰

快乐歌

快乐，快乐，快快乐，
每一天都在那快乐里过。
只要心中有阳光，
快乐总比忧愁多。

快乐，快乐，快快乐，
每一个快乐都不要错过。
纵然人生多辛苦，
也要在苦中来作乐。

星星做着快乐的梦，
白云唱着快乐的歌。

我和快乐手牵手，
人生何处不快乐？

节日快乐假日快乐生日快乐，
快乐上班上学，快乐不下课，
春去秋来何其快，
快乐，快乐，快快乐！

清流续貂

门前一道清流，
流过几度春秋，
春风秋月依旧，
只有那少年不知不觉白了头。
少年啊，
少年怀念少年时候。

门前一道清流，
相约青青垂柳，
垂柳留不住青春，
只有那初恋天真不改到永久。
初恋啊，
谁的泪水谁的红袖？

第二辑　似水柔情的美

不说三星堆五千年
蚕丛王朝揭开青铜假面
不说金沙遗址三千年
太阳神鸟醒来惊地动天
不说远古西周，一年成邑，三年成都
不说五代后蜀，四十里城墙芙蓉花开

——银莲

那一天，那一年，那一世
时光在尘世的漩涡流转
擦肩而过的夜色
可否遇见你的温暖
——蓝晓梅

他们朴素的双手凿开了心外的天空
他们用泥泞的双脚穿越了重峦叠嶂的神话
那些苦难的美丽
静静生根发芽
盛开 无竟时
——刘祥辉

惟感动敬畏舞蹈的花信
弄得簌簌作响的花瓣陶醉
叹每一个舞蹈动作 裂成词语碎片
在她的脚边 散落一地美丽
——闵小洁

蓝晓，本名蓝晓梅，藏族，四川小金人。毕业于四川师范学院汉语言文学系。从事过教师、编辑工作。出版诗集《一个人的草原》《冰山在上》。《冰山在上》被列为2016中国作协少数民族重点扶持作品。《一个人的草原》获得第五届四川少数民族文学创作优秀作品奖。现为中国作协会员、中国少数民族作家学会会员、《草地》杂志主编。

在西藏（组诗）

◎ 蓝　晓

在纳木错

就这样盘腿坐在湖边
看天空的色彩飘落湖面
看风走过轻轻地掀起波澜
棕头鸥、斑头雁、赤麻鸭……悠然跃起
自在落下
它们啁啾的音调在天际回荡

念青唐古拉山啊就在眼前
那个从少女时代就留存脑海的名字
终于有了触手可及的真实
我想被你雪豹一样的眼神杀伤
我想变成一块沉睡湖底的石头
在你拥抱湖水的时候也抱抱我

念青唐古拉山沉默

纳木错也沉默
低头看水中
我的衣服、面容还有藏在心里的欲念
清晰可见
一尾无鳞鱼从深处游来
它轻轻地一摆尾
所有的一切便不复存在

大昭寺

在大昭寺的广场和街道上
密密的都是朝拜的人群
人们像云朵来了又走　走了又来
一千三百多年
多少脚印模糊在历史的烟尘里

那两个轻盈的女子
从远道而来
肩负使命
骨血在高风里流动
生命莲花般开启

其实时光并不遥远
桑烟依旧袅袅融入无边的空际
人们内心安详　目光洁净
佛的慈悲阳光般荡漾
浅浅的诵经声回荡在生命的厚重里

走在八廓街的夜里

经声安歇于白墙红瓦

夜色挤进巷道
散漫的脚步左弯右拐
酒馆恍惚在街角
空气里弥散青稞酒的醇香

一只白猫倏地在房檐上越过
划过闪电的光
藏在暗处的长夜亮起来
微醺的少年
心中有骏马奔腾的少年
悲戚地从红尘走过
他的歌声让星星沉醉
他的爱恋让路过的风迷惘

宫殿威严耸立
无力褪下华贵的衣衫
跫音孤寂
痛楚藏进月的阴晴圆缺
那一天　那一年　那一世
时光在尘世的漩涡流转
擦肩而过的夜色
可否遇见你的温暖

在高处遇见四姑娘山

云在下面　卷着白色的浪
壮阔而又梦幻
顶上是深不可测的蓝
罩着虚无和真实
其他事物躲在低处或者藏在更高更远的地方

只有我们这只铁鸟形单影只
载着朝圣的心飞翔

苍茫寰宇　世界太小
我小之又小
忽然，右前方映现熟悉的事物
家乡的四姑娘山破云而出
高处的不期而遇让我失语　震颤
深褐色的岩石伸出手臂
让我温暖　让我柔软

银莲，生于中医世家，2017成都十佳诗篇获奖诗人，成都文学院签约作家。在《民族文学》《诗潮》《星星》《福建文学》《四川文学》《青年作家》《中国日报》等发表诗歌散文，入选《中国新诗排行榜》《国际汉语诗歌》等年度选本。著有诗集《时光的河流》《爱在成都》《在月亮上醒来》。系四川省艺术产业协会主席，成都市武侯区作家协会副主席，《四川诗歌》副主编，华语诗歌春晚成都分会场总导演，2020成都诗歌音乐季总策划。

唤醒我生命里的春天（组诗）

◎银　莲

内心的流水清澈芬芳有回响

说走就走，这一趟车轮上的旅行
大巴车拉起南腔北调的我们
一路向西，云游在青藏高原东部边缘
一路长高的群山皱褶之间

云朵打开天空的翅膀
一会儿在半山坡上放羊
一会儿在山脊背上遛马
山间隧洞童心发芽
一次次从身后跑过来蒙上我的眼睛

鹧鸪山轻舞的雪花
落进手心，这大地捧出来的洁白哈达
让我们这些常年蜗居尘世的
人间过客，心生圣洁

雍仲拉顶听旨，广法大寺问禅
阿坝，许我一个抬头看海的蔚蓝

关上眼前相机的滤镜
关上耳边多余的声音
雪梨花，在时光的寂静里自由呼吸
三百年来，一树一树的花开
大金川内心的流水清澈芬芳有回响

月亮喂养乡愁
古老梨树下低头绣花的女子
为我缝合睡眠的伤口
千年历史的风暴一路快马扬鞭
追赶那个潜伏在东女古国
睁大眼睛做梦的人
逼他（她）交出海拔二千一百六十五米
高反醉氧的长夜
交出嘉绒藏族热情奔放的马奶锅庄
交出窗外的雪山，远方的碉楼

夜宴

荒草连天
我们围坐芭蕉树下
夕阳烧了酒
大粗碗满上

欢声长了翅膀
四处飞扬
绿岛是安静的琴房

水在白键黑键上
兴风作浪

人生这场盛宴
让我们把酒尽欢
明朝酒醒处
人各天涯

爱在成都

不说三星堆五千年
蚕丛王朝揭开青铜假面
不说金沙遗址三千年
太阳神鸟醒来惊地动天
不说远古西周，一年成邑，三年成都
不说五代后蜀，四十里城墙芙蓉花开

看长江文化源头波翻浪涌
地球上第一张纸币交子在这里出现
看文翁石室开官办学堂先河
两千多年文墨传承播种书香
看三国蜀汉上演英雄故事
看川戏锣鼓揉抹吹画摇身变脸
看生物活化石大熊猫竹林悠闲
看西岭雪山面带神秘
煮一壶香茶邀约天下

九天开出一成都，万户千门入画图
——这是大唐诗仙李白的成都
锦城丝管日纷纷，半入江风半入云

——这是草堂诗圣杜甫的成都
濯锦江边两岸花，春风吹浪正淘沙
——这是晚唐诗豪刘禹锡的成都
晓出锦江边，长桥柳带烟
——这是南宋放翁陆游的成都

武侯祠诸葛孔明神机妙算
琴台路卓文君牵手司马相如月夜私奔
望江楼薛涛元稹诗酒传情
浣花溪诗歌大道唱古说今

追风路上，一座城市的血管流淌诗歌的基因
银杏树下，一杯盖碗茶谈天说地放得下万水千山
风生水起，一棵树走着走着就成了森林
古蜀大地，一片诗歌的森林在疯狂地生长

让我用舌尖上的麻辣川菜对你大声说爱
让我用地北天南的母语方言
喊出对你初心滚烫的痴狂
你用三千里古道打通丝绸之路
你用十万亩桃花，十万亩火焰
唤醒我生命里的春天

刘祥辉，成都棠湖外国语学校教师。四川省作家协会会员，四川省诗歌学会会员，成都市作家协会会员，华阳作家协会常务副秘书长。作品散见于《星星》《四川文学》《青年作家》《品文》《中外文艺》《山东诗人》等多家刊物。出版散文集《唯一心粒》，诗集《子时阳光盛开》《这里诗人十二家》(诗歌合集)。

等待和梦一起盛开（组诗）

◎ 刘祥辉

夜抵台北

彩虹乍现
湿热的空气里袭着海的气息
忽明忽暗的街
迈着古朴整洁的步履
红绿灯拉住
一群群头戴盔帽的年轻人　驻足
又风驰电掣般奔去
总是　邂逅化妆室的香弥漫
和傍晚角落里的玲珑装饰

饭是糯的
鱼是辣的
豆腐是甜的
九菜一汤的饥肠辘辘
九菜一汤的风卷残云

芭乐是我们的快乐开始

日月潭

小学的课本带我　读日月潭的美丽
白鹿引高山族人　寻日月潭的神奇
日月潭
那遥远的湖水
憔悴了我年少的光影

当我　用模糊的眼光
掠过那片碧翠的天空
白云里映着你蓝光粼粼
当我　用稚嫩的双手
拨开水面的奔腾
深邃里袭击着你颤抖气息
名人的步子迈过我们的船艇
茶叶蛋浸着香菇红茶的醇香
吟唱在阿婆的岁月里
你的浪百折千回追着我们的后背
拍打着索桥的脊

听说　从来没有人轻轻弯下腰
亵渎你圣洁的唇
才有　每年的九月　你拥抱的甜蜜
虽然
朝雾的码头
没有听汽笛呜呜
没有观朝雾蒙蒙
没有看夕日欲颓

没有赏明月皎皎
日和月是岁月永恒的姊妹
不分离

阿里山

阿里山的姑娘
站在高高的青山上
唱
蓝蓝的涧水飘飞
阿里山的姑娘
站在高高的茶园里
采
绿绿的茶叶香飘
阿里山的姑娘
站在高高的青山上
望
漫山的桫椤蜿蜒崎岖
日出　云海　晚霞　高山铁路
和我们　无言结局

密密的森林闯入我们心扉
我们在幽幽的森林里
看那些被掏空了肺腑的树
看那些横腰截断的树
看那些流干血液的树
没有腐朽
没有颓废
在年轮里挣扎
艰难呼吸风雪雨露

挣脱死亡的桎梏
生长

听　生命的声音
是心与心的连接
是根与根的缠绕
是三代木的延续
是无数年轻树的默默林立

听　生命的声音
周公桧
穿越二千三百余年的神话
任雷击雨淋
依旧茂盛那个树冠的天空

听　生命的声音
是姊妹潭
回荡着永不枯涸的古老传奇

山和树　像人
是另一种种族的存在方式
生生不息

野柳地质公园

野柳风
何故　兴浪
吹翻了衣裙和头发

海　愤怒了猎取者的好奇

千年万年呐喊
澎湃
横空出世的女王
昂着高贵的头颅
笑看过客的平凡与追逐的脚步

一群群出人头地的蘑菇
和一只含蓄的大象
默默守望
那个还未来得及穿鞋的渔夫归来
灯塔在高高的山岗上　依旧
翘首　等待出发
盼望归航

中西横贯公路

荣家的老人们坐在长椅上
孤独的身影
思索残冷的夕阳
年复一年落下
中横公路　在他们身后
贯通台中和花莲的空气
喧闹了城市的繁华

那是一个哭泣的雨天
我们头戴钢盔
摸索着红线以外的稳固平坦
小心翼翼看悬空的栏下
溪水袭击着如磐的大理石飞溅汹涌
燕子口的燕子哪里去了

隧道里的手锤声此起彼伏
流不完的汗水是他们最亲切的交流
吹不尽的寒风是他们最温馨的问候
昂首是云雾缭绕的天空的影子
低头是茫茫无际的黑暗的顽固
凿迹累累　忧伤累累
远远的望早已白鬓斑斑的双亲
远远的想好久没有消息的妻儿
一锤锤　春天来了
一锤锤　夏天去了
一锤锤　秋天溜了
一锤锤　冬天近了
三年零九个月十八天的苦苦等候
他们没有盘古的力量分开天和地
他们没有精卫的毅力填满海
但是
他们朴素的双手凿开了心外的天空
他们用泥泞的双脚穿越了重峦叠嶂的神话
那些苦难的美丽
静静生根发芽
盛开
无竟时

闵小洁，喜欢写字者。籍贯武汉，出生四川，居泸州。大专毕业，幼儿教育高级教师。中国歌剧舞剧院民族舞蹈专业指导教师、四川省学生艺术素质舞蹈艺术指导教师。培养上千名学生连续十年在全国最高级别少年舞蹈、特长生专业比赛中获数百枚金奖，培养多名学生考入全国重点大学舞蹈专业，及出国留学获硕士学位。永远默默在路上，深知生活文学化是一湾很深的水。偶有不足挂齿的作品曝光，希望自己以心悦的文笔，描写感情和脑洞的清奇。

脚翼飘舞　散落一地美丽（外一首）

◎ 闵小洁

在她眼里　大地是一张琴
当清晨　面朝太阳
手捧露珠　呼唤花开
鲜活生动的阳光　伸臂
环拥她纤纤腿足
触动爱好跳的天趣
童心痴迷潺潺流动的音乐
资性向往　飞翔的柔和造型

那时候　生命像一朵蓓蕾
霞光浸润　孕育美丽的初心
她轻盈走在生活的琴弦上
踩出柔枝嫩叶的音调
丢落数不清的幼稚羞怯
叹息在孩提的天真里
错过流露　身影多姿的微笑
难得荡漾出
痴迷舞蹈的梦想纯情

从小读书　几乎没人
注意她　舒畅吐露心语
平静显耀　卓尔不群的才情
没见她举手　讲述自己
充满踌躇进取的故事
每次走过校园旷地
就是一只独步空间的丑小鸭
眼神里看不出倦慵的心事
她不寻求出头露面
默默隐掩绰态柔情
不惜抖簌　撩人的快乐和忧郁

当青春单纯绽放
她张开羽毛柔软的翅膀
出落亭亭玉立
走进生活的憧憬　浮想探寻诗意
没想到　幼年含苞的爱好
突然落在她窈窕的身上
女孩子渴望登上舞台的梦
会在十七岁时等来惊喜
一夜之间　心灵洋溢一片星光
悄悄遮藏回眸一笑的泪痕
展臂举腿　摇曳仪态芬芳
追逐柔美散发一身花影

从此流连舞美　随鞭策的音律
畅想和舞蹈融为一体
像一只灵洁飘然的鸟
飞扬寻觅　停不下对艺术的亲近

她接受训练
骄矜洒落写在额上的汗水
追求卓绝　掩藏艰辛的眼泪
幸运指派到歌舞团熏陶
欣慰受命去舞蹈殿堂洗礼
一步步体验　丰富的肢体语言
一点点悟懂　清纯的艺术感情
双足幻化成唯美的羽翼
曼妙婀娜　闪烁翩翩的神形
一路低调走进传神的圣地
把微妙的特长　绚烂得透明

岁月的身影　倾听
路上遗落的表演时光
不觉音乐变老　淡了甜蜜韵味
蕴藏吻别年轻浅蓝的风
唏嘘眼睛回不去
红了樱桃绿了芭蕉的风景
唯丁当的脚镯　抒写老年骄傲
找回一首消逝的爱的歌曲
空气里弥漫三月桃花的香味

当生命进入无眠的倒计时
她感到　自己有一种脆弱的幸运
多想再犹豫一次　任性一次
为尊重自己的平凡而发狂
常常一个人　悄悄寻一处幽静
独舞抒情　像小鹿一样
在林荫和草地间奔腾
白色的衣裙　在风中飘逸

温馨的音符在耳边低语
优美的舞姿　依然妩媚年轻
像露珠写在绿叶上　一首
纵情恣欲湿漉漉的诗
此时鸟儿不鸣　风儿不飘
站立两旁的绿树　钦佩致注目礼
惟感动敬畏舞蹈的花信
弄得簌簌作响的花瓣陶醉
叹每一个舞蹈动作
裂成清新的词语碎片
在她的脚边　散落一地美丽

2018 年 3 月初稿于泸州邻玉
2020 年 3 月定稿于泸州蓝田

母亲是永远美丽的童话

黎明的太阳，倾洒红色的瀑布
汇落我心潮的激流，响起
一支感恩生命的由衷颂歌
是至爱女儿眷念母亲的温柔
是我深谧心动，饱含眼泪的倾吐

母亲给予我太多太多的甜美
是童年星空里的那弯新月
怀抱我的梦，睁开眼睛
是青春里成熟的那缕春风
吹拂长大我美妙的憧憬
是生命里灿烂的阳光
恩赐温暖，抹亮家园的温馨

是生活里晶莹的雨露
滋润花木掩映的纯真爱情
是伴随一路，呵护我的身影
让每一个童话般呢喃的希望
在晨曦炊烟中，有了美妙的诗意

啊，母亲！我和蔼可亲的母亲
我享受您的血液，沿袭您才情和善良
我吮吸您的乳汁，出落绰约丰姿
您是一棵绿色醉人的大树
我是您树上一片晶莹的树叶
您是一支悠扬深沉的交响曲
我是您旋律里一个悦耳的衷音
您是一片博大丰美的大地
我从您魅力四射的胸膛上站起来
站出落落大方继承人的风韵
我是延长你时光的芳香理想
我是追求你事业的求索灵魂

啊，母亲！我无私奉献的母亲
如今您的容颜少了嫣然一笑的表情
爬满了历史秋水的深邃皱纹
您的眼瞳失去脉脉含情的明亮清澈
多了沧桑思考的许多记忆

啊，母亲！我心心念念的母亲
我想像儿时一样依偎着您
紧紧拉住您的衣襟
您的指尖梳理着我的长发
听您吟唱那支春晖寸草的歌谣

甜蜜地留住渐渐隐去的芳华初心
您和我是心里互相美丽的童话
我们一起拥抱生活的欢乐和痛苦
一起放肆青葱的哭喊和笑声

啊，母亲！亲爱的母亲
我含辛茹苦的母亲
我舐犊情深的母亲
我睿智善良的母亲
我宽容坚强的母亲
我慈祥伟大的母亲
您优雅的形象，您缠绵的话语
您高贵的气质，您美丽的身影
永远珍藏我心里，相伴同行
母亲！我永远爱您！终身不渝

周家琴，女，汉族，70后作家。四川省内江人，四川省作家协会会员，鲁迅文学院西南地区学员。曾先后在《四川文学》《西藏文学》《星星诗刊》《中国西部》《青年作家《华西都市报》《西藏日报》《成都晚报》等报刊杂志发表诗歌、散文和文学评论若干。并有多篇文学作品入编几本文集，现为阿坝州《草地》杂志社编辑，出版诗集《卓玛吉的风铃》。

若古高山去看海（组诗）

◎ 周家琴

巴郎村的麦田

七月葳蕤，颠簸在泥泞的山路上
徒悲梅子与大远姐20多年前寂寥空旷的青春
那时，梅子是日部小学小姐姐般的老师
大远姐是巴郎村人人喜爱的医生

突然造访，梦中的景致再现
村庄与麦田为伍，空山与蓝天毗邻
云卷时妩媚，一只鸟张开轻盈的翅膀
田野麦黄，偶尔有几块墨青的菜地交错
红瓦石墙的雕房刚好是陪衬
刚好清风拂面
刚好诗人与田野摄影师遇见

村人开始收割青稞，麦捆抛上晾架。
搭讪，相邀喝茶与留宿，得一束稻穗

路遇三两只流浪狗，暴雨倾至……
我迷路在巴郎的村庄
丢失了风吹麦浪的意境

雨过天晴，天空与麦田握手言和
我走出油画般的田野
木栅栏离我越来越远

空山不语

日部，早晨的梦被雨声压碎
自在空山，鸟儿啾啾打破山村的宁静
推窗远眺，仿佛与故乡的群山撞个满怀

去若古高山看海，海拔 4400 米、混沌、头疼。
山道弯向云端，麦田起初被浓雾覆盖
风吹雾散，田野闪着阳光的金光
麦田深处有寨，寨里藏有女人和狗
马匹和牦牛见证了空山的寂寥，故事蔓延
五岁的索角和七岁的索娜成了孤儿
空山冰凉的雨，你为何打湿了我的心情？

一株绿绒蒿，以一棵草的方式孤傲站立
马蹄声里响起来自外地亲人般的召唤
我泪眼朦胧
想把空山微信给你
想把索角和索娜姐弟的故事微信给你
期盼所有的早晨，都如露珠一样晶莹
奶香一样幸福……

若古高山去看海

很多时候，你是寂寞的
你寂寞的藏在海拔近五千米的地方
内心冰凉澄澈，守住你身旁唯一的黑帐篷

有些时候，你是快乐的
当一匹黑马走过你的身旁
当夏日里遍地野花逐次绽放
当我远道而来与你相拥
你不寂寞，其实是我很孤独。

有些时候，你的王国繁华如街市
风过之处，海水翻浪，格桑花浅唱低吟
旱獭在翠绿的台地上傻傻地守望
草地云雀轻盈地从海面上掠过
黑骏马驮着心爱的女人扬鞭奔腾
而我，只能遥望远方的栅栏，
与血一样的落日

去若古高山看海
没有想象之中的剧情
有些伤感与一匹马擦肩而过……

秋歌

我以金色的长裙与麦田对峙
风一吹，田野饱满起来，
诱惑一把镰刀的力度

一条小路伸向山麓
一颗笔直葳蕤的树逼得我打颤
你驼背的背篼里装满土豆
蔚蓝天空下，河水比土地更解风情
木栅栏不语
总有一些思想不能抵达田野

石头堆砌的寨子低着头
胡豆夹鼓起青色的肚皮与青稞勾肩搭背
不知咋地，看见青稞，我就痛恨
那只盛满砸酒的大碗
每每端一次，就醉一回。

刘平荣，网名，冷雨问秋。生于七十年代。对诗歌与散文情有独钟。只是喜欢在有空的时间拿起笔写写，用十年的时间思考一件事，作为文化传承者该为后人留下优美的诗歌与散文吧。做过医生教过学生，华阳作协会员。

似水柔情的深（组诗）

◎ 刘平荣

三月的雨

三月的雨
滋润了树枝尖上的一抹红尘
在城市的喧嚣声中独自绽放
心便堕落
经不住粉脸红衣的诱惑
百骸具松的躯体陈横眉梢
听雨而眠
香粉阁里
慵懒的念头瞬即开挂
与子夜和衣而卧

三月就这样悄悄地来了
还没有从冷雨中回过神来
空气中多了许多不安分的味道
随着渐暖的天气

踏春的人们开始云游四方
柳枝绿了
歌声踏岸而过
没由来的喜欢雨
叫雨任性的挂在发梢
温习下冬给予的彻骨寒风
好告别三月的冷热交替
心无旁骛的接花而来

四月的运河

四月一路穿行
连通大海唯一的河
用宽厚的肩臂抚上了腰
紧靠绿草如茵的岸边
听心咚咚的响
仰望的不仅仅是那俊秀的脸庞
还有不全是似水柔情的深
融在了波光粼粼的指尖
夕阳西下
总有些期盼在日落时发光

渡轮载着船娘已远去
首尾相连的船队没有尽头
熟悉的汽笛声
那喧嚣世界的梵音
绕萦于上世纪
没了货船来往的运河
只是静静地躺着
没了声息

阳光懒懒地与水交融
一只鸟儿从容飞过

偶尔有一小船
突兀的出现在清澈的水面
打捞失落的痕迹
船上的艄公
只有一壶酒一盏杯
在远远的两岸中间对饮
仰吸之外依旧沉寂
千年的运河水
躺在数丈宽阔的怀里
安然地长睡

有了运河的江南
亲吻着两岸行走的杨柳
河边缫丝戏水的姑娘
飞溅的河水酌满酒窝
这个城市离不开水
乌篷船已早早地挂起
天子画舫上的欢歌
百年前就落在了水的深处
今日在河边
静默低首无语

江南听雨

雨敲着窗棂
窸窸窣窣地在黑夜里摸着
一弯小桥的倩影

任雨在绵软如纱的躯体上跳跃
是鱼早已睡下
安眠的格外通灵
大地静静地聆听
雨打樵叶的古琴声

这个为水而生的城市
毛孔里都浸润着雨的味道
轻轻地在屋檐下低吟
堪不了鹰击长空的壮志
阙如温惠如水的绵长
有个声音从身体的
另一个角落出发
飘荡在雨夜里数落花

还没到雨季
如丝的声音便迫不及待地
等候在纱窗前
悄悄地成就梦的浪漫
雨不在夜里
长明的路灯让他无所遁形
心碎的声音落在水面
一圈圈地安放平静

雨夜随性随想随写
听自己干净的心里
在雨夜掷地落声
生灵们在雨夜沉睡
也听雨的滴答声
在这个只听见自己心底的雨夜

购置的天网将自己装进
雨滴包裹的水乡

烟雨水乡

选择在雨天
让自己行囊装满雨滴
随着雾飘荡在旧街老巷
披着轻纱的阁楼半闭着
将一腔怨笛化成雨幕
在烟雾里穿行

看看水乡的雾
一幅幅水墨画卷该如何而褚
总有小桥流水无法点皱
荷塘边停留的油纸伞
守着叶上的天籁之音
睡莲在薄雾下怒放

凄婉悲伤地眼泪
在烟雾里合着雨水对泣
狭窄的小巷
坚强的胸始终等候在那里
雨中发生过很多事
青衣的姑娘姗姗来迟

下雨的天
世界很干净
雨雾滋润着纯真的花儿
脚步只为看雾停留

倚在如月的拱桥边
思绪在朦胧的雾里伸长延展

青石板的小路尽头
还有一处迷蒙的相思撒在河畔
垂柳懒懒的卧在水上
替你把雨中的初恋编上枝头
烟雨朦胧的水乡
谁又会成为断桥上期盼的人

尔玛梅吉，本名余理梅，羌族，四川省作协会员。作品发表于《诗刊》《星星》《中国新诗》《中国文化报》《草地》等刊物，并入选各种选本。著有诗集《浮云牧场》，曾获四川省第九届少数民族优秀作品奖。现居都江堰，系都江堰市作家协会副主席。

在接近雪的地方（六首）

◎ 尔玛梅吉

朝圣之路

黑夜尚未过去，我们在夜色中出发
无数星子看着无数人
天空与大地之间最后的路程
被信仰慢慢缩短
身旁一定有莲花悄然绽放
我们看不见听不见
属于我们的春天还未到来
而那些花，与大地一样深藏着古老的偈语

流水终究会回到天上
所有的记忆被一一清洗
我偶尔能想起的部分，是月光下你的清澈

不再说话
语言到最后也会消失

在接近雪的地方
我们慢慢变白，慢慢被自己融化

天神的使者

在神仙池
两个红苹果脸的藏族娃娃，奔跑在栈道上
我捉住其中一个问：藏话“水”怎么说

他不说话，望着我羞怯地微笑
我本是漫无目的的行者
牵着这双小手，感知雪的温度
草木安静，远处有歌声传来
空山中便有了人间烟火

后山白

梨花一开后山就白
暮晚钟声，渐渐白了小沙弥的心
千树梨花，三两间茅屋
坐在树下的人，着一袭青衫
将一段文字读到无

脚下的土地厚葬薄葬了多少春花
往事云淡风轻，不值一提
师父念一声阿弥陀佛
后山就成了一方净土
梨花白处
飞鸟不惊

数念珠的人

去般若寺
没看见数念珠的人
新来的人说她走了
走的时候很安详

守庙 50 年
走的时候 93 岁
新来的人坐在她曾经坐过的竹椅上

新来的人不数念珠
跪拜的人拜一下就敲一下木鱼
三下之后，她说
老庙正在翻修
捐一点功德吧

隐藏

外邦人说“瓷”，是在说一个古老国家的名字
她说“瓷”，是在说自己易碎的心
秋天来临的时候，她说要去景德镇

她在瓷器上作画
也把自己当作瓷器
画瓷器的时候她很小心
她说，那是功课
画自己时她随心所欲
她说，这是功夫

她把自己画成仙，画成妖，画成鬼
画成敌对又亲近的
另一个自己

距离

离开只是暂时的分别
不过是换一种方式与自己相处
春天来了又去
我们沉默，也是在表达

找一个地方安静地坐着
喝茶，发呆
夜色尚未来临，梦未曾开始
一切都回归到最原初的样子
鱼在水里
鸟在天空

李艳，诗歌爱好者。有零星诗作在《诗导刊》《长坂坡》《四川人文》《威宁诗刊》《河埠头·塘河文学专刊》《山东诗人》《长江诗歌报》《中华文学》等发表。有诗入选《2019年中国新诗日历》《星星·诗人档案2016年卷》《2016中国散文诗·精品阅读》《2015中国诗选》《实验经典诗选》《汉诗三百首鉴赏》《网络诗选短诗选本》等选本。

用潮湿的目光远眺（组诗）

◎李　艳

万千过往，在落灯花时静静走过

春风吹过的老槐树
像一只孤狼，站成黄昏
它暗藏心事
举着晚霞厚重的袈裟
我们一边无言远眺
一边独守着各自
不足为外人道的沧桑
而尘世的辽阔，山高水长
时光，一个不经意的转身
便换了人间
当我们在晨钟暮鼓中祈祷，忏悔
侧身躲过那些泛黄的旁白
却忽略了，万千过往
在落灯花时，已静静走过

时光，正用青梅煮酒

已是斜阳向晚
守在旧城楼下的两株山茶花
依然雍容，笑靥灿烂
清澈的宁静与她们如影相随
古老的留白
也因她们的美丽
让雅致和粗犷在小城并存
当落日的余晖
已不再从她们的枝桠中
旁逸斜出
我们用潮湿的目光远眺
生出无限遐想
一个林籁泉韵的声音
从远方传来：
还没来得及爱的，就赶紧爱吧
尘世苍茫
时光，正用青梅煮酒

桃之夭夭

春天的桃花
还是争先恐后地开了
其实，只要有一场轻风细雨
她便可以打开果核
安身立命
灼灼其华，是她的姿态
灿烂的肆无忌惮，也是她的姿态

即使是病毒肆虐
她也依然按照时光的节律
绽放草木心的灵性
依然，会伸出自己纤弱的手
用枝桠上的暖色
抚慰苍生

各自苍凉

春晖一如从前
她用明媚，为云彩勾勒金边
这里是人间四月天
这里还有小路，通向春天
刚巧，风轻如羽
刚巧，说到光阴
墙角深处的几朵小花
因执着，因轮回
而拼命俏丽
一群翅膀，已在空中划出弧线
一些词语已介入春天
我的目光，追逐着时光的轨迹
用喜或悲的眼
看指尖沙里长出新叶
看人面桃花，仍如初见
而人间如是
那些还来不及忧伤的生旦净末丑呀
正踌躇在岁月的路口
各自苍凉

我看见的那颗星星，正用力地亮着

想你的时候
我会走到窗前，看星星
就像从前，乘坐 501 路公交车
由南向北去看你

一想起陡增的岁月
和你的天涯羁旅
那片闪烁着光芒，绚丽的星空
就会以刀的锋芒
寂然成，向死而生的荒凉

在天穹下想你
我有无法言说的疼痛
知道吗？当夏天的最后一抹橘色
没入黑夜
我看见的那颗星星
依然守候在夜空，向我张望
正用力地亮着

陈永珍，笔名"乘舟前行"。陕西省作家协会会员、中国诗歌学会会员、重庆网络作家协会会员、上海华文易书网签约作者。出版有长篇小说及合集。在全国各杂志纸质刊物及网络微刊发表有大量小说、散文、诗歌诗词等，并多次获奖。2020年2月中篇小说《故土故乡》在盛世阅读全网小说征文大赛中荣获优秀奖。

悠扬抒情又有些忧伤（组诗）

◎ 陈永珍

口哨曲是梁祝

相拥着
静静地听他吹口哨

口哨曲是梁祝
悠扬抒情又有些忧伤

突然，他伸出一只手
抓住我的手去揩拭他眼泪

口哨声依然悠扬
我眼里涌出满满泪水

任你我脸颊泪水流淌
融汇成汪洋澎湃

携着落日的彩虹
扬帆启程追逐晚霞

汹涌波涛在浪尖打翻航船
翅翼瞬间失落在茫茫沧海
静夜，我在寰宇寻觅吹哨人
梦中相拥不再相见

流涕断肠的思念
吞噬我的生命

相拥着
静静地听他吹口哨

口哨曲是梁祝
悠扬抒情又有些忧伤

驶入心河的船舰

江河大海澎湃着
数千年的喜怒哀乐
山川花草演绎着
人间悲欢离合的情恋
世态炎凉绝望的尽头
想到你在世界的某个角落
他乡之客风餐露宿
我的心纠结在无归期
那曾经的厚重挚爱
像生命船舰驶入我心河
我的生命船舰啊
但愿你乘风破浪永不绝望

我愿意用我的心
作为你航行的灯塔
我愿意用我的灵魂
为你铺就温暖的港口
就算全世界给我一个背影
地平线被断裂为深沟壁垒
我仍然会采集一朵浪花
让春风送去我一个吻
在那寂静无语的月夜
我看见流浪者行迹
寒露夜色千里波涛中
你说你的生命属于流浪
晨曦阳光洒落在宁静堤岸上
远方海岸线流浪者啊
记得在狂风暴雨的摆渡中
有一条生命长河永远为你畅怀

哑女的梦

女人的感情是哑巴
有如梦中哑女
她想呼唤
那情感离她而去
她想呼叫
曾经的天使变恶魔
女人拿起一杯苦酒
默默含泪独咽
爱恨、哭笑、真假错对
都已被封存
在心最隐蔽的灵魂里
尘封了哑女的梦

蓝棂儿，本名李冬冬，一个调皮爱笑的女子，爱蓝色、绿色、粉色，爱各种花和茶，爱咖啡、爱红酒、爱蓝调爵士乐，爱传统文化，崇尚古典的端庄和现代热情交织的生活态度。生活中不可缺摄影、阅读、作诗、写散文、画画、烹饪，把平凡的生活过成诗，把朴实的浪漫化成生命中所有的足印。

光影中缓缓漂移的情绪（组诗）

◎ 蓝棂儿

古巷

一个影子在古老的青石板路游荡
紧跟着我，我琢磨不出与它之间的因缘
古巷在数百年光影中缓缓漂移
声音、气味、光线、阴影，稍纵即逝
就像许多表情，许多情绪的碎片
模糊了人们世俗的容颜

走进深秋，去穿越时间的荒芜
旅途中遇见这口古井，再也捞不起
柳咏掷下的身影和词句
那个千年幽深隧道，抖落许多尘缘
承载光阴的梦，白云飘逝
我禁不住欣喜朝她大喊：好久不见
那张脸与我一样，回荡同样的声音！

从梦中归来，飘舞青灰色的老时光
一双红绣鞋踏遍觅处，我来过
我的手掌抚摸着每一块长满青苔的砖石
仿佛我的前世，一步步
踏过古老的青石板路
将一盏盏路灯吹灭，渐渐返回梦里

今夜的漓水

漓水的秋殇，只剩紧锣密鼓的断弦声
月光烈酒不能将一条河醉倒
夜风像小脚的女人，细密地从指尖穿过
人们说，洪荒远去一万里
祈愿的经文，沁透这一江秋水
没人知道，遥远的故事和荒芜的野渡
没人记得河的前世今生
她将生死嵌入岩体，只有
无穷无尽的山峦是她历程的墓碑

战场怀古

遥望古战场
冬风把落叶一齐从山坡奔涌而下
像飞扬跋扈的战袍加身，风驰电掣

天界隐隐渗出战鼓飓风般的骤点，滚滚洪流穿越数千年
雷动风云，蛟腾着从天边压至太阳升起的地平线
千军万马化为苍茫大地匍匐的野草
壮士们的呐喊
战马的铁蹄和壮烈的嘶鸣

戟戈冲刺碰撞铁器铿锵的声音
还有鲜血抛洒的雨点……
大军滚滚压过的故土，风扬起尘土
一半在天上，一半没在泥土
历史滚烫的血色记忆最后也化为泥土
逐渐被风沙隐默

你站立在这时间洪荒的中点
孤独的月光将黑夜灼伤了一湾半圆
她清冷地遥望着故城
蓬草站在衰墙上，蓬勃的荒凉
强风知劲草，摇曳着一股韧劲
像风中游龙之笔，运筹帷幄
默默抒写下这些年被遗忘的岁月
他更像一位倔犟的老人
仍风餐露宿在秦时明月汉时江山
守着千岁的古道，吹响一支满腹悲欢交集的羌笛

捧一把尘土在风中放逐
以此怀古
上数五千年，下至无穷虚空
随春秋无度，时间过往都如出一辙
稳坐泰山，岿然不动
你既不是英雄亦不是美人
却胸中有熊熊烈焰凭吊这无数生死
你既不是皇帝亦不是千古良将
不能力挽狂澜，叱咤历史风云
胸中唯有浊酒一壶，以敬天地
在我静止而又饱满的心房中央

罗凌，又名泽仁卓嘎，藏族，70后，四川巴塘人。中国少数民族作家学会会员、四川省作家协会会员、四川省散文学会会员、鲁迅文学院第26期少数民族创作培训班学员。著有诗集《青藏高原的81座冰川》、散文集《远岸的光》《拾花酿春》。曾获第五届四川省少数民族文学创作优秀作品奖、四川省报纸副刊好作品一等奖。

如果人生是一场叙事（组诗）

◎罗　凌

走向海洋

——写给母亲

您，是我永远的意象
就像大海，或者曾经的大海
总在悲伤的文字里行走
当我凭临那片蔚蓝
并把歌声贴向您的时候
我就起誓　来世今生
要把您折叠成笺

多年以后
淌过清晨、正午、永夜
拾掇起那些记忆
飞鸟哑然失声
我已经失去了一个记号
一个名分　和一个可以尽情蔚蓝的春天

就让静默比肩山川吧
请您给我心安的力量
让泪水洗净茫茫寰宇
让蔚蓝漫延
您的气息就像这片海洋
即使干涸，也是另一种形式的流淌

每一个无眠的夜晚
您都无声地与我存在
我和您的一切
尽数定格在海底深处
落幕在　那个残忍的
残忍的，白与蓝交织的空间
即使您在彼岸微笑
指尖浸润着蔓珠的芬芳
我依然无法筑起河堤
隔断纵横心野的泪水
今夜，我们牵手走向海洋
让我再一次回望
内心深处的童年

春天开始深沉了
回忆依然清晰
花开花落两由之
您知道吗？为你送行的鸟
它的叫声依然清脆
您说，布谷鸟飞向高原的时候
一定要幸福地微笑
这些，我都记着呢
穿上您的藏袍　他们说

真美啊，像你的母亲
那么，让我微笑着
用素白的语言写一首诗
写给海洋，写给春天
写给您

经幡燃烧的时候
我纵马驰骋
云，触手可及
鹰的身影和我的身影重叠
可是，草原上只有我的跫音啊
没有人知道，那个秋天
我的足迹覆盖着轻霜雪痕
失去了现实的牵引
不要蹙眉
让我尽情流泪吧
在这片海洋的腹心
如果人生是一场叙事
我已经看到了结局
让我再为您唱一支歌吧
如果来世您是一位僧人
我将是你手中的念珠
即使这世间歌声寂寥
我也要把思念唱尽

浮云

拨开浔阳夜月
鱼从水的侧边泅出
水辗碎如镜的长天

融入浮云深处轻唱

那金簪划开的
只是隔烟的村落
只是陌上的姜歌
岫壑寂寥
虽黯然流动
却吟唱不出磐石与蒲韧

今夕何夕
恍若一个无解的方程
真实的答案
已在陨落的星斗中永恒

离散

我已将茫茫寰宇
站立成一道风景
无法泅渡
无法，将云锦天衣
化为羽扇纶巾
你，悬在西涯
回望机杼
游动只是一种形式

经年的离散
心已恒定成荒域
鹊桥是一幅斑驳的油画
迢迢于银汉
空落在金樽

期待你散射的明月
朗照出满目绿烟
如此，风刀霜剑的时日
才会香夭妆台

既然天注定
鱼和水的距离
是世界上最遥远的距离
我们，就把七夕翻阅成书吧

王颜，女，四川阿坝人，文字爱好者，曾用笔名白雪、秋潭。有散文诗歌发表于报刊杂志和网络平台。

这一切似在梦中（三首）

◎王　颜

烟花与磷火

时间的原野里
无数的我们
犹如磷火

选择舒适
幽幽自燃
无痛无觉

蹉跎了整个黑夜
当白昼来临时
痛失辉映夜空的良机

倘若成为烟花
即使白昼
也能炫亮长空

生命的荆棘与短暂
岂是每个人都可以承载
那份重负

乡愁

一个梭形的鹊巢
高高的挂在
神仙包宝顶

一棵随性的树上
规整的砌堆
截截都是
梨树的丫
寒来暑往
它就淡在绿叶里
又露在枯椏上

一个个马蜂的窝
在高树的孤枝上藏匿
恍若一颗硕大的枯梨
别致的繁盛着
妇孺们的忡忡忧心
只成了它们营营的笑料

一位中风的婆婆
蹒跚漫步
佛珠伴着寂寞
窸窣碎响

偶遇背着书包的爷孙
相互便告别了
再告别

几缕炊烟
没入下压的湿雾里
妈妈的味道
曾是那熟悉的熏香
如今只余下湿凉

妈妈的笑脸
手心的温度
则成了手机屏幕上
触摸的冰冷
那份温暖已是
云深难觅归处

悬空古庙

你背靠绝壁
凝望云海翻滚
千年　万年

鲲鹏扶摇
纵横九万里虚空
慈悲　圆满

澹荡树挂
不老古树
伴你

遗世绝立

独木梯上
四肢匍匐攀爬
是俗世膜拜你
唯一的方式

梦中有独木梯上
移步的沉滞
临渊俯瞰
灵魂的惊颤
枯坐崖洞
失语的冷寂

林涛风唳
清泉滴滴
洞穿心扉
飘浮　轮回
触摸那一扇
明空的洞门

这一切似在梦中
却又像尘封的旧忆

沉若尘，原名何英。爱好写作，四川省筠连县词协会会员。诗作散见《诗歌报》《散文诗世界》《宜宾日报》《泸州文艺》等。

相约，在别处（外二首）

◎ 沉若尘

相约，在别处
汽车穿行于楼与楼的丛林
在速度中晕眩　在时间的流水里
想起一些伫立的坚守
想起年少的春天
你撮唇吹出的鸟鸣

将短发接成长发吧
末梢的微卷很古典
约定处　有雕花　有飞檐
有经十字绣而绽放的牡丹
鞋跟敲击石砖
沿留空空的回音　微雨在
窗外初歇

看你低首　桌上是点菜单
你执笔勾勾画画
恍若当年

指点世事于指间

踯杯的脆响绵延
圆盘重叠交错出
虚虚实实的水墨画

我们　开始了
又一轮商谈……

一个时代的汨罗江

清波上
龙舟穿行
我结识的人他属龙
古中国文化里
这是他唯一的传统

某年某月某天
他的发染普遍的黄
右边耳垂有
曾可辨性别的银环
身体环绕艾叶、菖蒲香

老辈人说他有福
当他大耳垂上的大银环
随狂放的歌“哼哼哈唧”
我荡舟江上

另一个时代
蓝、红泛滥

莲

夏日的午后
耳轮外的蝉声坠落
溅起一池水花

我的姿态低矮似树
独对圆月般渐升的你

仿佛太远的距离
在岁月凋萎之前
不曾歇止

以无尽的涟漪
不曾忧郁的汹涌
树外树内沉沉的心绪
换一池水花绽开

第三辑　独醒的呼吸

像失血者，像数不过来的人群
一粒灯火来到我们中间
非要照出你的影子，而是燃尽它自己
——杨角

不是第一次，但肯定最后一次
明天你就要成为火焰
带走所有的泪。困扰一生的
命运、悲伤和遗憾

——涂拥

江山太庞大了，我蜻蜓点水都来不及
那就只好端坐我的马吃水，等千古名流云飘飘雾漫漫
谁人识得我李草草，我是民来他邻居
煮豆说典故，捉枚名山权当棋

——李华

一场桃花约
盛开在意念构成的场景
时空错乱 只有柔韧与飘逸
相拥而舞

——庄剑

达夫，实名：夏洪。诗人、作家、文化产业专家、企业家。四川省文化产业商会党委书记兼执行会长、四川省民营文化企业协会会长，多家智库和研究机构专家。出版文学专著《水做的骨肉》《把酒话桑麻》《花落知多少》等，出版经济管理畅销书《解放老板》等。作品收入海内外出版发行的60余种文选文集。在全国报刊、电台、电视台发表传播各类作品1300多件，获全国及各地文学奖50余次。曾获十大杰出青年、优秀知识分子等多种荣誉和称号。

在季节的边缘低吟浅唱（组诗）

◎ 达　夫

春天　端坐在一片阳光里

那些像时间一样悠久而又绵软的阳光
穿过稿笺般的云层
穿过城市毛细血管似的缝隙
穿过一无所有的天井
准确无误地洒满我的窗棂
洒满我看世界的取景框

这是春天最好的问候
我在阳光的呼吸里
闻到了红樱桃娇喘吁吁的气息和
绿芭蕉大大咧咧的清香

阳光　女人味十足的阳光
用她纤细的手指
一丝不苟的梳理我的头发和思绪

我的心便皈依了阳春

也许　我是一款缺少叶绿素的阔叶
正张开宽大的希冀
等待阳光照亮我生命的根须

夏天　谁的孤帆远影

七月流火
晚霞很稠密
风在浪静之后
收起了翅膀
贝是浪花中的蝶
把波光和霞的倒影
舞蹈成意识流

没有网的日子
帆　格外轻松

是你迷失了方向
误入我的港湾
还是顺水路过
作一次礼节性的拜访
我是一只沉船
从水底看你
你的桅杆上为什么挂满泪珠
整整一个夏天
你的满腹心事
被季风填成湿润的竹枝词

我不知道能不能
目送你走过更多的口岸
但请你牢牢记住
所有结冰的日子
我的热血都在为你
暗暗涌动

秋天　困惑是一个多余的词

秋　又在风雨中萧萧了
赶路的那个人
可又在想象不到的远方风雨了

走了许多被风雨
洗得发白的日子
生命像一把破落不堪的油纸伞
不知还能撑多久
回避往事就如同害怕未来
谁在冥冥之中
掐住你的命脉……

没有选择也是一种选择
无论秋　无论秋之秋
该赶的路　还得赶紧赶
不该困的惑　就不必惑
犹如浪淘了沙　沙逃了浪
谁能把自己抛在脑后
谁就有希望
在秋天活出几分春意
秋天那个赶路的人

把背影撇在月光之外

冬天　起风的日子

冬天的风　冷不丁就刮过来了
我还来不及准备围巾和风衣
我并不是一个怕冷的人
但我还没学会见风使舵
风使我有些茫然
据说冬天是一个寂寞的季节
寂寞需要忍耐
芬芳需要酝酿
人间没有无缘无故的花开花落
我为什么竟然忘了提前为冬天
储备一些激情

冬天的风
有些时候是从命运的空谷刮过来的
比如那一年　冬天的风就很疯
不由分说的席卷楚国大地
汨罗江畔有一个写诗的人
正行色匆匆
他要赶路　为楚国赶路
没有马　自己驮着自己的信念
天涯孤旅　仗剑而行
人和影子一样瘦长

路漫漫其修远兮
那人心中明白
自己必须走在风的前头

在许许多多的人归心似箭的时候
那人不是为了回家……

春之酒

雪藏十八年
酒在春天醒来
饮者无语
独坐黄昏
独坐时间的深处
鸟鸣在暮霭中闪闪发光

山清水秀的思绪
若有若无的怀想
这是一个惺忪的季节
不在春天里把酒
人生哪来酡红

云起时醉三分
云落时醒三分
酒是春天最好的牧歌

夏之蝉

从地下到地上
蝉是一个忍者
从地上到树上
蝉是一个歌者
从树上到天上
蝉是一个智者

风雨之后
蝉在明晃晃的夏天苦苦地吟唱
蝉有一个笔名叫知了
可谁能知道知了的心思

有些东西虽然薄如蝉翼
但我们就是看不透也吃不透
蝉在秋天到来的时候
作了一个隐者

秋之叶

叶的命运总是系在根的命运上
根深可以注解叶茂
犹如忠诚可以注解爱情
重阳登高处　请看
一枚枚恰到好处的叶
骄傲的别在秋天的胸前

叶是秋天的封面
也是秋天的封底
问秋有多深
叶默默无语

叶的一生都在纠结
它到底是为果实活着还是为根活着
但相信爱情的人都知道
叶最后归了根

冬之茧

冰可能冻三尺
冰也可能只冻三寸
上苍把一年的寒意大多兑付给了冬天
难怪冬天是一个冷血的季节

有的虫子在冰冻三寸时便呜呼哀哉了
有的虫子在冰冻三尺时
还潇洒地打着四三拍的呼噜
茧
不由分说地囊括着一个个智慧的生命
茧是冬天最得瑟的童话

蛰伏不是降伏
蛰伏是为了光彩彩的重生
一只密不通风的茧
却能让人茅塞顿开

杨角，四川宜宾人，警察。作品散见《人民文学》《中国作家》《诗刊》《星星》等核心刊物，被收入多种选本，获过奖。出版个人诗集7部。系中国作家协会会员，鲁迅文学院第23届高研班学员，公安部文联签约作家，宜宾学院兼职教授。

遍地灯火（组诗）

◎ 杨　角

落日

每滑落一次
太阳就会
带走大地上一个人

在这之前
它已带走我的祖父、祖母、母亲和二弟
今又黄昏
四川的天空布满血丝

余生的日子都是难以释怀的日子
余生的黄昏都是悲悯的黄昏

总有一次滑落最终会将我也带去
一想到就要见到
久别的亲人

我有一种想哭的兴奋

湿地

冬日的湿地上
小草仍在种植水珠
树木忙于扔掉发黄的叶子
褐色的水藻已经习惯
在冷水里腐烂
一只鹤从远处飞来
带来天空的白云
突然它
伸了伸脖子
把人间的寂静提到了喉咙

遍地灯火

灯泡是受赠的旗袍
赠予红色，它就是红的
赠予绿色，就是绿的
大部分灯光一张脸白辣辣
像失血者，像数不过来的人群
一粒灯火来到我们中间
并非要照出你的影子，而是燃尽它自己
很多时候，那些电工
忘了拉下电闸
大白天里，它们仍不明不白地亮着

桃枝词

桃树一直在往体外掏东西

掏出桃叶，掏出桃花，掏出桃子
到冬天，它已经没什么可掏
灰蒙的天空下
它最后掏出了枯槁的手指

蝉鸣辞

从蝉的叫声里分辨出
一只，那叫凄清
一万只，就叫飓风过境
作为落水者，我一次次感到夏天
深不可测。叫声美妙
我有几十年不能把它写在纸上的烦恼
我是深陷漩涡的人
我一直在努力
试图抓住漩涡的声音

在水边

一片落叶，正缓缓坠入天空
坠到底的时候，会在水面
遇见真实的自己
一片落叶太孤单了，秋风
唤来了更多的落叶
像一群麻雀向着天空的深处飞
它们越飞越快越飞越小
直到飞成黑色的斑点
眼看就要看不见了
突然又集体在水面还原
这上下颠倒、左右相悖、远去

即是归来的发现，令我惊喜
一群刚刚结束旅行的落叶
坐在流水的草坪上
仿佛回到故里
仿佛翻山越岭就为一个孤独的人

运白云

天气晴好日子
能看见天空运送白云的马车
云朵是白的，马是白的，车也是白的
蓝色跑道上，到处是白色的辙印
那些快速奔跑中的车被风
处理成一幅泼墨。很多时候
我们只看见一只马脖，几只马蹄
一束白色的鬃毛，抑或带有杂质的尾巴
季风向北吹，我常随庞大的车队
走出祖国的边境
地球是一片洼地，从万米高空回来
人间正在下雨。而运送白云的车队没有停下
车轮的雷声隆隆滚过
很多时候，我们能看见一记
又脆又亮的响鞭

写简历

在一张毛边纸上写我的简历。
毛笔刚满七岁，有一座
简陋的村小，邻县带帽的初中
高中被蜿蜒的山路阻挡在

四十华里以外
然后去异乡读一所中专。
写到十九岁，笔墨要浓一些，重一些。
那年我参加工作，有了自己的薪水
可以孝敬祖母、父母，洗涤弟妹们的眼睛
之后三十六年，抑郁长久，
而欢乐短暂。
有被一文不值的诗歌搅乱的大半生。
如今，用毛笔在纸上写字的人
已经不多了。在蜀南竹海
我看见，还有人
延续着用刀子在竹上刻字的习惯。

涂拥，媒体人，现居四川泸州。2015 年重新写诗，归来后诗作散见于《诗刊》《解放军文艺》《星星》《草堂》《诗潮》《汉诗》《扬子江》《绿风》《诗选刊》《中国诗歌》《青春》《四川文学》《青年作家》等，并入选多种年选。

与父同眠（组诗）

◎ 涂　拥

狮子

一头老狮子，拖着血染的夕阳
缓慢，孤独，走向沙漠深处
它败给了另一头雄狮
完美地输给岁月
王国就此坍塌，曾经的荣耀、尊严
换成一具残躯，回归黑夜
这只是电视画面
仍看得我潸然泪下，让我想起
远方患绝症的老父亲
也像一头狮子，此时正躺在病床
眼巴巴地等我回家
等待我成为另一头雄狮

房子

从老家大房子
父亲搬进病房，田土和鸡鸭
换成药水、纱布、疼痛
越老越小的父亲
这狭窄病床，足够他咳嗽、呕吐
容纳日子。房间
只要能放下一口气，就好
接下来，他还会搬到更小的匣子
装下一生，更轻更小
这小小匣子
将成为房子多出来的部分

弥留之际

正在向黑夜走去
父亲目光起雾了，他努力想睁开眼睛
但仅能看到他儿子
其他地方都是黑色湖水
哪怕偶尔有声呼唤
能搅碎月光，但瞬间又回归平静
他的双手不停摸索
想再次感受人间四月
可夜越来越深，天越来越凉
纵然我双手紧紧拉住
天堂还是深不见底

与父同眠

不是第一次，但肯定最后一次
明天你就要成为火焰
带走所有泪。困扰一生的
命运、悲伤和遗憾
明天它就是灰烬，趁着天黑
雷雨也前来泥泞
父亲，一切的一切
都阻挠不了我们今晚安息
让哀乐成为最平静呼吸
让你最小的儿子
最后一次有父亲相陪
在你前往天国的路上
带着我酣然入梦，因为
睡眠不属于死神

喊一声：父亲

趁没人，面对冬日长江
我忍不住，喊了一声：父亲
江水并不因此而激动，它老了
瘦下去的河床中，露出骨头
还漏洞百出
几只水鸟立在上面，朦胧中
像是几块墓碑
我站在岸边，淤泥张开大嘴
已经有水喝不到了
腐烂无法抑止
我的绝望如夏天洪灾

泛滥，蛮横，席卷一切
趁我还在恍惚中，儿子
突然从背后将我拦腰抱住
大喊一声：父亲

回家

父亲准备搬家了，他用尽一生
咳出最后一口老痰
像要吐掉人间
可天堂那么高
他哪有长出翅膀的力气？
天天咳嗽，饥饿，出血
心中肿瘤，沉重拉住他
我也累了，多么想随他而行
可老母亲被大雪覆盖的屋顶
还在大地摇晃
春节就要来临，回家的路
埋在了雨雪里

走了

病重的父亲，已经开始糊涂
带着含混的天堂口音
只能听清俩字：“走了！”
这是他每次清醒后
催促我们离开医院
也是他昏迷前，怕影响我们工作
落下最多的话音
可天大地大，父母在
我们就不敢离去

等我们真正想迈步时
走了！却没有了父亲

二月最后一天

按照惯例，这早春二月
应该有所谋略
我却还在最后一天，为一个读者
赶写一首无法完成的诗
我想让汉字洋溢花香
读出来比鸟声动听
最好还能治好绝症
我知道，我做不到
可还是想把这首春天的诗
念给躺在医院的父亲听
人做不到的，也许春天能做到

春短

桃花在父亲不断咳嗽中
纷纷落地，春天也坠落
李花不合时宜，将白色粘满枝头
结果还是被一场大雨
淋成坟前纸屑
这个春天，我来不及更衣
突然就进入夏季
高温停留父亲前额
我知道从古至今，清明
必有一场雨纷纷
但还是没有准备好，迎接雷电来临

李华，文学爱好者，敬仰诗歌，永远在学习诗歌的路上。

近到眼下则是均匀呼吸（六首）

◎李 华

人生得一树而足矣

长期深情于一棵树，它会成精的
它会把每一次受伤的结疤，当成等你的眼睛
甚而之，它会哼出绵长而多声部的小叶曲
让你受用心旷神怡。我
一身的疲惫啊。一刹那的无所谓了
那么多人间蒙垢，就是在这种默契中
逐渐读懂站直与云淡风轻。好树是挚交
是语言大师，是不舍昼夜的
海阔天空，远山远水

有想法的人，多半是牛

不要和没割过草的人说牛羊。在我当知青的时候
就知道草虽多，但浅，不好割
有点鲜草就足够反刍了

同样，不要和没走过小路的人说崎岖
不要和没玩过席地而坐的人说发呆
有想法的人，多半是牛
小部分是羊。和草打交道多了
不言不语就成了品学兼优。假如
割草娃忽然也哼哼唧唧，写几句什么歪诗
一定和草有关。说不一定还有镰刀背篼

我的天空也因此阴一阵晴一阵

刚出去听了一阵山被撕痛了的声音
水库已初现端倪。装雨
那还得有待时日。或者说还需求助忽风忽云
而山的泪涕，泥了半壁身躯呐
你看那乱飞飞的麟

如今拿山河说事，真还算是一种本领
再硬的命，就免得了被恣意践踏被移植吗
我因此每每路过夹皮沟，都能敏感出铁青色的山们
那种露骨的诅咒与愤恨

李草草

要是不下雨，谁来抚摸山河
我却躲在屋檐下，把雨打芭蕉听成名曲
想起湿润，我就从生奔流
远到极致则是彼岸，近到眼下则是均匀呼吸
晴对雨。暖对冷。皮肤对阳光
我就这点底线思维

云游

一个翻跟斗十万八千里的事，孙悟空玩过
实不相瞒，我也在悄悄玩
只不过纯属虚拟
江山太庞大了，我蜻蜓点水都来不及
那就只好端坐我的马吃水，等千古名流云飘飘雾漫漫
谁人识得我李草草，我是民来他邻居
煮豆说典故，捉枚名山权当棋

转眼

转眼五月。转眼六月。全都是树叶在说了算
时间一半在晃悠，一半在见机行事
繁茂只是拿来逗你玩的。一有风狂雨骤
掉的就不是数字，而是心惊胆战
背靠一辈子的转眼又转眼。我依然可以跳过树冠
看你
看你一天胜似一天的鲜活
以及淡定

庄剑，宜宾晚报社总编辑、高级编辑，硕士生导师。中国散文学会会员，中国晚报工作者协会常务理事，中国新闻摄影学会理事，四川省作家协会全委会委员，四川省报纸副刊研究会副会长。在《人民日报》《解放军报》《光明日报》《解放军文艺》《星星诗刊》《四川文学》《红岩》《青年作家》《海燕》《花溪》等报刊发表文学作品100多万字，出版《蘸着月光写封信给你》《书剑飘零》等诗文集9部。

春天　我与桃花相安无事（组诗）

◎庄　剑

春天　我与桃花相安无事

这个春天　我与桃花
相安无事

我们都能够做到
心如止水
偶尔　我们望着
一些蹭上花粉的人
看他们妖冶
看他们装腔作势

一只蜜蜂
在我和桃花间
嗡嗡

它转身飞去时

我突然觉得
远处那丛野生的鸢尾
和我一样
是桃花的兄妹

春天的童话

这个题目有些陈旧
但是我想
赋予它一些新意

一场桃花约
盛开在意念构成的场景
时空错乱
只有柔韧与飘逸
相拥而舞

夜色中　忽隐忽现
纤腰袅娜的女子啊
我侧耳聆听
你风中无音的歌声

歌声覆盖在轻纱里
让人不经意想起
那个雪夜　苦涩中
你情窦初开的脸庞

溯流而上的爱情

三江口的流水

漂浮着零星的月光
和零星的花瓣

花瓣顺流而下
我唐诗宋词滋养的
爱情　却坚持
溯流而上

航标塔看见
长江拍岸的涛声
没有唤回
固执地沿岷江
溯流而上的爱情

徐澄泉，1962年12月生于重庆万州。中国作家协会会员，“我们”散文诗群成员。出版有《纯与不纯的风景》《寓言》《一地黄金》《坐看蝴蝶飞》《与影共舞》《谁能占卜我的命》等7部诗集。参加第13届全国散文诗笔会。现为四川乐山市作家协会副主席。

冲和的时光（组诗）

◎ 徐澄泉

与稻草人言

背着十字架守望现实，眺望远方
现实很近，远方很远
做不了一个有理想的人
就为一粒现实主义的粮食站岗放哨吧
粮食是天，是命
是命的天，是天的命
一些雀鸟的贪婪和腐败
正把天捅破，把命掏空
你无力阻止一场阴谋和罪恶
空洞的眼睛，睁一只闭一只
你也是肉身凡胎
经不住某些诱惑
比如秋风煽情
你随之兴奋地舞蹈和歌唱起来
舞如狂风凌乱，歌像百鸟嘈杂

那些程序化的动作、规范化的语言
牢记心间的责任与担当
都抛到了九霄云外
打乱天边美丽的彩霞

在盛大的春事中小寐

春戏轰轰烈烈上演
我静坐草丛中央
看天空蔚蓝，风筝逍遥
情侣缠绵柳下
几个老者，自说自话
晒着彼此的太阳
我是其中哪部分？

打探别人的花事多么危险
一不小心坠入桃花的深渊
我以春风为马
我以花瓣养鸟
把甜言蜜语献给爱人
终究圆不成一个好梦

几粒现实主义的鸟鸣淋下来
我在菩提树下顿悟——
蚂蚁卑微，蜜蜂勤劳，蝴蝶多情
我是它们共同拥戴的王

在万州长江之滨偕友品茗

我以知天命之年的多余部分

他以耳顺之年的不足部分
合抱一幅残山剩水
共拥绿水青山

儿时的顽劣与稚嫩
青年的狂野与浪漫
中年的江湖与江山
在烟波里沉浮
时光冲和淡远
近乎无

王星拱：旗手或农夫

1938 年，武汉大学师生冒着日军炮火，沿着长江逆流而上，一路西迁，在四川乐山渡过了艰难的岁月，延续了长达八年的珞珈故事。王星拱时为乐山武汉大学校长。

——题记

国立武汉大学是一面旗帜
在老霄顶上，任寒风飞卷
校长王星拱艰难地扛着
旗帜屹立不倒
精神永远不倒

更多时候，王星拱躬身扛着的
是生活——自己的生活
和数千师生员工的生活
重重的生活如石头拴在旗杆上
旗帜越来越重
他感到：生活比旗帜更沉重

王校长就开荒种菜，圈地养猪
菜苗蒸蒸向上，他扶泥助长
猪儿越栏狂奔，他捉绳引领
校园内外如此这般，平添一道好风景
桃李芬芳，菜苗碧绿，猪儿肥壮
王校长的脸色，因此好看了许多

李庄的月亮加入长江的合唱

伏日一夜
脚踏李庄百年老街
背着长江望高空
千古苍茫

醉眼惺忪的月光
眯着小眼看着我

我羞怯地一转身
猛发现——
月亮根本没有看我
月光铺在长江宽阔的江面，波光潋滟
长江滔滔不绝的波涛，正与月光一起
合唱：大江东去

郑友贵，四川宜宾人。中国散文家协会会员、四川省作家协会会员。作品散见《文艺报》《中国文化报》《工人日报》《中国诗人》《诗中国》《散文诗世界》《中国散文家》《青年作家》《四川文艺》《四川日报》《香港文艺报》《华人时刊》等。著有诗集《目光如初》、散文集《一路行走》《故乡在远方》，并由国家图书馆、中国现代文学馆、各省级图书馆、各重点大学图书馆收藏，作品入选《中国散文诗年选》《中国诗歌年选》《中国汉诗年鉴》《四川诗歌年鉴》《中国散文家代表作选》等，获过全国、省、市征文一等、二等奖。

失落的字典（组诗）

◎ 郑友贵

乡音不改：赠著名诗人商禽

一粒花絮　飘荡
飘荡了半个世纪
一只孤雁　一只多情的雁
飞不出万水千山的思念
那一湾浅蓝的海峡
怎隔得断你归乡的视线

如今　游子归家
河山已变呵　人世已非
唯有浓浓川话仍这般地道
醇如川江水浓如蜀中酒
唯有这印着你少年足印的青石板路
延伸你多思多梦的少年
你可听见慈母当年那
“幺儿快回家来吃饭了”声声呼唤

走进浓浓乡音
你可走进母亲胸怀

在李庄

仿佛一个老人　长驻
这叫作万里长江第一镇的江边
黄桷树下
喝茶　打川牌　摆玄龙门阵

如今　我发如风中秋草
一步步走近
一次次张望
找寻儿时的脚印
江帆　竹排　纤夫　号子
石板路　青砖房

其实　早就该来
张家祠　李家院　席子巷
最是那　月亮田
林徽因梁思成住过的川南四合院
那树梅花　暗自芬芳
我看见　你们在此用英文合写的手稿
中国第一部《中国建筑史》
据说最先在美国出版
我看见　天上宫　慧光寺　张家楼　李家院
变成了同济大学读书楼
师生正自演《雷雨》《日出》
《义勇军进行曲》的歌声传遍江边
林桓　林徽因亲爱的小弟　成都上空

架机与来袭的日机搏杀
把愤怒烈焰　23 岁青春
永远定格在 1941 年 3 月 14 日
定格蓝天　民国才女独坐这江边
《哭三弟》已在她脑海写成

而江水依旧在流　梆子声声
萤火虫闪烁　蟋蟀与青蛙在荷花塘里唱和
那些古董　古书　还有
傅斯年　李济　金岳霖　林徽因　梁思成
去了台北或者北京
留下这李庄白酒　白膏　白肉
店名依旧的　留芬饭店
风起　两只蝴蝶在江边古屋上下翻飞

失落的字典

我曾有一本字典
方块字呈现生动景象
渭水畔　芦苇丛
关关雎鸠　在河之洲
楚大夫一路寻吟
路漫漫其修远兮
在汉唐赋诗　读到
热血奔涌　蓬勃青春
它丢失在童年游戏梦幻中
依稀记得字典写有“真善美”

从此一路寻找
在滕王阁见过　在岳阳楼见过

大漠边关见过　春雨江南见过
苏轼为你流放　鲁迅为你《呐喊》
巴金为你呼吁　傅雷为你《家书》
把你寻找　用青春热血甚至生命
你如旭日　星星　朗月
为前行脚步注满力量
为生命催开花朵芬芳
在寻找　在路上

周洪明，出生于四川宜宾，笔名川南雪。就业于教育系统，四川省作家协会会员，鲁迅文学院首届残疾作家研修班学员，2016年度全国十佳教师作家。作品发表在《星星》《散文选刊》《散文诗》《青年作家》《青海湖》《中国教师报》等报刊。已出版新诗集《情感高原》《春梦》，长篇小说《坠落与升腾》，纪实长篇《文坛泰斗阳翰笙》《宜宾白毛女罗昌秀》《红军骁将张锡龙》等。

柔情化雨唯我独醒（组诗）

◎ 周洪明

回乡

风花雪月全凋谢
绿叶覆盖大地

果实细小而酸涩
阵雨像上天的恩泽
父亲镜框内微笑
一抔鲜土仍昭新伤

岭界凹口返身瞭望
溪流依然蜿蜒地喧响
人们匆匆奔走劳碌
熙熙而来，攘攘而往

母亲站立成樽石头
浓缩了我心仪的故乡

俯看边城

斑斓多彩蘑菇面
几朵孤高的云
通向东峰那路径
与南廓无甚差别

墓冢、农舍与果树
翠绿主宰视觉
乖巧猫脚边溜巡
像只蚂蚁隐身闹世

喝茶水，啖烤羊肉
看妈们曼舞过秋
犀月亭跣足憩柱
呓语里浅笑的梦境

来不来，繁华依旧
一滴情点活流水

隐身

在潺湲的截流河
做一粒水滴
书籍像支队伍
文字是士兵

阳光无比温暖
粮食衣服更重要

串串疾步身影

配得上绝色女子
反身做个乞丐
不求钱，不索食
偷过半日浮生

相逢

沿着心鳞铺陈方向
找到你过去模样

无疑，风刚东南吹来
满地雪花俯仰皆掬
春天阳光出奇地温暖
融化了背面的阴影

我成不啜佳酿隐者
再精美酒怀只是虚设
忽念去去千里烟波
暮霭沉沉楚天阔

时间是把锋利弯刀
它割掉盛聒噪外耳廓
再刺断瘙痒的喉咙

凌晨五点

流水声格外清晰
鸡鸣偶尔溅出

蛙啼是长调配音

黑暗托举天际明亮
遗漏光绽成星辰
柔情化作场场春雨

泪眼迷离中坚强
期待一帧远方风景
传奇沿轴次第展开

伸颈瞭望仍在梦里
世界沉睡，唯我独醒
半朵灯火点燃晨曦

陈智泉，男，四川宜宾高县人，四川省作家协会会员，高县作家协会副主席。曾在《诗刊》《星星》《四川文学》《绿风》《诗潮》《青年作家》《四川诗歌》《新诗》《草地》《山东诗人》《北京诗人》《宜宾日报》及香港《橄榄叶诗报》等多家报刊发表作品。诗作入过书，获过奖，已出诗集《独弦琴》《秋水谣》《风吹陌巷》，即出诗集《远山如黛》、小说集《远山，在落雪》。

远山如黛（组诗）

◎ 陈智泉

又一次去墓地

于此之前去墓地看你
是什么时候，我已记不得了
只记得野百合张开大嘴
好像在对着旷世替你喊冤，吹过
人世的风，翻找着草丛的落叶……
又一次去墓地，寒鸦的啼鸣
散落在远山的空旷里。我在墓园
独自行走，看云飞云起
那白的花红的花开了几回，又谢了几回
我早已忘记

柳树为春风所绿歌

小城湖畔闲散地长着几棵柳树，短亭的影子
常年投射在湖水里

不管下不下雨，下不下雪
白发的梁寡妇都要倚着亭子的栏杆坐上片刻

看见亭子旁边的柳树吐出嫩芽
她就笑了，看见人们绕着湖岸在柳树下
慢慢地走来走去，她就笑了……

那年，湖边的柳树为等她吊死的男人昭雪的消息
迟绿了几日

在忘忧谷，怀人

我就不信，有人会在大白天，隐身在青山里
却要秉一支支烛去到黑夜的竹丛玩到天明
据说，一些人，已在昨晚的萤火中走失
他们在春风里放荡，他们指着桑树骂槐
他们诅咒露珠是水的私生子，他们
疯够了，就干一些我们也曾想干的事情
他们在低矮的竹檐下，弹琴的弹琴
煮酒的煮酒，打铁的打铁……
他们从傲骨中嘬出一声声长啸
湮没在昨夜的清辉里
山谷依然很静，风吹着竹丛里的石头
游人的脚步覆住了夜空下面那些虫鸣的灰烬
水车已旧得不识人间的风情，只听得
竹筒倒出的水，砸在青石板上
溅起清幽幽的噼啪声

在竹海

想说是，人在竹海，你就没有必要

打着马儿赶往南山去了
南山太南，要走好远的路程
何况，陶先生好静
早把世外的那个桃源
耕种成了不食人间烟火的圣境
还是这竹海，有琴蛙鼓噪，离红尘近
你可以在竹山上搭一座竹寮
可以娶竹为妻，可以养一群竹子一样的
儿女，也可以像竹海深处的周华聪们一样
抱一本书，幽居于竹箐斋里
说竹子一样的话，写竹子一样的诗
做竹子们做的事情……

竹寮奇遇

那年的路，和今天别无二致
我们是从仙寓洞的黄昏里走过来的

那时的天宝寨，就像路遇的隐居者一样
隐居在绿色的竹枝和蓬蓬勃勃的茅草丛里

孤独的斜辉中，她把一截枯竹劈入竹寮
她说八十六岁的她，和我同一个姓氏
和我一样，喜欢在夕阳下写诗

我和我的朋友掏出一元二角纸币，买下了
她的油印诗集，我们发现，我们的影子
落在了天宝寨三十年前的余晖里……

下棋的人走了

下棋的人走了，棋子散落一地
兵，卒，士，相，帅……
鱼龙混杂于马踏飞燕的命运
双马饮泉，十二寡妇征西
我不知道楚河汉界中的仙人
端坐在那四面楚歌的喊杀声里
谁为谁指路，谁为谁布局？

远山如黛

无人的丘岗，并不寂静
塔影在松涛的怒号里，将人间的大美
一层一层地裸露给蔚蓝的旷野
薄雾从河谷缓缓地升起来，夕晖
给峰峦抹上袈裟的颜色，远山如黛
万物肃穆而祥和，飞鸟划出云霞的残骸
满地的虫鸣，让清凉的山野愈加清凉
让辽阔的香气愈加辽阔，当那一声惊鸿
落定之后，你不得不开始怀疑
缥缥缈缈的烟云霞霭背面，还有数不清的
苍茫，废墟，和暮色……

刘荣魁，男，汉族，四川筠连人。现为筠连县作家协会主席，四川省作家协会会员，中华诗词学会会员。有诗歌、散文、小说、文艺评论等散见于《诗刊》《星星》《散文诗世界》《时代文学》《中华辞赋》《诗词月刊》等文学刊物。

迎面而来的众生脸（五首）

◎ 刘荣魁

我在心尖上凿恒河沙数佛

我把眼睛睁成天空，装进
迎面而来的众生脸，以及
离我而去的后脑勺

他们是我的亲人，朋友
也许什么也不是，素昧平生
视野未及的山水之间，还有
点点星帆，在我血管里摆渡
长河里少了一滴水，就会
停止奔流

我的心一直都在砰砰作响
我在心尖上凿恒河沙数佛

又见桃花开

我用眼睛作证
今年的桃花跟去年没什么两样

不同的是
少了一双秋波

桃花朵朵红
人心寸寸雪

花瓣一瓣一瓣跳下来
砸向煞了风景的人

我亲眼看见时间把书读薄

我用心跳和呼吸，写着自传
像自然主义小说家，记下所说所为
搁笔时，仔细审视文稿
大刀阔斧地砍掉了废话、空事和虚功
大部头缩成了几行简历

只有文物敢对时间的贬损反戈一击

让我们把浑浊的泥胎藏进宋窑
让清朝的风给灵魂生一对翅膀
此刻
在天上，我们轻成霓裳羽衣
在人间，我们的身价已高不可攀

视角

站在西山，每天
都能收到一枚太阳
像硬币
一分一分地丢进扑满
收获金属撞击的快乐

而东山，扑满破了
日子一个一个地流走

我终于明白，人为什么越来越恋旧

明天未明，故事能否讲下去
我充满信心，却心中无数
今天的故事能口述
可是太短，情节太单薄
只有昨天是一个人迹罕至的陈列室
里面开着故事会
一截铅笔头，一件破棉袄，都能娓娓道来
它们是我的证人，证明我的旧时光
没有完全虚度

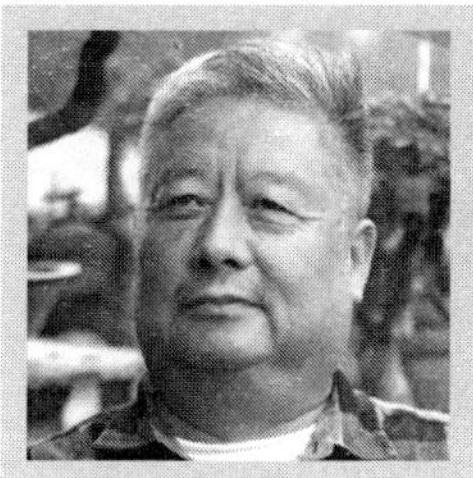

辜义陶，四川省作家协会会员，自由撰稿人。1980 年开始创作，在《花城》《雪莲》《青年诗人》《当代诗歌》《青年诗坛》《青年作家》《鸭绿江》《大众文艺》《星星诗刊》《文学月刊》《西南作家》《黄河诗报》《未名诗人》《品文》《东坡诗刊》《蜀南文学》《大风》《广场诗刊》《岷江文艺》《三江潮》《世界诗人》《海外文摘》《四川文学》等刊发表诗作百余首。有诗集《纸蝴蝶》《六弦琴》出版。

独有蝉用短暂生命歌吟（组诗）

◎ 辜义陶

听蝉

黑暗逼近。

我们无法记住时间，却
记住你清脆、尖锐的叫声
鸟儿们争相鸣啼，啁啾
独有你用短暂生命歌吟

仅仅饮一点清露，却
用整个身心来回报自然
面对凛冽的秋风，你
从不畏惧，生来如此

没有什么能够剥夺你权力
即使那些心怀阴谋的小人
躲在暗处，手拿长长粘竿

他们也无法扼杀你的歌音

歌唱吧，自由之蝉
哪怕面对险恶的丛林法则
把幼小的生命
揉作一曲慷慨悲壮之长歌

哑蝉

难道，你的沉默
只保存于我们记忆之中

今夜。你在哪里？
今天。就在今天
你是否飞临
你是否记住了秋天最后颜色

惯于歌吟的蝉儿，什么时候
悲剧就发生在我们身边。
铁色夜幕之下
终止你的生命
终止你的歌唱。你的歌喉
塞满杂草、土坷垃、石头

你消失于城市最暗黑的一个夜晚
你的躯体被推土机猛地推下深坑
泥土掩埋了你瘦弱身躯
校园上空从此变得沉寂，沉寂
一如母亲腮边无声的泪
我们在找你，找你
找了你整整十六年

找得好苦
女儿的牵挂，妻子的悲恸
六千余个日日夜夜
六千余个不眠思念
时间被追忆拉长。拉长
往事并非如风
操场边花坛上的花蕾
正胚露出鹅黄色芽儿

今夜，花朵开放，星光灿烂
你还会飞回来吗？飞回在
校园那一棵高高香樟树上
纵声高歌
一腔热血付予春风，付予明月
月明如水，心冷如霜

真正的悲剧，
是发生在悲剧发生之后
不予立案
千古沉冤，伴随时间下沉
下沉

瞬间，成为永恒
时间，从此拥有铁石重量
太阳在它的背后升起，蝉
留下一个匍匐大地的影子
时隐
时现

一只蝉儿，成为永恒的记忆

蝉壳

一只蝉挣脱蝉壳飞远了
草丛间留下一件精巧衣裳

太阳穿透密密的林子
蝉壳呈现出金黄色光芒

透亮的遗骸里
残存丝丝血的迹痕

一分钱一只的蝉壳
是孩童意外的惊喜

警惕呀！人们，那些在
光天化日之下就可杀害蝉的人

蝉壳，捧在小手上
他们是否知晓，蝉壳里
曾经居住过
一个呼叫的精灵
一个不倔的魂灵

在这非常宁静的早晨
浸透了血和泪的泥土
轻轻地
把这一颗圣洁的灵魂安放

细雨微风走过的山岗
留下英灵在大地歌唱

寻蝉

寻你在黎明时分的花间
寻你在黄昏寂静的林园
你到哪儿去了
我心中牵挂的蝉

庄子版的蝴蝶
现代版的知了

曾记得，你在讲台的身影
曾记得，你在操场的脚步
一转身你就不见踪影
一场凶恶的风暴骤然降临

你看见了什么
你听到了什么，为什么
那些心怀鬼胎的人
害怕你正义的鸣唱

于是，他们谋害了你
一场凶恶的风暴吞噬了你

陆地开始下沉
大海汹涌上升
风口浪尖之上，我们
捕捉到你骄傲的身影

波峰浪谷。浪谷波峰
成为你灵魂栖息居所

孟松，四川宜宾人，职业警察，中国诗歌学会会员，四川省作协会员。作品散见《诗刊》《星星》《诗选刊》《诗潮》《扬子江》《绿风》《中国诗歌》《草堂诗刊》《飞天》《延河》等文学刊物，并入选《中国新诗》《2017中国诗歌精选》《2018中国诗歌精选》《2019天天诗历》等权威选本。2016年7月获2014—2016《安徽文学》实力诗人奖。出版诗集《来自月亮背面的文字》《白花的白》（四人合集）。

早想写出那种感觉（组诗）

◎孟　松

文殊院的阳光

文殊院的阳光，也有菩萨之心
它是阳光中的好阳光
照在院房顶上
照在院内的塔身上
照在院里
那一棵棵不知名的树上
照在禅房前
两只歪着头的石狮子头上
末了，它不偏心
又分了一点
布施在院门前路边
那位跪在地上，乞讨的老人身上

九宫格

头顶苍天、白云、鹰
脚踏远山、森林、草原
左牵黄河，右擎长江
我居中端坐
像一位，俯瞰众生的孤独的王

墙壁上大 G 调的笛子

我反反复复地数
一孔，二孔，三孔……七孔

在墙上
喂了哑药一样悬挂着

七只空洞洞的孔
仿佛七只望眼欲穿的眼睛

在等待，月光下
那一张吹响它的嘴唇

几十年了，我也是
一支等待被谁吹响的大 G 调横笛

不信就数数吧，我也
它一样有着眼耳口鼻的七孔

新年第一首诗

如果一定要写
写什么呢？

就写一个沉字吧
也就是，重的意思

几十年来
就像那位推石头的西西弗斯

我一直在把一块石头
从元旦的山脚，推向十二月三十一日的山顶

那种感觉
我早就，想写出来了

就像老家那头老牛
一直想，吼出内心的真实

雪花面前我有人类的羞耻之心

我写下过，这样的句子——
“瓦灰色的天空
雪，纷纷扬扬地下”
是的，在山岗，在田野，在村庄，在城郊
我仔细地观察过一片片雪花
却从未见过
一片为了上位而踩着另一片

一片因为嫉妒另一片
而中伤，诋毁，打压，使绊子，放冷箭，讨好，和献媚
甚至为了一己之私
就挥刀相见，互相残杀
眼睛里的它们
邀邀约约，手牵着手
多像相亲相爱一家人携手奔赴人间
我这样说，只是想向你表明
在众多卑微的雪花面前
第一次，我有了人类的羞耻之心

尤佳，先后于《星星诗刊》《诗歌报月刊》《诗神》《作品》《鸭绿江》《青年作家》《蓉城周报》《成都晚报》《中国散文诗报》《散文诗世界》等发表作品500多首(篇)。有作品分别收入《中国·成都诗选》《当代文学精品选》《中国诗歌选》(2015)《四川诗歌地理》《百年新诗——2017精品选读》《四川诗歌年鉴2018》等多种选集。著有诗歌合集《诗家》、个人诗集《茶几上的苹果》《时间的形状》《针锋相对》《听叶子落下的声音》等。主编诗集《一束火焰在黑暗中》《梦想中的蔚蓝》。

午夜正在缓缓地陷落（组诗）

◎尤　佳

一个冬日的下午

这是一个温馨的冬日下午
尽管阳光背离了我们的心愿

那些经过了夏日飞扬的树叶
只在不经意之间
从我们的漠视中悄然落下

阳光的影子
从我的左脸转移到了右脸
目之所及，是无尽的呐喊

尘埃充斥每一个角落

尘埃充斥每一个角落
从窗台，到夜色掩蔽下

似动非动的树叶，写满
无助的呻吟和疼痛

奶香味的雪茄，躲在
零点以后的厨房，燃烧
还不忘思索。裸露的光
挤满黑暗中的眼睛

不知昨天发生的新闻
是否还会在明天喧嚣
额头的皱纹依旧保持着
一贯的沧桑和深沉

午夜正在缓缓地陷落

午夜正在缓缓地陷落
下一个站点在左眼皮的
跳动里，还是奢侈的失眠

那些已经发生的事情
就像窗外瑟瑟颤抖的树叶
穷尽心思也不肯离开枝头

我很难把新年的喜庆
与这个被雾霾裹挟的冬天
联系起来。那一丝亮光

在厚重的窗帘下谨小慎微
只有爱人的呼吸和她隆起的
肚子里的胎动，令我感铭斯切

文学華陽典藏

这个夜晚充满酒气

二两酒下肚了
三两酒也下肚了
我有意忽略第一两酒
那是我觉得它跟白开水
没有什么两样

酒气从滔滔不绝的口中
喷涌而出，在寒冷的
夜幕下，渐渐扩散开去
失意的路灯，还在固执地
等待忘记回家的人影

天空深邃得一无所有
似乎要把整个大地吞没
让所有喝酒的人
再也听不见倒酒的声音
迷失的身影
连同无语的火焰

支国华（笔名：小慧，言实），彝族，乙巳年生于大凉山。爱诗，也写，无病不吟。喜善乐施，篆刻人性。拙作散见纸、网媒体，入多种选本，无须乐道。

大凉山

◎ 支国华

一轮旭日，亦如初红
湿了羞涩的黎明。大凉山的天菩萨
还在打坐。彝族绿水青山的命脉
是否打通？那万古不灭的
虎图腾，又修炼到几成
头顶，采风的鹰翅
拍碎云浪，一泻长空
万里的深蓝

地平线上，群山
被撕裂，江河流了出来
爪痕还在。遇见的经纬
森林都怀着心事，包括
土地和山寨，甚至
一无所知的动物
跟未卜先知的鸟都是诺苏的
远亲近邻。而牵挂
注定是定期排卵的

痉挛与阵痛

这时，谁记住春天的生辰
谁就阳光就拥有食物
和水。满目秀色
不小心就坠入食欲
梨花三月的劫，山高水寒
活着回来的鸟，总想
一展天地之辽阔。叮嘱低矮的
植被，相信土地
和土地下等候集结号的
蝉，一鸣
惊人的日子不远
山寨，没有粉墙黛瓦
只见低矮的瓦板房，烘托出坚忍
与青涩，于迷朦的宁静
收容有声无形的岁月。敲响
羊皮鼓，谛听祭师经，谁也不敢
反目成仇。女人都是
桃花的心，阳春白雪的魂
掀起百褶裙，就是揭开她们
生活的全部。她们
目如清泉，秉性似火
玩火自焚的汉子，都
将浴火重生责任与担当
解押一生承诺
前往赏罚分明的神祇

在这里，谁也不知一生
空间有多大？绿色一旦成为

通道，落英
就是钟爱。风雨莅临
山无惧，水不惊
每一方寸之地
都承诺凹凸有致的峥嵘
盘腿而坐，突兀成峰的诺苏
就受命于天，神驰于地
独守流年之空旷
不执昼长不念夜短，将心
留白在夏日的丹青
静候一抹艳阳，招安随性
随缘的山水简约
林间，马蹄莲次第绽放。索玛花
也将纵容千娇。一时间
山外援引的亲民之路
都有了通往锅桩的情节
那火，是祖先的温暖和期许
煮沸了子嗣的天寒地冻
烧透无公害的灵魂
接受五月的青春期，感悟
雷电交加，聆听风雨
赏苦荞养眼的紫红
读青葱玉米，默写红白花开的
土豆，及山背后
泛着青铜剑气的麦芒

随向晚日暮，连绵群山
与江河的蜿蜒，就在湖畔篝火的
惬意跟冲动中演绎丰姿
绰约的动漫。此刻

捧起“转转酒”，举过祭祀的高地
那烈度，就足以山崩地裂。让
男人们疯，使女人们狂
把浪漫谱成不眠的曲
用达体舞踏响月琴
弹奏林蛙蛊惑的盛夏，拥抱
风雕水塑的偶像，抚摸
月光如水的温馨
延续一段生命的契约

直到云淡，直到风清
大凉山通万物之语，明
天地博纳的诺苏，就请不死的
苏尼，咒封最后一支弩箭
捧山水阳光的甘冽
浸润白胸翡翠鸟的歌喉
用热扎的灵犀为云豹截图
让里扎的秋波入住
戏水的鸳鸯。在羊皮经卷
记载每条小溪每个湖
都是中华秋沙鸭不二的家园
闭上眼，祈祷有灵的万物
不再遇见谋杀。前世
今生的血债，都可以胎教

于是，曾经的“不毛之地”
有人迹的地方，就有人性的搀扶
一株罗汉松，就是一位古朴
苍劲的老人；小孩
乳名很美，苹果般鲜嫩脆甜

女人，如灿然的日出
落月的温婉。她那
蘑菇松茸味的体香，最是男人
一生的乡愁。无论走多远
不管坐拥什么风景
男人是光明的。父母
老婆和孩子，都是一生
供奉的日月

待漫山树叶红了。云雾中
隐约的红豆杉与华山松，还是
那么苍翠。阳光下的银杉
就分外的雪亮
耀眼。收割的土地
被翻耕出来，开始供认黑色的
凝重与肥沃。玉米
都皈依在檐下，黄的
如金，白的似玉。简陋的晒场
晾着没脱粒的苦荞与大豆
醉酒的男人倒在那里
做着自己想做的梦。小孩的木碗
拾满了白嫩的豆虫。女人
三两扎堆，聊天做针线
缝补一些生活的缺陷

冬至后的大凉山，一场雪终究
要来。但这场初雪毕竟早了些
房前屋后，许多桦叶
还没归根，雪
就积了尺许。一大早

苍穹空茫，雪还在下
千言万语都被封存
在这雪的透明里。锅桩的火
噼里啪啦的燃烧着，土豆
烤熟了，像孩子的梦
抽闷烟的阿普，九十九岁的英雄髻
越来越粗，也越来越长
昨夜之话，又扣紧了他的心事
阿普想，明年九十九岁时
那个《自画像》，离开《猎人岩》
向北走的孩子，还回来吗
他的前世啊，就是
大凉山的雄鹰……

Dong Qing De Feng Chui Lai

第四辑　动情的风吹来

身后有重重的叹息孤单地走过
我渴望着从天而降的漂亮雨水
渴望屋檐的丝网给我奇异的意象
重要的是立即逃走
——卿平

通江的男人啊
哪一个不是一座山？
肩挑日月，栉风沐雨
以大山的胸怀包容一切
——红椴

向易水漫述
心中涌动的愁绪
鹃泪同鉴　声声血泣
身在他乡　魂归何处
——刘彬

在路上　来不及收拾
沉重得零乱的医患思绪
从生命的本源　追溯
一步一脚的轨迹　放不下
一生感情回家的牵挂
——何生

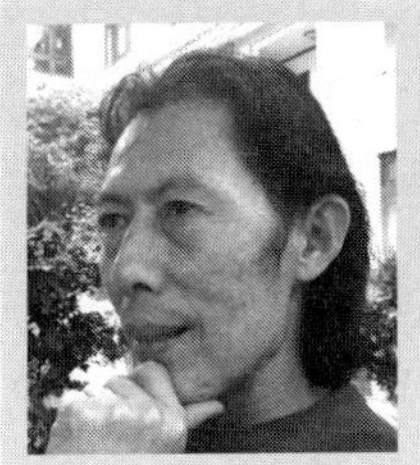

红狼，本名李国仁，生于四川通江县农村，居成都。四川省作家协会会员、中国诗歌学会会员、四川省写作学会常务理事、《中国乡土文学》杂志主编。在全国多种刊物上发表作品五百万字；有散文和诗歌作品在全国获奖；出版诗歌集《生命放逐》《漂泊的乡土》《诗意中和》，散文集《回家的路》《怀念村姑》，报告文学集《红崖千秋》，及70余万字的长篇乡土小说《农历》。

我的通江（组诗）

◎红　狼

第一次上空山坝

第一次上空山坝
是在今年的七月某日
出通江县城东门，沿河流往北
逆水而上，去丈量一座山的高度
汽车在蜿蜒的水泥路上
走走停停，方便我去记忆
沿途要经过多少乡镇：瓦室、永安
泥溪、两河口……

第一次上空山坝
知道那里确实很远
远到抬腿就可以跨进陕西的门
向人家借火点烟，再讨一碗水喝
事实上，要不了多久
两小时就上了山

到了我才发现，空山坝
是大自然刻意雕塑的一朵莲
谁在花蕊打坐？让我
在烈日下，还那么虔诚与执着
像一个朝圣的信徒

虽然空山坝海拔较高
高到离太阳很近，伸手
就可以撕下一片云
抖落一阵雨，让核桃、板栗
和地里的庄稼洗洗身子
让黄牛、山羊，喝一口雨水
然后继续吃草，继续欢叫
让山妹子一边浣衣
一边哼着歌谣

山上的气温不像是盛夏
倒像秋天那么凉爽宜人
晚上睡觉要盖被子
还要关闭门窗。不然
星星会趁虚而入，把寒气
带进来，让你酒后着凉
不然，你不会一觉睡到天亮

而这个季节的空山坝
还有一些东西是睡不着觉的
比如包谷，正等待成熟
土豆，却将在天亮后，被迫
远离故土，到县城或者大都市

去闯荡。还有风，一整夜
把抒情的箫声，吹得那么
缠绵、悠长……

空山坝被称为“天盆”
盆里确实有坝，中坝、后坝
坝中有寨，寨下有洞，洞洞相连
我就在盆底，心旷神怡地漫游
住在空山坝的那个晚上
我喝了不少酒，可能是因为兴奋
许久都难以入眠。我确信
自己是第一次上空山

等我，我来空山看你

我知道，空山之空的另一层意思
是因为地下藏不住水
但是，没有人发现，自你到了那里
空山坝，便有了一条蜿蜒的河流
在淙淙地流淌，使空山更加妩媚
那个夏天，我第一次抵近水岸
看着你，我就心跳不止

过后，我后悔自己
忘记变成一条鱼，哪怕一根
水草，游弋在你的怀里
享受那份温柔的凉意
于是，从这个秋天开始
我用漫长的时间，去想你
或者，做一些无聊的事

以寄托我无尽的相思

寒露以后，空山的红豆熟了
但山高路远，我无法采撷
只能在公园，摘下一片枫叶
那是我们第一次邂逅时
你欲语含羞的样子

那一次的空山之游
我突然发现，空山之美
不在于雄奇神秘，也不在于
云雾飘忽不定，而是你的
天生丽质。美若惊鸿、静若幽兰
还有那种清纯，如早晨
叶尖上一滴晶莹的露
想你，是因为你说
我懂你

冬天快要到了
一场雪，迟早会降临
上山所有的热情，都将被掩盖
我相信，唯有你窗前的红梅
依旧暗香浮动。因为
西北的风，越过八百里秦川
进入川东北以后，是那么
和煦与温柔。当桃红李白之后
当满山杜鹃花盛开之后
你将开怀拥抱，又一个春夏

妹子，四个月的时间不短

日日，天天。莫非你就是我
半生都在寻觅的梦中情人？
我不知道什么时候才不想你
也不知道你在山上还能坚守多久
妹子，等我，明年夏天
我来空山看你

通江的山

想起通江的山
是隐痛，还是自豪
或两者皆有，我无法言说
我曾像蜗牛一样，在山里爬行
像蚂蚁，像猴子，在山里谋生
像鸟一样在山上筑巢，生儿育女
像我的祖先一样，一辈子
活在山里，靠山吃山

大山是我们最坚实的依靠
就像祖辈和父辈。大山
在承受艰辛和苦难的时候
我们也在经历艰辛和苦难
只是，我没有像我的祖先那样
在大山里生活一辈子
但三十年不算短
我的青春年华，在群山之间跋涉
走过无数坡坡坎坎

在川东北的天空下
一座连着一座山，延绵几千里

群峰突兀，齐刷刷向天而立
我，曾和所有通江人一样
总在寻找，一座更高的山去攀越
却总是，这山望见那山高

我们这些山民，被大山挡住了视野
把攀登高峰视为一生的荣誉
却往往在这山的森林里
迷失了方向。某年某月某一天
已知天命的我，第一次登上了空山
在那里，我参观了李先念纪念馆
某年某月某一天，我又是第一次
登上了兴隆背后那座大山
在山顶，我拜谒了翰林墓
过后我才明白，有些山只能仰止
即使你穷尽一生，也无法翻越

有人说，男人是山，女人是水
山水相依才是一家人
通江的男人啊
哪一个不是一座山？
肩挑日月，栉风沐雨
以大山的胸怀包容一切
将所有的荣耀和屈辱
就着包谷酒下肚，不喜不悲
稳如泰山地守着家园

这就是通江之山的高度
这就是通江男人的高度
顶天立地。一半在云朵之上

一半在女人的心里

通江的女人

通江的天，一半是女人的
通江的城，多半是女人的
而太阳和月亮，全都
属于通江的女人。所以
通江，白天灿烂
晚上妩媚

城里的女人，大多来自乡下
桃花、梨花、杏花、油菜花……
在城里次第盛开
滨河路、轿房沟、红星路以及大操坝
花枝摇曳，香风荡漾。水莲、秋菊
红梅、幺女子……蝴蝶似的穿行
田野的泥土气息，城里的书香
通江，四季如春
风姿绰约

谁说乡下女人见不得世面？
脱下做农活的旧衣，换上高跟鞋
照样行走在大街小巷
照样在农贸市场与人讨价还价
照样可以做面膜，可以在商场
挑选首饰和化妆品，照样
光彩照人。通江的市面
一下子光鲜起来

放下背篓、镰刀和锄头
一双并不纤细的手指
照样可以敲键盘，写诗
写散文，还写小说……
她们并不是要当诗人、作家
只把写作当做一种乐趣
抑或用来打发光阴

闲暇时光，通江的女人最闲
打牌、坐茶楼、泡咖啡厅
与闺蜜聊天，倾诉婚姻中的
磕磕绊绊，讨论男女间的
是是非非。或者捧一本经典
静坐窗前或灯下，阅读
春秋冷暖，领略人生得失

女人哪，你占据了大半个城池
也占领了男人的整个世界
那么，你究竟是男人的地
还是男人的天？

被男人丢在通江的女人
如同废弃的一江春水
不知流向何处，任潮涨潮落
留守的女人，既要留住自己的
半边天，又要为男人守着
一个寂寞的家园

孱弱的肩膀，能在工地扛起
沉重的水泥和砖块

能把一个男人的责任扛在肩上
却扛不起日子的冗长
该种则种，土地不能荒芜
尽管庄稼在乡下，野草
却长在了身上。思念
总是昼短，夜长

通江的女人
假如你是那肥沃的土地
一定是水草丰美，庄稼茂盛
让人心驰神往的乐土
是一首唱不尽的田园牧歌
是男人不想离开的家园
让通江的男人，活得
有滋有味，有想头

通江的女人啊
如果有来生，我还做
你的男人，与你长相厮守
宁愿英雄气短
也要儿女情长

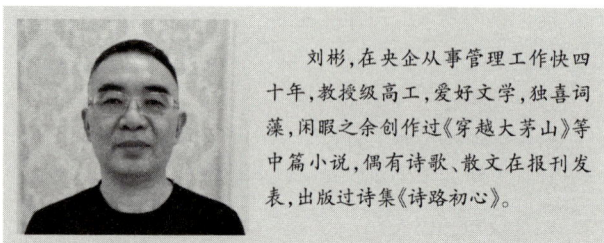

刘彬，在央企从事管理工作快四十年，教授级高工，爱好文学，独喜词藻，闲暇之余创作过《穿越大茅山》等中篇小说，偶有诗歌、散文在报刊发表，出版过诗集《诗路初心》。

不觉有了回忆（五首）

◎ 刘　彬

写给海子

当火车碾过你早已僵死的躯体
灵魂不再飘逸
曾经的涛声涌动
曾经的春暖花开
曾经的蜜思与期待
曾经的豪情和希冀
随着冰凉的铁轨
带着你没有写完的诗
去了远方
于是
你用羸弱的残躯
诠释诗和远方的真谛
留下
燕山脚下依旧歌舞升平的繁荣
和你　凝目远方的

带着抑郁的忧思
那熟悉而又陌生的城市
那熙熙攘攘的人群
那汗滴浸湿过的书签
那早已成灰的烛泪
好像
属于你
而又不属于你
你问幸福有多久
你问天堂有多远
你问多舛的命运是否可以主宰
你问变幻的人生为何瞬息之间
其实
在你心如槁灰的时候
就早已破题
你来到那座不该来的城市
就已经走上了难以回归的险径
你在黑暗中苦苦挣扎
你在黎明前寻寻觅觅
但是
浓雾锁住了来时的关山明月
云壑迷失了道路不让你再往前行
那一瞬
你只能
拖着一身的疲惫
还有备受摧残的心灵
踏上
天国之路
又像是漂泊回家的归程

听降央卓玛唱《那一天》

世间的轮回太短
转山转水　刚转过佛塔一遍
时光就已逝去千年
随水流走的情愫
为何那么深深眷恋
心中的圣洁
开始幻化成亘古的庄严
一宿的梵唱
普度了凡尘众多的劫难
却永远带不去这爱恨交织的种种缠绵
当您的气息穿透了无边的黑暗
当您的温暖覆盖过身前的缕褴
当您的记忆还残留着昨日的爱意
当您的真言依旧回荡在我的耳边
那么
我就会长跪在这里
用虔诚的幽心
驾驭长风去到曾经只有您我的世界
守候着您的到来
当经殿的青烟不再飘散
当雪域的白云不再流转
当哭泣的玫瑰不再悲怨哀叹
当人间的每一颗心灵都不再孤独
那么
我还会长跪在这里
祈望着您的幸福
和平安

不觉有了回忆

那年　冰雪霜花
很冷
我出行　为了初心
漂泊

那年　您也走了
远方的梦　迈开脚步
追逐

今天　我们都老了
如花霜雪　染上了
我们的鬓角
年轻的梦已随
浩荡天风　飘远

停下来　也不能挥洒
年轻时的豪情
梦吹过很多年后
也回不去　从前

乡愁随诗人远走

静静地您走了
伴着这初冬的寒气
从此　那云遮雾绕的岬嵫
再也阻隔不了那浓浓乡愁

浪迹天涯的游子
一生在困厄中搏风击雨
那撕心裂肺的诀别
只是夜深人静时的痛惜

葳蕤葱郁的野草
或许早已掩去了娘亲的枯骨
万里关山外的行者
怎么遥拜那凄冷的荒冢

向易水漫述
心中涌动的愁绪
鹃泪同鉴　声声血泣
身在他乡　魂归何处

那一方残缺的邮票
是否在今夜
承载您不尽的忧思
登上了回家的客船

青山肃穆静立
凝目的泪眼和您同行
注定今夜无眠
寂静的故土拥吻您的归魂

像流星划破夜空
您精彩的一瞬
在漫长的历史长河
永远恒定

重现乡愁

窗外雨声
雏妇的呢喃　回缭灯前
游子的离愁
丝丝沾润　那梦里的乡间
这斑驳陆离的城市
唤不醒心灵的尘缘
从此　孤独的思念
伴随　静静无边黑暗

夜色如钩
搅乱了繁华的耀艳
霓虹之下的光环
好似　昨日云烟
记忆却早已定格
停留在故土的　垛垛柴前
年轮增添了槎梗的血脉
仿佛家乡沟壑纵横的山峦峤岩

都说乡恋永恒
那是攥手而来就拥抱您的世界
一草一木
睁开双眼就让您惊诧目眩
妈妈轻轻呵护
带来了筚路蓝缕的温暖
人生的第一口气啊
就在那里吸入了家中的炊烟

背负万千嘱托
捎带了年轻气盛的狂乱
父亲吞咽的泪水
装作不见　一心追逐远方的囿苑
当艰辛历尽　漂泊到岸
娘亲密密缝补的衣衫
早已抛在
那旅途凄伧寂寞的路畔

清茶常在换
惆怅无数次飘荡重重深院
一壶老酒　解不了深深的渴盼
一纸鸿笺
怎么去遥度那万里关山
只望雨后明月
同您今夜幽梦
来到从前

卿平，医学学士、教育学硕士，华西临床医学院教务处负责人。《华西诗社》社长。倾情华西风荷楼物，迷醉新词旧赋。

掠影游途（四首）

◎卿　平

海南

淅淅沥沥的声音不断响起
阳光里突然下起了椰子
七寸大的香气
小脚的螃蟹左右闪避
爬上鲸鱼白色的大鳍

大海腥味的胸膛抬起
几十里的黄沙镜子
连那些最微小的泡沫也不愿安息
我的愿望温暖而透明
用砂石贝壳覆满脚背
背着海岸走向自己

粘着太阳的思念
被云彩拉成一条条细丝

鸟　被槟榔灌醉了
水　在鱼的梦里越来越困
我突然有了红色的皮肤
摇着满身的鳃
上岸找你

敦煌

跪祈雨水的沙漠
骆驼从东向西的生活
忽重忽轻的光线
把我所有的愿望抽打成透明的海市
酒醉的蚂蚁喃喃地说
只要拒绝希望
那就得到永恒的快乐
你要成一幅画卷
还是一屋尘掩的经帛
这是一个享受的过程
我是说黎明前最黑的时刻
黑色的天空
白色的天空
我的爱情立正中央等待裁决
向日葵匆匆逃离
来不及声援叛乱的火球

飞天以前
月落以后
你在桂树下只身劳作
时间滴落在泥土里溅起死亡
白色的飞鸟穿越黑暗树林

在远方变成稳重的城垛
身后有层层叠叠的房屋
身后有重重的叹息孤单地走过
我渴望着从天而降的漂亮雨水
渴望屋檐的丝网给我奇异的意象
重要的是立即逃走
竹子做成的白马
在春天的桥下等我
我们一起去光脚走过
走过长满青草的铁轨
我们沉默不语
我们背靠山坡
那些花啊
那些花朵

日喀则

纯粹光明的颜色
大雪封山
妈妈们在村口
尼玛堆向左
麦子金光闪闪
蜂鸟希望缈缈浅浅飞走
水流成河
用水桶给更大的水桶喝水
不能说爱情了
给一个人其实不够
静下心来看看泥土
给我们养育的河流
以及树们

粮食们
鸟在嗷嗷唱歌
熬过秋冬
自然轮回如金乌
以大执着追日，或射
静下心来
心存感激的生活
如果没有你的质问
我还躺在你痛苦的芒上
辗转反侧

布达佩斯

弥散的花蜜宛如悲伤
青石街道经年的欲望
是谁在这欧洲的月光下轻唱
是谁想着月光下谁的脸庞

人们像童话一样端坐静谧街心
古老的语言暮色慈祥
绿迹斑斓的右肩
一只远古的鸽子轻轻叹息
追问似水流年
逃离回忆
逃离万水千山找到你
以多瑙河水为墨
忽红忽蓝笔锋沧桑
老诗人浓情如火
就要剥落你的月光衣裳
肌肤如真露流淌

好吧请爱我
否则离开这犹豫的
秋水春江
在你冰凉目光迟疑的瞬间
我已变回一尊温柔的铜像

丁鸣，四川内江人，1963年生。现任四川省剧目工作室主任，四川省文艺评论家协会副主席，《戏剧家》杂志主编，国家一级编剧。上世纪八十年代发表诗歌作品，九十年代转入戏剧创作与研究。作品散见海内外数十家报刊杂志，入选多种选本。获全国、省级诗歌及戏剧奖十余次。著有诗集《大梦》和《戏与非戏集——丁鸣剧作及评论选》，主编《身边的榜样——四川廉政文化建设戏剧作品选》《繁花似锦——首届四川艺术节舞台剧目展演评论集》等。曾担任第十届中国艺术节评委，四川省"五个一工程奖"评委，四川文华奖评委和巴蜀文艺奖评委。

春天的私语（四首）

◎丁　鸣

新静夜思

在凌乱的诗稿中
抬头，我看见
巨大的夜晚，滑向春天
杂木篷生的边缘
松针落地的轰鸣
撞击着广袤的胸怀

只是瞬间，江河成弦
绵亘的山峦坐在
空寂而肃穆的对岸
五指握拢，轻轻一拨
疏落的星斗就在眼前展开
流淌。律动。旋转

纵深的大地上，我被

丝绸般细腻的花香托起
被虚拟成一只
飞舞的蜜蜂
将在一刻千金的良辰
闯进幽闭的花蕊

蔷薇朵朵。你说：也许
我能预知你的未来
一字一顿处，我在眺望
飘摇的渡口，究竟
离我们一生的守候
还有多远？

我在风中上路

风吹过的花瓣，离
我们的守望还有多远？
咫尺或者天涯
昼夜兼程的芬芳
直奔冥合的大道

我仰望着蓝天
凝结的晨光，一粒粒
挣脱露珠的衣衫
驾驭过隙的白驹，追赶
闪耀在暮春的谣曲

飞越南方的大雁啊
可带来你的消息？
哀婉的长唳，将把

成都平原纵横的河汉
折扇一样收在我心

我在风中上路
我走在果实孕育的方向
这是一生的方向
与满城叶脉的方向一致
通向明媚的花期

春天的私语

夜色在草叶上推进
纵深千里
空寂的原野，迈着
蟋蟀吟唱的碎步
与巨大的春天同行

我被春天的花朵搬运
一朵一朵地
搬向你的心灵
敛翅飞掠的风
追赶着撕破黑暗的流星

这是怎样漫长的清晰
摇晃的鸟巢，是
树枝郁结的初心
在叮当作响的月光下
收藏着苹果和梦境

我距你愈来愈远

愈来愈远的时间
绕在花的枝头
从你柔媚的眼角掠过
把我带向未知的居所

我将离开这个黄昏

我将离开这个黄昏
被一队蚂蚁
搬移的黄昏，向西
向虚掩的乌云倾斜
我刚刚转过身去

我只能在这个瞬间承受
以往的一切
巨大的寂寞压在肩头
大水铺天，撞向心灵
高高的堤岸延续着永远的固执

一年一度的汛期
一生一世的感情
在这个黄昏，被
纷飞的鸟儿叼来的夕阳
衬托得更加黯淡和破碎

我刚刚转过身去
让我置身事外吧
否则，滂沱的大雨
会一直下进我的梦里
把你的衣衫淋湿

詹仕华，在《解放军文艺》《昆仑》《诗刊》《中国作家》《人民日报海外版》《西南军事文学》《四川文学》等国内外数十家报刊发表数百篇首作品；有作品集《从边关到平原》《我的圣地雪域》等5部。先后获西藏自治区年度优秀作品奖，全国第二届青年诗歌节奖，《中国文艺家》杂志征文奖，四川散文奖，中国作家杂志社、中国散文学会征文一等奖，中国散文诗研究会作品集一等奖等。现居四川德阳。

乡　恋（组诗）

◎ 詹仕华

牵挂

母亲真的老了
七十年风烛
摇摇晃晃燃烧成孤独的形状

她日日寂寞地守望路口
巴望远在他乡的儿女回归
浠释冷清
给自己几分老来的充实

儿女们的假期总是短了又短
像积攒的存款
让母亲捏在手心舍不得使用
长大的子女注定会离开的
熟落的种子需要生长的土地
再珍爱的颗粒也得播撒出去

母亲又是风烛
守望路口
照我们离别的路途
遥遥地牵挂故乡

青青荷塘

我已无法进入你的宁静
雨敲满池清盈的氛围
弯弯的月儿已载不动乡情
青青荷叶掩不住我心的涛声
荷塘乡音正浓
一池池的蛙鸣
一声声催促
如母亲守灯纳鞋
盼子归来急切的心境

秀荷芬芳，支支青挺
可撑得住我千里的目光
遥望银丝缕缕的母亲
熬煎苍老　清守孤灯

故乡的路

故乡的路总是悠长地伸向远方
似怀抱儿女的没娘藤
憔悴了自己的面容
望四方儿女缓缓地归

故乡的路是施过化肥的
只要踏上它
感情就会在任何季节长高
即使疲惫倒在他乡野地
夏虫一声轻唤
也会睁一只眼望向故乡
故乡呵只要这两字碰撞
千里之外会有生动的乡情
伸延进养育的竹林

故乡的山有勾魂的岭
在秋夜野狼的伏击里
也敢忘情地走过阻不住归期
尽管故乡的泥路曾摔得浑身青紫
迷路的山岭有过诅咒
父亲的荆条曾抽过顽皮的脊梁
让你在众路中挑选
你定会走向故乡
那条小路

何生，四川大学华西医院普外科教授、博士生导师，四川省作家协会会员，华西诗社名誉会长，四川诗歌学会理事。数十年爱诗，业余创作诗歌一千余首，有近百件作品发表于《星星诗刊》《青年作家》《品文》《重庆文学》等数十家报刊。出版个人诗集《柳叶刀之歌》《古韵新声》。

生命的回声（外一首）

——一个医生转变病人的重生记录

◎何　生

在路上　来不及收拾
沉重得零乱的医患思绪
从生命的本源　追溯
一步一脚的轨迹　放不下
一生感情回家的牵挂

谁说白衣飘飘的大夫　可以
主拯生命　独步红尘
我做外科医生四十七年
手里一把干净舔血的柳叶刀
牵回一个个　款款走去
天堂的背影　每次
我做完手术　走出医院
沿着银杏树浓荫的路径回家
反思手术室里的细节
内心多了一份压重　欣慰

患者　生命转身的美丽

我在五十多年前　捧着
一缕年轻的阳光　走进
高贵的华西校园　接受
神圣医学殿堂的洗礼
学业与眼睛　一点一点成熟
轻吻　人体上的每一个音符
用心感悟生命的诡谲与奇迹

从此　把根埋在华西
帮助病患者　走出
夜色的坟墓　找回
健康　让生命树上的
每一片叶子　闪耀
青山绿水的光芒

突然有一天　自己病倒了
仿佛我身体这艘小船　驶在
三峡険滩的航程上
搏斗汹涌的激流　被冲卷
触礁　疲惫地
搁浅在岸边　渴望
重新驶入生命的航线

从医生转换角色　变成病人
从绮丽的山巅　跌落
黑暗的山谷　命运逆转
是人力不可抗拒的情节
是生活公平的咏叹

医生自己不是神　即便
深邃的医学知识　也不能
预料生命的涅槃

我以病为镜　脱下白大褂
穿上蓝白条的病员服
医生成为患者　失去
自我主拯的优越感
亲身经历治救的过程
感受了患者的苦衷和哀怨
抽血　化验　心电图
彩超　照片　骨扫描
排队　排队　反复排队
交费　交费　多次交费
一次一次痛苦的检查程序
衍生来世今生的时光　坠落
一个医生的高雅　去滋润
自己遭遇的不幸

这天　躺着被推进手术室
身体未被麻醉之前　我看到
感情深处的印痕　面对
妻子女儿亲人们　我浓缩出
和风细雨的微笑　坦露
属于一个男人勇气的从容
接受　柔软得真实的关切
和眼睛后面泪水的祝福

我吞噬无需传递的叹息
分明读懂　身边

所有人曲折而美丽的敬重
我由衷感谢　我年轻的同事
用我熟悉的柳叶刀　在我
怀抱信任的身躯上
完成一次属于生命浴火的生动

与我风雨同舟　此时
已经心力交瘁的妻子　凝视
手术室紧闭无言的门　似乎置身
陌生的深山野谷　面对
绝壁危崖　脚下是
恐怖的万丈深渊　等待
的时间　走得太慢
凝固一样　催人衰老
等待　走廊里贤良的长椅
永远留下妻子沧桑的相思
印证了　千年等一回的真情

我全麻失去知觉　静止的灵魂
被医术精湛的同事　牵着
一步步远离　噩梦的边沿
走回新开启的一片蓝天下
享受上苍恩赐的幸运

我仰望　意味深长的奇迹
被推回病房　浮想联翩
身上插着的多根输液管　汩汩
流淌　爱与恨缠绵的咏叹
显影人世间　一种纯粹的期待

我医生变化病人的日子
收获一场宝贵的人生体验
理解了病人颤动的心声
生出与患者共鸣的情感
感受了现代医学的先进与完美
认识了光与刀无情的冷峻
从此　我有着重生的感悟
升华一种纯粹的人性

我深刻反省　告诫自己
不再把“医者仁心”　挂在嘴上
以后做医生　心里常思忖
换位自己是病人
让我的诊断与治疗
是春风化雨　落进患者的心田
滴滴是楚楚动人的关爱

剑之光

外科医生的解剖刀就是剑
——题记

一柄寒光闪闪的柳叶刀
从梦魇的雾霾　穿过
挥向病魔的头颅

在仁慈与悲悯的情愫中肃立
高擎希波克拉底誓言的火炬
紧握在白衣天使之手　拨开
血管神经的荆棘　杀向

一个又一个人体的“禁区”
创造一个又一个　生命的奇迹

肿瘤与病灶　灰飞烟灭
濒临死亡的生命重燃希望之光
那叱咤风云的壮怀
那所向披靡的豪情
凝结成心灵泣血的歌唱
悄遁了　一切
尘俗的杂念欲想
从浮躁中　崛起
圣洁而崇高的人性光辉
在新伤旧创里　如花绽放

天使的微笑　启开
白得透明的灵感闸门
仁心仁术苦与乐的合唱
和着血与剑的交响　编织成
悲壮的诗行　在无影灯下
在病房　在天地之间
激荡

王应槐，四川泸州人。中国文艺评论家协会会员，四川省作家协会会员，泸州市文艺评论家协会主席，泸州市作家协会名誉副主席。发表文学评论及各类文学作品700多篇(首)。曾主编《审美大辞典·教育科学审美》，参加过《阅读辞典》等10多部书的编写。著有评论集《文学的真谛》、专著《张中信创作论》和美学文集《走进美学》《美学风景》等，作品收入多种选本，获四川文艺理论奖等多种。

今天我就要摆地摊去了（组诗）

◎ 王应槐

残堞

该过去的已经过去
没有了狼嚎
风雪也带着暖意
为什么你还要
留下那座残破的城堞
任它千疮百孔
丑态依然
并且布满岁月的泪痕
你是在怀旧
还是用它装饰行程
或者陪伴终身

今天我就要摆地摊去了

我把托马斯·艾略特留给你

假如你依然沉默着说不
我就为你留下我写诗的手
　　今天我就要摆地摊去了
　　再见吧亲爱的小屋

我把美丽的女儿小玲玲留给你
假如你扭过身去顿顿脚
我就为你留下我高傲的头
　　今天我就要摆地摊去了
　　再见吧亲爱的小屋

我把母亲给我的血液留给你
假如你忧伤地那样顽强
就让我把灵魂锁在你的窗子里
　　今天我就要摆地摊去了
　　再见吧亲爱的小屋

散市了，静悄悄的

散市了，静悄悄的
像谢了幕的马戏场
没有了讨价还价
没有了尔虞我诈
沉寂的集市上
只有几片菜叶随风轻扬
几个农民在风中彷徨
“怪我开始卖得太贵
到现在还没开张”
一声叹息
随着风声渐渐远去

散市了，终于静悄悄的
像谢了幕的马戏场

致库木塔格沙漠

在夕阳的余晖下
你是那样的温柔
像恋人的那张
永不疲倦的床

熟悉你的人
永远忘不了
铺天盖地的黄沙
黄沙下
覆盖的双眼

此时驼铃
清脆而执着
缓缓地，从我身前走过
又慢慢地，走向远方

天池，你在等待谁呢？

自从听见过你的故事
就常常把你的美丽与神奇
装在我心爱的旅行包里
在川流不息的人群中
朝夕相随

当我真实地站在你眼前

你的水面上
划过一片宁静
就连风，也掀不起一点涟漪

你在这里默默地等待谁呢
在沧桑变幻之中
忽儿抚额
忽儿微笑
让那满头白发的博格达峰
如此深情地注视着你？

林克强，四川高县人，大专文化，作品散见于《人民日报》《中国农民报》《工人日报》《中国石油报》《地火》《散文百家》《岁月》、中国作家网、中国诗歌网平台等报刊网络。曾获全国石油文化大赛散文二等奖、四川省报纸副刊优秀作品奖等。中国散文家协会会员，四川省散文学会会员，内江市和隆昌市作协会员。

诱惑的目光（组诗）

◎ 林克强

海椒红了

八月的炉温，蓄意
把海椒炼红
铸成尖锐的匕首
伴阳光，刺破寒冰
驱散寒冷
让血性保持温度

八月，海椒红了
火辣辣的性格成熟
我用火辣辣的舌尖
接纳火辣辣的滋味
酿出火辣辣的烈酒

暖阳

太阳在一首四川民歌领唱
唱得满脸彤红喜洋洋
随后钻进箩筐和背篼
与村民一起上山岗

四川是太阳的故乡
峨眉金顶出世万道佛光
巴蜀巨盆沐浴胴体
一路走过，川西平原菜花金黄
川人遗传太阳的秉性
川江号子冲破三峡汇入海洋
如今的盆地开满向阳花

父辈日出而作日落而息
攀登梯田收割阳光
我把太阳视为图腾
做夸父绝不弃其杖

樱桃熟了

绿树丛中
无数星火
煮熟果园
第一批早餐

性感的小嘴红唇
诱惑众多的目光

禁不住亲吻的欲望
赶紧把春的滋味品尝

熟透的樱桃
滚动在小孩舌尖
大人告诫，吃慢点
当心头上长树苗

我却想把一颗颗玛瑙
穿成心仪的项链
挂在春天的胸前
招引山雀飞来

未弋，本名魏光武，四川内江人，下过乡，教过书。内江市委宣传部退休。四川省作家协会会员、四川省文艺评论家协会会员、中外散文诗学会会员。有200多篇诗歌、散文、纪实文学、文学评论在国内各级报刊发表。有诗歌获奖并有作品入选多种诗选集，出版有诗集《燃烧的瞩望》、与人合集的诗选集《四川文学百家》、散文暨文学评论集《淌过心中的母亲河》。曾获内江市首届文学贡献奖。

远方，夜色深重（组诗）

◎未　弋

八月桂花雨

一袭飘自远方的异香
走过七月流火
以八月无声的脚步
进入秋的领地

此时，风雨飘落季节的发丝
生存不再如万物萌动
无数想象涨满遥远的河床
任帆影迤逦而来
涌动雨中桂花
穿透岁月的屏障
发出拔节的声响
瞩望金石的缄默
一树生命之花开，缀满
密如泪滴的精诚

桂花哟，你美丽如春的呼吸
扇动鸟的羽翼
越过众多的山岗和湖泊
以及历经沧桑的河流
听一支桨上的涛声
放牧丘陵的神话
自由自在的
纷纷飘落

或许，秋天所有的思想
聚敛在八月的桂树
开放一种精神
任风雨肆虐狂歌
被切割的秋声中
南国之雁，踏着流云的散板远去

桂花如火哟，火焰为云
情的燃烧与生俱来
漂泊潮湿的目光沉落湖心
桂花如雪哟，泪飞为雨
心的憧憬冰清玉洁
覆盖星群与远山
让十五的夜晚失去月色
伫立桂花树下，凝神雨丝
以亮丽的姿态进入秋的意志
博大而深沉，丰润而坚韧
宽厚的仁慈发散出独有的芳菲
回首蓦然，生存的过去如江石般苍白
只有生命的本体，植根泥土

一如映亮荒原的曦光
明澈而真实
圣洁的桂花临近佛的莲台
会再次感到
脱自尘俗的魂灵
在超然的异香中
被终身洗礼

晚钟

当暮风自由自在的时辰
一种从容大度的钟声
苍凉。凝重
穿过空濛的山水
以及斑驳的岁月
如神祇般，飘来
在川流不息的行人中
沉落

这是古寺的钟声
在城市的边缘
我常被这钟声感动
穿越时间的沙砾
一位二千多年前的圣者
以涅槃的灵光
大慈大悲
涉过人类苦难的河流……

生命以原初的形态，飘渡
暗黑的源头

泪滴汩汩而来
在沉静的水声中
漫过生存的堤岸
灵魂星火如豆
燃亮远古的罡风
使无量之海超度西沉的落日
登上幽渺的极顶
一片云岛使我通体透明……

独立红尘，心如止水
任桃花零落皓月西移
钟声，大智若愚的钟声
拂过伤情之血
在水一方，镀亮绝好的风景

站在城市的边缘
琥珀的钟声，悠然黄昏和流云
那位久逝的圣者，以及
普度众生的思想
始终微笑如一

荒城

月白风清，城堡的废墟
在荒野，被时间定格
辉煌的功绩和殉道的灵魂
沉寂在大漠的荒凉中
渐次风化

站在这片废墟前

失落的心境如飞渡的乱云
残垣断壁，黑色的瓦砾张着悲哀的眼睛
远方，夜色深重，暗送松涛林吼
如潜藏的虎豹
向着荒城逼近

一涧清溪自城畔淌过
流泄着城堡悠悠的往事
城门洞开，众臣和百姓
载歌载舞
迎候着凯旋的王子
马背上的王子，铠甲如皑皑白雪
高举利剑和盾牌，寒气闪烁
凛冽夕阳和远山
成群的马队驮着将士的风采
映照一个民族的历史
使插遍城池的旌旗绚美绝伦

想象站在城堡的顶端
俯看熙熙攘攘的集市，以及
城民们坦诚磊落的神情
当和平宁静的炊烟，随风扶摇
散为高天的云影
城堡便生长，众多的稻黍和鹰隼

而今山围故国，雾锁荒城
无边的萋萋青草
割断景色的雄奇
我想，这个城堡的子民
千百年前，迁徙或消亡

许是源于地震和爆发的火山
抑或一次敌酋的入侵

深秋的疾风，由远而近
掠过莽莽苍苍的四面边声
我把泪水洒在这片废墟上
循着月色，以远山为马
放牧旷野的羊群
仿佛有无数乳汁，凝固在荒原深处
使岁月在等待的焦渴中飞逝
久久凝视这片废弃的荒城
一枚金盾的城徽
在子夜的彷徨中
擦亮了十月的旷野，以及
大漠中倒下和复苏的
死亡和征战的精神

王能贵，笔名“龙瑰”“霜叶红”，中国石油作家协会会员，遂宁市作家协会会员，业余创作数十年，先后在各级报刊发表数十万字报告文学、小说、故事、散文、诗歌及曲艺作品，有30多篇作品入选《超阅读典藏书系》《中国当代闪小说超值经典珍藏书系》《微型小说一千零一佰》《大自然丛书》《悦读·青少年成长智慧书系》等公开发行的选本图书。

黎明，他提着鸟笼（外三首）

◎ 王能贵

他慢慢地朝前走，
一手提着鸟笼，一手拄着拐棍。
清爽的风吻着他多皱的额头，
浅淡的曙色抹白他的双鬓。
大道上那串串晨跑的脚步声，
催得他血液沸腾。
他小心地把竹笼挂上树杈，
顿时，引来一片啁啾的鸟鸣。
画眉、百灵……在跳跃、歌唱，
那是一颗颗退休老人欢乐的童心。
每天，他提着鸟笼去船山公园，
唤醒一个个金色的黎明

书摊

街边，有个小花园。
一群蜜蜂在那里盘旋。
那里有四时不谢的鲜花，

浓郁的芳香飘得很远很远……
园丁是一位十七八岁的姑娘，
花园是她个体经营的书摊。
一大块塑料布上，
摊开一个斑斓的世界。
人生在那里起步，
梦想在挥手召唤

清晨，在大桥上

大桥像一根长长的扁担，
一头挑着乡村，一头挑着城镇。
田野还在酣睡，
大桥早已苏醒。
挑担的、背筐的、拉车的川流不息，
喇叭声、车铃声、谈笑声一片喧腾。
这头，鸡鸭、蔬菜、土产流进城市，
那头，化肥、农具、百货送往农村。
桥面上，流着一条彩色的河，
流着甜蜜，流着憧憬。
桥面上，飘着一曲动听的歌，
充满欢乐，充满光明。
啊，大桥的清晨更迷人！

晨雨

像细密的窗纱四周悬挂，
雨，淅淅沥沥，飘飘洒洒；
给大楼的外墙刷上一层青漆，
浇开一路彩色的伞花

路边，一株小树苗脸儿枯黄，
在一潭积水中痛苦挣扎。
风雨中，飘来“红领巾”，
用莲藕似的小手挖呀挖……
积水从小水沟静静流走，
小树苗站起来啦！
孩子上学去了，
把一个绿色的梦悄悄留下

曾小平，四川省作协会员，诗词文艺“签约诗人”。四川茂县人，作品发表于《星星诗刊》《飞天》等全国各级报刊，出版诗集《飘浮在雪域的灵感》《雪，飘飞的诗行》等，诗作《这人世，到处都是我忽略的事物》获首届全国“文豪杯”诗歌大赛金奖，部分作品翻译成英文。现居汶川。

我仍在梦着（组诗）

◎ 曾小平

今夜，苍茫的书屋

当生命起航在海啸般狂奔的红色中
注定我是绝壁的岩石上飘摇的小草
于早春苍凉的孤寂中伸出拥抱世界的小手
当料峭的时光承载着几乎夭折的生命
早已注定今生我与参天大树绝缘
窗外，夜雨在无边黑洞的空中絮叨
我在苍茫的书屋沉思
究竟是向左走，还是向右走

但我仍在梦着
我是一座绿色覆盖的小岛
艺术那纤纤玉手会藤蔓般环绕我
像那个不眠的吹箫人
唱出内心一寸寸漫过的忧伤
今夜，我燃烧的思绪野草般蔓延

如那匹北方抒情的诗歌之马
奔驰在茫茫星空
那突兀矗立的崇山峻岭啊
那栅栏般囚禁的防护栏啊
你们怎能阻隔我穿越世俗
那些宿命的隧道虽然寂寞漫长
但我会像闪电穿透黑夜穿越所有艰辛
我怀抱诗歌，我收藏白雪
我向往水墨画一般铺展的江南水乡
我会像星星一般点亮生命的灯盏
灿烂属于我的天际

在乌镇，雨写着诗

一切都准备好了，导游说
在江南，青瓦是墨水
白墙是稿纸
那雨就是诗人了

烟雨朦朦的乌镇
从江南水墨画中梦一样游来
在诗情涨潮的季节
飘洒的细雨是一行行清丽的诗句
以婉约的方式
走进我心里
细雨飘在湖面
仿佛打着天堂伞的江南女子浅浅的笑
引诱我走进梦一般悠长的小巷
我痴情的追了过去
寻找属于自己的桃花……

西湖速写

捕着西湖的绿韵
我扑入情人杭州的怀抱
断桥上
许仙和白娘子走出千年神话
西子湖畔
画舫　渔舟　快艇
还有跃动的湖鸥　会飞的鱼
述说着您的美
音乐喷泉绽放如莲
让我们款款步入典雅
划着游船的艄公讲着雷峰塔　楼外楼　苏堤……
被烦恼围困的人们若被您的手洗涤
心灵就会纯洁如雪

哦，西湖的粼粼波光
我多想扯下一块你的翡翠珍藏
就像珍藏一块飘逸的绿绸
让枯萎的生活被千年龙井浸润一生

我听见春天的脚步声越走越近

我们依然沉浸在过年的气氛中
可我从冰层下汩汩涌动的流水
听见春天的脚步声越走越近
一切美好蓬勃生长
我相信，噩梦即将远去
春风如少女的脸庞绽出笑颜

那荒野枯黄的草就会转绿
那些清瘦干涩的树枝
在不知不觉中将吐出嫩叶
如同黎明会赶走长长的黑夜
万紫千红会代替眼前的冷寂
那热情的阳光会沐浴我们的每一寸肌肤

李治，笔名：自然，知足常乐。1970年生人，现居成都，中华诗词学会理事，中国诗歌协会会员。有作品发表在：《散文》《星星诗刊》《成都商报》《滇池》《参花》《诗词月刊》《四川文艺》《绿风》《威宁诗刊》《贵州文学》《中国诗歌》《儿江》等。有作品入选《时代实力作家作品选》《中国诗歌大观》《中国当代诗人代表名录》《贵州文学》等，多次荣获国内各种奖项。

春天的暖还未成熟（组诗）

◎李　治

旧年的萌动

阳光淌过我躺折了腰的山坡，温暖烙在我的胸膛
桐子花开的多么热烈，还是孤零零地站在那里
春天的暖还未成熟
我那青涩的烦恼，是故乡的邻家妹子的无意
一头乌黑的辫子甩碎了池中的月

半山腰上，一块石头蹲着
新鲜的藤蔓盖过它的额头它幽居在往返的坡洼间
早春萌动的血管和
一道道裂纹
像我身体上的莫名忧伤和胎记

蒲公英带着对远方的好奇飞走了
一枝桃花，伸向天空依旧去昧人
我无法走出旧年的时光

正在寻找丢失的光景

是风把我带走的，与这里的情结背道而驰
披了一背金光的河水，向我奔来…
我和春风牵手，揣着早春的心思…
尘归尘，土归土
一只远逝的风筝，已经出卖了我的目光

八月的高度

风，吹弯了八月的孤度
水洇湿燥热的心情
草，不再跪行，
它的渴望可穿越，可覆盖。
根须茁壮
就让骨头去寻找水源，
向着自己的高度与极限，
默默生长——

鸣蝉，加速了夏天的倾斜
如伞盖的绿和盘托出所有姓氏枝丫
石、林，古老的血脉留有祖先的余温

我仅余的傲骨，像一块石头
即便粉身碎骨
也要以一粒石子的硬度给命运狠狠一击

“敢于在黑暗里独行的人
连星光也不会依赖，自己就是明火！”
只要不畏艰苦，给一滴水，

也能把苍天扛在肩头。

八月的高度
是太阳烧出来的

六月

每逢夏至，太阳会燃起炉灶
与麦穗较劲。它们
一露出头，太阳就会把它们烤成金黄
热浪过后，有熟透的馍香

对这个季节我怀着感情，我亲近于
水的热情和厮磨
绝不让快乐，干枯
穿不过炊烟的手的人，是一面铜镜。

时间久了，照得人像低垂的穗子
骨子里越来越顽固，是一把镰刀
伸向那低眉顺眼的满足。

多年的，我已越来越无力。
火辣声中攻城掠地者一波接一波
我会是这场战争的配角
也许会沦为掠夺者的阶下囚
甚至某一天，我会躲在影子的后面
目睹蜻蜓，在荷烘托中
高昂的头颅。

任光福，六零后，笔名：鼎鑫兔子。作品曾发表于《川中文学》《剑南文学》《文化遂宁》《品文》《星星诗刊》《四川诗歌》《中国诗词》《诗歌周刊》《中国民间短诗》《诗歌选刊》《成都晚报》《华西都市报》等国内五十多家报刊，并收入多种读本。四川省诗歌学会会员、四川省作家协会会员、遂宁市诗词学会理事。出版诗集《游走的思绪》。

表情的雕像（组诗）

◎ 任光福

安岳石雕

錾声交响　石头还魂
坐出安的基因
卧出岳的姿色

固化生态的韵
看不到
风雨雷电走过的伤痕

福禄寿喜的阳文百体变化
空前绝后碰硬的声音
镂香　神龛翠花图腾

面对善良的石头
芸芸众生都是过客
不食人间烟火的群雕

收叠宠辱　难亦初始表情

喜怒哀乐的石头
是大地的魂
赐人安宁吉祥　上善风水

这些心明眼亮的石头
为他们　回忆曾经的荒芜
为我们　高谈今天的昌兴
为来者　畅想明天的繁荣

拜谒子昂书台

朗声缤纷过的读书台
面对诗魂仰望开始密集
拜谒的脚步不再疏闲

遥想初唐　传世绝唱
递达京城　洪亮　悠远
博广天地　权力巍峨

一曲前不见古人被深埋
后不见来者　渗进逝者心田
仁心回归　撼动诗坛

领舞初唐诗歌的子昂
吟唱的登幽州台歌
自川中金华而来

扎根华夏后裔记忆

悟透
独怆然而涕下的内涵

黄峨雕像

幻景融入现实村庄
田园的每一段落
都是明媚泼彩的画

园中雕像　左杨慎　右黄峨
目光始终没相交
更何况　曾经天涯各一处

慈善与心硬　凉透遥望
挥泪作墨　寂寞怅词
递不到远方

勤思量　忆断肠
无法感动
云游南北的粗犷

柔刚乐园　遍野芬芳
传世雕像
是她贞心复活的守望

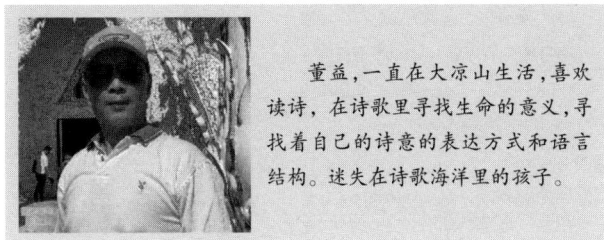

董益，一直在大凉山生活，喜欢读诗，在诗歌里寻找生命的意义，寻找着自己的诗意的表达方式和语言结构。迷失在诗歌海洋里的孩子。

最动情的风从湖面吹来（三首）

◎董　益

蓝花楹

你的美丽，让所有经过这里的人们都忽视了你的花语，如此凄美，如此绝望

——题记

就在最后那场春雨告别之后，
那些被季节唤醒的花都开了，
蓝花楹——泛着紫蓝紫蓝的神秘色彩
以一抹淡淡忧伤的姿态
覆盖了我经过的街道
掠过树梢的思绪
都是关于相思
关于爱情
可是，风中依然没有你的消息。

用一千年的时光，守望一段爱情

凄美和绝望长成一棵大树
相思一年又一年花开花落的
泛滥成一树繁花。

我站在南方的南方
听花朵飘落时优雅的声音
想起一个人
想起一场爱情的开始
想起了北方的北方那个新月姑娘
就在你转身离开以后
所有的诺言都失去了回声
而我，依然等待着那个故事的结局
恍惚中，你就是穿着紫色的婚纱的新娘。

蓝色的天空下
那一抹紫色的云霞
飘落一地的忧伤
让从这里走过的人都染上一缕美丽的惆怅

只为了一句诺言
你可以站成一棵树
为了等待一次久别的重逢
你用紫色的花瓣装点你的梦境
让所有的日子都有了花的芬芳，花的浪漫

绝望，是你亲手把爱情埋葬
然后，静静地等待它破土而出的发芽
不悲　不喜。

老祖母

推开一扇两千年沉重的木门
仿佛走进一段悠久的历史
三块石头支起的火塘
延续着千年之前的火种
老祖母雕塑般坐在火塘正中的一方
庄严而慈祥
把岁月的悲喜全部刻在脸上
火焰映着不一样的坚强。
温柔的风从湖面吹来
风中还有那首古老的情歌

当老祖母摇动的经筒
突然从手中跌落
火塘升起一缕圣洁的光芒
她走完了最后的时光
此刻，空气中弥漫着女性的温柔
有婴儿的第一声啼哭
划破了傍晚的寂静
一个新的生命降临在火塘旁

他们祖祖辈辈
在火塘边诞生
在火塘边老去
生生不息的坚守着女性最灿烂的时光
坚守着母系最后的辉煌。

高原湖

走近你
走进一条蓝色的时光隧道
两千年的月缺月圆　潮起潮落的岁月
都被凝固在这里
于是，这片柔情似水的湖面
闪耀母性的全部辉煌
被渲染成一首古老的情歌
你坚守在这一片湛蓝的天空
这一湖荡漾的柔波里。

山，因此而神圣
水，由此而圣洁
站在神山圣水最蓝的天边
湖面泛起女性最柔情的眼光
扑面而来的风里弥漫着女性的芬芳

月亮升起来了
湖边的篝火已经点燃
百褶裙在悠扬的竹笛中摇动
踏着祖先的祖先一样古老的节拍
开始最原始的舞蹈
这是高原湖最动情的舞蹈
美丽了一千年的夜晚。

许庭杨，四川叙永人，四川省作协会员，县作协副主席。在《中国作家》《诗刊》《星星》《四川文学》《红岩》《青年作家》《西南军事文学》《北京文学》《绿风》《飞天》《诗歌报月刊》《草堂》《散文诗》《人民政协报》《中国气象报》《中国环境报》等报刊发表诗文作品。曾以诗歌《砍柴》《西部老家》获中国人口文化奖。

夏季，阳光烧烤大脑（二首）

◎ 许庭杨

闷热隐藏着雷鸣

傍晚，没有阳光也闷热
蝉和一些不知名的虫
大声叫着
像是发泄，又似哀鸣
还有蛙，不请自来
发出一些乡愁的声音
天气预报说天晴
我却隐隐听到雷鸣
肯定有暴风骤雨
在山那边蓄势待发
只等闪电抽痛大地的心灵
暴雨才好顺势倾盆

蝉声赶走好梦

在思想也入伏的季节
天空想把阳光
早点倒空
大地上阳光波涛汹涌
夏蝉清晨就被热醒
撕心裂肺的惨叫
被人们说成：蝉声如雨
掩饰气温的不近人情
想多睡会儿懒觉
让难得来一次的好梦
把自己占据
蝉声一个浪头一个浪头
向我涌来，好梦
从头脑里抽身而出
留下汗湿的身心
唉，真希望蝉声如雨
淋在阳光身上
降温

第五辑　缘分妖媚写意

走出几度低回重唱的寻觅
关注到　一株桃花的亮色
抹红了心情　开始飘泊
在微信群里隔空传音
——曾涵复

枝头上那鼓胀蓓蕾　犹如你
已成为我最绚烂季节
上天突然细雨霏霏
仿佛洞穿我心思
——徐开成

天空的表情
不像雪花的苍白
一些言辞深藏不露
字里行间，老是含有殷红的色泽
——梁福贵

何时，我们再荡起双桨
让白云蓝天在水中梳妆
让我们荡起双桨
小船儿推开波浪
——李仁湘

曾涵复，笔名：寒沸。原创写作者，编纂人。从1970年代开始文学创作和发表作品，以千余首石油诗播名。写了《寒沸诗选》《寒沸语境》等几本书，编了《世界华文第一流女诗人39家》等多部书。创办主编了泸州《龙眼树》，大型文学双月刊《梦岛》，文学季刊《品文》。系四川高县人，居成都。

桃花绽放枝头的思想很妖媚

（组诗）

◎ 曾涵复

收藏风声

走进树林　淡淡的清香
拥抱绿色的鸟语
瞳孔漏网宁静阳光的单纯
鸟划着优美的弧线
鸟巢一半寒冷　一半面对阳光

凝然不动的植物　等待梦想
稚嫩的树芽　推开黑暗的窗子
树生长的音乐　卷曲着风声的收藏

飞蛾正破茧的时候　一只蜘蛛
荡着阳光　编织蓝色熟透的网
风声吹不乱网

后来　有一部电影叫风声
一个美丽的女子　进入
无我的状态　被拷问一层层
撕去衣裳　展现裸体的私密
听见清脆的一种思想　折断
颤栗　舒展成风
此时　风声被隆重照亮的部位
享受着坚硬的生动

还有什么情感能将风声形容
还有什么词语可以抵达
风声的内心

找回青涩

青草泛绿的这个春天
时光有了　停留的意思
走出几度低回重唱的寻觅
关注到　一株桃花的亮色
抹红了心情　开始漂泊
在微信群里隔空传音

蓦然回首　旧了的路上
一切变了　难现最初的情趣
路边的树　越来越老
树下的石头　越来越硬
风景已不是当年的风景
相识的江水瘦了涛声
熟读的清风　吹散了往事

一场聚会　牵动归心互动
思想低垂　搜索丢失的自卑
许多原始萌芽的故事
在个性的面孔上依然新鲜
踯躅的身体　涌动心底青涩的秘密

惊叹有人　还是一曲优雅的小令
留着被欣赏的初识踪影
那个从眼里走过的轻盈身影
是一只迷人的蝴蝶
在眼睛里飞远飞近
我真的感觉到了　未飞出
心的栅栏　留下
无须掩饰的发酵情痕

有梦暖心

夜里　隔空抖落的每一粒词语
醒着思念生出的美丽
触痛彼此在意的呼吸

这段藏匿得心痒难挠的距离
由远而近走回甘甜的记忆
当初不为人知的目光
是心灵欣赏的一种温暖
默默给精神惬意的感动
在独立的体内凝固成
无声无文字的倒影

不倾吐的隐私　永远
只是想象等醒来的感觉
补偿浮动的暗香
在桃花点燃眼睛的三月
突然追逐相遇　找回
漂泊很久的感情　两两相望
一起心疼　愁与懂的缘分
洞穿发酵的往事断章

新鲜的重逢需要
太多的喘息和诉说　释放
不在生活里的惺惺相惜
寄托不再孤寂的默契
珍惜一种简单委屈的慰藉
纵然落泪时　有梦暖心

往事有型

这堵墙上　贴满了眼睛
墙脸很有型　停留
很多星星一样闪烁的词
还有　意外与荣幸的短句
引来惊叹　嚼出阳光的荣誉

当阅完墙上的魅力文字
转身的眼神　流露优雅的淡定
偏偏是无瑕交叉的手指
缠绕出　依然年轻的细节
再难掩藏　往事发芽的秘密

倚墙的心跳不再平常　想起
一个不疲倦的名字
那株思想飞扬奔跑的树
启迪一只脚已踮起同行
这是愿望多么单纯地开放
实现眼睛对饮　不辜负
曾经不为人知的缘分

反刍乡情

走去乡间　抖落肩上
城市的喧嚣　远山在缠绵的炊烟中
飘动　心情被露水照出郊游的细节

阳光俯身在青草低处
顺着锄禾当午的影子
在田埂上　仰卧看云
近山　寻找虫鸣鸟叫的自然

眼里微笑的湖水　一部分响动
一部分弯曲　游弋的鱼
吐出陶渊明诗里的桃花
春逝的忧愁　捡起古诗里
反刍的情感　暗许梦里的浪漫

浮在水纹和脚上的敞篷船
世俗的水路　环抱阳光很软
拨瘦暖风的桨声　饱蘸一笔
白云　描摹出一段
慢慢潜移的乡恋

耳鬓厮磨的阳光　有几粒
挂在睫毛上　以薄而脆的惊宠
流淌一片热泪的快感

此时　想起搁在书房窗口的
书声　纸上田园的禾苗
早发黄收割

农家摆上桌的午餐
有渴望忆苦思甜的野菜
在这里　灵魂的颜色变得新鲜
黏稠的绿色烙痛眼里的倾慕

家里故作野性的盆景　放慢
衰老的模仿　零碎的身影
落在地下　忘记回家的路
多少有些凄凉

小镇情事

在山岚转弯的婉约宋词里
桃红李白　落与红尘一角
客家人合着逃逸的残阳
相约千百年歌谣的美丽背影

一条地老天荒的石板路　凝留
马帮远逝的声声驮铃　弥漫
一个个浑浊朝代　古朴的沉思

在街口站得神态扎劲的黄桷树、
造型盘曲的腰身　描摹出
风雨折叠的高贵

拆开一曲古琴的音符
斑驳的黑漆大门　徐徐
洞开　退隐江湖的妖娆风光
一段早已泪干的恩怨　顺着
古藤窈窕的身影　悄悄隐入市井

沉默的青砖墙垛上　一株
迎着风喘息的桃花　将褪色的
儿女情事　复活在古戏台的
唱词里　撩人心醉

谁信乾隆来过这里　私访名媛
深入小巷演绎民间版本的相思
皇帝站在拱形石桥上吟诗
吐在水上的诗句　闪现出
薄命红颜鲜亮的青涩

桥下野生的水草　记住
少女的琴声和哭声
一身缟素选择与水相伴
从此　小镇不仅仅是一幅山水画

镇口栩栩笑容的黄桷树　永远
披头散发着丰富的传说
挽留后来　许多
有意的邂逅和回眸

徐开成，天府新区人。现供职于四川华油集团，在职研究生毕业，试采工程师。现系天府华阳作家协会主席，西部战区国防文艺志愿者。先后担任《品文》副主编、《中国天府文学华阳典藏》微刊主编。四川省作家协会会员，四川省诗歌协会会员。在中国网、《四川文学》《中国石油报》等几十种网络、报刊发表各类文学、摄影作品上百万字(幅)，诗歌入选《中国青年探索诗选》等多部诗选集。

梦，诗意盎然（组诗）

◎ 徐开成

村庄

昨夜，梦从晦暗的日子
打捞出一座古朴漂亮的村庄
有清新空气温暖阳光
潺潺溪流甜美牧歌
有乱石堆砌的土屋
土屋上升腾的袅袅炊烟

村庄沉淀岁月光泽土路旁
红的白的黄的花儿与那些
不知名的蝴蝶静默相待
远离人言鼎沸的都市繁华
村中寡言少语的少男少女
并肩一段古老清素的泥泞
吐露出人与人净心的馨香

村头站立的那棵老槐树
是村庄最忠实的守卫者
树下岁月沧桑的石磨上
孩子们正埋头书写纯真
卑微的槐树花在阳光下
复制那些年少时的旧梦
风雨粗糙的槐树皮
像古老村庄皱巴巴的脸

村庄万叶吟风的夜
槐树语言就是古筝琴韵
使我旧情难忘
突然，窗外一声相思鸟鸣
惊扰我的梦，消失了村庄
还有那些漂亮的诗行

草叶与红蜻蜓

春雨涤尘的夜
清新的空气柔软的月光
漫进梦里，一只年轻的
红蜻蜓，搧腾诗的翅膀
飞向久违的你
栖息在你翠绿的草叶上
吮吸叶尖上晶莹的露珠
就像一个不懂事的婴儿
贪婪吸食你的乳汁
任凭桀骜不驯的风
怎样吹弯你的脊背
你也要坚强的抬起头
构筑一个温馨的巢

成他生命疲惫的驻足
宁愿干瘪枯黄
你也要从筋骨血液中
迸出一片带血的天空
让他飞翔
从春到秋由绿变黄
四季轮回你的生命
直到残酷的冬雪将你掩埋
你也要以站立的姿势
挺立在高高的山脊上
因为那才是你的高度

飘雪的日子

那天，洁白的飞雪
温暖的阳光还有柔情的细雨
你撑着一把花雨伞
一次并不华丽的转身
就永远消失在我的视线中

后来，想你的日子
纵然是寒风凛冽
我也愿意去想愿意去做
我无法抵挡那冰凉透亮的痛
那里有好多好多的思念滞留

你还记得离开我的时候
我向你挥手的那一刻
雪花悄无声息地飘落到手上
脸若有若无的惨白
时光刹那间被冻结成冰

从那以后，所有的梦想
都开始破灭
留下苟延残喘的回忆
让无数的夜湿了眼帘
还紧紧拥抱你留下的余温
坚守一句不离不弃的誓言
等待苍老等待你的回归
等待下一个飘雪的日子
你能回来重新开启我的心门
和我一起笑看风中的太阳雪
然后，我们一起安静的老去

桃花缘

年年花开　我总在寻觅你的芳迹
拥挤在一起的簇簇桃花
就像相拥而抱的兄弟姐妹
浸淫整个山头　赏花的人群
尽情绽放的不只是
这个季节的浪漫　愉悦　温馨……

在那人潮涌动的人海中
你静静傍在那棵桃树下
当我们目光相遇一刹那
你轻轻向我眨了下眼睛
就将我紧锁的心扉打开
忧伤心情立刻春暖花开

我正期盼崔护《题都城南庄》
那段美好的桃花缘
枝头上那鼓胀的蓓蕾　犹如你

已成为我最绚烂季节
上天突然细雨霏霏
仿佛洞穿我心思
一声声青鸟鸣叫
婉约了太美诗情画意

你撑开一把粉红色花雨伞
向我跑来　与我擦肩而过
把一个有些淘气　洋溢着桃花般笑靥
驻足在我的记忆中　历久弥新
成为我一生的牵绊
这何止是炽热爱语
这分明就是我生命全部
是我与你携手看夕阳期盼

从此，每个花开的季节
我都会寻找那个山头　那棵桃树
那让我温暖一生的眼睛　笑靥
不为什么　只为那份灵犀　那个共鸣
我也要静静地等你　与你再次相遇

梨花幽梦

那年三月　烟雨朦胧
一袭白衣　一袭暖香
你站在梨树下
不经意间的一抹微笑
点燃满树梨花的绽放

你轻轻一抚
被雨水打湿了的发丝

一枚嵌于发间的花瓣
无声滑落
我急忙向前撑出双手
将花瓣捧在手心

从此，每年三月
我都习惯望着手心发呆
那里有花瓣的余香
我感谢你曾来过
你留在我手心上的痕迹
足以让我刻骨铭心

我还在等什么呢
旧曲仍在　美酒犹存
梨花园的楼亭
分明是往昔的模样
我置身其中
却感到一种突兀的陌生
难道这是一个梦吗

是谁的眼泪　湿了
梨花带雨的枝头
留下串串美丽的诗句
突然，一阵清风袭来
送来幽长的鸟鸣声
惊醒了尘世太多幽梦

马玉荣，笔名川江号子，重庆忠县人，拉萨市自主择业军转干部，系中国散文学会会员，四川省散文学会副秘书长，成都市天府新区华阳作协副主席。有百余篇散文、诗歌、报告文学在全国三十余家报、刊、台、网、公众号发表，多篇获奖并收录丛书以及被腾讯网、搜狐网、央视网等转载。

缘分不可辜负（组诗）

◎ 马玉荣

谁是谁的牵挂

雨，飘着不停
风，仍在远处颤抖
我站在窗前，
望着这座熟悉而又陌生的城市
在潮湿中，用思念织着窗帘
却没挡住情感的出口

这个天气一会晴，一会雨
打开一扇窗，凭栏眺望
我守着晚霞，红得像火焰
风，轻轻的柔柔的
弯弯拐拐从窗户灌进来
不变的模样，谁是谁的牵挂
心中总是充满希望

没有被喧闹显得苍老
也看不见岁月的皱纹
锦里，老成都的味道
仍如往如昔
只是这儿有别样的感觉

缘分不可辜负

红尘幽深
多少人来来往往
刚牵的手余温未尽
为何徘徊，缠缠绵绵

多少人迷失了方向
刚走过的路
脚印尤在，为何旋眸
年轮行云流水
不必叹息世态炎凉
酸甜苦辣的人生
不必在乎沟沟坎坎

执之之手，相惜一生
世间之缘那有早晚
只有恰时的你
天可辜负，地可辜负
唯独你的缘分不可辜负

爱情有海

在那东山顶上

沿着幽静的石块小路
问道爱情海
仓央嘉措与仁增旺姆
幽约的地方

山凹深处溪流欢悦
林海茫茫呜咽垂婉
松林挺拔肃静
仿佛倾诉着千古情缘
层层密林
如一道道密封的墙
封存了太多太多的传说

试想当年
仓央嘉措仁增旺姆
游离此地时
是冬是夏还是春
是晴是雨还是风
山盟海誓，丝丝低语
天不言地不语
何以知晓，许多谜团

唯有东山能佐证
一个是钟情情郎
一个是痴情女子
留给后世传诵
一曲悲歌绝唱

梁福贵，网名LFG银珠，微信名：瞿上牧主，四川双流人。四川省作家协会会员，四川省艺术摄影家协会会员。作品选入《星星诗人档案（2013卷）》，不时有作品在《星星》《重庆日报》《上海诗人》等刊物发表。著有诗集《小草的高度》《诗意光影》《春天不放假》《旅途如梦》等在正式出版社出版。

我以雪白诗句写意异国（组诗）

◎ 梁福贵

圣彼得堡的秋天

无需日照
只凭借一缕光亮
我走进了你的秋天
在圣彼得堡的词典里翻阅
读着冬宫的那片蔚蓝

彼得广场，如你心中的荒原
原上有我放牧
桦叶黄了，恰似你的红唇
正为我献上热吻
殷红如淌，如炮声里夹杂的血腥
加重了你的抑郁

不小心便浮出水面的夏宫
恰如波罗的海的亮眸

更像月下藕莲并蒂的那汪秋水
只是那朵莲早已萎靡
我涉海采莲
只收获半船沮丧

随了彼得大帝
我在涅瓦河岸上扬鞭
以梦为马。可秋空北雁南飞
草木枯黄
晚来谁染桦林醉
总是月华轻点的离人泪

芭蕾舞，本为胭脂染
女皇给我准备好了一场盛宴
没有羞涩，没有矜持
市名变不变，与叶卡捷琳娜无关
孔雀金钟的报时
如隔三差五的痛吻，似水柔情
又肆意泛滥
不为皇权，亦为皇权

圣彼得堡的秋天，催人入梦
追梦人的脚步难以羁绊
一些言辞，绝不是眼前的苟且
诗和远方在召唤
追梦，是你我的必然

黄石公园的元旦

深埋了整整一个季节

我在等你
却等来了一脸苍白
这不是你的过错
大雪已经封山
我只能用雪白的诗句
在异国为你写意

雪花随风飘飞
带走了我积压心底的忧伤
和难得糊涂的愚昧
天空的表情
不像雪花的苍白
一些言辞，深藏不露
字里行间老是含有殷红的色泽

秋天已经被雪覆盖
调色板不翻
我只好把慈悲搬上宣纸
画下明天的美好
写下情爱和思念
然后放进月色
犹如放进你柔软的胸膛
任其永久暧昧

其实，雪只淹没暗晦
不会种植轻描淡写的诗
冬快要回归而退却
尽管你不在场，但你的气息
足以穿透时空，带来明媚
驱散雪的白

然后，用夜色作底
描画出你我都想要的一切

茵莱湖，我端坐莲心

赶在晨光到来之前
我已经先期抵达黎明
你用你的缄默，挑战我的忍性
忘了历史的痛，似乎可以
舍去你，不那么容易

百里湖风劲吹
只扫荡残云，掸不去暧昧
心上的那条船，即使浪迹天涯
也只在你的港湾停泊
单腿撒网，网满船相思
直到渔火熄灭

佛塔作证，心有灵犀
必然是满天星辰
因陪宁静，星轨就不拍了
银河无碍，前世已架好鹊桥
老天赐我慧眼
虔诚之上，必有浮屠

凭借镜头，我聚焦模糊的世界
远方的诗和近处的丑陋
尽收囊中。有月华轻点的开悟
我老夫聊发少年狂
油再添，灯更亮

端坐莲心

再谒吴哥

你如一本天书，用缄默
隐去了气宇轩昂
忽视过红尘，不忽略我
如一片祥云引领
我又坐进了
洞里萨湖夜的那只酒杯

船坞深深
待月西厢的门扉依旧虚掩
雄性勃发的本能
活跃，但不会红杏出墙
即便灯红酒绿
也可把一堆乱石
演绎成古老而年轻的一首诗

湖水漫过尘世
也润泽着你的芳心
石头，以独有的微笑
走进诗歌
铸就了伟岸的废墟
除了石头断垣的颓殇
你无法出墙，就像这夜的黑
要是没有你和诗歌
我也活不到如今

黄开士，系四川省作家协会会员、诗歌学会会员、中国石油作家协会会员，从上世纪六十年代末始，有诗歌、散文、报告文学散见于国内数十家报刊并部分获奖。出版诗集《寒草》、人物纪实专著《找回远逝的乡贤梁正麟》。另有作品入集《火海征战录》《这里诗人十二家》《这里散文十三家》等多部文学作品集。

低语淡泊如歌（五首）

◎ 黄开士

淡泊

一个挂在古人嘴边的托词
默然返青，青葱得惹人热恋

休言已被时风拂去
灵验的谶语
骨子里仍隐匿神明
只须亲近，便可消弭纠缠于己的
没名痛楚，盈怀孤愤

不过普通人不在意灵界之事
唯其看重崇尚简单　无多
欲念、梦魇、谋取、俗媚……
低语如歌，总悠扬着
薄衣蔽体，淡食益身
鄙屑坐而论道，乾坤浩浩

只期，命蒂脱落时　少给尘世
留下怨痕和忿恨

楼舍与巢息树上的鸟

一幢楼舍是一棵巨树　大片楼舍
便为大片簇拥的丛林
业主，像又回到猿人初始
有感是巢息树上的鸟
心中回味着啄食日子的快乐
也掺杂些莫名的隐疼——
脑识渐于蜕变　双目近视
多已不再怀古，不再念想
“欲穷千里目，更上一层楼”
且怨，时下几多丛林楼舍
已越过飞跃的高度　让自己
一天比一天惶恐　尤其
怕突发地震

霜叶

杜牧的一句赞诗　使得
寒山上的霜叶享誉千古
可有谁知悉　嵎谷里的霜叶
一直在强忍心中的隐疼

当归来的日夕鸟折翼入眠
嵎谷　便成一具长满绿毛的僵尸
孤寂、冷凝、阴森、恐怖
让山月走远，星辰闭眼

世人惊怔后遗弃

更著轮回的季节　强逼霜叶
纷纷命殁于凛冽的冬季
霜叶，唯盼早来一场春雪
把身子洗白，忘却前世今生

倾听一种鸟音

睡梦里果见百鸟朝凤
烦乱的心思并不钟情观看圣演
唯凝神倾听一种耳熟的鸟音

甭猜想，鸟音定然来自
我童年的江南——
那坡葱青的茂林，那舍古旧的木屋
那片可让人闻取蚂蚁交心的山野
它们，早在我生命的细胞核上刻下印记
且不时催促我　舍弃所有迷恋，
回到久违的梓里
同青涩的情愫再度欢聚

但怨，翔鸟太多，拥塞偌大的天空
我凝神倾听的鸟音　时而
有若清风擦耳飞过
致使期望和失望交替于怀
时而，犹穿过我的
殷殷切盼，绵绵愁绪
抛下一串难以读懂的音符
飘忽远去

而我，对此鸟音依旧眷恋不已
巴望她于耳旁停留俄顷　且告诉
我童年的江南——
那坡茂林，那舍木屋，那片山野
如今，祸兮福兮？

吹不老的山风

进城目睹精彩朝朝暮暮
险情，一如蛛网布阵
半步不慎，也会跌进卷涌的血河
流光十年，死神没把我拖上望乡台
全赖山风不时于心底叮咛

回家　乐得自在　只是
无以言衷囊中羞涩　免不了
碰撞尴尬　但见
乡山笑颜如初，乡溪流韵依存
山风早变成暖烘烘的慰藉
让我走出铺满心路的愁楚

显然，进城打工　收获的
不是庄稼的庄稼
结缘的　不只乡愁的乡愁
山间世代如斯，四时景致叠出
皆缘自吹不老的山风
连我倾吐的这几句诗
也亏山风相助

张用生，笔名：灵子。中国作家协会会员。中外散文诗学会副主席。四川省文艺评论家协会会员。四川省音乐家协会会员。四川省文学艺术研究会名誉会长。内江市作家协会名誉主席。曾获：第八届全国戏剧文化奖（戏文理论）银奖。四川省五一文学艺术奖。2016唱响四川歌曲原创二等奖。盘锦市市歌全国征评三等奖。

叙说故土阳光（组诗）

◎ 张用生

梦幻的阳光

童年的眸子里，我同阳光比划纤柔的手。
透过星宇，她染色一层一层的天空，我涂鸦一个个光环；
透过林子，她注下一串一串的霓虹，我释放一个个皂泡；
透过流水，她打扮自己的容颜；
透过纸船，星光晃动了童年模糊的倒影。
我掬一捧哗哗润湿的星光石，
晃动的阳光被倾倒在流水里，
多像妈妈给我那张花围巾，
流水活蹦乱跳的和纸船一起远行，
我放入一封给阳光写的信，
一直驶进遥远的记忆里。
一直驶进太阳的航道。

子夜，阳光分娩

太阳走到她故土的背面就成了星光，
太阳在长夜无光的阵痛之后，
子夜，阳光分娩了“梦里人”。
没有哭声，带着歌唱来到这个世界，
子夜在月桂下为梦祈祷灿烂的黎明。

沱江的行云流水将梦化为绵城，
嫦娥的水袖拂过梦，
她的手裁剪了故土梦的春天。
微笑是潺潺溪流，绵绵乡情，
夜语叙说故土来年阳光的故事。

华灯缀满乡人回家的路上，
车如趣味玩世的滑板，
与梦并肩滑过霓虹的隧道。
美言打扮着幽逸的桑梓情，
与梦行走在网络的模拟空间。

街面开始慢慢地闭上眼睛，
静静地倾听乡风送来乐音，
丽韵让乡土又一个美梦怀孕。
美在街饰的夜景里透出迷人的身影，
那是长街舞动梦乡的幻景。

春雨将香露与圣水撒向夜幕，
夜暮里亮出无数色彩灼灼的花蕾，
高楼戴上自己时髦的花冠。

蓉城举起一炬无语的焰火，
抛向天宇淌成银河的星辰。

你的眼睛闪亮在九天之上，
向天地叙说遥远的童话，
故事滋长着一个梦的成长。
那也许是太白楼里丢失的衣袍，
那也许是十里长街拾到“蜀都”的符号。

弄不清怎样发生的梦呓，
几条长街成为了城市的阳光琴弦，
我默然地躺在一把硕大的琴上。
一个时尚的日子弹跳得很有节律，
正如一个人醉倒在阳光之林的瞬间幻觉。

阳光拂去残留的阴霾

阳光的手正在拂去龙门山的阴霾，
阳光的指间有时也会滑落一点美丽；
阳光的容颜也易被狂风烙上一点污渍，
阳光有时也会姗姗来迟让田禾误失良机。
故土翻过千页万页的年历总会有阴晴雷雨，
日子变得聪明起来，一天春光无限，一天秋硕满怀。
一个个农家大棚里长出春夏秋冬，
一方方小荧屏里网进浩瀚世界。
阳光里的故土，故土里的阳光，
相恋就会有每一个早晨的鲜活，
相依就让一个个陈色褪去，
一片片新貌展示故土新版的靓丽。

杨国平，1982年西南师大毕业到甘孜州康定中学、康定师范校教书，办了第一个康巴文学沙龙，1994年后在成都棠湖中学教书并培养学生写作。现任双流区作协副秘书长、华阳作协副主席。出版有诗集《极地阳光》、诗文集《极地延伸阳光》、文集《雪域——青春在夹缝中突围》、诗集《风行水上》等四种。有诗、散文若干获国家级、省级奖，并在各级报刊杂志上发表。

高原的界碑（组诗）

◎ 杨国平

西域古道行

我追索风卷起的沙尘而来
心如火，影如驼峰
我脚踏一个世界。这世界
浸透阳光，那么辉煌、斑斓

时鸟飞旋于凯旋的马一尾之尖
祈祷之声，从古兰经封锁的殿堂
破空而去——我主安拉
当神谕降临，一个部落从羽翼上走来
矗立于闪亮的剑柄，希望如火
闪烁于奔驰的红鬃马

当草甸又一次丰盈
流浪消失于晚归的夕阳翅膀
剑回鞘，不再晃漾于麾下

一个幻想的和平降生

那时节，皮鼓动地，纱抚娇肌
时光囤积庙堂之器
如庆典

当黄沙横飞，宝殿坍塌，城堞化为鱼尾，幻影消失于无限
辉煌如沙如祭奠
如血残阳，风隐马帮踪迹，候鸟凄然异向……

而今，这不是古道，即便太阳一次次充血
半亩方塘，花羚羊懒散于回归之路
云雀的歌穿透夜空，林莽飞向无限
一声愤怒，群兽远遁
这时刻，月亮昨日般浑圆
历史如古堡，而狮的方步
没有国界

我远行于绵绵古道
我搜寻路行之人
当远域之光闪烁如梦，神振翅飞临
那云第一次冲淡，风畅和，心如胡笳
马头琴唱亮星星，马奶酒浇醉陌生的眼
我
执意远行

千年古道，丝绸飘零
路依稀
阳光又炙

贡嘎山

——贡嘎山七千余米，高可及天，为蜀山之王。

从云层中，阳光牵出天的湛蓝
山裸露根根胫骨，柔性肌肤化为水
化为跳荡的光
自上而下，一路蹦撞

酣眠的雪中，梦渐次飞升
从极地走向极致
那高不可攀的天

从莽的边缘，鹰飞驰而来，腾空而去
被锁定的野兔，用颤栗的心跳
丈量雪域深不可测的长度
极地，没有界碑，有的
仅仅是雪
在风中舞蹈

哦，人呢？怎么这么静？
静得只有太阳与岩石的低语
风歇处，一个垭口
绵亘葱郁的牧场
牦牛的铃铛
击碎冰雪千年古意，在夕烟下
铮铮作响

这是人神共享时刻
脚踏晨雾

心遥望天堂

跑马山佛塔

——再游跑马山，极目天地，万象飞奔眼底，让人神思飞跃……

高不可攀的思想
总得要崛地而起
亮一盏灯，洞明世事

飞雪与狂风结盟，经幡狂舞
鸦翅暗淡天空，河流喷涌愤怒，冷崖被击碎
山放大瞳孔搜寻隐蔽的野草，羚羊与野兔对视
这一夜，星空无眠

我是这事件的见证
就在佛塔的左面
一线天光在上，我心灵的塔尖
金光万丈

暂时的夜走了
正如暂时的白天，正如人
天地轮回，悠悠不绝
我正在大地上，仰首天空

佛塔就在前面，在炊烟袅绕处
在潮湿的雪线上，大地的血液流淌
成群的牛羊散落在草场
滋生梦呓
昭示希望

从夕阳的转角切入

夕阳　马蹄
青石板上的返照
一地凄凉

从夕阳的转角处切入
历史的竹片
铮铮作响

当鸦的翅膀折叠暮霭
潮红的心绪坐胎花蕾，来不及奔放
便已凋残
夜的胡同幽深绵长

一座山就是一个高度
被穿越的不仅仅是垭口，我羊皮的外褂
抖动的是夜露晨霜

我野性的山峦，当榛子的梦绚丽荆棘
太阳却与飞雪结盟，雕刻喷涌的水
鸽子早已锁进巢窠，厌倦飞翔

但是川藏，雪潮中铺开小路
从夕阳的转角处切入
云在天边
山花
仍在妖娆

冯金声，成都人，生于一九五二年的春天。弱冠少年，到攀枝花当过公社社员。后为铁路员工四十二载。中国铁路作协会员。小说《山鹰》曾获铁道部第三届文化学作品奖。诗歌《心灵的守望》等25首，散文《菱角堰边那间茅屋》6篇，分别收入中国文联出版社出版的《这里诗人12家》诗集，《这里散文13家》散文集。有铁路历史专著《中国西南铁路纪事》，诗集《相思豆》。

岁月深处有思魂一缕（组诗）

◎ 冯金声

相思豆

悄然滑落，南国女神睫毛上那串晶莹的泪珠
一点是离愁，一滴是幽怨，一粒是情仇盼顾

悲欢红尘，因果轮回，割不断三生情缘
风华过客，冥冥之中扣动多少心灵琴弦

春风缱绻，娇花滴露，放不下的缠绵怜痛
度情天恨海，那堪回首，点点滴滴都是梦

秋月怜照天涯，红唇绵绵，芳言馨语吐不尽
说生死契阔，问天烦地恼，谁种一片相思林

难耐夜深无眠，临窗叹清风，看月色朦胧
山陬海澨，两地心念，独饮一杯情来几钟

绿水婉约，青山风流，别恨山水满腹情愁
花落深涧，寂照清潭空影，无奈情殇怨幽

戴荆棘花环，吻毒刺玫瑰，拥抱冰火人生
英雄多情，书生遗恨，情念之中黯然销魂

霜露漂洗，风雨幻化，岁月深处总有思魂一缕
眷恋世间情深梦好，纵爱欢颜，可问几多泪滴

回首惊看霜鬓丝绦，飘不尽昔日风声云影
一丝憾念，一丝空觉，一丝隐隐从化往生

遥念父亲

我和你，近在咫尺
只有一捧黄土，却远隔阴阳
唯有一缕忆念，走进时间的梦乡
才看见你，一生的影像

难忘你那忧郁的眼神
透出一种男人的坚强
说是痛苦蛰伏，却流露出笑的光亮
总是让我在疲倦的夜晚站起来
遥望满天的星光

生活的犁头是那么尖锐
将你岩石般的额头，刻下深深的沟壑
但犁不走两颊，岁月的风霜
而留给我的却是一本
读不完的教科书

浪漫人生，只是无聊时的梦想

独有那双老茧重叠的大手
在我的头顶翕然张开
挡住风雨，烈日阳光
就像原野上交织的河流
奔涌着沉默的父爱
青色的血路，绕过那坚韧的手掌
无言的体温，弥漫在我柔嫩的心房

曾经负担全家生计的
山岭一般的双肩，始终没有放下
昨天生活的沉重的光影
有困境的凄凉，有艰辛的分量
还有对儿女，恨铁不成钢的期望
如今这一切，都是我生活的参考
走出每一步的思量

犹如独立的山峰
不曾弯曲，不曾坠毁
在风暴之中没有偏移，没有摇晃
依然挺立的笔直的脊梁
但，我知道，真正的痛楚
在肌肉与筋络深处挣扎
呼吸之间振荡
有多少人理解
自己父亲的耐力与顽强
有多少人知道
父亲啊，还有一个名字
叫做担当

所以，我经常仰望你的头颅
领略你那个普通的灵魂
寻找生命坐标
俯视你留下的每一个脚印
寻思生活的去向
这时，我突然明白
父亲站起来是
托举儿女幸福的一座大山
父亲倒下是
为儿女挡住苦难的一道城墙
父亲化为海水
也敞开心胸推送儿女扬帆远航

我和你，虽然各在人间天国
但穿越光阴
常常看见你远远地走来
却又见你远远地走去
伸出双手却无法挽留你的臂膀
跨出人间不相依
只有一个不相忘
世间父爱，日照天长

皱纹里的母亲

那是你跋涉千山万水留下的足迹
还是你攀援重岩叠嶂雕刻的记忆

我扒开那些横七竖八存封的年月
唯见你血汗凝结成一片母爱大地

爬过一道道岁月崎岖的山梁
都是你生命刻画的不屈痕迹

趟过那一条条时光风雨的河流
奔腾着你抚育儿女的甘甜乳汁

山脉起伏云绕日照我的襁褓
松风明月溪流清唱我的梦语

沉睡在你乳香四溢的怀中
终身难忘世界的最美天地

月光里荡漾着你轻柔的催眠小曲
冥冥之中，我便有了心灵的慰藉

爱在笑声里摇醒了我稚嫩的童年
何曾忘记扶我上路那双温婉手臂

风雨里，我曾看见你咬碎痛苦咽下肚里
阳光下，我耳畔却回响着你那一声叹息

花信年华曾让你美丽绽放
食不暇饱却使你黑发白丝

上学的第一天，一条毛巾叠缝的书包
从此装上我开启鸿蒙走向人间的学历

你的一针一线穿过细风、阳光、薄雾、雪粒
也串起我一生起伏跌宕的苦乐、泪水、浩气

在孤苦他乡，虽不能听到你悲切的长吁短叹
可今日的眼前，仍见你割舍血肉的伤痛泪滴

纵横山水，走不出你三更无眠幽幽牵挂
魂魄的深处，总是有愧于你无声的恩遇

峰回路转，遮不断你黄昏路口遥望的眼光
始终是我苦旅生涯奔波中唯有的闪光希冀

你的笑容、你的愁颜、你的苦涩、你的痛楚
常常让我辗转反侧寻思生命存在的最终意义

你的呼唤、你的叮嘱、你的教诲，你的祝愿
不时让我放慢脚步等候自己的灵魂走在一起

红尘煎熬，我恍然大悟，你站在波起浪涌的皱纹里
正为儿女人生锦绣前程举行着一个深情的奠基礼

张天涯，四川雅安人，中国数学会会员，四川省诗歌学会会员，华阳作协会员。毕业于西华师范大学，就职于成都棠湖外国语学校，数学教师。虽遨游于数学界，但仍旧是文学殿堂的仰慕者。爱好文学，勤于写作，先后在《四川文学》《品文》《南充晚报》等报刊、杂志以及著名文学网站榕树下、起点、红袖添香发表多篇散文、诗歌、小说等作品。其作品风格细腻，文笔飘逸，清新隽永，理性中不失浪漫，感性中亦有情怀。

浮生爱情（组诗）

◎ 张天涯

十年·修缘

（一）

如果，不是打扫房间
或许，思绪回不到那年
青涩的脸庞，你那爱笑的眼
岁月荏苒，淡化了那份柔柔的缱绻

多年未曾整理的抽屉
锁住了多少不想提及的痕迹
翻开泛黄的日记
嘴角的那一丝笑容化为迷离的过去

（二）

他们说，你是校花
填满了无数人的青春年华
他们说，你是场梦

铭刻了多少人的纯真脸颊

转眼毕业，街头上转角的遇见
谁料是最后的一眼
这一眼，十年未见
我的视野里，你消失的如此突然

也许年少轻狂，冰冷了手心的温度
可午夜梦回，谁知我当年别后的酸楚
没有彩排过的结局，来不及唏嘘就早已落幕
才知道缺氧过后的爱情，就是青春成长的苦

（三）
弹起了吉他，想起了我们的校花
问流逝的时光，我们的校花还好吗
弹起了吉他，想起了操场旁的树下
问消散的晚霞，校花如今落谁家

青春，总会有些抹不去的遗憾
十年，修缘，这就是初恋

遇见

那一日，我在江边瞥见了
你烟雨中轻摇的纸伞
那一刻，我在庙前折服于
你空灵般倾世的容颜

原来，心跳的这么多年
只为，这一份你的

忽然出现
只为，这一秒我的
偶然遇见

浮生有梦

红尘万千，繁华如书
那时，年少无知懵懂翻过
高歌浮生有梦三千场
却不知指尖溜走的是离殇

光影如梭，白驹过隙
而今，历劫人生品读时光
眼见春蕾卓尔曾芬芳
才知道，穷尽千里早已诗酒荒

青灯之下，原是不归客
浊酒之间，却是红尘人

江瑞成，男，四川纳溪人，泸州市司法局退休干部。四川省作家协会会员，在《诗刊》《诗选刊》《四川文学》《星星》《中华诗词》《四川日报》《法制日报》《讽刺与幽默》等，刊发新、旧体诗词300馀首。部分作品入选国内诗专集。

奥斯威辛的记忆（有感）

◎ 江瑞成

森林前的少女

犹太少女丽莎
爱上俄国战俘
一个中尉小伙子
冷酷的
奥斯威辛集中营里
夜夜炽热
梦见他

小哥哥
喜欢吗
裙子上的
蝴蝶花

从她的眼神
小伙子读懂了

少女心事
现在
可不是
恋爱时候呀

背人角落
小伙子
还是心疼地
轻轻
吻了她

从此
少女梦
不再是王子与公主
也不是花园和城堡
而是遥远故乡
一间小木屋
一个温馨的家

越狱时刻
终于来临
囚徒们疯狂
冲出高墙
越过铁丝网
向附近森林
跑呀
跑呀

裹挟人流里
丽莎像小兔

奔跑着
突然
一颗子弹
击中了她

只差几公尺
就跑过开阔地了
灌木丛会掩护她
森林会保护她

少女倒下了
雪
静静飘落
薄薄裙子上
一朵
浸血蝴蝶花

高墙下的牧师

奥斯威辛集中营
纳粹党卫军
阴森枪口
逼窄天空

高墙下
站立一排
待枪决的囚徒
一个年轻人
突然昏倒

我代替他
一位牧师说
惊讶之后
党卫军军官
同意
牧师请求

牧师
从人群里走出
走向自己的
最后时刻
面容宁静
安详

仿佛
走向教堂
走向集市
走向耶路撒冷
走向灵魂栖息地

站在
那个年轻人的位置
额头
圣洁光芒
穿透
集中营黑暗

没有挽歌
没有烛光
高墙四周

一片沉寂

即使积雪
覆盖
所有的道路
焚尸炉灰烬
也将记住
这个寒冷的下午

牧师没有说话
人们却听见
六百万死难者中
一个拯救的声音
呼唤世界

茂戈，本名陈茂兴，曾在军旅22年，转业前为西藏军区文学创作员。现居成都，鲁迅文学院第32届高研班学员。曾在《人民文学》《解放军文艺》《芳草》《作品》《青年作家》《文艺报》《解放军报》等刊发作品四百余篇（首），著有诗集《雪域兵谣》《西藏在上》，长篇小说《陷入精神病院的诗人》《雪葬》。作品获全国全军奖三十余项，多次收入文集、年选等。

说文解字：仁寿（三首）

◎茂　戈

仁寿的仁

以我之身，摆出一个“人”
然后“从二”，或者“从上”
这样，我的骨骼就铮铮然
血液就如山泉般响亮地流淌

“仁”是父亲教会我的第一个字
现在，我能够把它与“义”组词
与“德”约会，与“爱”联姻
并学会在物欲横流中站立于天地之间

我甚至渴望着，杀身以成仁
如文天祥“留取丹心照汗青”
如岳飞“上马击狂胡，下马草军书”

也许，我的理解远远不够

所以，这些年来我一直坚持写诗
努力地，把它写出“道”的境界

仁寿的寿

那年，堂屋“寿星献桃”的白须老翁
多像七十大寿上的爷爷
几年后，爷爷寿终正寝
我至今仍记得他那仁慈的笑容

每有寿事，大家跟我一样
都喜欢用“福如东海，寿比南山”祝贺
而我更甚，爱上了长青松柏
爱上了龟鹤，爱上了日月星辰

我常纠正一些人的错误观念
小于五十岁，那叫“过生日”
还有——父母在，不过寿

如今，七十多岁的父亲越来越像爷爷
依然深深地爱着生他养他的土地
我也终于懂得，寿与血脉紧紧相连

仁寿

“仁——仁寿的仁，寿——仁寿的寿”
牙牙学语时，父亲这样教我
仁寿是我的出生地，四川人口大县
一百六十多万人，托起一个仁寿

托起仁寿的，还有牛角寨山上的大佛
以及，光屁股在黑龙滩洗澡的往事
巍巍龙泉山，把几千年的故事
蜿蜒成一个美丽的传说

直到 2009 年的一天，我在北京颐和园
站在“仁寿殿”下打出一个长长的哈欠
我才恍然，“仁者寿”是皇帝们的祈愿

我的仁寿，这是哪个皇帝在此种下的树
而我这个淡淡的平民，会不会
是这棵树结下的一个果实

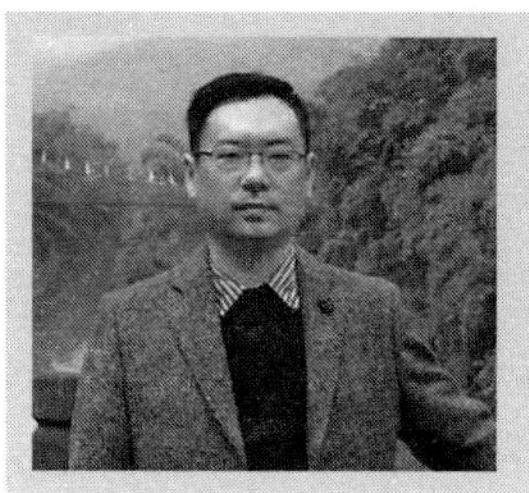

曾识，笔名：剑硕。自由文学人。1980年代读中学时开始发表文学作品，被某市作家协会吸收为会员。90年代读大学期间，作品散见于海内外多家报刊。沉入现实生活后，疏于创作，读多写少。视文学是生活的一部分，心不远离文学。

感动宜宾

◎剑　硕

天府之国的川南
是一个令人神往的地方
山吻流云　水绕群山
历史名城的宜宾
是一座名闻遐迩的城市
风物优美　古韵流传

这里山峰翠秀
五指山　仙峰山二山横亘
地形丰富　雄奇跌宕
这里江河纵横
金沙江　岷江两江交汇
长袖飘舞　千姿百态

这里一万三千二百八十三万平方公里的土地
肥沃富庶　风光旖旎
千古文化交融　文明绵延
这里五百一十五万的人口

勤劳善良　血性真诚
男耕女织出一幅人间画卷

历史沧桑　风云变幻
一千四百五十年前的戎州
八百八十四年前的叙府
八十五年前更名的宜宾
经历了多少荣耀与艰辛
凝聚了多少希望与期待
浓缩了多少思考与阵痛
承担了多少光荣与苦难

今天　蓝天白云下的宜宾
是一方冒着青烟的热土
风情浓郁　气象万千
以中国酒都的生动
以新的形象和理念
以长江第一城的身姿
站立在中国西部的四川之南
矗立起遐想和憧憬
焕发出　名扬天下的精彩

我站在这里
目光穿越两千多年前
这里是僰人繁衍生息的故土
野性和蛮荒构筑神秘的家园
一代代物种的灵性
悬挂于高深莫测的绝壁山岩
那一架架凌空山腰上的石棺
依旧是千古难解的谜团

当僰人古国神秘地消失
历史镌刻着这个大耳环民族的品质和庄严
陶罐里酿出的苞谷酒　醉倒彪悍和图腾
在西南半壁　一脉相承　流传千年
今天　多少人来到悬棺下面
追古探幽　仰望空中的壮举
仅剩下长久扼腕的赞叹

宜宾　是四川的出境门户
一条茶马古道　直通贵州云南
一条南丝绸之路　连接东南亚境外
清香的茶叶　精美的丝绸
伴随艰辛的马帮　走在崎岖的山路
走过陡峭的十八弯
赶马人比山岩更刚烈和倔强
餐风饮露　卧雪披霜
泪水和汗水把山谷填满
摇曳的驼铃　伴着马蹄声曲折蜿蜒
仿佛依旧响彻在山间
仿佛今天还在我们耳畔回旋

游览今天的宜宾　情不自禁
感慨迷人的古貌新颜
我站在大观楼前
庄严的古建筑　巍峨壮观
外地人　比喻大观楼是宜宾市区的眼睛
见证了历史名城的繁荣与忧患
楼墙斑驳的色彩　诉说着历史的灿烂

在宜宾大街上行走　每一次呼吸

都能嗅到酒的香味飘散
我分明感受到　宜宾的每一缕阳光中
每一滴雨中　都跳动着酒的精灵
都蕴含着酒香的缠绵
这里无愧是天下闻名的酒都
千年酿造的美酒　每一滴都是飘香有韵的诗篇
引来李白　杜甫　白居易引吭高歌
引来李商隐　苏东坡　陆游陶醉流连
诗人们留下千古的绝唱
为酒都美酒镌刻下馨香的内涵

宜宾　总有那么多美不胜收的景物
神奇得让我入梦入幻
优雅秀丽的翠屏山
林木叠翠　山花烂漫
古庙群辉宏的真武山
香烟缭绕　圣地庄严
森林广袤的云台山
万木竞秀　绿荫如盖
古朴典雅的夕照山民居
错落精巧　别致宅院
翡翠苍茫的蜀南竹海
竹涛声声　碧波连天
嶙峋峥嵘的石海洞乡
幽奇仙境　山石壮观
宜宾　是一幅绝色的图画
留给人许多奇妙的感觉和想象的空间

品味生活从宜宾开始
这是一句真实不虚的名言

在宜宾　一定要喝一杯美酒五粮液
下酒菜就选择南溪的豆腐干
品一盏叙府香茗的盖碗茶
吃一碗有宜宾芽菜的独特燃面
忘不了　长宁山珍竹荪的美味
忘不了　高县土砂锅的久远
忘不了　江安粉的猪儿粑
忘不了　筠连水粉的麻辣
忘不了　南溪绵韧的豆腐干
忘不了　屏山珙县兴文的茶香
更忘不了　川南特色的九大碗

每一座城市都有自己的　名片
万里长江就是宜宾的头衔
这条中国的第一大河
从青藏高原奔泻而来
在宜宾　获得命名和礼赞
从这里一路高歌　奔流入海
我站在合江门新建的地标广场
极目长江　浮想联翩
江水款款而流　时而惊涛拍岸
双塔隔江相望　已不见渔舟唱晚
老码头的石阶上
永远凝留着游子出走和归来的情感
我赞美别具一格的广场造型
分明就是一顶戴在长江头上的华丽桂冠
长江是宜宾人永远的故乡
宜宾人对长江　有着一种荡气回肠的思念

今年的五月　宜宾的天很蓝

披着阳光的艺术节
是一支铿锵的乐曲
飘着悠扬　飘着粗犷
飘着深情　飘着文化的璀璨
散发着文明的光芒
抹亮游人留恋的双眼

宜宾　有着别样的风情
在每个地方　都能找到令人心动的片断
宜宾　有着别样的美丽
让人如痴如醉　让人梦绕魂牵
宜宾　是一座神奇的城市
让人轻松　让人回味
让人来了就不想离开
宜宾总是让人感动　让人惊喜连连

邱龙君，四川资阳人。文学作品《美丽西昌》《彝人之母亲》《彝家兄弟与孔明南征大军共欢火把节》等，获得中国凉山国际火把节征文奖。另有作品散见于《凉山日报》《会理文艺》《凉山经济》杂志和《四川省广电报》。系华阳作协会员。

不妄评蚂蚁忙碌（组诗）

◎ 邱龙君

躺在麦地的诗人

最荒凉贫瘠的土地
种着最后成熟的麦子
金黄得枯败
仰面躺在麦地的诗人
左眼了然，右眼迷茫
看懂毁灭，也看懂文明

机器里碾碎历史
让飞鸟掉落在地平线
索性烧了这麦地
把最后的希望化成灰烬
不让这最后的麦地和诗人
在这里被参观

然而，诗人的火把

没有舞向麦地
他只是在土埂上疯了般呼叫
生活杂音不断
读诗的人在静静地听
远处传来孩子清亮的歌

太阳来了

朝阳急急敲门
也等不及我开门
就火燎火烤，热情奔放的向家走来
爬上防护栏，翻过玻璃窗
挤过纱窗入房间
和我拥抱在
地板上、沙发上
厨房和床上

不妄评蚂蚁忙碌

烤着春天的暖阳
坐在休闲椅上
看着忙碌的蚂蚁
进入蚂蚁世界的遐想

蟥丝蚂蚂，来抬嘎嘎
大哥不来，二哥来
牵浪赶线一路来
蚂蚁啊蚂蚁
我对你并不陌生
小时候就唱着儿歌认识你

今天，打心眼里佩服蚂蚁
瘦弱渺小的身影
为生活忙碌
为了温饱，为了家中成员
为了自己家园
不分早晚不分昼夜
个体行动集体出动
连拉带扯
也要拉扯个幸福感

我不妄评蚂蚁忙碌的意义
但我着实看到
蚂蚁就那么大的力量
艰辛扛起筑巢的料
扛起关爱老小的食
爬过一粒粒石，翻越一道道山
爬过一点点沟坎，蹚过一道道河
直腰昂头活动在地底

忙碌的蚂蚁苦了累了
即使遭遇到阻挠
累得绕道迂回，有点迷茫
在大地爬满足迹
依然沿着自己的方向
向着家园的目标
不舍不弃，扛着担当

李仁湘，粉笔一支四十年，讲台三尺天地宽，中学语文高级教师，中国写作学会阅读学研究会会员，全国语文教学多维学研究会会员，全国中学语文教改研究中心会员，《学习报》《中学生大观察》特约编辑。《语文多向思维的培养》《语文的美育培养》获全国一等奖。参加编著出版《全国青少年作文精品》《中学生写作知识例解》《高考作文失误与对策》等书籍。

让我们荡起双桨（外二首）

◎ 李仁湘

五十年同学聚会
选在宜宾高县
沙河驿的小河旁
品茗喝酒，追寻老家味
乡音不改谈笑风生
看着脚下浅薄的小河
听着水流诉说忧伤
儿时尘封的画图，在眼前徜徉

幼儿时牵大人的手，河边戏水
上小学，偷偷下水学游泳
读中学，每逢夏天
欢快与水亲近
扑游深水区，标准狗刨式
遇渔船沿河撒网捕鱼
便爬上船去
你掌舵，我划桨
扯开喉咙放声歌唱

山青青，水朗朗
小河两岸好风光
小船如箭，划动蓝天白云
和水中游鱼一起飘荡
歌声落进深水湾湾
唱得两岸
麦苗青翠菜花儿黄

思绪定格眼前景象
变样的河水浅不及膝
水浑不能喝，水中不见鱼
再无人踏水游淌
再无船捕鱼划桨
两岸站立水泥砖混房屋
嗅不到麦苗青味菜花儿香
听不到蛙鸣鼓噪知了叫
望不到水田风吹稻金黄

据说，高县已脱贫
沙河驿的小河
亟盼沧海变田桑
何时，我们再荡起双桨
让白云蓝天在水中梳妆
让我们荡起双桨
小船儿推开波浪

环卫人，绽放的黄玫瑰

一盏盏路灯辉耀光芒
一颗颗星星睁大眼睛
一条条清静的街道

早退嘈斑斓喧嚣
满脸狼藉
一支支悦耳的凌晨小夜曲
继续催眠一个个窗口
发酵黄粱美梦
传出跌宕正浓的鼾声

此时，凌晨四时
一个沉默的橘黄色身影
挥动双臂，用扫帚
在地上书写大字洁净
像一朵绽放的黄色玫瑰
为一座城市抒情靓丽

立夏盼雨

立春时节，小雨丝丝缕缕
犹抱琵琶，还羞羞答答
真是贵如油啊
期待雨，润泽渗透夏天

南方的彩云，瞪着大眼
立夏不下雨
烈日炎炎似火烧
不能耕耘的犁耙
高挂在草屋牛圈

思悠悠，盼切切
风调雨顺，田地禾苗绿
交错觥筹，黄发垂髫
会有一幅渔舟唱晚

罗剑，笔名剑戈，天府新区政协委员，民盟天府新区支部副主委，天府新区华阳三中语文高级教师。

孟屯河谷的情歌（三首）

◎ 罗　剑

（一）远方的纪念

锅庄　热烈跳起来
山峦隐形
雨声洗礼
你的身姿优美
一点也不疲惫
笑意盈盈

激情孟乡
忘记城市的喧嚣鸟语
世俗的画面
淹没于无形

独居一隅
空空如也
并没有温柔体贴

强大的心与远方接吻

景色依旧　聚散无常
未来的红叶
展现在十月
那时有一个我
依然会就一个你

我挥手作别
远方的风无法挽留
那缘分之歌
会越过潮汐
缭绕的“黄金石”瀑布
莞尔一笑
就是我们所有的江湖

（二）河谷之晨

甲都沟雪山
靓丽眼前
清晨　“白鸡”鸟唤醒
肺部充满清奇宝贝
如流的歌神　溪流婉转

如约而至的狂想曲
梦里沉睡魔咒　如烟飘散
虫草　你有醒来了嘛
愿我匍匐前进的深情
打动山神的垂怜

已经忘记出发远行的初衷
成长部落　没有冲突
孟屯河谷之晨
了然于胸的山岚
锁不住冰河世纪的崩塌
一觉醒来
如身陷丛花的醉意慵懒

告别雪山
就是留住从前
哪里来　哪里去了
自在逍遥　游玩人间

（三）高桥沟之恋

走得那么远
遗忘　一点点
格萨尔王
我来到黑水部落边缘

你依然走得很远
溪谷居民的后裔
坚守疆土
石砌的碉楼
历尽千年

我来了
带来生命里的蹒跚
受益嘉绒藏族的信笺
把你的幸福寄托得更远更远

说不尽的金风送爽
圣山　银峰挺立连串
膜拜大神　义无反顾
高原　草甸　蓝天

我　已经找不到归途
蜷缩默念　一切随缘
神翼盘旋
道不尽世间最大的欢颜

不要把我们的爱恋
把遗憾湮灭进时间
未来的幸福
比要去的路程更远

格萨尔王
你的臣民　永远把你纪念
留下的山河里
把所有的历史填满

我所有的违逆与不满
只需放眼南方的高桥沟
让空旷夜空的想念
把你的名字写满

Gu Yun Xin Feng Hua Yang

第六辑　古韵新风华阳

吆喝一声，华阳就闪闪发亮
惊醒天府千年最激动人心的梦
安公提　通济桥　广都城遗址
正默默讲述着华阳
厚重文化底蕴和幕幕老旧的故事
——徐开成

府河，一条束身的金腰带
卓显俊男翩翩风度
柳堤，两道弯柔的美人眉
透出淑女温情恋意
重叠如书的楼宇，笑容满面
——黄开士

溯源你的文脉和特质
三范修史，一门诤官的绝唱
匡扶了文人风骨
潜溪书院，厚重的典籍
每一页，都飘散着蕙草兰芝之香
——潘树明

老银杏与旧柳树
高茶花与矮郁金香
仿佛正是盛年的光阴
装点着南湖绚烂的柔媚风情
——周家琴

寒沸，本名曾涵复。原创写作者，编纂人。从1970年代开始文学创作和发表作品，以千余首石油诗播名。写了《寒沸诗选》《寒沸语境》等几本书，编了《世界华文第一流女诗人39家》等多部书。创办主编了泸州《龙眼树》，大型文学双月刊《梦岛》，文学季刊《品文》。系四川高县人，居成都。

华阳这张新潮名片（组诗）

◎ 寒 沸

拥抱天府华阳的美丽气质

看看不一样的天空
心已经迫不及待地飞翔
最深沉的记忆已离我远去
曾经平淡的静谧　披露簇新的模样
岁月的行板　悠长轻柔
唱响成都平原上最动人的华章

这片土地　用脊背驮来了生活
落叶的深处藏着泥土的清香
往事是一辆红色的小车
驶过千年的花开花谢
再难望一眼　麦子流淌的欢唱

一路礼仪向南　翻动丰满的阳光
惊醒　年轻放肆的风景

阅尽繁华喧嚣的意象
爱上天府新区华阳这座新城
心里已留不住　梦里的故乡
静静看　随风飘移的人群
走进蓝天里挂着的遐想

让眼睛在纯粹的图画里陶醉
赞美已无法深入某些词语的时光
春笋拔节的一片摩天楼群
一直变幻着妖娆身体的形状
就像欣赏跌宕剧情的变脸
更像浪漫方块汉字凸起的传奇
默默炫耀哲学科技与艺术的方向

在天府新区华阳　很难再思念远方
主动飘来的五颜六色方言
张扬人情厚重　柔软的想象
异乡人拥吻一份尊重一份礼貌一份爱情
抒情车水马龙的奢侈
弥漫出　景致微笑的夸张

静阅令人惊叹的天府城中之城
出现一座　新极核的科学城
以最得意的神韵点亮奇迹
在重重玄机无序的深处
创作诗意高贵的卓尔理想

来不及走出南湖的倒影
却已经倾心与水一起荡漾
只白鹭撩动阳光下温婉的水色

只清风吹醉游人留下的万种风情
只水面缓缓收网舔舐的目光

我寻找一种　绰约优雅的灵感
偎依秀发披散的绿树
聆听府河上鸟语的对唱
叫醒路旁每一朵花的名字
思绪悄悄与清秀的芳草生长

坐在北边开往南边的一号地铁里
感受夜色霓虹的情景释放
如潮的人流涌动惊讶赞叹和快意
往往不自觉中展示欢乐的疯狂

因为爱上天府华阳　想赌一回
追求春华秋实　淡然开始的时尚
在藏有几多憧憬和期冀的幸福里
塑造自己　智慧楚楚的形象
因为有你有我有他　彼此温暖相拥
把美丽的印象埋在心里
是一粒有气质的核　蔚然生长

走进生长的想象和美丽

一条路　躲避着蓉城浓厚的噪音
以绿树深入目光的速度
转动二十分钟的车程
从天府广场走进华阳
凝视片刻　便有了
谁说可以不屑的　嫣然评论

岷江南下的一弯府河　绕出
如烟婉约的半岛
日光下　各种颜色拥挤过来
天空　被高楼分解
沿着庄稼消失的细节
用移动的钢筋水泥
在省城的背影里　装帧着
一片生长想象和美丽的土地

走过旧城的老街　一脸的深刻
叹息消失的通济古桥
丢失攀附的水草
呜咽的江水　隐匿着文字
从正北街走到正西街　不需问路
人性的光芒　未必
失之交臂　仿佛
正走在这个城的青春期

走在伏龙桥上　阳光洗亮
视线所及的意外　有些潮湿
一片精致而浪漫的　欧式建筑
以一种最时髦的文化　让人
把梦做得遥远而飘逸　分明
感受到　音质动人的世界名曲
在钢琴的琴键上　跌落
跌落成矗立的楼群　教堂　雕塑

从外地走来的移民　忘却了
故乡呼唤的方言　编织着

口味新鲜的话题　嘲笑自己
浪迹天涯的悬念　终于
理清居家买房的头绪
把一扇属于自己的住房　打开
听见自己的姓名　镌上
柔软的水声　伴着
清脆的鸟语
把河边更多的绿草　唤醒

是梦想牵挂的半岛

成都人最懂得　剪裁时光
特别把醒着的生活
弄得滋润恬淡
品茶晒太阳　嘬美食打麻将
最佳选择　就去华阳休闲
惬意的天府大道　沿路花团浓荫
别致的高楼挂着惊叹
最早的一号地铁　抹亮省城
是深入华阳散步的名片

诱人的府河偏袒华阳　有意
沿安公堤　转了几个弯
华阳成了临水环绕的半岛
全城街道　倾听水的浅唱
倾听笑声歌声麻将声
倾听流连河边的川韵京腔
一群　唱不腻生命的红装白发

几座枕水横卧的桥上

走过　多少梦想和牵挂
飘着茶味酒味烧烤味的诱惑
从彼岸传递到此岸
河边心事轻松的茶客
把喧嚣挂在缘树之巅
把私语都丢在水面

不知何时从何地飞来的
一群白鹭　流连河中
用一颗昂立的头颅观察两岸
从此认定　这里是栖居的庭院

优雅地表达和倾听

我在盆地深处的平原行走　翻篇
脚下的文字　一部蜀志的经典
沿西南历史地理人物和府河
从成都到华阳　阅读古朴特征
再难回溯两座城池　史事的绵远

一部最早完整的地方志　记载
川滇黔边疆民族的兴衰
雕刻十二卷十一万文字的时光
从远古　到东晋永和三年

如今　这片气定神闲的土地
站在梦想走动的阳光下面
古成都县　早已幻化现代大都市
坦露生命　被纷纷感动的庄严
守望千年的华阳　一夜醒来

急匆匆　颠覆沉淀的厚重历史
演绎天府新区　抒情巨变

走进城南记忆的划痕深处
苍凉的往事　与陋巷一起逝散
交响旋转的大街　繁华行人的兴奋
一座座高楼有名或无名　站立出
狂妄和内涵　在深深浅浅的阳光中
流淌　摩肩接踵的一张张笑靥

唯见手捧史书的老者　泪花纵横
颂辞飞翔　唱出旷世的纠缠
华阳是一片　注定发烫的热土
升腾的高度　正优雅地表达

在南湖听见荷的梦呓

夕阳里的南湖
坠入黄色奢侈的宁静
我听见阳光的声音
从湖水里传出来
感动城南这片土地的美丽

湖畔在主持一场盛典
在婚礼教堂下面
花瓣一样飘落的喷泉
溅湿　魅力婚纱的柔情
提供爱情纯洁的想象
在水雾中演奏优美乐曲的雕塑
仿佛等待　一幅油画的复活

走过思念方式的廊桥　扶栏
赏识水上放松的绿草
一把带有私密性的长椅
凝留　看不清的
旧身体和旧表情

欧式街的建筑　浪漫着
古典之气　依然是
贵族旧风景的钟楼
解密过去世纪悦耳的时间

临河舒展的高楼
一幢幢漂浮着温暖
让我的心灵快乐得哗哗作响
我听见荷的梦呓
牵着去慢慢爱上真实
这个可以叫家的地方

徐开成，天府新区人。现供职于四川华油集团，在职研究生毕业，试采工程师。现系天府华阳作家协会主席，西部战区国防文艺志愿者。先后担任《品文》副主编、《中国天府文学华阳典藏》微刊主编。四川省作家协会会员，四川省诗歌协会会员。在中国网、《四川文学》《中国石油报》等几十种网络、报刊发表各类文学、摄影作品上百万字（幅），诗歌入选《中国青年探索诗选》等多部诗选集。

华阳，古韵新风的柔软（五首）

◎ 徐开成

诗意盎然的家

清晨，家从鸟儿叽叽喳喳的
说笑声中醒来
活蹦乱跳的阳光趁机夺门而入
爷爷正躺在那把老旧的逍遥椅上
品味着刚沏好的那壶香茗
眼望锦江河面白鹭扑腾
像心中扑腾的那些苦涩甜美
静享老年独有的那份奢侈闲暇
奶奶，温柔得像只可爱的小猫
窜来窜去，送来了丰盛的早点
一双纤细，布满老茧的双手
搭在爷爷的双肩回味年轻的爱恋

午后，慵懒阳光撒野的河风
与郁郁青青锦江河谈笑风生

津津有味的孙子正听爷爷讲
那些比孙猴子还会变法的建设者
忙碌塔吊在他们手中就像金箍棒
吆喝一声，华阳就闪闪发亮
惊醒天府千年最激动人心的梦
安公提　通济桥　广都城遗址
正默默讲述着华阳
厚重文化底蕴和幕幕老旧的故事
南湖，麓湖，戛纳弯畔
用美丽代言公园城南的时尚
飘香在大街小巷的百年老字号
调制出华阳人五味杂陈的生活
在优哉游哉中让人滋滋回味

傍晚，带着积攒一天的疲惫
匆匆赶回家，享受那份温馨与惬意
太阳像一只鼓胀的红气球
挂在高高的树梢，孙子吵着要去摘
不小心被爷爷摇落河水中
搅红满河水，爷爷哄着他
去追赶健身绿道上蹦蹦跳跳的人群
远处钟灵毓秀的幺妹峰
倒映在波光粼粼的河面
像沐浴中有些羞涩的少女
在吟诵窗含西岭千秋雪的绝美诗句

城南老街

八纵八横骨架路网
就像七枝八杈树丫

托起城南这个大大鸟巢
城南老街就是只相思鸟
背负着积攒已久的乡愁

其实，老街并不特别
只因儿时陪伴
才充盈记忆每个角落
定格没有奢求年少岁月
成为一生中最柔软幸福

老街春天垰垰角落
都开满不知名小花
无数次在梦里溢着浓浓暗香
一阵春雨袭来铮亮的青石板
留下坨坨水洼
似一面面古老铜镜
映耀一群扎红头绳俏丽身影
一袭飞花旧爱
逐云映水在碧空中漫漫洇开
成为一生中割舍不掉的眷恋

老街夏天午后蝉鸣
是孩子们最大诱惑
阳光豪不吝啬它的温暖
宠溺打弹珠，搧烟盒，滚铁环
捉迷藏……
一起戏耍，稚拙洁净的莽撞童年
傍晚，轻轻推开吱吱作响的木门
从不关门习俗延续老街纯朴洁净
从木门走出纳凉人既坦然又真诚

街坊邻里间荤素兼搭的龙门阵
释放禁锢已久的激情
让闪亮的星星月亮羞涩躲进云层

老街秋天夕阳犬吠
高调诠释历久弥新的往事
苔痕斑驳的土墙根，石桌上
爷爷刚沏好的那碗三花茶
已溢出淡淡余香
他悠闲自在的诙谐故事
醉了树梢上自由欢快的小鸟

老街冬天飘雪晨雾
鸡鸣升起袅袅炊烟
低矮厨房，烟熏墙壁
散发土灶上奶奶刚蒸熟
那笼诱人白米饭的清香
从奶奶花白头发，深邃眼眸
看到她倾负的韶华
和无数个月下静守的那份清宁

老街渐行渐远的鞋匠铺，缝纫铺
铁匠铺，棉花铺，还有那些
老旧凳椅，破旧褂衫，漫摇蒲扇……
辗转得让人难以忘却
街对面哑巴肥肠粉，佘羊肉
更是惹得我馋涎欲滴
隔壁孙家大酒房
吆喝的不仅是老字号招牌
还有老街厚重的历史文化

那一坛坛浓酽醉人的老酒
窖藏的全是老街发酵的故事

如今，街口那棵老黄葛树
依旧绽放新枝繁华风雨春秋
拐角处那个土坝子铺上花岗石
曾经是老街的痛和那些悲催呐喊
记不清从什么时候变成时髦舞曲
大妈们一曲漂亮圆舞
舞出老街今天的幸福弧度

古韵风情

流行的色彩　时髦的服饰
拥挤在岁月磨亮的青石板上
不减往日的繁华和热闹
与街道两旁古老的白墙青瓦
形成鲜明的对比

琳琅满目的店铺
不知经过多少代的传人
和那些打着祖传老字号的
历经百年风霜的牌匾
演绎厚重的历史

街边热情好客的店主
与他们精制的传统小吃
历经无数岁月的沧桑
才烹调出酸甜苦辣的味道
拴住游客的脚步

博人眼球的杂耍　地方戏
　　精雕细刻的工匠
传承着远古的文明
增添古韵风情

偶尔一个打扮古朴的人
拥挤在走街串巷的人流中
显得有些另类
高亢沙哑的声音
吆喝着一种古老的文化

一串糖糊芦
一群嬉戏的儿童
从人缝中穿出
上演穿越时空的现代剧
诠释老街的情老街的梦
老街的传奇老街的诗情画意

聚会在“酒场合”

船木与《品文》　牵动
一群老中青的学者和诗人　穿过
城南林立的高楼　走进
华阳“国窖·酒场合”的民俗画里
围坐船木做成的大圆桌
陶醉于诗与生活的对话
典雅一场别开生面的聚会

似乎所有的话题

都与酒　船木和《品文》有关
都历经过太多的风浪
承载过太多的企盼

酒仙诗仙频频举起酒杯和激情
用土得不能再土的土话
或者并不纯正的普通话　雕刻
茫茫江河湖泊　各式各样
爱恨情愁的守望　倾吐红尘人海
酸甜苦辣　暗香疏影的惊奇

缘分和话题烹饪成最美的文化佳肴
任意品尝　感动笑影翩翩的掌声
飘出酒场合最大的聚会厅　倚天长吟
这太多的情潮　太多激昂的诗句

走进船木陈列馆

分明走进浩瀚森林
走近最伟岸的身躯最高大的形象

为完成无数远航的梦想
这些有生命的船木
漂泊过江河湖泊茫茫人海
用血肉之躯
承载过无数生命的重托生活的希望

任由风浪怎样？这些船木
都要完成人生一次次最亮丽的苦泅
即使只剩下铮铮铁骨

也不愿葬身水下化为腐朽
也要回到生养的岸上
让心藏锦绣的能工巧匠
重新雕刻成各式各样的惊奇
陈列馆中　让人赞叹和敬仰

刘祥辉，成都棠湖外国语学校教师。四川省作家协会会员，四川省诗歌学会会员，成都市作家协会会员，华阳作家协会常务副秘书长。作品散见于《星星》《四川文学》《青年作家》《品文》《中外文艺》《山东诗人》等多家刊物。出版散文集《唯一心粒》，诗集《子时阳光盛开》《这里诗人十二家》（诗歌合集）。

华阳，美丽的诗话（外一篇）

◎ 刘祥辉

华阳
望穿了
我的脚步　情不自禁踏向你阳光的河岸
多年的老树静悄悄地发芽散发迷人光彩

我望着你古老的历史绚烂
传承
沉淀
我在你今日的繁华中醉眼

上上下下几千年的长河
多少仁人志士激荡奋发
如今
在这片天府新区的沃土里
藏龙卧虎了几许人杰才华

童真　曾牵我踏青南湖水花
高高低低起起伏伏的游乐设施

远远近近缥缥缈缈的异域风情
一片梦幻岛的祥云从此升华
诗歌
用最挚诚的方式开启
一段美丽情话

在温暖包容的春天
一颗默默无闻散乱的心
溜进了华阳的音乐花园
苍劲密匝的树林鸟鸣啁啾
浓郁金香的三角梅挤出了谁家圈绕的阳台

不知
层层叠叠的台阶
将我指引
一户古色古香温馨洁致的人家
巧遇了两位德高望重的前辈
是今生最美的知音
自然亲切的嘘寒问暖
像母亲的河流父亲的草原

华阳　有一座花园会歌唱

有一座花园
会唱歌
维也纳的森林听过
府河的水流也醉过
贝多芬的耳
藏满每一枚三角梅的蕊朵
将自然的芳香

融合心的力量
造一曲曲动人心魄的世界名曲
从此
人们再也不忘
他的乐韵流芳
瓦格纳
冲破歌剧的世俗
从德国出逃
驻定华阳
音乐在这里光芒万丈
音乐
从西方响彻
在东方嘹亮
华阳的
这方音乐花园
美妙的音乐
在茂盛的林中激荡
清凉的鸟声
穿越春天的苏醒
到达冬日的暖阳
腾飞夏的蛙鸣
绚烂蟋蟀的喧嚣
华阳
这座音乐花园
承载多少豪杰才俊的梦想
那无数不平凡的
智慧的音符碰撞
灼灼闪光

黄开士，系四川省作家协会会员、诗歌学会会员、中国石油作家协会会员，从上世纪六十年代末始，有诗歌、散文、报告文学散见于国内数十家报刊并部分获奖。出版诗集《寒草》、人物纪实专著《找回远逝的乡贤梁正麟》。另有作品入集《火海征战录》《这里诗人十二家》《这里散文十三家》等多部文学作品集。

花样年华的华阳（外一首）

华阳古为樊乡，到先秦时期称广都之野。

——题记

◎ 黄开士

谁说华阳，名起晋参军常璩
奉献给历史的那束阳光
出土于先秦的土陶器皿上
已显见从樊乡走进广都之野
点燃历史的圣明之光
正信从时运，一路走来
每一步足痕　皆留下
一部煌煌千古的人文宝典

劬劳勤勉的世代先民
励志取阳光书写华章
灼热这片丰饶的沃土
听凭岁月沧桑，风雨洗礼
缤纷华彩依然艳丽如虹
大昭于世的华阳二字
便成域地民众头上的　一顶

灿亮的金质桂冠

最是于今，沿袭史脉　从蛹化蝶
挥动巨笔描绘新的宏愿
让沃土上迅然长出几多入时画境——
戛纳印象玩起法兰西风情
南湖国际影映中西合璧
年迈的通济桥经整形变脸
抖一身流行色衣装，气宇轩昂
打造后的老码头、新城区
靓丽　如花样年华的小芳

府河，一条束身的金腰带
卓显俊男翩翩风度
柳堤，两道弯柔的美人眉
透出淑女温情恋意
重叠如书的楼宇，笑容满面的街市
总把人们的心思带入辽阔的梦境

古老而青葱之野

无处不茂长出几多震古烁今
惊艳心魂的入时胜境——
戛纳印象玩起法兰西风情
南湖国际影映中西合璧
年迈的通济桥经整形变脸
抖一身流行色衣装，气宇轩昂
打造后的老码头、新城区
靓丽得如刚满十八的小芳
到第 v 大道沐浴现代和风

去农贸市场感受传统农耕
摩尔新世纪、沃尔玛、欧尚
凭诚实的电子眼　见证民众
幸福指数直线攀升
府河，一条束身的金腰带
卓显俊男翩翩风度
柳堤，两道弯柔的美人眉
透出淑女温情恋意
重叠如书的楼宇，笑容满面的街市
总把人们的心思带入新的梦境
哦，华阳！神奇的广都之野
即使不与晋参军、土陶器皿相系
你也是造物主赐予的　一部
卷帙浩繁的人文宝典

贾勇虎，又名贾西贝，籍贯四川西充，居成都天府新区华阳街道。中国作家协会会员，四川省通俗文艺研究会副会长，四川省文艺传播促进会特邀理事，空军中校，在部队历任战旗歌舞团，成空文工团创作员，成都空军政治部新闻组长，出版诗集，报告文学集《绿色风流》《唱响中国心》《诗话中国》《激情与朗诵》等6部，诗词《真是好样的》获全军一等奖，《夜航谣》获空军优秀作品奖，电视片《风雪草地》获空军优秀专题片奖。

华阳，调出梦中的春色（组诗）

◎ 贾勇虎

阳雀在唱，华阳……

那是只多么娇美的鸟儿，羽冠黄黄
千百年来，人们诠释她的歌声
都是贵贵阳，贵贵阳……但今天
我分明在天府新区听到，她唱得大不一样

华阳，华阳……
她唱着，唱着
唱得杏花山山红，唱得江安水水亮
而她也裹一身花香，美得像只凤凰

瞬间，歌儿便招来历史，一溜谚语
成都到华阳，县过县。字字牛，爽
莫道这级别是七品芝麻呀
那阵儿，偌大的蜀郡，县，只有这哥俩

再若非当年，那隋炀帝不讳个广字
谁说这里今天也还不叫广都
成都，广都，理当同辈儿
快哉！今用个副省级新区，还原其真相

于是，这里的南湖应和着
嘉兴南湖的节拍，梦幻岛上的童歌
让五十多万华阳人懂得
该付多少心血，才能调出梦中的春色

这是只多么娇美的鸟儿，羽冠黄黄
在三月天，四月天，唱着华阳
仿佛告诉天地，想让她不化成啼血的杜鹃
人生，都必须活得阳光

安公堤

应该是满清时期。本很柔顺的南河
突发暴戾，涛涛骇浪，闯进
新任知县安洪德眼底
俄顷，华阳商埠，埠埠淤泥

安公望着滚滚江流
洪峰上，荡着扁舟一叶
他定睛一看
是岷江漂来的李冰父子

一个声音似响彻天宇
“为官一方
不为民作主

不如回家，种玉米”

于是，便有了一千二百米安公堤
便有了上世纪的六千米安公堤
便有了今天，府河公园
蜿蜒几十里，晓风柳岸的安公堤

能被后人立碑的官
不在大小，仗在做实事
我不知，过往安公堤的乡贤们
是否领悟，一双辣辣的眼睛，正盯着你

二江寺

二江寺
在我眼里
你像一个放大的汉字

我在南湖的滟潋流光里读你
我在府河的婀娜柳絮间读你
我在江安河氤氲绿浪中读你

红墙飞廓，你卧佛般横亘江口
映入我临湖而居的高楼窗扉
似在讲很多的故事

你说，府河大姊
江安河小妹
是我，让她们把手拉在一起

你说，古蜀鳖灵，先秦李冰
西汉文翁，晚唐高骈
是这些贵人，让大姊千百年美丽

你又说，小妹名儿可多啦
新开，清水，牧马川……她每过一地
不是育出个贵子叫镇，就是生个宝贝叫集

我给姊妹俩挽了个结
天下大势，分久必合
二江，不能有三心，更不能有二意

二江寺
我认出你这个字了
不是二，是永远的一

周家琴，女，汉族，70后作家。四川省内江人，四川省作家协会会员，鲁迅文学院西南地区学员。曾先后在《四川文学》《西藏文学》《星星诗刊》《中国西部》《青年作家《华西都市报》《西藏日报》《成都晚报》等报刊杂志发表诗歌、散文和文学评论若干。并有多篇文学作品入编几本文集，现为阿坝州《草地》杂志社编辑，出版诗集《卓玛吉的风铃》。

南湖印象

◎ 周家琴

不知出自哪位艺术大师的手笔
把一幅高贵大气的油画装进欧洲风情里
招展般挂在江安河畔谁家的窗前
异域格局的装饰清高了南湖清纯的梦魇
吸引着南来北往的旅人
湖里静谧的水面漂着尖尖的小船
阿娇摇船的弧线
旁若无人的舞蹈着一水清莲的幸福
黑天鹅闲庭信步的在水面觅食
快乐了三五个爬在堤岸的顽童

我的思想开始短路
短路的记忆电影里
闪现出自己小时候逼真的模样
尖顶塔屋瘦削地立在湖水中央
拱桥的身子连着圣洁的欧式教堂
一对新人看见自己
拱桥下面湖中的倩影

曼妙的身姿定格在教堂门前
都市青年喜欢用婚纱照
记录一段最盛情的爱恋

老银杏与旧柳树
高茶花与矮郁金香
仿佛正是盛年的光阴
装点着南湖绚烂的柔媚风情
老人的正宗太极与孩子的率性涂鸦
舞动着南湖人家真实的幸福

从川西北高原谷地到成都平原腹地
从海拔攀升与降落的次次运动中
来去匆匆的总是过客的喘息
在时空流转的梦幻里
迷离着我深深的赞叹
当华阳华丽转身为天府新区
你飞跃时空的沧桑巨变
犹如一只凤凰飞起来了

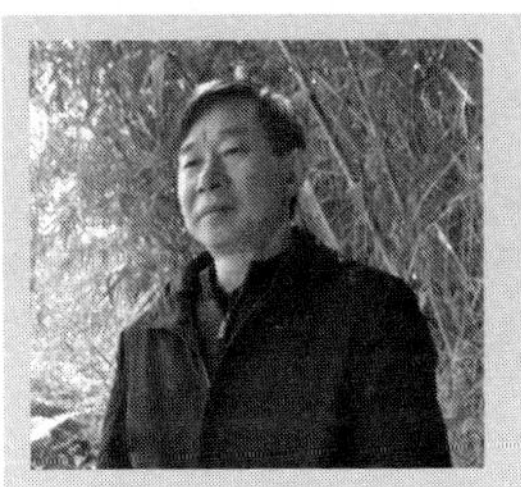

潘树明，成都人，爱好文学，笃信陆游“文章本天成，妙手偶得之”名言，故写作常随性涂鸦。

西部的新星

◎ 潘树明

天府新区，你如此亮丽登场
身负西部发展战略使命
一套优美的组合拳，令世人注目
投资与经济飙飞
引各路英雄，华阳论剑

我打开尘封的历史看
见你从幽深处走近
特写气宇轩昂，衣袂飘飘
身后一路血痕正是洗礼后的涅槃重生
不愧是蜀王血统遗世
从开明蜀王直系地，至三都官衙所在
朱门兽饰辉映，屋脊九兽赫然
成都的亲胞兄弟
历经劫难，分分合合
曾经，阡陌田畴千里
化作饿殍哀号凄厉
曾经，铁矿、盐井、鱼田之饶

变狼奔豕突荒野
经年累代，你长泣民生多艰
沧桑循环，应是体制操纵轮回

溯源你的文脉和特质
三范修史，一门诤官的绝唱
匡扶了文人风骨
潜溪书院，厚重的典籍
每一页，都飘散着蕙草兰芝之香
安公河堤，至今流动着古文明华章

而今，你向生而生，换了新颜
东山对西山，新翠铺染天边
两山夹府河，碧绿绕玉带
试问，几年创业，经济几何
西部玉珏，与成都天水共色

红狼，本名李国仁，生于四川通江县农村，居成都。四川省作家协会会员、中国诗歌学会会员、四川省写作学会常务理事、《中国乡土文学》杂志主编。在全国多种刊物上发表作品五百万字；有散文和诗歌作品在全国获奖；出版诗歌集《生命放逐》《漂泊的乡土》《诗意中和》，散文集《回家的路》《怀念村姑》，报告文学集《红崖千秋》，及70余万字的长篇乡土小说《农历》。

遇见华阳清越的琴声和诗

◎红　狼

因为诗歌，我遇见了诗人寒沸
因为寒沸我遇见了华阳
因为华阳我遇见了你

一江波澜不惊的水
一群划过水面的白鹭
一片岸边的草地
一座童话里的玻璃房
一簇盛开的菊

当深秋的阳光
从落地玻璃透进来
一个久别的暖秋，就这样
不经意地被我遇见了
我情不自禁向你张开了双臂
那一刹那，我闻到了菊花的暗香
抚摸到了水的柔滑

水在江里，我和你在岸上
和众多诗人，在古朴典雅的
玻璃房间。当一妙曼女子
弹起舒缓的琴音，江水
已开始在房间里流淌
阳光开始在房间里流淌
秋天在房间里流淌

流淌的还有诗人们的情感
或半醉半醒，或颔首击节
手中的茶盏，忽然就成了酒杯
随琴声流转传递，依次吟诵……
恍惚间，我发现身旁坐着的
竟然是东晋的羲之
而不是你

但我确信是因为你
华阳的秋天才那么温暖
遇见了你，我才遇见了
另一场曲水流觞的
诗歌盛事

血曦，本名曾涵复。原创写作者，编纂人。从1970年代开始文学创作和发表作品，以千余首石油诗播名。写了《寒沸诗选》《寒沸语境》等几本书，编了《世界华文第一流女诗人39家》等多部书。创办主编了泸州《龙眼树》，大型文学双月刊《梦岛》，文学季刊《品文》。系四川高县人，居成都。

相约无序无跋翩然的初夏

——记《品文》联谊会

◎血　曦

金色阳光的液体　漫过
整片蔚蓝的天空　波纹飘落
音乐花园　洒绿植物呼吸的恬静
站在枝条上陶醉朗诵的小鸟
在微风煽情的景致里
吐出最动听　野生的外语
是一长串热烈的
民间最纯粹的　欢迎词

这天　是二〇一四年七月五日
一次有意随意而惬意的　联谊会
心怡茶楼的格调平添高雅
京东餐厅的形象显赫才华
一幅作家诗人光临的红色横幅
悬挂出翩然的文学动感
冲击一片眼睛　为《品文》亮着

流淌　氤氲有致的深沉
浓荫铺满快感的大道上　出现
不是每天都能看到的情景
一张张写着文字的面孔　闪烁
一种真切与另一种真切的相聚

弄出这份文学的零食　开垦
种植文字的小块斜坡　是笔名
寒沸的原创写作人　自己
深解文字伤命　却愿以文字养心
他尊重心跳和梦的创意
抚额庆幸《品文》　这个
朋友连串的文学家园　不张扬
在城南天府新区华阳　轻轻一声
唤热了肝胆　很多熠熠的脉搏
共鸣高山流水轰然频率的自尊

什么是谈笑鸿儒　什么是惺惺相惜
诗人徐开成　是热血侠气的那种朋友
以一种凝重而至　靠诗缘默契
以《品文》艺术总监的气质
构思绝对很有意义的联谊
他开放钻石一样闪光的性情
鼎力相助　支撑文友约会的矜持

先到的小车　走下著名学者作家
徐康先生　这位可誉苏东坡之后的眉山大家
刚走出《东坡志林百篇赏析》的书稿
搁下笔的神态　儒雅出文章的学识
陪同到达是前《青年作家》主编

人品文品充盈彻悟的蒲秀政
自己驾车　捷足来自《东坡》之地
是著名作家宋学镰　他让心思
与文字厮磨　以稻熟澄黄的诗歌
拍打心岸的波涛　以播种芳香的小说
绿化身体里的万亩土地　他用乡村劳作
纠缠文学之殇　呈现立体的高贵

下车迎面走来　是放下昨天
手里厚沉医学书与仁心柳叶刀　抒写
生命涅槃之歌　出版血液里流动
浪漫和博爱　以独到浓郁的至情至性
长吟沉思心声的教授诗人何生
相伴而至　是华西诗社社长
诗风出古入今　钟情医学和生命关键词
播放诗歌不哭泣　“情深文自璨”的卿平
这两位特邀名誉主编　可以是
感触的月光　可以是体验的细雨
浸润《品文》意象　触动厚爱的诗情
高产诗人梁福贵一骑绝尘　车上
载来两部新出版的作品　流韵
《春天不放假》与《诗意光影》
赠送深邃的风度　和永远呢喃的风景

驱精致优雅奔驰车　高调抵达的达夫
睿智的侃谈　掠过传统的文字粮仓
点燃灵感缤纷的熏风　吹落梦花一地
这个文化专家策划总监　一缕
梦幻之香　析出《品文》不俗的品位
踩着乡音走来的知己李仁湘

被智慧俘获的形象　积攒灵魂的品质
趁着相约　抖落慷慨狂歌的惊喜

同《品文》同谋的诗人黄开士
这个笃思勤勉的编辑部主任
早已绑架了　追寻文学的命运
以鞠躬尽瘁的苦难激情　升华
晚年人生　《寒草》一样丰赡的悟性
严谨的首席审读　胸有丘壑的作家
冯金声　以收获和诠释的担当
在一片丰富的矿地里　发现多义的晶体

集著编一身的川大教授　英俊的曹峻冰
携来新著《乡土人生的恋歌》　还有
油墨味还香着的《中外文艺》
坦然把自己的心血奉送给文友　承受
不戴面具　透明的消费和评论
开着惊艳霸气保时捷走来的王丽
抖落缤纷的华贵　涌动醒目的风韵
送出的《尘缘未了》诗集　流露
擦肩而过　爱意多重的残缺心事

把历史与家事　研磨成文字粉末的蒋达美
走出　洞察了数十年的数学专业
找回自幼倾爱的写作乐趣　欣慰
沿着感性金秋　充溢心路成熟的轻盈
主张空白　是一种艺术境界的
诗人李永才　翻开眩目《空白的色彩》
亢扬的朗诵　荡漾鲜活的艺术骨血
他抚摸出文字的热度　追逐灵动

掩不住　浩然之气的完整遐思

洁来洁去　专于抒情柔美
悄悄亮出俏丽文采的几个女子
让人期待　从此能与她们时常相遇
著文怀远拷问命运的张治玲
率性安然　欲笺苦写的郭世香
纠结追求与憧憬　多愁善感的李晓玉
独语斜阑　炼煅文字的刘祥辉
倾诉心情　坦荡婉娴的罗丽
意犹邻家女孩　文辞清纯的喻晓红
她们一同步入《品文》花间休憩
缓缓流露心灵里　炫丽的词语

接踵而来　一个个衣袂潇洒
文字饱满的身影和风格独立的个性
痴情写作　人格清高的网络作家陆莹滨
潜心散文　思如泉涌闲庭信步的潘树明
跋涉文学苦难历程　怀抱琴剑的作家曲博
寻觅极地阳光　文采斐然的诗人杨国平
初见欣喜初见情怀　咏叹斯文的任影充
充满心动　厚积薄发的诗人杜律新
这些同道中人　内心贮满阳光
与风流有约　与自我有约
和审美一起坐下来　怀念难以湮灭的修辞

一堆永远无须设防的朋友　追逐
一路同行的平平仄仄　拥抱
一韵到达的抑扬顿挫　围坐品茗
传递谈锋　享受乐而忘形

烘托出　一个饱学的隆重场景

眼神碰撞的文化符号　时淡时浓
踱着思考步履的从容　演绎
花团锦簇的主题　散发胆识的清香
杯盏叫饮的高度　撩拨恍然的柔软
不掩饰镌镂躯体里　敬畏文学的坚硬

一种词语　启程另一种高论
一颗心跳　拨动另一番心狂
一缕情思　牵引另一汪情潮
一滴泪花　溅入另一池泪水
一丝笑意　引出满座笑声
或者是善莫大焉的争辩　碰响
写作的苦乐和纯粹　更多是不惜想象
透出受启示踏碎的意蕴旧事
注定诗以言志的相逢　生长出
文字地里　文以载道的和声

一场云一样聚散　风一样
流动的约会　难说谁妆扮了谁
四十余人免俗的表达　掩卷江湖
交错碰撞精彩的回声　阅读
原味思想　奔赴共识的距离
告别时　没有谁藏匿自信
一串豪放的名字　互致祝福
由衷期待再聚再叙　记住
博大无瑕的微笑　留下
气度不凡的合影　童真一样
如痴如醉　带走黏稠的回忆

第七辑　散文诗

要唱够多少个时辰，
才能打动那颗高傲的芳心？
——徐成淼

炊烟在锅碗瓢盆的摩擦声中拉粗、
拉长、且渐行也渐远。
——周小平(四川高县)

长街徜徉，在微缩版的《清明上河图》，抑或《姑苏繁华图》中，寻找旧时明月、笙歌、朱户、红栏、绮窗，悬想着冯梦龙《古今小说》中走出来的故事。

——秦兆基

最初的苦涩是原质的，忧郁来源于花粉的异香，他的采摘为了幻影的果实，一杯忘忧酒，真实的郁金香！茫然是必须的，双重的旋律回荡。

——文榕

称得了爱恨轻重？量得了生死长短？丈得了多少生前身后功名？能未了满弓秋月一江春流……

——黄维生

花就是女人永远的梦，于是自己便选择了一个如花一样的河边居住下来。

守着华阳一条安静的河，守着花开。

——刘平荣

秦兆基，江苏镇江人，1932年生，教师、作家、文学评论家。著有散文集《错失沧海》《苏州记忆》《红楼流韵》《走向教育源头》；长篇文学传记《范仲淹》；散文诗集《揉碎江南烟水》；文学评论集《散文诗写作》《散文诗品》《散文诗诗学》《诗的言说》《永远的询探》《时代的脉搏在跳动》《报告文学十家谈》等，在《人民日报》《文艺报》《文学报》《十月》《钟山》《延河》《报告文学》等报刊发表文学评论和诗歌、散文多篇。

苏州平江史痕倒影

◎ 秦兆基

路傍依河面，紧紧地铰链着，相厮相守，不知有过多少世纪。路口亭子里的《平江图》可作见证，不过那是后来打造的谱牒。在那以前，河与路也许早就缔结了姻缘。是开辟鸿蒙的年头，还是伍子胥建立吴大城之际？

傍水而居的原住民，用脚踩出路——通向北面的鹿囿、南面的园圃，菁菁少女用骨簪——隔河邻寨男孩子精心打磨的，挽起披散的青丝对河临妆，投下俏丽的面影。

面影，河水永远记得；骨簪，如今在河西北那端的博物馆的玻璃橱窗里躺着，歆享着女生们投去目光的惊艳。

国家历史文化街区，历史的那端何在？历史的这端何去？

长街徜徉，在微缩版的《清明上河图》，抑或《姑苏繁华图》中，寻找旧时明月、笙歌、朱户、红栏、绮窗，悬想着冯梦龙《古今小说》中走出来的故事。

有多少记忆痕附丽的：鲁殿灵光，破壁残垣？

有多少着录历史的：废祠乔木，断碑颓碣？

平整整石板铺就的长街、短巷；齐刷刷粉墙黛瓦的民居、商铺；杏黄酒旗、电子字灯市招，应和急管繁弦，潇湘水云，变幻着。

顺应商业大潮打造，历史匠心拼接，尽可能少些斧鑿痕。

一位老外坐在河边的石条上，对着斑驳的露出点砖块的门墙发呆，捏着半瓶可乐。

几个来自天南海北的少男少女，出没太湖雪、集古轩，打量着缤纷绚丽的丝巾、款式出挑的旗袍、别致晶莹的耳坠、带着土痕苔绿的铜尊。

一对手挽手的情侣，走近星巴克，挑上临窗的座椅，边品拿铁，边赓续在飞机上、火车上、汽车上，没有说完的情话喁喁。

一群文化寻根者，踱进了小巷，进入评弹博物馆，听絮絮叨叨也未必能听明白的弹词，品一杯香茗，享受香糯娱心的乐音。

浮世即景，浪游者抓拍的。

河水记得；

南北东西，三百六十座红栏桥上，白使君，——微醺，双颊酡红，略略蹒跚，临水照影，犹如玉山之欲颓。

胡相思桥畔，小男女殉情的故事，凌濛初失收了，好不可惜。桥，成了苏州最美的桥，是因为桥影流虹，还是因为故事凄清？

画舫，载来风尘女子，官船，送走六国公使夫人，先是称作傅彩云，后来叫做赛金花的，顺着码头下船，袅袅婷婷，鬓边，招展的花枝，跌落——河心。

官史乡志，顾不上记下琐细的这些；野史口碑；桥头，卖糕点的老人会如数家珍。

河水无语，总是惦念那临河照花影的女子。

夕阳下，默默，幻化为金色流晖，糅合着杨柳和合欢的倒影。

徐成淼：复旦大学新闻系毕业。贵州民族大学教授，国务院特殊津贴专家。中国作家协会会员，中外散文诗学会副主席，贵州省散文诗学会会长。有《散文诗的精灵》《燃烧的爱梦》《一代歌王》等十余种文集出版。获全国首届冰心散文奖、国家民委首届社会科学优秀成果奖、中国散文诗90年重大贡献奖、贵州省第一、二、三届社科优秀成果奖，贵州省首届文艺创作奖和首届贵州省文学奖，第二三届贵州省文艺奖，新世纪贵州诗歌致敬奖等。

一头雄狮在旷野上独自漫游

（外五章）

◎ 徐成淼

一头雄狮在旷野上独自漫游。

坚挺的胡须微颤，长鬣在热风中无声地拂动。

它在开阔地里缓缓穿行，步态沉稳而又率性。

春天，它一泡尿就把领地给圈定了。视野之内，没有险情出现，只有一群卷尾鸟在远处吵吵嚷嚷地争抢着什么。

天是蓝的，云是白的，空气中夹杂着淡淡的腥膻味儿。

午间的骄阳晒得它没精打采，它在一棵秃树下躺了下来。

心在别处。

旷野早已无言。

它眯缝起眼睛，开始假寐。

眉眼之间，它有点儿慵懒，有点儿忧郁。

没有驰骋平野，纵横天下；也没有登高一吼，威震四方。

这会儿，它似乎一无所求。只想独自儿斜卧在树脚下，看天远地阔，万物枯荣。

几只苍蝇在它的眼角爬来爬去，它无心顾及，听之任之。

阵风吹过，倦意再次涌来，它打了个畅畅的呵欠。

大口张开，一列琥珀色的牙齿在太阳下闪着寒光。

那两对长长的犬齿，纯钢一般坚硬，

足以咬碎对手的每一根骨头！

在一死千年的浩劫中永生

只要有一滴水就够了！

水熊虫从一死千年的浩劫中复活过来，它伸了伸懒腰，探出头来瞅了瞅周围。世界面目全非，天和地都彻底变样儿了！

那个梦做得好长好长，时间停留在几个世纪前，生命早已终结。

在天火的烈焰里煅烧，在地狱的沸油中熬煎。水分蒸发殆尽，它已被彻底风干，成了一具遗骸。呼吸停止，脉搏消失，新陈代谢结束，死亡来临。

然而它没有绝灭！

只要给它一滴水，它立即就能恢复生机！

火焰般的高热烧烤它，绝对零度的低温凝冻它，外太空的宇宙射线攒射它，深海的超高压力窒息它！

柔弱的身躯无可抵挡，它唯有死去。

然后是一个无始无终的长梦。梦见春水长流，花落如雨，紫气东来，熏风轻拂；爱侣的面容像婴儿一样娇艳。

光阴掠过岁月，在记忆和遗忘中无声地穿越。

时序飞逝，沧桑轮回，季风抚平了回归线，水熊虫从长梦中醒来。

它扛住了水深火热，扛住了山崩地裂！哪怕行星撞击、太阳耀斑、超新星爆发、伽马射线，一切毁灭性的大灾大难，都无法阻挡它的归来！

只要一滴水就够了，它就能死而复生。

有了那滴生命之水，水熊虫再次膨胀起体形。心脏复活，呼吸重启，脉搏重新跳动，皮肤恢复了弹性，节肢伸展，双眼再度放光。

携着它的新生女儿，又与世界玩起了举重若轻的游戏。

在全新的天地面前，水熊虫越发憨态可掬。

——都已经死过一回了，还有什么力量能够打败它呢！

千万双翅膀卷起滔天风暴

居然能感知到远方雨水的信息！

那里一望无际的绿草和千万颗壮实的种子，正在向它们发出难以抵挡的诱惑。

于是红嘴奎利亚雀相约出发，向另一片繁华奋勇挺进。

如此娇小的鸟儿，每一只都微不足道。

而数千万只红嘴奎利亚雀聚集在一起飞翔，就能创造出举世无双的奇观！

数千万双翅膀卷起滔天风暴，有如火山爆发，有如海啸涌起。

那无与伦比的庞大体积，黑压压掠过原野，像沙尘暴汹涌而至，遮天蔽日。

阳光也黯淡了，夜晚提前来到！

是心灵感应，还是量子纠缠？没有强制的指令，没有权威的调度，数千万只奎利亚雀高度默契，动作齐整，步调一致，无一迟疑。

是本能在召唤，自然法则驱遣着它们，结队向新岸奋力迁徙。

终于抵达全新的家园。那里，一场暴雨刚刚结束，万里平川，碧空如洗。草原一望无际，绿浪像海潮一般涌来。

红嘴奎利亚雀在那儿筑巢、求爱、孵卵、育雏，旷野成了它们独步天下的领地。

待到四周的草籽被啄食殆尽，新一代幼雏已能展翅高飞。远方传来另一场暴雨的气息，奎利亚雀蠢蠢欲动。

无声的号令鸣响，数千万只红嘴奎利亚雀同时腾空而起。迎着生命的再度循环，它们开始了又一次转移！

夜以继日地唱着亘古的情歌

要唱够多少个时辰，才能打动那颗高傲的芳心？

这只黑嘴松鸡，已经在这儿连续唱了整整一个月！

月儿圆了，又一点点消瘦下去。花儿开了，又一瓣瓣飘落。针叶树也被感动了，晨风里，那树叶儿颤抖不已。

要再唱多少个日日夜夜，那铁石心肠才会软化？

雨也下过了，云也散去了，而伊人仍远隔秋水，杳无消息。

黑嘴松鸡依旧高高地竖着长颈，昂首天外，夜以继日地唱着那亘古的情歌。

无论水有多深，无论火有多热，只要一息尚存，这歌唱就永无终极！任你心坚如铁，也该被感动了。即使心比天高，也总有一天会重归旧园。

嘴都唱乌了，心都唱碎了，而林间仍没有动静。

眼角流出了泪，嘴角淌下了血，它已经肝肠寸断！……

终于，

霞光再一次亮起来的时候，落叶地上响起了迟疑的沙沙声。

黑嘴松鸡心儿猛地一跳，循声向密林深处探望。一个模糊的身影，正缓缓地穿过松林。

花影动了，叶儿轻摇，该是她来了？

停了半拍的情歌又响了起来，

这一回

那歌声有了新的节律……

它俩合演了一出极乐的惨剧

终于追她到了高台之上，雄性螳螂激情暴涨。高处春风得意，阳光灿烂，爱火愈燃愈烈。雄性螳螂没有退路，决心在高台上与命运决一死战！

熬过多少个白天和黑夜，好容易才盼到了今天。望尽天涯路，生命的另一半终于出现。不能再犹豫了，成败就在此一举！

目标近在咫尺，它已闻到了那浓烈如酒的气息。一个鱼跃，锯齿般的镰足猛然钳住了她的身躯。长驱直入，抛开所有的踌躇；青春如此飞扬，爱已经没有调和的余地。

它在大欢喜中充分迷醉。幻觉出现，天堂洞开，鲜花与美酒缭乱了视线。终于忘乎所以，只求有爱，其余的一切都可以置之度外！

用触须叩击她的颈肩，以原始的频率传递爱的信息。烈火爆燃，献身的愿望膨胀到极限。它将她钳得更紧，决心以引颈就戮的姿态，充当刻骨情爱的明证！

远古的密码被破译了，她感知到了它的意愿，沉着而坚毅地转过头来。为成全它的牺牲，她已经别无选择。

双目如炬，喷射炽热的欲望。口器果敢地张开，给了它一个如火如荼的热吻！而后毅然咬破它的喉咙，切割、咀嚼、吸吮、吞咽，一点点啃食那颗高贵的头颅。

它已濒死，而躯体仍沉醉于爱欲！

斜阳西坠，晚风吹拂。一场欢爱落幕了，雄性螳螂的残躯从断头台上掉落，在青青草地上横卧如弓。

在生命的祭坛上，它俩合演了一出极乐的惨剧！

暮光普照，倦鸟归林，山河沦陷于一派苍黄之中……

尺蠖：一步步丈量着生命的里程

向着心中那座神圣的殿堂，它一步一叩首，匍匐前行。

雪峰、旌旗、经幡，是风向标和里程碑。远处圣山高耸，晨钟远播，金顶放射耀眼的辉光。那是天堂的入口，那里风光无限。

它跪地，前仆，五体投地，而后起身。再跪地，前仆，五体投地，复又起身。一寸又一寸，缩短着通向圆满生命的距离。

没有比这更虔诚的姿态了：弓身向上，又放下身段；再弓身向上，再把身子放平。就这样一寸寸向前挪动，日复一日，永不放弃。

天蓝到了极致，白云随风飘移，阳光照亮朝圣者孤独的身影。

时光流走了，只有它还在继续。

这是终生的事业。它丈量的不仅是里程，更是生命！

文榕，原名顾文榕，世界华人文化研究会常务副会长、国际当代诗歌研究会副主席、香港文联常务副秘书长、香港散文诗学会副会长、《香港散文诗》常务副主编，香港《橄榄叶》诗报主编。于海内外报刊杂志发表作品六百余件，著有《轻飞的月光》《比春天更远的地方》等六部作品，并被被编入中、小学语文教材，选入《大诗坛——中国诗歌选名家经典》《当代世界华人诗文精选》《感动中国的名诗选粹》《中国散文诗百年经典》《中国年度优秀散文诗》《新中国六十年文学大系》等。获两岸四地华语诗歌高峰论坛优秀奖、第三届中国散文诗天马奖等。

苦艾酒，一轮落日（外三章）

◎文　榕

酒知道如何用奇迹般的奢华，装饰最肮脏的小屋……流出的毒药，绿色的眼睛，使我无悔的灵魂陷入遗忘。

——波德莱尔

几个月前我这样坐着，与你当时的情形一样，你落寞茫然的眼神聚焦在一杯苦艾酒上，若有所思，他坐在你身边熟视无睹，是你可有可无地在他身旁？

思虑远不止这些。你精致地打扮了自己，衬托他的绅士风度，他绅士的表征衬托他的心不在焉。碧绿的苦艾酒带来一丝幻影，似乎是流畅而甜腻的。

你一杯喝下它，赤裸了一个春天的欢愉，看见了绿仙子。一杯苦艾酒通透，明亮，就是一轮落日，你遥视尘世的所有欢乐，堤岸，水边，也有类似的金光……

最初的苦涩是原质的，忧郁来源于花粉的异香，他的采摘为了幻影的果实，一杯忘忧酒，真实的郁金香！茫然是必须的，双重的旋律回荡。

深入这种茫然，它使你的眼神美丽而清亮，他仍坐在身边，映衬着你的环佩叮当。场景变得深绿，底色不再清碧。一杯苦艾酒就是一轮落日，你一口喝下这杯甜腻，挥一挥手，告别花朵和夕阳……

与花为邻

我喜欢在花园静坐，太阳和月亮的炽热与清辉交替滋养我。白天，我伴随清凉的瓜果一同生长，我们互相品尝彼此的甜蜜，每一束花都是一束光，带给我圣餐般的喜悦，我逐渐丰腴；夜晚，另一种神妙的况味，围绕着我的星星和蝴蝶蜜蜂一同起舞歌唱，我感受宇宙的春情和爱的洋溢，像花朵一样长出了翅膀……

介于黑夜和白昼之间的黄昏，我变得通透和翠绿。我深入我的内心，开始融入花叶的思想，倾听她们唇间的密语，我划分朝霞和晚霞的区别，再贯通其间的相似，以日落和月出作为我盛宴开始的祭祀。

如此，我在日出日落之间不再心慌，我品尝瓜果佳肴，冥想沐浴更衣，披肩是我唯一的挂饰。很多时候，我省略语言和交流，鲜花让我心绪熨帖。有时我足不出户，与花为邻，我们常常互相凝视，深情款待，直至石烂海枯，再也分不清彼此。

香港女子

我们都学过如何快乐、笑、轻松，
这就是整个社会在玩的旋转木马，
但没有人知道自己身上背负着黯淡的黑夜。

——奥修

终于等到下班了，穿着风衣、透明的丝网袜和长靴，你是年轻美丽的女孩儿，明眸、长发，和厚厚的嘴唇。

指甲上是纯白的甲油，你准备去搭地铁。穿过拥挤的人群，你还在想工作上的一个环节，下午游魂了。朝九晚五的工作把你压得透不过气来，还常常要加班加点，男友都开始责怪了。

男友和你同年，他热烈地追求你。你有些喜欢男友，更喜欢那个名牌手袋，它价值不菲，要耗去你三个月的工资，还有那支限量版的名牌香水，要赶快去买，已经快断货了！

今天周末，明天要做美容，后天要去烧烤，时间像金钱一样紧缺。男友要是个富翁就好了，你眨着大眼睛开始这样想。

整日的工作真累，为什么要讨好那个老板？同事看起来都很乏味，什么时候不用上班就好了！但用什么来维持我的青春和美艳？那个名牌手袋怎么办？

日复一日，好烦恼！真不知为什么挤在这个地铁里，人群像沙丁鱼一样涌进车厢，我的长靴被踩了一脚，真讨厌，什么时候能天天坐出租车就好了！

她搂住她棕色的披肩，大眼透出茫然，“我找不到我的心，它不在工作上，也不在男友身上，我喜欢名牌手袋、衣饰，我要花钱打扮得漂漂亮亮的，将来要住更大的屋子”，她想。

巴黎街头

我坐在巴黎街头，那熙来攘往的人流中走来你。
咖啡座泛着浓香，飘散于整个街道，
拉丁人，欧裔人，黑发人，金发人，走来白发的你。
不像他人一样，很快地，或悠然地穿梭街头，
你走得很慢，拄着拐杖。

一步接着一步缓行，神态凝重，迟疑蹒跚，
你不赶着去购物、听歌剧、喝咖啡，
也不是与家人聚会，你只是独回你一个人的家。

耳有些聋了，视力不好，眼镜有点歪斜，
披肩残旧，臃肿的身体，头顶皑皑的白雪。
你并不寂寞，巴黎的街头好热闹！

商铺林立，俊男搂着美女，笑声起伏，
不远处就是富豪区和凯旋门。

你到哪儿去吃饭呢，买个面包？
还是自己回家做吧。广告招牌上的帅哥会送来热情的眼神，
附近的歌剧院或许有低低的旋律回荡，
“我不寂寞”，你说，街道宽宽的，落日撒下来，
远处是香榭丽舍大街呢！

周小平，四川高县人。供职于长宁县政协。系中国诗歌学会会员、中外散文诗协会会员、中国散文家协会会员、中国诗词学会会员。迄今有400余篇作品在全国多家文学刊物和报刊发表，散文诗作品多年入选中国年度散文诗选本。出版诗词赋集《淯水行吟》、诗集《那山那海》、散文诗集《那一轮千古弯月》《我在元素周期表中，寻找自己？》。

经济辞典

——管仲的经济思想星空

◎ 周小平

（一）物质与精神

管子曰：仓廪实则知礼节，
　　　　衣食足则知荣辱。

颍上。管仲老街。秋风正打捞一条河流，试图捞出片言只语中的深邃……

颍水，对黄淮平原来说，是有情有义、有滋有味的，而且是足斤足两。但，低头的颍水却又不失时机地高高举起浪花的叩问、不时地刷新和提醒长长的堤岸。

辽阔的土地，拔节的声音，不时地蠕动着仓廪的肠胃，吊着天下粮仓的胃口。

炊烟在锅碗瓢盆的摩擦声中拉粗、拉长、且渐行也渐远。

棉花的开怀，是豪放且野性的；纺织车的咕咕嘎嘎，会拍着夜色深度入眠；染坊的热气腾腾，温暖着乡村的神圣忧思：

仓廪实，竖立起礼、义、廉、耻的门坊！

衣食足，流行起温、良、恭、俭、让的歌谣！

（二）招财进广

管子曰：国多财则远者来

八里河畔，叽叽喳喳的人们，让耳膜应接不暇。长长的排队，涌动着会说话的另一条河流。

唉！偏僻的以往，撵不走的是贫穷，拴不住的是一门心思在外的姑娘。

当 5A 级景区的魂幡招摇，蜂蝶会来，人财物会来……

财大气粗、人穷志短，对峙在滚滚红尘同一线段的两头。

办节、会展，是赶场赶集的现代版。而赶场赶集，自是那会展办节的前世冤家与今生良缘！

讨价、还价，配对着孪生的行为艺术。当然也是心理的较量。

只有金刚钻的才华，才能包揽瓷器活的垄断。垄断，正收剪着世上的羊毛。而钻出来的平价竞争，却又不时机地碾碎暴利、壁垒、防火墙，以及贸易战争这些卡喉的骨刺。

国多财，则民安稳！

国多财，则远者缤纷至来……

（三）土地撂荒

管子曰：地辟举则民留处

车子，激动在临界线上，像出发的射线……

——兴凯湖！右侧。波光粼粼地诉说过往沧桑……

——新开流！左侧。横躺着北大荒并不遥远的活化石。

平铺直叙的稻谷，望不到尽头；沉甸甸的包米，彩排着沉默是金的故事。

——填四川！

——走西口！

——闯关东！

——下南洋！

背井离乡的迁徙，让先人脸面布满迷茫；插标占地，让祖辈瞳孔充满血丝的眺望……

面对粮食的诚实！我忍不住深情回望，故乡的“三八、六一、九九”部队可曾安好？故乡的乡愁是否还怀揣着日出而作日落而息的安详？

撂荒的土地！是否还能喃喃自语：

地辟举，则民留处……

地辟举，则稻花香……

（四）放贷过桥

管子曰：夏贷以收秋实

青……黄，不接。

灶头，停摆！日子，面临断档！

寻找野菜，拿来糊口。抓起糠皮，拿来疗饥。面黄肌瘦的岁月呀，是选择流浪逃荒？或是选择跑路失联？

碧草青青的春天，走到遍地金黄的秋季，必须途经夏季的津渡。

而此岸与彼岸，需要渡，需要舟桥。

该放贷了！应放贷了！！

进行四降两补的供给侧改革：降低门槛、降低抵押、降低担保、降低利息，补充粮草、补充希望！

用夏日雷霆，去打动铁石。用夏季暴雨，去哀感顽艳。用烈日下的汗水，去浇灌禾苗，去浇灌接下来的温饱！

酷暑，需要凉风。寒冷，需要薪炭。落难的公子，需要有缘人搀扶。

——渡。是渡人！亦是渡己！

（五）粮食安全

管子曰：非诚农不得食于农

蝴蝶般的蓑衣，披着垄上风霜雨雪。

金字塔似的斗篷，反射着头顶的日月星明。

肤色铜黑，掩埋了几多艰难世事？密布的皱纹，淤积了多少沧海桑田？捧着黄历，唱着农谚，恭候二十四个节气的莅临……

犁铧，翻卷惊涛；平耙，书法回文诗行。打下一串串标点符号、定是那高高举起的锄头，而躺下的一片片金色橙黄、肯定是那镰刀的飞舞和汗水的勤劳。

风车阵阵，吹去不够沉实的干瘪和带病的枯萎……

簸箕轻扬，扬弃了灰尘杂质，扬弃了经不起验证的秕壳……

忠实地抱定：“人在做，天在看！”

用工笔画：制种，定栽，薅秧，追肥，开镰，以及做人做活、要实。

最后，用大写意贯通：春耕，夏耘，秋收，冬藏！

（六）工匠精神

管子曰：非诚工不得食于工

庖丁，踌躇满志的得意，跃然于纸上、跃然于眼前。

只因牛刀那点小试，心手便双修为一。像X射线一样：透视，剖析……

大骨，小骨，肌肉，脉络……巧妙的组合啊！神奇而科学的积木。

游刃，自然是留有余地的。

刀，在缝隙中快步慢走；刀，在想象中来复穿梭。

明修栈道哟，暗度陈仓，出其不意。

顺势而为呀，顺藤摸瓜，顺水推舟……

水入渠系般流畅，云入微风般舒缓，玉树临风地示范着人世的优雅从容。

剧终，庖丁提刀而立。善刀而藏。

——善刀，不仅仅是利器，更是那庖丁精神并没浪费的铺张！

（七）诚信经商

管子曰：非诚贾不得食于贾

一副眼镜，反射着一副书生意气的文弱与稚嫩。

满街的诧异，引来了媒体火辣辣的攒动人头。

北大的高智商与屠夫的彪悍孔武相匹配，正掀起一场深刻的革命：北大学生，杀猪，卖肉！

就这样，风牛、与水马，凑在一起，走在一起。

走过了政府大院文字的叠床架屋，走过了菜市夸张的现身说法，走过了酒坊香气袭人的大声吆喝，也走过了房地产铺天盖地的广告张狂……

内心，一旦看上了土猪；脚跟，便矢志不渝地咬定！

土，是接地气的。土，是最富有性灵的。你，倾情于它；它，便以生命的热忱和至诚回馈于你。

大家瞧瞧，土得掉渣的猪佬，也会慢慢爬上福布斯的题名金榜……

（八）实体与虚拟

管子曰：市，可以知多寡而不能为多寡

寒风冷峻，攥紧的供应票据、打早便挤成长队。

出货可能兼高扯矮，更可能中途夭折。但，绝不能挑三拣四！

众多的眼睛，骨碌碌发光，亮底着物质的急促与窘迫。

当螃蟹横行不再霸道，当虾兵虾将结束巡逻，琳琅满目的生猛鲜活便站满市场的货台，形形色色来自天南地北的时令蔬果便捎带原野的清香，爬上了长满星星的秤杆。

扫一扫，扫一扫……

吆喝，刷亮人们的心情。吆喝，曝光集市的笑容。

手机爆屏啦。跳出了巴黎潮涌的黄马甲。浓烟烈火中的警笛，惊落了二千年前东方沾满的尘埃：

市场，可以显摆产品。但，收讫两清的货币，却不能创生物质。巴黎，伦敦，华尔街……也概莫能外！

任永叔，四川长宁县人，生于1943，就职于长宁县中医院，主任中医师，四川省名中医，宜宾市十大名中医。自幼爱好文学，有诗词、散文等作品100余篇发表于全国各种杂志和报刊；散文诗“长白山之梦”获“吉林森工杯”国际散文诗大赛优秀奖；有作品入选《中华百年来优秀诗词选暨三江诗论》。出版个人诗集《医暇情韵》《静阅竹山》、合集《这里散文十三家》。系中外散文诗学会会员、四川省诗词学会会员、宜宾市作家协会会员。

唐宋八大家（八章）

◎ 任永叔

韩　愈

王安石云：“文起八代之衰，道济天下之溺，忠犯人主之怒，却勇夺三军之帅。”主张“文以载道”，古文运动的旗手，诗歌流派的先锋。早年流离困顿，有读书经世之志；仕途正直无私，有忧国忧民之心。为“天旱人饥，请减税赋”事，被贬山阳；因“谏迎佛骨”，而罪宪宗，再贬潮州。为文气势雄浑，高屋建瓴而文采飞扬；为人刚直不阿，正气深情而关注民生。宦海沉浮，为官强项，依法行政，而从不畏首畏尾；道路蹉跎，为人血性，锋芒毕露，而至死无怨无悔。为诗为文，立意新颖，观点鲜明，大胆坦率，而无雕琢之痕；文法精炼，巧于构思，雄奇奔放，而呈汪洋之势。泰山之伟岸，长江之壮阔，不可喻其高大；雷霆之动天地，长鲸之饮百川，不可喻其势雄。茹古涵今，无有端涯；浑浑灏灏，不可窥校。“业精于勤荒于嬉；行成于思毁于随”，做学问之至理；“千里马常有，而伯乐不常有”怀才不遇者之常理；“若俯首帖耳，摇尾而乞怜，非吾志也”，做人之真理。“事业无穷年”，做学问之正理也。自幼孤苦，勤奋好学。治学严谨，绝无呆板之嫌；遵从儒学，不离经典之规。反对佛教，抨击迷信，置生死于度外；推崇管仲，力革弊政，有求实之精神。仕途跌宕坎坷，百折不挠；人生艰难多舛，九死无悔。“士穷乃见节义”，“天迷其途，无绝其源，终吾身而已”，宿命乎？天命乎？人生之大不幸，而学问之大幸。时代造就文豪，艰难淬炼人品。祸兮？福兮？呜呼！千古奇才，人间雄杰，否则，后生何来之福！

柳宗元

“千山鸟飞绝，万径人踪灭。孤舟蓑笠翁，独钓寒江雪。”自然与政治相融，人生与仕途艰涩，痛苦与忧愤交织。白雪飘飘，天冰地坼，万物沉寂，寒江凛冽，孤舟渔翁，披蓑带笠，独笑严寒，独钓江雪。垂钓乎？避难乎？政治使然！气候使然！深明其父柳镇“得诗之群，书之政，易之直、方、大，春秋之惩劝，以植于内而文于外”的真谛，信儒学而不迂腐；崇科学而达时务。刚直不阿而屡遭贬谪；深知时弊而力主革新。深受迫害和磨难而初衷不改；心中悲愤和痛苦而愈加坚强。为诗为文质朴生动；在朝在野赤胆忠心。“士穷乃见节义”，与刘梦得之交是矣；“肝胆一古剑，波涛两浮萍”，与韩愈之交是矣。诗歌抑郁悲愤，雄浑而重气势；清新俊爽，生动而形象鲜明。苏轼云：“所谓贵乎枯淡者，谓其外枯而中膏，似淡而实美，渊明子厚之流是也。”论述遒劲有力，磅礴而纵横驰骋；笔锋犀利，说理而讽刺辛辣。游记恢佹奇异而有情趣；写景浓郁瑰丽而辞藻新颖。崇奉朴素的唯物论，常有嫉恶如仇的精神；谨遵儒家民本思想，亦有勤政爱民之佳绩。二王革新，八司马遭贬；一生坎坷，四十七而丧。“行则膝颤，坐则髀痹”，“虽万受摈弃，不更乎其内”。千载旗手，诗文闪光；一代文豪，百世流传。朝廷弃臣，百姓好官；永州有幸，“八记”流芳。柳州有幸，政绩斐然：取消奴隶，兴办学堂，打井取水，植柳种柑；人民怀念，永世不忘。司马迁曾经说过“人固有一死，或重于泰山，或轻于鸿毛”。离去了一千多年，可是他的人格却重于泰山；他的精神将永放光芒。他永远是为人、为官、为文者之典范。

欧阳修

古文运动的旗手，诗文革新的领袖。王安石云：“……气质之深厚，知识之高远，学术之精微，故充于文章，见于议论，豪健俊伟，怪巧瑰奇……”一代儒宗，风流自命，词章窈眇，世所矜式。主张言以载事，文以饰言，事信言文，乃能见世。提倡明道致用，“道胜者，文不难而自至”。“道纯则充于情实，中充实则发于文者光辉。”故其清音雅韵，如飘风急雨；雄辞闳辩，如骏马奔驰。为文内容充实，气势磅礴，深入浅出，流畅自然。叙事说理，娓娓动听，抒情写景，引人入胜，寓奇于平。其诗雄奇变幻，气势豪放，亦有沉郁顿挫，笔墨酣畅淋漓之作。其词婉约清丽，恬静澄澈，富有情韵。“其积于中者，浩如江河之停蓄；其发于外者，烂于日月之光辉。”为政宽简，思想敏锐，力除积弊，务农节用，“天资刚劲，见义勇为，放逐流离，至于再三，志气自若”，“既压复起，遂显于世，果敢之气，刚正之节，至晚而不衰。”一生坎坷，宦海沉浮，屡遭诬陷，屡被贬谪，政治漩涡，应付裕如，乐观心态，不屈不挠，“醉翁之意不在酒，而在山水之间也。”大有“治大国如烹小鲜”之概。他为官清廉，刚直不阿，敢于讲话，奖励后进。王安石，苏洵，苏轼，苏辙，曾巩皆出其门下。与宋祁著《新唐书》，自编《五代史记》《新五代史》，《集古录》一千卷，有《欧阳文忠公文集》传世。苏轼云：“论大道似韩愈，论事似陆贽，记事似司马迁，诗赋似李白。”《海鸥》诗云：“海浪掀天似弄鼓，礁石耸立磐如山。翱翔振翅搏风雨，交响轻弹更逸闲。”海浪掀天，声如弄鼓，礁石耸立，高山如磐。海鸥振翅，高高飞翔，搏击暴雨，搏击风狂。海浪之声，风雨交响，轻弹一曲，飘逸闲散。指下倾泻，心似波澜，闲庭信步，笑傲沧桑。立功、立言、立德，悉皆千古流芳。

王安石

质朴，节俭，博学，多才。东坡云：“名高一时，学贯千古。智足以达其道；辨足以行其言。瑰玮之文，足以藻饰万物；卓绝之行，足以风动四方。”八大文豪，自成一家。身负非常之大事，故有稀世之异人。“天命不足畏，人言不足恤，祖宗不足法。”走前人没有走过的路，做前人没有做过的事，说前人没有说过的话。百代名相，改革先驱，梁启超先生云：“三代下求完人，唯公庶足以当之矣。”为官清廉，为人刚直。百折不挠，作改革之中流砥柱；不畏权势，为百姓能斩棘披荆；富国强兵，能奉公而忘私；针砭弊政，敢舍身而取义；发展生产，哀民生之多艰；力主革新，救衰颓之国运。为文峭拔，为诗雅丽。思想敏锐，论述多雄健简练；文风朴实，作品皆卓越超群。主张文道合一，务为有补于世；倡导诗文革新，一扫浮华余风。“墙角数枝梅，凌寒独自开。遥知不是雪，为有暗香来。”苦恼，彷徨，孤独，自励，荆公的心声跃然纸上。孟子云：“《春秋》，天子之事也。”是故孔子云：“知我者，其唯春秋乎！罪我者，其唯春秋乎！”荆公，壮哉！

苏　轼

近人王国维云：“三代以下诗人，无过屈子、渊明、子美、子瞻，若无文学之天才，其人格亦自足千古。故无高尚伟大之人格，而有高尚伟大之文章，殆未有之也。”一生宦海浮沉，大起大落，颠沛流离，但是他始终刚直不阿，坚持真理，表里澄澈，率真孤傲，豁达超脱，淡泊静定，致力于朝廷清明而天下平治，辅君治国，经世济民，在他力所能及的范围内为老百姓做实事、好事。文、诗、词均有极高的造诣，堪称宋代文学最高成就的代表。而且创造性活动不局限于文学，书法、绘画等领域内的成就都很突出，对医药、烹饪、水利等技艺也有所贡献。他能处变不惊，无往而不可。遭受波折之时，可以通向既坚持操守又全生养性的人生境界，这正是历代士人所希望做到的。他以宽广的审美眼光去拥抱大千世界，所以凡物皆有可观，到处都能发现美的的存在。做人大气，忍让为高，宽容大度；为官正气，清廉正直，刚毅果敢，不卑不亢，为民请命。文人骨气，松树般挺胸昂首；竹子般虚心亮节；幽兰般清香洁雅；寒梅般的傲霜斗雪。知识渊博，世事洞明，愁云不会漂浮在他的天空；涵养深厚，人情练达，花儿总是盛开在他的心田。人生坎坷，那是修身养性的良药；官场险恶，那是淬精炼神的熔炉。一曲大江东去，唱尽千古风流；几许青天明月，阅尽人世沧桑。“一蓑风雨任平生”，迎风斗雨，自得其乐；“枝上柳绵吹又少，天涯何处无芳草”，漂泊生涯，随遇而安。“谁敢书此乐，献与腰金翁”，谪居时的幽默调侃；“会挽弯弓如满月，西北望，射天狼”，失意时仍豪气干云。“若问使君才与术，何如，占得人间一味愚”，宁静致远，大智大勇；“九死南荒吾不恨，兹游奇绝冠平生”，艰难困苦，心态乐观。他说“知命者必尽人事，然后理足而无憾。”大文豪、大诗人、大书法家、大画家，既是百姓的朋友，又是政治大家。他悲悯情怀，注定了政治命运多舛；天才和幽默，决定了诗人气质和童真。从政治上看他是不幸的；从文学上看他又是幸运的，如果他是一个幸运的官员，他就无缘走进唐宋八大家的行列。伟哉，东坡！

苏　洵

自号老泉，与其子苏轼、苏辙皆以文学著称于世，世称“三苏”，“唐宋八大家”之一。宋史说他“悉焚常所为文，闭户益读书，遂通《六经》、百家之说，下笔顷刻数千言。”

散文，尤其擅长政论，议论明畅，论点鲜明，论据有力，语言锋利，纵横恣肆，具有雄辩的说服力。风格以雄奇为主，而又富于变化。亦有文章以曲折多变、纡徐宛转见长。自评其文兼得“诗人之优柔，骚人之清深，孟、韩之温淳，迁、固之雄刚，孙、吴之简切”。文章语言古朴简劲、凝练隽永；又能铺陈排比，尤善作形象生动的妙喻。语言犀利，言必中时弊，对社会的阴暗进行毫不留情的揭露和鞭挞；又会巧妙地折转笔锋，淡化笔势，改变文章节奏，缓和文章语气，使人得以接受他的犀利与委婉，多体现于针砭时弊的文章中。他毫不掩饰地承认自己对战国纵横家的爱好，说“吾取其术，不取其心”，取纵横家的雄辩手法，不学习他们的为人。对社会现象、历史揭示，常用对偶排比、铺张手法，气势磅礴，感情充沛，锋芒所至，所向披靡，给人雄健刚强，极具鼓动性的感觉。精于物理，善识权变。论点精深，说理透彻，见人之所未见，发人之所未发。高度驾驭语言的能力，把精深的道理用简切的语言表达出来，把道理说得清晰明了。文章“少或百字，多或千言”，议政议兵，议经议史，结构精心，布局谋篇，因物赋形，工整严谨，富于变化。像一位高明的建筑大师，使内容和形式有机地统一，在你的心中，矗立起一幢幢风格各异的高楼大厦。字字珠玑，句句珍宝，古朴凝练，生动形象，妙语连篇，内涵丰富，读之使人回味无穷。见解精辟，倡导古文，反对浮艳怪涩的时文；主张“有为而作”，“言必中当世之过”；要“得乎吾心”，写“胸中之言”。后人评其诗曰：“精深有味，语不徒发，正类其文。”他不怕雷鸣电闪，也不怕雨暴风狂，他把生命燃烧到极致，他用生命写下了永恒。历史将记住他的豁达大度的精神，他是一个看破红尘，来得光明，走得潇洒的大家。

苏　辙

茫茫文海，养育了多少文人雅士；巍巍殿堂，诞生了多少千古文章。不因父兄名气的荫庇，而是独辟蹊径，各有所长。“予少力学，先君，吾师也；亡兄子瞻，予师友也。”“古之知道者必由学，学者必由读书”，尊儒学，尤敬孟子；观乎百家，而敬欧、韩。天才颖悟，敏于道而慎于言；儒学纯备，志于道而辅以术。读万卷书，行万里路。修身养性，以浩然之气而游行天下；官、寿皆高，比之父兄则又是一番景象。少年得志，命途多舛。性格直爽而多内敛；为政清廉善随遇而安，针砭时弊而遭贬谪；反对新法而仕途跌宕。他说：“吾欲为直，为直必折，直可为乎？吾欲为曲，为曲必曲，曲可为乎？”要祛除“必折”的苦恼；也要祛除“必曲”的无良，只有中庸之道才可举止安徐，素有处置，学道有得，心驰神往。年益加而道益邃，道益邃则世事愈宽。心思缜密而官至右相；进退从容而从不疏狂。硕大宽阔的胸怀；博大精深的度量；柔美而淡泊的性格；沉静而俊秀的文章。为文稳健，纵论天下，古为今用，切中肯綮。史论之文，尤所尽心。书信杂文，洒脱自然。非求于斗升之乐，而一睹贤人之光，闻一言以自壮。坎坷的道路，灵秀的山川；跌宕的生活，沉浮的官场。只有走进诗里，灵魂就能畅游天下，诗心就能自由翱翔。“行到南窗修竹下，恍然如见旧溪山。”多么潇洒自然；“闭门不出十年久，湖上重游梦一回。”多么的沉静简洁；“归去无言掩屏卧，古人时向梦中来。”多么的平实高雅。其实诗人也很无奈，“宇宙非不宽，闭门自为阻。心知外尘恶，且忍闲居苦”。他那番“政无新旧，以便民为本。”“君子为国，正其纲纪，治其法度”。多么高尚壮美的雄心大志，也只有在苦涩的空间里，无尽的思绪中，随着滔滔的历史潮流，撞击着心的良善和现实的禁锢而悄然逝去。一支凄美的号角，在历史的长河中久久鸣响。

曾　巩

你是一座山峰，挺拔俊伟；你是一泓瀑布，奔腾激荡。一部颠沛流离的史诗，一幅寒江独钓的画廊。你让艰辛开出了奇葩，你把坎坷种出了芳香。你是一个神童，天资聪慧，记忆超群，十二岁即会文章；你命途多舛，一波三折，久试不第，三十九岁才走进殿堂。你是一个好儿子，父亲辞世，你奉养继母，无微不至；你是一个好兄长，把弟妹精心培养，让他们成为国家栋梁。你的为官之道，“拙己从谏，仁心爱人，可谓有天下之志”，勤政为民，历尽沧桑。傲视雷鸣电闪；敢斗雨暴风狂。不管是偏远的江湖；还是高高的庙堂。你坚守着历史的责任；憧憬着仁政的梦想。平反冤狱，打击豪强；维护治安，救灾减难；整顿吏治，废除苛法；明晰律令，量刑适当；处事公道，执法如山；清廉自律，不贪不占；修缮城池，兴办学堂；疏浚河流，新建桥梁；为官一任，造福一方。你把岁月尘封进山山水水；你把忠诚镌刻在人们的心上。你的文章就是历史长河中的浪花，古朴典雅；平正冲和，气魄雄浑，策论温良；文以明道，严谨章法，剖析微言，阐明疑义；卓然自立，不露锋芒；摒弃雕琢，崇善自然。每一个字，都闪着宝石的光；每一句话，都流淌着醇酒的香。你的诗，雄浑超逸，含义深长；抒情论事，不露张狂。兴利除弊，济世兴邦。关注民生，甘苦共嚐。“朱楼四面钩疏泊，卧看千山急雨来。”闲庭信步，不畏风狂雨暴；“乱条犹未变初黄，倚得东风势便狂。”笑看宵小之辈，不过是得势的中山狼；“一番桃李花开后，唯有青青草色齐。”一时的风光，也只是过眼云烟，瞬息即逝。唯有小草，不争不露，才能笑到最后。“举世不知何足怪，力行无顾是豪雄。”官无虚名，职无废事，只有这样，才能“何须辛苦求人外，自有仙乡在水乡。”时间是永恒的，不会凋残，也不会悲伤。你留下的思想财富，似雨露，似阳光。字骨文经，哺育着千秋万代；道德人品，将永放光芒。

伍国亮：笔名，下里蜀人，供职于四川省内江市人大常委会研究室。作品散见于《散文诗世界》《梦岛》《沱江文学》《内江日报》等纸刊和一系列网刊。

云的变幻花的淡然（五章）

◎ 伍国亮

当我老了

一

当我老了。

将以枫树的红艳，沐浴阳光的温暖。

坐在公园的躺椅，超然物外，凝视空中起舞、又缓缓飘落的枫叶，在叶片与土地相触的瞬间，激发生命的震颤。

深层次的惊雷，无声，炸开沉静的波澜。

夕阳正红，镀亮耀眼的银发，照透枫叶的正面和背面，让金色的光晕和生活的轨迹在天空旋转。

经霜的枫叶最明艳，成熟的人生最浪漫。

枫叶，铺设红色的地毯。

二

当我老了。

将以阳光的温暖，彻照流年的云烟。

坐在黄昏的窗口，放一张经年的唱片，让做过的梦、唱过的歌再次显现，又随风飘逝，营造比天空更空的空间。

空静的心境，蓄存天地人和、兴替演变。

夕阳正暖，伸出温热的大手，摩挲浑身的皱褶和流年，让红色的元素注入血脉，驱逐体内的沉疴和岁月的风寒。

由内到外的净化，体验入定的舒坦。

阳光，射穿暮霭波谲云诡的变幻。

三

当我老了。

将以流年的云烟，托起落日的圆满。

坐在白天与夜晚的边界，微眯着眼，恣意畅游精神世界，用不可说、不愿想、不能忘的悲欢，润养气定神闲。

神游物外，激活智思如泉。

捋顺长髯，迈着太极舒缓的步伐，丈量晚霞的长短；用云手的招式，拥抱夕阳；用白鹤亮翅的姿态，托起落日的浑圆。

阳光、枫叶交融的绚烂，红透天地人间。

星星点点的渔火

眺望已经建成港口的古渡，看塔吊堆砌集装箱的积木。

曾经消失的渔火，不期而来，又一次推开朦胧的薄雾，带来童年的记忆，唤醒过去的光阴。

滚烫的汗水，注入灯盏，点燃船头的渔火；跳动的火苗，燃烧生命的液体，闪烁劳累的艰辛。

闪动的渔火与我的目光同频闪动，此时，勤劳的蜜蜂在心头飞舞。

星星点点的渔火，一半在天空闪烁，一半在水里晃动，是渔火变成星星，还是星星变成渔火。

船尾飘出的炊烟，缭绕物质的贫穷和精神的富足；月光下浣衣的双手，搓揉平和的温馨。

一朵渔火，一个家，一片渔火，一个渔村。

星星照不到的船舱，渔火照耀。

星星点点的渔火，一半在过去闪烁，一半在现在闪耀，是渔火变幻霓虹，还是霓虹变幻渔火。

微弱的渔火，穿过风风雨雨的暮霭，惊醒沉睡的山河，点亮港口没有夜晚的霓虹，彻照忙碌的车水马龙。

风吹不走月亮，夜染不黑渔火。点燃自己、温暖别人的秉性，照着历史的长途。

星星点点的渔火，一半在现实闪烁，一半在精神闪亮，是渔火传承精神，还是精神继承渔火。

渔火的声音，在渔村的船头响起，在霓虹的深处回应，叙说劳作的艰难和生活的温馨。

烧红的信念，一脉相承，唤回迷失的灵魂，照亮精神的每个角落，引领目光不断地前行。

谛视渔火和霓虹的闪烁，谛听渔火和霓虹的声音，感悟渔火和霓虹的传承，眼睛开始开始慢慢的湿润。

谁，寻一朵青莲

一

谁，寻一朵青莲，走进烟雨江南。

凌波微步，飘进雨意弥漫的湖心，深入水天一色的朦胧，渐行渐远……彳亍一个背影的浪漫。

徘徊在染碧天空的荷叶深处，推开厚重的碧绿，如一只水鸟，跳跃在红荷盛开的花尖，穿透荷的家族营造的迷雾，寻找那一朵没有开放的青莲。

叶脉清晰的莲，隐入迷朦；变幻莫测的雾，飘动自然。

徜徉清新的江南，如一缕流岚，绵延一湾水声，淡雅一脉山川，为清翠的烟雨，再添一抹梦幻。

二

谁，撑一把雨伞，走向沉醉流年。

轻踏岁月，漫步青砖铺筑的古典，不紧不慢的跫音，次第叩问柳荫覆盖的深宅小院，唤醒原始的古意，飘满雕花的窗栏。

流连忘返，默看旧时王谢的雨燕，低飞在隽永悠长的老巷，划出清冷的弧线，将雨丝沁润的变迁，挂上黑白相间的飞檐。

默然驻足，礼让匆匆飘过的花伞，侧身的时刻，发现青莲已经融入阳光的灿烂，偶尔路过现代精美的油纸伞，仿佛是对青莲最后的祭奠。

寻求的已经沉寂，没有寻求的却在眼前。

临水而立，沉进古典与现代交融的江南，站为拱桥的雕塑，静观柳烟，微笑取暖。

三

谁，携一份从容，融入天外云岚。

朦胧云烟，笼罩细雨湿透的山峦，轻扬漫卷，翻阅前尘往事、抖落沧桑誓言，把情到深处的诗意化为禅的淡然。

云卷云舒的变幻，倒映在清澈的湖底，浮想翩翩。

蹲下身躯，双手伸进水里，拾掇湖底的山岚，刚触水面，细密的水纹漾出逐渐扩大的圆圈。水是那么亲近，山是那么遥远。

慢步轻移，从烟云生处的深山，走回柳丝吊住的堤岸，淡然地观看鱼虾戏水的涟漪、白鹅追逐的水花、安之若素的炊烟。

融入烟雨朦胧江南，从容的更加从容，淡然的更加淡然，如一滴浓绿，化进迷朦的山水，晕染脱俗的江南。

云卷云舒的变幻，花开花落的淡然

一

是谁，赠我云卷云舒的变幻。

不去怀古，也不思今，品味时日的甘甜。

习惯了云舒，习惯了云卷。任低飞的雨燕，牵引平和的思绪，穿梭在雨丝编织的网里，描绘沉静的内涵。

独倚栏杆，极目远天，将无尽的云烟揽入胸怀。没有一朵黑云不是理性，没有一朵白云不够浪漫。

云卷云舒的变幻，昭示完美的和谐。

二

是谁，赠我花开花落的淡然。

不想前生，不思来世，静看时光的沉淀。

感恩流年，许我一抹花开的自在、一抹花落的镇定。任一束阳光的微笑，爬行在安宁的脸庞，彻照从容的温婉。

持一管兔毫，静书光阴，将耀眼的瞬间和失落的眷恋，固化在白纸黑字之间。没有一朵鲜花开得不够绚丽，没有一朵鲜花落得不够自然。

花开花落的淡然，揭示：最美的风景，是在眼前。

三

是谁，怀一泓澄静，潜心而行。

没有缘来，没有缘散，让脚步随处安然。

远方若隐若现，看得清楚、看不透彻的深意，蕴藏一种辽远。放下旧时的清浅，一路自省，一路感悟，沉浸舍得才是成全。

心暖花开、心寒花谢。情静云舒、情乱云卷。愿宁静的心化为一面洁白的船帆，在红尘中淡定前行，穿越三千、不染不乱。

云卷云舒、花开花落，变幻永恒的弧线。

听风无眠

每一个有风的夜晚，送来打开窗户的习惯。

想象微风的柔软，拨开窗帘，飘进书屋，凝睇桌面翻开的诗笺，细细品味掩藏心思的流年。

总想翻动发黄的内页，详尽倾诉诗词背后的注解，生怕微风看不懂字词缝隙的疼痛，又怕一缕微弱的气息，打破全部念力构筑的心颤。

又想微风的目光，反复流连，穿透厚重的诗稿，读透没有发表的渴念，又不想已经清瘦为丝的词句，泄露心事的深浅。

欲诉不敢诉，又不知从何诉说地站立窗前，直到寒气爬满了阳台，冷霜冻凝温暖。

每一个有风的夜晚，送来留在半路的执念。

想象说来就来、说走就走的微风，安排一次次随时出发的旅行，用四肢绘制一幅幅莺飞丛林，蝶舞花间的画面。

又想微风的私语，送来一句句入骨的呢喃，酥软一餐餐没有你、没有我、只有我们的粗茶淡饭。

又怕微风一个不在意的转身，没有原因地消失在天外，把雨丝般细密、绵绵的诺言，搁浅在白雾蒙蒙的空间。

欲语不敢语，又不知说些什么地仰望天空，直到风吹冷了繁星，天空幽幽发蓝。

每一个有风的夜晚，送来一场情深缘浅的遇见。

想象从未靠近、从未远离的微风，拂开始终低垂的眼帘，看清浮动在月影的花容，判断不经意间的一些小动作的触感。

又想只有来处、没有去向的微风，吹乱发丝，吹乱发丝般细密的心事，留下仙人也无法改变的遗憾。

又想化为尘埃的微风，覆盖所有的悲喜、芬芳和自由，做一场满怀寂然的祭奠。

想说不愿说，又不知对谁诉说地困在阳台，直到寒夜发白、白日生寒，花开在彼岸。

黄维生，遂宁人，市作协会员，做过工人和从事国企、私企管理工作，现居住成都。热爱读书、喜爱散文写作。1984 年开始先后十多种报刊杂志发表作品。

酒　歌（五章）

◎ 黄维生

一、背叛

日月举杯，天地托碗。祭拜厚土，跪磕高山。

亿万只镀金箭，五月弯头精壮。

万万条铬银穗，九月啜嘴珠圆。

汇聚太阳正红的高粱，金菊吐香的玉米，出征的锣鼓震醒山脊，吼开乡道，一双双大手，将铜色的粒仁，用焚香的敬畏，用庄严的死去，泡进黄桶，倒入蒸锅，鼓起烈焰，火煮水蒸，水火间，一颗一粒背叛。

掌灶师一声吆喝，你抛弃固体，摇身变成狂奔的水色恣意。从高温到冷却，品酒师的舌尖纵声唱喊：

从此，你不在乎山，不在乎地，不在乎日月，不在乎江海。

断绝，与水牛的亲热，与锄头的对话，与农家的拥抱。

告别，脸朝黄土的父辈，背朝天的母亲，还有乡丫头的嬉昵。

你窨瓮的子宫，诞生红脸男娃，胴体少女……透明般的恣意：柔美而亲和，爽冽而甘甜。

你庄严地宣告：

只有背叛，才能脱胎。只有叛逆，才能重爱。

从此，天下有了一缸清泓，一瓶水晶，一杯烧锅，一壶水焰。

二、国觞

爵装正史，觞盛野章。酒器排开千姿百态的阵式哗哗作唱……跳出来吧——给你烈焰！蹦出来吧——给你快畅！

斩断约束你的缸，久窖你的泥，贮藏你的洞。打开窖盖，让醇香与浓烈饮养汉字，让燃烧与火焰交锋排行：

楚汉轰烈一趟酒：亭长举樽爵，霸王别虞姬，刘项满堂酒，染红一脸沟壑；

酹北漠，酒洒地，北望长安李陵涕。一代名将呷一时，后世独酌千年诽；

一声炸雷惊魏蜀，青梅煮酒试英雄。到头来，蜀柳前堂妓，长袖魏宫前；

陈桥夜光杯，杯杯醉臣民。太祖酣畅千秋事，杯酒间，卸甲解戈黄袍梦碎；

一首《虞美人》，招来牵机酒。七夕圆月挨小楼，一江春水葬李煜；

酒怒卷翻山海关，倾城红颜倾灭国。吴陈风月事，朱唇轻呷大清流……

“驱除鞑虏，恢复中华”，满盏折映国仇恨，酒愤犹如男儿血。

酒在，豪情不会灭绝：八女可投江，狼牙山上壮士烈。灭日寇，渡长江……雄鸡一唱天下白。

碗盛前世今生，杯入当前来年。

岁月端出煌煌历史，窖香把握嬗替诗章。干杯，成为庄严仪式。豪饮，成为智慧笔签：

当韶山冲与美利坚把盏，你踏进联合国大厦。

当邓小平与撒切尔界河对弈，百年香港回归。

当铁打的皇粮流水的米斗断流，二十一世纪的中南海宣布不再征收。

当马年的春意才刚刚萌动，总理写下城乡居民从此人人将有社会养老……

举过头顶，高过生命。把言胸前，字诺千金。

杯举五湖四海之泽，窖藏大江南北之惠。酿鲜花之珠，醅绿叶之露：

陶瓮，纳容百川浩瀚，解尽沧桑之渴。

芳樽，撩开白年约定，酌酹千载之梦。

三、红酒

通体透明，天性纯静无尘。

用金饰系颈，用鹅黄扎腰，用天蓝粉底，用深蓝标签。

你染上媚态的红亮，倚依风情的水红，抹着诱人的胭脂，落下红妆的口感。

你浑身上下，从头到脚，抛弃瓦瓮的厚重，陶罐的锁封，窖泥的深埋，土碗的锈斑。

昂贵水晶装人生之愿，细腰脚杯斟名利之重，闪光银爵注尊羡之情。财权之殿——你是上苍的花。诗歌之窗——你是人间的荷……触摸你的淡红，如春；相遇你的紫光，似夏；拥抱你的铜质，是秋；飞扬你的润亮，若雪……

生命之实，你卷呷成徒有虚名。隆起之高，你独酌孤苦伶仃。一盏，相聚很短；一碗，离别很长。花开一瓣，话说一半，眼睁一只，手举一边……酒红可拓宽心体而不达灵魂。余下另一半，另一只，另一边，淹去了人心以外的颂歌，良知不在的惜怜偎怀。

红酒，我看到你绚烂纷飞的迷离。

红酒，我察到你不堪心重的脆弱。

豪饮多君子，杯间出小人。恩仇泄快意，生死道珍重。

你徒负典雅，空怀高贵，暴露出彻头彻尾的曲扭：

花前月下变成一场外遇，染一生梅毒。

专钻官商场合，经营歪门邪道。倾斜国徽天平，欲令智昏干出火车推一掌，飞机刹一脚的勾当。

使男人泡舞厅，下馆子，追女人，掷骼子成为快活。

使女人走狐步，恣身段，浓香水，慕珠宝演绎激情。

浇灌窄肩、丰胸、弱腰一圈一遍，生出众多小三、姨太太、金屋藏娇。洗涤胸章、衣袋、公文包一趟一场，走来投机客，土富豪、黑白之道。

红酒变白，真的会假。白得成紫，假的变真。亦推亦搡，亦红非紫，全在杯中、口中、心中……

醉了媚态，鸡尾与香槟混搭朱颜。妖了冶艳，从探戈到伦巴。

富了挑逗，肚皮舞旋转苍穹。杯起盏落，变成深不见底的一场魔术。

四、江南花雕

江南有酒，在绍兴。

绍兴有酒，叫花雕：

柳岸烟堤浸色，曲水小亭溜味，青花瓷坛裁裳，桃瓣杏蒂扎髻，名儿雅得捂胸脯——女儿红。

女儿红壶嘴如豆，淌出甜糯美婉昆曲。女儿红壶把太细，凝冻乌衣巷脂粉揉。女儿红壶盖太巧，横小桥流水，捂粉墙黛瓦。

女儿红壶鼓太圆，敲脆吴侬软语，贴剪稻麦菱藕，雕花木床睡在里头……

“须知天下窄，不及井中宽”，陈后主与张丽华浓恋鸡鸣寺，稠粘古井底成为笑谈。

花雕醉杜牧：“多情却是总无情，唯觉樽前笑不成……”酒水叙事，多花容月貌；玉浆咏叹，痴红颜薄命。

“吴宫花草埋幽径，晋代衣冠成古丘。”一滴花雕酣李白，半杯黄澄醉谪仙。

花雕出槽瘦一线：西施舀来浣溪甘冽；马湘兰点染兰草露珠；

柳如是怀揣秦淮水色，李湘君一面花扇送南朝……酒酌泪撩开桨声灯影，上演轮轮功名落空；盏落空折映才子佳人，谢幕场场富贵酣梦。

春尽红颜怜花雕，撩拧英雄泪无数。

花雕终于找到一点骨气，一副侠胆。须眉秋瑾写下《对酒》：“不惜千金买宝刀，貂裘换酒世堪豪。一腔热血勤珍重，洒去犹能化碧涛。”

五、醉酒

从固体到液态，踩遍尺楼柴门。从入瓶到落碗，灌酣檐标独街。从润喉到烧心：壮了色放了胆：

扬头一碗，五岳唯我独尊。低眉一呷，稚音韶华苍苍。

酒似水，从官到民，喜悲自咎。水若酒，从贵到贱，爱恨尺裁：一盅刮骨神态自若凸关将军本色；岳飞风波亭酒酹西湖英雄坐老；海瑞万言书酒泼龙案抬棺入狱；袁崇焕一碗冤酒刀起头落大明江山谢幕……

而我一生酣酒：写九州汉子的唐诗狂草，书四方女人的宋词小楷。酒壮豪情不灭绝；杯满浪子可回头。举盏月下唱花前，半世人生空。消磨清净是酒；残眼看世是酒；一盏在手是酒；半日尽兴是酒……相同经度，可知我悲欢的点点滴滴？不同纬度，方能她离合的般般愿愿。

桌前数杯，春风拂面；案置一壶，秋露襟沾。

临窗把盏，种竹看山眺水；月下对饮，与花与鸟弟兄。

酒酿权力最恶，杯泻规则最怕，瓶斟等级最严，碗破底线没有以后……

酒醉吐真，信任轻于鸿毛；酒壮色胆，奸情跨越忠贞。酒祝千里，荧屏岂能尽言尽欢？

我若酒，天高不惧寒，地裂不畏渊；

我若酒，去水，敢与大海伟江一搏；攀峰，放开斗胆嫌五岳太低喜玛太矮。

人满桌残瓶空，瓶满灯静人未。

火焰水色，难道一生就让达官显赫？一世为富贵举杯？

甘洌琼浆，真愿成无赖手中的拳令？倚门女怀中的金银？

何要我如此多问？何要我不知重轻？这恰恰是你的分量啊：

称得了爱恨轻重？量得了生死长短？丈得了多少生前身后功名？能未了满弓秋月一江春流……

刘平荣，网名，冷雨问秋。生于七十年代。对诗歌与散文情有独钟。只是喜欢在有空的时间拿起笔写写，用十年的时间思考一件事，作为文化传承者该为后人留下优美的诗歌与散文吧。做过医生教过学生，华阳作协会员。

华阳有条花样的河

◎ 刘平荣

华阳有一条美丽的河，路过成都，绕流华阳半岛。

它的名字叫府河，又叫锦江。

四月的华阳，草长蝶飞，垂柳吐芽，燕子翻飞，鸟雀催春早。

有道是：府河堤上酌清茶，不负暖阳花自开。

路人三两，手舞裙飞，静听落花声。

堤下的河水里漂浮着缕缕绿色的水草，偶尔有一只小鱼揪着水草吐上串串水泡。

更有稀罕的白鹭和一些不知名的鸟儿在河面上开心的盘旋，无人打扰它们飞翔的自信。一条多事的二哈在堤岸边左右奔跑，骄傲的亮着它的男高音。一切那么自然！

堤下御水而去的各色花瓣不会让人惆怅，挨挨挤挤欣喜的飘向远方。

十里樱花十里路，十年人生十年景。在不知不觉中与河相伴已经十年了。

四月的华阳河边最美，头顶一片花海，听着蜜蜂的忙碌声；脚下步步生花，看自己脚尖与花飞舞，生怕踩痛飘落的花瓣。

晨起伴花香，鸟儿树尖啼。晨练的人们着轻纱忘我沉醉。

“不说闲庭忘春归，只道花开影相随”。如只有三两株也就罢了，生不出几许感慨，就因为是这长长的堤岸边有无数种不同的樱花树叫人留恋难忘。

也叫人细思不知在这长长的樱花树下，成就了多少怀春的男女，也成就了多少浪漫的诗篇。

不单是樱花，长长的垂柳轻拂着河面。杨柳弄水戏小鱼，白鹤亮翅轻点水的美景只有这里能找到。

踏春的季节，一个花样的河边是华阳最值得来的地方。

来到河边，只为花开，不提凡事。带上自己的相机，把美留住了心也随便留住了。

你可以静候花开，也可以许你一世开心。烦恼就这样顺水漂走了。

在樱花树下，一个人可以痴迷半天。数着花开，各色的樱花满足的不仅仅是你眼里的欲望，更是内心深处毫不掩饰的欣喜。

喜欢的便是自己心里的花的海洋。一棵树便是一个惊喜，数着惊喜也会叫人忘记时间。

花开，你为花痴狂；花落，你为花叹息。

一个花样的华阳河岸，准确地说是一个开满粉色樱花的河堤在四月里独领风骚。

就着这艳丽的花儿，跳一首轻舞奏一曲凤鸣，音传两岸也叫人驻足。

就是在夜里也愿在树下栖息，那正和瑟瑟的虫儿，连奏天明。

满堤的樱花，夜有夜间的花魅，日有日间的花样。因此该处处小心着，怕惊扰了花开。

曾经，我也会追逐花开。心里揣着一个平常女人的梦，自己就是那个在花海里跳舞的人。

花就是女人永远的梦。于是自己便选择了一个如花一样的河边居住下来。

守着华阳一条安静的河，守着花开。

第八辑　爱在武汉

一边要医治一条条鲜活的生命
另一边还要抚慰无数迷失的灵魂
唯有如此，方配得尊敬
不辱医生的名称和荣誉
——石庆鹏

她会迎着回家的路向你走来
要火有火，要光有光
有人说，持灯的人，身穿白色大褂
像一个天使
——陈智泉

他们微笑着，把圣洁化成鲜花
绽放在病床前，走廊上
或含泪相拥，或隔着玻窗亲吻
一个个亲切的剪影，汇聚大爱
——杨国平

一靠近太阳，就可以唤回春天
撕碎黑暗含苞的噩梦
走到众里寻找千百度的光明出口
挺直酣畅呼吸
——周德芳

NO:01 祈福武汉

闵小洁，喜欢写字者。籍贯武汉，出生四川，居泸州。大专毕业，幼儿教育高级教师。中国歌剧舞剧院民族舞蹈专业指导教师、四川省学生艺术素质舞蹈艺术指导教师。培养上千名学生连续十年在全国最高级别少年舞蹈、特长生专业比赛中获数百枚金奖，培养多名学生考入全国重点大学舞蹈专业，及出国留学获硕士学位。永远默默在路上，深知生活文学化是一湾很深的水。偶有不足挂齿的作品曝光，希望自己以心悦的文笔，描写感情和脑洞的清奇。

属于我生命的武汉

◎ 闵小洁

春天在哪里？我呼唤春天
我哭了，泪洒武汉
我出生在四川，是武汉籍的女儿
武汉有我血浓于水的亲人
武汉疫情，令我梦绕魂牵
那里的一草一木，与我命运攸关

一个噩梦，一次飞来的横祸
一场惨烈的大灾，亿万人蒙难
没有人百毒不侵，在劫难逃
九省通衢的古城
压抑鲜活的生命，在痛苦中呐喊

我要同黄鹤飞回美丽的故乡
晾晒湿漉漉的敬畏和思念

撕一片悠悠白云，擦净邪恶
更聚十四亿心的圣洁阳光
抚慰从未绝望的洁身自爱
一起绽放春信，找回生命的尊严

我呼唤花开清新的春天
萌生坚强的翅膀
同亲人相拥着，走出黑暗
超越命运，抗争生死之间
笃信我们的智慧毅力和血液里
流着辛亥年高贵的遗传

这段永远被铭记的痛苦历史
镌刻无情吞噬的许多动感
我和我的亲人笃定不会放弃
重新驾驭命运，听从内心的召唤
平静等待阳光，那一步之远的精彩

我相信生活凝重，绝不会一成不变
透过迷惘和脆弱，预示
一场风暴，穿过冷酷的缝隙
正私奔而来，谁说春天还会很远
我的诗，献给我的家乡
必将浴火重生的大武汉

石庆鹏，硕士研究生，中铁高新工业股份有限公司高级工程师。曾参与“5.12”抗震救灾，荣获全国抗震救灾先进个人。

驰援武汉（外一首）

◎ 石庆鹏

多维全景的摄像头
呈现一帧帧真实的历史画面
驰援火神山
十万火急的指令传来
中铁重工人快速集结
铮铮誓言响彻云天
奔赴疫区，抒写大爱

我熟悉的工友们心忧疫情
身在疫区工地
只为战疫获胜的共同心愿
二十四小时不摘头上的安全帽
争分夺秒连轴鏖战
焊花在夜空中闪耀
桁架一根根快速安全搭建
我们告诉世界
十天建成火神山医院
困了席地而卧

饿了矿泉水就着盒饭
天当房地当床
苦苦抢时间，坚持了整整八天
饱满的精气神下藏着疲倦

工友们在用热血演绎奇迹
无愧是中铁重工有责的硬汉
不因为工序协调的矛盾
造成施工进度的困难
第一批队伍圆满完成第一阶段任务
第二批队伍又接应上了火线
中铁指挥部的大屏幕前
多少颗心早已飞到了工地
多想飞奔进场
和工友们并肩作战
多想泡一碗热腾腾的方便面
端到兄弟们的面前

火神山记住了卓越的中铁重工人
那一双双粗糙的手
那一幅幅厚实的肩
那一张张并不灵巧的嘴
那一个个黑黝黝的建筑汉
亲手缔造了神奇的医院
书写出一份生命铸就的答卷
缔造出春光一片
迎来英雄好武汉爱满人间

华西坝熟悉的背影

——致华西第三批出征武汉的医护人员

静谧的天河机场被吵醒
匆匆的脚步声
打破了近日死一般的寂静
都是些什么人
还操着乡音
齐鲁的，你们哪里来的
四川过来，华西的
齐鲁的，华西的
一群群华西坝上熟悉的背影
汇聚成白衣长城

八十三年前华西坝啊
草色如茵，花光似锦
齐鲁的，金陵的，还有燕京
华西的，协和的
汇聚了五校师生
教室里，你们朗朗书声
钟楼前的草坪上
你们正讨论着救亡图存
华大中大鲁大联合医院
在炮火里抢救将军士兵和贫民
驼峰航线上
你们是飞虎队勇士一样的雄鹰
远征军的烈士墓碑上
你们用热血书写着墓志铭
十万学生十万兵

华西坝啊
和不远处的西南联大一起
担负起中华民族生死攸关的重任
八十三年过去了
曾以为你们都散成了满天的星星
今天一声集结号令
又汇聚成抗击疫情的大军
颐养天年和蓄势待发的师生
慷慨仗义披挂出征
奔向没有硝烟的战场
去抵抗病毒入侵

无须怀疑你们可以妙手回春
不用质疑你们铁骨铮铮
看着铺天盖地的新闻
我唯一担心
担心你们被道德绑架
危机中还需负重前行
你们的防护物资足够吗
请不要赤膊上阵
你们开始轮休了吗
轻伤不下火线的口号请不要听信
只有足够的休息才能保证免疫力提升
你们都来自于尘土
不是什么特殊材料铸成
精神的力量固然宝贵
但科学施救才是回归理性和科学精神
在这最为关键的时刻
你们本是最该保护的人
只有正确的战略方针

才能把这场艰险的战役打赢

有人说，华西坝上培养的都是精英
你们说不对，医生首先也是人
具有坦荡胸怀且又不负使命
身怀高超技艺还有医者仁心
一边要医治一条条鲜活的生命
另一边还要抚慰无数迷失的灵魂
唯有如此，方配得尊敬
不辱医生的名称和荣誉
可是你们没有说
理想和现实也充满矛盾
职业操守和油盐柴米也会时不时虐心
上课，上手术，还要上门诊
带学生，写论文，还得评职称
还房贷，孩子找辅导班
按时汇款赡养父母亲
脱下白大褂汇入拥挤的人流
你们也有常人难念的生活经
坚决不让孩子填报医学志愿
一定有你们的难言之隐
可是孩子们却偷偷改了志愿
义无反顾地跨进了医学的大门
他们说，华西坝上的背影
就是他们不会变异的基因
整齐有序地排列着
沿着你们来时的路，铿锵前行

您来了，您在大年三十夜启程
您来了，您按下不计生死不计报酬的红手印

您来了，您说虽然退休了
但是身子骨还硬，可以随队出征
众志成城，天回玉垒
一心问道，铁扣珠门
您来了，您说不需要返聘
您记得华西坝上的校训
鸣镝无声五十年，当甘逆行人
您来了，您和孩子们一起举起右手
庄严宣誓：自愿献身医学
随时可以献上宝贵的生命
致敬！华西坝上熟悉的背影

宋学镰，四川彭山人。七十年代初期在省刊发表诗，八十年代初期在省刊发表小说。在《人民文学》《诗刊》《星星》等发表诗千余首、中短篇小说近百篇。出版诗集三部，长篇传记二部，长篇小说四部。另有散文、报告文学等发表。作品入选多个选本。获四川文学奖、省委宣传部特别奖、东坡文艺贡献奖等文学奖。中国作协会员，省政协八、九届委员。

武汉，壮美

◎ 宋学镰

抑制不住激动，想写一首诗
要让所谓“诗意”，暂退一边
只把心，赤裸裸亮出来
一眼就能看见
它的色泽、搏动和鼓冒的热气

想有特别神奇的炼金术
将每一行诗都变成
无所不能的利剑
自行挥舞起来，将所有新冠状病毒
灭绝杀尽
想让诗中每一个字
都成为传说中的金手指
分赴四面八方，去触摸武汉
我那患病的同胞
使他们痛苦顿去，康复如初
更想让我此刻的心思，化作
一串问候、句句祝福、声声感谢

传递到一线所有医务人员耳畔
你们
年轻的，都是挺立的树
年长的，都是伟岸的山
和万千为此操劳的人一道
就是磅礴的大江大河
势不可挡，无坚不摧

武汉呵，这次陷入大难
一定会挺过灾难重生
武汉呵，我虽然远在四川
却是你怀中，一介小民
却也是你手上
随时可以射出的疾箭

徐开成，天府新区人。现供职于四川华油集团，在职研究生毕业，试采工程师。现系天府华阳作家协会主席，西部战区国防文艺志愿者。先后担任《品文》副主编、《中国天府文学华阳典藏》微刊主编。四川省作家协会会员，四川省诗歌协会会员。在中国网、《四川文学》《中国石油报》等几十种网络、报刊发表各类文学、摄影作品上百万字（幅），诗歌入选《中国青年探索诗选》等多部诗选集。

我以诗之名祈福武汉

◎ 徐开成

2020 年的春节怎么了
咳嗽发烧严重的水土不服
荆楚大地突然笼罩冠状毒疫的阴霾
惊惶　无助　失措　恐惧
刹那间那么多的情绪交织缠联
一个本是万家欢乐的喜庆佳节
却让亲朋好友的团聚也成为一种奢侈挂念
毒疫肆虐，喜悦的脚步戛然而止
所有拥抱和前行的脚步都被病毒收埋
车水马龙的喧嚣早已不知去向
剩下串串高悬的红灯笼守护着小巷大街

就在这疫情防控的关键时刻
就在武汉人民最需要的这个时候
那些逆行请缨熟悉的医护人员
诠释义无反顾视死如归的英雄气概
展开一场与病毒争分夺秒的殊死搏斗
积攒一幕幕太多太多热泪盈眶的感怀

“这么紧要的时刻，岗位上要有人啊!”
多少人临危受命挺身而出
震撼着无数人本已脆弱的心田
一声“武汉，是能够过关的!”
让我们看清了他们悲壮的背影
肩挑的责任坚定无数人的信念

被口罩勒出的血痕
剪去缕缕青丝的80，90，95后……
一句“可以治愈的，我们一直与你陪伴。”
温暖传递着抗击疫情的大爱

你们坚守在抗击疫情的最前沿
用生命谱写感天动地的生命礼赞
此刻，我血脉偾张的灵魂
发出朴实的呼唤，万分愿意
和你们在一起并肩作战

可叹我微弱的力量难以作出贡献
虽然只能宅家，我心牵武汉情系武汉
此时，我只想用滚烫的笔尖记录
将那些苍白无力的文字打磨成利剑
将所有的病毒恶魔赶尽杀绝
我要将我的每行诗句都制成新型抗毒疫苗
注射进你们体内，护佑你们英姿飒爽平安凯旋
我以诗之名祈福禳灾：
天佑武汉，山河无恙，人间皆安!

刘彬，在央企从事管理工作快四十年，教授级高工，爱好文学，独喜词藻，闲暇之余创作过《穿越大茅山》等中篇小说，偶有诗歌、散文在报刊发表，出版过诗集《诗路初心》。

爱在武汉

◎ 刘　彬

黄鹤低泣
悲鸣波涛如泪的江天
龟蛇无语
倾听涂炭生灵沉默的呐喊
珞珈山的袅袅云烟
凝留东湖樱花怒放的春寒
无力绽开苞蕾中期盼的积淀

一捧烛泪
送不走残岁的殇魂
红尘静谧　倾听武汉三镇
万千巷陌的声声哀叹
山河同悲　时间停摆
日夜奔腾的汉江啊
为何带不走万民悲戚的咆哮
名垂千年的古城啊
为何驱不散病魔的暴虐屠残

我怀念　那木兰天池的波澜
那汉口江滩的鹅卵
我怀念　鹦鹉洲前的萋萋芳草
汉阳树下的缕缕光线

我忘不了潜江鸡鸭鱼米香味
我丢不掉恩施峡谷梦绕魂牵
异域山川有隔阻
同天风月无罅隙

所有声音　都在呼唤
真理永恒　正义无边
所有祈祷　都在期许
世间太平　大爱同在

我祈祷　神龙的清风拂过山峦
武当的大旗麾扫阴霾
我祈祷　能火神雷神震怒雾消散
能只身凭吊万古云梦台
我祈祷　这汉水的漪流长清
这江城的明月还在
我祈祷　祈祷楚天的病毒尽快灰弭
祈祷武汉的春天和阳光早点到来

黄开士，系四川省作家协会会员、诗歌学会会员、中国石油作家协会会员，从上世纪六十年代末始，有诗歌、散文、报告文学散见于国内数十家报刊并部分获奖。出版诗集《寒草》、人物纪实专著《找回远逝的乡贤梁正麟》。另有作品入集《火海征战录》《这里诗人十二家》《这里散文十三家》等多部文学作品集。

呼喊武汉的春天回归（组诗）

◎ 黄开士

气定乾坤

暮冬节令，悄然背叛春天
放任新冠病毒，兴妖作乱
一时间，搅得荆楚地大地疫情蔓延
将武汉江城毒害成危重病人
此时，忽间涌起驰援大潮
八方雪中送炭，灼烫渴望救助之心
各地的杏林岐黄汇聚于此
迅疾把战疫决胜的旗帜
插上龟山蛇山头顶

祖居荆楚民众，持守《楚辞》灵魂
素以铸就不信邪恶的天性
倚重一部传承的自传体史籍
面对危难，气定乾坤
复工复产刻不容缓迫在眉睫

此刻，撸起袖子，
揩干亲人离世的悲泪
定叫走远的春天早日复归

医者仁心

寻常时候，谁会去多想
这医者仁心之剑
锻造要多少天日
谁又不放言高喊：要善待人生
但据知情者说，他们
更多时间是保持沉默
困倦于医道，静养于修为

只要走进病房　就成了
忽闪的剑　一刻不停地
与冠状病毒短兵相接
拼杀中，竟然忘却凶恶的病毒
也会把自己逼近死神

当看到几多医者仁心
每走出病房送别治愈者
摘下口罩，露出饱含欣慰的微笑
那短暂的一瞬，远比诗美

一腔悲恸

取《楚辞·九歌》神韵当旋律
清芬白花花瓣作音符
谱写一曲圣洁的挽歌

向战疫中逆行殉职的英魂
寄托万般哀思，一腔悲恸

以流淌的泪水研墨
壮美的山河铺纸
写不尽割舍不去的生命眷恋
为让人性之光与天地同悲相偕
给每一段旋律，每一个音符
每一句歌词融入禅的虔诚
期许词曲皆化着神鸟　飞上九重
昭示在天英魂，活着的人
永远不会忘却你们

冯金声，成都人，生于一九五二年的春天。弱冠少年，到攀枝花当过公社社员。后为铁路员工四十二载。中国铁路作协会员。小说《山鹰》曾获铁道部第三届文化学作品奖。诗歌《心灵的守望》等25首，散文《菱角堰边那间茅屋》6篇，分别收入中国文联出版社出版的《这里诗人12家》诗集，《这里散文13家》散文集。有铁路历史专著《中国西南铁路纪事》，诗集《相思豆》。

啊，我的大武汉

◎ 冯金声

今年是何年，云低风冷　大地不再温暖
今夜在哪里，长江无声　南北无眠
瘟疫张开血盆大口，吞噬了
父老乡亲三十晚上团年家宴

从碧绿的鹦鹉洲开始撒野
直到东西南北，肆无忌惮
多少眼睛在求生中渴望
多少嘴唇在夜幕里惊颤

时间的咽喉，争分夺秒地喘息
生活的胸膛，急促起伏，望眼欲穿
蛇山伤怀，龟山黯然
我的亲人啊，我的武汉……

我陪伴你，在黑夜中趔趄穿行
凄风苦雨，心惊胆战
广场上消失了往日的笑容

一只口罩竟让人心里发酸

那些鲜活的生命，在我的
悲伤朦胧的泪眼中悄然消失
就像一根犀利的钢针，穿透我
连着你的血脉肝胆

无论是在泥泞中爬行
还是游走在生死边缘
来啊，兄弟姐妹，手挽手肩并肩
用我们钢铁的意志筑起火神山，雷神山

穿越这历史上生命中的黑暗
我站稳脚跟，你挺直腰杆
我的亲人啊，我的武汉
终须是万家灯火，雄阔江天

陈智泉，男，四川宜宾高县人，四川省作家协会会员，高县作家协会副主席。曾在《诗刊》《星星》《四川文学》《绿风》《诗潮》《青年作家》《四川诗歌》《新诗》《草地》《山东诗人》《北京诗人》《宜宾日报》及香港《橄榄叶诗报》等多家报刊发表作品。诗作入过书，获过奖，已出诗集《独弦琴》《秋水谣》《风吹陌巷》，即出诗集《远山如黛》、小说集《远山，在落雪》。

与武汉一起呼吸（三首）

◎ 陈智泉

持灯的人

有人说，持灯的人就是爱你
和你爱的人，瘟神出没的夜晚
她会迎着回家的路向你走来
要火有火，要光有光
有人说，持灯的人，身穿白色大褂
像一个天使
有人说，持灯的人，她的胸中
藏有一座亿万吨天然的矿藏

有人说，持灯的人，她就是一盏灯
照在漆黑的地方

安心在家

挂上口罩，出门去打酱油

恰遇戴红袖套的志愿者曹正强
在巷道口站岗。他向我点点头说：
“诗人，你就安心在家写诗吧
有我在这里，就不会让一粒病毒
走近你们的小巷……”

在阳台上

2020 的春节一点也不寻常
姗姗而来的春光里，我的亲人
患了病毒，缪斯喝了砒霜
玫瑰和桃李的花朵闭门不敢开放
城封了，山也封了
看楼下的情侣们都把热吻藏进了口罩
我只得翻出写给武汉的诗稿
一起在阳台上晒太阳

杨国平，1982年西南师大毕业到甘孜州康定中学、康定师范校教书，办了第一个康巴文学沙龙，1994年后在成都棠湖中学教书并培养学生写作。现任双流区作协副秘书长、华阳作协副主席。出版有诗集《极地阳光》、诗文集《极地延伸阳光》、文集《雪域——青春在夹缝中突围》、诗集《风行水上》等四种。有诗、散文若干获国家级、省级奖，并在各级报刊杂志上发表。

武汉，注定不冷

◎ 杨国平

是谁，将不安带给春节？
是谁，把鲜红的灯笼罩上黑色？
是谁，把潘多拉的匣子打开？

这本是欢乐的帷幕即将拉开时刻
这本是万家团圆时刻
万物共生的春汛，被一股暗流压抑
九州通衢的武汉被撼动
车水马龙的世界，商铺紧闭，空无一人
只有紧缩的心，被冷箭定格在窗前

请原谅我，面对猝不及防的局面、面对病魔折损的人
对人祸、天灾、瘟疫的风浪所知短浅
我忘不了，查士丁尼瘟疫、伦敦大瘟疫、黑死病
把中世纪的欧洲一亿两千万人埋进黑色的土地
我忘不了，天花
让美洲百分之九十的印第安土著人灭绝

我忘不了，十九世纪的中国，鼠疫横行，一千万死难同胞
把清王朝根基动摇的哀嚎

从历史的冰河抬起头
阳光正在头上——
年轻的白衣天使，中国的勇士
正逆风而行，与瘟疫对决
口罩勒破鼻梁，尿不湿紧贴躯干
他们微笑着，把圣洁化成鲜花
绽放在病床前
走廊上，不期而遇的医生夫妻
或含泪相拥，或隔着玻窗亲吻
一个个亲切的剪影，汇聚大爱

疫苗、药品、口罩源源不断
阳光的手　从世界的每一个角落伸出
让太阳的能量在武汉汇聚
又放射到四面八方
武汉，注定不冷

张用生,笔名:灵子。中国作家协会会员。中外散文诗学会副主席。四川省文艺评论家协会会员。四川省音乐家协会会员。四川省文学艺术研究会名誉会长。内江市作家协会名誉主席。曾获:第八届全国戏剧文化奖(戏文理论)银奖。四川省五一文学艺术奖。2016唱响四川歌曲原创二等奖。盘锦市市歌全国征评三等奖。

武汉，重现千年黄鹤的身影

◎ 张用生

乍暖还寒的一枚暖阳
矛与盾几回合的狞笑
说不出，找不到
非典逝去，冠毒又来
道高，还是魔高?
玄之又玄，魔疫之门
邪门歪道，无序无律
“道可道，非常道。”
在体内外，似魔似魂
却难觅找到

“有无相生”不与人类脱掉
公元前的“雅典鼠疫”
公元初的“古罗马安东尼瘟疫”
“查士丁瘟疫”灭绝千万生灵
和二位古罗马帝王
20 世纪初鼠疫，魔了东北
中世纪黑死病，病了欧非，

美洲印第安人几乎全军覆没
今天，新冠肺炎袭扰武汉
魔纠缠于道，道交战于魔
展开了一场，人类生存之道
毒魔行踪太渺，时空里寻觅目标
凝视滚滚东逝的长江水
脖子上的头颅，多了几分凝重的思考

华夏腹地九省通衢
不可丢失，不可倾倒
汇集齐九州医者
掀起前所未有的抗疫浪潮
各种治疗汇成一场集团战
扑灭疫情拯救汉口苍生
一轮一轮又一轮
顽强的抗疫，坚韧的治理
魔注定自毁，最终被拴死套牢

疫情终将过去，
这片养育一千万人的腹心之地
生活仍将继续
九省通衢的武汉人
会重新看到春天的天空
那只翩然飞走一千多年的黄鹤
飞回上空，依然矫健美丽
令人醉倒

周洪明，出生于四川宜宾，笔名川南雪。就业于教育系统，四川省作家协会会员，鲁迅文学院首届残疾作家研修班学员，2016年度全国十佳教师作家。作品发表在《星星》《散文选刊》《散文诗》《青年作家》《青海湖》《中国教师报》等报刊。已出版新诗集《情感高原》《春梦》，长篇小说《坠落与升腾》，纪实长篇《文坛泰斗阳翰笙》《宜宾白毛女罗昌秀》《红军骁将张锡龙》等。

一场春雪洁白了武汉

◎ 周洪明

九省通衢，连接东西南北中
山吻彩云水绕江城，富甲四方
长江汉江穿越荆楚大地
名震寰宇黄鹤楼镇守蛇山
黄埔军校所在，革命圣火起源
置身华夏中腹作自足美髯公

一场初春积雪洁白了原野
再用诸葛亮空城计，摆开战场
独坐静候，撒开时间的垂钓
黎民百姓当士兵，捂掉作乱昆虫
旧冬废墟上绽放出绚烂樱花
素的纯洁似霞，艳的鲜红胜血

吹哨先锋不慎倒在敌阵枪口
噙泪老人站南山鞠躬尽瘁
白衣天使们誓死驻扎楚河汉界

把身后屏蔽为人类生命的后花园
春雪引燃盛夏闪电，雷声轰鸣
那是天公摔案，怒溅的火星

魏知常，1940 年生于温江。高级农艺师，九三学社社员。出版有诗集《床的独唱》、散文小品集《另一类乡情》《魏知常科学诗选》，该书获首届世界华人科普图书优秀奖。现系中国科普作家协会会员、中国科学诗人协会会员、四川省民间文艺家协会会员、四川省作家协会会员。

我用诗驰援武汉

◎ 魏知常

我的心在武汉上空盘旋
辛亥的枪声犹在耳畔
我的血融进武汉的街巷
抗战的烽烟升腾云端
我的诗飘进三镇武汉
滚滚长江浪花飞溅
英雄城市，豪杰肝胆
武汉挺住！挺住武汉

十四亿同胞的呐喊
数万白衣战士的热汗
我用诗驰援武汉
一次心灵的志愿
我的诗虽然简短
也是一颗射向病魔的子弹
武汉挺住，挺住武汉！

雷神山火神山新型医院

镇住病魔的嚣张气焰
熬到立春之日
春天如期展露笑颜
熬到正月十五
疫情定会出现拐点
相信科学，尊重自然
武汉挺住，挺住武汉！

李治，笔名:自然，知足常乐。1970年生人，现居成都，中华诗词学会理事，中国诗歌协会会员。有作品发表在:《散文》《星星诗刊》《成都商报》《滇池》《参花》《诗词月刊》《四川文艺》《绿风》《威宁诗刊》《贵州文学》《中国诗歌》《几江》等。有作品入选《时代实力作家作品选》《中国诗歌大观》《中国当代诗人代表名录》《贵州文学》等，多次荣获国内各种奖项。

武汉的春天（二首）

◎李　治

石榴之心

石榴籽挨着、靠着，挤出甜
这场肺炎，隔离了欢乐和热闹，隔离了
城市和乡村，却隔不断
四面八方涌向江城的火热之心

石榴的心是柔软的，能长出草木和花朵
江城的天空是柔软的，能长出云朵和星辰
柔软，让恶灵交出刀剑

举起生命的火把
做一朵花能做的，做一枚月亮能做的
做草尖和种子能做的。让春天回来

一颗籽会变成一枚柔软的钉子
钉进病毒的心里

八方飘来的歌，携着一缕缕春光

让黄鹤楼明媚，让幽暗和荒芜
填充绿色
让石榴籽捂着挨着抱着，开出
江城的火焰

口罩

每年立春，万物发疯般地攻城略地
随风荡漾，草木顺势心花怒放
而今年的立春日，窗口挡住了花草的攀爬
时间在发烧，被隔离，待观察

风吹不绿一条街，鸟叫不醒一座城
所有的言语被罩在嘴里，包括祝福、热闹
小雨是城市的眼泪，亲人的哭声、草木的痛
春风的呜咽……生与死在一念之间盛开衰落

来自江城蔓延的疫情在扩散
将奔流不息的街道、乡村、城市盖住了
只有口罩在四面散开，是散开的春寒
足够我们铭记一生的疼

颜英，女，土家族，湖北恩施人。中国少数民族作家协会会员，湖北省作家协会会员，鲁迅文学院第27期全国少数民族文学创作班学员，华中科技大学中国当代写作研究中心第一届大师写作班成员。在《民族文学》《中国民族报》《中国艺术报》《诗潮》《草原》《长白诗选刊》等刊物发表小说、散文、诗歌和地方文史多篇，著有个人散文集《山路弯弯》、诗集《桃花枕》。

思念相拥武汉（外一首）

◎ 颜　英

乌云压城

乌云压城，你能看到的黑夜有多深？
长江咆哮，黄鹤哀鸣
潘多拉魔盒一打开，小小的病毒
冲向惩罚的来处与去处
是黑色的种子，植入鲜红的肺叶

来不及思考，等不及叩问
病毒是敲响醉生梦死的石头
冲乱武汉期待的生活秩序
鲜活的生命，灵魂在锈掉
彩色的春节，静止成黑色的恐惧

封城

芸芸众生，是更多细小的涟漪
静止成一条河流
大江日夜奔流，也是无声的
围城的寂静
无数支流汇聚，又怎会是寂寞？

武汉的喧嚣，掉光了叶子
在湖北怀里嘤嘤暗泣
封一座城，护一国人
那些钢铁般意志的守护者啊
我们隔着生与死
也隔着一个春天的距离

武汉在夜空下熟睡，偶尔亮起的灯盏
恍如一阵疼痛
我的城市病了，可我依然爱她
此时，悲伤如山水迢递
仰望满天星辰，使我们褪去污浊和枷锁
这不是人间的隔绝，这是人与人
人与世界的融合重叠
病毒的攻克只窥得冰山一角
援驰正义的大旗，已在显露峥嵘

刘祥辉，成都棠湖外国语学校教师。四川省作家协会会员，四川省诗歌学会会员，成都市作家协会会员，华阳作家协会常务副秘书长。作品散见于《星星》《四川文学》《青年作家》《品文》《中外文艺》《山东诗人》等多家刊物。出版散文集《唯一心粒》，诗集《子时阳光盛开》《这里诗人十二家》（诗歌合集）。

樱花　翘首行人的缤纷

◎ 刘祥辉

新冠，一颗小小蠢动的病毒
挑动一方城市的神经
年的妖出逃潘多拉的盒子
美丽热闹的街道，开始
冬日一场漫漫僵硬的孤寂

口罩成为出行的主角
隔离　疑似　在每日的数字里无声攀升
闭门　足不出户是最高尚的爱人品质
可是，那些白衣的天使啊
在战场的中心，夜以续日
他们是年轻的孩子
是孩儿的母亲父亲
是父亲母亲的依靠
是依靠里最动人的温存

可是，他们啊
也有对生命安全的追求
与家庭温馨享受的权利
可是，他们啊
留下坚毅的背影
转身而去
转身而去的赞歌
映照出，苍穹之下伟岸的灵魂
圣洁，让人安心

我想，快来的立春里
黄鹤楼的黄鹤
一定听到人们召唤真切的呼声
从千年前的时空带回
春日的喜讯
此刻樱花
也定然挣脱枝丫的桎梏
翘盼，行人的缤纷

刘平荣，网名，冷雨问秋。生于七十年代。对诗歌与散文情有独钟。只是喜欢在有空的时间拿起笔写写，用十年的时间思考一件事，作为文化传承者该为后人留下优美的诗歌与散文吧。做过医生教过学生，华阳作协会员。

我们与武汉在一起

◎ 刘平荣

新年的希望
咳嗽伤害了春节
喧闹如烟花一样洒落
病毒黏附在武汉
一个城被束之高阁

城市的肺直烧得变成胶质
一颗颗焦躁的心游荡在医院
绝望而恐惧的双眼
让黄鹤楼在冷风中呜咽颤抖

揪心啊！那高楼里
一层层亮着的灯
穿上厚重的防护服
看不清脸的白衣天使
不分昼夜与病毒生死搏斗

这场灾难

会摘下口罩

武汉不是一座孤城

我们都与武汉在一起

周德芳，原中石油职工、中国石油作家协会会员、内江作家协会理事。作品见《地火》《青年作家》《沱江文学》《中国妇女报》《中国石油报》《四川日报》等多家报刊，曾获全国石油文学奖。退休后搁笔安于清闲。

不能折断酣畅呼吸

◎ 周德芳

嗅着陌生心跳的光和味
武汉顿失风华绝代的容颜
春节，一声撕肝裂肺的长叹
揪动华夏大地每一根神经

瞬息风景变脸，沦陷江城的美丽
黄鹤楼戴上口罩
东湖戴上口罩
龟山蛇山戴上口罩
无形猖獗的疫魔，肆无忌惮
流窜每一个角落
使空气变得残忍惊心
全城充满呼唤救援的声音

千万双哀婉的眼睛露出心跳
千万片泪水比长江水丰润
黄鹤楼颤抖，把持不住悠悠的庄重
优雅千载的玉笛，吹不出

鲜活生命消亡的悲愤

我不信九省通衢，会折断视线
不信辛亥首义之城会毁于疫情
我相信，博大情怀的天空
和血肉之躯的生命
一靠近太阳，就可以唤回春天
撕碎黑暗含苞的噩梦
走到众里寻找千百度的光明出口
挺直酣畅呼吸
再回首，赞美这座不屈的英雄城市
武汉，我和你相依相偎

周家琴，女，汉族，70后作家。四川省内江人，四川省作家协会会员，鲁迅文学院西南地区学员。曾先后在《四川文学》《西藏文学》《星星诗刊》《中国西部》《青年作家《华西都市报》《西藏日报》《成都晚报》等报刊杂志发表诗歌、散文和文学评论若干。并有多篇文学作品入编几本文集，现为阿坝州《草地》杂志社编辑，出版诗集《卓玛吉的风铃》。

祝愿生命之树返青

◎ 周家琴

年关将近，冬天步伐不停
一天紧似一天的忧虑开始升级
病毒跟北风一路呼啸而来，雪未化
寒冷不动声色地与新型冠状病毒僵持
惊悚的人们不敢言病
感冒了，也不愿去医院城市与乡村，门扉紧闭
睡梦中，我一次次失眠
一不小心，把春天惊醒

第一次听说封城，乡村开始封路
武汉，这座英雄的城市弥漫疫情
抗击新冠肺炎的战役，成为新年的钟声
城市与乡村，开始隔离，消毒，防疫
2020 庚子年的初春，草木皆兵，在没有硝烟的战场里
人们开始蛰伏、世界静寂如铁

在抗击新冠肺炎的日子里
检验战胜灾难能力的关键时候了

拷问人性的良知与善恶的时候了
人民在悲痛中互助自救，奋起博弈
“时代的一粒灰，落在个人头上，就是一座山”
只要活着，一切美好都会生生不息

我分明看见，所有的力量吹响集结号
一缕缕阳光洒向方舱医院
奇迹最终会击退劫难
生命之树，正在返青

冉茂俊，笔名默然，成都“九三”学社会员、作协会员、省诗歌协会会员、中外散文家协会会员。校刊主编。有诗文散见于各级报刊及文学网站，也曾与文友多次合作出版过诗文集。爱生活，爱文字，动静相宜。广交友，善结缘，人间四时，随遇而安。

致敬，最美的逆行者

◎ 冉茂俊

一个病毒
空了几座城池
乱了多少人心

一副口罩
遮住了无数面孔
陌生了多少真情

除夕之夜
最美的逆行者
雄鹰一样踏上征程

丈夫告别了妻子
妈妈瞒住了孩子
鲜红的手印表露了深情
他们来自四面八方
是绝对的天使

不管病毒是冠状
还是饼状
这一刻，他们在逆风而行

这个春天，所有的祈祷
都是为了安康
所有的致敬
都赠予逆行的英雄

张天涯，四川雅安人，中国数学会会员，四川省诗歌学会会员，华阳作协会员。毕业于西华师范大学，就职于成都棠湖外国语学校，数学教师。虽遨游于数学界，但仍旧是文学殿堂的仰慕者。爱好文学，勤于写作，先后在《四川文学》《品文》《南充晚报》等报刊、杂志以及著名文学网站榕树下、起点、红袖添香发表多篇散文、诗歌、小说等作品。其作品风格细腻，文笔飘逸，清新隽永，理性中不失浪漫，感性中亦有情怀。

黑夜中的信仰

——致敬医护工作者

◎ 张天涯

岁末的阳光
总有点家乡熟悉的味道
无数他乡异客装点行囊
带着思念走在回家的路上

霞光好像掺了酒，披在身肩
醉眼迷离，回家的路忽近忽远
不经意最后一束夕阳吻别黄昏
己亥的夜幕仓促撬开了庚子的年轮

猝不及防的黑暗笼罩了前路
似乎飞过了一群幽灵般的蝙蝠
天地间残留着一丝夺人心魄的生物
回家的人散落着惊恐的孤独

踽踽独行的人啊

迷失了方向，渴望着灯塔
恐惧萦绕的路途
你我盼望那劈开黑暗的光束

如果白昼太耀眼
我们怎能轻易看见星光
如果黑夜太黑暗
那些星光才能变成信仰

因为我们同顶一片艳阳
因为我们同属一尊炎黄
才会在漫长的黑夜遇上
才会相互扶持一起等天亮

杜律新，成都人。曾在《星星》诗刊，《青年作家》等刊物上发表诗歌作品。获过石油诗歌大赛二等奖。有作品入选《成都诗选》、全国诗歌报刊集萃。

立春有梦想（外一首）

◎ 杜律新

好雨知时节，武汉到时候就发生
二楼平台的园子里　花开无声
钻石玫瑰，一朵二朵，会铺成彩霞旖旎

阳台下的马路
给地面戴了口罩
没有硝烟的战争在继续
鸟呢　常来园子的花肚子山雀
不怕人群　在花椒树上跳来跳去
现在更加胆大　却也孤寂
没有硝烟的战争在继续

也许　在人群和花丛中寻觅它们
在一场雨后洗礼的春天里
那时安好
武汉大地上的人们

疫情里学习

学习洗手，戴口罩，不出门不扎堆
学习在鞋上喷消毒液，不冒冷汗，腰直立
学习病毒入侵的流程，唾液，鼻子，眼睛
学习奉献，不吃，不喝，不睡觉，壮烈
学习道德，黑是黑，白是白
我的眼睛已湿润
学习慈悲，在眼泪中提取养分
学习，学习，学习……
这些都是瘟疫到来之后亡羊补牢

卢阿芬，实名芬祥。阿芬喜欢文字，更喜欢民间自然的生活元素，热爱生活，静坐常思己过，闲谈莫论人非。善良的同时也会有锋芒。尖锐而不犀利。

生命之重不是浮云（二首）

◎ 卢阿芬

我想哭

突如其来的灾祸
呼吸，心衰
惊险中博弈
让人束手无策
在绝望中挣扎
一场生死离别

心中的天使
担当神圣的使命
与诡异的病毒苦斗
为救赎他人
不惜挥洒年轻的热血
用才华托起希望的生命
无须感谢危险和疲惫

感谢二字在此显得太轻
应该感谢这座城市
让人心痛的这座城市
为脱离危险收获的喜悦
我真的好想哭
感叹春天来迟流泪

一座城市的喧嚣

有着不同经历的坐标
想都难以想到
病毒分泌的疫情
撕裂平静想象的生活
宅居变得无奈而无趣

躲不了的诡异
惊叹隐与瞒的虚假
毫无意义的套话
是多么的卑微，
灾难的降临
演绎出不同的角色
生命的轻重不是浮云

谁说灾难不是一次重生
倒下的天使
唤醒千姿百态的灵魂

任永叔，四川长宁县人，生于1943，就职于长宁县中医院，主任中医师，四川省名中医，宜宾市十大名中医。自幼爱好文学，有诗词、散文等作品100余篇发表于全国各种杂志和报刊；散文诗“长白山之梦”获“吉林森工杯”国际散文诗大赛优秀奖；有作品入选《中华百年来优秀诗词选暨三江诗论》。出版个人诗集《医暇情韵》《静阅竹山》、合集《这里散文十三家》。系中外散文诗学会会员、四川省诗词学会会员、宜宾市作家协会会员。

爱与灵魂

◎ 任永叔

我的每一滴血液
燃烧着火焰
可以沸腾汉江　长江
我的每一块骨头
都是千斤顶
可以撑起沉重的武汉
我的每一个细胞
闪耀着电的光芒
可以把层层妖雾驱散
我的大脑里
镌刻着唇亡齿寒
我们要昂起头颅
共同去冲破那凶残的魔掌

我的双手
写出起死回生的故事
但没有我姓名的落款
我的眼睛

像激光一样的雪亮
侦察出生命中的激流与险滩
我的灵魂
是一束火红的玫瑰
献给那些陌生或熟悉的脸盘
我的双脚
像表盘上的秒针
不停地在精密地运转
我的日日夜夜
就是守护着岗位
把死神扑灭在不归路上
我的命运

林克强，四川高县人，大专文化，作品散见于《人民日报》《中国农民报》《工人日报》《中国石油报》《地火》《散文百家》《岁月》、中国作家网、中国诗歌网平台等报刊网络。曾获全国石油文化大赛散文二等奖、四川省报纸副刊优秀作品奖等。中国散文家协会会员，四川省散文学会会员，内江市和隆昌市作协会员。

泪珠是闪亮的星（外一首）

◎ 林克强

疫情的雾，渐渐败退
工地的楼，慢慢长高
恢复活力的手脚架，已刻上
一道永不忘却的伤痕

痊愈后的楼盘，停止发烧
工地的夜，开始平静
许多人在注目数星星
一字一句地重读，人之初……

待到楼盘圈为小区
所有的窗口都亮了
那些闭门修行的目光，是否
比以往看得更远些

今夜，我在建筑工地旁
试图破解一个谜语
黑洞洞的窗口，眼睛无尘

泪珠，化为闪亮的星星

抚摸一缕阳光

盼来了，今天出大太阳
温暖众生，满城喜洋洋
我赶紧打开郁闷的门窗
欢迎光明使者，进屋
杀菌消毒，谈谈春节的感想

我还不能健步郊外
享受逐日的自由
只好独坐露台，关注天象
抚摸一缕缕久盼的阳光
地球在旋转，已轮到春天发言

张仁翠，1964 年出生于青白江，居成都市青白江，喜欢诗歌，主要现代诗，偶尔古韵。诗歌散见报刊杂志。原创诗歌《长征》，2016 年获青白江诗词楹联学会长征诗赛二等奖。《春潮涌动凤凰湖》于 2018 年获青白文旅局举办的樱花节诗赛三等奖，《那片云有雨》，于 2017 年获新锐诗会网络诗赛三等奖，2020 年《喜看家乡新面貌》获青白江诗赛一等奖。同时喜欢朗诵诗歌。

一只口罩一粒尘埃

◎ 张仁翠

一只口罩很小，很小
一夜之间罩住了澎湃的江湖
轻轻的，打开一扇窗
世界瞬间改变了模样

不守规则
砸中沉重的叹息
勇士们死死地拽着每一个生命
无力抓住逃开的灵魂
疾风，那些散落的符号如雪花
来不及卸下短暂的苍白
来不及掀开一帘心语
十四亿颗浮躁的声音

一块布足够，花样倍出
遮不住一个字，幼稚在萌芽
总能看见一些游离的影子
闯进空城，喂养病根

撕咬可怕的宁静
无知那家伙经过谁的胆边
丢掉诚实，最后玩起捉迷藏
一阵风浪卷起天边的残云
阳光在行动

所有的事物渐渐归于平静
春风裁出一抹新绿
梦想的翅膀已经起航
莫名的节奏扣动一扇窗，回声嘹亮

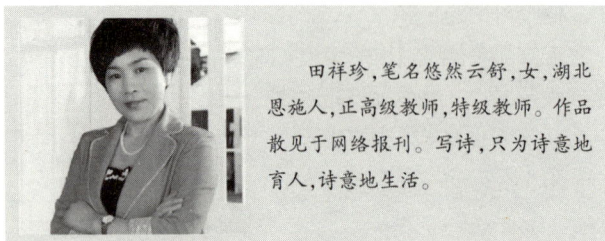

田祥珍，笔名悠然云舒，女，湖北恩施人，正高级教师，特级教师。作品散见于网络报刊。写诗，只为诗意地育人，诗意地生活。

不敢眨眼的樱花（外一首）

◎ 田祥珍

今春，珞珈山漫天的樱花
从开到谢，都睁着眼，不敢眨
害怕碰落眼里的泪花

站在枝头望，贴着地面听
只有蚂蚁的脚步小心翼翼
就算蚂蚁爬过樱花的睫毛
她们也硬撑住眼皮

她们并没有指望
来一个黛玉一样的姑娘
花篮，装不下这个春天的温暖
花锄，也埋不了这个春天的悲壮

今天，就在今天
山下复兴号高铁的一声长鸣
瞬间碰落忍了一个春天的泪
摔碎的泪珠里，长出千万个太阳

风压低声音说

空寂，似乎没有边际
樱花树，展开报春帖
一簇，叠着一簇
可是，没有人来读取
只有帖子展开的声音
惊扰着枝头的鸟语

那些背着书包的孩子呢？
那些牵着孩子的女人呢？
那些拎公文包的男人呢？
那些跳广场舞的大妈呢？
那些缠缠绵绵的情侣呢？

报春帖还在打腹稿时
他们就常来树下打探
现在，他们去了哪里？
樱花向路过的风打听信息

风压低声音，说
他们被一场病毒的贪婪
阻隔在春天的渡口
全世界都在破这个案子
南极的冰，北极的雪
深穴里的飞鸟，地底下的爬虫
据说，都脱不了干系

风把声音，压低，再压低

据说……据说……嫌疑最大的
是……是……人类自己

哦哦，樱花说
就算听点风言风语
总好过铁板似的沉默
那就守好这些报春的帖吧
应该不久了，案子告破
春天的渡口敞开
全世界都会来读帖上的信息

曾涵复，笔名：寒沸。原创写作者，编纂人。从 1970 年代开始文学创作和发表作品，以千余首石油诗播名。写了《寒沸诗选》《寒沸语境》等几本书，编了《世界华文第一流女诗人 39 家》等多部书。创办主编了泸州《龙眼树》，大型文学双月刊《梦岛》，文学季刊《品文》。系四川高县人，居成都。

一座城不会忘记（组诗）

◎ 曾涵复

唤回春色的铿锵

黄鹤不见飞回
樱花却没有迟开
一场撕碎春天的噩梦
直白伤害辛亥首义的名城
沦陷楚天，千载悠悠的背影

优雅黄鹤楼，颤落诗文风华
庄重龟蛇山，忍耐封锁的恐惧
十四亿双眼睛
悬挂在武汉的上空
泪光涟涟，洗涤新冠病毒尘

封城闭门，足不出户
没有人能淡定躲避命运
鲜活的生命，直白叙说生存
千万人藏不住惊恐的卑微

白衣翩翩的天使　以最美的姿态
化着扑火献身的飞蛾
梨花一样飘艳，唤回春色
升华凤凰涅槃的高贵
内心活下来的不屈挣扎
众里寻找千百度的呼吸生机

透过满城尽戴防范盔甲的希望
人们开始懂得，不要这么慌乱
注意武汉每一棵病树的叶子上
写满天使的身影和爱情

分别会掏空一切

年轻的眼睛清醒地亮着
在无声等候着爱
门外彷徨一片呜咽

不堪的空虚
忍耐夜色堆积的沉重
紧紧地约束守望

时光在病床边捱延消磨
呼吸机唤着病倒的名字
期待生命从梦中惊起

无助幽怨的黑影
不停地筑着死亡的围墙
谁都在躲闪所有的哭泣

这时候，低首含泪
丢掉可以的责备
只要最终和大家在一起

谁对延误的原因负咎
特别懂告别的痛苦
清晨的阳光一定会发声

最后一段信息

搁在心里链接的邮箱
夜一般固执的沉默
窗前悠长思念的眼神
凝望天空深暗的云霾
收不到等候的只言片语

不容见面，感情难以用事
悲哀的门沉静无音乐
疫情摧残走近的人影
黑暗中谁把爱的灯点亮
心和风盛开怒放
失望是一支无词的哀曲

盼着生命延续藏匿的长度
呼唤投来，网络袭击的文字

时间在远处摸索着觉醒
不让遮断的莞尔微信
抛弃奔赴爱的约会
让生命最后膨胀
一段信息共鸣

梁福贵，网名LFG银珠，微信名：瞿上牧主，四川双流人。四川省作家协会会员，四川省艺术摄影家协会会员。作品选入《星星诗人档案（2013卷）》，不时有作品在《星星》《重庆日报》《上海诗人》等刊物发表。著有诗集《小草的高度》《诗意光影》《春天不放假》《旅途如梦》等在正式出版社出版。

待到好风知时日，陪你去远方（外一首）

◎ 梁福贵

庚子年的春风，化着冰冻
严寒复来
我紧缩着心，蛰伏
喧嚣的世界，寂静如铁
空气载着恶魔，残忍
染天地惊心动魄

本想用最初的心，怀揣着诗
偕你走完最远的路
然而，这黎明前的夜，太黑
万家灯火已灭
只有白衣风骨，铮铮
负重逆行

好在，禁步宅居
正好驱散我朝夕必争的浮躁
把我丑陋的魂灵洗涤

闲来临窗东望
我忏悔，掐断小肚鸡肠
学会了反思、感恩和谦卑

我不再长太息以掩涕兮
也不哀武汉之多艰
只想给你一个深情的拥抱
让你永驻阳光怀里
张开共和首义之城的笑脸
尽情放绽

待到好风知时日
我不表彰歌颂你的悲壮
只为逝者燃香鞠躬
结束了隔离禁步，红尘不再有尘
我会陪你去想去的诗和远方
然后，甩掉口罩
缠绵到无拘无束
放纵到海阔天空
自由自在地呼吸说话和歌唱

献给被瘟疫掳走的生命

别埋怨我不来看你
因为我懦弱
冲不出藩篱
雾霾紧裹着病毒
满城飘飞

我知道，你需要靠肩安抚

需要发泄，需要痛斥
需要大声哭泣
但我不会歌唱，因为
几声高调，无法缓解你的痛

你在死亡线上挣扎
我也无药可救
更不会让你咬牙挺住
因为那些高调
还没有挽歌管用

从黎明躺到天黑
我知道你早已身心疲惫
行将就木的你，哭吧
哭得让武大樱花无彩
东湖春晓失色

我禁足宅居
唯一能做的，就是提起笔
把自己写成挽歌
唱给你
并为你的无辜三鞠躬

曾识，笔名：剑硕。自由文学人。1980年代读中学时开始发表文学作品，被某市作家协会吸收为会员。90年代读大学期间，作品散见于海内外多家报刊。沉入现实生活后，疏于创作，读多写少。视文学是生活的一部分，心不远离文学。

难以承受生命湿润之重（外一首）

◎曾　识

这个异常诡谲惊恐的春节
白云悠悠的黄鹤楼前
江水泣诉　响彻噩梦的哀鸣
飞不回远去千年的黄鹤
呼唤躁动不安　对望的龟蛇

此时悠悠寒冷的楚河汉江
萋萋芳草被病毒渲染
一场惊心动魄的苦厄
扰乱汉口汉阳武昌的繁盛
直白伤害一千万双纯净的目光
穿透生命真诚的告白
惨痛扭曲历史性感的底蕴
演化鹦鹉洲残酷意外的灾情
一种难以承受的无泪湿润

一扇扇被关闭温暖的家门
依然从容地虚构着春色

纷纷在等待吹进东湖的暖风
送走龟山蛇山发愁的不幸
让红泥小炉慢煮月光的宅院里
依然有　在老时光里行走的意境
生动这座　辛亥革命首义之城

让阳光还原明媚

我无法寻找谴责的语言
质疑一场惊心动魄的灾变
为什么江城的初春如此残忍
为什么九省通衢脆弱闭关

灵魂在忍耐炼狱的恐惧
所有生命的高度，跌落下深渊
封城闭门足不出户，改变人的赋性
堪比笨熊痛苦，躲进时光冬眠
稚嫩的小脸庞挂着惊恐
白发老人的泪眼滴落无奈
生与死的残酷咄咄逼人
欲望发酵郁闷的忧患
千万人藏不住支离破碎的卑微
内心只剩，活下来的期盼

我们不相信，谁也不相信
武汉大难，就这样沦陷
化解冰山的疫情不是神话
英雄的城市蕴藏伟大的气质和信念
坚强挺住，张开天网捉拿撒旦

白衣翩翩的天使　以最美的姿态
高贵的铿锵之气，穿过黑夜
照亮千万人生死的契机
升华天地动容的不屈挣扎
让春天回到温馨的家园
让家人拥抱激情四射的饱满
让阳光还原明媚，发光熠熠品质
让龟山蛇山不再惊恐哀叹
让远去黄鹤飞回抒情
让鹦鹉洲还原萋萋芳草的表达

我们相信和感谢武汉会挺住
震撼的场景，已是世界的焦点
为自己和家园，为人间的大爱
粉碎病毒疫情，决不荒腔走板
当黄鹤楼摘下口罩的时候
珞珈山鼓胀的花苞绽开胭红
武汉已是健康圣洁的春天

陈永珍，笔名“乘舟前行”。陕西省作家协会会员、中国诗歌学会会员、重庆网络作家协会会员、上海华文易书网签约作者。出版有长篇小说及合集。在全国各杂志纸质刊物及网络微刊发表有大量小说、散文、诗歌诗词等，并多次获奖。2020 年 2 月中篇小说《故土故乡》在盛世阅读全网小说征文大赛中荣获优秀奖。

一座英雄城池

◎ 陈永珍

发源秦岭南麓的汉水
曾经使大汉朝崛起
沧浪水的激流
在汉口龙王庙汇入长江
两江相吻交汇处
孕育了雄伟武汉三镇

晶莹剔透的湖泊
像珍珠围绕汉城池
世界稀缺的淡水资源
在百湖之城夺得桂冠
太阳朝出夕落的江面湖水上
永远有白鹭安逸飞过

然而　今宵除夕之夜的礼花
被诡异瘟疫扑灭
汉水羞耻蒙面
百湖掩面暗暗哭泣

黄鹤楼上有叹息之声
九省通衙却不再通

一座城　一座英雄城池
几千年君主专制在一声枪响中退位
武汉会战没有被强敌恶寇占领
今天却在仓皇惊簌中城池被封闭
敲响的警钟已经来不及息鼓
死亡已悄悄踏入温馨家园

黑夜中逆行者的脚步铿锵炸响
白衣天使移步去阻挡疫情
英雄城池上一时刀光剑影
没有硝烟的战斗隐形在
柔弱娇美的白色盔甲里

大武汉不相信眼泪
一千万人的心凝聚一起
众志成城中透着新的启迪
用生命唱响赞美生灵的敬畏

汪毅，四川省文联第三、五届委员，一级文学创作（正高）。曾任内江市张大千纪念馆首任馆长、四川省地方志工作办公室副巡视员、《四川省志》副总编等职务。在海内外约200家报刊发表文艺作品和论文约700篇。出版发行的著作有《张大千的世界》《张善子的世界》《台湾文化之旅》《方志四川》《安岳石刻艺术》等18种，《人民日报海外版》等报刊发表评论汪毅著作的文章80余篇，有研究汪毅创作的《汪毅著作评论集》出版。

除夕夜的特殊集结

◎ 汪　毅

史无前例的集结——
在今夜
在己亥的除夕夜
在万家春晚的年夜默然进行

这是一个催征的集结
这是一个壮美中华的集结——
没有惊天动地的豪言
没有划破夜空的军号声
有的只是，集结的动作
集结的速度、集结的力量
还有，集结者决胜武汉的心鼓擂鸣

这个集结，完成在——
夜色的苍茫中
祈福的祝愿里
更有，希望的土地上

因为这个集结
天使的白衣使夜空再不单调
因为这个集结
军人的迷彩服让夜色从此绚丽
因为这个集结
让千万双眼读懂了新春晨曦的那片旖旎

哦，这个集结
无愧于让时代怦然心动
哦，这个集结
无愧于感动中国最美丽的一页……

雁南飞，本名李艳。诗歌爱好者。有零星诗作在《诗导刊》《长坂坡》《四川人文》《咸宁诗刊》《河埠头·塘河文学专刊》《山东诗人》《长江诗歌报》《中华文学》等发表。有诗入选《2019年中国新诗日历》《星星·诗人档案2016年卷》《2016中国散文诗·精品阅读》《2015中国诗选》《实验经典诗选》《汉诗三百首鉴赏》《网络诗选短诗选本》等选本。

等　待

◎李　艳

今年的春节，危机四伏
横行肆虐的新型冠状病毒
让许多城镇
都上演了一出“空城计”
在灾难面前
只有那些勇敢逆行的白衣天使
成为高举生命之火的侠士
一袭白衣战袍紧裹的脊梁
有舍身成仁的悲壮
有壮士断腕的豪情

当万千国人都投入到这场
没有硝烟的战争
人们不再邀约
就连家人，也退避三舍
这个特殊的春天
不出门，就是坚守心底的善良
不相聚，却有人间最深的真情

生活那样美好
更有勇士为我们负重前行
所以，我们都要好好的
好好地等待
时间之手，去推开
春天，那扇鲜花盛开的大门

潘树明，成都人，爱好文学，笃信陆游“文章本天成，妙手偶得之”名言，故写作常随性涂鸦。

哨音长鸣回荡人心（外一篇）

◎ 潘树明

问几多清明，有这次沉重
背负着众多屈死的灵魂
蹒跚地，走在今天
万头攒动垂下，黑压压的悲痛
点燃了十几亿个思念

汽笛骤响，全国哀悼
四月繁花，云海翻腾
唯有飘荡天空的悼念词
穿透眼巴巴的诘问
伴和当初哨音哭声一斤

阴阳相隔，为冤魂鞠躬
多少缕缕轻烟
更想透过那堵墙
知道震恸很多人的哨音
为什么吹响被掐断
凝固在人心，永远呜咽

一篇残史

这个冬天太冷
人心被收干了暖意
一座城的盛世喧嚣
淹没八人最早忠诚的警语

封城前的雪夜
白茫茫雪地真干净
所有污浊似乎被覆盖了
悬浮之剑昭示
谁敢向死而生

曾经力拔山兮摧帝制的子孙们
看见混沌中崩裂的身影
一座岁月无殇的英雄之城
须臾间腥风血雨哀号遍野
九省通衢之城
成了九省堵衢之城

我用瑟瑟发抖的身躯
希冀微微暖气吹来
我用初春的眼光
在寻觅枝头冒出的绿意

王颜，女，四川阿坝人，文字爱好者，曾用笔名白雪、秋潭。有散文诗歌发表于报刊杂志和网络平台。

如　果

◎王　颜

如果这生活只有岁月静好
生命就失去了意义
如果高尚一定是墓志铭
存在就没有了价值

如果每一个角落都是沧桑
人间缺失的何止是正道
如果每一片雪花都不再无辜
就没有理由抱怨生活的寒冷

如果没有浮云
天空或许
深邃澄净
但如果没有雾霾
目光到达的
一定是辽远的地平线

咏梅，原名李永梅，青海省作家协会会员，中华诗词协会会员，中国网络诗歌网现代诗主编，学会理事，西辽河畔文苑副主编。

逆行者

◎ 咏　梅

我的黄鹤楼的故人病了
长江载满一江愁绪，在哽咽
我的故乡，我的村庄
蓝天白云的雪域高原
这一片净土也污染了
拿什么拯救你，我的大武汉
我的北国，我的拉萨
冰封不了蔓延的病毒

我看到城门紧闭，街市寂静
人间笼上一层惊恐的薄凉
那些沉默的村庄，荒了的农田
流泪的故乡河床

白衣天使飞往江城
这一场没有硝烟的战争
守护苍生，责任担肩
你们是八千里云烟的逆行者

请允许我燃一炷心香
瓦罐里煮雪水，百转经轮
祈福武汉，天佑武汉
租天边良田，种草，种菩提。
再种三千亩雪莲
赌一场宿命，等白衣人归来

李仁湘，粉笔一支四十年，讲台三尺天地宽，中学语文高级教师，中国写作学会阅读学研究会会员，全国语文教学多维学研究会会员，全国中学语文教改研究中心会员，《学习报》《中学生大观察》特约编辑。《语文多向思维的培养》《语文的美育培养》获全国一等奖。参加编著出版《全国青少年作文精品》《中学生写作知识例解》《高考作文失误与对策》等书籍。

赞白衣天使（词四首）

◎ 李仁湘

忆仙姿

黄鹤龟蛇悲痛
罪孽新冠深种
天使献丹心
大地白衣鸾凤
无梦，无梦
昼夜辛劳珍重

生查子

荆江流水悲
病毒瘟神跳
魔瘴漫云天
残月星稀少

楚风哀汨罗

黄鹤飞缥缈
翘首白衣人
圆月迎春晓

摊破浣溪沙

数九隆冬翠叶残
新冠魔鬼下凡间
舞爪张牙无忌惮
世难堪

武大樱花芽未发
江城玉笛早吹寒
多谢白衣降怪力
寿南山

江城子

新冠病毒逞疯狂
虐荆襄，扰长江
覆地翻天
魔怪影幢幢
历历晴川烟雾瘴
黄鹤泪，洒穹苍

白衣天使战疆场
浴朝阳，戴星光
为国倾心
仔细诊端详
芳草萋萋春雨润
红吐艳，绿飞扬

魏佳，笔名墨竹、素心，斋号东轩。师从刘健先生（中国书法家协会会员、四川省书法家协会副主席、攀枝花市书协主席）、王道义先生（四川省诗书画院专职书法篆刻家、中国书法家协会会员、西泠印社社员、四川省书法家协会副主席）。四川省诗书画院书法研修生、四川省书法家协会会员、四川省诗词协会会员、成都市书协女子专委会委员、攀枝花市政协书画院书法家、成都天府新区东轩艺术工作室负责人。

金樽抗疫酬志士（三首）

◎ 魏　佳

其一

黄鹤楼空空寂寂，
霜风苦雨几时休。
欲裁蔽日遮天幕，
浩浩春风度九州。

其二

白衣济世驰江汉，
吾辈焉能壁上观。
举国匡危成大义，
隔屏莫忘报平安。

其三

几时闻鹊枝头闹，

便是城春草木苏。
冉冉山樱花满树，
滔滔江汉水如初。
山川异域情千缕，
风月同天酒一壶。
且把金樽酬志士，
丹心未许楚山孤。

只清风吹醉游人留下的万种风情

只水面缓缓收网舔舐的目光

文学華陽典藏

小说 散文卷

曾涵复 主编

團结出版社

图书在版编目(CIP)数据

文学华阳典藏 / 曾涵复主编. -- 北京 : 团结出版社, 2020.12
ISBN 978-7-5126-8501-7

Ⅰ. ①文… Ⅱ. ①曾… Ⅲ. ①中国文学-当代文学-作品综合集-华阳县 Ⅳ. ①I218.714

中国版本图书馆 CIP 数据核字(2020)第 253019 号

出　　版：团结出版社
（北京市东城区东皇城根南街 84 号　邮编：100006）
电　　话：(010) 65228880　65244790
网　　址：www.tjpress.com
E - mail：65244790@163.com
出版策划：力扬文化
经　　销：全国新华书店
印　　刷：成都兴怡包装装潢有限公司

开　　本：145mm×210mm　1/32
印　　张：33.625
字　　数：957 千字
版　　次：2021 年 3 月第 1 版
印　　次：2021 年 3 月第 1 次印刷

书　　号：ISBN 978-7-5126-8501-7
定　　价：148.00 元（全 2 册）

华阳文脉含馨吐蕊
华阳 · 文化

——谨献给关注成都天府新区
华阳这片热土的每一道目光

赏阅典象藏隽的礼赞

——序《文学华阳典藏》

曾涵复

阅读其实是一种情调。生活中，不能拒绝阅读，因为阅读可以开阔视野。生活中，也不能拒绝创作，因为创作可以升华思想。特别阅读的感动，是精神取暖。特别创作的快乐，是遇见美的共鸣。

注视作家诗人们心灵深处的跳动，每一个温柔投来的字眼和流盼，每一个深邃拷问生命的思想，是馈赠给阅读者的一片星光，是享受精神最高度的愉悦。

让作品说话，是文字的使命和境界。作品的生命，是长着翅膀飞翔的过程和停下来经受最沉重考验的过程。

华阳，这块镶嵌在成都天府盆地里，得天独厚的美丽土地，平缓涵天，风采卓尔，远源滋漫，人杰地灵。多少文人墨客徜徉其间，多少名家雅士关注造访，千年文脉，躬耕不辍。丰蕴的历史，瑰丽的风情，深厚的文化，得其山川草木之浸润，受其儒雅文风之熏陶，淡然超脱，巍巍然成就了华阳强大的精神筋骨。

《文学华阳典藏》的编纂，作为一部多人文学作品集，仿佛积沙成塔，聚水成流。其功能不仅是以文学的方式表现社会与生命的观照，不仅是描写生活形态的喜怒哀乐，或许更是留下一份特别文化形象的史料符号。似乎可以说，这部文学华阳典藏，是探究成都天府历史文化，启程今天文化华阳的薪火传承，表达对这片千年热土的深情礼赞。

《文学华阳典藏》分为小说/散文卷、诗歌卷，共收录了上百位作者的两百多篇作品，约95万字。其中不乏聚拢著作等身的资深学者、教授作家、著名诗人，以及才华横溢、倚马可待的“前浪”知名文学人和才高八斗、妙笔生花的“后浪”翘楚。

翻开《文学华阳典藏》，分明走入一片宁静的天空，感觉到现代文明勃然声动的节律，发现鲜明的时代性和地域性的价值指向呈现春花满树，既有理性的华丽，也有想象的美妙。一页页真情真性的文字，体现的不仅是传统与时代的融合，不仅是对生命进程中精神世界的坚守，更是站在新的历史节点上，与之同步释放内心的希望和创作的自觉意识。

作品深处大多是沉静的，或自然而然浅浅的叙事，或简洁平和淡淡的抒情，或趣致独特穿透心智的流露，所有呈现出来的是热爱与感恩对生命的敬重，是性情与趣味的表达，质朴而灵动，拙野而精工，可谓煌煌熠熠大气渊然。

实在的，文学是立足于生活至上的一种感情宣泄，既深且诚，因此，文学才乐于跟生活携手而行。生活本身平凡琐碎，作家只有经过自己的眼睛和心灵，用跃动的灵感和敏锐的捕捉，才有自己想写的独到发现和感受。作家诗人内心的情感动力是爱，是一种“把吴钩看了，栏干拍遍”，或“自在飞花轻似梦，无边丝雨细如愁”的文学情怀。可见，作家诗人必须有一双善于发现美的眼睛，可谓形动于外，而斯心独存得来的文思文采斐然的文字篇章，也才有艺术价值属于作者独有而传神流芳的作品。

这两卷《文学华阳典藏》的价值，希冀是典象藏隽。（典象藏隽，四字组合似乎生僻，但语意清晰易解，是我一时心动创意的成语。）我以为，一切可以永存的文学作品，是以时代的现实本质、自由真诚的精神品格和作家足够的智慧凸起出来的。作品的普遍和深刻意义是肯定和赞美人的尊严，承载着整整一代人所经历的痛苦、热爱和梦想的一切。作家诗人的写作不是独自的创造，是从惯见的平凡事物中，见到引人入胜的另一面。因此似乎可以认为，凡内心灵感激情滋生出摇曳生姿、荡气回肠的语言，都是烂漫的文学作品。

编辑完满《文学华阳典藏》小说/散文卷、诗歌卷，我吐出一口长气，如释重负。合卷沉思，内心特别感谢每一位付出心血和智慧的作家诗人，留下了对历史承接、对生活引领、在字里行间有文化清风掠过而自现风采的华章。让我不禁欣然，触摸到沧桑背景里流逝的光辉。

感谢华阳文联和华阳作协初心神旷，以成都天府华阳文学作品陶然起步，创造了这份文化见证，特别提醒文学的华阳砥砺前行，走向更为宽广的人文之境。可见可思，《文学华阳典藏》是架设起一道与外界文化交流的桥梁，以及带给华阳人一份欣赏、一份思念、一份情感、一份记忆、一份期盼、一份祝福。

当茶余饭后咀嚼《文学华阳典藏》书中的文字，所有的慧眼一定淡淡品味出一种心情、一种愉悦、一种陶冶、一种感悟、一种共鸣。此时，我们的作家、诗人和编者就有了一种追求美在远方的快乐。此时，我作为主编的心境很平静，很恬淡，因为完成了文学华阳起步这件文化实事。

2020 年 9 月于天府华阳

目 录
Contents

第一辑　虚构 / 描写

第二辑　语座 / 随笔

第三辑　非虚构/纪事

第四辑　虚构／说部

第五辑　非虚构／游览

第六辑　非虚构／写意

第七辑　意论／末篇

第一辑　虚构/描写

纸是软的，禁不住磨，几下就磨穿了。

——周云和

我来这儿是为着追寻一段陈旧的往事。追寻往事需要一种忧郁、萧瑟和感伤的氛围，眼前的红墙、荒草地刚好能为我营造出这样一种氛围。

——向思宇

那一缕青丝的赠与，所包含着的对心上人即便生离死别也会坚贞不渝的爱情。

——嫣然

在阳光下，腊黄的花朵如同琼玉雕就，特别莹润剔透。多么纯粹！多么高洁！高雅的幽香如丝如缕，阵阵袭来，让人迷醉。

——宋学镰

不要不好意思，一切都安排的那样周密，会有什么问题呢，不入虎穴，焉得虎子。

——山石

周云和，中国作协会员，中国报告文学学会会员，宜宾市作协主席，作品主要发《当代》《十月》《中国作家》《北京文学》《江南》《长城》《四川文学》等刊，有的被《小说选刊》《中华文学选刊》《作品与争鸣》等转载与中央人民广播电台播送，曾获十月文学特别奖、四川文学奖、四川省"五个一工程"奖。

锁

◎ 周云和

关子豪刚睡落觉，就被手机吵醒。任丹丹打来的：给我把底楼大门按开，我搞忘了带钥匙。咋个不带嘛，经常这样。你不晓得你老婆记性好忘性大吗？

数九天，寒气割人比刀子快。关子豪很无奈，起身拉过床头柜上的那一件藏青色额尔多斯羊绒衣搭在肩上，光着两腿去门厅墙上取下门铃电话，按下开门键问：打开没有？回应比荒郊野岭沉寂，线路又出故障了，只有下楼去开。他叭一声扣下电话，回到卧室，穿好羊绒衣和保暖裤，披了羽绒服，正要跨出门，戛然止住步，没有电梯，从顶楼到底楼，一个来回要十好几分钟，又冷，躲个懒，把钥匙给她摔下楼算了。返身进卧室从皮带扣上取了钥匙，掂了掂，很轻，摔下去是飘的；目标也小，不好找。他找了一张报纸，包了钥匙和果盘里一个橘子，趴在楼梯口转拐处的矮墙上，借着朦胧光影敞开嗓门喊道：看清楚，钥匙摔下来喽，报纸包着的。

听到楼下传来橐的一声响，关子豪松了一口气，抱着膀子踅转身，一溜小跑上床钻进被窝，好冷！刚躺下，手机又响了。任丹丹说：鬼给你追起来了吗？钥匙摔到哪里去了？关子豪想给任丹丹吼转去，忍了：我来找。

看来躲不到懒，重新穿了衣裳裤子下楼。任丹丹一手拿着报纸，一手拿着橘子，披肩发被风吹得水草飘摇，瓜兮兮地站在底楼大门口说：找不到。关子豪低头一看，到处麻麻渣渣的，跺了一脚，大门上方的声控灯受到惊吓，急忙睁开眼睛，可白内障，便叫任丹丹把手机给他，打开电筒模式，躬着脊背寻找起来。饿狗野狼般呜儿呜儿嚎叫着的刀子风，刮着纸屑败叶在地面上打着旋子，冬虫蛰伏在花台里叫声哆嗦有气无力。地面上没有。任丹丹说：是不是你摔时报纸散开落在树上挂起了？关子豪说：有可能。抬头望树，黑魆魆大怪物一样站在那里。任丹丹说：摇嘛，看摇得下来不？小叶榕海碗粗：你来摇嘛。爬上去找。只有你聪明，黑儿摸秋的，钥匙又小，爬上去咋个找嘛？绝望地把手机还给任丹丹：算喽，天亮来找。任丹丹伸手拴了他的胳膊，冰凉的身子向他贴来，打着筛壳子说：哎哟冷惨了。晓得冷就长点记性，出门记着带钥匙。不嘛，你就是我的钥匙。

关子豪是把家门和底楼大门两把钥匙串在一起的，下楼时特意把家门开着，风恶作剧，把门给他吹来关上了；推，丝纹不动。他给了门一拳头。幸好放了一把备用钥匙在丈母娘那里，丈母娘住在江南，十多公里远，只有打的去拿，便叫任丹丹给妈打一个电话，免得夜半三更敲门惊吓到她。

下到底楼，关子豪推开大门，正要返身关上，忽然想到没有大门钥匙，回来得叫任丹丹下楼来开，便在地上找了一张废纸，撕下小半张揉了一个纸团，挑起锁舌，从凹槽处推进去，卡在舌根下面，试了试，关不上，稍微放下心。打的拿回来钥匙，进大门伸手要把卡在锁舌下面的那个纸团抠出来，心里堵着气，略一迟疑，手又缩回来：等它卡着。

第二天，同单元里的几个人一路回家。沈会计走最后，反手关门：呃，咋个关不上呢？关子豪说：昨晚上我在锁舌下面卡了一坨纸，没有抠出来。我抠出来嘛。沈会计说：等它这样，进出还方便点。小谢说：一道烂门，经常按不开，根本用不着锁。那天我一个亲戚来，我把钥匙从楼上摔下去，手表戴得松，连同钥匙一起摔下去搭得稀烂。小田说：我们这个单元的人，都是普通职工，大家穿的在身上，吃的在肚皮头；不像有一些当官的，捞得有东西在家头搁起怕偷，我就是把家门一天到晚敞开都不害怕。关子豪没想到唐突之举，得到大家赞同，心里暖融融的，如同做下一件大好事。

纸是软的，禁不住磨，几下就磨穿了。关子豪路过大门时看见，干脆拣了一块木屑摁进去，坚实牢固多了。

中午卡的，下午出门，发现有人把木屑抠掉了。会是谁呢？关子豪又捡了一截树枝摁在锁舌下面。很快又被人抠掉了。是不是伍三森？他住底楼，安全系数相对较小；人又阴，在单位爱暗中对同事揎拳弄腿。不卡算了，半夜三更下楼开门的情景浮现在眼前，沈会计一行人的赞同之声在耳边响起，何况小区有门卫，过道有监控器，家里有防盗门，已经森严壁垒，固若金汤了，底楼大门不关不影响安全，还是卡上吧。纸团和木质的东西都不经事，关子豪一不做二不休，找来一颗铁钉，将锁舌卡死，即使伍三青要抠，也得掉两颗汗水。

这次管了大半年时间。大家 24 小时随进随出，如鱼在水如鸟在林，没听说谁家丢了一只鞋，哪户掉了一颗针，风调雨顺，相安无事。慢慢大家习惯了不带钥匙的日子，家里的门铃电话挂在墙上，成了聋子的耳朵摆设。小谢装修房子，干脆把门铃电话扯来摔了。

好景不长。这天关子豪回家，任丹丹拿出一把钥匙给他，叫他到街上去配两把回来。关子豪说啥子钥匙哟？任丹丹说：你们单位后勤科小张送来的，说要把底楼大门的锁换过。关子豪一听心头发了毛，立即跟单位办公室卢主任打去电话：小卢，听说单位要把底楼大门的锁换过，这很好。但只换大门锁，不把我们家头的门铃电话修好，家里按不开大门，来了客人，或者出门忘了带钥匙，得下楼去开门，像我又住在顶楼，麻烦得很。丑话说在前头，休怪我把锁敲烂。卢主任说：老领导，请你理解支持。前天市人大肖主任家里被盗，引起了市委、市政府领导高度重视，指示对市级机关职工住宅小区开展一次安全大检查，严查各种安全隐患。关子豪道：那我们不是都巴着肖主任享福了哟？卢主任说：话不能这样说。这样吧，我给后勤科沟通一下，请他们先把各家各户的门铃电话检修好，再换大门锁好不好？关子豪说：我说的就是这个意思。

第二天下午，关子豪去超市买盐巴味精，见底楼门锁已经换了，家里的门铃电话还是哑巴，一下火了：这个鸡巴卢主任，说一套，做一套。噌噌噌噌疾步上楼回家，拉开饭厅隔断抽屉，找了一颗水泥钉子和一把小锤子，橐橐橐橐跑下楼，把锁舌按起来，将钉子从凹槽敲进去卡死。

关子豪边敲钉子的时候边鼓励自己：单位要追究责任也不怕，我施礼在前，发兵在后。会不会操之过急，修锁的师傅忙不过来，底楼门锁换好了，明天再来检修各家各户的门铃电话？要是这样，我主动去把卡死的钉子抠出来。

第二天10点过，也没有师傅来家里检修门铃电话。关子豪寻思，一个单元14户，是不是还没有修拢我家？换鞋子下楼买菜时，注意看各家各户动静，每个楼层深夜坟场一样清静。他有点生气了：单位咋个能为了迎接检查，做表面文章，置职工们的生活方便而不顾呢？刚下完楼，手机响了，后勤科小张打来的，说赵局长找你。关子豪一头雾水：单位哪里有赵局长哦？小张说：市委接待办赵科长，提拔到我们单位来当副局长了，她要找你摆哈儿龙门阵。关子豪眼前一亮，一个女子款步走到他的眼前：高挑的个儿，姣好的身段，瓜子脸，柳叶眉，给人干净利落印象。关子豪熟悉她，一直半开玩笑半认真地喊她赵美女。莫非她要找我拜码头？就问：赵美女找我这种蔫苞老头儿做啥子哟？小张说：你资深老帅哥，美女不找你找哪个安？好久去，我好回赵局长的话？关子豪想，赵美女进步真快，几年不见，还有原来漂亮吗？回话道：好嘛，我去菜市场买点菜回来就去。她的办公室在哪里？小张说：6楼603。

去，赵美女正在弄微机。这间办公室跟他原来的办公室一层楼，一个朝向，一样大小。可原来他的办公室搁满书刊报纸，箱箱柜柜，像杂货店或者说废品回收店一样惨不忍睹。赵美女不愧在饭店搞过服务，办公室布置得简洁得体。特别能点燃目光的，是办公桌对面沙发当头那一盆白色碎花吊兰，花事蓬勃热烈。关子豪进屋眼睛一亮：吙，赵美女的办公室布置得不错嘛。赵美女浅浅笑笑：已经黄脸婆喽。指着沙发招呼关子豪坐，同时起身拿纸杯给他倒水：老朋友了，给你报个到，找你聊聊。关子豪有点受宠若惊：马虾过河，牵须（谦虚）嗦；有何指示，尽管说。咋敢指示哟，我分管单位后勤这一块工作，希望得到你的支持。今天请你来，主要是想听听你对后勤这块有些啥子建议？

关子豪喝了一口水，不客气地建议开去。

单位应该跟物业公司加强联系，一个职工宿舍，十天半月难得看见保洁员来打扫一次。那天不晓得哪个酒喝多了，吐在三楼楼梯上，臭气熏天，干成锅巴也不见保洁员来打扫。后勤科应该督促物业公司做好卫生打扫工作，不能光拿钱不做事。

赵美女手捧茶缸，面带微笑：好，我转达卢主任。

职工宿舍7层楼高，不像领导宿舍楼有电梯，我们全靠两脚一梯一梯地“自踮”。空手没啥子，要是提或背点重物上楼就很恼火，常常累得汗水长流腰酸腿痛。现在还走得动，今后老得走不动就更恼火了。市里出台了优惠政策，把旧楼安装电梯列入棚户区改造，单位应该牵头给职工宿舍楼安装电梯，资金除了财政补助，不足部分我们愿意出。

赵美女优雅地抿了一口茶：嗯，还有啥子建议？

职工宿舍底楼大门锁，这么多年来，一直没有很好地使用过，经常出问题，把大家害苦了。我估计电子系统老化，上过世纪90年代末期产品，很低端；又运行快20年了，故障不断，给住户带来极大的困扰，后勤科应该把门铃系统换了。

说这话时，关子豪瞄了赵美女一眼，恰好撞上赵美女向他瞄来的目光，心一热，撇开头，赵美女的话长矛一样刺过进耳洞：我今天找你来，就是想同你谈谈门锁的事。昨下午领导们正在开会，有人来反映，看见你拿小锤子去把才换的门锁敲烂了，领导们听了非常生气，安排我找你谈谈。

关子豪察觉被装进笆篓里了，脸色陡变：我们从搬进职工宿舍那一天起，家里的门铃电话就没有很好地使用过一次，半夜三更还要从顶楼跑到底楼去开门，受尽了磨难，领导们咋个不为自己的失职渎职生气呢？这个社会是不是一切看领导脸色行事，领导生气就不得了，群众生气就无所谓？我事先给卢主任反映过修门铃电话的事，他答应得好好的，结果说话不算话，真正该生气的是哪个？

赵美女仍然双手抱着茶缸，大指拇指肚在茶缸表面上交叉地摩挲着：有意见通过正常渠道反映是对的，但你把门锁敲烂就不对了，是破坏公共财产行为。又发生在市级机职工住宅小区安全大检查期间，影响极坏。你要抓紧找人把锁修好，不然出了问题谁也负不起责任。

关子豪弹簧一样从沙发上弹起来，冷笑着想质问她：你是“文化大革命”培养出来的？门锁敲烂，你去看过一眼没有，敲得有好烂？还破坏公共财产，影响极坏，你不要认为我晓得，有人为了升官发财，把私有财产拱手送当官的破坏，那才影响极坏你知道吗？但理智提醒他，与这个踌躇满志的女人争辩，是对自己智商的贬低和人格的侮辱，断然截住正要跨出嘴边的话：赵美女，你不要拿这一些大帽子来吓我，求你了，我胆子小，害怕。说最后两个字时，故意配了畏惧而身子发抖的夸张动作，说完扭头走了。

走出办公楼，关子豪给卢主任打去电话：你咋个说话不算话，只换大门锁迎检，不把各家各户的门铃电话修好呢？卢主任说：对不起老领导，这两天我事情多，忘了给后勤科说。你应该给我打一个电话提醒我一下的，你用锤子去把门锁敲烂，这个我就要批评你不对了。

关子豪一听哺一声笑了：哎哟卢大主任，几天不见，你都批评得来人了，真是士别三日当刮目相看，嗯不错不错进步快进步快。但是，卢大主任，我给你提个醒，你是不是动个步，亲自去视察一下门锁究竟敲没敲烂再发批评？

卢主任可能意识到用词失当，忙改口道：哎呀老领导，真的这两天事情多，你要原谅我。一哈儿我就给后勤科打电话，请他们务必抓紧给把你家的门铃电话修好。关子豪仍然没好气：谢谢卢大主任的大恩大德，今生今世，没齿不忘。

关子豪装了一肚子气往家里走，见伍三森牵着小孙女茜茜从底楼大门迎面走来，想拉下脸，拦住伍三森问：是不是你去领导那里打小报告，说我把门锁敲烂了？刚要开口，茜茜仰起红通通粉嘟嘟的小脸，稚声稚气地喊他关爷爷好。他心尖子一颤，不失长辈礼仪地回了一句茜茜好。伍三森对他点了个头，关子豪竟然像拔掉气门针的轮胎，嗞一声泄了气，收回质问的念头。是啊，只是怀疑，不是伍三森去说的，或者说了不存认，自讨没趣场面尴尬不说，也显得自己好没涵养。

回到家，任丹丹煮午饭了，见关子豪阴沉着脸，调侃道：哪个情妹妹惹你生气了？关子豪火气很冲：还不是你引起的。啥子我引起的哟？你出门记着带钥匙，能惹出这一摊子麻烦事吗？是，我错了，认错不该死噻？帮着择一下葱子。

关子豪从菜篮子里拿出大葱，刚择了两根，后勤科小张打来电话：关领导，你家里下午有人没得？关子豪想，卢主任这一次还落实得快，回答说有。小张说，我已经联系好了师傅，下午来修你敲烂的大门锁和你家里的门铃电话；但涉及到的修理费，应该你出。关子豪劈头问转去：赵局长、卢主任这样给你交代的吗？小张冷了冷说：领导们不清楚后勤科规定，这不属于正常修理范围，后勤科只帮忙联系。关子豪差一点妈一声给他骂过去，后勤科啥子规定连领导都不晓得，独立王国了？真他娘的不在位了，猫儿狗儿都敢爬到头上来拉屎，愤然掐断电话。

下午，修门铃电话的师傅来了，自称姓廖，个子矮墩墩的，样子四十多岁。他对关子豪说：我二叔你可能都认得到，当过市委副书记。关子豪问：廖老书记？廖师傅边检查着电话听筒边嗯了一声。关子豪心情不爽，视他与赵美女、卢主任为一丘之貉，不想搭理他；听尊敬的廖老书记是他的叔子，冷淡的态度里加了点温：我同你二叔很熟。那一年我跟他一路去北京跑关河水电站项目，他为了说得形象生动，背着一卷图纸，找领导时好拿出来汇报。走到天安门前，大风把图纸吹落了一张。他弯腰去拣，背上的图纸打倒栽葱全部滑落下来，吹得呜啦啦遍地疯跑。廖师傅说：我二叔是个实在人，哪像现在的领导，假打务虚的多。关子豪说：就是。他听廖师傅这样说，不由生出好感，给廖师傅泡来一杯茶。廖师傅望了一眼热气腾腾的茶杯说：不要客气。你家里这个门铃电话修不起了，主要是严重老化。我都几次给你们单位领导建议，把这个系统换了，他们不表态，我就不好再说得了。关子豪附和道：就是该换一套门锁系统的。廖师傅用螺丝刀下着螺丝说：你们单位领导说，涉及到你家里的维修费，该你出，比如换门铃电话的钱；户外维修费，如线路等，单位出。你现在这个电话完全不能用了，换一个新的要200多元，换不换？关子豪冷了冷：你专门跑一趟，换了再说。廖师傅说：好嘛。他见关子豪在看他换电话，声音一下小下来：你给我二叔好，我才告诉你，底楼大门的门锁我检查了，没有坏，不过你卡的那颗钉子卡得太死了，我要把锁取下来拆开才取得出来。你们单位领导说，坏没坏都要以坏了的名义把锁换了，钱单位出，但对外要说是你出的。关子豪追问道：赵女人说的？廖师傅淡淡一笑，没肯定也没否定，只说你晓得就是了。关子豪说：这个赵女人，还说她是绣花枕头，想不到还擅长权术。

廖师傅楼上楼下跑得汗水长流，总算把关子豪家里的门铃电话修好了，关子豪心里反而心生惆怅：修不好，我有理由找指斥批评的人说聊斋；修好了，就没有借口找他们说聊斋了。

打听单元别的人家修好没有，结果只检修了他一家的。关子豪哑然失笑：我是市委书记、市长，享受特别待遇了。难道一个单元只有我一家的门铃电话是坏的？明明大门处门锁控制面板上，细铜线几乎全断了啊？曾经动员他们去找领导反映，一个二个当缩头乌龟，让我当出头椽子，挨领导指斥批评，连小张这种工勤人员也敢拿气给我受。最气人的是一个单元的人，居然去打我的小报告。好嘛，现在得让你们吃吃楼上摔钥匙，半夜三更下楼开门的苦头；包括伍三森，虽然你离大门近，总要多走几步才打得开大门。关子豪咔嚓一声把心锁上，等着看人笑话。再进出大门，只要见开着的，他就毫不犹豫地拉来关上。

关子豪很快发现，有人学他，用物件把锁舌卡了起来。他见了，有气在胸口盘旋，伸手把卡住锁舌的物件抠出来扔掉，关上大门。有一次一块木屑卡得紧，他摸钥匙来撬，差点把钥匙撬断了。有人搬来一块大石头，把门挡来靠在墙壁上。显然这比锁舌卡起来更不安全，就弯下腰把石块搬来摔得几尺远。摔的时候没注意，手被石楞子划破，流了一滩血，怕得破伤风，去医院做了清洗消毒，注射了预防破伤风抗毒素，花了钱得了痛，任丹丹说他：何苦哟，门要开着就等它开着，原来不是人家关上你都要打开吗？关子豪很不高兴，赏了任丹丹一句粗话：你晓得个球。更铁下心来，不关好大门不遂心。

甚至还恶作剧，专程去广告公司制作了一张文图并茂的告示，贴在大门正中间：为了确保您家庭财产安全，请养成随手关门习惯！

就关出了事来。

那天晚上，关子豪散步回家，见大门锁舌又被人用硬纸壳卡起来了，二话不说伸手就抠。卡得紧，取下腰间钥匙，背心都躁烧了才挑出来。上楼回家洗了澡，任丹丹吃请去了还没回家，他便拿了遥控板边看电视边等。

在播放陈佩斯与朱时茂的小品《主角与配角》，关子豪虽说看过N次了，可陈佩斯幽默滑稽的表演，他都像第一次看到一样新鲜。电视上，陈佩斯说，我原来一直以为我这模样的人才能叛变，没想到啊没想到，你朱时茂这浓眉大眼的家伙已叛变革命了。关子豪开心地笑了起来。正笑得意气风发回肠荡气，突然一刀砍断笑声，张开的嘴死在那里一动不动。窗外传来救护车呜儿呜儿的鸣叫，由远及近，最后断在楼底下。啥子事？他走过去推开玻璃窗子探出头往楼下望去，晦暗驳杂的光影里，三个白大褂顶着呼呼的寒风，拿着医护器械朝底楼大门跑来。他一愣：哪个病了？不对，应该有人出事了才会这个劲仗。

为了弄个明白，关子豪撵下楼去，见伍三森家门口站了几个邻居，小田也在那里，就问他咋个一回事？小田说：王老师给孙女茜茜洗澡，开水倒进浴盆里，正拿瓢舀冷水调水温的时候，伍三森从外面回来，大门不晓得被哪个关上了，喊王老师去开。王老师放下瓢去开，茜茜不晓得是开水，梭进浴盆里，小肚皮以下半个身子全部烫脱皮了，我一看背心都麻了，啧啧好造孽哟。关子豪感觉有人兜头浇来一桶冰水，身子猛然痉挛起来。应该是自己散步回家把门关上惹的祸。愧疚一把攥紧他的心，准备进屋去看看茜茜伤情。刚起步，伍三森在医护人员指导下，抱着茜茜出来了。王老师拿着抱被，哭哭啼啼地跟在伍三森屁股后面，两口子惊风扯火地上了救护车。呜儿呜儿，救护车把茜茜接走了；同时接走的，是包括关子豪在内的邻居们为茜茜默默的祈祷和祝福。

救护车声音渐渐消失，邻居们惋惜着悲叹着陆续离去，关子豪仍然树桩一样站在黑蒙蒙的底楼大门口，环抱着双臂，瑟缩着身子，听凭寒风围着他追逐嬉戏打闹。任丹丹回来了，声控灯听见脚步声，慵懒地睁开白内障的眼睛给她照路，照见了站在那里的关子豪：你站在这里干啥子？关子豪猝然惊醒，正眼不看任丹丹一眼，仍旧抱着双臂，挪开两腿上楼回家。任丹丹跟在身后问：我刚才听小区门卫说，伍三森的孙女茜茜得开水烫了，说烫得很凶？关子豪没有搭白。进屋，仿佛力气耗尽，一屁股坍塌在沙发上。电视在播大兵和赵卫国的小品《热情服务》，他拿起遥控板，叭一声关掉电视，茜茜稚声稚气的关爷爷好的声音，从窗口飘了进来，直往他脑命心里钻去。

任丹丹把手包放在沙发上，脱着外套说：多乖多懂礼貌的一个孩子，3 岁了吧？半个身子严重烫伤，就算不会有生命危险，医好了都是半身僵疤，热天排不出汗，奇痒难受，生不如死。可以去大医院植皮，但价格昂贵，伍三森有那么多钱去植吗？唉，这么小点儿，今后长大咋个生活哟。

关子豪仍然一言不发，双手抱着脑壳，静静地坐在沙发上。

任丹丹把外套挂在衣架上，见客厅地面有一颗黑乎乎的东西，她从茶几上抽了一张餐巾纸，把它捡起来，丢进垃圾桶里：听说是你把门拉来关拢引起的，伍三森会不会找你的麻烦？

关子豪猝然站起身，盯着任丹丹，暴怒地吼道：你不说话，会把你当哑巴卖了？扭头去饭厅，打开隔断抽屉，拿了一颗水泥钉，一把小锤子，拉开家门，足音震耳地朝楼下走去……

鄢然，实名：鄢玉兰。中国作协会员、中国戏剧学会会员。一级文学创作。在《中国作家》《北京文学》《钟山》《红岩》《中国戏剧》《剧本》等发表小说、散文、剧本、评论。出版长篇小说《昨天的太阳是月亮》《Baby，就是想要》《角色无界》《残龙笔记》、中短篇小说《灵魂出窍》、戏剧文集《左右开弓》、散文评论集《半是藏雪，半是川土》等。作品获成都市政府金芙蓉奖、巴金文学院优秀奖、四川散文奖、巴蜀文艺奖，全国戏剧大型剧本金奖等。

感　染

◎ 鄢　然

倩倩坐在电视前看疫情。还有手机。朋友圈里，各个群里，铺天盖地，都是有关新冠状病毒引发的各种消息。

一个视频里，昔日繁华的武汉城市，难见车辆与人影，空旷得令人可怕，就像一部美国片里的死城场景，让人窒息。她有些眩晕，正是在这种眩晕中，感觉自己走在了大街上。

大街上人来人往，白色黑色黄色各色人种，还有那些高楼大厦和醒目的英文招牌，都让她心悸。虽然，这不是她第一次走在这座世界上最有名的赌城的繁华大街上。五年前，当她和大卫李结婚时，他们的蜜月，就是在拉斯维加斯度过的。现在，身边没了他，蓦然发现，这座曾让她充满幸福的城市于她是多么的陌生。

那天，在蓉城的锦江剧场，他看了她演出的折子戏《打神》，就失魂落魄地爱上了她，缠住不放，还找人请她吃饭，席间，谈的都是《打神》。大卫李说，我就喜欢倩倩饰演的焦桂英，把那悲怨怒愤的情感，拿捏得恰到好处，真可谓多一分则太过，少一分则不足。迷死我了。朋友笑曰，人家宋玉所言的增之一分则太肥、减之一分则太瘦，针对的可是美女本身，你怎么转移到美女的演技上了。难道倩倩迷死你的，是演技？大卫李不好意思笑笑，哪里哪里，在我看来，倩倩的容貌，是施之粉则太白，施之朱则太赤啊。朋友说，那么迷死你的，是倩倩本人了。大卫李毫不掩饰地答，二者皆有呢。

他们闪电般地结了婚。婚礼是中式的，传统又隆重，在蓉城会展中心的五星级饭店举行，因了她的关系，还来了几个在全国戏曲界有头有面的名家登台助兴。最令人动容的，她像中国戏曲中的花旦那般，众目睽睽前剪下了一缕青丝送给意中人。

现在想来，那一缕青丝的表达，是否成为一种绝唱的谶言了？她吃的是川戏这碗饭，行当是旦角，花旦青衣旦摇旦刀马旦什么的，都扮过。当然不可能不知道，中国传统的戏曲里，那一缕青丝的赠与，所包含着的对心上人即便生离死别也会坚贞不渝的爱情。是的，她就是要告诉众人他俩几近小青年的闪婚，并非儿戏，是她不惑之年才众里寻他千百度得来的真爱。只是，她忽略了其中的生死离别。这青丝竟真的成为她失去他的不祥之物了。生命的最后时刻，他依然紧握着装有她青丝的小银盒，直到痛苦的目光最后暗淡在失神的空洞中。

他死不瞑目。

他一直有个心愿，要为爱妻在北京国家大剧院办一个个人表演专场，请来中国戏曲界最有名的角儿，还有记者和观众，观看她的旦角艺术，也是对她从艺快 30 年的一个总结吧。却因资金的问题而迟迟未遂。

虽然，他安排好了身后事，对她作为他妻子在美国应得的遗产，也就是他买的那份保险和房产的继承权，都留给了她，但他知道前妻不会善罢甘休的，事情没那么简单。

除了死去的丈夫，倩倩在美国没有亲人，也没朋友，如今走在拉城的大街上，面对即将要打的官司，两眼一抹黑。只能按大卫李生前的吩咐去找罗伯特，罗伯特是他朋友，也是一个华人，那份保单，就是他过手卖给大卫李的。他们约好了在一家咖啡馆见面。

罗伯特出现时，比约定的时间晚了近半小时，他向她道歉，说临时有事耽搁了。倩倩见过他两次，第一次是五年前在拉城，第二次是两年前在蓉城。一句话，他们并不熟稔。总的印象，他是快人快语的，讲起话来，头头是道。她想这是职业所致了。卖保险的，不能说会道，行吗？但这一次，当她谈起那份保险时，他却面带难色，有些支吾了。

罗伯特说，那个保单，是他经手的不假，但当初办理时，这份价值50万美元的人身保险，是大卫李和他前妻共同投保的，受益人写的是他们女儿的名字，现在他前妻要求保险公司赔付于她女儿，是合情合理的，她的起诉，在他看来是没问题的。

可是——倩倩说，大卫李告诉她，虽然是共同投保，但其实，无论离婚前还是离婚后，都是他在付保费。他们结婚后，他又将受益人改成了她的名字，作为送给她的一份礼物，因为女儿已长大成人，有自食其力的能力了。倩倩对罗伯特说，改成她的名字，是他瞒住她进行的，要不是大卫李在去世前说了这事，她压根就不知他买了这份保险，现在他前妻对此提起诉讼，她该怎样维护自己的权利？

罗伯特有些语焉不详，更名的事，他不太清楚啊。倩倩道，经办人是你，你怎么不知道呢？罗伯特说他只是卖了这份保险给大卫李，更改受益人，大卫李并没告诉他，一定是他直接去保险公司办理的，所以，他对倩倩的求助，爱莫能助了。

可是，据我所知，离婚九年后的保单才有法律效益，而大卫李与前妻离婚后继续对这份保单投保已十多年了。倩倩说，更改受益人后的交款凭据，是呈送法庭的重要物证啊。罗伯特却说，他早已离开纽约那家保险公司了，保险公司不会让一个外人打探客户的秘密的。

那就是说，对于大卫李前妻的起诉，如果我拿不出凭证，我的权利会被她夺去，法庭会判她胜诉，我就得不到保险公司赔付的那50万美元了？倩倩直视着罗伯特有些回避的眼睛，恳求道，你是大卫李的朋友，大卫李去世前让我来拉斯维加斯找你，他相信你会帮助我。我真的没有胜诉的可能了？

罗伯特沉吟道，其实……你可以，去保险公司找凭据啊。作为……作为那份保单的受益者，如果、如果大卫李真的改成了你的名字，保险公司是没理由拒绝你查问的。倩倩说，正是保险公司打来了电话，告知她有人对这份保单的受益人提出了疑议，说是别人投的保，而且起诉了，因此保险公司不能支付她这笔赔偿费。电话里，有人给她做了翻译。说美国是法治国家，一定会保护公民的权益的。如果要证明她是这份保单的合法受益人，她必须拿出投保的证据。

何为证据？她问罗伯特。

罗伯特看着她：不就是你刚才说的交款凭据嘛。难道，大卫李没有给你这些收据？

倩倩摇摇头。

罗伯特耸耸肩，双手一摊，那意思再明白不过了。

那么，我是输定了？

罗伯特不接她的话头，突然抛出一句：恕我直言，那笔钱，对你很重要吗？倩倩诧异地面对着罗伯特，不解其意。罗伯特说，听说大卫李将他在拉斯维加斯的房子留给了你，如果再加上这笔人生保险费，你不觉得，他对他的前妻和女儿，做得太过分了吗？毕竟，你们结婚不过五年吧。

倩倩有些回不过神来。分辩道，你这话是什么意思？这是两码事啊，作为他的朋友，你可能比我更清楚他们离婚时的情况。大卫李不是几乎净身出户，将他和前妻合伙开的公司留给了她吗？还有他们在纽约的房产。他在拉城的房子，是他后来来到这里做生意买的呀。现在还要还贷款呢。我是他妻子，他不留给我，给谁呢？可你知道吗，来拉斯维加斯前，他前妻打来电话，说如果我要争夺那笔保险费，她就要让她的女儿争夺她父亲在拉城的房产。我很生气，在电话里对她说可以呀，我们还有20多万美元的贷款要还，你去还了，这房子我就分你一半。倩倩越说越激动：至于他女儿，大卫李病危时，我给她打过电话，说阿姨给你买机票，请求她从美国来蓉城看她父亲一眼，可她没答应，直到大卫李落气，她也没来。现在你知道了吧，大卫李为什么会这样做了。

罗伯特却有些冷漠地说，如果你想打赢这场官司，就必须找到大卫李与前妻离婚后他独自交纳的那些保费收据。

有人敲门，倩倩从与罗伯特的交谈中回到现实里。

谁呀？她隔门而问。来人说是社区的，问最近她有无武汉接触史。倩倩起身至门前，刚要开门，想起电视上专家反复告诫的要大家戴上口罩，忙道：等等，我戴上口罩再开门。开门后，见来人也像她一样用口罩遮住面部，做好了防护。来人问了她最近的活动轨迹，家里有多少人居住，倩倩答只有她一人。来人不相信似的，站在门口倾斜着身子朝里望了望，最后让她在调查表上签上自己的名字。

关上门，倩倩复坐在沙发上，满脑子的孤独与惆怅，还有恐惧。来人的问话，更勾起她一人在拉城无所适从的回忆。那个没了大卫李后清冷的家，是这会儿的她从脑子里怎么也无法挥去的。

无所适从。

打量着拉城这座冷清清的屋子，倩倩一时无从下手。她很后悔没有在丈夫神志清醒时问一问，那些单据放在了哪里。可是，当他告诉她那份保险时，她哪里想得到半路杀出个程咬金，如今她得找到单据才能一搏啊。这座冷清的房子，五年前可是她蜜月的婚房，如今却物是人非了，剩下她孤零零面对着一种熟悉中的陌生，陌生得她不知所措。卧室里，看着他们的结婚照，她流泪了，先是悄无声息的落泪，后来变成低声抽泣，再后来几乎号啕痛哭了。她哭自己的不幸，老天为何这样捉弄她，让她一生等来的爱情和婚姻如此短暂，丈夫留给她的财产如此大费周折，哭够了，才想到只能自己靠自己，来找那些保单了。

从何寻找呢？

浏览了一遍屋内，搜寻着，包括衣柜抽屉，一无所获，只有书房里那张大书桌上堆满了各种不同的信封，让她隐约感觉有些用处。信封上有的写着英文和中文，抽出一看，有合同和私人信件什么的，凡是方块字的，难不倒她，均与她要找的保险单据无关。而面对那些全英文的信封，就一头雾水了。毫无办法，只好无奈地离开书房，去到地下室查看。

地下室其实就是杂物储存间了，堆着杂七杂八的东西，一股浓浓的霉臭味，熏得她难受。她强忍着，看到一面墙壁，高高的架子上放着一只大皮箱，寻思皮箱里一定装着她要找的那些单据了，这么重要的收据，大卫李一定会把它们放在最隐秘的地方保存好的，这或许是他在弥留之际没有告诉她它们在何处的原因吧，因为他相信她能看到这只箱子，找到那些收据的。

环顾四周，想找到梯子，但地下屋除了几张木凳，并没有可以让她能够轻易拿到皮箱的梯子。只好拿了一只木凳来到高架下，站到木凳上，才发现自己的手倒是能够到皮箱，自己的头却离皮箱差一大截。

试着用双手去拿皮箱，皮箱很重，根本搬不动。

我就不信这个邪！倩倩脾气上来了，就像她在舞台上饰演过的刀马旦穆桂英一般，使出浑身解数，仿若挥动着手中的绣鸾刀，要把那与她对峙的杨宗保擒下马来。而那皮箱变的杨宗保，也不是吃素的，几个回合下来，依然稳在马上。倩倩有些气急败坏了，喘着粗气，额头上冒出了汗珠，但刀马旦肢体上残酷的体能武练，练就了她心理上的强大。尤其那穆桂英挂帅的巾帼气概，更让她信心倍增。这一次，她双脚如气功师般定在木凳上，高举双手，抓住皮箱，深吸一口气，用足力气将那不肯就范的杨宗保举了起来，“嗨”地一声举过头，然后吐气，斜着身子，松弛双臂把它缓缓移入怀中，再运气一跳，皮箱在她双脚落地之后，瞬间被放到了地上。

她很庆幸她的武旦功夫这时候排上了用场。不过也很失落，大卫李看到的只是她饰演青衣的一面。哀怨的青衣焦桂英让他爱上了她，却不知她也有着刀马旦的豪迈英气。要是大卫李还活着，要是她的个人专场顺利举办，他就不会看不到她在舞台上的各种旦角表演了。

打开皮箱，才知它为何那么重，最上面是一对沉重的哑铃和一把手枪，它们的下面是一些书籍。她取出哑铃和手枪，有些奇怪，当然知道美国是允许个人持枪的国家，却不解大卫李为何要将这对哑铃与手枪放入皮箱里。还有这些书籍，怎么不摆放在它们应该待着的书柜上。一本本翻看，发现扉页上都写着字，文字表明这些书不是大卫李送给他前妻的，就是他前妻送给他的。日期都是 20 多年前的，那应该是他们热恋时的产物。书挪开后，终于在皮箱底部看到了一个信封，她欣喜若狂，迫不及待地打开它，顺手摸出一张，一看，并不是她以为的单据，而是一个女人与男人的亲密合影。一张张取出，全是这女人与那男人成双出镜的场面，这些照片，应该是偷拍的，就像一些电影里那种偷拍的画面一样，要张显的是一对偷情男女的出轨证据。甚至还有一张不雅照。

倩倩从未见过大卫李的前妻，大卫李也很少提到她，在他们结婚前，她倒是问过他为何离婚，大卫李用一句合不来就搪塞了过去，现在凭着本能，她肯定这艳照门才是大卫李与前妻离婚的真正原因。看着它们，她一阵心酸，想象着大卫李面对它们时心如刀扎的情景，一个被爱人戴上绿帽的汉子，得用多大的毅力，才能够控制住自己没有用这哑铃和枪结果这对偷情者，而是用净身出户的隐忍方式选择了离开啊。她相信这些照片不是大卫李所拍，是他察觉到妻子不忠后请私人侦探所得。她也相信大卫李曾反复思索如何雪耻，要是她，这时候她的穆桂英脾性占了上风，她想她若是大卫李，一定会先用这哑铃砸烂那男人的狗头，再用这把枪射杀红杏出墙的她。但随之理性占了上风，她摇摇头，还是不解恨，又把自己变成了焦桂英，有了焦桂英悲愤后的冲动，对自己说，她要像被王魁抛弃的焦桂英一样大胆打神来发泄心中的怨愤！这个神，不是戏台上庙堂里的海神爷，不是焦桂英得到王魁一纸休书后求海神爷主持公道的泥菩萨，而是美国那家保险公司和大卫李的前妻。她一定要找到那些单据来为丈夫雪耻的。从现在起，她不是为了自己，而是为了大卫李，来争夺那些财产了。

虽然箱子里没有她想要的单据，现在面对这些意外之物，她便信心满满和淡定了。淡定，让她不再无所适从，头脑无绪了。

回到书房，倩倩直奔书桌，查看那些英文信封，发现有十几个信封是相同的，连封皮上的英文字母都一样。直觉告诉她，有戏。她抽出一封，自然看不懂，再抽一封比较，找到了能看懂的阿拉伯数字，其中美元的数字是相同的，不同的是年份和日期，2015. 6. 19，2018. 6. 15。她坚信这就是她要找的单据了。把那十几封信拿出来一看，果然，都是如此。为了证明她的感觉是对的，她使用手机上的APP 翻译软件对准那些在她看来是张牙舞爪的蝌蚪们拍照，得出的中文正是她想要的“投保收单”。她欣喜若狂，在心底里感谢着圣灵的指引，和丈夫的贴心。原来，他把它们就放在最显眼的地方啊。

倩倩的肚子咕咕叫唤起来，打开冰箱，里面空空的，连方便面也没了。她把自己从头到脚全副武装，套上一件风衣当隔离服，头部除了口罩还戴上了帽子，双手戴了手套，换掉棉拖鞋，直奔超市。她想，这样的装扮虽有些夸张，但抵御正在四处肆虐的新冠状病毒，还是有作用的。

街道上行人稀少，正如医疗专家叮嘱的那样，大都宅在家里躲病毒。这是防范B类隐形感染者最有效的办法了。她没想到，以前看过的生化危机电影，几乎变成现实在华夏大地上演。当然，感染者们不会变成人咬人的僵尸，感染的起因，也不是生化药品的泄漏，而是人类的贪婪，大食野生动物惹的祸，让愤怒的蝙蝠最后以牙还牙。

超市里虽也人不多，货物却十分充足，价格也一如往常，只是蔬菜比平时贵了些。

想到病毒还不知要肆虐多久，回家的路上，倩倩顺便到药店去，但口罩酒精消毒液甚至那些网传的可以抑止病毒的中成药，全都断货。

回到家中，倩倩把买的东西通通塞进冰箱，然后泡了碗方便面，端着它又坐到了沙发上。

电视上各新闻频道，播的都是各地战役情的情况。倩倩就看着这些新闻吃完了面，然后躺在沙发上，昏昏欲睡。

她是在迷离中回到拉城的。这个时候，她已找到了丈夫留下来的那些保险单据。

接下来，是找律师，想起罗伯特的态度，她不相信他会替她出力。或许他已被大卫李的前妻收买了呢。毕竟他们的交情交道早于她，还是靠自己吧。

客厅有一些黄页书，杂乱扔在沙发上。这些黄页书是中文版的，上面有许多广告，先前她并未在意它们。这会儿却又感动于丈夫的贴心了，坚信这是大卫李为她留下的备选方案。就是说，大卫李可能也意识到罗伯特会站在前妻那一边的。就从这些广告中找吧。她坐了下来，一页页翻阅着，看到一则广告上有个亚美律师事务所，律师叫张行义。行义二字让她心一动，她想这个律师既取此名，人品也一定不离其意吧。毫不犹豫按广告上的联络方式打去了电话，接听者是一个甜美的女声，先是英文，后来听出她不会英文便改用中文与她交谈了。为她预约了与律师见面的时间。

第二天，来到这家律师事务所，最先见到的是那个有着甜美声音的女孩，亚裔面孔，对她露出甜美的微笑，然后把她引入律师办公室，指着一个高大帅气、年龄 40 左右、有着欧美人面孔的男人对她说：这就是张律师。

她一愣，张律师却热情地伸出右手欢迎她。一口流利的中文更让她惊讶不已了。许是看到了她的疑惑，他告诉她他的中文是在台湾中文大学学的，然后单刀直入问她见他的原因。

倩倩坦陈了她的诉求，拿出她找到的投保单。

张律师一脸严肃，认真查看着这些收据，随后脸上有了笑容，对她说，这案子他接了，她就回家等消息吧。可是……她有些惊讶地看着他：等消息？他点点头，晃了晃手上的单据：美国是个讲证据的国家。那么……她还是有些不放心：您还需要别的证据吗？他将手中的单据放到办公桌上：如果需要，我会告诉您。

倩倩起身与他告别，收回她的右手时，尽量用不在意的声音配上不在意的表情说，那么费用呢？张律师便用一种俏皮的眼神和俏皮的声音回复她，就像美国是个讲证据的国家，我也是个讲信誉的人，放心，不会多收你的。

虽然如此，倩倩在拉城的家中，还是不踏实，白天坐立不安，夜里无法入睡，总是在焦虑中等待着，但她并没有等到开庭的那一天。一个星期后，张律师打来电话，说她不用上法庭了，大卫李的前妻撤诉了。随后，保险公司打来电话，说她是那笔保单的合法继承人。

倩倩用保险公司赔付给她的那 50 万美金付清拉城的房屋贷款后，还剩下 20 多万美金，这笔钱，足够她办个人专场了，她要完成丈夫的遗愿，在北京国家大剧院办一个像模像样的专场献给大卫李，拉城的那栋房子，她留着，不打算卖，因为它记录着她和大卫李的幸福时光，是她今生的一个念想。

她要在国家大剧院的个人专场上，在她精心准备好的闺门旦花旦刀马旦等一系列的旦角表演前，在众目睽睽下，让观众见证她点燃那个精美银盒里她的青丝献给她的丈夫，让大卫李在天国看到她的表演。

专场原定于2020年鼠年的春天举行，回国后，一切都在计划中，剧目也在排练中。但是立春还没来临，一场危机全国甚至令世界谈虎色变的新冠状病毒从中国的枢纽城市武汉一路漫延开来，中断了她的计划。

每天，倩倩唯一能做的，是待在家里面对电视和手机。

每天，确诊人数倒金字塔形上升。多国停止了飞往中国的航班。连帮她打赢官司的美国也撤侨了。微信微播里，充斥着各种真假难辨的消息。确切的，是白衣天使们冲在第一线的身影。先是武汉的白衣天使，然后是北京上海江苏四川等各省市的白衣天使，甚至西藏内蒙古新疆青海等各少数民族自治区的白衣天使，然后是解放军陆海空各兵种的白衣天使奔援武汉。一线口罩护目镜防护服等医疗用品告急。人民群众的防护用品告急。

一方有难八方支援。在确诊者人数上涨的同时，倩倩看到，各种援助之手也在上涨。各地还在休假的工人回到岗位加班加点。口罩源源不断运抵武汉。防护服源源不断运抵武汉。各种生活用品源源不断运抵武汉。

阿里巴巴捐款107140万元。腾讯捐款30000万元。百度捐款30000万元。字节跳动捐款20000万元……还有网球运动员李娜捐款300万……

倩倩的眼睛被这些数字激动着。

2020年2月7日，也就是这个新冠状病毒开启的潘多拉魔盒搞得国人甚至世界都惊慌失措的鼠年元宵节的前一天，继续宅在家中的倩倩还是先看电视直播的疫情报告，数字显示确诊者已上升至31223人；疑似者26369人。当她看手机的时候，爆棚朋友圈和各个群的，是一个白衣天使被病毒感染后离开人世的消息。是他最先煽动蝴蝶翅膀想警醒即将和已经沉浸在春节欢乐气氛中对病毒一无所知的人们。但是他和另外七名医生还未掀起的蝴蝶效应被人为掐断。人们称这位拉响警报却被渎职者训诫的白衣天使是英雄。称他是夜空中最闪亮的晨星，可贵的哨音，在黑夜中鸣笛的歌者。世卫组织发文悼念他，环球同声哭泣他。

天使在人间。

倩倩的眼睛湿润了，被白衣天使的牺牲精神震动着，在沙发上再也坐不下去，她的热血沸腾起来。她想，在全国人民齐心协力抗疫情的关键时刻，她必须做点什么。

她能做什么呢？她想，不是白衣天使的她，或许唯一能做的，是将她原本用来举办个人专场的钱，捐赠出去，比如，用它变成武汉和其他重灾区白衣天使们的医护用品，甚至一口饭。

倩倩拿了存折，戴上口罩，朝银行走去。她想，这是她给天国里的丈夫最好的表演了，做个不是天使的天使，而不是全能的女旦。

一稿完成于2020年2月8日，二稿修定于2020年2月22日

宋学镰，四川彭山人。七十年代初期在省刊发表诗，八十年代初期在省刊发表小说。在《人民文学》《诗刊》《星星》等发表诗千余首，中短篇小说近百篇。出版诗集三部、长篇传记二部、长篇小说四部。另有散文、报告文学等发表。作品入选多个选本。获四川文学奖、省委宣传部特别奖、东坡文艺贡献奖等文学奖。中国作协会员，省政协八、九届委员。

梅花三弄

◎ 宋学镰

过了渡船，沿着刚刚修整一新的红石台阶，一级一级往上攀登的时候，葛梅的情绪也随之高涨起来。她倏地转身，挡在于村面前，抬手一指说，你看，好开阔呵！

于村站了下来，顺她手指方向往身后望去。但见那只渡船，已掉头而去了。时值冬季，江水平缓，船工还是像先前一样，缓慢地划动木桨，发出有节奏的欸乃之声。

江是岷江，已是成都下游百里之地。江水顺着蜿蜒的山脉静静淌下，山色把江水映染成翡翠。水极清澈，在冬日阳光下，可见鱼游。江对岸是一望平野，林盘和房屋如棋盘上的棋子。他们的车停在渡口一块空坝里。红色的车点缀在绿野中，宛如一朵艳丽的花。

于村说，这才攀登几步，你就感觉开阔了，要是上到更高的地方，你还不知惊叹成什么样子哩！还是继续往上走吧，美景还有后头。

葛梅便又转身前行了，同时催促于村，走快点。

时间已近中午。今天是双休日的第一天。到这个几十里之外的地方来走走，也是葛梅将近十一点钟才说起的。早上有雾，太阳十点过才现身，却是一个极好的艳阳天，便让葛梅动起了去什么地方走一走的念头。

于村一个大男人，可在他的印象中，葛梅似乎从没把他看得与她性别有异，就好像他就是她女友中的一个，而且还是最好的女友。

葛梅一个电话，于村就去了。

于村原本是有安排的，想在楼顶晒着太阳看看书。他已经好久没这样享受过了。可是葛梅约他，他不好推辞。原因是葛梅把他当作知己，他也把葛梅当作知己。特别是这些日子，葛梅心中不愉快，或者说很烦恼，他就更不好推辞了。

葛梅自己有一辆红色的跑车。于村虽和她关系不一般，却很少坐她的车。葛梅的车和于村坐过的所有车都不同，那是一个十分温馨的所在。于村一坐进去，就立刻浸润在一种特别芬芳的氛围中。这芬芳并非仅仅来自葛梅身上，更多来自轿车本身。于村多次打量轿车内部，除了淡红色的绒坐垫外，就只有车后窗摆放的几件大小不等的布玩具：一只熊猫，一只狗狗，一个芭比娃娃。还有就是车前临窗悬挂的一只小白兔了。前车台上，并没有像一般轿车那样，贴放一小瓶香水。可葛梅的车就是比于村坐过的任何车都芬芳。反倒是那些贴放了一瓶香水的车，还多有异味。这是什么原因呢？很可能是这车常常就只有葛梅坐，天长日久，女人气息濡染所至。

葛梅车技娴熟，不逊于村。本来刚出车时，于村说他来开车，但葛梅坚持自己开。于村说，跑远路，我一个大男人，怎么能闲着让女人开车呢？葛梅说，我的车我自己开。于村就不好说啥了。葛梅生性好强，她的车，确实没见另外人开过。平常时候，葛梅就开着她的车，去她的美容院，或去城区另外的地方办事，或去市里跑业务，或去省城参加美容方面的聚会。她的美容院不算小，有八九个员工。美容院就以她的名字命名，叫“葛梅养颜”。“葛梅养颜”早已经成了城里的一块招牌，是女人们趋之若鹜的去处。当然也是男士止步的地方。即使关系密切的于村，也不知道美容院里头到底是什么样子。用葛梅的话说，之所以不让任何男性走进一步，就是要让任何女人在里面躺着，都有一种绝对安全和私密的感觉。

葛梅个子不高，属于娇小型人。但是精明，能干。她皮肤白皙，眼睛大，嘴唇小——所谓“樱桃小嘴”一类，因此算得上比较典型的东方小美人。尤其她一双手，又白又嫩，十指尖尖，开车时放在方向盘上，仿佛绣在上面的两朵并蒂莲。她从小爱美，长大后尤甚。爱美的葛梅选择美容为业，不单是为了工作，更是兴味使然。东方小美人濡染在美容养颜的操持之中，只会越来越美。

于村是葛梅的亲表兄。由于是表亲关系，二人从小接触就多。于村比葛梅大了将近五岁，他看着葛梅渐渐长大，越来越美，心中那种想去亲近她的感觉自是难免。可令他万万没有想到的是，当葛梅长大，到了谈婚论嫁的年龄，婚姻法经过修改，明确规定，像于村和葛梅这种近亲，不能通婚。于村失望透了，为此怅惘许久。虽然相处那么多年，于村从没向葛梅表白过。可葛梅作为女人，却已感觉出他的心思。其实葛梅对于村不同，她更多是一种哥儿们的感觉。因此在于村失落的那段时间，她主动亲近他，以各种不同的方式给他以心理上的慰藉，却从不涉及于村失落原因这个话题。于村的内心较快得到平复。缘于葛梅本有的庄重和常常言之有理的谈吐，于村对她越来越尊崇和敬重起来。渐渐的，二人便从最初的微妙关系，转变成了真正朋友间那种密切。于村后来从恋爱到结婚，事事都和葛梅商量；而葛梅的个人问题，也决不隐瞒于村。

于村很快结婚了。只因一时惑于那女子外表的漂亮。本来葛梅叫他再处一段时间的，他却按捺不住和那女子同居了。婚后他才觉得，妻子不怎么如他的意。是不是先有葛梅在他内心深处的原因呢？仔细一想，又不是。后来终于明白，是妻子内里太差。仅举一例，就足以说明。于村在政府机关工作，由于他不喜欢趋附逢迎，就不可能像其他人一样得到提拔。干了多年，还是一般办事员。妻子见他的同事都当官了，就开始对他出怨言。所谓“夫荣妻贵”，妻子总觉得在众人面前抬不起头。于村却向妻子表明，他想堂堂正正做人，即使不被提拔也是心安理得的。无奈的妻子便对他嘲讽加奚落。而于村的这种为人准则，却一直得到葛梅的认可甚至赞赏。这样一来，他越加不能和妻子交心了。能交心的，还是葛梅。

可天下事偏就那么不遂人愿，在于村心目中是如此理想的葛梅，在婚姻上却是大不如意的。她当然不属于“红颜命薄”，因为她选择的美容业已是蒸蒸日上。只是在婚姻上不如意罢了。在众人心目中，以葛梅的条件，要择一上乘夫婿，应是轻而易举。葛梅却从不百般挑剔。别人给她介绍第一个，就成了。这人叫徐卫红，按说人还是不错的。在电力公司工作，工资也不低。葛梅能挣钱，倒不在乎他的工资，却是首先认可了他来自农村，给人以十分诚实的印象。但徐卫红的诚实并不长久，从葛梅生孩子起，他就开始在外面拈花惹草……葛梅知道后，自然十分生气。但理智的她一不吵，二不闹，只提出和他离婚。可是每当葛梅提离婚，徐卫红就诅咒发誓要痛改前非，甚至痛哭流涕。葛梅又不想走起诉的路，她不愿意在这事上闹得满城风雨。于是一直拖着。名义上她们是夫妻，实际上葛梅早把他划出了疆界之外。她按自己的方式生活，只等待适当的时机，与他和平分手……

起初于村也想法安慰葛梅，可是每当于村一说这事，葛梅就阻止他，叫他别说这些不愉快的事，大家在一起还是高兴些。这就是好强的葛梅。于村当然不好再说什么了。但她内心的苦，他完全知道。所以，只要葛梅相约，于村总是尽可能如约。都知道她们是亲表兄妹关系，无论是谁，也不会因他们在一起而心生怪意。

最近，葛梅在婚姻烦恼之外，又遇上一件让她更不愉快的事。这是她业务上的。她去成都参加美容业内人士聚会，在一个业内朋友的怂恿和帮助下，在本地独家代理了外地一个美容公司的产品业务。因是朋友介绍，她就相信了产品的奇特功效。结果当她把大部分流动资金达六万元打过去以后，对方寄过来的东西一当使用，却并没有广告上的效果。她仔细分辩，这种东西很像“葛梅养颜”早已淘汰不用了的一种产品，只是包装不同而已。她大呼上当，即刻把余下的货返回去，要退出加盟。可是对方不同意，声称她汇过去的钱，除了她那位朋友的提成之外，全都交给生产厂家了。她这才恍然大悟，是她的朋友和对方合谋骗了她。她给朋友打过一次电话，朋友关机。她也就再不打了。她很痛苦，她居然受了如此欺骗……

于村知道了这事，主动找葛梅，说是要以涉嫌欺诈代她起诉对方。一直处于激忿中的葛梅，见于村要代她起诉，反倒有些冷静起来。她慢慢分析说，这事不怎么好办，一是人家也是正规产品，二是一切都是按合同操作。至于成都那位朋友提成的事，说到底也是不违法的。她劝于村，还是算了……

于村说，可你拿这些东西又怎么办呢？不要说赚钱，至少不能亏本吧！

葛梅说，要想不亏，就只有在做美容时掺和着使用，同时混合着卖一些给用户。

葛梅也曾想过，这种美容品不是歪货，只是效果不大好，若是给个说法，掺和着使用同时搭着卖出去，一般人是不好分辩的。以“葛梅养颜”特高的信誉度，这样做也是不成问题的。只是，她内心有点过意不去。

于村却怂恿她说，这也是没有办法的办法。你不过是把你的损失收回来一点罢了，并不继续这样做……

葛梅无语，勉强点了点头。

大约就从这一天起，葛梅的心情开始平复下来。恰好今天天气特别，许久不见的太阳露了脸，情绪有所好转的葛梅便有了外出走走的欲望。

于村来了，葛梅才征求意见，去哪？

于村见她情绪确实好多了，就说，干脆去中岩寺吧。

此去中岩寺几十里路，路况也好，像葛梅这样的跑车，一会儿就到了。何况中岩寺他们都好久没去过了。曾经去过一次，也仅在山脚至半山的地方玩玩，根本没有上到山顶。山顶上有一座小庙，虽在海拔不高的地方，却总是给人缥缈神奇的感觉。但苦于当时时间不够，山又陡，便没有上去。应该说今天时间允许，天气又好，正好去遂了此愿。

这时他们已经离开河岸，走上了景区大道。这条道比前一次来时加宽了许多，行车，步行，都通畅无阻。只是要把车开到这里来，就不必过江，而是从另一个地方绕道。他们之所以选择车停对岸，渡船过江，全是为了追求一种感觉。

忽然，于村停了下来，对葛梅说，我们就不走正道上山，绕到这座山侧面去，走小路。

葛梅问，还有另一条路么？

于村说，一个朋友说过，这座山侧面就是一道又深又长的山湾，生态特别好，风景更优美，而且少有行人，十分清静……

葛梅当即表示赞成，说你快带路，我们就走山湾去吧。

二人便离开了景区的水泥大道，插上了一条土路。土路逆江水流向，往北延伸。路不宽，但尚能并行二人。大约行进二十来分钟，景区正面的大道和建筑物，便都隐去了踪影。原来土路是依山而转，他们已经转了足足45度，就完全避开了正面的景区。与此同时，他们看见了山湾的入口，就在前面不远。

二人加快足步。当他们站在山湾入口处时，便已经看不见逆流的江水了，只能望见远处的平野，在阳光下闪烁。

山湾呈喇叭状，入口处十分宽敞，越往里头越窄小。大约在一公里远的地方，开始往南弯折进去了。

这果然是个清静的所在，四顾无人，只有两边山坡上的树林和山湾里高低不等的田块，田块里生长着油菜和胡豆苗。油菜和胡豆苗都正起花蕾，而山林旁边的野黄菊却完全开了，阳光下黄灿灿的一片又一片。在山湾入口处时，尚能感受到阵阵江风的吹拂，虽然艳阳高照，仍感觉水风冷意。进得山湾里头，却是风平树静，只有太阳暖暖地照着，花也无拘无束地开着，恍然之间，仿佛走进了一座硕大无朋而温度适宜的人工花房……

葛梅不断叫好，说这里真是世外桃源呵。

能让葛梅高兴，于村很是愉快。他说，看来朋友没有骗我。要说风景，像这样没被游人染指的地方，才是最好的风景。它好就好在原汁原味的自然形态。

山湾里的路比外面更窄，他们只能一前一后地走，有时停下来并立着，议论几句。

这时于村掏出手机来看时间，惊道，都十二点过了，我们到哪里吃饭呢？

葛梅说，我一点也不觉得，就这么迟了，肚子也没感到饿。

于村说，我就有点饿了，还得吃东西才行……唉，真的大意了，来之前应该买点面包饼干之类的干粮和水。

葛梅说，现在后悔都迟了，还是忍一忍吧，一会儿看见有人家户，就去搭一顿伙算了。

也只有这个办法了。于村说，那我们再往里头走走，看看有没有人家。

走进山湾深处，在往南弯折的地方，终于发现一户人家，坐落在山湾右侧的山坡丛林里。由于丛林遮挡，只能隐约看见青灰色的瓦顶和从缝隙中斑驳破露的白壁。此时正有一道炊烟从房顶冉冉飘出。于村顿时就闻到了柴草的清香和瓦釜的气息，幽幽微微飘来，好让人沉醉。

葛梅高兴地说，我们就去这户人家吧。

于是，二人斜插进一条往山坡上去的小路。

上得坡去，就是野菊花丛。野菊花儿小朵，星星点点，但从簇密聚，使劲地开着。许是阳光的作用，浓郁的花香纷纷泛起，一阵阵扑进鼻孔，直透心肺。

汪汪汪，忽然传来狗叫声。葛梅一惊，本能地往后退缩。幸好是一只半大的黑犬，正从屋檐下边的柴草堆里站起来，向他们呜叫示威。与此同时，房主人出来了。是一位老妪，七十余岁。但身板硬朗，步子稳健。她一边喝止黑犬，一边向他们迎来。黑犬很听话，一听主人呵斥，就不叫了，依还退过去，蜷缩在柴草里了。老妪满脸堆笑，好像于村和葛梅是她家亲戚似的。于村走上前去，喊了一声婆婆，然后说明来意。

老妪说，大老远地来到我们这里，就是稀客呵，饭都好了，将就吃吧。只是……没有什么菜，煮的南瓜……

葛梅立刻说，我最喜欢吃南瓜了！

于村附和说，我也喜欢。

老妪这一下高兴起来，说，快请进屋，我马上摆桌子吃饭。

二人跟在老妪后面，进了旁边一道小门。里面恰好就是灶房。这里是房子的转角处，较为宽大，乡下人都把房屋转角的地方当灶房使用。

从外面进到里屋，自然显得暗一些。但嗅觉却是特别灵敏，二人都闻到了南瓜香甜的气味。

葛梅说，好香呵！

灶孔里面的火还在幽幽地燃着，但是老妪说，已经煮好了。于是张开双手抱起锅中的蒸饭的甑子来，放在灶头较宽的地方，顿时就听见锅里咕咕嘟嘟沸腾的声音。

于村又是一喜，说，我好多年没吃过甑子蒸饭了，甑子饭特别好吃。

老妪说，蒸甑子饭才有米汤煮南瓜，这比城里水煮的南瓜好吃得多哟。

老妪舀起一盆金黄色的南瓜来，端到桌上放了，又拿碗给二人盛了饭。

一看见如此诱人的南瓜，二人就馋了，有点迫不及待地坐上桌子。刚要动筷，葛梅又停止了，说，婆婆，你快来吃嘛！还有你家里的人呢？

老妪说，你们先吃，家里人在给油菜子追肥，有一块油菜栽得迟，要用肥料催一催。那地方有点远，还要等一会儿才能回来。

于村说，这么迟了，他们也应该吃饭了。

老妪说，我们的早饭迟，都是早晨去做了一会儿才回来吃的早饭，那阵都半晌午了。

葛梅便说，婆婆，你来吃嘛！

老妪说，我要等孙子放学回来一起吃。你们快些吃，不要等了，别误了你们上山。

二人只得吃起来。南瓜又甜又粉，太好吃了，二人都顾不得说话。吃一阵之后，才和老妪攀谈起来。这才弄清，老妪有儿有媳有孙子，还有一个小女儿。小女儿去年才出嫁。现在家里就四口人。

于村和葛梅都只吃了一小碗饭，南瓜却吃得不少，桌上一大盆南瓜去了一多半。老妪要他们再吃。葛梅说，肚子装不下了，要是能装，我一定把这盆南瓜都吃完。老妪说，吃呀，锅里还有那么多。

二人放下饭碗，才发现地坝角上临近竹笼的地方，有一树腊梅。葛梅顿时兴奋起来，立刻跑了过去。于村跟在后面。但见腊梅正在开放，有的已经展开，有的含苞欲放。在阳光下，蜡黄的花朵如同琼玉雕就，特别莹润剔透。多么纯粹！多么高洁！高雅的幽香如丝如缕，阵阵袭来，让人迷醉。黄黄亮亮的花，素洁尊贵的花，与青枝绿叶的竹丛站在一起，在冬日的寒冷中傲然挺立，在此刻的阳光下，尤其显得从容和高贵。

葛梅很是惊讶，城里的腊梅都还未开，这一树腊梅就开成了这样……

于村说，也许城里人气太重，对它的开放也是一种障碍吧。只有这样的地方，它才能循着自己的心性，想开就开了。

葛梅重复道，循着心性，想开就开，说得真好。看来像腊梅这样高洁的东西，只适合长在这样的地方吧……

要不是想着攀上山顶还有一段路，葛梅还不知要在这树腊梅前徘徊多久。她从来就喜欢腊梅，每当腊梅开放的季节，都要从花店里买一束回去插在花瓶里。而且每隔几天就要换一束。她名字的这个“梅”字，是小学快读完时她自主更换的。家里原给她改的葛兰，她坚持要改成葛梅。

二人转过身来，见老妪站在阶沿上笑嘻嘻地看着他们，好像这树梅花得到这两个城里人的赞赏，就是她莫大的荣耀。

葛梅喊了一声婆婆，说我们还要上到山顶去，这就告辞了。

一边说，一边从随身的挎包内取出一张五十元的人民币来，塞给老妪，说是饭钱。

老妪一迭连声地说，饭不要钱，饭不要钱。

可葛梅坚持要给，于村也在一旁劝她，说我们随便在哪家吃了饭都是要付钱的，你可一定要收，不能破了我们的规矩。

老妪拗不过她们，便又说，就是收，也要不了么多，收几元钱也就够意思了。

葛梅说，肯定不能才几元钱……

忽然，她看见阶沿上堆了一堆黄南瓜，就说，要是你觉得多了，一会儿我们转回来的时候，再要你两个南瓜不就行了么？

老妪看看那一堆南瓜，又看看她们，就没再推辞了，说，那我就给你们选两个最好吃的南瓜……

葛梅说，谢谢你。然后和于村告别老妪，径直往山上爬去。

也许是刚刚吃了饭，浑身力气大增，二人走得很快。但从这里上山，并非旅游的正路，大都是羊肠小道，在山崖间穿行。开初还算平缓，后来就越来越陡了。身上渐渐发热，汗水也冒出来了。二人都气喘吁吁起来。葛梅终于不能支持，息下来了。就这样，二人走走停停，最后登上山顶的时候，就五点过了。

寺庙就在眼前，还未跨进沙门，葛梅就被沙门旁边两树腊梅深深吸引了。这山顶的梅花，比山湾里老妪院坝的梅花还要开得艳。几乎所有的蓓蕾都尽数绽放，浓烈的香气扑面而来。葛梅和于村都深深吸了几口，这才跨上石阶，进入寺庙。

山原本不高，可当他们站在寺庙进门处回头一望时，眼前豁然开朗，周围的群山竟都在眼底。远处就是渡口，渡口旁边，停放着他们的车——红红的一朵小花，在西下太阳的光照下，烁闪着亮光。

于村感叹道，过去的僧人真会选地方，在这一带，也许只有这一个山头，才有如此一览众山小的效果。

葛梅点头称是。二人抓紧时间进到寺庙里。幸好今天是艳阳天，要是往日阴天，六点一过，就得暮色降临了。

这时寺庙里面已经没有任何游人，显然都已经下山了。

是一座观世音庙，正殿上一尊观世音打坐在莲花宝座上，面目慈祥，却又十分肃穆庄严。

当二人跨入正殿时，一位尼姑便从正殿后面走出来了。原本她是坐在进门处一张桌子后面的，桌子上铺了写有“阿弥陀佛”几个大字的红布，红布上几叠佛经小册子。有游人进殿来，向功德箱里行了施舍之后，跪在观世音面前磕头许愿时，她就起身上前敲击钟磬，并念一段经文。她敲钟击磬及念诵经文的时间长短，往往根据施主施舍情况而定。据说观世音寺庙的正殿已年久失修，亟待重建，功德箱就是为重建正殿筹集资金而设的。

于村打量这位尼姑，不过三十多岁，眉目清秀。可她为什么要出家为尼呢？于村不免困惑。大约真的是“人各有志”吧！显然这位尼姑是真心出家，否则她不会在这高山顶上待下去。如今寺庙内除了她，就是一个老尼。而且她虔诚的程度也令人吃惊。与施主见面，低眉垂眼，双手合十，口诵阿弥陀佛。让人也随之肃穆起来。

对佛家的一切，葛梅尚来都是十分尊崇的。此时经一番劳累，登上如此山顶，进得如此清静庄严的寺庙，她焉有不磕头许愿的道理。但见她拉开挎包，从里面取出一叠百元大票来，分两次塞进功德箱内。于村无法确知其数，看样子不会少于一千吧。他也并不感到吃惊，因为葛梅对自已认可的事情，总是这样的。

但是伫立一旁的尼姑却惊讶了，只见她两只手都拿起木槌来，一边敲钟，一边击磬，嘴里不停地动着，显然在念诵什么经文。

葛梅已在观世音菩萨面前跪下了，连磕三个头后，双手合拢，面向观音，在心中许起愿来。于村也陪她跪下，磕了头，却没有许愿。因为他只是陪她而已。

葛梅从蒲团上站起身来时，尼姑也停止了敲叩。但是她双手合十，走到葛梅面前，很是歉意地说，本还该为施主诵几段经文的，可是天色不早，就不留施主了。施主慢慢下山，我在庙门前为施主吹箫，以箫声陪伴施主下山吧。

葛梅说，师傅不必如此辛苦了。

尼姑却声调平缓而十分肯定地说，我是一定要吹的。施主你们就慢慢走吧。

这时太阳已经越垂越低了，天色确实不早。葛梅和于村也不再说什么，只道了声谢谢，然后匆匆出门了。临去，葛梅再一次深情地注目两树蜡梅。这时，尼姑正捧了一支玉箫走出来。

尼姑将一只手掌竖在胸前，再次向他二人施礼。二人点头以示谢意之后，还是沿来时的路往山下去了。因为景区正面的大路，应该比这条后山的小路更长一些。先前上山，一路憩息，时间多有花费；现在下山，轻松多了，肯定会很快。

刚下第一道坡，就听见箫声了。箫声悠悠缓缓飘飞起来，好像是有形状的如透明的轻纱一类的东西。又像细细的溪流，汩汩的涌泉。在这静寂的山中，尤其拨人心弦。二人顿时入醉其中，整个身心都轻盈起来。不禁回头去望，但见寺庙飞檐一角，在层林之上，霞光之中，韵味无穷。而与如此箫声相伴，更有一种仙般的效应。

葛梅忽地站下，兴奋地说，你听，是梅花三弄……

于村凝神一听，果然是梅花三弄。这尼姑，好像知晓葛梅心思似的，竟然吹来了葛梅特虽喜欢的这一支古典名曲。二人跟随箫声旋律，仿佛又回到腊梅花树旁边，围着花树徘徊，流连忘返。下山的步子，也随之轻快起来。

箫声经几番高远明丽的回荡之后，渐入优柔缓慢的尾声。根据葛梅对乐曲的了解，这就应该结束了。可令她万万没有想到的是，箫声在略为停顿之后，却又再次从头飘起。葛梅不由得一愣，但随即又融入乐曲的优美旋律中了。

这一次葛梅心中出现了更加生动的景象：先是看见多么虔诚的尼姑，端立在两树梅花之间，箫吻唇边，目视箫管，十分投入地吹奏着；接着看见箫声在花枝间缭绕，花朵颤动，洒在上面的阳光也随之烁闪；后来看见十数只拇指大的黄黑色小鸟，从远处飞来，纷纷息落在花枝上，弄得花枝恍悠悠的似有微风吹拂……箫声、尼姑、腊梅和音符般的小鸟，构成一幅自然天成的绝美图画。

二人在箫声中有如腾云驾雾一般降至半山以下了，美丽的箫声仍如天女散花一般，冉冉飘临。

进到山湾里头，太阳已经完全下山。而山顶上的箫声，不知已经是第几次重头吹起。这尼姑真的是要用这天籁之声和她内心的祝福，陪伴她们走完山道。这世间居然还有如此赤诚与笃定之人。葛梅由惊愣到激动，竟至于流出了滚滚热泪来。她完全站下来，努力向山顶望去，她想再看看这位尼姑。可是，层层叠叠的丛林遮住了她的目光。寺庙，仍只露出一点翘角飞檐……

于村看着热泪盈眶的葛梅，也十分感慨地说，这尼姑，真让人难以置信呵……

二人继续前行，隐隐约约的箫声仍在天上盘旋。

忽然，他们看见了先前的农家老妪，正站在小路的交叉口处迎着他们。

老妪见二人走来，笑盈盈地说，我一直在这里等你们呵！

于村说，婆婆，天都快黑了，你快些回去吧。

老妪说，你们要的南瓜，在这只口袋里。都是黄透了的瓜，很好吃的。

没想到葛梅先前不过随便一说，老妪竟然认了真。看来不拿走南瓜是不行的了，于村只得将口袋拧起来，这才发现，不止两个，而是四个。而老妪又坚决不让他哪怕是取一个出来。没办法，于村只得将口袋扛在肩上，连谢老妪几声，又和葛梅匆匆往前走了。

在山湾出口处，二人不禁回头一望，看见暮色中老妪的身影依然，而山顶上隐约的箫声，似乎又一次进入了尾声。

最后一抹霞光反射到山湾的上空，给山湾的暮色镀上了一层微红。瞬然间，葛梅就有了一种仙界般的感觉。这美好的景象，一下子就烙印在葛梅深心里了。直到他们过了河，上了车，打亮车灯开回县城，这景象依然那般鲜明美丽……

于村回家不一会儿，葛梅就给他打来电话。看来她心绪难平，仍对今天的所见所遇感慨不已。最后她对于村说，她还会再去那儿，再去见见老妪和尼姑，再去听听仙箫声声的梅花三弄，还要折几枝尽性开放的腊梅花回来，长久地插在她的花瓶里……

葛梅说，我真的好喜欢那里的腊梅呵，好漂亮的花朵，好浓郁的花香……

第二天，葛梅再次给于村打来电话，她告诉于村，她已经把自己上当受骗买来的美容产品，全部从货架上撤下来了，并决定不再将这类产品掺和着给顾客使用了……

她说，当她决定这样做时，感到前所未有的轻松和愉快。至于那些产品将怎样处理，她只字未提。

向思宇，笔名向剑波，中国作家协会会员。先后在《散文》《小说家》《报告文学》《北京文学》《中国作家》《南方日报》《光明日报》等报刊发表散文、小说、报告文学近200多万字。作品被《新华文摘》转载，入选(《中国最新文学作品排行榜》、《2009中国报告文学年选》《中国当代文学作品选粹》(翻译成蒙、藏、维、哈、朝五种文字)等。《筑巢》获《北京文学》奖。出版长篇《太阳照常升起》《中国甜城兴衰记》(2011年中国作协重点作品篇目扶持)、中短篇报告文学集《太阳祭》等。

麦　燕

◎ 向思宇

一连好几天，我总在黄昏降临时去到城外，那儿，有一段留下的红墙，还有一片荒草地。

促使我连续几天来到这儿的是一只失去了伴侣的孤独的家鹅。几天来，这只孤独的家鹅总在黄昏时分走进面前的荒草地，在那里面执著地寻觅。

与家鹅不同，我来这儿是为着追寻一段陈旧的往事。追寻往事需要一种忧郁、萧瑟和感伤的氛围，眼前的红墙、荒草地刚好能为我营造出这样一种氛围。

我跟在家鹅的后面，走进深秋里已显现出枯黄的荒草地。

走着走着，忽然间，我的眼前亮了一下：一个熟悉的不能再熟悉的女孩的身影在荒草地里倏忽闪过。“麦燕!”我叫出声来。然后，大步流星地朝着这个叫麦燕的女孩追去。

那天的夕阳显得格外年轻；晚霞映照下的天空美丽极了。近旁的空气似乎特别流畅，像露水一样；远处的景致笼罩在一片柔和神秘的气氛中。渐渐地，太阳完全落下山那边去了。周围一下子静了下来，静得让人心焦。一只蛐蛐在荒草地里突然叫响。跟着，草地里、墙角下便响起一片“啾啾”的鸣叫声。

“怎么还不见麦燕呢？”我双手捧了用新麦秆编织的蛐蛐笼子，站在红墙边，望那从坡上下来的女友麦燕。

“你咋这个时候才来？”我嘟囔着说。

跑得气喘吁吁地麦燕并不回话，一把扯了我，离开红墙，钻进荒草地。

“你咋站在红墙下，站那儿一眼就被人看见了。”

“这有啥！”我显得满不在乎，“看见了就看见了，他晓得我在等谁？”

“我晓得你在等人家。”麦燕撅了一下嘴，“要是叫我姨娘知道了，我就出不来了。”

麦燕这一说，我马上紧张起来：“那你姨娘知不知道了？”

“暂时还不知道。”麦燕瞟着我手中的蛐蛐笼子，“可我不敢在这儿待久了。呃，你不是说要送我一样喜欢的礼物吗？”

我马上把捧在手上的蛐蛐笼子递过去：“新麦秆编的，喜欢吗？人家编了好久哦。”

麦燕捧着蛐蛐笼子，就像捧了一个新买来的洋娃娃。

“你究竟喜不喜欢嘛？”

“喜欢喜欢。”麦燕反应过来，“太喜欢了！”

“你等一下！”我竖起耳朵听了一会儿，马上矮下身子，蹑手蹑脚地朝蛐蛐叫的地方靠过去。身后紧紧跟了屏住呼吸的麦燕。走到跟前，蛐蛐却不叫了。我伸出手去，在蛐蛐藏身的那片草丛中来回拂动，依旧不见蛐蛐。我失望地转身，站起来。就在这时，身后那片刚才用手来回拂动的草丛中，噗地跳动一下，一只蛐蛐逃走了。

没能逮住蛐蛐，麦燕比我更失望。

“啾——啾啾。”麦燕脚下不远的草丛中，又一只蛐蛐欢快地叫了起来。

我们轻悄悄地过去，蛐蛐又不叫了。我们也不动。

隔了一会儿，又叫开来：“啾、啾啾。”叫得小心而谨慎。我再一次把手伸向草丛，麦燕在一旁一个劲地朝我摇头摆手。我睁大眼睛，更加小心地拨弄着草丛。突然，身后的麦燕拽了我一下。扭回头，麦燕的一只手正紧张地指向我脚面前的一小块地方，那没有长草的巴掌大的地上蹲伏着一只大大的褐色的蛐蛐！

我慢慢蹲下来，吸了一口气，然后，朝前伸出一只手，弓起的手掌刚好能罩住蛐蛐时，我突然闪电般地朝下一按，手掌心痒酥酥的，那是“有了”的感觉。

麦燕赶紧递过来蛐蛐笼子。关进笼子的蛐蛐，蹲在一个角上，不叫也不动了。麦燕见了，刚才兴奋的放光的脸渐渐暗淡下来。我很内行地对麦燕说：“我们再逮一只吧，蛐蛐有了伴，就好了。”

我们又紧张地投入了搜捕第二只蛐蛐的战斗。

就在这时，坡上传来麦燕姨娘的叫喊声。麦燕慌了，赶紧往外走，走出两步，停下来，从脖子上取下那用红毛线拴着的两枚铜钱，摘下其中一枚，塞给我：“给你。”又伸出小手指，勾了我的小指头，我们马上变得神圣起来，一字一顿地朗声念道：

“金勾勾，银勾勾，一辈子不反悔！”

念完，我松开了手指，麦燕依旧勾着我的手指不放，说了：“从现在开始，不许你跟别的女孩玩。”我发誓说一定。我们就又勾了小指头，念道：“金勾勾，银勾勾，一辈子不叛变。”

然后，麦燕从地上捡起蛐蛐笼子，钻出荒草地，顺着红墙根一溜烟地跑远了。眼前晃动着独辫跑开的麦燕，手心里攥着她送我的那枚铜钱，我的耳畔第一次没有了那听惯了的挂在脖子上的两枚铜钱碰撞时发出的轻微的叮当声。

五年前，也是一个黄昏。麦燕家从外地搬来这座城市。那天，当麦燕尾随着她姨娘出现在我们这幢一楼一底的宿舍，梳着独辫，脖子上挂着用红毛线拴着两枚铜钱，跑起来发出一阵轻微的叮当声的麦燕，就被我们这些刚上学和将要上学的小伙伴给围住了。很快，我们就知道了她叫麦燕，是跟姨娘从一个叫遂宁的地方搬来的。一会儿，麦燕的姨娘在楼上“燕子、燕子”地叫，麦燕答应着，拨开小伙伴，一跳一蹦地上楼去了，丢下几声轻微的铜钱碰撞的叮当声。盯着跑开去的麦燕，小伙伴中有人突然唱了起来：

“叮叮当，叮叮当，铃儿响叮当。”

“叮叮当，叮叮当，铃儿响叮当！”

我也跟着唱，唱得比小伙伴们都响。有那调皮的小伙伴见麦燕跑起来，那根独辫在背上一甩一晃，就想到牛的尾巴，就恶作剧地唱：

“叮叮当，叮叮当，牛尾巴响叮当！”

把扎独辫的麦燕同牛尾巴联系起来，我心头一下子不舒服了。我狠狠地瞪了一眼那带头编唱的小伙伴，一个人默默地走开了。

麦燕成了我的同桌。我们一起上学，一起回家。在一次回家路上，麦燕对我讲了挂在她脖子上的两枚铜钱。麦燕的姨娘没的生孩子，麦燕抱给姨娘那年，三岁。为了好带，姨娘在她脖子上用红毛线系了两枚铜钱，为的是消灾避邪。听了这故事，我对挂在麦燕脖子上的两枚铜钱便有了一种神秘的敬畏。

星期六下午，妈妈不在家，我约了麦燕来家里看我养的两只小白兔。

我和麦燕手里各自捏着一小把青草，喂给小白兔。小白兔吃草挺有趣，它把一根长长的青草整个吃进嘴里；然后，用那四瓣嘴开始慢慢地嚼碎、下咽。吃几口，又跑开去。待我们再用青草“兔兔”地唤上一阵，它们又跑拢来。如此几回后，我们手中的青草对满屋子跑的小白兔便失去了诱惑力。小白兔不吃我们手中的青草了，我和麦燕一下子便觉得没事做了。忽然，麦燕对我提议：“我们去扯浆浆草吧，浆浆草兔子才肯吃呢。”

就起身，出门，走到离我们住房不远的靠红墙的那片荒草地。

不一会儿，我和麦燕就在荒草地里扯回来一大把浆浆草。

麦燕说得果然不错，两只小白兔见了浆浆草欢喜极了，再不像先前那样吃几口，后腿一弹，又跑开。当我和麦燕把捏在手里的最后一根浆浆草喂完，面前的小白兔整个身子忽地直立起来，两条前腿微微曲伸；肉色的鼻孔一吸一吸，圆圆的眼睛巴巴地望着我们索要时，我和麦燕不约而同地抬起眼睛看着对方，那一瞬间，我觉得麦燕的眼睛跟面前的小白兔的眼睛一样，圆圆的亮亮的。看着这双眼睛，我的心头像一下子揣进一只小白兔，慌慌地蹦跶。为掩饰这蹦跶，我赶紧背过身子，装着找寻那索要浆浆草不得，跑到床下边去的小白兔。

说不清楚为什么，上了初中，我和麦燕突然就不说话了。其实，还在小学高年级，我们就不再一起上学，一起回家了。

有好几次，在路上我同麦燕单独相遇了。老远，我比麦燕还先低垂了头，放慢了脚步；终于，麦燕从远处过来了，我那原本就低垂的头垂得更低了。麦燕从身旁过去了，我方才敢抬起头走路。走出两步，忍不住又回头去看那走远了的麦燕。这个时候，往往碰上扭回头朝这边看的麦燕那双越来越亮的眼睛！就又一次低垂了脑袋，慌慌地朝前小跑几步。

初二那个学期，学校组织我们背了被盖、席子，去附近的乡下支农。

我们班住在一间打扫得干净的仓库里。屋子当中用一张圈谷子的粗篾席隔了，席子那边住着麦燕和班里的女生，席子这头住着我们这些男生和班主任老师。一个炎热的下午，隔壁的女生被召集到这边开会，没有凳子，过来的女生便各自拣了男生铺在地上睡觉的席子坐。见麦燕和另外一个女生过来，我赶紧腾出了我坐着的地方。很快，麦燕和那女生走到了我的席子跟前；那女生还在朝前走，麦燕却一把扯了她，双双在我腾出的位置上坐下了！

麦燕在我为她腾出的地方坐下了，我那颗悬在半空中的心一下子落了下来，心跳开始恢复正常。

就开会，就装着认真听班主任老师讲下午各小组劳动安排，一双眼睛却偷偷地朝坐着的麦燕的身上看：看那根粗粗的黑黑的独辫和那拴着的两枚铜钱——有一枚如今在我这儿牢牢保存着！——的红毛线。那细腻的白净的后颈部让围着脖颈的一圈红毛线一衬，越发显出白净来。

不一会儿，会完了。大伙儿站起来，蜂拥着朝门口去。很快，刚才还坐得满当当的屋子就空了，走在人群后面的麦燕也看不见了。磨蹭了半天的我这才起身，穿上鞋后，在麦燕先前坐过的地方，重新坐下来。“这是麦燕坐过的地方，”我喃喃地说，心便跟着一阵狂跳。

想到刚才麦燕就坐在我现在坐的地方，一种明显感受到麦燕气息的沁人心脾的凉爽瞬间便流遍了全身。

初中三年，我同麦燕几乎没有说过话，更不用说单独在一起待上一会儿。曾经有过的荒草地里逮蛐蛐、送铜钱；扯浆浆草喂小白兔的童年趣事似乎成了遥远的回忆。

眼下，我和麦燕走在通往火车站的公路上。我知道这是我同麦燕在一起的最后一次机会——我就要去千里之外的铁路参加工作了。我一会儿看一眼麦燕，一会儿又看一眼走在旁边探亲返铁路工地的麦燕的姨父。那只揣在裤子口袋里的手紧紧捏了那年麦燕在荒草地里送我的那枚铜钱，几次下决心要对麦燕说点什么，却不知怎样开口才好。就在这时，麦燕悄悄扯了我一把，轻轻对我说："走慢一点。"

"你走这么快干啥？"麦燕嗔怪道："你打算永远不理人家啦？"

我心头一热。

"麦燕，"我咬了一下嘴唇，"我一到那边就给你写信。"

"嗯。"麦燕闪着一双眼睛看我；但很快又陷入了沉思。"寄家里吧？不好。寄学校？我们已经放假了。"

麦燕这一说，倒让我犯难了："那咋办？"

"呃这样吧，等我进了高中，你就可以写到学校了。"

看来只好这样了。

"我不是不想跟你讲话，是不敢。"黑夜里，麦燕完全变了一个人。"你不晓得，刚进初中，就有同学在班上议论我们了。"

我突然发现身旁的麦燕长成大姑娘了：先前苗条的身子，如今该突出的部位突出了。还是那条独辫，只是愈发粗而长了。那一刻，我心头突然就有了一种骚动。

"麦燕！你们走快一点，不然赶不上火车了。"远远地，传来麦燕姨父催促的声音。

"听见了！"麦燕边答应着，边伸手来拉我那只揣在裤子口袋里的手。对麦燕大胆的举动，我却突然采取了一种不配合：我使劲不让手从口袋里抽出来。

麦燕失望地看我一眼，一个人跑前面去了。

麦燕当然不会明白，我不予配合的这只手里死死攥住的是我们当年勾着小指头时她送我的那枚铜钱！而她的那枚——我惊异地发现，今天晚上的麦燕的脖子上没有挂那枚用红毛线拴着的铜钱！

很多年过去后，我才发现，与麦燕走在通往火车站的那条公路上的那个夜晚，是记忆中的麦燕留给我的最后一次美好回忆。

我到铁路不久，没有升高中的麦燕也去了姨父所在的单位参加了工作。一年以后，有了漂亮的男朋友。没多久，吹了。后来，又找了一个。接下来，麦燕同一位处长的公子结了婚。

再后来，在处长父亲的帮助下，麦燕同老公双双调回了都市。

在那片蛮荒的土地上，我没有专门打听过有关麦燕的消息，可与麦燕有关的消息我却总是知道。

我承认，关于麦燕的漂亮男朋友关于处长的儿媳妇的确很让我不舒服了一阵。然而，面对既成事实我却只有徒唤奈何而已。再说，我凭什么呢？凭当年麦燕送给我的那枚铜钱？凭儿时玩的勾小指头的游戏？

如今，这一切都不可改变了。

可我的记忆却顽固地保存着“麦燕”这两个方块汉字，一颗心仍旧执着地关注着与“麦燕”有关的一切消息。

那一年，我出差回川，离家前的一天，我去探望一个从铁路调回地方的朋友。在朋友家里，我又听到了麦燕的消息：麦燕就住在这栋房子里！那一刻，我明显感觉到了自己心跳的加剧。

知道了我同麦燕是老相识，那朋友便主动约了麦燕来家相见。

“麦燕马上就来，”那朋友去了回来对我说。“带着她的孩子来。”

孩子？麦燕有孩子了！是同那处长公子生的孩子！我突然沮丧极了。那一瞬间，我才真正感受到麦燕完完全全属于别人了。“我不能见带着孩子的麦燕，绝不。”我在心头对自己说。

“我还有点急事，”我慌慌地看一眼敞开着的房门，突然对那热心的朋友说，“得马上去办！”

“麦燕就要来了，你这一走……”朋友显然不高兴。

门外已经响起了那熟悉的脚步声。我不能再待下去了。我唬地起身，走向门口，慌忙中，丢下一句："我走了！"然后，逃也似地离开了这间屋子。

又过去了几年，我也从千里之外的铁路工地调回了这座生我养我的城市。一天，还是在那位朋友家里，我终于见到了阔别二十多年，离了两次婚，步入中年的麦燕。

坐在沙发里的麦燕穿一身质地高档的西式套裙。一头乌黑发亮（明显是染过了的）的短发，愈加衬出那张丰润脸蛋的白净。尤其令我惊讶的是，那双长长的橄榄形眼睛——眼角边少许的鱼尾更增添了几分成熟的美丽——没有因为岁月的流逝而失去动人的光彩。看着面前的麦燕，那种往事重温的感情一瞬间如潮水般在我心头涌动开来。

"麦燕，你好吗？这些年来你过得好吗？"我说。

麦燕看着我轻轻地宽厚地笑了。麦燕这一笑，分明折射出一种对生活的阅历；那轻轻牵扯了一下的嘴巴，分明在表达着一种对问候者的原谅：你没有经历过这些事情你还不懂。

面对经历过的麦燕我一时不知道说什么了。

"你在家还要待多久？"显然，麦燕对我刚才说过的"我也调回来了"的话没有在意。"呃——我们另外找时间聊吧。我今晚有点事，待会儿有车来接我出去吃饭。"

我木木地看着面前的麦燕。突然间，我就有了一个惊人的发现：麦燕漂亮的脖子上挂着一条光灿灿的金项链！当年那枚用红毛线拴着的铜钱早已不复存在。我的这一枚，却依旧保存完好。比较之下，我的心便显得苍老了许多。

那一刻，我彻底明白了，面前的麦燕已经不需要我对她提及那遥远的往事了。

哦，那段红墙，那片荒草地……

张翼，画家、作家。1957年出生于重庆丰都，曾供职于中石油川局某公司，1990年后自主创业办公司，从事美术、雕塑、园林景观、建筑装饰等设计和制作。自八十年代开始，美术作品先后多次参加省、市画展和中石油画展，并多次获奖。文学作品以中、短篇小说发表于《现代作家》《人世间》《红岩》《青年文学》等刊物。

第一缕阳光

◎ 张　翼

那时，我穿得很烂，衣服裤子疤上重疤。四季赤脚，脚趾经常跌破，血流如注。现在，我的脚指甲十有八九又厚又怪，像蚕豆大长起的生姜疙瘩，就是童年的落患。数九，生冻疮，脓血伴着度过严寒。父亲早死，一个在县教育局当股长的远房亲戚介绍母亲到丰都城二小当校工。母亲的工作是炊事员，除了担水做饭，兼敲钟，打扫老师办公室，给学生烧开冰。工资每月八元，这八元，要养活我和大姐二姐及奶奶，还要供我和大姐二姐读书。大姐读初中，我和二姐读小学但都不在母亲的学校。还好，有哥哥下力，每月能挣四块六块，为母亲作些分担。哥哥十五岁就找钱吃饭了。穷，六十年代，我家却没有人饿死。

那片河滩，是蔬菜农场的菜地，远远的有一口水井，一条小路连接着学校。那时没自来水，母亲每早都要去那水井担水，一担担，一挑挑，不下二十趟是母亲的必然。母亲虽在小学却没文化，丰都王家渡人的母亲除了有像男人的身坯，还有一双大脚，不管刮风下雨，母亲的那双大脚就在这条小路上来来去去。时常赤脚的母亲趾节粗大，凸起一个个小包，那是抓泥泞抵干滑造成。春天，油菜花开了，整个河滩一片金黄，母亲挑担的身影就在这小路上时掩时现。冬天，雨里，母亲时有滑倒，就裹一身泥水，浑身透湿。常常，母亲烧好的开水，有学生只喝小口倒掉大半，却不见亲生气吼斥。教语文的赵老师用水最浪费，大盆装小桶提，一件衣服要清洗得不见一颗水泡，却不见母亲有过怄气。母亲就像那口江边的井，生命的泉水汩汩冒出，任人吸取，没有怨言。为此，后来我写过一篇以母亲为原型的小说《永不干涸的水井》。是呵，一届届学生毕业时与校长、老师合影留念，没谁叫上过母亲，有学生升学后回母校看望校长、老师，谁也没想到过母亲。那篇小说八九年投给辽宁《鸭绿江》，发表了。责任编辑被我的文字所感动，含泪读完小说。问我，是写自己的母亲？何以写小说？回说是写我的母亲却不是为写母亲。何以写小说——该赵老师给出答案，该是那投进我心灵的第一缕阳光。

赵老师瘦，高，戴副破了半边的眼镜；说话做事带些女气，提拿东西爱翘根兰花指。乡下人，师范毕业分到母亲的学校。我不喜欢他，觉得他老是与母亲过不去。称称饭，平了旺了都很计较。不相信母亲常常拿过称去自己称饭，三两的称星总是码到最边缘，有意无意间还用衣扣挂住称盘上提。打牙祭的时候，摆在案板上的一份份肉他总是挑了又挑，找多的拣肥的，你多少片我多少片且边吃边与别的老师比对，他要少一片，就从别人碗里拈回来就说母亲不公平，母亲显得委屈，多有不是，说：手没个稳手没个稳，赵老师，以后你来舀。凭啥我舀，打菜称饭是你的权利，我夺权呀？赵老师说得阴阳怪气。学校里，老师们好多都看不起他，背地里说他抠门，是个日衣胞，红苕屎没屙干净的人就是小气就是精道，当老师假斯文，不如湛大姐个炊锅。母亲姓湛。十一岁，老师们踏邪赵老师也捎上我母亲，我听得出来。老师们都喊母亲湛大姐，这湛大姐的尊称老师们其实都拿了腔调，虽平时也多有笑脸，骨子里却当母亲是下人。哪家晒衣服搬东西，都要母亲帮忙，虽叫得客气，却暗含一种分内的不容推脱的命令的口吻。有老师要母亲给倒罐子，五分钱一个，母亲不干，角钱一个也不干。母亲拒绝后那老师就经常挑母亲的饭煮硬了耙了，菜没洗干净。穷不怕，吃得亏打得堆，但不能份丢尽了，母亲这话我终生受用，更造就了我今后的性格。

城二小旧社会是私立学校，新中国成立后校长被枪毙后就变成了国家的学校而且是县城最好的小学。学校口形布局，青砖山墙，木结构，三十多间教室，木搭的舞台背临长江。赵老师的寝室就在舞台边小阁楼里，四壁木板。赵老师平时不怎么与人往来，上课下课，吃饭上厕所，好像是他全部的生活内容。很少上街，没事就把自己关在小阁楼里。有他不多无他不少，校长是这样认为老师们是这样认为甚至我母亲也这样认为。学校歌咏比赛，老师们合喝的时候，他那尖得有些刺耳的声音，才让人想起他的存在而且是不恰当的存在。让老师们刮目相看的，是他左手腕上那块英纳格手表。有意无意间，当赵老师露出那块手表的时候，老师们就投去羡慕的目光，妒忌以后又都疑惑那手表的来历。反正，个乡下来的不就读过两年师范不就教书三年，每月工资二十一块，咋就买得起手表还是进口的手表。那天，赵老师上厕所，不小心手表掉进了粪池，急得赵老师在厕所里打转。张翼，你下去捞，我给你五角钱，赵老师找到我，说。不干，我回答得很干脆是我想到母亲说的人再穷也要穷得新鲜饿得硬朗。没法，赵老师只好自己揭开蹲位的木板，脱光身子仅留腰裤，也不顾有人正在解手，就下到粪池捞手表。粪水深至齐颈，脚探不到东西，他就扎猛子下去寻找。一扎二扎三扎，没有。冷，臭，熬不住赵老师只好放弃。丢了手表赵老师好像被抽了精气，病了几天，多亏母亲的红糖姜水，让他恢复了人样。丢了手表，老师们就没有了理由再羡慕赵老师也没有理由再疑惑与妒忌赵老师。当然，自此以后老师们就更有理由看不起他，臭，好像赵老师永远洗不干净。有老师哂说：要我呀，丢了金子也不会那样。赵老师家在乡下树仁，据说他已结婚了还有一个十岁的女儿，但没听他说起过谁也没见过他的家人，也不见他有亲戚走动，我行我素，有声无响，悄然无息。城里，他好像也没熟人和朋友，却又有老师发现他像做地下工作一样，有时悄悄溜出学校。老师们都觉得他很神秘。他的寝室，以前是堆杂物的小屋，偏在角落，谁也没进去过，即便因事有人上门，他也不会让人进屋，总是站出來掩门与人说。怪，老师们都不知道那屋里是啥样子，有啥见不得人的东西。好奇，我也想进去看看。

赵老师的爱人来了，带着女儿还背了一背篼红苕，学校的老师好多都没看见。来了，进了赵老师的小屋就没见母女俩出来过，几时走的也没几人知道。赵老师的爱人矮小，只齐赵老师肩膀；大脸，有些蛮气，与赵老师的斯文不相般配。加了客饭，赵老师求母亲把红苕煮在甑脚，他自己吃红苕，一分饭菜外加两个红苕给爱人和女儿端回寝室。母女俩走后，见没人的时候赵老师到厨房找到母亲，先赔了不是，说：湛大姐，我没心眼，平时多有得罪，能不能帮个忙，我家人背的红苕，拿到街上卖了买点粮票。说话时赵老师有些脸红，人，一下矮了许多的样子。母亲答应了，一口袋红苕．当真给他换回几斤粮票。换粮票时，投机倒把母亲差点被民兵逮住。过后母亲又帮赵老师换过，都冒风险，赵老师就不好再找母亲。

母亲累，忙，从早到晚没个停息，没时间管我，吼，骂是母亲对我最大的教育。你看这学校哪个老师的娃儿不会读书，哪个老师的娃儿不听话，不想读不读，莫给我惹祸，不偷不抢做个好人。穷则思变，我的变是调皮，实打实一个野娃。一个老师家的板壁油疙疤掉了，小孔正好对着床铺，几次我把鸡鸡喂进小孔，往里屙尿，弄得那家老师几天都晒铺盖。知道是我干的却没抓住把柄，那老师只好在母亲面前在老师们面前指桑骂槐：妈个娃儿太坏，太下作，不是个东西，该背索索该挨枪毙。既然老师们都不让自己的娃儿和我耍和我往来，既然老师们的娃儿都孤立我，报复，恶作剧就成了我的自卫。暗里明里，学校十几个老师的娃儿都被我打过。娃儿们都怕我，有的怕到离不开我成了我的跟班。当然，我也仗义，时有帮人打架，打得对方服输，反过来和我亲近，给铅笔给糖吃。下河洗澡，分派打弹弓，取鸟窝拍烟盒，一颗耗子屎坏一锅汤，好多老师的娃儿跟着我就变坏了不听话了。始作俑老师们都烦我恨我，就给母亲施加压力就在母亲身上找叉子，就叫母亲管好自己的娃儿，还给校长做了反应。校长找到母亲，说：湛大姐，你那个张翼，太调皮，也影响了老师们的孩子。老师们意见很大，都反对张翼跟你住在学校。你来学校虽三年多了，别忘了你是还是临时工，再说，张翼读的是城一小，你家的房子离城一小也近。看在运房亲戚的面上，校长说话还算委婉客气。

我离开了母亲的学校。我惦记着赵老师的小屋。

屋子很小，很暗，不大的窗洞泻进一缕阳光，强光与黑暗交替以后的适应，我才看到了屋子里的事物。书桌上，阳光里就是那本《童话作家安徒生》，绿色的书皮已有残缺。其实是后来，我才知道丹麦，哥本哈根，一个小男孩呱呱坠地，来到了世界——安徒生。家境贫寒，安徒生出生在棺材架上，母亲是个洗衣妇。多桀，苦难，童年的安徒生就被送到亲戚家做学徒当鞋匠。年少时的安徒生梦想当一个芭蕾舞演员而去考皇家芭蕾舞剧院。大颧骨，凸额头，小眼睛加之矮小，长相丑陋的安徒生只跑上了龙套。无奈，安德生转行戏剧写剧本，无建树，其剧作无人问鼎，从未被谁采纳公演过。再再无奈以后安徒生写童话，不想一举成名而一发不可收拾，成为伟大的童话作家。《海的女儿》《白雪公主》《卖火柴的小女孩》《美人鱼》成为世界童话的经典。

我想我总该拿走点什么，又觉得什么也不能拿，拿了什么就是强盗。偷儿，就是坏人。细看，赵老师的屋子里有值得拿走的东西。比如那钢笔，比如那本画画的书，书上有裸体，男人女人的光胯于十岁的我，不能不说是一种震撼的诱惑。床边的箱盖上有钱，两张五分四张一角一张二角。钱，是最好最好的东西，频然让人心动的东西。伸手，一把把钱抓了，放进衣兜。钢笔拿了，揣进裤包。那本厚厚的画画的书，掖在腰间。怕当强盗我本来就不是强盗，害怕与胆怯，我又把东西一一拿出，放回原处，不留下动过的痕迹。不偷东西本来没想过偷东西，进来何干，其实我也得不出答案。一块木板上夹着张纸，上面画着裸体的女人，女人的暗处，最黑地方也是最坏的地方，突然觉得赵老师有应该是流氓。

身后一一赵老师。门，几时开了，我却没听到声响；屋子里突然亮了许多，我也没有察觉。赵老师已在我身后站了许久，意识到他的存在，我却不敢转过身来。我想，真要直接地面对，肯定我会跑出门外就了舞台跳下。我仍然面对那本打开的《童话作家安徒生》。其实，我早已发现赵老师钥匙的秘密，就在门边的夹板缝里。取出钥匙，开门，虽做了四处瞭望，像开自己家门一样，一切都很自然。进屋后我可反插了门的，赵老师咋会开门回来，绞尽脑汁我也找不到理由。回来后的赵老师为何不直接揪住我而是站在我身后，很久很久。出奇地冷静超出我十岁的年纪，虽是强盗的作为，却没安心偷东西，也许，这是我坦然的根本理由。我居然被书桌上那本《童话作家安徒生》吸引，书打开，就着半生不熟的文字读起来。安徒生让我忘了自己的存在及没有了危险的意识。我分明感到那缕从小小窗洞射进来的阳光在《童话作家安徒生》书本上瑟瑟抖动。书上，插图里的那个卖火柴的小女孩仿佛牵引着我穿过哥本哈根的大没小巷，逃跑着寻找躲避的地方。好就好在我是在看书而不是偷东西。

张翼！

我惊出几滴尿水。

你走！

不敢走，装看书，我真还在书里。

你走。喜欢那书就拿去。安徒生可不是强盗，你走，这事，我不会给别人说起。你妈也苦，学学做安徒生。你走吧。

没敢要书，我不知怎样走出赵老师的小屋，应该是逃走的吧。

赵老师被抓，是两月后的事。倒卖粮票，画女裸体，校外有男女关系，两罪并罚外加作风问题，赵老师被判半年劳教。刑满回来勉强保住了教职，但却被贬到了偏僻的村小。临走的时候他把那本《童话作家安徒生》留给了我。是让我母亲转交的。母亲说出来后的赵老师脸是绿的，那个瘦那个弱啊，稍有风就会摺倒。

冯金声，男，成都人，1952年生。弱冠少年，便到攀枝花当过公社社员。后为铁路员工四十二载。笔名：金声。中国铁路作协会员。小说《山鹰》曾获铁道部第三届文化作品奖。诗歌《心灵的守望》等25首，散文《菱角堰边那间茅屋》6篇，分别收入中国文联出版社出版的《这里诗人12家》诗集、《这里散文13家》散文集。有专著《中国西南铁路纪事》和诗集《相思豆》等。

大花脸

◎ 冯金声

大花脸就是戏剧舞台上唱程咬金、包公、张飞一类人物的角色。上个世纪的五十年代后期和六十年代初期，成都的川剧唱得火红，临江川剧院经常座无虚席，大花脸出场一声洪亮的唱腔，戏堂子里巴巴掌像潮水一样响起来。

那时候没有电视、没有微机，也没有歌舞厅和茶楼，更没有流行歌曲，只有川剧在成都唱得遍街响。剧院子里的演员们白天夜晚唱亮开嗓子唱；茶铺里票友们敲锣打鼓拉着胡琴自己唱；大街小巷收音机里一天到晚都在唱。甚至连城外的乡村，有人家婚丧嫁娶，或者过生日，都要请人唱一台川剧。有的还要唱个一天一夜，仿佛不这样就不能尽兴。只要在有人的地方就有人唱，川剧成为成都人生活里最值得骄傲的精神享受。以前对川剧就有“唐三千，宋八百，数不完的三列国”之说，到了这个时候，那川剧的名目还是繁多，什么秋江呀、花子骂相呀、铡美案呀、铡侄呀、定军山呀、追韩信、哪吒闹海呀等等，数也数不过来。每到过年过节，成都东门西门北门南门的川剧院都是爆满。票价不等，从小孩票5分到大人讲究的甲乙丙票几毛，还有楼堂之分。不过这样的票价对一般人来说也是一种奢侈，但不晓得大家为啥子还要买票。

当然我们认识大花脸的时候，他已经没有唱川剧了，开始卖起酱油来。但我们还不知道他是一个角色。

我们的家都是聚居在成都东南边上城乡结合部，那里有一片春天绿秋天黄的田野，以及一片乱坟岗子，穿过这片坟地就是一个大院子。院子紧邻红墙红瓦的就是硝皮制革的厂房，排放出来的污水翻着白泡，但却是一沟黑水，带着熏天的臭气流淌。如果靠近就会感到眼睛发涨，肠胃翻腾。要是现在这个年代，肯定周围居民和厂里官司不断。那时的人们没有环保意识，也不知道自己还有权益要维护，政府也没有精力和时间来管理，只好听之任之。在空气中弥漫的臭味久而久之也习惯了。

我们这个大院子里住户有二三十户人家，几岁到十几岁的娃娃就一大群，听到院子里“打酱油”一声粗犷洪亮的叫卖，就一窝蜂地奔出门，要听那个卖酱油的汉子唱几段川剧。

大花脸个子并不高大，身体十分结实，挑着一百多斤的担子，走起路来很轻松。到院子里一阵叫卖声后，只见先是娃娃门围拢来，那卖酱油的便双手抱拳一个恭，各位少爷，今日得买多少？娃娃们一阵嬉笑，便有胆大的娃娃学着他的腔调说，半斤足也。那卖酱油的哈哈哈一阵笑声，好啊，家中有个好儿郎，油盐柴米尽知祥。于是便翻起眼睛一溜转，面部肌肉不断抖动。随着拉开手臂提起右腿，一个跨马奔驰的造型，娃娃们看得好高兴。这时一个大娘一颠一颠走过来，递过酱油瓶子，卖酱油的又一脸微笑，将酱油瓶子在手中一旋，漏斗往瓶口一套，再把竹筒制作的提子咚地放进油桶，瞬间便把酱油瓶子递回去。还要说上一句，大娘慢走，如果我的酱油好，下次请再来。于是挑起担子向另一个院坝走去。一直到太阳偏西了，大花脸才挑着空担子，哼着川剧从我们院子前面经过，向自己住家的方向走去。

一天，大花脸正在我们院子里唱着川剧卖酱油，下院坝的李老头从糍粑店喝茶回来，正好从这里经过，就被大花脸的川剧唱腔吸引住了。他含着叶子烟杆，偏着老壳把大花脸看了又看，惊讶地叫起来，这不是川剧堂子里大名鼎鼎的大花脸么，咋个卖起酱油来了？大花脸不好意思地笑了笑问，“老大伯咋个认出我的呢?”“唧个认不出来哟。我经常到临江剧院看川剧，就是喜欢看花脸，一听你这个唱腔，我就好是耳熟，你刚才唱的是高腔，是不是?”大花脸嘿嘿一笑，连忙夸道好耳力好耳力。李老头得意地笑得满脸红光，但奇怪地问道，“那么多人喜欢你唱戏，咋个跑来卖酱油呢?可惜一身本事了。”大花脸的脸上掠过一丝愁云，低声地说了一句，“现在不是不准演唱帝王将相才子佳人了嘛。”李老头的烟杆在空中狠狠地晃了晃，忿忿地吼起来，“怕他妈个屁，老子就喜欢看帝王将相，就喜欢看才子佳人，就不喜欢那些专门吃老百姓的东西。”大花脸一听连忙打恭制止道，“老大伯小声点小声点，造反派听到了，要被抓去挨批斗的。”李老头更是气愤了，紧紧地捏着烟杆又在头上一边比划，一边高声骂起来。“球，一天到晚就是批斗。老子是贫农，敢把老子咋个样?”大花脸一看他骂起来就要没完没了，赶忙求饶似地说，“老大伯行行好，我还要平平安安地卖酱油哟。”李老头见到这个情景，只好叹口气说，“你就在这周围卖酱油，看哪个敢来批斗你。好久卖完了，到我们院坝去唱川剧。现在很多人都想听，就是听不到了。你来啊，就在今天晚上，我等你呀。家里还有一瓶白干呢。”大花脸连忙道谢，说道，“我明天还要卖酱油哟。”

当天晚上，大花脸到底去没去李老头家里，在场的人并不知道。但后来，大家知道的是，大花脸和李老头成了一对知音。李老头常常在人前提起大花脸，就像自己家里处了一位艺术家似的得意。再后来，大家还知道的是李老头当媒人，把邻居的女儿说给大花脸当了媳妇。再后来呢，因为大花脸和媳妇家里都没有房子给他们居住，就在我们院子里租上了一间草房，成了我们的邻居。

本来每天只能听到鸡鸭鹅鸣叫的院子，突然增添了几分艺术的气氛，大花脸的唱腔让男女老少感到了生活的乐趣。每天晚饭过后，就有不少人聚集到大花脸的屋子里坐得满满，两只眼睛直盯着大花脸。这时的大花脸特别有精神，就像以前在剧院的戏台上一样认真，一招一式有板有眼，开口闭合干干净净，吞吐转换，字正腔圆，声声入耳。那股一丝不苟的劲头使大家忘记了自己在哪里。他唱完一段戏，还要讲几句笑话，更是逗得大家捧腹大笑，他那媳妇也在一旁和大家一起快乐。当时我们虽然不懂得什么叫做艺术，或者戏曲的欣赏理论，但确实感到一种精神上的快感。后来从资料上才知道，中国的地方戏曲上千种，只因为那年头只准唱样板戏，其他剧种都鸦雀无声了。

大花脸三十二岁才结婚，拿现在的话说，叫做响应国家号召节制生育。可在那个时候，是一件让大家猜谜的事情。一般来说，女孩在十七八岁结婚是常事，男孩二十多岁结婚很正常。但大花脸偏偏不是这样。在人们打听其中缘由的时候，当时大花脸只是摇摇脑壳，也不说个明白就了事。

大花脸除了唱戏让大家着迷以外，他还有一个本事令人佩服，就是能够连翻十几个筋斗不脸红。那一天在院子里，他唱完一段《陈州放粮》，大家一阵喝彩，他便激动起来，展开手脚，连扯两圈旋子，接着几个空心筋斗，再就是老树盘根、春燕展翅、苏秦背剑，看得人们眼花缭乱，响起一片震耳的掌声。立即就有几个娃娃拉着他，死活要拜他为师学习唱戏的工夫。他深深地呼出一口气，望望外面的田野，抚摩着娃娃门的老壳说，等到国家需要的时候再学吧。学戏先要学做人呀。现在你们学好文化，懂得道理了，再学戏也不迟嘛。娃娃们望着他，不晓得他说的是什么，感到话里面的含义十分深奥。

时间过得就是那么快，吃了腊八饭一眨眼，春节就过了，五九六九就开始沿河看柳了，春天的菜子花刚谢不久，太阳就有些让人走路出汗了。可是，大花脸不再卖酱油了，说是街道办事处给找到了临时工作，在一个医院里面烧锅炉，还是三班倒，在家里休息时间似乎多起来。但可怕的是上夜班走夜路，那时候到处都是噼里啪啦的枪声。

大花脸有个爱好，就是喜欢钓夜鱼。为了钓夜鱼，他白天一个人顶着火辣辣的太阳，戴顶黄草帽，沿着弯弯曲曲的田坎路，哼着川剧，跑到狮子山去了。下午回来的时候，手里就捏着几根长长的小竹竿。再是休班的日子里，他就搬出做饭的蜂窝煤炉子，上面立着一节烟囱般的罐头筒子。于是首先把竹竿打磨一翻，然后把那竹竿的每一节放在筒子上慢慢地烤，考得竹节呲呲地冒出细细的水粒和微微的白烟，再放在铺着湿毛巾的凳子上，轻轻地来回滚动，直到每一处弯曲的地方笔直为止。就这样一天要作出好几根钓鱼竿。其实这还不算完工，当这些竹竿要挂在墙壁上一个星期之后，没有出现变形，大花脸便开始他的第二道工序，就是打上羊肝漆。经过漆水的开光，那竹竿就变得又黄又亮，紧接着，他又给手把处缠上细细的丝线。缠到一把能够握住的地方，便用膏灰拌上生漆涂抹上一层，一天后，那膏灰干透了，就用纱布使劲地打磨，直到磨出平滑的感觉来，并且看上去闪闪发亮，犹如一件精心制作的工艺品。他不仅会做钓鱼竿，还会做钓鱼钩。他说从小就学唱戏，吃的苦多了，什么事情都要自己动手才满意。当然其他的钓鱼工具就需要出钱购买了。

大花脸钓夜鱼有个习惯，喜欢独来独往。不怕走乱坟岗子，不怕枪炮声。一个人坐在郊外的小河边上，在黑夜的笼罩下，就像坐禅一般，一动不动地几个小时。只有鱼儿上钩的时候，他才像个活人精神起来。几乎是凌晨两三点钟了，他才收拾好渔具往家里走去。

那一夜，星疏月朗。看来在河边颇有些收获的大花脸，一路回家很开心，早就忘记了深夜的寂寞，亮开嗓子，唱得好不自在。在月光里，他唱的是月下追韩信，那萧何的唱腔雄劲自如，铿锵婉转，在整个田野上回荡。一唱起来就没完没了，一唱起来就唱到了厂房的围墙边。正当他唱到高兴之时，突然听到一声吼叫。口令！接着就是稀里哗啦拉开枪栓的声音。大花脸一下子就愣住了。但他马上镇静地回答，我是钓鱼的。他还没有闭上嘴巴，呼的一下，从墙头上跳下一个持枪的大汉拦住了去路。又是一声吼叫，把枪放下，哪个部分的？大花脸连忙说，没得枪，没得枪。我手里拿的是钓鱼竿竿。说时迟那时快，大花脸的话音还没有完结，鱼竿早已到了大汉的手里。这一强扯强拉不要紧，大花脸的鱼篓扑通摔在了地上，白花花的鱼儿满地蹦跳。那大汉见到这样的情景，口气缓和了许多。哦，你硬是个钓鱼的嗦，我还以为摸岗哨的来了。你胆子这么大，敢在这年月一个人走夜路。大花脸见险情已经过去，不由得生气地说，咋个不敢走夜路呢，我又没有参加那一派。老婆要生娃娃了，没得钱买好吃的，只有自己出来守夜钓几条鱼嘛。这个时候大汉就和气了，便问道，你刚才是不是在唱川剧，还好听得很。大花脸说随便唱了两句，哪晓得就把你得罪了。那大汉笑了，好像道歉似地说，不是，不是，我们造反派随时都要提高警惕嘛。我帮你把鱼收拾起来。那大汉帮大花脸把鱼捡到鱼箩里问，你是不是那个叫大花脸的？我常常听周围老百姓讲，大花脸喜欢钓夜鱼。大花脸心里好不想笑，随口回答说，正是鄙人。大汉一下高兴起来说，好久我们造反派胜利了，请你来唱三天三夜。大花脸嘴里说是是，但心里说，你这些祸国殃民的狗东西，还配老子唱给你听。

虽然发生了差点丢性命的事情，但大花脸从来不放在心上，还是照样钓夜鱼，走夜路，唱他的川剧段子。当然也没有再遇到什么麻烦了。但说到造反派想听川剧，大花脸倒想起那些曾经听他唱过戏的大人物来了。那是在一个叫做金牛坝的地方，中央首长一到四川，就要在那里住宿，那里有个大礼堂，很是宽敞。那时候的青年川剧团，经常到那里去完成无上荣光的演出任务，常常听到中央首长的掌声，简直是一种幸福的潮水在心中涌动。如果中央首长没有来四川，省委领导在工作之余也会听他们唱川剧，使他们这群年青的川剧演员感到地方剧种艺术的伟大。那知道后来就开始革命了，中央首长和省委领导都去听样板戏了。于是剧团开始衰落，减少经费，减少剧目，减少人员。大花脸就减到卖酱油的队伍里了，最后在这城乡结合部落脚生根。后来老婆生了娃娃，大花脸在照顾老婆娃娃有空闲的时候，就坐在林副主席的画像前面发愣。而心里不断地嘀咕。你这个奸臣啊，鹰钩鼻子，猪腰子脸，定时炸弹。把老百姓弄得好惨啊。连我们的川剧都遭了你的毒手。我看你不得好死哦！他往往会这样想半天。因为唱古装剧唱多了，也就会从今天想到历史，想到历史上如曹操啊、潘仁美啊、严世藩啊、李连英啊，这样一类人物。但他想得最多的是刘邦手下那个韩信，不是战功赫赫么，不是拜将封侯么，不是最后身败名裂么。他想着想着就叹口气，这样的日子还有好久啊。

在成都这个城市，秋后的雨水就多起来，但不是大雨，而是一阵一阵的毛毛雨，绵绵的，很少看到太阳出来照干路面。那时候除了市中心以外，根本看不到到柏油和水泥铺就的路面，特别是一到城郊来，几乎全是石子和泥土构筑的路面。下雨天出门满脚就是稀泥。那天，雨丝停住了，天空阴沉沉，地面一片泥泞。在通往我们院子的小路上，走来一位身材修长的女人，那一身打扮虽然朴实，但整个脸庞却透露出一种艺术修养的气韵。她不像我们在雨后的路上扑哧扑哧地直接迈开步子，而是小心翼翼地专捡没有泥水的地方，踮着脚尖走过来。看到那个熟悉的身影，站在路口等候的大花脸，心里好不是滋味。这倒不是女人走路的姿态让他难受，而是青春往事牵动了他的心灵。但他还是那么微微一叹就恢复了内心的平静。

当这个女人走进大花脸的住房时，有些发愣了。她望望除了领袖的画像外，没有其他装饰的墙壁，眼睛里流露出淡淡的哀愁。但她仍然关心地问到，“嫂子怎么不在呢。”大花脸轻声告诉她，为了招待你这位稀客，她到娘家去弄点新鲜蔬菜，中午就会回来做午饭。这个女人好像很有感触，于是说道，“看来你还好吧。”大花脸平静地说，“人到这个地步，不好又能怎样？”女人好似内疚地说，“其实我当初幼稚糊涂啊，没想到的是你为了我，落到这个地步。”大花脸反倒安慰她说，“人生有命，穷富在天。在生活中要埋怨的太多了。”女人理理额前有些湿润的头发说，“多少年来，我还是感到你的正直为人。三师兄这个人很阴险。和你分手后，就露出真实面目。我在他面前为你说了不少好话，他还是利用那一点权利，把你挤出了剧团。我好后悔啊。”大花脸竟然微笑起来说，“你是唱戏的，还不懂历史。哪个人物不把情敌政敌置于死地方罢休。”女人长长地叹口气，眼里闪动着泪花。她说，“为了寻找大师兄，经过好多周折才找到这里，希望大师兄不计前嫌，还是出山吧。”大花脸问到哪里去。女人说，“现在一些剧目开禁了，周围县份上也开始成立民间剧团，但是找不到好的角色。大师兄要是愿意，资阳一个剧团需要人。”她还劝导大师兄，不要丢了艺术事业，以后必定有展示才华的舞台。大花脸沉闷了好一阵，抬头说，自己确实有些灰心。想当年唱得红红火火，一夜之间就被唾弃，好不凄凉。女人又说些充满希望的激励的话语。大花脸媳妇回来了，他们开始动手做午饭。

自从这个女人离开以后，大花脸有好几天没有出门去河边钓鱼了。不久，他就在我们的院子里消失了。起码过了半年，才听他的媳妇说，还是唱他的川剧去了。在哪里唱，大家就不知道了。

就这样，人们也听不到大花脸唱川剧了。只是讲到川剧的时候，大家才想起对他的一种忘却的怀念。

也不知道是哪一天，总之那个时候已经可以大胆地演出和观看古装剧了。我们院子旁边的厂子里来了个川剧团，向周围的老乡展开宣传。当天院子里的人们高兴起来，晚饭后的筷子和碗也来不及洗涮，就成群结队向厂里的大礼堂奔去。平时连五角钱买包香烟也舍不得的老乡，也大大方方买上了戏票。要坐一百人的大礼堂塞得满满，就是窗台上也站上了人，维持秩序的工人显得万般无奈。那夜上演的是《铡美案》。只见宽大的舞台上的幕布徐徐拉开，包文正洪亮的唱腔刚刚出口，整个礼堂的座椅就微微颤抖起来，那个掌声就像潮水涌向舞台，又使大家想起城里的川剧院子。不过地点和时间的变化，让人产生一种亲切而久违的感觉。

这天晚上，年近七十来岁的李老头，硬是叫儿子买票陪他来看戏，说是大花脸离家后，再也没有听过真正的川剧了，这辈子还能遇到这个机会，怕也是最后一次了。家里人劝不住，只好叫孙子牵着他进了剧场。舞台上的灯光通亮，李老头就是看不清楚那包文正的面目。可是那唱腔刚刚过去一个段落，李老头就有些激动了。他不断摇着孙子的手臂说，嘿，大花脸，大花脸啊。大花脸从家里出走时，这孙子还不懂事，那知道大花脸是什么样的人，只好应付他、安慰他。“那个唱戏的就是大花脸，就是大花脸。你好好看戏嘛。”老头子倔强起来，拉着孙子的手就要去后台看大花脸。孙子没有办法，不领着他去，老是嚷嚷，周围的人发出讨厌的声音。只好把他从过道上，一直领到舞台前，让他去看个明白。可是老爷子一个劲地向后台去，差点摔了一跤，吓得孙子只好依从。

在后台的门口，爷孙两个被人拦住了。老头子急得声音发抖，说了半天别人还是不明白他的意思。孙子才告诉别人，老头子要看大花脸。拦住他们的人挥挥手，叫他们到礼堂里去慢慢看。老头子觉得好没面子。开始大声嚷开了，这就惊动了刚刚从舞台上下来的“包文正”，孙子立即大喊一声，“大花脸，我们要看你。”那大花脸眼睛一亮，也大喊一声，“李大爷。”李老头嘿嘿嘿地笑起来，拉着大花脸的手说，“我一听就是你，就是你。”当天晚上唱完戏，大花脸一直把李老头送到家里。

后来，李老头去世的那天，大花脸怀着沉痛的心情前来悼念。看他的样子，是要为老朋友唱一台川剧。可是他来到灵堂前的那一刻，李老头的儿子孙子除了请他喝一杯三花外，根本没有那个意思。这个时候来悼念的人的不少，但大家坐下来就围在看电视机不愿意离开，而且还不时高兴得发出乐滋滋的笑声。他那神情好不尴尬。在李老头的遗像前，大花脸默默地坐了半个小时，不知道想了些什么，然后上了三炷香，磕了三个头，便起身告辞了。李老头的儿子孙子把他送到院子的大门口，转身回来的时候，只听他亮开嗓子唱起来。唱的什么，听不清楚，但那唱腔里充满一种孤独和悲凉的意味。

几年后，当新闻界开始讨论振兴川剧的时候，我想起了大花脸，很是希望和他讨论一翻，但没有找到他的新居地址。只好去新华书店寻找相关书籍。可是，当我跑遍成都所有书店时，没有找到一本关于川剧的著述，心里快快不乐。在过些日子，也把大花脸淡忘了。

杨力，中国民间文艺家协会会员，四川省民间文艺家协会理事，成都市民间文艺家协会副主席，成都市作家协会会员，成都文学院签约作家。2016年冯巩、徐帆等表演的央视猴年春晚小品《快乐老爸》原创作者，中国民协2017年首届年度故事奖获得者，获2018年四川省文联"百优"艺术家。公开出版发表文章数百万字，出版书籍多部，上百篇次作品获奖或转载。

最后一任川剧团团长

◎ 杨　力

还有几天，是付秀辉老人的八十岁寿诞，儿女们都想给他一个惊喜，但除了吃，似乎也想不出什么新意。

这一天，付老接到县文化局曹局长电话，邀请他参加第二天的艺术节开幕式。付老很意外，自从二十年前退休，他已经很少参加外面的活动，对县上一年一度的艺术节更是漠不关心。

第二天一早，曹局长派了一辆小车把付老接到了艺术节现场，开场歌舞之后，压轴大戏上场了，是一出叫《鳖灵魂》的川剧。台上刚报出剧目，台下的付老就坐不住了，使劲揉了揉眼，伸长脖子，恨不得把台上演员的扮相和唱腔看得更清楚听得更明白。

旁边的人都看得出付老的激动，只是不太明白他眼含热泪的原因。早些年，付秀辉在县川剧团当团长，他自己也是"生、旦、净、末、丑"中扮演丑角的行家。在上世纪川剧最火热的年代，很多家长都能以把孩子送到川剧团学习作为最荣耀的事，那时还是盛年的付秀辉为了川剧发展，还专门招了一个"川剧娃娃班"。这些七八岁的孩子进了娃娃班后，就每天跟着师傅和学长们学练基本功，一旦有了好的苗子，川剧团就会留下来进一步培养。而在娃娃班的所有学员中，付秀辉特别看重一个叫周元仑的孩子，不但悟性高，而且特别吃苦，他试着扮演的丑角，有着和年纪不太相称的成熟，和付秀辉扮演的丑角如同一个模子，让人十分喜欢。付秀辉从周元仑身上看到了希望，有意把所学传授给他，悉心栽培。周元仑家境贫寒，为了让他能多拿点养家糊口的钱，还让他在单位兼管财务。

那一年，付秀辉花了多年时间，精心创作的川剧剧本《鳖灵魂》终于杀青。古时的成都平原常常遭受水患，古蜀国的国王为民所急，拓巫山，开三峡，用开凿出来的两条人工河带走了岷江水，让整个川西平原从一片泽国变成了沃野千里。这个伟大的工程比李冰父子修建都江堰水利工程还早了四百年，还原这段历史，是川剧在传统剧目上的创新和发展，寄予了付秀辉一生的心血。剧本完成后，付秀辉组织剧团进行了精心排练，其中一个调节全剧戏份的重要丑角，就交给了渐已崭露头角的周元仑。

为了让周元仑尽快掌握角色，付秀辉专门开小灶启发他。付秀辉演了半辈子的丑角，不仅说、学、逗、唱样样精通，而且“现挂”工夫十分了得。所谓“现挂”，就是即兴发挥，类似于现在的“脱口秀”，需要演员基本功扎实，文字功底深厚，体现了川剧雅俗共赏，俗不伤雅的特点，能极大增强川剧的观赏性和趣味性，角色位置十分重要。为了帮助周元仑理解角色，付秀辉找来了不少历史书和专业书，让周元仑从中汲取营养。周元仑有感于付秀辉亦父亦师的恩德，跪地拜了老人为师。

付秀辉没有想到，川剧《鳖灵魂》排练上演后却面临一个窘境，那就是观众锐减。从上世纪七十年代到八十年代，川剧经历了一个从高峰到迅速衰落的过程。国家在八十年代提出了两个振兴，一个是振兴中医，另一个就是振兴川剧，各地的中医医院倒是如雨后春笋建起来了，川剧团却在经济大潮的冲击下变得岌岌可危，每天坐进县川剧团剧场的观众已经屈指可数，入不敷出的经营局面让整个川剧团人心浮动，人人都在思谋着今后的去向。

眼看大势已去，剧组的人工资都发不出来，付秀辉仍然坚持自己的目标，正巧他父亲落实政策到手了一笔钱，他干脆把这笔钱交给了剧团，起码还能撑一段时间。

不料到了发工资的日子，剧团里的人盼了一天，兼管财务的周元仑却没有出现，那以后一连半个月，谁也没见过周元仑，倒是有人说过，看见他几次喝得醉醺醺的。

九十年代初的一天傍晚，付秀辉的家被一个年轻人敲开了，进来的正是弟子周元仑，进到客厅就跪了下来。正在客厅看书的付秀辉瞥了一眼，心里咯噔一下，沉下脸问道："大家等着你拿钱开支，你怎么玩起失踪了？"

付秀辉在客厅的沙发上坐下，跪着的周元仑早已泪流满面。周元仑说："师父，我对不起你，那笔钱……我想先拿去借给一个高息揽储的机构赚点利息，再给大家发薪水，没想到，那是个骗子公司，不但把您的钱卷空了，我的那点可怜的积蓄也都搭进去了……最近我天天借酒浇愁，都不敢来见您……"

付秀辉一下子站起来，指着周元仑狠狠地点了几点："你、你、你这不长脸的东西！怪我瞎了眼，振兴川剧最后这点希望，也毁在你手里了！"

周元仑跪下不敢抬头，好半天才说："我错了，也没脸留在家乡，我要走了……这笔钱，我会归还的！"

付秀辉冷然说道："既然要走，还堂而皇之告诉我干嘛？走吧，走吧，走得越远越好！"

周元仑一脸羞愧："师父，我还瞒了你一件事情。这两年川剧团走下坡路，剧团每个人都在想着退路，我也一样，悄悄跟人去学了根雕，技术也渐渐有了些长进。前些日子有人帮我在缅甸介绍了份工作，去那边做根雕，工资是我现在的十倍，一个月可以拿到三千。师父，我才二十出头，如果一直唱戏，我看不到任何出路，剧场已成了没有观众的摆设，迟早会解散的。弟子思前想后，过去奋斗一些年，就能还上您的钱，也能给自己找到一条出路！"

付秀辉闭目半晌，冲门口挥挥手说："钱的事，你自己看着办吧。水往低处流，人往高处走，既然已经定了，剧团也不留你了。从今以后，你我各自安好。”

周元仑一个劲点头，泪眼朦胧中，他看到了师父脸上极度的失望与落寞。周元仑也不会知道，他离开剧团后没多久，剧团就宣布解散，付秀辉被安置到同一个系统的电影公司，郁郁寡欢地守到退休。

此刻，曾经远离的川剧《鳖灵魂》重现舞台，人物设置和川剧表演全部是按照当年付老的要求完成的，这让不太情愿来到艺术节现场的付老百感交集。正有些疑惑，坐在旁边的曹局长告诉他，《鳖灵魂》的剧本是在尘封的县川剧团的档案中找到的，经过县上的红叶艺术团一帮川剧发烧友的紧张排练，才有了今天重现天日的机会。

付老泪光闪烁：“真是没想到，我这辈子还能看到自己编写的这出戏。我希望演出后，见一见红叶艺术团的演员们，特别是艺术团的团长，他太有心了。”

付老这样想，是想解开心中一个疑惑，一帮发烧友，把一出《鳖灵魂》排演得惟妙惟肖，一定有高人的指点，他想见一见这个高人。

可是，待演出后，付老被请到了后台，他见到了红叶艺术团的团长，却是一个仅二十多岁的年轻人，付老不信，怎么看他也不像高人啊。

年轻的团长一见付老，马上上来搀住道：“前辈，我们事前没告诉您，就贸然排练了您的作品，今天请您来，就是想听听您的意见，得到您的指导。”

付老兴奋地点着头：“你们演得很好，我要谢谢你。我以为，我这一辈子，都不会再和川剧有缘了，早在二十多年前，我的弟子离开了，川剧也没观众了，想不到今天被你一个年轻人搬上了舞台，而且是在艺术节的开幕式上演出，没有想到啊。”

年轻人说：“其实啊，政府现在越来越重视对川剧的传承和保护，有意让我们排演了这出《鳖灵魂》，还从省川剧院请来了老师进行专业指导，才让这帮业余的发烧友有了这次登台演出的机会。”

付老开心一笑：“看来是我思想僵化了，川剧没有落伍，正在振兴中啊。”

这时年轻人话锋一转：“前辈，我们刚刚才听说再过几天就是您八十寿诞，我们一帮川剧发烧友都想到时候一齐去贺寿，不知前辈欢不欢迎?”

付老一个劲点头：“欢迎，欢迎，儿女们正不知道如何给我祝寿，到时候我们来一场老少同台川剧表演，大家一齐乐一乐。”

这一天，付老都很激动，一回到家就吩咐儿女，把他藏在衣柜里放置了二十多年的川剧服饰准备好，到了寿辰那一天拿出来穿上。儿女们听了都眼眶子发热，父亲热爱川剧如热爱生命，作为最后一任川剧团的团长没能带领大家走出低谷，让剧团“败”在了他的手里，是他心里一辈子的痛。现在父亲主动要唱一出川戏，说明心结正渐渐打开。

几天后，刚日上三竿，付老的院门外已是一派热闹，文化局的曹局长带着年轻的团长和一帮川剧发烧友齐扑扑地涌了进来。付老高兴地迎上去说：“你们来得可真早，我连演戏的戏服都来不及穿，你们就到了。”

付老扭头正要吩咐儿女拿戏服，身前的年轻团长却一把扶住了他：“前辈，我们今天来祝寿，还专门给您带来了一份特别的礼物。”

“哦?”付老微微讶异。

年轻团长手指往院门外一指，一个依稀熟悉的人影一下闪到了近前，迎面才刚刚跪下，两眼却已是泪水斑驳，嘴里一个劲大喊：“师父，弟子元仑，来迟了!”

付老看了看，没有错，当年的弟子，那个风华正茂的年轻人，虽然轮廓依旧，却已是两鬓斑白，算一算，也是半百之人。师徒重逢，付老激动得步履踉跄，想上前扶起弟子，又想起当年决绝一别，又忍住了，别过身去。

周元仑跪着说：“师父，这么多年没来，是我没脸见您啊!”

原来，当年周元仑决绝地离开川剧团，固然跟思谋退路有关，但最关键的是没有抵住诱惑。当年有人许以他三千块的月薪，请他去缅甸制作根雕，他打算赶紧挣钱还债，不料去了才知道三千的月薪不是人民币，是缅币。周元仑知道受骗，最后费尽周折才回到国内。

回来后，周元仑痛定思痛，最后决定哪儿跌倒从哪儿爬起，潜心修炼根雕技艺，慢慢地让产品有了好的销路，在圈子内声名鹊起，这已经是最近几年的事了。

有了一点经济实力后，周元仑开始反思他走过的路，觉得他应该为曾经热爱的川剧做点什么。他让儿子报考了戏剧学院，又在县上的支持下，组建了红叶艺术团，资助艺术团排练优秀文艺节目，包括让一帮热爱川剧的发烧友把付老编创的川剧剧目《鳖灵魂》重新搬上舞台。他还让学戏剧的儿子兼任了红叶艺术团的团长，全力以赴地把上辈人热爱的川剧事业，通过今天的年轻人传承下去。

周元仑最后说："那天艺术节的开幕式上，我就坐在观众席中，但我实在没勇气上前见师父您。师父，这是一百万的银行卡，是我偿还您的那笔钱。您收好！"

周元仑的儿子这时也跪在了父亲身边，诚恳地对付老说："前辈，我父亲一直在用他的下半生为当年赎罪，他希望得到您的原谅。现在政府也很重视文化传承，准备恢复川剧团，重新招收娃娃班，让川剧这门艺术瑰宝，从小就在孩子们身上扎根。"

旁边的曹局长接过话茬："是啊，老爷子，您是最后一任川剧团团长，我们还想请您当川剧团的顾问，站好最后一班岗呢！"

付老闻罢老泪纵横，摆摆手，没有接银行卡，说："这笔钱，就作为振兴川剧的启动资金吧，还是由你来掌管！"转过身冲儿女们大吼："快拿我的红戏服出来，今天我要让老中青三代川剧人痛痛快快唱上一出！"

周德芳，原中石油职工、中国石油作家协会会员、内江作家协会理事。作品见《地火》《青年作家》《沱江文学》《中国妇女报》《中国石油报》《四川日报》等多家报刊，曾获全国石油文学奖。退休后搁笔安于清闲。

重逢的雨情（外一篇）

◎ 周德芳

沉重飚急的大雨犹如一条条残酷的鞭子，从天空凶猛地抽打下来。救护车终于在一双双焦虑、痛苦的眼睛中离开井场，爬上了七绕八拐的山区公路。雨点打在车窗的玻璃上，被车窗雨刷刮出好看的花纹。天，越来越黑了。眼睛望着雨幕中急速后撤的井架，听着耳边渐渐远去的钻机轰鸣声，秦远的心情很沮丧，整个人好像掉进了冰窖里一样。车内的灯光很微弱，他注视着躺在担架上昏迷不醒的鲁兵，低沉地向穿着白大褂的赵娟说："没想到会发生这种意外。"

赵娟没有看嘟哝着的秦远。

风雨搅拌在一起，像密集的子弹噼噼啪啪地打在车顶上，弄得秦远的心痛苦地痉挛着，他完全一点都没有想到会发生倒霉的卡钻事故，而且没有伤着自己偏偏却伤了鲁兵。

"秦——远。"

听见鲁兵微弱的呼唤声，他赶紧伏下身子把头挨着鲁兵的头，轻轻地说：

"是赵娟替你包扎的，她就在你身边。"

赵娟强作笑意，靠近鲁兵让他看见自己的眼睛后，像哄孩子一样甜甜地说：

“伤，不要紧。勇敢些，忍住痛。”

鲁兵很听话的样子微微动了动头，将目光移到秦远的脸上，慢慢地说：

“当时，雨太大，听不清你在喊什么，我也真有一些害怕……”

秦远难过地抚摸了一下鲁兵的脸颊，向着赵娟说：“鲁兵是好样的。”

赵娟的眼眶里涌满了泪水，恳求司机把车开得更快、更稳一些。

“秦远”鲁兵喃喃地说：“当时，我——动作慢了，太——慢了……”

秦远的眼前闪现出钻台上自己手扶刹把，正循环完泥浆，准备起钻却突然卡钻了的情景。雨下得很大，井架飞落下一条条小的瀑布。他一边透过雨帘紧紧盯着指重表，一边轻提刹把试图上下活动钻具。焦急的脸上布满了汗珠和雨水。

正在值班房里注视着钻台的鲁兵，凭着他聪明的技术和经验，发现钻台上可能出现了问题。这时游动滑车拖着井内一千多米钻具疯狂的直赴天车。发出“轰”的一响声。鲁兵脑里瞬间闪过危险的念头，同时飞身窜进雨里快步奔上钻台。游动滑车正疾速地下落，钻杆一根接一根的迅速降落下井里。指重表飞快地旋转……鲁兵抓住卡瓦就推入井口。

“秦——远，我上钻台慢了。”鲁兵内疚地说。

“你别说话。你是一个好钻工。”

赵娟再也无法忍住眼里的泪水，一滴一滴地往下掉。

鲁兵见赵娟流泪，用调侃的口吻安慰说：“伤，过几天——就——会好的，你——把珍珠撒了多可惜。哭的样子——不好看。”

赵娟将嘴凑近鲁兵的耳朵，“你别说话。”

“好，我听——你——的。原谅我没——有给你回信，以后——我一定给——你写信。”鲁兵很虔诚地看着赵娟。赵娟轻轻地点点头，脸上露出一丝苦涩的笑意。

风雨声和汽车上坡的轰响声淹没了车内的话语。车灯的光柱撕碎着风雨和夜色。

秦远看见鲁兵将卡瓦快速地推向井口后，游动滑车向着鲁兵的头部直砸下来。秦远赶紧冲上去一掌推开鲁兵。卡瓦制止了下落的游动滑车。鲁兵倒在了钻台的转盘边上。

“秦——远，我们在石油校时——约定只把赵娟当妹妹的做——法是错，错误的，我太愚蠢，你也太扭捏作态了，你要像——处理事故那一样果断。”

沉思中的赵娟没有听清鲁兵微弱的话语，她把目光移到秦远的脸上，平静地问：

“你是司钻，鲁兵伤成这样子，你该真正理解他是一个什么样的人了吧?”

在石油校的时候，秦远和鲁兵是形影不离的同班同学，他们课桌挨在一起，床挨在一起，连上厕所也在一起。

他俩同时朦朦胧胧地喜欢上赵娟纯粹是一次偶然的机会。学校组织到玉皇阁的一次旅游活动，诱发他俩悄悄在心里种下了对赵娟的感情的种子。

那天同学们一起上山后，山上就飘起了小雨。在经过地狱阎罗殿的时候，雨突然下大了，大家一边躲雨一边互相嬉笑着替自己的命运作判断。鲁兵和秦远趁大家不注意时在不准拍摄的牛头马面像前互相偷拍了自己的照片。没想到照片印出来后让他二人大吃一惊。两张照片上都是神像的一边站着自己，另一边却鬼使神差地站着一个凝神微笑的赵娟。他俩分析是现场的背景太暗，又是鬼鬼祟祟偷拍，没想到会把赵娟也拍进去了。他们各自细看自己照片上的赵娟，面容清秀，神情羞涩含笑，苗条的身体曲线起伏，让人越看越想看。平时对女孩子不太注意的鲁兵这个机灵鬼，如获至宝一样地兴奋。他想，不知赵娟是正从神像身边走过，还是在留影，还是故意搞恶作剧。

“管她在干什么。走，去讨伐她。就说她故意捣乱，破坏我们的形象。”鲁兵说。

秦远想，自己早就注意到赵娟了，只是没有机会套近乎。现在有相片在手，倒是一个好的借口。

两人去找赵娟。赵娟的表情确实流露出一丝意外。

鲁兵调侃地说：“赵同学，你是要同我合影，还是要同秦远耍朋友？现在证据在手，你看怎么办？”

赵娟接过相片看后，不卑不亢地凝思片刻，大大方方地说：“相片上我的位置很突出，你们在搞偷拍，且又是在禁止拍照的地方。我要去找校长反映，同时申诉我的肖像权，你们必须作赔偿。”

秦远一听：“没想你斯斯文文、秀秀气气，说话还够狠的。我们男孩子没有什么好怕的。”

赵娟说：“好，我女孩子怕。我马上喊几个同学来看照片。”

鲁兵见赵娟要走，要去找人的样子，担心其他同学看到相片后指责自己搞偷拍，弄得解释不清狼狈不堪。他强作镇静地说：“我看你别虚张声势，我们化干戈为玉帛，私了。”

赵娟挺认真挺严肃的样子说：“要把相片和底片交给我才行。”

平时聪明过人的鲁兵知道只有认倒霉。但他心里却一下子喜欢上了赵娟。他说：“交相片给你没问题，条件是星期天陪我们玩一天，喝杯咖啡，如何？”

赵娟想了想说：“同学一场，请喝咖啡，行。”

没想到星期天又遇上下雨。鲁兵和秦远不甘心作罢，硬邀着赵娟，三人冒雨去爬了一回方山。这次去的情景像是照着剧本拍电视似的。鲁兵和秦远处处照顾着赵娟，就连赵娟说，神不可全信，也不可不信；鲁兵赶快去买了一束香烛递给赵娟。秦远也就往功德箱里塞进一元钱，连连说：“这样就有诚意。”

赵娟哭笑不得，但却又还认真跪在释迦牟尼的像下拜了三拜。

鲁兵故作高深地说：“样子好虔诚。是求官？求财？还是求如意郎君？”

赵娟笑而不答，看了鲁兵一眼朝前走了。

“你爱上她了？是搞火力侦察？”秦远心一颤，问鲁兵。

“早该爱上她。如今也为时不晚。”鲁兵爽快地回答。

“我知道已经有人爱上她了。”秦远迟疑了一下说。

“谁?”鲁兵惊问。“我要同他竞争。”

秦远笑了：“是我。我无法与你抗衡，算你胜了。”心里酸酸的。

雨渐渐细了，像微尘一样地撒下来。三人下山的时候，一直沉默着。

从此，三个人的感情越来越浓，但他们自己谁也说不清谁在同谁好。不过从一些细微之处，秦远感觉到赵娟更喜欢鲁兵的幽默和睿智。

有一次，他们应约到赵娟家里包饺子，这是第一次见赵娟她当工程师的爸爸。进门后，秦远见客厅里铺着地板，很知趣地赶快脱皮鞋，恭恭敬敬地称呼赵娟爸爸“赵叔叔”，而鲁兵却大大咧咧的穿着鞋走了进去，还故意说：“我愿意离开的时候为你们擦干净地板，也不愿意脱鞋。我想赵老师能够理解年轻人不拘小节的形骸。”秦远注意观察赵娟的表情，赵娟很赞许地应和：“我爸爸就是一个很随和的人，你们不要太拘谨。”

他们离开的时候，鲁兵真的将地板擦得干干净净，还调皮地说：“饺子吃了，又擦了地板，赵老师，我这可不是无功受禄了。”赵娟的爸爸被逗得高兴地说；“下次再请你来擦地板。”秦远这才发现自己缺少鲁兵的潇洒气质。

赵娟流露出对鲁兵的喜欢，秦远是很敏锐地感觉到了，他很痛苦，不知不觉地就和鲁兵有一些疏远了。吃饭的时候，他借故自己感冒了不和鲁兵把菜买到一起了。睡觉前也不像过去那样侃大山。鲁兵为了不伤秦远的心，在赵娟面前总是以礼相待，还有些淡漠的样子。但秦远从鲁兵的眼睛里清楚地看到鲁兵心里装着赵娟。

雨变小了，但很细很密。车已驶上了城郊的沥青路，速度明显加快了。秦远向前倾着身子，用手轻轻抚摸着鲁兵的头，默默地注视着鲁兵微闭的双眼。

在车的前方出现了一片闪烁的星光，城市已遥遥在望。夜，在这迎面扑来的星光中，慢慢地脱下了漆黑的面纱。雨，像扑粉一样地在空中轻轻地飘落着。赵娟似乎在自我安慰地说：“快到矿区了，职工医院是做好了一切手术准备的。”

秦远直起身子抬眼望望窗外，将目光停在赵娟的脸上说："鲁兵心胸开阔，待人真诚，我远不及他。"

赵娟默默不语。

毕业后，赵娟和秦远分配在同一个钻井队，鲁兵却分配到当初离城最远的另一个钻井队，分别的头天下午，赵娟找着鲁兵。送了一支笔，一札信封给他，叮咛别忘了写信。

"嗨！赵娟你真细心。我倒忘了井队离街远，买针买线都得跑几里山路这事了。多谢了！"鲁兵笑着说。

在一旁帮鲁兵收拾行李的秦远看见和听见这一切，心里好难受。当初他听到宣布他和赵娟分在一起的喜悦心情已减半了。

离校那天，秋雨在轻柔的风中悄然地飘洒着，给送行的场面平添了一种淡淡离愁的情味。学校操场里挤满了人群和接人的客车、货车，车鸣、笑声、哭泣声汇成一部杂乱的交响乐。

鲁兵去井队的车开始发动了，车周围挤满了送行的老师、同学，一声声道别中充满了离别的忧伤，也充满了兴奋。秦远瞥见赵娟站得远远的悄悄用手帕在脸上抹去眼泪。

"秦远，别忘了我们的友情。照顾好赵娟，她是我们的妹妹。"鲁兵拍了拍秦远的肩膀。

望着渐渐远去的汽车，赵娟的眼睛在雨中完全模糊了。

秦远和赵娟到井队后，秦远处处关心赵娟，他常常利用倒班时间跑二十多里路去集镇上为赵娟或交信或办事。井队里的人都认为他们在耍朋友，有时难免调笑："赵娟，秦远今后一定是模范丈夫。"听见这种话，赵娟总是淡淡一笑："我们只是同学加朋友，谨此而已，没有其他关系。"秦远也觉得赵娟对自己仍然像是在学校时那种同学间的友情。他注意赵娟的书信往来，知道赵娟经常给鲁兵写信，但从每次队上的收信中却又没看见鲁兵写给赵娟的信。

细雨很有韵律地飘在车窗上，车内的灯光烘托出复杂痛苦的氛围，鲁兵静静地躺着，似乎入睡了一样。

"秦远，如果你当时推鲁兵用力重一点，鲁兵就不会伤得这样重了。"赵娟忧痛地说。

秦远从沉思中惊醒，望了一眼鲁兵，将眼睛停在赵娟脸上。赵娟见秦远无言而动的嘴唇，深感自己的说法太无道理，歉意地说："对不起，秦远。"

没想到，后来钻井队调整时，鲁兵也分到了秦远和赵娟他们队上。他坐着一辆钻杆车来到井场。那天，又是雨天。他一钻出驾驶室伸直腰，就被正在值班房里的赵娟发现了。她愣怔了一会，才欢叫着跑进雨里，跑上前去："哎呀！你来了。"眼里和脸上流露出毫不掩饰的一种欣喜。一边从鲁兵手里接过提包并迫不及待地说："给你的信不会没有收到吧。一封也不见回，心真狠。"

像有一股柔柔暖暖的情绪潮水般涌着袭来，袭遍鲁兵的全身，他由衷地笑了笑说："有缘总会相逢，是吗？"赵娟眼里笑涌出眼泪。他们似乎忘了天空下着雨，忘了井场上还有上班的钻工哥们。站着谈了很久。

秦远没有想到鲁兵会来，而且就分在自己班里。他心里有一些惴惴不安，鲁兵却笑嘻嘻地说："听你的。"从此，他们又像在学校时一样地亲热。鲁兵也很快同钻工们相处得像亲兄弟一样。

一天黄昏，钻工哥们悠闲地聚在井场边侃大山。有人半真半假地对鲁兵说："你的好朋友秦远追赵娟下的功夫够大的了，但自从你来后感觉他们好像成不了……"

"什么？秦远和赵娟谈恋爱？没有的事。"鲁兵惊异地说。说完就急冲冲地去找秦远。他在井场背后的一座小山上找到了秦远，秦远正在写信，看见鲁兵走来，脸一红，赶快把信纸装进一个夹子里面。鲁兵故作平静地顺手捡起一块土疙瘩甩出去，眼睛寻觅着土疙瘩的落处，冷冷地说："听说你和赵娟好上了？"

秦远不安地瞥了一眼鲁兵："我有心，但赵娟的态度还难说……"

"你有心，难道我没有心吗？！"鲁兵气愤地大声说。说完就站起来走下山去。

赵娟知道鲁兵和秦远闹崩后，心里很难受。她爱鲁兵，但她也不愿意秦远为自己痛苦不堪。她夹在他们中间常常不知所措，她是一个很聪明的女孩子，她担心三人之间酿出一场悲剧，她感到害怕。她只好告诉自己的爸爸，她爸爸说感情只有冷处理，于是就设法把她从钻井队调走了。赵娟去矿里的职工医院后，又考上医学院去读了两年书，最近才毕业回来。这两年多的时间里她心里时时挂记着鲁兵，也不时想起秦远。她难以相信也没想到同鲁兵和秦远的重逢是这样一个令自己伤心落泪的场面……

雨，完全停了。车缓缓地驶进职工医院的大门。

进城车上

从井场开出的测井车，挤得满满的。她想到了长方形的鱼罐头。进城跳舞的钻工不拘形骸，有的穿新潮衫、有的西装革履、有的还穿着油渍泥浆的工作服。车里什么气味都有，高级男士香水味、男人特有的汗味、工作服上的油味。最让她难以忍受的是烟味，一股股烟雾袭来，呛得晕头胀脑，两眼发花。她在心里埋怨班头太呆，要让这些桀骜不驯的野钻工搭车。平时，钻工最瞧不起男人坐在仪器车上干女人干的活。钻工们总说搞测井的男人不能算正宗的“油鬼子”。此时，他们倜傥谈笑，旁若无人，流露一种老子在前线卖命的居功疯狂劲。

“测井车上的男人怕是中性人？听说为了多分几个差旅承包费就不愿意带女孩子上井，真他妈丢我们‘油鬼子’男人的脸……”

“难怪搞测井的女孩子喜欢我们钻工，钻工会钻水平井，钻工更懂得怎样爱女人……”

“搞测井的姑娘水灵灵的好寂寞，一见到我们阳刚气十足的钻工就魂不附体……”

一道道放肆的目光，像火柴头一样在她丰满挺拔的胸脯上擦出火来。

也许是车上的钻工人多，班头他们几个男人不想惹事，也许是他们早见惯了钻工的野性。她感到钻工们的眼神和话语简直是公开在挑逗她，她有一种无可名状的冲动，她忍不住气恼而庄重的咳嗽一声，响亮地说：“请注意文明，车里禁止吸烟。”瞬间，她仿佛掐断了嬉笑声的电源，车内出现短暂的寂静。嘴里叼着烟的钻工停止了吸吐，她的班头惊愕地瞟了她一眼，默默地从嘴上取下烧了半截的过滤嘴烟扔出窗外的野地里。

鱼罐头晃了一下。

钻工们突然哄地大笑起来，话语铺天盖地向她袭来。

“小姐，你别难为我们了。钻工想跳舞连个舞伴都没有，跑几十里路去跳舞，半夜还要走路回井队，你懂吗……”

“难道小姐你还不理解钻工？真正的男人就要吸烟，真正的女人就喜欢男人吸烟……”

“有你管束，是莫大的荣幸，要照办不难，去陪哥们跳两曲……”

“我们这一堆标准男人，任你挑选，怎么样……”

她忍住气，忍着不让泪水涌上眼眶，双眼死死地盯着自己的班头。班头从一种感觉中慢慢抬起头来，突然豁出去一样发怒大吼：“滚下去！给老子滚下去。”

鱼罐头摇晃了一下，停了下来。

一个显然是钻工们的头，看了一眼手腕上的表，手一挥：“下！”十来个钻工一声不响地跳下测井车，任何表示都没有，没有一句话，也没有一声招呼，甚至没有回头看一眼。

她不知所措地注视着班头，心里真想说，还是让他们上来吧。她没有想到钻工会倔得如此古怪，连一句解释的话也不愿说。

班头怔怔地望着车窗外，望着一群渐渐远去的背影……

测井车停着好久好久没有发动。

杨国平，一九八二年毕业于西南大学中文系，曾在康定工作十二年，四川成都棠湖中学教师。现为中国散文诗学会会员、四川双流作家协会副秘书长、四川省青少年作家协会双流分会副会长。

狩猎（外一篇）

◎ 杨国平

大雪封山，鸟都不出来拉屎，动物休养生息时节，打什么猎？床上被窝冷冷地，妻子不让碰，冷战持续好多天。喝完妻子打的酥油茶才起床的日子，一去不复返了。朗加想：这样的日子不能再继续了。

扎卡山寨里的人都说，最好的猎手是朗加，最温柔最体贴人的女人是卓嘎；卓嘎想要什么，朗加就是上天入地也要给她带回来，即使要命，也成！

但这是从前。自从来了那个女妖精，穿着高腰的麂皮衣服在扎卡山寨腰肢晃动，才半天，卓嘎的魂就被勾了去，眼睛像钉在那件皮衣上。他也承认，那女人确实漂亮。

这不？躺在床上她还在想。卓嘎说："我的身材比她好，要是打扮起来，不比她差。你枪法那么好，给我打一只麂子，照着她的做一件。"

"人家漂亮，是城里人，不干活时才穿。"

"我也不差呀！扎卡山寨，好看的人多呢。赛马会上，围着我照相的记者也多得数不清。我要是穿上皮衣，比她还妖精！做一件嘛，耍坝子时，我才穿。你要是同意，我天天把茶端到你的床边，行不?”

“好吧，我给你弄两张。再打一只雪豹，做条围巾。再把黄金沟的金子全挖出来，送给你……”

“雪豹不能打，金子不能挖，惊动山神，会遭报应的。我只要麂子皮。”她向他靠了靠，温柔地抱住他。

一大早，朗加喝完了卓嘎打的热茶，带上她做的几个大馍馍，提着猎枪走出家门。

出扎卡山寨往上，贴着悬崖，穿过高耸入云的垭口，就可以纵身积雪茫茫的林海。当他穿越松林到达林海边沿时，残月已挂在天上。

“其实，卓嘎的要求也不过份。”面对前面开阔的大片雪域，卓嘎美丽的身影在眼前晃动。他想，“只要有麂子出现，瞄准头部，扣动扳机，一张上好的皮子就到手了。”

他蹲在雪地里，尽量缩小自己的身子，呼出的气全雾化在松林里。他静静地注视着周围，松雪落地的声音，也逃不出他的耳朵。他知道，这是麂子惯常出没的地方，有时一大群，像赛马会上的人流。

他静静地窝在雪地上，他知道，运气——就是耐心地等待。

早晨，太阳高悬在冻原地带，晃动着他的眼。光滑坚硬的滑石片上闪烁着光芒，两只健壮的麂子出现在银亮的画面里，褐色的皮毛散发着绸缎的光彩。

他屏住呼吸，慢慢地举起枪，食指活动了几下后贴在扳机上。

准星里的麂子昂首四望，另一支则旁若无人地舔着雪粒，肥大的肚皮拖拽在雪地上。

“它一定是要做妈妈了。”

扳机上的食指抖了两下，停住了。朗加闭上眼睛，这让他想到了妻子。她说过，这几天老是泛酸，想呕吐。冰天雪地的大自然，生命却在寒冷中孕育。

他收起枪，悄悄地退出蹲守了好几天的雪窝子，里面的雪正在融化。

请柬

春寒料峭时刻，林云科长算是忙得不亦乐乎。第三次结婚，原本不想办婚礼，可是新婚妻子满脸不高兴。

“千难万险地修成正果，为什么不办？送了几十次礼，我为什么不趁现在拿点回来？”

“别人都送了二次，我不好意思再请，我们还是旅游结婚好……”

“那可不行，我可是头一次结婚。再说，计财科长这么重要的位子，谁敢得罪你？”

“这不是敛财吗？说起来不好听……”林云显得很软弱。

“就这最后一次了。下次改选，轮不轮得上你，难说！”

林云显得很尴尬。局里几次开会，其他科室成员对自己还是彬彬有礼的，只是局长对他都没有好脸色，批评计财科的工作，老是让人汗不干出。

“给局长的回扣一分不少，他拿自己也是没办法的。”这样想来，他便觉得没有什么不安的了。

“那就小规模的请一下。新房嘛，简单地布置一下就得了。”

几天之后，他来到新房。豪华的装饰，让他眼界大开，像是置身于精品房推荐会场。当他意识到这是自己的新房时，也不由倒抽了一口气：“这么气派，不会被抓个现行？我看你哪是在结婚，是在要我的命！太招摇了！”

“我十几个姐妹都结婚了，我必须超过他们。”妻子露出了百倍的温柔，“你就放心吧，我们先出去旅游。回来后在本月的最后一天办婚礼，我们的付出必须有回报。我已经开出名单，地址也在上面，发请柬的任务你就全权办理。”

“好吧！”

他们四处奔忙着，忙完以后，妻子就回到娘家继续张罗。当林云将最后一封信投进邮筒后，他按妻子的约定，关上手机，尽心享受他们的“二人世界”。他们飞速赶到机场，登上去海南的飞机。

当回到家里时已经是凌晨五点钟了。他们在新床上美美地睡了一觉，中午才起床。当一切收拾停当之后，已经是下午五点半了。他对妻子说：“让大家先看新房，然后吃个饭，然后走人……怎么没人呢？哦，手机还没开呢。”

林云在窗边张望，看见局长走过来，便马上赶了过去，把局长迎进新房。

“你看看请柬！你他妈的老是关手机……”局长随手把请柬丢给他，冷冷地看了看华丽的新房，然后看着他，一字一顿地轻声说，“一个科长，住这么豪华的房子，正是中央大张旗鼓地反腐反贪时节，你不要命了？幸好……婚礼是二月三十号，不然，我们就全暴露了。赶快搬家，马上……”

妻子从他手上一把夺过请柬，只见上面写着：

“……我与××的婚礼，定在二月三十号下午六点，地点……请各位好友届时光临！”

张凤林，1974年在《飞天》杂志任编辑；甘肃省作协文学编辑委员会副主任。曾受聘任香港 轩辕出版社总编辑。主要作品：学术专著有《儒家、儒学概述》《西王母古国考述》等；文学作品有长篇小说《刺刀与爱情》等，中短篇小说集《红痣》《西部风情画》等，散文集《忧伤的芙蓉花》《迭力威斯·古鲁布寓言》等，诗集《活着，总不会忘记》等。退休后在成都从事影视剧策划等业务。

遗憾（外一篇）

◎ 张凤林

草窝村只有十三户人家，民国三十八年六月的一天，竟也接到凤仙镇保安队的通知，每村出壮丁三十人，自带工具，到镇上指定地点集合，否则，村上甲长，十个村子的保长，一律按通共论处，格杀勿论。

接到通知后，被邻村人称为驴几巴的杨甲长，守在自家窑屋土炕上吸了一晚上旱烟，第二天早晨，他便集中起全村人，带队浩浩荡荡地出发，按时赶向指定的地点报到。

马家军那位个头像麻袋，满脸大胡子的马团长，在凤仙镇被称为书呆子的田镇长，早在指定地点等着了，远远地看到一群难民不像难民，怪物不像怪物东西，向集中地点拥过来，他们便互相对视一眼，又都把目光转向保安队瘦猴儿似的郭队长。郭队长早就看到那幕光景，也猜到八九分，就是不敢说破，见马团长田镇长用目光瞅自己，忙说：

等一等，等十村的高保长来了，再问问是怎么回事？

只好等待。

其他九村的壮丁一个也没到，高保长也不见踪影，走路时颠簸不止的杨甲长，却带着草窝村的队伍首先赶到了。带队的杨甲长，首先向郭队长报到：报告长官，草窝村的壮丁一个不少，到齐了。他竟然还向郭队长敬个礼，以示尊重。

在场者都举目瞅去，真是一支神奇的队伍。其领队杨甲长，个头最多三尺高，胡子拉查的，罗圈腿，脖子上长着水葫芦似的隐瓜瓜，因了大骨节病，两只手活像鸡爪子。而他身后的队员，虽然有男有女，有老有少，其个头，没有一个比他高，几乎男的女的全患有大骨节病，能走动的用门板抬着老者，身体相对好一些的背着行动不便的，女人抱着吃奶的娃娃，瞎子手牵视觉好一些的衣角，全是智障患者，有的嘴角不住地流淌着口水，有的连裤子都没穿，男的吊着那玩意，女的那地方像乱草窝，男女老少加再一起，连杨甲长算上，才二十九人，便拉了村里唯一的瘦狗，凑齐了三十个壮丁的数儿。待杨甲长向郭队长报告后，这些人不像人，怪物不是怪物的壮丁们，全都望着马团长和田镇长哧哧哧地傻笑着，有的竟伸出长了大骨节的瘦手，要吃的东西。

马团长阴着脸，用三角眼瞅着田镇长：这就是你给老子弄来的壮丁？

壮丁，壮丁——，田镇长双手扶着文明棍，叹息着说：马团长，老朽也知道贵部八十二军马军长少年有为，子承父业，为守卫疆土，准备与共军决一死战，也极想多弄些壮丁，去为贵部挖战壕，修碉堡，可是，你现在也看到了，老朽治下的刁民，就这副德性，草窝村是这种状况，其他村也——

放屁！马团长火了：你这不是耍消老子么？

田镇长也不示弱，说：马团长，你嘴巴放干净点行不行？

你他妈的活泼烦了是不是？马团长忽地拔出手枪，枪口直指田镇长脑袋。

田镇长笑起来，说：老夫当年作为国大代表，在南京出席国大会议时，连你们少军长他爹，因在同一饭桌上，还给老夫敬过酒呢！你竟敢用枪口对着老夫——

啪的一声响，田镇长话未说完，马团长已开了枪。

子弹从田镇长眉心间穿过，田镇长身子晃了晃，倒了下去。

草窝村的壮丁队，听到枪声时，竟有人拍着双手跳跃着，吐字不清地喊叫着：放炮了，过年了，过年了！更多的傻子们仍在望着倒地的田镇长哧哧的笑。

马团长又回手一枪，放倒了郭队长，这才对随他而来的哈连长把头一摆：现成的壮丁在这里放着，还瞎忙个奶奶个B。

有了他这句话，长着山羊胡子哈连长立即带着弟兄们行动，保安队被缴械，从镇公所到镇上的饭馆百货店被洗劫一空，住户的财物被抢，房子被烧，好看的年轻妇人被奸，不到三个时辰，凤仙镇已遍地狼藉，就连镇公所党部的牌子，以及被从镇公所墙壁上扯下的青天白日旗，也成为马家队伍铁蹄下的践踏物。在马团长骑着战马，押着包括被缴械的保安队员以及区公所职员，还有从镇上抓来的青壮年男子组成的壮丁队伍，浩浩荡荡地开拔出凤仙镇时，天已黄昏。

被洗劫的废墟上，传出着女人悲情的哭声。草窝村的这群怪物，这才开始唯唯诺诺地挪动着脚，向着躺在血泊中的田镇长和郭队长围拢过来！

杨甲长首先捡起浸泡在血泊中的文明棍，立在他身旁，与自己身材比了比，比他个头还高，便爱不释手，拉起破烂不堪的衣襟，擦着上面的血迹。

待他回过头时，才发现，他的那些难民不像难民，怪物不像怪物的壮丁队队员们，早已一拥而上，把田镇长与郭队长浑身上下剥个精光，就连裤衩与脚上袜子，也被弄走，两个死者被剥得赤条条的。在轰抢中得到财物者，已欢天喜地拿着死者的衣物，在自己身上比试！

杨甲长见状，脸上笑成一朵花。

他心中唯一遗憾的是，回去后，这根文明棍少不了得孝敬那个一脸横肉，比狐狸还狡猾的高保长，结果，自己提心吊胆，辛辛苦苦受这份罪，却连个几巴毛都未落下，空忙一场！

农民工老谢

某日，我到楼下小区大院榕树下长椅上落座吸烟，院子里满头白发的保洁员老谢刚好把最后一簸箕杂物扫堆后装上垃圾车，一手提簸箕，一手拿笤帚，目送司机开走垃圾车后，他才抬起胳膊用衣袖擦了擦额头汗珠，伫立在长椅旁小歇。

我之前跟他在院子里迎面相遇后聊过，也知道他家在农村，今年都六十八岁了。

见状，我赶紧给他让烟，他感激地一笑，说：

“我不吸这个。”

我拍拍长椅上空位子，说：“坐下歇歇！”

他摇了摇头，说：“不用了？”

“都累成这个样子，何况已干完了活儿，就坐一会嘛！”

“那多不好看！”老谢苦笑起来。

我一愣，望着他：“哦！为啥？”

“人们看见后笑话我哩！”

“凭什么？”

“哪有被顾来扫院子下苦的，与业主坐在一起的道理？”他仍然在苦笑，也发自肺腑地说：“真的不好看！”

“话咋能这么说？”我紧忙起身，想强拉他坐在长椅上歇一会儿。

正在这时，保洁队的头儿——中年女人风风火火地途经这里，连行进的速度都未减，边走边说：

“老谢，既然干完活，现在就去老地方开会。”

话音落时，她已走过十几米远。

老谢应着声：“行！”

然后回头望着我一笑，紧忙提着簸箕和笤帚快步离去。

望着老谢已呈显老相的背影，我心里很不是味儿！

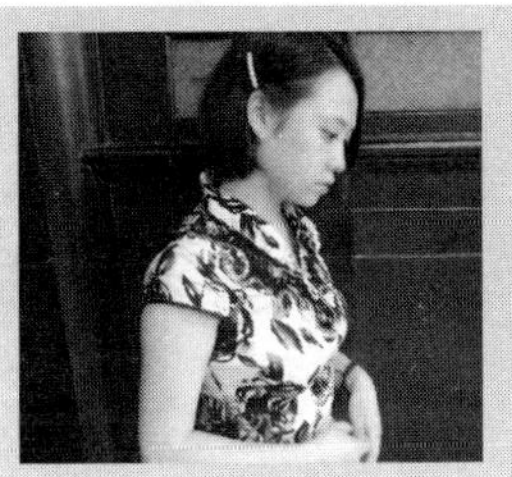

张曦。1988年生,四川大学文学与新闻学院硕士。曾公派至韩国又松大学孔子学院任中文讲师,回国后先后于政府部门、媒体任职,发表作品有:杂志类《视学术为生命的陈寅恪》《熊猫粉丝游四川》等。电视栏目脚本类《抗日英雄解固基》《善人焦公》等(人文历史专题纪录片《东周社》),《两个心之间的距离》(《成都情事》)。

攀

◎张　曦

高迪抽了两张纸递给陈春霞，陈春霞接过，狠狠地擤了一下鼻涕，本来就哭红的鼻头显得更红了，她已经坐在高迪的床上哭哭啼啼地骂了半个小时：“这么多年，在你们高家我捞到什么好了，你们高家没一个好东西，”说完便感觉自己说错了话，立马拉着高迪的手，“除了你，迪妹，他们赶我出来，就你好心收留我。”说到“收留”高迪开始发怵，自己哪有收留她的权限啊，还不知道她妈回来要怎么交代，说来也奇怪，高迪一向不喜欢陈春霞，这次为何要帮她？

一个月前

那是高迪大学毕业后从省城回家的第一顿饭，空气格外凝重，“在家好好复习，没什么要紧事就别出门儿了，怪丢人的。”高迪妈吃着鱼，熟练细致地从嘴里捋出鱼刺，那声音好像从牙齿的缝隙里漫不经心挤出来的。高迪将筷子一扔，回到房间，关上门，放声大哭起来。这场战争到底还是爆发，从高迪踏入家门那刻起，她就能感到她妈像一颗充满火药的鞭炮，只等着哪个不要命来点一把，无奈这父女俩一直不做声，她便只能自燃了。

高迪的妈是好面儿的主，谈资对于她这样的小城女性来说是重要的精神生活，“面子”是讨好她的最佳礼物，这件礼物高迪曾经给过她，那就是高迪以优异的成绩考进省城大学的那年，她本以为自己的女儿将从此带着荣耀离开县城，一路平步青云，没想到到毕业的时候，高迪考研失利，找工作受挫，只能灰溜溜地回到家里准备复习备考公务员，而单位里几个跟高迪一届的孩子都有着落了，没有一个回县城的，这对她来说无疑是要命的羞辱。

高迪不认为自己应该为母亲的失望买单，她甚至认为这是母亲前几年吹牛吹大了的报应，但她需要考上公务员，因为考上公务员她才能和吴浩博光明正大地在一起。高迪与吴浩博都出生于那种家庭——家长持有“孩子读书期间最好不谈恋爱”的观点并且对孩子的心理成长知之胜少。他们在一起已经三年了，谁也没有告诉自己的父母。

吴浩博在高迪眼里是完美的：他出生好，父母是省城国企的领导，178 的大高个，早高迪一届考上本校的研究生，高迪的新手机也是他买的，比起那些只会送女生小玩意的男同学，吴浩博无疑格局更大。对于这样一个优秀的男人，高迪付出了自己所有的第一次，跟很多校园情侣一样，俩人很快在校外租了房子，过上了准夫妻的生活。吴浩博承诺等高迪考上研究生后就带着她去见自己的父母公开关系，只是没想到，沉浸在爱情里的高迪到底还是没能跟上吴浩博的步伐，当高迪的父母要求女儿回家复习考公务员时，高迪本以为吴浩博会反对，但他却将校外的房子退租，把高迪送上回老家的大巴，嘱咐高迪好好复习，自己也要补一补研一落下的课程。一瞬间，这段亲密无间的关系似乎只是小孩子的过家家，玩够了就得回家，回到父母的怀抱里，继续扮演一个“未成年的好学生”。

回到县城的高迪逼着自己不主动和吴浩博联系，双方进入一种说不清道不明的冷战关系，自尊心就是引发这种纷争最直接的诱因，谁忍不住谁就输了，然而不到几周高迪就觉得自己这根弦快绷断了，她开始幻听，每隔几分钟就神经质地打开手机，来来回回地翻看朋友圈，吴浩博已经很久没有更新状态，他们之间最后的微信交流是吴浩博告诉高迪课程很忙。高迪开始幻想、怀疑、担心、反省：“他是不是不爱我了?”“他认识新女生了吗?”“他想和我分手吗?”“网上说男人总是贪图新鲜，我不应该和他同居，他一定是看透了我，一点神秘感也没有了。”这样焦躁不安的情绪像一只只蚂蚁在高迪的脑海里来回穿梭，使她痛苦，但她却要一边压抑这样的痛苦一边小心避让母亲随时会爆发的怒火。

即便高迪每次出门购物都会多绕几条街，但还是让她遇到了熟人，而且是一个她极不愿意遇见的人——陈春霞，高迪的表嫂，所有亲戚嘴里出现频率最高的人物。陈春霞出生在县郊区的农村，父母都是老实巴交的农民，在高中的时候陈春霞就搞定了高迪那不争气的表哥高翔——县里XX局局长的儿子。很快，高迪考研失败回家复习考公务员的事情就在亲戚家传开了，对于高迪而言，说破更好，省得被她妈逼成地下工作者，然而这对她妈来说却是难以接受的事实，好在陈春霞这个“话题女王”成功地转移了亲戚们的注意力，她向她的婆婆也就是高迪的大舅妈提出希望老两口拿钱去省城买房，遭到了强烈反对，那几天，高迪的大舅妈与二姨天天来高迪家，听着大舅妈唾沫飞扬地抱怨：“我要不是心疼我那孙子，我真是死也不让那村姑进门，你知道的，结婚前两年跟个小绵羊一样，这几年，真的要上房揭瓦了，开始嫌我儿子挣得少。最近胃口更大了，居然跟我们两口子要钱到省城买房子，说为了以后孩子读小学，她真是不撒泡尿照照自己，她也配，现在省城房价多贵啊，你们哥已经退居二线了，没几年就光荣退休了，我没让他俩养老就算好的了，还有脸跟我要钱……”高迪妈与她二姨也总是义愤填膺地回应着。

这出并不复杂的戏码被几个女人弄得高潮迭起，每天还都有新的剧情会出现：她们说陈春霞当年嫌弃自己的名字土，到县里读书后想改，但她爸死活不让，说是她爷爷去世前给取的，没有办法，陈春霞只有自己在对外介绍的时候给自己改名叫“陈雨娴”。陈春霞上学那会儿最害怕老师点名，“陈春霞”三个字必定会引起全班的注目与哄笑，她总是臊得满脸通红，回答的声音跟蚊子一样，老师听不清还总重复问："陈春霞到了没有，声音大一点!"便又引来一阵哄笑。这些段子都成为她爱慕虚荣的证据，这些比陈春霞大几十岁的人仿佛亲临现场一般，绘声绘色地讲出她当时的窘状。

然而，当大舅妈走了之后，三角形的稳定性就会被解构，剩下的便是同一直线与线外一个点的对立。"要说还真是报应，她自己当年不也是这么死乞白赖非要嫁过来吗?""可不是嘛，妈当年多喜欢县医院的王医生啊，唉，也就是哥自己下乡不知道检点点，娶了个母老虎回来，看吧，儿子也教育不好。"只是大人们不知道，他们眼里不争气的两个人当年在学校里也是有过一段风光岁月的传奇人物。

八年前

高迪读初中那会，县中学初高中在一个校区，高翔便是学校远近闻名的混混。高迪总能在学校里听到别人议论自己的表哥的英雄事迹：带领学校的人跟矿中的混混打起来了，踢球拿了全校第一，砸了学校旁边的商店，抢了谁的女朋友！在单调而枯燥的学习生活中，这样充满激情的新闻总是能让少男少女们感到热血沸腾。

县上的初中基本上是本县城的学生，但到了高中就有乡镇或村里考上来的学生，陈春霞就是其中一个。这些学生仿佛跟县城里的学生有一道天然的分界线，很容易辨认，走读的一般都是县城里的，住校的是村里的；下课去校食堂买零食的是县城里的，还在课桌前死劲儿学习的是村里的；再比如一听"陈春霞"这个名字就知道她是村里的。

陈春霞被高翔看上，是在一次学校的艺术节上，一般艺术节的文艺活动都是县城里的学生来完成的，也不知道怎么的，那一次陈春霞也跟着他们班县城里的同学一起表演了一支蔡依林的舞蹈。化了妆，换上洋气演出服的陈春霞虽然不是站在最中心的位置，但看起来却特别扎眼，演出完了之后，高翔殷勤地给她递上一瓶矿泉水。

从那以后，陈春霞开始给自己改名字叫“陈雨娴”，陈雨娴不再和班上跟她一样从村里考上来的同学一块玩，她试图融入县城女孩圈，但她们不接受她，陈春霞越是努力，她们就越讨厌她，甚至开始捉弄她：在黑板上写“村姑陈春霞”，在她的抽屉里放蟑螂，嘲笑她的口音，甚至有女生将红墨水泼到她的裤子上，大声喊：“来事儿啦！春霞，快去医务室！”陈春霞就像一只被人围攻的老鼠，但她不仅没被打死，还以最迅猛的速度蜕变、繁衍，她变得越发洋气，打扮越发成熟。县城里的女孩子由于父母看管得严，衣着往往不能太大胆，而陈春霞父母在村里，山高皇帝远，管不着她，也没精力管她，比起县里的女孩却多了一份自由。

陈春霞穿起了紧身装，高高凸起的胸部，走到哪里都吸引着青春期男孩子的瞩目。陈春霞的张扬很快激怒了几个县城派的女混混，她们实在无法容忍一个村里来的女生如此放肆地想变成她们，甚至比她们更为出众。冲突很快在学校一个荒芜的厕所前面那块空地上上演，几个女生围着陈春霞拳打脚踢，而此时的高翔正躲在草丛里抽烟，打架斗殴这种事情最容易燃起高翔的热血，就这样，高翔从一群女生手里救出了满脸是血的陈春霞。

英雄感爆棚的高翔宣布陈春霞也就是“陈雨娴”是他的人，这段跨越“阶级”的爱情震惊了整个学校。陈春霞他们班没有人再敢碰她，每当看着高翔在门口等陈春霞，不知道有多少女生恨得直咬后槽牙，中途也有不少女生想要破坏他们的关系，但对于高翔而言，没有人比陈春霞更让他觉得自己是个男人。高翔走哪都带着她，踢球、翘课、打架，陈春霞成了风光的“大嫂”，在圈里也有了名声，爽朗的性格和成熟的打扮让其他男生对她也垂涎三尺。“陈雨娴”的名声甚至超过了大哥高翔，渐渐的，一些城里的女混混也以和陈春霞交上朋友为荣。

几年的风光让陈春霞赔上了高考失败的代价，他爸找到老师一把鼻涕一把泪地说自己在乡镇拉客运，车也不是自家的，每个月给车主交完租金和一些其他费用后所剩无几，陈春霞的妈在家务农，肚子也不争气就这么个独女，所有的心血都在她身上，连个大专都考不上，求老师能让她再复习一年。老师却根据陈春霞的成绩和他们家的具体情况建议还是不要再复习了，找个技校，学门技术早点减轻家里的负担，陈春霞的爸一听，脱了鞋就狠狠地打陈春霞。这一段便是陈春霞留在学校里的最后一段传说。

至于高翔，他爸早知道自己的儿子不是读书的料，为了让他性格更收敛一点，便托关系把他送去当兵了。

五年前

高翔转业回家，把大着肚子的陈春霞也带了回来，高翔妈对这门亲事是极力反对的，说打死也不跟农村人做亲家，高翔一下子没了主意，陈春霞就捂着肚子没日没夜地哭，最后倒是陈春霞的爸妈跑到大舅家大闹，说反正肚子里是高家的骨肉，不信城里没个说理的地方，还扬言要去大舅单位上闹，要去县里告，又说高翔爸是贪官……眼看着越说越离谱，高翔爸大手一挥便把这门亲事定了下来。

尽管对亲家不满意，但是儿子的婚礼到底是高家的大事，全家都里里外外地忙着，高迪那天却去晚了，放眼望去都是密密麻麻的人，好不容易在一个犄角旮旯的一桌里找到了空位，准备吃完直接回家。站在台上的高翔爸先代表全家感谢了一众领导，之后便是新郎新娘敬茶，通常这个环节都是新郎新娘父母坐在台上，两位新人分别敬茶的，然而此时的台上却只有高翔的爸妈，高迪正还疑惑怎么陈春霞的爸妈也不来，就看见同桌的一个老头把手攥得死死的，他旁边坐着看样子像他老婆模样的人，拍了拍他的手，小声地说："行了，生什么气，不就是敬茶吗？等春霞把孩子生下来，这个家还不都春霞说了算！"

婚礼只留了一桌给陈家亲戚，而且还摆在最不显眼的位置，就是新人敬酒也没有敬到这一桌，那是高迪第一次感受到什么是最遥远的距离——我们在同一个空间却不在同一个世界。五年前的她不曾想到，这样的距离感有一天也会降临在自己的身上。

两周前

与吴浩博的冷战，到底还是高迪先缴械投降，她发微信给吴浩博佯称她妈让她去和单位过去老领导的儿子相亲，趁机试探吴浩博的态度，吴浩博简简单单的一条信息——“我尊重你的决定”彻底击垮了高迪的防线，她开始明白，吴浩博冰冷的态度不简单是因为意见不合的赌气，而是在考虑彻底地离开她。高迪买了回省城的车票，跟父母说报了一个公务员培训班便着急地赶到了省城。

学校里的一切让高迪觉熟悉，回忆像倒带一样在脑海里浮现，和吴浩博一起走过的林荫路，一起看书的湖边，一起买可乐的小卖部，高迪不甘心这一切只能成为被封存的记忆。她特地穿了一条V字领的裙子去见吴浩博，临出发前对着镜子看了很多次，确定这裙子能若隐若现地凸出乳沟，一个受过四年重点本科教育的待业女青年正试图用色相来挽回一个男人的心。见到吴浩博的高迪开始了她准备已久的长篇大论，但无论她说什么吴浩博都只是低着头不发一语，最后她只能抱着他的脖子用力去吻他的嘴，并确保吴浩博看到了自己的乳沟。

就这样，两人又在学校的宾馆里待了几天，吴浩博像一个压抑了很久的动物用舌尖舔着高迪的脖子，吸着她的胸部，蠕动得汗流浃背，高迪知道青涩的小学妹已经满足不了吴浩博的胃口了，她放开自己，对着吴浩博魅笑、呻吟，以此换来了吴浩博更为激烈的放肆。但每次完事之后，吴浩博不会抱着高迪，而是一个人走到窗边去抽烟，高迪不知道吴浩博什么时候学会抽烟的，看着他的背影，高迪感到那前所未有的距离感——我们在同一空间却不在同一个世界。

由于吴浩博周末没有回家，他妈便来学校找他，在校门口遇见了两人，高迪没想到会以这样的方式与自己的“未来婆婆”见面。

“小高，其实你和浩博谈朋友这个事，我和他爸早就知道了，包括你的一些情况。站在我们的角度确实是不太看好你们，从条件上来说，你家是县城里的，再一个，你跟浩博虽然一个学校啊，其实浩博考这个学校我们当时也不是特别满意，高考发挥得不是特别好，本来呢，想着等他本科毕业去国外深造下，他死活要考本校研究生，估计这可能跟你谈恋爱有点关系。浩博耳根子软，就是不喜欢了也不敢直说，就让我这个妈来当这个坏人吧，你们都还年轻，你又是女孩子，这么死缠烂打的，说到底还是耽误了自己。”

这些年，高迪老没少从大舅妈嘴里听到“死缠烂打”这几个字，她以为这几个字只会属于像陈春霞那样的人，原来自己有一天也会被扣上这样的帽子，当然，她妈和二姨也是这么形容大舅妈的。自尊心到底让高迪不想成为一个死缠烂打的女人，看着坐在旁边不发一言的吴浩博，高迪知道，他们结束了，连同自己最完整的付出都付诸东流了。

陈春霞的高家媳妇之路坎坷起伏，尽管她在这条路上付出了自己所有的智慧，从伺候一家老小的猫，变成了把持高翔财政大权、逼迫公婆买房的狼，现如今又成了被高家赶出门无家可归的老鼠，一啜一泣地坐在高迪的床上：“……什么样妈生什么样的儿，你说你哥都出轨了，她还帮着她儿子，我买房为啥，不是为她孙子以后读书么……”高迪由着陈春霞抱怨，自己看着窗外，熟悉的县城，想要逃离的县城，正以它的宽容接纳着受伤的自己。

第二辑　语座/随笔

沉郁的文境、诗境所予鉴赏者的，是具有象征意味的含蓄奇效，它往往蕴涵着深沉而磅礴、激越而又抑郁的无可奈何之情调，因为寄托深沉，便恒久地停栖一种宏于中而肆于外的感怆渊厚之慨了。

——伍立杨

谢谢艾青，我从此记住了什么是诗人的脱俗境界，也记住了什么是诗人的尊严。

——吕进

读书之乐，在于发现而联想，随兴所致，触类旁通；积而有思，思而有得。

——徐康

人的生命有限，时间有限，而知识无限，书籍无限，精神与泛读、读多与读少只是相对而已，关键在于理解、运用与把握。

——曾纪鑫

吕进，西南大学二级教授，博士生导师。国家级有突出贡献专家，国务院政府特殊津贴专家，我国第一家中国新诗研究所创建人。中国文联第六届、第七届全委委员，重庆直辖市第一届文联主席（迄至2019年）。有著作41部。1993年获（韩国）世界诗歌研究会授予的第七届世界诗歌黄金王冠，2017年获全国诗歌报刊网络联盟授予的“百年新诗贡献奖.理论贡献奖”。2018年获（香港）国际华文诗人笔会授予的“中国当代诗人杰出贡献金奖”。

诗事三题

◎吕　进

右边出事的艾青

如果要求只举出一位中国现代诗人，那么，我觉得应该是艾青，他算是新诗最重要的领潮人吧。延安文艺座谈会的召开和艾青也是有关系的。上个世纪四十年代初，延安的墙报上出现了一些文学作品，引起贺龙、王震等将军的不满。毛泽东得讯后，晚上提着马灯亲自去看，也觉得问题严重，于是邀请刚到延安不久的艾青去窑洞一谈。艾青建议，开个会，由毛泽东谈谈。这就是延安文艺座谈会的动因之一。

1985年，艾青在北京摔了跤，几位诗人去医院探视。有人问：“你跌伤的是哪只腿啊？”他答：“我总是右边出问题呀！”大家都爆笑起来。艾青接着说：“1957年我当右派，前几年右眼做了手术，现在右脚又跌伤了。”其实，早在1957年以前艾青就已经开始挨批了。在“右派分子”之前，他已经戴上了“反党分子”“坏分子”的帽子。我在美国俄勒冈大学讲学时，我讲到艾青。我说：“艾青先

生在冬天是永远不会感冒的，因为他戴着这么多的帽子。”东亚系的美国学生哄堂大笑。后来王震将军向周总理把“右派”艾青要到新疆去，把诗人保护起来。艾青右眼动手术后，两只眼睛的眼光有些向两个方向分散。我们去他家看望时，同行的广东青年诗评家朱子庆感到很困惑，对我说，艾青笑的时候，我闹不清楚，是不是对着我的，我不知该笑还是不该笑。他这个困惑倒是惹得我大笑。

我想起上个世纪90年代在北京国际饭店举行的艾青国际学术研讨会的花絮。与会的苏联作家代表团里有担任过外交部副部长的费德林。个子高高的费德林是汉学权威，著有《中国文学史》等，他用汉语作大会发言。那天的大会主持人是诗人公木，《解放军军歌》作者。像国内的学术会议一样，发言人都是坐着宣读论文的。费德林却站着讲话。公木一再示意他“坐下来讲”。费德林刚坐下讲了几句，又不安地站了起来，耸耸肩说：“怎么能坐着讲艾青呢！”全场大笑。会议结束时，在全聚德烤鸭店聚会。宴会快开始的时候，大厅里突然响起一阵热烈掌声：原来，艾青坐着轮椅出现了，在他身后是有“台湾诗坛大佬”之称的钟鼎文缓缓地推着轮椅，表情激动而庄严。是的，艾青就是艾青。“为什么我的眼里常含泪水？/因为我对这土地爱得深沉……”将一生的爱都给了土地的诗人，理所当然地会赢得天下的广泛尊重。

有两件往事长留在我的记忆中。

1988年4月，全国第三届优秀新诗（集）评奖的评委会在北京的北纬饭店举行。上个世纪八十年代的全国文学奖就是现在鲁迅文学奖的前身。那一届评委会名单在《人民日报》公布后，经过两个月的考验期，没有接到异议，只有评委会副主任绿原因有作品报奖，依例退出评委会，于是正式开会。评委们入场，工作人员将有关材料摆在每位评委面前的茶几上，然后一一退出。会场上只有评委。艾青说：“李瑛到日本去了，事先投了票，装在密封的信封里，待会儿投票时由工作人员当众拆开。臧克家请病假。开会吧。我这里有几封信，都看看。”信在大家手中传阅，原来是一些报奖者给艾青的信，内容不言自明，艾青公开出来，原因也不言自明。接着，艾青说，叫工作人员把那个东西弄进来。靠近门边的人传话出来。“那个东西”结果是一个小麻袋。打开来，里面也有一封信：向艾青致敬，同时，介绍自己的诗在各地各级广播电台播送了多少多少次，诗人收到了多少多少封读者的信件。评委们接连取出十几封信，都是中学生写的，大家笑起来。艾青却很严肃。几天的评委会，争论不少，有时甚至争执不下。但是人人手里只有诗的标尺。艾青的话很少，他从来如此。但是在他的主持下，也是在他的人格魅力的光环中，诗歌评委会会场远离了世俗风气，飘散着浓浓的诗意。评委会开了一周。从各地选报的 300 来部诗集中评出 10 部获奖诗集。参评的诗集都有一定质量，但中国是诗国，只能花中选花，评委命中注定要有遗珠之憾。那位诗人的集子不幸在第一轮投票中即告淘汰。从投票情况看，艾青没有投赞成票：他的心中，“国家奖”的标尺高于一切。此后，每当我参加各种各样的评委会时，我总是怀念那诗意，怀念诗人艾青。

全国文学奖分初评和评委会的会评两个评审阶段，我既是初评组成员，也是评委，算是比较特殊的。1988 年 1 月，第三届评奖完成初评后，作家协会书记处的所有书记在常务书记唐达成的率领下赶到八里庄，就近在一家餐厅请初评组成员吃饭。我被安排在主桌，艾青和我同桌。听我说，因为重庆刚发生空难，我太太发电报来，要我退机票，改乘火车回去。艾青笑着说：“不必。现在是最安全的时候。不可能飞机一架一架地往下摔呀！”我听从了他的意见。艾青的幽默是一种站在生活之上俯视生活的大智慧：超脱，清醒，深刻。

席间，冯牧提起诺贝尔文学奖的事。这当儿，主管外事的书记就接过话题谈开了。他说，进入诺奖评委圈子的华人只有瑞典的马悦然。中国要实现“零的突破”，此人很关键。话锋转到艾青身上：“马悦然给您写了好几封信，可是您根本就不给人家回信。”类似的话重复好几次，语气中含有焦急和责备。可是艾青呢，不仅不发一言，而且可以说，连眉毛也没有动一下。好像是在说别人的事，又好像席间正在谈论的是萝卜、白菜之类的琐事。谢谢艾青，我从此记住了什么是诗人的脱俗境界，也记住了什么是诗人的尊严。

大手笔黄亚洲

电视剧《历史转折中的邓小平》在央视一套黄金时段播出后，收视率很高。一部主旋律的戏剧能有这样的关注率，和电视剧的许多突破有关，它大胆触及了 1976 年以来的高层政治斗争，被誉为“大国大剧”。

黄亚洲写过电影剧本《邓小平 1928》，《开天辟地》也有邓小平的形象。三年半前，中央文献研究室就邀他编写剧本。家人帮忙，例如，思想解放大讨论里，夜不能寐。大事不虚，小事不拘。

每一届鲁迅文学奖（诗歌奖）的五部获奖诗集都是经过几次投票，才能陆续确定下来。第四届鲁迅文学奖（诗歌奖）评委会在投出四部诗集以后，感觉到总体上有一种欠缺：这四部诗集都以底层弱势群体的日常生活为关注对象，好像还应该评出一部 2004-2006 年间写“主旋律”的诗集。说到“主旋律”，评委们又都有担心，怕假大空，怕艺术性不够。于是，在呈报上来的这类诗集里进行了仔细阅读和选择，不约而同地发现了黄亚洲的《行吟长征路》。

这本诗集是重走长征路留下的诗情足迹，抒发了诗人的个体情怀，很有韵味。黄亚洲在《获奖感言》里写道：“在七十年前的两万五千里的征途上，我真切地闻到了人和马的味道，闻到了硝烟和鲜血的味道，我相信，这种味道将永远伴随着我的打着绑腿的笔，行走在我的稿笺纸上，直至终生。”

我和黄亚洲，一个在浙江，一个在重庆，一直没有谋面之缘。2007 年在绍兴颁发鲁迅文学奖，晚上，中国作家协会举办宴会，我和他都被安排在第二席，对面而坐。其他席的几位获奖诗人都跑来向我祝酒，他好像没有什么反应。同桌的诗评家张同吾提醒他：“吕进是本届评委啊。”他看看我面前的名牌，这才发现是我，遂起身向我祝酒：“谢谢支持哟！”这第一次见面给我的印象，就是这人不善公关，好像老是沉浸在自己的文学世界里。

黄亚洲在浙江生产建设兵团当过 5 年战士，也算是准当兵出身吧，至今，一身军便衣，一个军挎包，就是他的常见形象。他当过中国作家协会副主席，当过浙江省作家协会主席，但是他永远握着他的笔，马不停蹄，笔不停挥，他的笔的确是打着绑腿的。就看这几年，他的电影剧本《开天辟地》获得第12届金鸡奖的最佳编剧奖，他的长篇小说《日出东方》获得全国“五个一工程奖”。长篇小说《建党伟业》引起关注，同名电影就是从这部小说中取材的。今年最热门的则是黄亚洲的长篇小说《雷锋》，第一部写雷锋的纪实体小说。这是他到汶川采访灾区时见到听到许多“今日雷锋”的事迹后爆发的灵感。身边有些议论，认为此一题材不好写，或不宜写，或不该写，黄亚洲坚定地走自己的路。他认为，雷锋只活了22岁，但给我们民族带来的精神价值是无可比拟的。

2011年10月，第三届中国诗歌节在厦门举行，这届诗歌节特邀了历届鲁奖得主。黄亚洲和我在厦门相见时，提出一个请求：为他新的诗集《没有人烟》作序。我回到重庆后，他立马把诗集发来。我一读，眼睛一亮。他写印度女人：“印度女人与世界的距离/只是一层轻纱”；他写印度人李中的妹妹：“李中的妹妹就读医学专业/将来可能为战争切除阑尾”；他写雨中的婺源宏村：“我举着一把雨伞/半湖莲叶，都学着我”。精炼，别致，情思含量很高，在散文里绝对是遇不到这样的语言的。我在序言《诗人黄亚洲》里说，《没有人烟》给人的印象，就是在散文领域的大题材高手黄亚洲的另类面貌。诗人黄亚洲没有写大题材，而是抒写人生的感悟和人事的感伤，诗味醇厚。不是大题材，然而是大手笔。

诗人外交官费明星

费明星是我在西南师范大学外语系任教时的学生，也是我很喜欢的一个弟子，他现在在伦敦，任中国驻伦敦总领事。我兼重庆文史馆的刊物《重庆艺苑》的主编，这个刊物需要外国稿件，英国作者都是由他替我组织的。

由于受到埃及和突尼斯事变的影响，2011年2月，利比亚爆发反对卡扎菲的大游行，并且很快转为内战。利比亚的安全形势突然发生重大变化，在利比亚的中国公民，主要是国企的员工，人身安全受到威胁，暴力事件不断出现。中央决定立即开展大规模的救援行动。随着3月5日国航CCA030D包机降落在首都机场，1万多名中国员工从利比亚全部安全撤回。外国媒体惊呼这次成功的撤侨行动。法新社说："中国启动大规模的海陆空行动，动作十分迅速。"美联社说："这是近年来中国实施的最大的撤离在外人员的行动。中国坚决保护自己的公民，比美国更像美国。"

从中外媒体的大量报道中，人们知道了一个陌生的姓名：费明星，中国赴的黎波里的撤侨工作组长。费明星一下子成了真正的明星。他是外交部参赞，领事司出国签证处处长。临危受命，带了一个先遣队赶赴利比亚，部里的同事戏呼他们7位先遣人员为"7仙女"。费明星给我写信说："利比亚之行没有诗意，是救生之旅，也是对中国外交官的历史性考验，充满悬念与挑战。也许这就是诗吧?"是啊，到达的黎波里以后，费明星把工作组一分为三，他率领两个工作组成员，再加上一个使馆官员，负责西线，他笑称这是"西线大撤离"。从的黎波里到利比亚和突尼斯的边界口岸拉斯杰迪尔，要走400多公里，通过50多处军警关卡。不断出现意外情况，经历了无数危急时刻，险象环生，终于完成任务。当费明星回到北京时，人们问他有何需要，他答："洗澡，睡觉!"

费明星写诗，1984年从四川眉山考入西南师范大学外语系，当时只有17岁。他眼睛亮亮的，也很帅气，身上有一股四川人特有的智慧和干练。1983年，西南师范大学成立五月诗社，他入学后就成了诗社的一员。那是诗的年代，因为觉得五月诗社活动太少，不过瘾，又和外语系同学钱志富、刘立辉组织新诗协会，费明星是副会长。他们又创办了《蓝星草》诗刊。这几位校园诗人常到我家谈诗，也不时去时任学校领导的老诗人方敬那里请益。

钱志富后来考上我的硕士生和博士生，现在宁波大学执教，是对我最好的弟子之一，七月派研究的专家。刘立辉仍在外语学院（原外语系），是教授，博士生导师。费明星1988年毕业后分配到外交部，在美大司、驻澳大利亚使馆、驻斐济使馆任职。他在部里的时候，我到北京，也和他会面，非常愉快。其实，他已经多次到外国实施救援行动，赴利比亚已经是这种经历的第3次了。

因为作家何建明在《人民文学》发表的长篇报告文学《国家——2011·中国外交史上的空前行动》里又写到费明星，我和宁波的钱志富谈起了他。于是我给他发去短信，问他的近况。其时他正在欧洲出差，在从罗马到威尼斯的欧洲之星火车上马上给我回信。谈到去年受到赞誉的那次行动，他说："尊敬的吕老师，实际上我是中国外交官群体中的普通一员，任何外交官在我的位置上也都会义无反顾地接受任务，不辱使命。利比亚大撤离是国家行动，成就属于国家，请老师和我们一起为此自豪。"

徐康，四川省眉山人。系中国作家协会第五、六届全国委员会委员；曾长期担任四川省作家协会副主席、巴金文学院常务副院长、四川省散文创作委员会主任。退休后被聘为四川省作家协会名誉副主席。系国家一级作家，先后出版文学著作24部，并集结出版《徐康文集》8卷本，计500余万字。曾荣获国务院"政府特殊津贴"，中共四川省委、省政府曾授予"四川省有突出贡献优秀专家"称号。

读史寄兴（三题）

◎ 徐 康

"太宗怀鹞"与"太祖弹雀"

这是历史上两位皇帝的两则有趣的故事。

"太宗怀鹞"，见于唐人刘悚的《隋唐嘉话》，讲的是唐太宗李世民和名臣魏征的故事。唐太宗喜欢玩鸟，有一天，他得到一只活蹦乱跳、毛色漂亮的鹞鸟，十分宠爱，便放在手掌中赏玩不已。这时魏征从远处走来，太宗急忙把鹞藏在怀里；魏征发觉了，就故意走近前来向太宗禀告事情。他乘便向太宗讲述古代帝王由于贪图安逸享乐、沉醉声色犬马而最终亡国丧身的事，劝谏"明君"当以此为戒。魏征滔滔不绝地讲着不想停下来，那鹞鸟在太宗怀里快被憋死了，太宗感到可惜；但他一向敬重魏征，不想打断他的话。魏征便没完没了地讲下去，直到那鹞鸟死在了太宗的怀里。

作为一国之君的唐太宗，虽拥有至高无上的权力，却也有自己既敬重又畏惧的人，那就是著名的"谏官"魏征。长期担任"谏议大夫"的魏征，是辅佐太宗实现贞观之治的主要谋臣，先后上谏二百余项，他常常劝谏太宗以亡隋为鉴，居安思危，行圣贤之治。魏征以忠耿直谏著称，太宗以善纳忠言名世，君臣默契配合，传为千古佳话。历史上唐太宗就曾将魏征的“兼听则明，偏听则暗”作为座右铭，并留下“三镜自照”的形象比喻：“以铜为镜，可以正衣冠；以古为镜，可以知兴替；以人为镜，可以明得失。”以至魏征比他早逝，他便哀叹“朕痛失一镜也”！

皇帝也是人，玩鸟本身并无大错。然而太宗玩鸟时却怕被魏征看见，他藏鸟于怀的举动，犹如顽童之惧怕严师，小孩之躲避父母。他宁可将宠鸟捂死也不肯让魏征知道，这一细节更是将他的敬畏心理刻画得惟妙惟肖。而“佯装不知”的魏征却喋喋不休地讲下去，有意让鹞鸟憋死太宗怀中而达到警示劝谏之目的。这一充满智慧的细节也使故事增添了趣味，读来令人忍俊不禁。

“太祖弹雀”，则见于宋代司马光所著《涑水纪闻》，讲的是宋朝开国皇帝宋太祖赵匡胤的故事。一日，宋太祖在后花园弹雀（以弹弓击雀），几位大臣不满于此，故意称有急事求见。太祖一听他们奏请之事，乃寻常小事而并非“紧要”，遂由扫兴而生愠怒，诘问为何谎称急事？一位大臣回禀道：“我认为平常事也比弹雀要紧急些。”太祖更加恼怒，顺手操起侍从的斧柄撞向大臣嘴巴，敲落他两颗牙齿。大臣慢慢地弯腰捡起牙齿，揣进怀里。太祖骂道：“你把牙齿藏起来，是想（作为证据）告我状吗？”大臣答道：“我不能告陛下的状，自然有史官会把这件事记下来。”太祖闻言忽而警悟，为其忠耿之心所感动，遂赏赐金帛以示抚慰。

这个故事比“藏鹞”的情节更要曲折一些，君臣之间的对话与动作，始因龙颜大怒而剑拔弩张，后因君王顿悟而豁然冰释。比起前一个故事中的唐太宗来，宋太祖显然更“专制”霸道一些，让忠耿的谏官付出了两颗牙齿的惨痛代价；然他终能分辨忠奸而及时止怒，一旦明白过来就反躬自省、以赏代罚，这种过而能改的胸怀与气度，仍不失为“明君”风范。这一幕大起大落的悲喜剧，跌宕起伏，扣人心弦，使这段故事成为凝练短小而又一波三折的精致之作。

这两则小故事，都关乎皇帝，关乎君臣关系，关乎进言与纳言；

又都从小小鸟雀入手，透过小事折射出意义重大的主题。在封建时代，不可能有现在这样健全的民主机制，一些较为明智的帝王往往重用直言敢谏之臣，以便随时提醒自己，不要沉溺于声色犬马以至逸乐亡身、耽政误国。喜欢玩鸟、弹雀，如果作为一种爱好，君王与平民并无异处，亦无可厚非；然而，谏官们却从玩物丧志、居安思危的高度，或旁敲侧击，或直言提醒皇上，看似小题大做，实则助益大焉，包含着见微知著、防微杜渐的深刻道理。“怀鹞”故事中，魏征明明看在眼里却“佯装不知”，进而故意“滔滔不绝”拖延时间“致死”太宗的“爱鸟”，以达到既谏言、又诫事的目的，表现了高超的智慧和技巧；“弹雀”故事中，众位大臣明知太祖在“弹雀”，却故意谎称“有急事求见”以干扰其事，以及那位忠谏大臣的耿介正直与从容应对、不卑不亢，都给人留下深刻的印象，也给故事增添了生动的细节，不仅使人读来饶有趣味，而且给人留下隽永的思索。

“管宁割席”面面观

“管宁割席”的故事，载于《世说新语·德行》：

管宁、华歆共园中锄菜，见地有片金，管挥锄与瓦石不异，华捉而掷去之。又尝同席读书，有乘轩冕过门者，宁读如故，歆废书出看。宁割席分坐，曰：“子非吾友也。”

管宁之所以要与他的好友华歆“割席”绝交，不是因为有什么大的政治矛盾或观点歧异，而仅仅是因为“恰同学少年”结伴读书时的两个细枝末节引起的“分歧”。一是在园中锄地时，他俩同时发现“地有片金”，管宁看都不看，视为瓦石，而华歆却拾起察看之后才甩掉。这被管宁视之为见利而动心，非君子之举。二是门外有官员的轿舆前呼后拥而过，管宁读书如故，华歆却忍不住放下书本跑出去看了一下热闹。这被管宁视之为“心慕官绅”，亦非君子之举。于是，管宁毅然对华歆说：“看来你不是我的朋友”，并割断坐席，与之断了交情。

在这个故事里，管宁是正面人物，被称颂的对象，华歆则相反，是反面的陪衬角色。故事被载入《世说新语》的“德行”篇，不言而喻是事关德行。事情很小，确实是人们容易忽略的细枝末节，然正因其小，足见当时的士大夫读书人品评他人与约束自己的尺度之严，见微而知著，因小而见大，在德行问题上是丝毫也马虎不得的。惟其如此，这一则轶事成为封建文人交朋识友的经典故事，甚至成为某种道德评判的正统的准绳，千百年来为“仕林”所津津乐道，借助于极负盛名的《世说新语》，影响所及，绵延数代。

那么，管、华二人“割席”之后情况如何呢？前述故事中“因小见大”的“大”，即日后二人的作为、抱负、成就等等究竟怎样呢？《世说新语》并无“续篇”作进一步的交代。而这些问题之所以耐人寻味并吸引着人们亟欲穷根究底，实乃管、华二人日后的发展与“结局”，关涉到当初的“割席”是否确能“预见”未来？是否确能“一滴水见太阳”似地折射出二人终生的成败得失？

《三国志·卷十三》之《魏书十三》载有《华歆传》。据此传，此人（华歆）后来成就为一个了不起的栋梁之才，以至三国时期的大腕人物如袁术、孙策、孙权、曹操等，都曾先后相邀其出山为官，并委以重任。魏国建国以后，华歆又先后在魏文帝和魏明帝两朝担任要职，官至相国、司徒。然而，华歆虽身居宰辅高位，却严于律己。他的廉洁清贫是世所公认的，史称他“素清贫、家无担石之储”，以致魏文帝听说后感动不已，下诏说，现在宫中的饮食是美味多样的，而华歆官为司徒，却以蔬菜下饭，这太说不过去了；特地赐给华歆御衣，并且给他的妻子儿女全部做了衣服。传记中还记载着一则“华歆拒金”的著名故事。当初，华歆受天子之召，离开孙权去京城任职时，宾客好友前来相送者逾千人之众，赠送给他几百金的钱财。华歆当面都不予拒绝，却暗地里给各份礼金都写上馈赠者的姓名，临别时，他召集各位宾客，诚恳地说：“我本不想拒绝诸位的好意，然因单车远行，所载礼物太多，会因财宝惹眼而招来意想不到的灾祸，所以只好将所载礼物给各位留下了。”于是照单发还。此举不仅清廉，而且“策略”得很有分寸。宾朋无不叹服其道德人品。

写到这里，不由得想起《管宁割席》中华歆拾金“视之而掷”

的细节。当初埋下的“伏笔”，似乎暗示着华歆日后是一个贪财重利之人——因小见大嘛，在乎“片金”者，将来必会贪恋“巨金”。然而事实如何呢？华歆在位高权重时对待金钱利禄的态度，雄辩地证明了他的清正廉洁，也证明了当初管宁的推断是错误的。

华歆不仅为官清廉，而且为政清明，颇有治国安邦的高策良谋。他曾上书天子，劝谏其“留心治道”而减少“征伐之事”；他听说战事征役频繁“颇失农桑之业”，又上书恳请重视农业：“为国者以民为基，民以衣食为本。使国中无饥寒之患，百姓无离土之心，则天下幸甚。”这些强农固本、富国安民的政治见解，在今天读来仍具有现实意义。故尔史书称道华歆“为政清静不烦，吏民感而爱之”。由此而溯及《世说新语》所载“管宁割席”中，贬责华歆遇有官绅过路而“废书”（停下读书）往观之，并由此而埋下伏笔，似乎预示他日后必将会“谀官媚权”，看来这也是完全站不住脚的。读书倦了，闻窗外人声鼎沸，出去看看热闹，如此而已，管宁又何须大惊小怪，甚至上纲上线妄加推断，甚而“割席断交”呢？

尤其值得一提的，是华歆“红火”之后对待旧友管宁的态度。《华歆传》写华歆官至司徒时，将管宁当作品德高尚、卓尔不群的人才而向天子举荐；华歆官至太尉时，又上书欲“让位”于管宁。由此可见华歆对管宁当年“割席绝交”的过分之举，非但没有耿耿于怀，挟嫌泄私，而是以极其大度的胸怀，出以公心，举贤荐能。华歆其人之德行高洁亦由此可见一斑。（顺便提及，《三国志》中《管宁传》称管“心怀道德，胸藏六艺，清静谦虚，廉洁清白”，足见管宁也确是德才兼备的人才。）

那么，该怎样看待当初的“割席断交”呢？窃以为：第一，《管宁割席》作为一个独立的故事，从细节入手，以“见微而知著”为着眼点，作为封建士大夫道德教化与行为规范的文本，仍是有一定的认识价值和参考意义的。第二，“见微而知著”虽有其可取的一面，同时又有其局限的一面。仅以这两件小事就断定华歆对财富、官禄“心向往之”，未免以偏概全，片面武断；而且忽视了人和事物都是不断地发展着变化着的。第三，管宁因朋友的一二细节不符合自己做人的标准，便断然绝交，未免失之迂阔且对友过于苛求，甚至显得绝情寡义。须知，严于律己，宽于待人，“不以一眚掩大德”，不以一疵断未来，这才是冷静客观、宽容大度的交友原则。

花蕊夫人与浣花夫人

在古城成都，历史上有两位“夫人”最为著名，一是花蕊夫人，二是浣花夫人。她们都是当时的绝色美女，又都是帝胄之家的贵夫人，且生长的年代很相近，“忠烈”的事迹很相似，甚至连她们的名号也几近相同——都沾一个“花”字。对于这二位“蓉城奇女子”，不妨考证比较一番。

花蕊夫人徐氏（一说费氏），青城人，生长于五代后蜀（即西蜀）年代，工诗词，善骑射；以其才貌兼备而得宠于蜀主孟昶（chang），拜贵妃，赐号花蕊夫人，取意“花不足以拟其色，蕊差堪以状其容”。孟昶耽于逸乐，极尽奢靡，致国势日衰。宋乾德三年（965），宋太祖赵匡胤发兵五万征讨西蜀，取剑门直抵成都。花蕊夫人力谏孟昶尽发府库积蓄，选良将幕精兵以御敌。孟昶不听，亲率十四万守军不战而自缚请降。花蕊夫人随孟昶被俘北行，路过葭萌驿站时闻杜鹃声啼，感怀国破家亡，于馆壁吟题《采桑子》：“初离蜀道心将碎，离恨绵绵。春日如年，马上时时闻杜鹃……”因军骑催促，只得半阕，然已一字一泪。入宋，太祖久闻其诗名，召令作诗以述蜀亡之故，夫人呈上一首《述国亡诗》以答：

君王城上竖降旗，妾在深宫哪得知？
十四万人齐解甲，更无一个是男儿！

这首诗泼辣而不失委婉，不亢不卑，用语浅白而意蕴微妙，遣词含蓄而耐人玩味，尤其是结尾一句，将“更无一个”与“十四万人”对比，“男儿”与前面“妾”对比，不仅使降军中的“男儿”深感愧怍，亦使天下须眉为之汗颜！此诗还理直气壮而又委婉含蓄地否定了历史上将商亡归咎于妲己、吴亡怪罪于西施的“女祸亡国”论，在柔弱女子的无奈与叹息中，使人读出亡国之恨、丧家之痛、降将之耻、“男儿”之羞。这首既有才气又有胆气的诗，在当时就得到一代雄主赵匡胤的赞许并为后世诗评家津津乐道，绝不是偶然的。

后来，孟昶病卒。宋太祖慕花蕊夫人才色，欲以为后，因宰相赵普以“亡国之妃，不宜母仪天下”为由反对，太祖乃止；然仍留宫中，宠爱有加。未料花蕊夫人居宋宫而思旧蜀，不忘故主，私绘孟昶肖像朝夕奉拜，以寄悲情。此事终被太祖发觉，怒而赐死。以上据《四川通志》。若所记是实，其死节亦堪称悲壮。

关于花蕊夫人，还有两件事值得一提。第一件事，据说她与成都“芙蓉城”的得名有关。当初受宠于孟昶时，花蕊夫人于百花中独爱芙蓉，并从家乡青城山带来两株幼树，植于宫中，次年便满树繁花，夫人特作《芙蓉调》一首：

去岁种花今已成，惊鸿倩影趁芳芬。
天姿国色婵娟隐，丰韵疏枝云雀鸣。
淡朗秋风窗前月，微馨夜露梦中人。
君王若问奴心事，直欲芙蓉遍锦城。

孟昶便迎合她的“心事”令人在城中遍植芙蓉，久之而姹紫嫣红，蔚为大观，“芙蓉城”因以得名，至今成都仍别称“蓉城”。第二件事，是说花蕊夫人长于写作宫词，描写宫中生活场景极为丰富，用语以浓艳为主，但也偶有清新朴实之作，如“三月樱桃乍熟时，内人相引看红枝。回头索取黄金弹，绕树藏身打雀儿”；又如“春风一面晓妆成，偷折花枝傍水行。却被内监遥觑见，故将红豆打黄莺。”写得生动活泼，富有情趣。花蕊夫人一生留下宫词百首，收录于《全唐诗》下卷，然而作者名字竟被写成“孟昶妃”，这显然是极不公平的，亦可见封建社会歧视妇女之一斑。

生长于唐朝中期的浣花夫人任氏，其年代比花蕊夫人约早 200 年。据宋人任政一《游浣花记》载，唐时，溪畔住着信佛的母女二人，女儿出落得袅袅婷婷，不仅面容美貌，而且心地善良。某日，有一满身疥疮、衣衫破烂的和尚路过溪边，竟脱下那沾满脓血的袈裟求村人代洗，别人避之犹恐不及，惟任氏女欣然接而濯之。此时出现一桩奇事：但见她每一漂衣，莲花朵朵随水而浮，霎时百花满潭。抬头时和尚已飘然远去。自此，任氏浣衣之溪便被名为“浣花溪”，绽放莲花的水塘谓之“百花潭”，其名一直沿用至今。

这位被称为“浣花姑娘”的任氏女，后来嫁与时任剑南西川节度使的崔宁为妻，世称“浣花夫人”。碰巧的是，浣花夫人生长的年代与当时入川流寓浣花溪畔、筑草堂而居的大诗人杜甫几乎同时。杜甫离川不久，浣花夫人扩建房舍，将杜甫草堂占为私宅；后因笃信佛教，又舍宅为寺，变成后来的梵安寺，又称草堂寺。此举在客观上起到了保护杜甫故居宅地的作用，为日后的历代扩充修葺杜甫草堂奠定了基础。

浣花夫人的另一桩壮举，竟使她成为人所敬仰的巾帼英雄。据《旧唐书》《新唐书》记载，唐大历元年（768），崔宁奉召入朝，泸州刺史杨子琳乘机发动叛乱，一举攻占了成都。守城者崔宁之弟崔宽溃不成军。值此危亡之际，任氏毅然拿出家财十万，召募了勇士数千，并且亲自披挂上阵率众御敌，致使叛军震慑，“子琳大惧”。在任氏身先士卒的英勇抵抗下，杨子琳溃退出城，大败而逃。浣花夫人保卫成都，名垂青史，被朝廷嘉奖而封为“冀国夫人”，百姓和地方官员为她立“冀国夫人祠”，又称“浣花夫人祠”。

浣花夫人的生日是农历四月十九日，为了纪念她，从唐代就已兴起的“浣花日”使这一天成为成都一年一度的盛大节日，宋人任政一在《游浣花记》中详记其空前盛况：“成都之俗，以游乐相尚，而浣花为特甚……都人士女，丽服靓妆，南出锦官门，稍折而东，行十里，入梵安寺，罗拜冀国夫人祠下，退游杜子美故宅，遂泛舟浣花溪之百花潭……凡为是游者，驾舟如屋，饰以绘彩，连樯衔尾，荡漾波间；箫鼓弦歌之声，喧阗而作。其不能具舟者，依岸结棚，上下数里，以阅舟之往来。成都之人于它游观或不能皆出，至浣花则倾城而往，里巷阒然。”

这一段记载，不仅使人想见旧时“浣花日”规模之大，游人之盛；还使人联想到今天之成都人依然以“游乐相尚”，每逢假日便“倾城而往”，将出城郊游当作主要游乐项目，如此风尚确有其历史渊源也。

以任氏生日四月十九为“浣花日”，一直沿袭唐、宋、元三代；明代时却改为农历三月初三，时间仅相距月余。究其原因，是将晋人王羲之《兰亭集序》中描述的民间三月消灾“修禊”之日与任氏生日合二而一来纪念，更增添了“曲水流觞”的意义与情趣。浣花夫人长久地为人们怀念，说明她在民间影响之深远。

至今，“浣花夫人祠”中仍塑有任氏塑像供奉香火，并有楹联赞曰：

庙貌照花溪，邻舍独容诗客驻；
戎功平草贼，江山有赖美人扶。

上联叙任氏当年在浣花溪畔建私宅，扩建后的私宅“包容”了杜甫（诗客）草堂这一史迹；下联赞颂任氏保卫成都的殊勋。“江山有赖美人扶”一语，耐人寻味。比起那位花蕊夫人徐氏来，浣花夫人任氏要“幸运”得多：徐氏虽谏夫御敌，而孱夫却出城受降，她便只能随夫做了降囚；任氏“手自麾兵”，成就一时功业，传为千秋美谈，受到人们的尊崇敬仰。同为美人，同为刚烈女子，同为贵夫人，命运却有天壤之别而兀自不同也。

伍立杨，1985年毕业于中山大学中文系，其后长期任人民日报社记者，主任编辑，1995年加入中国作家协会。著有《中国1911》《民国幕僚史话》《潜龙在渊—章太炎传》《铁血黄花—清末民初暗杀论》《青山之隐》等史论、专著三十余种。曾任海南省作家协会副主席、海南省政协委员。曾在深圳市、宁波市、嘉峪关市等地举办个人画展。现供职于四川省作协。

山川与岁月的惊叹

◎ 伍立杨

有美一人，清扬婉兮，这似乎是给弱女子刘曼卿预设的绝妙好辞。上世纪20年代末，她以半官方身份持中枢书信出使西藏，年仅二十三岁。她往复一年，驱驰万里，完成使命后，取海道于1930年8月返抵南京。她的文化传奇，曾经轰动一时。

刘曼卿幼年时期在西藏成长，后在北京求学。成年后因偶然机缘获延揽，在国民政府行政院文官处任书记官。因桑梓观念，要求前往西康、西藏调查人文、政经现状。那是1929年的夏天，西部边区到处是险恶的出生入死之地。曼卿幼习经史，颖悟过人，属文构思敏捷，初不留意，然于人文历史、国际形势，把握论断每有过人之处。她一路上非凡的观察、表述汇为《康藏轺征》，1938年由上海商务印书馆印行。

一边是舟车劳顿，另一边则落笔如风雨。她的文字锻炼得炉火纯青，雅致峻洁，而又极富形容力、表达力。不特如此，障川回澜、细意熨帖中，还更有心绪的惨淡经营。

她和文字好像有先天的血缘关系，一路上的种种经过，描述得那样自然、邃密，良金美玉，内外无瑕。仿佛并不费力，而其驱遣是那样的妥帖完美。山川要害，土俗民风，以至鸟兽虫鱼，奇怪之物，耳目所及，无不记载。至于康、藏地理形胜、民族风貌、民生疾苦，更予以极深的同情和呼吁。

在藏区，刘曼卿与政军文化界官员及其家属接触，次年三月底，拜会十三世达赖喇嘛，向其转交中山先生遗像，告以中枢垂念边疆之殷，宣扬五族共和观念，取得良好成效。

她选择的是元明清三朝以来的官道，即古驿道。茶马古道有川滇两造。西康雅安产砖茶，以康定为集散中心，马帮从此上路，经甘孜、昌都到拉萨，转运西藏各地；另一为云南所产沱茶，汇聚大理，商队由此经丽江、中甸、德钦到西藏的邦达或昌都、拉萨，再转各地。刘曼卿首次取道川藏线，第二次则走滇藏线。

她首次入藏，由南京启程，上武汉，过三峡，入重庆，经成渝路进成都。然后取道康定（打箭炉），理（理塘）、巴（巴塘）入藏。又经莽里、古树……王卡、巴贡、包敦十余城镇到达昌都，再经恩达、洛隆宗、嘉黎、太昭到拉萨，单边总行程五千余里。迢迢长路，有时是峭壁凌空，大雪横野，有时是羊肠鸟道，上逼下悬。行路之难，可想而知。

这样一路到了昌都，一路上也不免与各地有声望的地方贤达交流。端赖她的言辞明慧，态度恳切，措辞极为得体，不特免除了种种可能的误解，而且地方有力之士，在其循循善诱之下，亦多通情达理，均愿输诚。留在昌都一个月，当地人士并有询问孙中山先生事迹者，她则为之详尽解答，中心为先生坚忍不拔之志，及博爱怀人之慈，听者若有所悟。

路上遇到的困难非今人所可想象，但她从小在西藏生长，故多能化险为夷。一路考略山川、风俗、疾苦厉病。每到险要地方，便找老兵退卒或当地百姓详细询问曲折原委，并与平日所知对勘，所得可补近代地理考察之阙。

直到到达拉萨后，面谒达赖，所告诉万里奔驰之苦心，也即国家利益和主权完整，此番话语，由于其气象的端丽，增进效果不少。

刘曼卿二次入藏，则改走滇藏线。这次入藏则主要宣讲抗日理念。取得边陲人民的道义和物质支持。她笔下的人物口吻，只需几句点染，便可捕捉其人心声与情感，此多借助文字意蕴的追求，其间并蕴涵人物的自身价值以及社会投射在个别生命中的痕迹。

达赖喇嘛对她说："至于西康事件，请转告政府，勿遣暴戾军人，重苦百姓，可派一清廉文官接收，吾随时可以撤回防军，都是中国领土，何分尔我。"

"英国人对吾确有诱惑之念，但吾知主权不可失，性质习惯两不容，故彼来均虚与之周旋，未予以分厘权利，中国只须内部巩固，康藏问题不难定于樽俎"。

可见当地高层明事理、知大节的底线。而曼卿本人，德言容功，动循矩法，其别有大志，又仿佛女中丈夫，行事刚健笃实，磊落皎然。

古代地理书相当发达，也最有文字的兴味。从《水经注》《洛阳伽蓝记》直到《岭表录异》《星槎胜览》再到《海国图志》，有名者无虑数十百种。以出色文笔描述自然风月及社会生活，乃是古代地理学家郦道元、徐霞客创辟发展的传统，自始至终和文学两位一体。在刘曼卿笔下，沿路的山川、气候、道路、物产以及居民、建筑、风俗、宗教、语言……都得以精彩记录，文中流露深郁的家国之念，以及对乡邦民气的信托。

清代作家姚莹，乃是桐城派柱石姚鼐侄孙。曾任台湾兵备道，咸丰初年，任广西按察使，参与永安打击洪杨之役。曾奉命入藏处理争端。他的著作不少，其中有关边疆地理者尤有兴味。《康车酋纪行》十六卷记述他于道光年间数次赴藏的见闻，涉及西藏地理、形势、宗教、风俗，以及英、俄、印诸国情形。文体系日记条目式笔记体裁。"……天寒地高冰雪坚，百步十蹶蹄踠扯。鞭笔横乱噤无声，谁怜倒毙阴崖下……艰难聊作乌拉行，牛乎马乎泪盈把。"这是说进藏者遇到的首要困难，就是面临高山和严寒。藏区所需物资，全赖人背畜驮和栈道溜索运输。

清代地理笔记中，描述了进藏路途中特点突出的若干地理现象。

清朝前期，杜昌丁《藏行纪程》记其于某个初夏的观察，在崩达以西不远处，“其寒盛夏如隆冬，不毛之地名雪坝，山凹间有黑帐房，以牛羊为生，数万成群，驱放旷野”。“怒江之水，昼夜温湿，不闻言语。缘江万丈，俯视江流如线，间有奇胜，中心惴惴，无暇领略也。”

古代文化人，虽置身险峻之区域，仍在下意识地考察城镇、村落的地理全貌，在其笔记中不乏精彩描述。西藏独具特色的生物现象，也会引起某些进藏者的兴趣，1824 年的 10 月徐瀛注意到，“藏地山高雪深，产雪莲花颇多……花生积雪中，独茎无叶，其瓣作淡红色”，姚莹则记述：“察木多杨树告已脱叶，而干下自抽青枝且放新叶。盖高处风寒，下得地气故也。蕃地每七八月间多雨，山上雪已封岭，人且重裘矣。”

刘曼卿的文字似乎比名作家姚莹记述同样行程的文字还要邃密。当中饱含她种种对风俗、人文、地理的超绝睿智的认识。譬如还是在过三峡的时候，原来在东南一带听说峡江是如何的险峻，实地观之，不过尔尔。原因是东南一带人民见大山甚少，故多夸张，在西南住民看来，没啥奇绝之处。峡区的景点，有许多的传说故事，当地人娓娓道来，好像很有滋味，其实很空洞肤泛，她的结论是：“古人称西蜀好幽玄怪异之思，诚不诬罔。”

到重庆，她写道：“船靠岸，担夫走卒率来抢取行李，其汹涌狡猾之态不亚于汉、宁诸埠。”这是实录，于今亦然。这一带农民生计的艰辛，土娼的肮脏悲惨，也都活灵活现地记入笔下。

到成都后拜见刘文辉于将军衙门，刘以康藏蛮荒，怪她轻举妄动，殊不知她自幼生长边地，自有此地的知识与智能、底气与胆气。

当然，她的只身闯藏区，事实上还是得到方方面面的照拂。在四川有川军当局签发的特许证，在西康和西藏则有地方军的恭敬护佑。

雅安去康定的路上，“万山丛脞，行旅甚艰，沿途负茶包者络绎不绝……肩荷者甚吃苦，行数武必一歇，尽日只得二三十里。”山城康定，笔者小时候曾经在那里长住，曼卿只寥寥数语就清楚勾勒其基本地理结构、它的确凿形象，实在令人惊讶：“此地为川康之分界，三山夹抱，地势褊狭，急流两支贯其中，水砾相击，喧声腾吼不可终日……普通康人视知识为不甚需要，而亦不能谓为无文化，盖民间有极美妙之歌曲，喇嘛有极深玄之佛理，至于绘画塑像均精妙无伦……”

过理塘之前，翻越折多山，海拔近五千米。虽在盛夏，高山上“残雪积草上犹作银色”。

自此而后，她对藏地风情和宗教样式、沿途的食宿、驿站、交通的叙写，可谓深入骨髓。真正的难度在表达的深度上，她超越了这种难度，运笔铺陈忧患意识。广漠崇山中人民生活的精神搏动，民生民俗、历史地理方面和内地迥异而富有别样的生命力，都是罕见的表述。

川滇藏交界的地方，乃三江流域（金沙江、澜沧江、怒江）中上游，地势高亢，河流切割剧烈，多处是童山濯濯，风景荒凉，寓目景象极其萧索。有的时候，也有旖旎难状的高原美景，“忽见广坝无垠，风清月朗，连天芳草，满缀黄花，牛羊成群，帷幕四撑，再行则城市俨然，炊烟如缕，恍若武陵渔父，误入桃源仙境……地广人稀，富藏未发，亦不过为太古式生活之数万康人优游之所耳”（《康藏轺征续记》）。这是滇、康交界之中甸县城，今已改名香格里拉，笔者2006年夏天前往滇西北驰驱万里，实地印证了她的描写。

出中甸城北门，“为一广约十余里之草原，四面环山，如居盘底，有小溪一道，曲折流于其中，分草原为若干份，牛羊三五垂首以刍其草。沿溪设水磨数所，终日粼粼，研青稞为糌粑之所也。草原之上，多野鹜，低飞盘旋，鸣声咿哑，与磨之声相和答，在此寂静之广场中，遂亦如小儿女之喁喁私语，益显其悠闲况味。草原尽头，刚见一片巍峨建筑，横亘于山麓之下，则著名之归化寺也”。

较之古人以日记记述途中见闻方式，刘曼卿则将日记统筹处理，扩写成以小标题区分统揽的文章组合。所记的是当日的见闻、思想、心情，比其他私人撰述更具有学术性、原始性，留下诸多关于疆域、山川、交通、人事的珍贵记录。诸如各地地貌、户口变迁、风俗物产异同以及民间传说，或加考证，或加澄清；对其渊源变化，均有提纲挈领的综述比勘。古代地理学长于描述的悠久传统，在她这里落实放大。山河气质、地理人文……在她的行程中跃然纸上。

刘曼卿这本书，笔驱造化，细意熨帖，大者含元气，细者入无间。可谓从肺腑流处，无一字空设，描述得确凿深稳。文字、词汇的贴切妥善，复制复活大地的精神景况、地理特征，满含生命骀荡的律动。她的观察方式，既饶有一针见血的深刻贯穿，也不乏冰雪聪明的机趣附着，甚至因其与山川的逶迤磅礴合二为一，取得较影片记录更为震撼的效果。

说起来，古人当然不乏像她那样超妙的文笔，但古人并不能预知或栖身生活在她所处的时代风云之中；后人所处环境或有可能较她生活的时代更为复杂，却又至难寻觅像她那样峻洁雅健、势如削玉的高超文笔。

人文地理，或曰私人地理，乃是近年来时尚写家之热门首选，但就文字而言，多数记叙啰嗦，识量轻浅，一二寻常景点，惊呼夸为独见；琐碎自言自语，衍成冗长篇什。游谈无根，难接大地精神。照片倒是清晰，书籍轻型纸的时髦包装也很招眼，但若谓地理人文脉络的深切契入，则遍寻不得。如果说《康藏轺征》兼具长风振林、微雨湿花之大美，则今之写家笔下但余瓦砾凌乱、顽石载途的少见多怪了。

邹惟山，本名邹建军，四川省威远县越溪镇人。1963年生。文学博士。华中师范大学文学院教授，博士生导师。中国作家协会会员，湖北省作协全委会委员，中国诗歌学会理事，中国文学地理学会副会长。主要从事诗歌、辞赋和散文写作，著有诗文集多种。主要研究中国现当代文学、外国文学和比较文学研究，在文学地理学和文学伦理学方面，卓有建树。有著作三十余种，论文和批评四百多篇。

洞悉自然的思想（三题）

◎ 邹惟山

社会正气来自于是非论

所谓社会，乃群体之形，整体之态也。上流社会，下流社会也；都市社会，乡村社会也。老年社会，少年社会也；男性社会，女性社会也。凡有多数之人群，则可称之为社会；凡有长聚之人员，皆可以构成一个社会矣。一个社会，无论大小，皆需要正常运转；一个社会，不论上下，皆要有正常顺序也。一个地方之风气，皆在于以正为中；一个社会之风尚，皆在于以是为指向也。有了正，邪就会逃离；有了是，非就会逃亡也。相反，如果邪占了上风，则正就会受委屈；如果非得到鼓励，则是就会受到排斥。因此，社会之风气，乃精神之指向也，本质之张扬也。社会里之群体，社会中之精英，不可不慎之又慎也。两家争边界，总有一家正确，一家错误，因此而有正邪也。任何时候，皆不可以正为非，以邪为是也。两家争房产，总有一家有理，而一家无理也。任何时候，都不可以有理为非，而以无理而是也。因此，是非正邪，对于一个社会群体而言，对于一个国家而言，是重中之重，关键之关键也。对于一个人而言，正者为正，邪者为邪，是者为是，非者为非也。如果以正为非，以邪为是，则人生不可立也；如果以是为邪，以非为正，同样的，人格不可存也。知识分子要有是非观念，要有正义感，普通之民，也同样如此矣。是非者，一种二元对立之存在也。山上有石，不能是水；河中有水，不能为石也。原上有草，不能是树；坡上有树，不能是草也。日出于东方，不能为月；月出于东方，不能目之为日也。是就是是，非就是非也。是不会变成非，非亦不会变成是也。正邪者，一种二元对立之结构也。善者为正，而恶者为邪也。真者为正，而假者为邪也。美者为正，而丑者为邪也。丑者不会变为邪，其邪者不会变为正也。如正邪换位，必为诡辩也。非不抑是，为通则也；邪不压正，乃通例也。当代中国，法治为先，人治为后，乃正之又正也；当今世界，强者为善，弱者为恶，所以弱肉而强食也。以善对恶，则恶之又恶也；以让对争，则邪之更邪也。由此可见，社会正义重要，但来自于是非；社会风气重要，则来自于正邪之变也。人人存是非，家家讲正邪，何愁中国不进步，世界不平和呢？

2020 年 3 月 29 日

山水乃思想之至论

在人类，于世间，思想者，哲学家，少之又少也。而在古希腊，在古印度，在古中国，在古巴比伦，在古埃及，却一排一排，一列一列也。而为何当今世界，人口众多，科技发达，交通方便，对话之门大开，却少有思想者，哲学家？本人认为，乃山水缺失之故也。

自然山水，亿万年以来，就一直存在于那里，以至于永恒也。三峡以西乃巴国之地，宜宾以北乃蜀国之地，俩母仙山，乃西海龙宫也。长江三峡未开之前，四川盆地则为西海，六百米以下，皆为海水所淹没，然而那一个一个的海底圆山，那一块一块的水下大岩，那一个一个的海中卵石，那颗一颗海流细沙，都是伟大的思想者，伟大的哲学家。长江三峡形成之后，西海之水东流而进入大洋，西海中的山川全部露出，四条河流由北而南，汇入长江，于是山水之国，有至美极妙之山水也。而今，每一座山无论高低，每一条水无论长短，每一个石头无论大小，每一棵树无论黄绿，每一朵花无论开放，每一片叶无论肥瘦，皆为伟大的思想家，伟大的哲学家也。不信请看，俩母山上山处的一片巨石，布满花纹和图案，在海水中浸泡多少亿年才留下的，你能说它没有思想吗？不信请看，越溪河流经的五皇庙，源自俩母山的五条山脉，于此重新聚首话别，三条河流在此相汇，而西流三百公里，而注入岷江，三十公里后再入长江，你能说它们没有思想吗？不信请再看，青宁烈神灯巨石之上，有左脚印一只，而在荣县双石之柑子林，有同样大的右脚印一只，你能说它没有思想吗？相比之下，当代人的思想极其粗略，极其浅薄。有人以为，发一点个人的牢骚，就是有了思想；有人认为，批评一下政府部门，就是有了思想；有人认为，矮化一下自我民族，就是有了思想；有人认为，煽动一下民族主义情绪，就是有了思想；有人认为，揭露一下本不存在的阴谋论，就是有了思想。其实，这些认识肤浅得很，无知得很，愚昧得很，可笑得很。究其原因，就是长期与自然山水隔绝，与人类的生存根本隔绝，与思想和哲学的本体隔绝。你们长期躲在一个角落里，说东道西，有什么意义呢？你们长期拉帮结派，相互吹捧，肉麻得让人全身起鸡皮，有什么意义呢？你们长期反对和批判政党，把自己目为反对派，又不做一件具体的于民于国有利的事情，有什么意义呢？你们说这个作家无思想，那个诗人无思想，你们有什么思想呢？你们的生存于时代于社会于民族的意义何在呢？所谓思想，皆非抽象之形态，而为具象之物质也。抽象乃不得已而为之也，真正的思想都存在于自然山水之中，所有的哲学都与自然山水相关也。人类伟大，但也渺小，渺小到一粒微尘也不如，一片树叶也不如也。我窗户之外，有五棵核桃树，皆有了不起的思想；我对面圆山上，有百棵银杏树，皆有了不得的思想；我右望小屋基，及其右面的高顶寨，皆为杰出的哲学家；我左望肩膀岩，及其左面的凤凰寨、青峰寨，皆为伟大的哲学家也。甚至院坝里的一枝青草，院墙外的一朵小花，山观堰的一尾白川，田坎上的一只野猫。自然山水乃思想之至也。

2020 年 4 月 3 日

勿闻武汉色变论

昨天下午，我乘机飞回了武汉，也许也是一位逆行者。因为许多人还是不愿意来到武汉，或回到武汉，或路过武汉。飞机上是几乎满座，但一出机场，发现人真的很少，少得可怜，出租车也很少。我快步跨上一辆出租，大约半个小时，就回到了武昌家中。进小区大门的时候，量了一下体温，看了一下文件，就放行了，远没有前面家人讲的那么复杂。

其实我上午十一点就到了成都天府新区科学城，但我没有惊动在成都的同学或亲友，而是直奔机场，登上了飞机。按从前的习惯，是要与他们聚一下的了。然而我只是路过成都，成为了一名过客。成都是一座了不起的城市，是一座人见人爱的城市，是一座具有文化内涵的城市。首先它是西南诸省的中心之一。通过成都进出西南的人太多，双流机场是中国最繁忙的机场之一。其次，成都有许多有名的大学，如我的母校四川大学，还有西南财经大学、西南交通大学、电子科技大学和四川师范大学、成都理工大学等。再次，成都有许多美食，许多小吃，许多水果，许多蔬菜。第四，成都有许多美景，如青城山、都江堰、武侯祠、黄龙溪、桂湖、望江楼、杜甫草堂等。第五，成都有很多美女，主要是我的大学同学，还有许多认识和不认识的俊男。然而，我这次只能路过成都，成为了一名过客。自一月九日回到越溪，跑了好多地方，见了许多亲友，考察了许多名胜古迹。自元月二十三日，武汉封城之日，我就很少外出了。一个方面是心情不好，一个方面也担心影响他人。所以，我开始在本村做些实事，干些工程，为乡村发展做些推进。武汉封城，影响巨大，包括对我这样在武汉工作的人。那段时间我既不上街，也不下乡，既不上山，也不下河了。按规定，每一个村可设一个关卡，对经过本村、进出本村的人量体温，但发展村却在新房子外加了一个杆杆，明显是针对我村有三位武汉回乡和曾经路过武汉的人。幺爷进唐家沟散步，他们也不让通行。我听说后，想起黄梅与九江事件，想起岳阳事件，想起信阳事件，想起渝黔边界事件，想起大理事件，想起青岛事件，想起上海事件，就有些生气，说唐家在一百年前有重大失误，今天还想犯同样的错误吗？自那时起，我往下散步只到土地祠，往上散步只到方田湾。可是，孟家扁的人却对我很好。我三次到那里买鸡和鸡蛋，他们都很热情。有次我到了接近肩膀岩的地方，见许多人在那里钓鱼，男女老少，热闹非凡，他们见我来到，十分热情，与我说这说那。这里的人善良宽厚，平和纯厚，颇有古风也。然而并不尽然，有一次我到越溪买鱼，发现一个老太婆，与旁边两位耳语了一下，就一齐离开了。这就是典型的见武色变的例子。我看她那样子，有些精明，但显然是精明得过了头了。我每次经过前进村村委会，所有的人热情招呼，问寒问暖，就有了一种回家的感觉。武汉只是发现了病毒，但武汉并非病毒的发源地，这和武汉人有什么关系呢？武汉有一千五百万人，在校大学生高达一百三十万，在外务工的外地人也高达二百万，他们都要离汉回家，他们都是病人吗？我昨天回到江城，发现武汉人真的了不起，封城期间不出门，解封之后也不出门。但武汉人并非软弱，并非散沙，这就体现了他们的品格，他们的精神，他们的境界。封城将近三个月，这在中华民族的历史上是少有的。闻武色变，是一种聪明，还是一种愚蠢，至今不得而知也。

2020 年 4 月 17 日

曾纪鑫，一级作家，《厦门文艺》主编，中国作家协会会员，厦门市作家协会副主席。发表各类体裁作品数百篇，出版专著二十多部，多次获国家、省市级奖励，进入全国热书排行榜。作品入选《大学语文》教材。

主要作品：文化历史散文《千秋家国梦》《历史的刀锋》《千古大变局》，长篇小说《楚庄纪事》《风流的驼哥》，长篇历史人物传记《晚明风骨·袁宏道传》《大明雄风·俞大猷传》等。

书房：一个存放理想的地方

（外一篇）

◎ 曾纪鑫

三室一厅的房子，我将最大的一间做了书房。

为充分利用空间，我自己画图纸设计书柜。从地板到楼顶，下面是有门的柜子，上面是开放式书架；柜子三层，每层可放书三排；书架六层，每层可放书两排。如此算来，一个书柜的容量，可相当于普通书柜的两倍多。

书架摆放的多是常用书，里层竖立，外层横放。难以准确分门别类，便以丛书、文集、开本等，随意摆放。刚开始，可见里层书脊上的书名，随着外层书籍越堆越高，便将里层全给掩住了。外人不明就里，但里层的“遮蔽”之书我大多都能记得，需要时，知道个大概位置，一番挪移，就能找到。

我所购之书，一是需反复阅读的经典名著，如岳麓书社的《古典名著普及文库》，商务印书馆的《汉译学术名著》，人民文学出版社的《世界文学名著文库》等；二是实用类，比如常用的工具书，临时需要的参考书等；三是想读之书，“雅书”与“闲书”兼而有之。于是，我所藏之书，古本、孤本、珍稀本较少，多是“大路货”。尽管如此，却是三十多年心血的结晶。如蚂蚁搬家似的，购一册，放着；再购一册，搁着；日积月累，就成箱成袋，颇成规模了。书房之书，也随着我工作的调动、生活的变迁而几经辗转。

1990年，我从湖北公安县调到黄石市工作，其他东西可以不要，但一个杉木书柜、近二十麻袋的书，是非搬不可的。那时交通不便，好在公安县城斗湖堤镇与黄石市都在长江边，我便通过朋友关系，找到一艘从公安到上海的货轮，搭便船运到黄石。我在船上与水手同吃同住四五天，感触颇多，便以此为素材创作了大型话剧《永远的船》。这是我的第一部戏剧作品，不仅在《新剧本》《楚天艺术》发表，还在1995年的湖北省第二届戏剧文学评奖中获得剧本奖，我也因此而破格评为国家二级编剧。

作为一名读书人、爱书人，和书“打交道”是一种常规，关于书的故事自然多多。2003年3月，我从武汉调到厦门工作，这次跨省长途迁徙，让我颇费周折的就是书。我将黄石、武汉两地的书归并在一块，想大规模地淘汰一部分，一番清点整理，硬是下不了手，杂志倒扔掉了不少，而“抛弃”的书籍还不到十册。我租了一个十吨重的集装箱，家具、冰箱、彩电，包括两个书柜，全部处理不要，集装箱里所装，除了书籍，便是棉被、衣服等必需的生活用品。

集装箱先我两天“动身”，车站工作人员告诉我，约十天可到，快的话只要一周。我另乘火车前往厦门后，就开始盼着集装箱早日运到；望眼欲穿地等了十天也没消息，便主动打电话查询，回说快了；又是两天过去，还没到，仍是催问，说在转车；半个月还没到，我急了，担心整个集装箱不知所踪无处查找，又担心没有锁好被人盗窃……提心吊胆地等了十八天，当我接到厦门高崎火车站打来的电话时，心中一块“石头”才算落了地。打开集装箱下卸时，发现两个纸箱的书是湿的，原来那段时间大雨倾盆，集装箱进水了。尽管有点心疼，但望着这些留有自己“体温”终于安全抵达的“宝贝”，湿一点又算得了什么呢？

我说过，我的藏书多为“大路货”，如果要谈特色的话，那就是对丛书、文库、文集、全集之类系统性的书籍颇感兴趣，只要我喜欢的作家、作品，便尽可能成套购买。比如我喜欢陀思妥耶夫斯基，只要关于他的作品，单本、全集，哪怕是相关的传记、论著，不论何种版本，我都购买；再比如鲁迅的作品，既有成套的单卷本，也有《鲁迅全集》，长江文艺出版社出版了一套收有他医学、矿物学、研究碑刻等所有作品的《鲁迅大全集》，我也买了；其他如四川人民出版社的《走向未来丛书》、辽宁教育出版社的《新世纪万有文库》以及《二十五史》《剑桥中国史》《梁启超全集》《孙中山全集》《胡适全集》《陈寅恪集》《榕村全书》《卢梭全集》《罗素文集》《现代语文版资治通鉴》《中国话剧百年剧作选》等，都有收藏。遗憾的是，因书柜有限，有的全集、文集无法上架，只得堆放着，阅时翻找。

如今书店少了，自己逛书店的空闲也少了，但网上购书十分便捷，货到付款，并有可观的折扣。我订有《书屋》《藏书报》《中华读书报》等读书类报刊，也常关注其他媒体的新书出版信息。只要自己感兴趣的书籍，就在亚马逊网、当当网购买。亚马逊网在厦门建有仓库，我当天下单，往往第二天就能收到新书。写作时许多需要参考的旧书，就在孔夫子旧书网、淘宝网等网站购买。有些旧书印量少，无法得到原版，淘宝网有卖复印本的，因要使用，下单便能应急；有的则在图书馆借出，复印装订备用。这类复印本虽不适合收藏，但用后便有了“感情”，舍不得扔掉，也堆在了书房。

书在与日俱增，而书房的空间却并不因为新书的增加而扩展。书柜放不下，便堆在书房的空地。继续增加，只好动脑筋想办法，家有两个卫生间，便将卧室的那个敲掉，改做“书库”，或直接堆放地上，或装入纸箱，然后一层层地往上摞。不多久，“书库”便被我塞得满满当当，只好寻求新的“发展”空间。这时，女儿考上大学到北京学习，新购之书便放在她的房间。

书多了，按说利用起来十分便利，但事实并非如此。为查找一本书，有时翻箱倒柜怎么也找不着，只好在网上下单再购一册。这样的事情还不止一次。找书时空间狭小，稍不留神，就将什么小物什给碰着了掉到地下。一天深夜，突然一声巨响，以为发生了地震之类的大事。爬起来一看，原来是几摞码得高高的书籍倒在地上，散落得到处都是。书多了，还涉及到管理的问题，脏了、霉了、残了，都得做些相应的处理。我常说书多成灾，还真没怎么夸张。

面对成“灾”的书籍，已是超负荷运转的书房怎么办？不外乎三种选择：一、停止购书。这种可能性对我来说几乎为零；二、购买或下载电子书，尽可能地将纸本书转换成不占空间的电子文档。生活在一个数字化时代，电子阅读、网络阅读自然有助于获取大量资讯，而深阅读还是离不开纸质书籍。电子书与纸质书可以互补，却无法取代，且因长期养成的习惯，我的阅读仍将以纸质为主；三、拓展书房空间。就现有住房而言，空间的再开发与再利用已十分有限，就想另买一套不大的房子专做书房，打造成工作室那样的空间。这一想法2008年就有了，几次没有果断出手买进，房价便一个劲地往上飙升，其速度比火箭还快。尽管如此，2012年我还是买了一套三四十平方米的单身公寓，定做了五个与书房同样大小的书柜，打造成工作室那样的空间。家里的书一下去运走了七八千册，女儿房间及书房地板空了许多，而储藏室仍堆得满满的。加上从办公室运来的书刊及后来所购之书，创作室一下又拥有了上万册书刊。

站在9楼阳台窗口往外望，翻过一座名叫“龙头山”的小山岭，便是潮起潮落的蔚蓝大海；我的背后，则是令人沉潜的“书海”，遂将创作室名为“涵海轩”。

在湖北公安、黄石时，书籍常被人借去不还。一次，我找一位友人还书，他回道：“不就一本书么，也值得讨要吗？”理亏的反倒是我这位借书之人了。还有一位同学的姐姐说得更干脆：“我喜欢这本书，就是不想还！”我见过好几位读书人在自己的书房写有“个人藏书，概不外借”之类的话语，也想照葫芦画瓢，又觉口气过于僵硬，便在书柜外贴一张纸条，上书：“请不要让我们双方为难。”遇到大家公认的好书或我喜欢的书，就多购几本送人，免得他人借阅。比如黄仁宇的《万历十五年》，我就送出了十多册。来到厦门，纸条及上面的话也一同留在了湖北。

厦门人不喜欢相互串门，遇到借书之人，多是极要好的亲友，一般来说，他们都会及时归还。即使不还，也就罢了，如果需要，自己再购一册即可。其实，人与书的最佳关系，不是形式的占有，而是流通、阅读、利用与开发。这样一想，心态就比过去平和、豁达多了。

进入我的书房，或是看过我书房的照片，常有人问："这么多书，你都看了吗？看得过来吗？"这是一个既好回答又不好答复的问题。看与不看，看多少，如何看，于每一个人、每一本书而言，都不一样。书与书的区别，不仅在开本、厚薄、纸张、装帧等外在形式，更在其内容与价值。功用不一样，看时所下功夫自然不同。人的生命有限，时间有限，而知识无限，书籍无限，精读与泛读、读多与读少只是相对而已，关键在于理解、运用与把握。

其实，掌握知识的方式，不仅仅在于书本。陆游云："纸上得来终觉浅，绝知此事要躬行。""读万卷书，行万里路"的真理，无论什么时候、什么境况，都不会过时。除了阅读，我获取知识的另一主要途径，便是"走读"。每到一地，我都带回一些富有当地文化信息的纪念品。比如一进书房，就可看到悬挂着的从西藏带回的藏王墓响石、牦牛头、转经筒、藏刀等物；还有赵长城遗址古人钻有孔洞的石片，纱帽山新石器时代遗址的鱼骨化石，西双版纳的马帮铃铛，西安的兵马俑仿制品，蒙古的木化石，巴丹吉林沙漠的沙漠玫瑰与水晶石，日本富士山的纪念章等；创作室则有嘉峪关的大漠风雨雕，埃及金字塔模型及莎草纸画，印度大象木雕、铜孔雀、铜碗，俄罗斯油画、普希金石膏像等等。积得多了，它们汇在一块，与书映衬，为书房、创作室增添了不少色彩。

我在家里待得最多的地方，就是书房与创作室。书房进门处放有一张小床，不仅看书、写作在书房，连睡觉也是。我认为人生最惬意的事情，就是躺在床上的闲散阅读，自然放松，不带任何功利色彩。

我特别喜欢爱因斯坦《我的世界观》一文，他说："人们所努力追求的庸俗的目标——财产、虚荣、奢侈的生活——我总觉得都是可鄙的。"我的书房不到二十平方米，创作室的空间也有限，但它们又是广袤的、无边的；既是物质的、有形的，又是精神的、无形的；它们可以视接千里，思连古今，遨游无极。

书房、创作室于我而言，是一方修身养性的净土，在享受他人劳动成果的同时，我也尽可能地激发自己的潜能，努力创作。正如爱因斯坦所言：“我每天上百次地提醒自己，我的精神生活和物质生活都依靠着别人（包括生者和死者）的劳动，我必须尽力以同样的分量来报偿我所领受了的和至今还在领受着的东西。”

大师鉴别法

“大师”一词，被人谈得多矣，我是一个不喜凑热闹的人，但生活中的两件事，使我不得不下定决心，也来蹚蹚大师这股“浑水”。

第一件，我在编辑一篇稿件时，作者将所写之人称为工艺美术大师，于是便跟作者交流商量：是不是可以低调一点，不要妄称大师？作者回道：“他是真正的大师啊，国家颁发了大师证书的！”大师还有证书？我在网上一查，真是不查不知道，一查吓一跳，这一评审中国工艺美术大师的活动不仅早就开始了，并且弄得风生水起，搞了好几届呢。看来我等井底之蛙，实在孤陋寡闻！汗颜之余，不禁想到崔健的一句歌词：“不是我不明白，这世界变化快。”

再一件，写作圈中的朋友碰到一块，大家会互称大师，比如傅大师、吴大师、张大师、何大师之类，相互调侃，活跃气氛，以增添一点人生的乐趣。没想到有次却被人当了真，这人是圈外文友，不知圈内“规矩”，当某人被称为大师时声叫声应，这位文友不禁愤然骂道：他（指某人）怎么这么无耻呵，人家叫他大师，他居然答应了，还真把自己当成什么狗屁大师了！

一方面是大师的重量与分量，在许多人眼里是十分神圣的；另一方面是大师的严重贬值，不管是人是鬼，都可通过各种手段弄一个“大师”的称号自慰，以至大师“满天飞”，成为调侃打趣的“味精”。甚至有人撰文说“大师”沦落被毁如同“小姐”一词，还有人说你想骂对方的话干脆就称他“大师”。

原本高贵、高雅之物，何以贬得一钱不值甚至走向负面？不外乎两种情形：一是多且滥。比如诗人、老板、经理，上世纪八、九十年代文学风光之时，有人戏言一片树叶落在大街上，总能“砸”到几位诗人，后来是一片树叶掉下来就能“砸”到几位经理或老板；二是价值错位，称呼没变，而以前所承载的内涵却变迁移位，由高贵变得庸俗、低俗乃至丑陋。比如“小姐”一词便是，以至有人称呼某女一声“小姐”后，一位男子竟以对方辱骂自己女朋友为由持刀杀人。

现实生活，往往比小说更为荒诞。因为小说无论怎么虚构，作者总得遵循一定的内在逻辑规律，而现实生活则可以穿越超越、毫不讲理地乱来一气。

然而，不论现实如何演变，社会如何发展，时代如何变迁，真正的大师，在我等内心深处的地位，是高贵神圣而令人仰慕的。

那么，真正的大师，到底该是一种怎样的范儿呢？

要想描摹大师的本来面目，先得说说大师的“不是”，以洞穿那些所谓的大师嘴脸。

真正的大师不是自封的，也不是炒作、吹嘘出来的。凡此种种跳蹿出来的大师，都有冒充之嫌。

大师不是某种职业，与老师、导师、技师、牧师、法师等有着本质的区别。

大师不能以学位职称、职位岗位来衡量，无法用数量、指标来界定。高职称高学历高职位者，不一定就是大师。某一职位、职称、学位空缺，很快就可填补，而某一大师的离去，留下的也许就是一片永远无法弥补的空白。

大师不是某些部门机构、专家评委能够评定授予的。谁也别以为拿着一张证书就是真正的大师。大师自然生成，无法评选。只要想想那些受颁“大师”称号的学者或艺术家站成一排或几排，在不停闪烁的镁光灯下从显赫要员手中接过证书或奖牌、奖杯时那副受宠若惊、诚惶诚恐的样子，就感到颇有几分滑稽，就觉得此等举动是在有意贬低“大师”这一称号。

大师不是“心灵鸡汤”。靠一点蛊惑人心的小聪明赢得无数“粉丝”，赚取激情与眼泪，离真正的大师，距离何止十万八千里之遥？

大师不能贴标签，也不用贴标签。别人称呼是一回事，而自己坦然接受，明码标示，性质就不同了，便有翘尾巴之嫌，至少是不自信或者说修炼不到家的表现。一旦贴上大师标签，芸芸众生就有了一种敬畏与期待，如果一个动作、表情、细节与人们心中的大师形象不符，那不是自找麻烦给自己难堪吗？连藏拙都不懂，还算什么大师？

大师不介入权势，不沾染铜臭，不争名夺利，不炫耀不夸饰不自我。

大师不装腔作势，不拿捏摆谱，始终保持纯真质朴的本色……

说了这么多大师的“不是”，那么，真正的大师又该是怎样的呢？

首先引用两位大师论大师的名言，现当代著名历史学家钱穆说：“大师者，乃是通方之学，超乎各部专门之上而会通其全部之大义者是也。”法国著名作家、思想家罗曼·罗兰说：“大师是心灵的伟人，是一支震撼灵魂的歌，是一道破窗而入的阳光，是死水中的一股波涛，是市侩侏儒中的一个巨人。”

据此，我们不妨稍加引申，便可得出真正大师的应有之义。

大师是天才，思维超人，不拘一格。人与人之间，其实是有很大区别的，天才是一种客观存在，你不承认也得承认。若没有天分，哪怕再刻苦再勤奋再努力，别说大师，连知识的门槛也难以进入。

大师是创新、创造性人才。大师靠作品、靠成就说话，如果落入前人窠臼，作品千篇一律，缺乏开创性质，则连大师最起码的质地也不具备。大师特别有创造力，能拓出一片新的气象，开出一片新的天地。

大师是开宗立派的人物。当今学科越分越细，最起码也得是某一领域的专家权威，学科带头人。当然，仅有此点是不够的，大师之所以成为大师，在于能够超越具体的学科之上，具有全局性眼光，能够综合多门学科，融会古今中西，在理论、方法、实践等方面取得重大的突破与成就。

大师具有“独立之思想，自由之精神”，拥有无畏的勇气与信心，为了真善美，不惧任何权力与压力，不惜舍弃自身的一切。

大师除了专业成就，必须接地气，心系民众，关注公共领域，关心国家社会，具有一定的责任、使命与担当。

大师是时代的高峰。大师与时代互动，不同的时代土壤，造就不同的大师。大师在自然科学、人文科学、文学艺术等方面取得的成就，所体现出来的精神与风骨，能够引领时代潮流，并成为后代继承的传统。

大师是一个坐标，是一种象征，是凤毛麟角的精英，是道德的风范、时代的楷模、学习的榜样。大师的学术贡献、艺术成就、思想境界、人格魅力具有一定的示范意义，即使达不到高山仰止的程度，起码得令人敬慕，从中吸取到一股强烈的正能量。

大师之“大”，显然与“小”相反。大师须具备正大光明、大度大气、宏大博大等品格，如果小人小气、官里官气、铜臭俗气，恐怕连“小师”也够不上。

大师须盖棺论定。一个人是否真正的大师，得经过时间的沉淀与历史的检验。因此，大师不要随便称呼，最好不要生前称呼。

就大师本身而言，应该内心坦荡、虚怀若谷，不可自我招摇，不必炫耀似的让人称为大师，更不会以大师自居。

当下被人称得最多、见得最多的是佛教界的某某大师。刚开始在报刊上见其法名后面加有“大师”后缀，以为是信众、记者所为；后来发现其演讲、访谈之时也被人称为大师，便知得到了他本人的首肯；再后来，见其所有出版的书籍，都要在法名后标注“大师”二字。出版物中类似贴有大师标签的作者少之又少，哪怕外文翻译过来的书也没有，比如托尔斯泰、莎士比亚、黑格尔、爱因斯坦这些人类的骄傲，足以称得上大师的作者，也没有特别标注“大师”二字。对于这位法师所取得的成就，所著书籍的价值，以及能否称为大师，在此姑且不论，即以佛教界而言，如弘一（李叔同）这样真正的大师，人们称得最多的也只是弘一法师。再看那些佛教著作，哪怕流传千百年的经典，作者要么直署法名，要么在法名之后加上“法师”

或“禅师”。即以中国唯一称为佛经的《坛经》为例，著者也就“惠能”二字，从未署名“惠能大师”。莫非惠能算不上大师？非也！只能说明真正的大师是十分低调而谦逊的，所谓“桃李不言，下自成蹊”，真大师是不须专门注明“大师”二字的。

在此之所以特别提及这位法师，是担心此风一开，善于模仿的国人仿效不已，泛滥成灾——所出之书，著者争相标示“大师”这一后缀，于我等喜欢读书的人来说，将是一种沉重的负担。

写到这里，不禁想到被人称为“国学大师”“学术界泰斗”“国宝”的季羡林先生，在《病榻杂记》一书中，他对这三顶桂冠一一“请辞”。于“国学大师”这一头衔，他写道：“环顾左右，朋友中国学基础胜于自己者，大有人在。在这样的情况下，我竟独占‘国学大师’的尊号，岂不折煞老身！我连‘国学小师’都不够，遑论‘大师’！”

这，才是一个真正大师应有的风范！

当然，大师是有一定相对性的，所谓“矮子里面拔长子”是也，“蜀中无大将，廖化作先锋”是也。

当下时代，大师陷入尴尬的“悖论”之中，一方面是大师泛滥，什么国学大师、美术大师、工艺大师、中医大师、养生大师、气功大师、风水大师、成功学大师等多如牛毛；形形色色的大师充斥于世，说明我们这个时代患上了“大师饥渴症”，这便是大师悖论的另一方面——真正的大师严重匮乏！

当下所谓的大师，自然算不得真大师，如果我们的时代一下子拥有这么多大师级人物，该是一件多么自豪的幸事呵，恐怕早就远超汉唐盛世，万国来仪了。

今日漫天飞舞的大师，说到底，不过一些伪大师、假大师、半大师而已。

假大师何以泛滥？自然与国民素质、时代环境、历史传统密不可分。

官场腐败、学术腐败，出伪大师；当事人汲汲于名利，自我认可，出假大师；后生急功近利，为提高身份妄称老师、导师、师傅为大师，自己便以“大师弟子”“大师传人”自居，出半吊子大师；后现代解构一切，大师也在其列，便成调侃之语、骂人之词……

其实，鉴别假大师、伪大师、半大师并不难，只要以大师的“是”与“不是”稍加比照，就可将其画皮戳穿。难的是真正的大师极度匮乏，社会与时代该如何呼唤，使之如雨后春笋，一一脱颖而出。

毛翰，湖北广水人，历任西南大学、华侨大学教授，出版《诗美创造学》《歌词创作学》《辛亥革命踏歌行》等。为稻粱谋写论文，余暇写诗、歌词及随笔。朗诵诗《老有老的骄傲》流传较广。歌词多写闲情，如《妹妹的眼睛会放电》，偶涉家国情怀，如《大中华》，近作有中外名曲填词40首。

词话四则

◎毛 翰

爱丽，爱丽，爱丽丝呀

20世纪初，流行歌曲才从西方及日本传入中国，中国人还不大会作曲，拿外国乐曲及中国民间乐曲填词，成为一时之尚，但流传至今的填词佳作，好像只有李叔同的一首《送别》“长亭外，古道边”。

尝试者众，成功者寡，并不妨碍人们继续尝试。例如，贝多芬的名曲《致爱丽丝》，那至真至纯的旋律，如梦如幻的情境，曾让多少人为之沉醉，为之着迷，在中国近年就涌现了多种填词。

可以说，每一位填词者，都在借贝翁杯盏，斟自家所酿。可是，《致爱丽丝》这只享誉世界的夜光杯，不管你斟入什么美酒，都不可能获得一致的叫好，都不可能合乎天下倾听者对于这支名曲的各不相同的领悟和解读期待。正是有一千个倾听者，就有一千个爱丽丝。在这种情况下，如果不肯知难而退，放弃填词，我们还有什么招法呢？

作为无招之招，无法之法，我们可不可以采取一种填法，让歌词极为简约，简约到只用一两个简单的句子，去反复配唱呢？如果这样，会不会"退一步海阔天空"，反倒造成空灵隽永之境呢？

笔者不才，偶有所悟，曾试着这样给《致爱丽丝》填词：

爱丽，爱丽，爱丽丝呀，
我爱你，我爱你！

小天使，小美人，
谁让我，遇见你？

爱丽，爱丽，爱丽丝呀，
我爱你，我爱你！

小仙子，小妖精，
谁让你，勾我魂？

其实，《致爱丽丝》的乐曲，主要就这么 AB 两段，在反复着。还有一个 C 段，可以作为间奏，不必填词。填的词越多，可能越不符合贝多芬的原意。

爱丽丝，德文 Elise，英文 Alice，如果用德文或英文填词，当然都不会有"爱丽，爱丽，爱丽斯"式的表达。不过，到了中文，可不可以活用呢？中国古典诗话有"无理而妙"一说，会不会有人觉得，此处"爱丽，爱丽，爱丽斯呀"正是无理而妙呢！

如果处处都符合语法和逻辑，可能就不妙了，可能就失去贝多芬心中那个妙人儿了。古人所谓"诗家语"，其要义就是反语法、反逻辑。

南词北曲，歪脖子树？

我有一首《相约在五月》，1995 年 5 月 31 日初稿，《诗刊》1997

年 10 月号发表，《词刊》一直没有发表过，但不妨碍它作为一首歌词存在。

五月的云岭天蓝蓝，
我们相约去爬山。
山上有一座神仙庙，
我们到庙里去看神仙。

五月的西江水蓝蓝，
我们相约去划船。
江心有一座月光岛，
我们到岛上去会婵娟。

五月的丁香为谁瘦？
五月的山水为谁秀？
五月你为什么不守约？
辜负了一枝相思豆。

五月来了你没来，
五月的日记一片空白。
五月来了你没来，
五月你还不清相思债。

苏栋人 1998 年 9 月谱曲。我不识谱，不识其水平高下，歌谱一直躺在抽屉里，直到 2013 年 12 月才录制成歌，原来如此好听，让我有几分惊喜。后来，我学会制作 lrc 歌词字幕，2017 年 7 月 12 日我把《相约在五月》音频配以 lrc 字幕版，转到手机微信朋友圈。有朋友点赞，不必当真，我知道有些点赞是礼节性的。

陈树："南方的词，北方的曲。"

这是第一位专业人士的评论。

我回复："南方的词，北方的曲？我还一直没有意识到。"

《相约在五月》的谱曲有民歌风，可能属于北方，但歌词也有南北之分吗？我的歌词真的属于南方吗？我一直没有想过这个问题。我祖籍湖北广水，临近河南信阳，算是南方人，还是北方人？一般说来，北方寒冷，有风刀霜剑，南方温润，多和风细雨，北人粗犷，歌有雄风，南人多柔情，歌多柔媚。北方情歌直率："你要是嫁人，不要嫁给别人，一定要嫁给我。"南方情歌委婉："蝴蝶泉谁清又清，丢个石头试水深。"如此看来，我的《相约在五月》写情侣约会，"我们到庙里去看神仙""我们到岛上去会婵娟"倒是有几分南方风格。

陈树又有评语："南词北曲，生成的一棵歪脖子树！"

这就倾向于对此歌的全盘否定了。

我不服气，争辩道："'南词北曲'不行吗？李叔同《送别》还'洋曲中词'呢！"

如果说歌词也有南北之分，南词就只能配南曲，北词就只能配北曲吗？这倒是一个有趣的话题。但一首美国人原创的歌《Dreaming of Home and Mother》，日本人借用其曲，重新填词为《旅愁》，李叔同再借其曲填上中国歌词为《送别》，这样的"西为东用""洋为中用"有什么别扭吗？不仅不别扭，它还成为20世纪初学堂乐歌最负盛名的代表作一直流传至今呢！关于词曲搭配的美学原则，我说不出更多的道理，但这一个简单的类比，似乎是有说服力的。

陈树见了，不知是觉得难以反驳，还是懒得理论，就把他的"歪脖子树"的论断删除了。

不过，"南词北曲"这一问题，可能还是值得讨论的。所谓"南词北曲"不相匹配，可能不是地域问题，而是风格问题。豪放之词，应该配以豪放之曲，婉约之词，应该配以婉约之曲。然而，中国北方幅员辽阔，北方的曲也多种多样，未必都是粗犷豪放的。以北方的婉约之曲，配南方的婉约之词，就不至于生出"歪脖子树"了。

同理，美国的一首委婉感伤的《梦见家和母亲》，配以中国的同样委婉感伤的歌词，就仿佛天作之合，对于一般听众，不知道其曲来自大洋彼岸，还可能误以为《送别》的词与曲就是原配，甚至青梅竹马呢！

梦做客，美做主

我与厦门鼓浪屿好像有点缘份。

2006年端午，鼓浪屿诗歌节，要求与会者每人写一首关于鼓浪屿的诗。一共收获了几十首，《厦门日报》2006年6月3日整版发表。其中，印象较深的是王珂的《多想在鼓浪屿浪来浪去》。我则写了一首《鼓浪屿之约》，算是自由诗吧。作为诗，它可以是一种有对象的倾诉，也可以是自言自语，内心独白，人生的许多感悟、感喟和感伤，可以自由抒写，其篇章结构可以随机形成，不必刻意经营。

有浪鼓来，此一屿
今晚，我在梦中
听海与陆的交响，听潇潇夜雨
音乐会才散，旋律还未散去
钢琴前，还灵动着暖色的少女

今夕正是端午节前夕
海内海外许多感伤的诗行
在小岛相聚
无车马喧嚣，无红灯暧昧，无阴谋云集
只有幽径，通向绝尘，
只有清风、白鹭与天籁联袂来栖
海天尽头，此一隅
面对广袤的贪婪和浮躁
是躲避，是逃亡，还是负隅顽抗呢
……

三年后，2009 年鼓浪屿诗歌节，应约与会的有了几位歌词作家，如王健、吴颂今、瞿琮、胡宏伟，论题和兴奋点也有所变化。节后，我苦吟数日，得歌词一首，题为《红尘不到鼓浪屿》，原载《厦门文艺》2010 年第 1 期。后来由姚峰谱曲，霍勇演唱。

既然是当歌词写，就得遵循歌词的章法，选择一个大致的曲式，副歌也得用心营造。从“海水鼓动浪花来”到“浪花鼓动青春来”，再到“青春鼓动浪漫来”，主歌三段，也算精心编织了。

背起了行囊到哪里去？
美丽的厦门有一座鼓浪屿。
海水鼓动浪花来，
还有那白鹭也来相聚。

背起了行囊到哪里去？
寻着琴声就找到了鼓浪屿。
浪花鼓动青春来，
轻轻的脚步踏着小夜曲。

副歌的语象则更须出彩，也更难出彩。如何在主歌两段的叙述之后，来一段副歌，直抒情怀，推出一个高潮，让它成为“诗眼”和“记忆点”呢？

“云中的神啊雾中的仙，神姿仙态桂林的山！情一样深啊梦一样美，如情似梦漓江的水！”可叹那自然天成的妙句，早已被贺敬之的《桂林山水歌》采撷去了。否则，一个类似的句子放在鼓浪屿肯定不错。

怅惘之余，苦索枯肠而不可得。“寻寻觅觅，冷冷清清，凄凄惨惨戚戚”，李清照笔下这一组叠字所描摹的，究竟是人生的失落感，还是苦觅诗语诗境而不可得的怅惘呢？

每读前人绝妙之辞，总不免有余生也晚之慨。诗仙李白也曾有“眼前有景道不得，崔颢题诗在上头”的长叹，何况平庸如我辈。

不过，这次好像有点例外，皇天不负词人苦，千虑一得竟有时。

天一角，海一隅，
海天怀抱鼓浪屿。
梦做客，美做主，
美梦倚着鼓浪屿。

“梦做客，美做主”，得此两句，我不禁窃喜，不负鼓浪屿矣。

在这前后，2008－2010，我还用了两年时间，为《鼓浪屿之波》重新填写歌词，反复锤炼字句。其中，“鼓浪屿白鹭飞翔，浪漫写在天上”“天有情，海有爱，我们拥有你美丽的厦门港”等，算是得意之句。到郑小瑛教授指挥厦门爱乐乐团演唱，才算大致定稿。

《预约情缘》十七年后换副歌

2003 年 5 月 19 日，我偶得灵感，草成一词《预约情缘》。主歌两段不假思索，一挥而就，副歌却难以为续，只好游离其境，勉强拼凑两节，附丽其后。

预约一段情，预约一段缘，
预约一段情缘在春天。
春天的风轻柔，春天的雨缠绵，
风里雨里谁撑一把伞？

预约一段情，预约一段缘，
预约一段情缘在秋天。
秋天的月儿白，秋天的云儿淡，
云里月里是谁的一双眼？

轻敲几个键，

敲动了谁的心弦？
一串铃儿响，
是谁把我呼唤？

人生有几分真，
人生有几分幻？
有一种境界，
在真与幻之间。

投稿，《歌曲》2004年第2期发表在其“歌海觅词”一栏。继而入选《2004年中国歌词精选》（曾宪瑞编，长江文艺出版社）。《歌曲》2005年第1期发表王昆仑作曲的歌谱。

不料，《黄河之声》2008年第17期发表另行谱曲的《预约情缘》，歌词一字未改，署名却是“凌云词，凌崎曲”。此凌云者，不知何方神圣。

而我对《预约情缘》歌词的副歌部分一直不满意，试图修改，却一直改不好。前天，通过微信，请教作曲家张烈老师，能不能删掉副歌，干脆不要副歌？

张烈老师回复：从音乐的角度考虑，不要副歌也是一种完全可成立的曲式，单乐段的歌曲也是很常见的，但这首歌似乎还差点什么。

还差点什么呢？我想，大概是某种难以言传的人生向往和缺憾吧。然而，难以言传就是难以言传，作为词作者，我已技穷了。

文字难以传达的情思，可否留给音乐去表达，让作曲家以其妙笔生花的音乐旋律去“不着一字尽得风流”呢？这可能也有难度，或者说，这本来主要是文学语言的责任，而不是音乐语言的责任。

前几年，我为马思聪《思乡曲》填词，其第二段变奏，最初只填了四个“啊”字。唱出来之后，吕绍恩教授直呼不尽兴，不过瘾，说还是要填上实词。我于是苦吟数日，终于把“啊，啊，啊，啊”，改为“三春清明雨，五月栀子香，七夕银河水，九九又重阳。”这里找到的构思，是在通篇着眼于空间的语象布置中，嵌入一段着眼于时间的。

“道可道非常道，名可名非常名”，然而，道还是要可以道，可以言说，可以言传的，名还是要做具体的名状、言表的。难以言传，还是要言传，不可名状，还是要名状。“不着一字”未必就能“尽得风流”。

于是，我只能知难而进，知其不可为而为之。

这两天，我苦思冥想，苦索枯肠，不停地涂鸦，不停地推倒重来，直到今天午后草成的这一稿，才终于有了几分模样。

春来一支蝶恋花，
可怜花落到谁家？
待到雁字临秋水呀，
谁家少年生华发？

思绪卡壳的时候，急也没用，以我的经验，坐在电脑前看着屏幕想不出来的句子，卧床闭目任神游时空有时可能想出。但上面这一句“春来一支蝶恋花”，则是午后去校门取快递，走在路上想到的，换了一个韵，思路流畅了许多。“雁字临秋水”还碰巧有一个双关，既是南归之雁飞临秋水，也是写在长空的雁字，在临摹大地上的秋水。

贾岛自述，其诗有“两句三年得”的苦吟史。拙词《预约情缘》的副歌修改，则间隔了十七年！2020 年 1 月 4 日，曾经重写一稿，没有什么出彩之处，未敢示人。

《预约情缘》
预约一段情，预约一段缘，
预约一段情缘在春天。
春天的风轻柔，春天的雨缠绵，
风里雨里谁撑一把伞？

预约一段情，预约一段缘，

预约一段情缘在秋天。
秋天的月儿白，秋天的云儿淡，
云里月里是谁的一双眼？

春来一支蝶恋花，
可怜花落到谁家？
待到雁字临秋水呀，
谁家少年生华发？

主歌两段之后，接下来写什么？听众大概已有了各自的抒情预想，审美预期，有了各自“心中所有口中所无”的词句。副歌是很难符合听众的期待的，无数听众“心中所有口中所无”的那个“道”，歌词作者是很难代为道破的。

当此之时，歌词只能是道不可道强为道，名不可名强为名。就算那强道之道非真道，强名之名非原名。

以歌词的曲式看，“横看成岭侧成峰，远近高低各不同”，苏轼关于庐山的这两句描述，已经相当于一首歌词的主歌段落了。主歌的描述之后，副歌的抒情言理，则可能言人人殊，各臻其妙，肯定不是只有“不识庐山真面目，只缘身在此山中”之一种。譬如，为什么不能接以“山眼望人亦如是，动为游客静为僧”，或“身在庐山云雾外，哪知造化亿年功”，或“远客朝山山不语，客观印象主观中”？尽管所有的替换尝试，都无法超过苏轼原作。

而《预约情缘》更换副歌，屡易其稿，就是希望在多种方案中，找到较为隽永天成的一个。

2020 年 6 月 11 日草成/2020 年 6 月 13 日改定

李自国，笔名西村，四川富顺人，中国作家协会会员，国家一级作家，《星星》诗刊编审。1983年弃医从文，已出版诗集《第三只眼睛》《告诉世界》《场－探索诗选》《生命之盐》《西村诗话》《行走的森林》《2018—2019我的灵魂书》《骑牧者的神灵》（中英文）等14部。作品入选百余种选集，曾获四川省文学奖、中国第三届长诗奖、新诗百年优秀作品奖、郭小川诗歌奖等。

生活·语言和思

◎ 李自国

我习惯独处。

多年来，我曾整夜和梦的旅途纠缠一起，难以亲近那些有关信仰与真实人生的日记。成长中的故事每一夜从纸上出现，都仿佛是梦见草鞋和瓶。我的命运就分居在那里——道路和酒、手艺和身姿，它们伸张在雪野上深深浅浅、平平仄仄的脚痕，直到亲情般的月亮，又在我过往的行囊，一日日地搜寻着这世界的本真、至善、幻美。

我是因之语言、诗和思而搜寻的，好比铜像们的眼睛，在岁月的划痕里赴小小少年的约会。我和我的同时代人一样，一条河流的梦潇融于我的体液、细胞及纤维密织的心灵。我从八十年代初期的那个早晨醒来，背负药草、羚羊角和身后的土地，在夔门之外国门之外游走，以青春的全部热忱，贪婪地、急促促地吞食着来自本民族的精血和异邦文化的濡养，聆听大师们的教诲，茁壮我的身心。荷马史诗、《一千零一夜》、唐诗、印度史诗，以及但丁的“动太阳而移群星”，歌德的决胜者之歌，惠特曼式的千条火焰，引领着我的思想通往今天的道路。他们的天才使我切肤般地感悟着、经验着那句闪灼人类最高智慧的

——古希腊时代格言："认识你自己"。这时，我伸手可触的，是抚琴相望的灵河与杯子！

这个过程中间的前往或返回，都一点点地渗入我原生的蜀南寂地——万坳，一个比《清明上河图》不知早多少世纪的小镇。伫立万座山坳之巅，风是我的童年。那里土地肥沃，盛产水稻和酒，镇子里的碾米房、铁匠铺、酿酒作坊，一代代延续下来，使民风古朴而铿锵有声。但这并没有改变祖祖辈辈的贫困，因为一个卑微的举动，就能将巴掌大的小镇扇起来，作个简简单单的人。尤其是我认识它时，是通过"人民公社"，那里正经历着频繁的"运动"和"革命"。

都说那该死的十年唤醒了我们，为什么我们不去唤醒它呢——那儿有浓缩在黄昏与火阵中的生命摇篮：我的村镇和人民！

父亲是享誉乡俚的大夫，当然这里没有夸耀的意思，而是说在中医内科和针灸方面在当地无人不晓。唯一的嗜好是酒。他生性刚烈，脾气暴躁，发怒后的"敌人"是屋里的家具，但扔出去不到五分钟又捡回来。靠他可怜的薪水和母亲的手工活，养大了我们兄妹六个，这在那个年头已是惊人的创举。到晚年因劳成疾，也舍不得花钱去医治，听说医生大抵如此，只医别人的病。他一生节俭持家，被镇子里称作是"几颗胡豆米就可以下一两烧酒的人"！

这一切自然影响着我，父亲的德行、孤傲；酒后的冥思。

十四岁那年秋天，我离家出走。一条从宜宾开往凉山的江轮把我送到一个陌生的、木板搭成的村落——雷波森工局 213 林场。沦陷的少年时代，就从我流浪的心迹中开始了。

生存需要体温。我爱上黑山黑水黑森林，爱上寨子里的彝族兄弟和阿米子。爱能改变一切。缘于生命的爱，凉山使我感到神奇，感到谦卑的人多么需要伟大的压力，就像那些翻不完的高山，荡不尽的原始森林。

冬天去了，雪水缓缓流出河流与道路，流出明亮的阳光。在伐木、开山放炮、架桥铺路的间隙，我似乎脱离了自己，产生一个个至今也说不清的古怪念头，从深山里采回奇形怪状的树皮、草根，一木盒一木盒的银耳、蘑菇、植物标本。那时感到可怕的是黑夜。当我静下心来，在擦亮的油灯下写日记，劳顿一天的工友们，已横七竖八地瘫软在地铺上发出雄性生物的喘息声。只有这样的时刻，我才看清了倒下的自己！

凉山浪迹归来，待业的痛楚，又驱使我去富顺县青山岭林场、龙贯山林场卖苦力。时间之伤是难以复痂的。垦荒、栽种、修枝、采伐等林区生活几乎都磨砺了，剩下来的唯有大自然激发着我的性灵，我找到森林属性同祖辈血液直接相通的地方，成排的马尾松开始鸣叫，紫色的响尾草生长着，我时常望着那些树上的人类发呆稍谙世事，我觉得人世间应该有这样一种责任，仅仅用双肩来完善是远远不够的，或者说是徒劳的。78 年初，我考入宜宾卫校中医士专业。跨入校门我就一直寻思着这种责任，该用什么样的“肩头”作为生命隐秘的启示，来承担人类情感的患难而到达极致的点石生辉之境。课程的一步步深入，我一夜夜地失眠，《黄帝内经》《神农本草经》《伤寒论》《金匮要略》四部古典医籍，几乎成为洞开我心灵世界的底火。背汤头、记药性赋、啃医古文，使我了解人与自然，学会分辩事物的五行属性，认识脏象、经络学说、六淫七情的成因、病症与诊法、望闻问切、施证验方等等，怎么不可能产生另一种文学、另一类诗歌？我问自己。

这里我要特别提到的，是古人对日月星辰的运行，寒来暑往的变迁而创立的五行学说、近代西医解剖学说，它使我从不同视角领会到了这样一句话的意境：“是故圣人不治已病，治未病，不治已乱，治未乱。”这是“素问”四气调神大论上所说的话，而我在学生时代得以强烈感受的是：做一切想做的事。实际上，古老而珍贵的中医文献，正诱导着我沉醉地走上医治心灵创伤的路径，尽管是星稀而遥远的。

自觉进入诗是 1983 年，我在这年五月的都市里醒来。不单是说因处女作《不会终止的电话》获了什么奖，我在这里申说的是历史早就告诉我该说些什么了。诗人作为传达人类普遍经验和良心的歌手，所面临的对现实生活的关注与对人格价值的双重思考等母题，都是趋向性的同一，其间又相互对峙相互渗透相互包容的。

诗的力量从哪里来，又将到何处去？这便是我1988年3月. 进入鲁迅文学院作家班就读后触发的冥想。北方的天空是宏伟的，土地是那么辽阔，广漠的文学视野，东西方文化纷披而来的书籍，就像雪地上的独轮车，移动着大地的板块。而大面积的成熟，迫使我在西长安街上奔跑了一夜，我是第一次把心交给世界呵！在毫无遮拦的未明湖边、朝阳门外：时空意识的改变，新的行动准则的出现。伦理规范的改写，还有许多前闻所未闻的新的生活观念的实际运用。这一切，虽然还有待过滤和沉淀，需要时间的代价和勇气，但我已渐渐进入文学本体，自觉地把诗写成不像“诗”了。从这个意义上讲是否是诗的力量震撼了我呢？难道还有什么比这，属于我的世界更令人达到震撼自己的力量?!

从北方到南方，涂满小诗的纸帆又把我带回一个新天地里去。生存空间变换了，地域文化排解着，我胸膛中的那个“场”已经跟这个颤动的世纪形成强大的心理落差。在这个以“盐”和“恐龙”闻名

于世的城市，绵延的产盐场、耸入蓝天的采卤天车、幽深的古盐井、世世代代的传说与民谣，唯有通过诗的契入，方能从“历史”、“生命”的背后找到那双厚厚的嘴唇。我通过它，以各种语言的姿势，将古朴而新鲜的梦想固定下来，或一头扎入被窝，或打井一生。

行文至此，户外大月临窗。

我想起赫尔曼、海塞在小说《东方之月》里阿吉温的一场梦境，在那个极乐的生物世界里，用目光和咂舌头的方式，所有的鸟儿和蝴蝶便大群拥来，在空中划出庄重的圆圈或滑稽的螺旋线。那是一场精彩的芭蕾舞和音乐盛会，那是一个重新找回的天堂。可不可以这样认为，我在这里告诉世界的，正是源于这样的梦境，并在梦境中重新找回来的自己。面对上帝，我没有得力于外在的东西，我是把生命历程中虔诚的琼浆与苦汁拧出这些分行的文字。也许这就已经足够了，不求殊荣，不求索取，因为每个人的行为都要对上帝负责。我已懂得，无论高山流水、盐场森林，抑或平凡而又神奇的人生昭示，只有在忘掉强光的部份，折射这个世界时，并且洞彻了肝胆，才能看见自己的

血闪烁一颗殷红而心形的果实。

诗歌作为一种个体生命的呼吸，作为一株灵魂栖息的树，它需要进入——退出——再进入连续不断的感悟过程，所以我要说诗永远是可求而不可即的，更何况生命之河川流不息，一如长剑开出花朵，新新顿起。我曾告诫自己：创作与写作是两回事。就“风格”而言，新美本真是我一直崇尚的，而气势的博大精深我又刻意努力过，还有什么理由让我不拒绝风格拒绝成熟呢？还有什么理由封闭自己，去重复过去也重复别人呢？

“太阳每天都是新的”。诗的创造给予了我一个在长夜中漂泊的世界，这个世界也同时被“诗”创造了出来。那儿栖居着我的亲人、族类，还有林木的经纬、血中的盐、灵魂升腾的花雨，还有独自走过受难的日子，以及我要寻找的祖国和人民。所有这些，都将在圣乐庄严的时刻，完成自己朝着这个世界的启程。我仅仅是开始……

周小平，四川高县人。供职于长宁县政协。系中国诗歌学会会员、中外散文诗协会会员、中国散文家协会会员、中国诗词学会会员。迄今有400余篇作品在全国多家文学刊物和报刊发表，散文诗作品多年入选中国年度散文诗选本。出版诗词赋集《淯水行吟》、诗集《那山那海》、散文诗集《那一轮千古弯月》、《我在元素周期表中，寻找自己？》。

洛阳桥头思蔡襄（外一篇）

◎ 周小平

走进泉州，才知道这里有座洛阳桥。很是诧异，不知是诧异自己孤陋寡闻事前一点不知，还是诧异洛阳古都的光晕太眩目了。

时值盛夏，一个人辗转来到城东二十几里许。天空，白得不见一丝浮云。太阳，火辣辣的，好像大把大把的金针银针钉在地上，教人被刺得汗流浃背，溪壑纵横。

踏上桥头，面对苍苍大海，即感觉岸似直弦、桥似一枝紧张待发的利箭，人呢，则似箭的羽尾，拟射向茫茫大海。沿箭杆，扶栏徐徐而行，那个味道儿便真的出来了，仿佛钻入风洞，凉爽一股劲儿奔来，暑气转眼消失得干干净净。浪花均匀地拍打大桥，发出“啪…啪”的声音，伴着脚步的起落。

不时，侧身停下，探出脑袋向下仔细端量：桥墩，船形状，海水汹涌而至时，利用流线型的流体原理，顺势减少水对桥墩的冲击，利于分水畅通。青黝黝的黑沉沉的亦是密密麻麻的牡蛎，如蚁集聚，紧紧地贴附墩面，像章鱼的吸盘有力，任凭海风劲吹，海浪淘涌，也纹丝不动。

以上，便是泉州人民对人类的两大杰出发明：“筏形基础”和“种砺固基法”。

隋末，由于社会动荡，战争频仍。大量的洛水伊水人南移，迁至闽南泉州一带，看到这里的山川地形像洛阳，就把此地命名洛阳，江叫洛阳江，渡口冠名“万安渡”，以祈平安。

由于，洛阳江出海口，江海交接，“水阔五里，波涛滚滚”，多次修建，皆因潮狂浪高，“深不可址”而失败。直至，北宋蔡襄出任泉州郡守，组织施工，工匠们才创造出一种直到近代才被人们认识的新型桥基—筏形基础。其做法就是沿着桥的中轴线抛置大量石块，形成一条连结江底的矮石堤，再在上面筑船形桥墩，同时运用“激浪涨舟，浮运架梁”的办法，把一块块数吨重的大石板架在墩上以作桥面。随后，在桥下大量养殖牡蛎，利用牡蛎的快速繁殖、其额外壳附着力强的特点，使桥基石、桥墩石、桥面石胶合凝结成牢固的整体，从而屏蔽了减少了咸水空气进入结合部的缝隙。这是世界上第一次把生物学别出心裁地运用到桥梁工程的创举，称之为“种蛎固基法”。

当身躯丈量完宽 4. 5 米、高 7 米有余、长 742 米的现存年代最早的跨海梁式洛阳大石桥时，心里的报数也停于：墩 44 座、石狮 104 只、石塔 7 座、石亭 1 座。现代人仅花二十分钟的时间便走完了当初近七年修建的工程。

桥南，有蔡襄祠。它始建于宋，几度修葺，现存为清代修建。大厅中间是蔡襄塑像，著名的《万安桥记》碑也荣列其内，碑文由蔡襄自撰自书，文章精练，百余字记载着洛阳桥的光荣履历，书法遒美，浑厚端庄，刻工精致，淳淡婉丽。此碑被誉为“书法、记文、雕刻三绝”之碑。

听解说，蔡襄是宋书法四家“苏、黄、米、蔡”中的蔡。

蔡襄，字君漠，福建仙游人。忠厚正直，诚信好义，学识渊博，中进士。在宋朝中央政府任职，空降福建路（今福建福州市）转运使，知泉州、福州、开封和杭州府事。卒赠礼部侍郎，谥“忠惠”。其书法受时人推崇备至，粉丝者苏东坡、欧阳修、黄庭坚。苏东坡在《东坡题跋》曰：“独蔡君谟天资既高，积学深至，心手相应，变态无穷，遂为本朝第一。”欧阳修云：“自苏子美死后，遂觉笔法中绝。

近年君漠独步当世，然谦让不肯主盟。”黄庭坚也说：“苏子美、蔡君漠皆翰墨之豪杰。”《宋史·蔡襄传》称他：“襄工于手书，为当世第一，仁宗尤爱之”。

后来阅读，才知宋四家“苏、黄、米、蔡”中的蔡非此蔡，是彼蔡。

宋四家，前三者分别是指苏轼，黄庭坚、和米芾。未者蔡，不是蔡襄。因为从年龄来看，蔡襄（1012－1067）比苏轼（1037－1101）大25岁，比黄庭坚（1045－1105）大33岁，比米芾（1051～1107）大39岁，蔡襄属三人父执师长辈级别。假若宋四家中是蔡襄，则应居首。位居其末，显然不中文明古国的习俗规矩。从书法风格来看，苏丰腴跌宕，黄纵横拗崛，米俊迈豪放，均自成一格。苏、黄、米都以行草、行楷见长，而蔡襄则喜欢中规中矩的楷书。蔡恪守晋唐法度，属传统派，然苏、黄、米属创新尚意派，放在一起，实在不伦不类。

究竟是谁呢？答案蔡京。蔡京（1047－1126），福建仙游人，蔡襄堂弟，中进士，徽宗时拜尚书做丞右仆射，曾四秉国政，贪污腐败，坏事做绝，天下视为“六贼”之一。然而与他垃圾人品形成强烈反差的，是其书法。其书法冠绝一时，尤擅行书，有“字势豪健，痛快视着”之说。本来苏黄米蔡中的蔡指的就是他，因从年龄比较、卒期比较、风格比较，的确不难窥得。不过他的名声实在太臭，世人唾弃，宁愿不中文明古国的习俗规矩，也硬要换上其堂哥蔡襄。诚乃因人废书也！（无独有偶，秦桧堪称历史上最臭名昭著的奸臣，但，书法影响更广，因为他创造了今天使用最广的宋体字。实在不愿存认！）

伫立祠外，面对一排排、一行行高大伟岸的松树，苦苦嚼叫着一个问题：此蔡和彼蔡，本是同根生，相差何太远？共同拥有一个蔡家爷爷，同是北宋时空里的进士，同是书法大家，怎么就那么大的天壤之别呢？

历史何乏其类：周树人（鲁迅）周作人周建人周氏三兄弟，树人成功，敬尊为“民族英雄”“民族魂”；建人九十多岁逝世，遗体交医学，骨灰撒江海；作人不成，沦落“汉奸”，锒铛入狱。林育英林育南林育蓉（林彪）林氏三兄弟，育英伤病早逝，毛泽东替其抬棺，毛泽东一生惟一的一次；育南被叛徒出卖，虽死犹荣；林育蓉（林彪）早年战功赫赫，结果身葬异国他乡。

古有“三立”：立德、立功、立言。立德，安生处世；立功，入凌烟阁；立言，青册永传。三立，是华夏几千年来志士仁人孜孜不倦的追求，是追求的最高境界！取名寄望者，大有人在，清末陈三立、现代李立三……三立中，德为首，德是做人的基础根本，德是敬爱的起点前提。德有好劣，品有高下。有德有才，是极品；有德无才，是凡品；无德无才，是坏品；无德有才，是危险品。

逾淮为枳的寓言告诉我们：“淮”是德，越过了“淮”的界限，越过了做人的道德准则，便只能为“枳”了。

蔡京永远被钉在历史的耻辱柱上，而当年蔡襄栽的现我头顶这棵松树却擎天立地几近千年，其粗枝大叶的浓荫至今仍庇护着千年后的后人。

一条姓韩的江流

“一封朝奏九重天，夕贬潮州路八千”。这两句诗像梦魇，像咒语扎在脑海，一扎便近三十年。

这句话用物理场景来说，早晨，居庙堂九重天之高；傍晚，贬八千里潮州南瘴之远。巨大高差，强烈失落，如此硕大的势能转化为剧烈的动能，令人晴天霹雳，猝不及防。这裂变，深我骨髓，摄我心魄，让我时常萦绕于心挥之不去而耿耿不能释怀。

潮州，注定是今生今世我必须去的地方。

踩着绿肥红瘦的四月尾，我终于来到梦绕魂牵的地方。一下车，便直奔主题——韩文公祠。祠按照中国传统风水，“前有照，后有靠”，面临浩浩荡荡韩江，背躺郁郁葱葱笔架山。

拉开序幕的是一开卷的石书，阳刻着：“业精于勤荒于嬉，行成于思毁于随”的韩氏箴言。

其上，是牌坊。石坊是厚朴大方的，坊额题留着胡耀邦手书：“韩文公祠”。

步甬道，穿碑廊，沿阶拾级而上便到韩文公祠。祠，是庄严肃穆古香素色的祠宇，分前后两进，后进略高，是抬梁与穿斗结合的屋架。在高大乔木的浓荫掩映下，俞显古朴幽静深邃。祠内置一座像，韩文公左手握书，右手扶膝，目光炯炯，神色严肃。

环壁是历代保存的碑刻牌匾，刘海粟书“百世师”，林若书“三启南云”，许涤新书“尊贤有祠”，朱穆之书“思韩”，饶宗颐书“泰山北斗”，周培源书“百代文宗”，王力书“名以文传”……

每读一句，便是心灵一次虔诚的仰望；每读一行，便是膜拜一次永恒的高洁！

随后，拜谒纪念馆。读馆自然读史，知史自然知人。其实，伟大的认定便是后生从当初的时代背景中读出来的。

韩愈何许伟人也？唐宋八大家之首，“文起八代之衰，道济天下之溺”的那一位诗人，散文家，哲学家。河南孟县人，世称韩昌黎，因官吏部侍郎，故称韩吏部。谥号文，敬称韩文公。一岁丧母，三岁丧父，十二岁丧兄，被寡嫂拉扯长大。穷且弥坚，立志读书济世。中进士，任监察御史。因上书论天旱人饥状，请减免赋税，贬阳山令（今广东）。后北归，累官至太子右庶子。从裴度征吴元济平淮西，也就是中学课本《李愬雪夜入蔡州》那段历史，有功，升刑部侍郎。

唐宪宗时，皇帝沉湎迷信佛教，举国效之。在最高指示下，全民轰轰烈烈举办迎佛骨大规模运动。韩愈认为劳民伤财，故上书《论佛骨表》谏诤，皇帝老二认为此举剥龙鳞，实属大逆，怒吼一声：“滚！”

龙脸一拉下来，苍天震悚，大地觳觫。韩愈只能在风中雪中艰难地跋涉秦巴山地，“一封朝奏九重天，夕贬潮州路八千。欲为圣明除弊事，肯将衰朽惜残年！云横秦岭家何在？雪拥蓝关马不前。知汝远来应有意，好收吾骨瘴江边。”胸中叠叠块垒化为诗底滚滚波澜，从笔下汹涌翻卷而出。

忠臣啊！忠臣。左迁贬谪远走他乡，还念念不忘为“圣明”为家国除弊；忠诚啊，绝对的忠诚！身处困顿，流放“乌烟瘴气”，还愿将一把老骨头抛洒南疆遐域瘴江边。

这便是是“士”，真正的国士！

夕贬潮州路八千从严从重从快的打击，没能击倒韩愈，没能使他一蹶不振。反而促使他从痛苦中倔强地抬头，从迷惘中倍加清醒，更激发其积极用世的儒家精神，自觉地以修身齐家治国平天下为担当。

潮州，地处粤东，濒临大海，时属蛮荒之地。韩愈一抵潮州，便轻车简从，深入基层，调查民情，驱除鳄鱼，关心农桑，修筑堤防，释放奴隶，打击拐卖，兴办教育，开发民智，这一系列亲民爱民惠民的举措，深得民心，深入民心。

韩愈对潮州的贡献首推“传道起文”。他认为要“道之以政”，必须“以德礼为先而辅以政刑”，而这一切“未有不由学校而师弟子者”。于是整顿荒废已久的州学，慷慨解囊，捐资助校，“出己俸百千，以为学本”。

自此，潮州这片沃土，人文蔚起，俊彦辈出，迎来了高速发展的黄金期。唐宋间诞生了“潮州八贤”。登进士者，唐代仅有三人，而宋代跃到一百七十余人。建炎二年，一科联捷竟有九人。明清两代，更是人才迭起，灿若星河。明代会试登进士一百六十人，其中有同榜八俊之佳话、兄弟连科之荣耀、一门三进士之美谈。涌现出不少状元、榜眼、探花等鼎甲英才……

潮州，赢得了“岭海名邦”“海滨邹鲁”的美誉。

伫立侍郎亭，心潮起伏，送目远望：金山、葫芦山、笔架山，三山如屏；韩江水、古城墙，二条似带；大厦楚楚而立，广济楼翼然欲飞。“湘桥春涨”“韩祠橡木”“凤凰时雨”“龙湫宝塔”“北阁佛灯”“金山古松”“鳄渡秋风”，潮州八景竟有七景处在目前和左右侧。

不简单！的确，文公祠襟怀风水，丰蕴风流。

“辟佛累千言雪冷蓝关从此儒风开海峤，到官才八月潮平鳄渚于今香火遍瀛洲”，凝视楹联。耳畔不时响彻此联声，这是潮州民众的声音，这是情真意切的心声，这是从唐代滚滚而来，乘雷霆，力万钧，经千年仍轰轰隆隆永久不息的回声。

下山后，想去祭鳄台。一连找了两位的士帅哥，不知是自己普通话带川普，还是祭鳄台知晓度不够，均摇头茫然。仿佛一席黄金大宴上的器皿横陈着死蝇，心里不知有什么东东堵着，说不出来。第三位自告奋勇载我，结果在金山大桥徘徊许久，才问清去处。

祭鳄台，位于北郊韩江北堤中段古渡口、鳄渡秋风亭内。亭，典雅端庄，金石结构，四柱四角双重檐，分两级层台，上亭下台，四周石栏环护回廊栏杆。对联题书："佛骨谪来岭海回而增重；鳄鱼徙去江河自此澄清"，"溪石何尝恶；江山喜姓韩"。台上置一栩栩如生活灵活现的石鳄鱼，脊背上负载大石碑，正面刻韩愈《祭鳄鱼文》。

遥想当年韩愈到潮之后，深知民之疾苦："皆曰恶溪有鳄鱼食民物产，民是以穷。"初来乍到的韩愈便写下《祭鳄鱼文》，并宰一猪一羊，到堤边鳄鱼经常出现的地方，点上香烛，宣读祭文，限期鳄鱼徙归大海。当时，万人空巷，人山人海，只听韩愈严厉宣布："今与鳄鱼约：尽三日，其率丑类南徙于海……不听其言，则选材技吏民，操强弓毒矢，必尽杀乃止。"

奇文，寄予凶物猛兽的信函；雄文，剑拔弩张锋芒毕露的最后通牒；千古雄奇之文，恩威并重，软硬兼施，既是西方挑明的决斗，又是东方讨伐的檄文。

据说，是夜，电闪雷鸣，暴风骤雨，鳄鱼沿江而下，全部迁徙大海。

传说是百姓善良的口碑，传奇是故事曲折的张澜。潮州人民是深怀感恩的，山因韩刺史而称韩山，学堂因韩刺史而称昌黎学校，街道因韩刺史而称昌黎路；潮州把"吾潮导师"的崇高荣誉和极品尊号赠与了远来的贬谪之人，把广东第二大河流恶溪改名换姓，公推姓韩名江，全国独一无二吧！悠悠千载，茫茫八荒，有谁荣膺如此殊荣？

德泽于民，民将永志。一条姓韩的江流将永远被人民顶礼祝福，祝福他永远激情澎湃，永远奔腾不息！

刘荣魁，男，汉族，四川筠连人。现为筠连县作家协会主席，四川省作家协会会员，中华诗词学会会员。有诗歌、散文、小说、文艺评论等散见于《诗刊》《星星》《散文诗世界》《时代文学》《中华辞赋》《诗词月刊》等文学刊物。

那缕淡淡的墨香

◎ 刘荣魁

信息爆炸时代，缤纷色相如惊风扑蝶、骤雨穿林，让人六根难净、五心烦热。此时，对于我来说，最好的救药不是轻歌劲舞、不是燃烟煮酒，而是独坐书斋，埋头书塚，静享那缕淡淡的墨香。

读书重要，开卷有益，古往今来，人们都这么说。书中自有黄金屋、千钟粟、颜如玉，说的是读书可以走出困境，抵达富贵，尽享尊荣；读史使人明智，读诗使人灵秀，说的是读书可以长精神，养气度，加持能力；读书破万卷，下笔如有神，说的是学富五车方可诗泣鬼神，文著千秋。冲着这种无与君说的妙处，有人十年寒窗，有人闻鸡起舞，有人雪窗萤火，有人悬梁刺股，恨不得搜尽世间奇文，博览天下群书。

然而，我读书的目的没有这么明确，对读书本身以外产生的附加值从来就如机械运动时所做的无用功。我读书只凭一种爱好和兴趣，像一只井蛙，攀爬在文字砌成的井壁，仰望星星的眨闪和云朵的悠悠，想象着天空的深邃与辽远。

读书人大都嗜书如命。在书刊匮乏的年代，一旦发现朋友有好书，便三天两头跑去套近乎，追溯祖上N代的世交，回顾近年不断加深的情谊，加以茶泡酒熏，把前戏做够了，才弱弱地向朋友提出借书一事。碍于情面，朋友虽然口头嗯嗯，但心头却像割他肉借他妻一样很不情愿，催了几次才让书姗姗而来。得到书，就像饿了几天的老虎得了一块骨头，拼命地咂巴着咀嚼着，生怕被谁抢了去。那光景，不仅应了《黄生借书说》的经典，而且还悟了“不动笔墨不读书”的名言，一本书的阅读过程终结，一本精要的读书笔记同步诞生。

走进一座城市，不屑鳞次栉比，不屑琳琅满目，不屑车水马龙，不屑美女如云，只顾径往书店，从文史哲到理农工医一路看过去。如果允许像摘森林的叶子一样任性，我肯定会把一个书店搬回家去悠然细品。无奈橐中羞涩，只能花中选花，每次挑选一二本最爱，用节衣缩食省下的钱买了回去。

一次出差成都，在书店里看到一套《南怀瑾选集》，12册，很想买走，但一看定价，便心中犯愁眼犯傻。当时薪水低，身上也没带这么多钱，想买其中的一两册又丢了其他的许多册。我在书架前足足站了一个钟头，把书从一册翻到12册，又从12册翻到1册，始终割舍不得、委决不下，只好悻悻地离开书店。从此，一套《南怀瑾选集》一直重重地压在我的心头。几年后，我在县城书店看到这套书，才释了重负、如愿以偿。

就这样边买边读、边读边买，我的家中居然建起了一个像模像样的图书室，古今中外文理雅俗落落大满。

有了这个书室，便有了灵魂的寄所和皈依。闲暇时，走进书斋，站在书橱面前一一目数书刊，从书脊上盘点书名，生怕哪位仙姝妖姬私奔出逃了似的。看好一本，便从中抽出，放在书桌上，端端地坐下，静静地阅读。阅读中，或被情节吸引，或被人物感动，或被哲理折服，或被思想擦亮，或被语言魅惑，仿佛进了蜜罐，憩于花朵，置身流波，忘了买菜做饭，忘了酒朋牌友，听不见小贩的叫卖、收荒匠的吆喝，甚至连妻子叫我吃饭的声音，也被古圣今贤的默语挡在了门外。每当尘嚣烦心、杂务劳神的时候，忙里偷闲躲进书室，把身子放进躺椅，看着书橱上站得齐整可爱的书籍，嗅着恬淡温馨的墨香，霎时心平气静，宠辱偕忘，继而酣然入梦。梦见武陵源里桃花盛开，梦见唐朝的田园里诗一样灵秀的桑麻，梦见天姥山那副不事摧眉折腰的铮铮铁骨，梦见千古风流人物大江东去，梦见幽州台上有人怆然而涕下。

出得书室，身上熏染了墨香，胸中多了点墨水，腹里添了点书卷气，身板便不亢不卑，脚步便不徐不疾，目光便不俯不仰。于是，别人在我眼里人模人样，我在别人眼里也人模人样。无论熟悉与陌生，有缘相逢，就在一起说人话、做人事，随缘随喜地谈一点书中趣事、文里春秋、诗意栖居、远方遐想，人间充满了真情暖意，世界也就四时花锦、五彩缤纷起来。

慢生活下，读书可以消磨阒寂的暗夜和漫长的冬季。顺着那一缕墨香的导引，感受心血来潮的雪夜访戴，察看“草盛豆苗稀”的随意庄稼，探访没有图纸不见家具却成天忙碌不已的波普木匠，体悟搏得长鲸绑在船舷带回岸边只剩骨架的《老人与海》。

快节奏中，电视讲堂、网络论坛、QQ 聊天、微信订阅，海量信息，雨密信道，屏幕速翻，墨色杂呈，且读且珍惜。在纸质书和电子书并驾齐驱、各展芳姿的路口，我依了长期惯坏了的习惯，无奈地左手牵了纸质，右手牵了电子。依然钟情于纸质书刊的理由，不仅凭她美丽端庄的容颜、善解人意的亲和，单凭她那缕独特的墨香，就足以给人温馨、质感和慰藉。

墨香是一种体香，就像不同的花朵，散发出不同的个性和气质。书读多了，就训练成了鹰的眼睛狼的鼻子，任意抽取一本打开任何一页看看嗅嗅，就能断定是哪朝哪代、那个地域、哪个民族、哪个男神女神的作品，那装帧那纸色那墨香那哲思那情感那结构那语言，无不透露出书和作者的相关气息。一个爱书懂书的书痴，就这样被她悄然炼成。

那缕淡淡的墨香，是书的精灵，也是我的魂。

还是破了那层膜吧

当年在城里购房，转悠了好几个楼盘。每到一处，售楼小姐都要不厌其烦地向我发起强烈鼓动，诸如性价比合理、配套设施完备、物管一流、环境优美、交通畅达、购物方便、紧邻学校、靠近医院等等说辞接踵而来，让人脚踏祥云，如履仙境。然而，经多方考察、反复权衡，最终还是避实就虚，舍弃了贴近物质的一些实，选择了紧邻精神的一处虚：我与一家书店成了芳邻。

能与书店为邻，霑濡文化之光，应是人生的一大乐事。

一有闲暇，我就去邻居家串门走访。询问书讯，浏览群书，查阅资料，有时一蹲就是半天，简直把书店当成了自家的藏书室或图书馆了。

如此一来二去，和售书小妹就混熟了。一进书店，小妹便微笑着和我打招呼："刘老师，又来看书啊？"好像我不是买书的顾客。

阅书多了，自然对书的档次、品位有了不断提高的鉴赏力。拿到一本书，一看它的序跋便能知道它的厚重深邃或浅薄平庸。特别是一些出版年代较早的书籍，它的内容提要、出版说明、序言后记，无不提纲挈领、精要独到，能够恰如其分地反映书籍的内容和品位，不必细看章节，便可决定读与不读、买与不买。

对于读书人来说，大都嗜书如饴、爱书如命，总想收尽天下奇书，阅尽世间奥趣。但因精力有限、囊中欠裕，每成遗憾。我坐拥一座书店，能够随时出入其间，常感十分富足和惬意。

有了这个便宜，我对林林总总的书们便分出了不同的阅读方式。对一般只需浏览的书籍，则是随便翻翻，选择识记；对需要收存备用的资料，便掏出手机拍摄成影，拿回家中放进电脑随时取用；对确实无比珍贵、值得收藏慢品的好书，才下手掏钱购买。这种看得多买得少、少花钱多受益的做法，对书店的确有失公平，自己也觉得有失儒雅。

对于我的这种行为，书店员工似乎压根儿就没看见或根本就不介意，我对书店的大度常怀愧疚和感激。虽然我知道，书籍是人类进步的阶梯，攀登与否，它就在那里。书籍是人类公共的精神产品，书店除了卖书盈利维持运转之外，更多的还负有传播文化知识、提供精神食粮的天职，但是书店毕竟不是公共图书馆，书店的正常运转和员工的生计很大一部分还得靠销售来维持。

于是，我对书们更加爱惜，进店之前先洗手，取书轻，放书稳，翻书阅览更是柔情寸寸，生怕把书弄脏弄损。偶察别人对书稍有不敬的迹象，便要上前劝说干预，俨然自己就是正宗店主、护书使者。

爱读书，又惜书，这也许就是售书小妹对我亲切有感、敬重有加的缘由吧。

然而，近些年来，店里陈放的许多书籍都被覆上了一层膜，像一把锁，把人们的目光拒之门外，让人无法探视深堂幽奥。透过那层膜，只能看到封面封底一些名人大伽的简短雅评和热辣荐语，他们根据个人的偏好和视角，顺着作者的心意和市场的流俗，东一鳞西一爪地褒扬赞誉，让人不知是飞龙在天还是亢龙有悔。

芸芸众生，读书买书各有脾性。有的唯名家是从，以名家的鉴赏为鉴赏，以名家的爱好为爱好，甚至爱屋及乌也不以为憾；有的唯潮流是从，大凡新潮的、前卫的、流行的就是佳品，管它雅到不能再雅俗到不能再俗；有的唯己是瞻，自己关注的焦点、兴趣的热点、实用的痛点，便是读书购书的着眼点。我则另类，属于不见真神不磕头的那类。读书买书不凭名人推荐、不受流俗忽悠、无关装潢门面，我有我的准则。因此，我买书不管东风西风、不唯封面封底，我要登堂入室，与书中主人作些晤对交谈，看它是否与我会心契意。

书们穿上了凉薄紧身的膜衣，就像陈列于橱窗的模特美女，冷冷地站在书架上，防着了春光乍泄，防着了深度觊觎，也防着了人们走进它的内心领略其宏富哲理和缤纷情感，它们完全忘记了自己作为书籍的角色和职责：向读者敞开心扉，与读者无碍交流。

随着膜衣书籍的增多，我去书店的次数便渐次减少。我与邻居的疏离，严重地违背了我当年择居的初心。每当路过书店门口，想到曾经的好，想到如今的冷，心里就生出一层隐隐的疼。

还是破了那层膜吧！现今书籍的纸张是那么皮实光洁，想来不至于那么触手便碎，那么吹弹得破，何况翻者阅者大都是些爱书惜书的文明范儿哩。

王尔秀，从上世纪80年代开始文学创作，作品先后在人民铁道报、工人日报、中国妇女报、青年作家等报刊发表。早期创作以散文为主，2000后开始小说创作，出版长篇小说《西望凉山》、散文集《茗海轩·尔语茶言》。散文诗《西北印象》收入2008年河北教育出版社编印的高二语文教辅教材。

迁流之城（外一篇）

◎ 王尔秀

我工作的地方在市区一个不太繁华的地段。我常在无事的上午，喝着茶，俯瞰着窗的街景。街对面是一个感觉没啥生意但名字挺诱惑人的宾馆——世外桃缘大酒店，跨过几幢不高的住宅楼是两幢高楼，高楼天天默默对峙着，因此它们叫双城，修建它的人也许是想表达一幢楼即一座城，两幢就是两座城。再远便尽是高高低低的楼房，低层的楼虽旧但都挺好看，屋顶上都有花园，花园各有不同，感觉像女人们的不同发型，给城市冷冰冰的水泥面孔增添了些妩媚。这其间细如线的饮马河蜿蜒而过，河水很少看不出是往哪个方向流淌，河边的一楼是一个每天下午开始上班的“李叔叔龙虾馆”，因为下班就走了，一直不知道晚间的生意如何，但每天下午列队喊口号的员工还真不少。就这样一幅画面，我周而复始地看着，变化的是偶尔有飞机从“双城”间飞过，偶尔有人在屋顶张望或是打理花草，再就是天空的阴晴让画面清晰或是朦胧。我在12楼，看不到汽车，但车流声从没停止过，比河水流淌得更快，不管是晴空万里还是雷电交加。

坐在这样一个位置是惬意的，有闹有静，不被打扰，也不孤独，即使是雾霾很重的时候也没有要窒息的感觉。这座城已是相当拥挤了，但从这里看几乎看不到什么人。现在很多人都喜欢用“穿越”这个词，而且往往是指时空的穿越，他们说成都就是一个有穿越感的城市，因为即便是在闹市区，一不小心就“穿越”进了一个前朝小巷，或是小院，静静地，像掉进了一个没有救赎的陷阱。其实哪座城市都有这样的“陷阱”。城市发展快了，便少了些精致，大片大片的楼，占据了城市的内心，心不空了便少了很多的稚气。

我脚下的这条街有个很迷惑人的名字——马家花园街。有个东北的朋友说，他刚到成都上大学时看地图，就看到了马家花园，心想这里一定有一个以前大户人家留下的花园，于是马家花园街就成了他到成都的第一个“旅游景点”。虽然很失望，但他还是爱成都，因为没有马家的花园，还有百花潭、人民公园，有草堂、武侯祠。

每个人都会有一个或几个所喜欢的城市，我所知道的外地人说喜欢成都，总是说喜欢成都的闲适。闲适的表象是成都到处都是茶馆和喝茶的人。成都的喝茶多半都不是喝业务茶，真是闲茶，有闲才能喝闲茶。歌手赵雷的《成都》唱火了，让成都人很骄傲，让外地人很向往，其实会听歌的都知道那仅是歌手唱的是一段情愫，无法释怀放下，无法挣破时便以音乐来表达了。要说温柔，成都怎么也温柔不过丽江、大理。成都的温柔是过日子似，需要茶油盐酱醋，茶颠倒了一下，所以她有点别样。

在这座拥挤的城市中，闲散的茶馆无疑是她内在的一种精神气质，闲中方有淡然，闲中方有情致。当做完该做的工作，眺望一下这座城市，马家花园，世外桃缘，双城……远远近近如山岳，如岛屿，迁流的风景如沙画，你只需要变换你的视野……

禅茶一味

禅宗不立文字，以坐禅内观为宗旨，修行关键是坐禅。禅宗坐禅，要求僧人在坐禅时集中思想，专注一境，以达身心“轻安”“观照”“明净”的状态。可长时间打坐，饥饿不说，最难以抵挡的是困乏。于是，具有提神醒目、消除疲劳的茶，便成了僧人所必需而且又符合教义戒规的最佳饮品。“禅茶一味”据说出自唐代湖南石门夹山善会和尚，后来，到宋代圆悟住持在夹山20余年，潜心研习茶与禅的关系，以禅宗的观念和思辨来品味茶的奥妙，终于悟出了“茶禅一味”的真谛，并挥毫写下了“茶禅一味”四字。此墨宝至今仍作为镇寺之宝，珍藏于日本奈良的大德寺。

其实有关禅茶一味的公案很多，在中国不仅是僧人，很多文人也把禅与茶看成是一脉相承的传统文化。如今，即使是佛门内能真正坐禅静心修行的人也不多，更何况我等凡夫俗子，但不管是真懂还是假懂，开茶馆的、喝茶的很多还真是冲着这“禅茶”二字去的。不少茶馆的匾额上就写着“禅茶一味”或是“禅茶”，似乎这样茶馆便是高学历的茶馆了，真的多了文化内涵。但凡能挂这种匾额的茶馆一般来说是要动一番心思的，起码从硬件到软件都有所长才行，让人一进来便能生一丝“禅”趣。古朴的装修，身着旗袍或汉服的温柔漂亮的服务小姐，志趣不同的书画、古玩，奢侈富丽而不显山露水，目的就是让人在这样优雅的环境中“禅”得起来。

这让我想起“夹山境地”之说，如今人们都把这四字当成描述夹山风景来理解，其实这四字是夹山和尚从饮茶中所领悟到的禅机、禅理和禅意、禅境。我没有能力明白和尚当时的领悟，但作为一个茶客，我想，在和尚看来夹山如一个天然的大茶馆，在这个大茶馆中喝茶，集天地之灵气，杯中的茶与他思考的天地万物融为一体，才得出了“猿抱子归青嶂岭，鸟衔花落碧岩泉”的感叹，才悟出了“禅茶一味”的玄机。

但夹山和尚到底是如何悟出的，还是很玄，很难理解。秋日，与友三人去成都大夷雾中山开化寺。这一带在2008年汶川大地震中虽无大灾，但也深受其害，很多的山民的房屋都被损坏。到了目的地，当年仅比洛阳白马寺晚三四十年的开化寺已被拆除，在原址上已立起了几根粗大的水泥柱，很多文物都扔进了一个简易工棚。84岁高龄的释常静师傅独自守着那尊已有1900多年的释迦牟尼佛像，当年庙宇的照壁孑然于杂草中。在我们的意象中，中国的寺庙不应与水泥有关，人非是必然，可物非却是人为而至，我们黯然离去。蜿蜒于雾中山苍翠的山路，被沿山路农家、小乡场的干净所吸引，我们不禁感叹中国的乡村也有如此干净、宁静的地方。为此，中途我们便拐进了雾中山乡灾后重建的居民点。真是一样的农家不一样的感觉，这里并不是旅游热点，但家家门前屋里都是干干净净，一尘不染。问到一家叫自强旅社的农家，说可以喝茶，便坐了下来。五元钱一杯的青茶，抬头就能望到层层叠叠的青山，能听到不时从远近传来的鸟鸣，能嗅到偶尔飘来的桂花香，不时有小狗从门前跑过。一个下午，我们想到说到得最多的就是“干净”二字。干净让我们舒适，干净让我们惬意，干净让杯中的青茶更显清冽了。

生活就该干干净净，做人做事亦该干干净净。“风来疏竹，风过而竹不留声，雁过寒潭，雁去而潭不留影”不也有干净之意吗？我不知道这是否算是这个干净的下午，加上一杯干净的青茶让我“禅”出的感悟。

现代生活已没有多少时间可以让我们什么都不做，而去长时地静静思考，喝禅茶几乎快成了我们的美好愿望。而生活禅，无处不在。虽然我还没有真正领悟到“禅茶一味”的精髓，但我希望能感受“禅茶一味”的人能多起来，那样的话说明能静下心来的人就多了，这个社会也就自然会安定起来。人若有颗禅心，哪能不定。

如今　这片气定神闲的土地
站在梦想走动的阳光下面
坦露生命　被纷纷感动的庄严
守望千年的华阳　一夜醒来

第三辑　非虚构/纪事

看路边无尽的风景，盼的就是流年无恙，光阴留香。与其执着于逝去的往事，不如把记忆当作人生一段美丽的风景，静静安放在心灵的一角，偶尔回味一番。

——寒沸

随着时间的推移，思念的情绪开始无边无际的蔓延，就像记忆中老家黄昏时分的那抹袅袅炊烟，轻轻地，轻轻地升腾向蔚蓝的天空飘散。

——徐开成

生活中很多传说中的“不可能”，只要大胆地试一试，勇敢地闯一闯，都是“有可能”的。

——高瞻

生命最初的河流里，永远飘着老屋的影像，像一幅永恒站立黑白的水墨山水，在我的心间和梦里召唤我，回去，回去。

——刘祥辉

曾涵复，笔名：寒沸。原创写作者，编纂人。从1970年代开始文学创作和发表作品，以千余首石油诗播名。写了《寒沸诗选》《寒沸语境》等几本书，编了《世界华文第一流女诗人39家》等多部书。创办主编了泸州《龙眼树》，大型文学双月刊《梦岛》，文学季刊《品文》。系四川高县人，居成都。

再度清明一眼沉浸

——踏青游走豆沙关

◎ 曾涵复

四月的清明依旧是下雨，我又一次回川南高县的老家扫墓。岁月让我在这个县城的光阴中，留有非同寻常的情愫和特有的印象，我悄悄地走进雨后的微凉与记忆的厚重。我像是在寻找着什么，其实没错，我在寻找历史在这里似乎有着的苍凉气息，寻找撑起自己生命的一个湿润的梦。

刚被雨水洗刷过的县城，流失不了的是我少年时的足迹还有那绕城的汩汩河水，以及那我再也不能推开吱吱作响的一扇家门。我的感觉已唤不醒昔日落下的那片霞光和身影，伴随着不规则移动的车流和被五颜六色雨伞遮盖着的陌生，内心多了一絲从此会与这里永远告别的忧虑。人总有一种情结，远逝的人事和风景因为变得模糊而格外亲切，眼前的景象因为近了看得太清晰而少了吸引力。如像热闹了想寂寞，寂寞了又盼热闹。其实，望着被记忆退淡的颜色，一切都融化在无法拾起的无数回忆里。

我少小离开这里时不到十二岁，之后回老家断断续续住的时间加起来不足三年，时光飞逝，流年回转，眨眼就过去了五十多年，人生苦短，何止是一个快字呢。所以，我带着绵绵乡情，在清明时节的古色气氛里，在历史与现实的交汇处，内心已决定这是最后一次归来扫墓，因为我也老了，已是年过七十之人。我步履开始蹒跚，只能是最后一次回到老家这片故土，近距离地与远去的亲人对话和告别，尽情表达我无可比拟的悼念心情。今后，我只能在远方寄托哀思，遥祭和缅怀长眠在这里的亲人了。

同往年一样，此次返乡扫墓还是儿子驾车，妻子和儿媳、孙子同行。在高县文江镇原高县中学背后的山上，三代人肃立在我祖母、父亲母亲的坟茔前，虔诚地完成焚香、烧纸钱、鸣炮，依次叩头的程序后，又接着赶到医院附近的凉水井山上，在祖父的坟茔前同样完成叩拜追思，也就表达了千里归来扫墓，告慰先人的心愿。此时我内心仿佛静听见自己意犹未尽情思缱绻的一声长叹："悲亦悲兮生别离，喜又欢兮死相随。人生如梦亦如幻，朝如晨露暮如霞。众生痴迷千幻象，身陷红尘终不悔。滚滚红尘天涯路，两行清泪伴身行。一朝心碎泪亦干，只留荒地土一堆。"

眼前对亲人的思念、怀旧与伤感，也不由我想到清明的另一层意思："梨花风起正清明，游子寻春半出城。"逝者如斯夫的扫墓，似乎不必刻意疏雨洗清明的形式。逝者永远不在，那些留在记忆深处的便是人生中最美的风景，最值得珍惜的东西。人生一切都是自然现象，人生自古谁无死。其实，远去的亲人更希望后辈珍惜好现在的时光，生者幸福是对逝者最好的安慰。亲人在天上注视，看到的未必只是膜拜？后人可以不必太忧伤，可以不必太勉强。与其执着于逝去的感动，不如把亲情当作人生一段宝贵的财富，轻轻安放在时光的门楣。所以，清明追思不止是悲从中来，生活不止是在意所谓的远方，生活追求的就是一种心情。每个人的生命里都有过人生中最美画卷的春天，春的妩媚，春的萌动，春的意象，是那样新鲜，那样深刻。然而，贴近眼前的现实观察发现乃至欣赏，更需关注当下为生活找到快乐。扫墓之行，看路边无尽的风景，盼的就是流年无恙，光阴留香。与其执着于逝去的往事，不如把记忆当作人生一段美丽的风景，静静安放在心灵的一角，偶尔回味一番。

实在的，清明扫墓未必不是古人创作的一个绝妙主题。春游踏青，是多么惬意的情意款洽的表现和宣泄啊！因此，我们此行扫墓是特别留意告别故乡远近的山水，贪婪地吮吸久违的故土空气。

清明扫墓谁谓心苦？我心境豁然开朗，在时光深处变成了一种态度、一种情怀、一道亮丽的风景，其甘如荠。由此真切感受到了清明时节所带来的美丽和魅力，是一次精彩的春日出行。于是，完成扫墓的主题之后，萌动踏青寻春的心思油然而生。

好像被一只无形的手摆弄着，从高县经筠连出川踏青云南是顺道之行，云南从来是春游的首选，造访四川筠连县毗邻的云南盐津县豆沙关，无疑是最佳的线路和选择。而且，这是一条有着绝美风景的路，沿途层峦叠嶂，峥嵘雄奇，险峻浑厚。幽美静谧的野趣山水，褪去了灯红酒绿的嘈杂，洗去了钢筋水泥的桎梏。更显现清明的春色翠绿晶莹，高远的山色云淡风轻。一路有车窗外青山绿水和花与风的陪伴，旅程也变得格外轻松，这样盎然的季节和情景，心可以自由的放飞。放飞的心即使不再收回来，也是值得的，因为生命的有限。

筠连到盐津也就三十多公里的路程，车道是很好的柏油路。我们这样的踏青游走，似乎是在追寻着青山绿水的脉络，真是一派诗意盎然、让人心旷神怡。升华了我们这次扫墓加旅游的情趣，也有了再度清明一眼沉浸的有灵性的意义。

名见经传的豆沙关非寻常之地，早闻云南著名古镇有“北和顺南豆沙”之说。和顺，是位于腾冲县古名“阳温墩”，因小河绕城而过，改名“河顺”，后取“士和民顺”之意，雅化为和顺镇。我们一行去的豆沙关，位于在川、滇两省交界的大自然山水间，是一座镶嵌在山峦之间朴素自然充满魅力的旅游古镇。

豆沙关古称石门关，享有“滇川门户”之称。壁立千仞的石岩，被关河一劈为二，形成一道巨大的石门，锁住了古代滇川要道，被誉为“滇南第一关”，是古人由蜀入滇的第一道险关，是著名的古西南丝路的重要通道，至今已有 2200 多年历史，凝固着秦汉以来中原文化、荆楚文化、巴蜀文化、僰人文化和古滇文化的厚重历史与人文风情。石门关旁伴随古道出现的豆沙镇，昔日气度恢弘繁荣开放，是马帮和过客行人休整的驿站。石门关也因此而称豆沙关。

我们进入豆沙古镇，是心灵和古风、古韵、古道热肠的一次邂逅。时间流动至此，仿佛温柔地拐了个弯，就渐渐地慢了下来。豆沙关的轮廓被山水环绕包围，质朴天然地展现着这片青山不褪色的魅力和文化风韵。一切都是那么有条不紊充满生机，仿佛是与外界隔绝封闭的神秘地界。这里有翠色招摇，田园牧歌；有古垣深巷，鸡犬相闻；有落英缤纷，碧水漫绕。关河一路逶迤而来，水绕山色，流淌乡野山中澄明清澈的历史故事。这里还有现代楼房水泥吊脚楼，有毫无掩藏最纯真朴素的民间生活方式。有小镇日常生活中不失风情的米粉、酸汤鱼，有浑然天成独具民族图腾的民俗传奇。这里还有绚丽多彩的民族服饰、古朴独特的僰人舞蹈、独具匠心的牛灯艺术、气壮山河的关河号子、舞蹈粗犷脸谱奇异的宗教文化傩戏等民族风情。特别令我心醉和惊叹，是此地有着见所未见的交通奇迹，这里既留下了古代先秦古道、朱提水道，又出现了当代新建的内昆铁路、滇川公路、水麻高速路，“五道并行”古今辉映，可谓天下绝有，令人叹为观止。

我们走过豆沙古镇老街，走过随风而逝的悠悠岁月。走上“脚踏五尺道，追梦三千年”的豆沙关，默默地注视这个安静的小镇，仿佛我的灵魂飘浮在空中，内心充满怀古的温柔。时间在这里被拉长和放慢，提醒着我们回望积淀深厚的茶马古道、蹄印悠深的先秦五尺道、峻秀造化的隋代古城堡、千古之谜的僰人悬棺等历史文化的残缺和美丽。

我脚踏在秦朝遗迹的五尺道上，跨越渺远的时空，追忆历史，思接千年。注视现今残存的 350 米路面上留有的数十个马蹄深痕，感慨唏嘘，似乎生出一种与马帮共鸣的体验，更有了对古代文明的亲近和赞赏，情感深沉而严肃。

豆沙关上有个唐碑亭，亭内岩壁上是唐朝御使中丞、著名的书法家袁滋的摩岩题刻。是袁滋于公元 794 年（唐贞元 10 年）出使云南，路过石门关时留下的南诏内附归唐的实物证据，现已列为国家级重点文物。

站在石门关口，向对面看去，与摩岩对峙的东岩石壁上可以观看到神秘的古代“僰人悬棺”葬。僰人是一个英勇善战、野性粗犷、追求独立的民族，因此惨遭明王朝 12 次的围剿后，永远地消失了。刀切斧砍的绝壁上，7 口棺木悬空而置，清晰可见。僰人把自己生命的影子留在了那高耸的悬崖上，封存在悬空的棺木里，这种惊世骇俗与天对话的丧葬方式，让我内心充满无限的崇敬，更生出对历史文化现象和僰人卓越人性的思考。显而易见，这个古老神秘的民族有着不可言传、有待考证的政治生活的辉煌画卷。悬棺悲痛之谜，展示了千古历史的残酷政治和文化，延伸着文明和野蛮两条并行的主线，时空对仗，雄辩浑然，是一幅社会生活和现实主义与浪漫主义结合的悲剧典范。于是，历史的文字最终直接触摸文明到极致，留下怀古悲天的文化魅力，让歪歪斜斜的游人流连忘返。

我相信，历史里的那些人与事，都与我们的生命，生活结下了不解之缘。正如清明为亲人扫墓的感恩，就是我们无比珍惜曾经拥有的缘分。生命留给我们的，是从伤悲中醒来的时间。生活留给我们的，是从怀念中懂得珍惜的机会。

我抬起头仰望天空，接受阳光的洗礼。迎面走来一群游客，他们以河对岸的石壁作背景留影，沉浸在似乎不愿醒来的风景里。我羡慕这种安逸的陶醉，才发现一个人走走停停，走在生命的尾端，青春的故事再也找不回来。才发现再度清明一眼沉浸，人生最美的风景已经走远，是留一份爱意给自己的时候了。于是，我写下祝福在流年深处。

2017 年 4 月 6 日于天府华阳

高瞻，十四岁当兵，1987年转业到金融系统工作。九十年代初开始文学创作，期间中断十余年。先后在《文学报》、《金融时报》、《北京晚报》、《梦岛》、《中国金融文学》、《沱江文学》等各级报刊发表中、短篇小说，散文随笔等一百余篇，五十余万字。2009年常规出版27万字的长篇处女作《谍报英豪》，2013年常规出版长篇小说《暗流　空手白狼》。作品多次获奖。

“不可能”的墨脱

◎高　瞻

九月二十三日，早起，雨雾交加。

突然想起，我们眼下所在的波密县城扎木镇，已经是墨脱县的大门口了。

对墨脱这个全国最后通公路的“高原孤岛”，我可以说神往已久，别人的墨脱游记也看了不少。记得年初碰巧看到电视说墨脱隧道的事，耐心看完整个电视片，对墨脱更加魂牵梦绕不能忘怀，但从来没敢动去那里走动一下的念头。这次行程计划自然没有墨脱，但不等于我们就该过其门而不入吧？车长到深巷开车，我和老于跟旅店老板闲聊，话题始终围绕墨脱，明显都带着不可告人的野心。得到的信息是波密到墨脱公路通车不到一年，总共120多公里，其中20来公里柏油路，别外108公里烂路。“两驱的越野能不能进去?”狼子野心昭然若揭。“不可能!”老板斩钉截铁说：“天气好还有点可能，这天气肯定不行!”这天气当然指眼下下雨起雾的天气了。老板是个土生土长的藏族汉子，看来对汽车和路况都颇为内行。

三人碰头，我说我们走一下墨脱，走到走不动不止，虽不到至，心向往之，沾点仙气也好。大家一致赞成。

备足油料粮草，便开始冒冒失失闯墨脱。出行前才在4S店刷新的导航居然不认识墨脱，只好用手机导航指引。沿着一条狭窄的泊油路走了几公里，便一路上山，但见经幡飘扬，只闻水声嘹亮。越走雨雾越大，整个成了云中漫步。海拔高度一路飙升，很快达到3000米以上。四周山川地形一无所知。道路也变幻莫测，柏油路、水泥路、沙石路、搓板路轮番出现，或者邀邀约约一齐来，时不时还来一段涉水、改道绕行什么的。瞎碰了二十来公里，没见到一个人，没见到一个车，也没见到西藏从不缺席的搞安检限速的警察兄弟。总之是越走越心虚疑惑，怀疑这路一准通往阴曹地府奈何桥还是别的什么恐怖是非之地。好在汽车转过一个山口，雨收雾散，视野开阔了一些。这才看到我们正处在一块山间平地，虽说远山同样笼罩在雨雾之中，但近处的古木草场、荒野乱石还是一目了然。最喜人的是，不远处隐约一个简陋的门楼，走近一看，鲜红大字：墨脱人民欢迎您。附近有个道班，开车进去打探一番，原来这地方就是走墨脱重要的三大K之第一K，24K。心里石头落地，继续前进。云里雾里很快钻进我曾在电视里看过的那条隧道，名叫嘎隆拉隧道，海拔3700米，是目前西藏最长的公路隧道——3310米。隧道虽然绝杀了多少美景，但隧道也带来了不少便利，使车行墨脱成为现实。向艰苦卓绝打通嘎隆拉隧道的建设者们致敬！

刚钻出嘎隆拉隧道，车长一声惊呼，吓得我紧急刹车。原来他是被眼前的景色闹的。山两面完全是两重天地。那边云雾缭绕视线模糊，这边却云淡风轻视野开阔。墨脱的真面目就在缕缕云丝欲盖弥彰地遮掩下犹抱琵琶半遮面般展现在我们眼前。耀眼的冰川、缥缈的白云，起伏的沟壑、苍凉的山脊，神奇而和谐的组合。优雅、飘逸、柔美、舒展，阳刚、强悍、壮丽、粗犷……算了，这些相互矛盾的词汇根本不能形容其美色的百分之一。密境、仙境，瑶池宝座检视人间城郭的感觉，大抵也不过如此吧？

过了隧道就是一条陡峭的盘山公路下到沟底。52K检查站到了，所谓油路也宣告完结，更大的问题是又下雨了。话说从24K到52K是不是也太快了点？墨脱公路沿线人烟稀少，以里程碑为地名。最重要的三 K 就是翻嘎隆拉山之前的 24K，意思是波密 318 国道分岔出来第 24 千米，这块碑我们已经经过了。第二 K 即眼下翻过山之后的 52K。隧道打通之后，从 24K 到这里大概也就七、八 K 吧，但既然里程碑已化身成地名，这 52K 名头就留了下来。照说，我们预计的墨脱之行也算到头了。但从钻出隧道那一刻开始，我们已经不甘心就此回头。余下的是什么样的路我们当然没底。看看停在前后等候检查的汽车，一律都是气势逼人的四驱硬派越野。我小心地向检查民警咨询：我们这两驱车，能进去吗？当然想得到他肯定的答复，以增强我们的信心和决心。根本不可能！民警一脸严肃地说，还不忘指指天指指地，我明白他不是天上地下唯我独尊的意思，他是说看这雨看这路。

我们进去走走，到走不动就回来。我说出了同车三个人的心声。

一路心神不定地走走停停。途中迎头碰到两个车飞驰而来，一看还是成都牌照，忙打听前面的情况，老乡懊恼地说回吧，不可能去了！塌方，80K 检查站不放车。看来肯定不可能去墨脱了，天意啊！沮丧郁闷遗憾气恼……各种不良情绪一齐向我们袭来。讨论结果，一致意见是管它塌方不塌方，继续前进，到走不动为止。

80K 是三大 K 中最重要的中转集散地，人丁兴旺的样子。当路一块大铁链阻断去路，原来需要在这里买票。这才知道进墨脱是要交买路钱的。凤凰古镇收买路钱遭到网上强烈抵制和谩骂，反对派主主要理由是一个城镇不能卖。呵呵，墨脱尺度更大，整整一个县也敢卖，而且按人头点，160 块。两个披红绶带的年青美女很热情地打招呼，送上墨脱旅游指南，然后直奔主题：掏钱！沿途早已一饱眼福，任何一个山头任意一块地皮，放到家乡都是响当当的五 A 级风景啊，两百块一人保证挤得前胸贴后背。所以对于我等不是掏不掏钱的问题，而是生怕掏不成钱的问题。更大的问题是，刚才回程的老乡不是说这里不放车吗？怎么回事？

“不是塌方了吗？”心里在冤枉人家想吃诈钱。“通了，不通我们也不敢卖票。”“你们怎么知道通了？”还是将信将疑，提的问题也很低级。小姐举手做了个打电话的手势，笑容里分明在说：“弱智！”我大喜过望，还不忘问一下路况。“情况不错，”小姐说：“泥石流冲毁路段已经抢通了。你们进去，运气好两、三天就可以出来!”“两、三天!”我大惊，我们计划明天就出来。小姐眼看又要减少几大百GDP，便笑着补充：“如果天气好，明天就可以出来。”其实她大可不必画蛇添足补那么一句。只要能进去，进去再说嘛，车到山前必有路嘛。

我看过的很多墨脱游记，都是用《墨脱的路》或者类似的名称，可见路的问题是墨脱的首要问题。别人说得多了没必要拾人牙慧。但路两边的景色的确超级棒。52K过后沿着一条小河走，两边高山入云古木参天，真正的原始森林。沿途多涉水路段。墨脱涉水路段的水都跟外头那种浑水泥浆不一样，人家那水，清澈、湍急，还够深够长够凉。多年坚持冬泳的老于突然来了兴致，想体验一下墨脱冷水浴，便脱掉衣裤，在公路上，玩了个痛快淋漓的漂流。

出峡谷上小桥跨溪流，翻山越岭就来到了一个响当当的去处：雅鲁藏布江大峡谷。在峡谷间半山腰转悠一个多小时，路烂、窄，还险。因路边植被掩护，又有美得令人发指的景色分散注意力，所以心里丝毫没感觉到恐怖。转过一个山嘴，遥看对面半山平缓处，倚山势平铺一大片红顶蓝顶白墙二、三层小楼。墨脱到了。

墨脱县城海拔才1117米，所以挺热，气温在二十度以上，山坡上热带植物枝繁叶茂。我们短袖拖鞋上街溜达。街上没几个人，两边店面除了卖旅游产品的，就是卖吃的和卖石锅的。转完街登莲花阁看墨脱全景，吃石锅鸡，预谋明天看雅鲁藏布江大拐弯，睡觉。

躺在床上，脑子里几分恍惚，几分迷蒙，始终萦绕着淡淡的宛如梦中的不真实感：“不可能”到达的“密境”墨脱，我来了，我来了吗？我真的来了！其实，生活中很多传说中的“不可能”，只要大胆地试一试，勇敢地闯一闯，都是“有可能”的。

徐开成：男，生于成都华阳，在职研究生毕业，工程师，系天府华阳作家协会主席、四川省作家协会会员、四川省辩证法学会理事，曾在《四川文学》、《四川画报》、《中外文艺》和《中国石油报》等报刊和《中国网》发表诗歌、散户、小说和摄影作品200余件，有诗获全国石油诗歌大赛、泸州市第二届优秀文学作品奖，有诗入选《中国青年诗选》等多部诗集，有的还被介绍到国外。

我永远的父亲母亲（二题）

◎ 徐开成

父爱重于山

在书房电脑前，静静地坐着，凝望玻璃窗上滑落的冬雨，就像是父亲从天国寄来的，温情的相思泪。父亲已离开我一段时间了，随着时间的推移，思念的情绪开始无边无际的蔓延，就像记忆中老家黄昏时分的那抹袅袅炊烟，轻轻地，轻轻地升腾向蔚蓝的天空飘散……

在我的记忆中，父亲生前最爱说的一句话就是“管他的喔!”不管是在三年自然灾害期间，还是十年“文革”，家里都揭不开锅了，他仍然还是抱着乐观的态度说：“管他的喔！会好起来的。”给全家带来生活的希望。有一次，家里确实没粮食了，父亲更是来回走了20多公里山路，到太平镇朋友那里去赊了几十斤酒来倒卖了，赚了些钱，买回几斤粮食，让全家人才度过难关。困难时期，像这样的囧境，在我们家是举不胜举。父亲的一生，无论贫穷与富贵，他心态都很好，不管是外面的人，还是亲戚朋友、儿孙晚辈有负于他，他都用一句：“管他的喔!”海纳百川的包容了。看似简单的一句口头禅，却说明了他是一个很有胸怀、很有深度、很博爱的人。是给予儿女无尽父爱的好父亲。俗语说“母爱如海，父爱如山”，父亲是伟岸的大山，挺直了我们人生的高度，每当我们在工作生活中遇到挫折，面临崩溃的时候，是他的肩膀撑起倒下的我们。关于父亲的记忆，实在是很多很多，他一生坎坎坷坷，经历太多太多。我一直想静下心来，好好写写父亲，但又不敢轻易去触碰他，那锥心的疼痛，每每让我泪如泉涌。

父亲的一生经历新旧社会两重天，大半辈子都是浸泡在苦水中的，改革开放后，好不容易生活好了起来，那时的他又没生病，“烟、酒、茶”那是样样都来，活得多么自在，多么洒脱！我们都为他高兴。可是，好日子刚过了几年，他就查出肠道有肿瘤，一家人都陷入了沉重的悲伤情绪中，想想他已 93 岁高龄，不想让他再受折磨，就没带他去确诊肿瘤是良性还是恶性。因为医生告诉我们，即使是恶性也无法动手术，他年岁已高，还有其他疾病。为了让他在最后的时光活得体面，有尊严，在没有明显病痛时能像正常人一样过。我们只好对父亲说他的病没什么大问题，只要好好休养会逐渐好起来的。他想去哪里，我们就陪他去哪里，想吃啥就买啥。临走的前几天，他想去坐坐刚开通的华阳地铁，大姐、二姐、二姐夫和三姐就用轮椅将他推去，好心的地铁工作人员还一起帮忙，将父亲送上地铁车，坐了一站路，了却了父亲的心愿，三姐还用手机拍下地铁工作人员帮忙的场景，发给了大侄女，感动得不得了的大侄女还在微信里发了一通。

公元 2015 年 8 月 22 日，那将是我一身中最刻骨铭心的一天，我清晰地记得，一大早起床，准备和妻去泸州的，突然接到二姐打来的电话，叫我们今天不要去了，说父亲说他可能活不过今天。我们感到非常差异，以为是父亲想见我们了，找的托词，但想到他年事已高，又有病，就放弃了去泸州的念头，回到父母的家中。姐姐些都说，我就是父母亲的“药”，可惜我知道这“药”只是兴奋剂而已，俗话说“皇帝爱长子，百姓爱幺儿”，是父母对我这个幺儿加独儿特别的爱而已，救不了父亲的命。望着眼前瘦得脱了型，已经病入膏肓，躺在沙发上的父亲，我心里是无比的疼痛，像刀割一样的痛，情不自禁两行热泪顺着脸颊脱落而下。见到我们回到家，父亲很是高兴，他正趟在客厅的沙发上，精神还不错，大姐正轻轻地给他按着肚子，二姐、三个姐都在旁边。我问他那里不舒服，他说老样子，我说他精神很好，会好起来的，简单和他寒暄了几句，问他还想见谁？他说想见他的五妹，我们称五嬢，大姐立即给住在城中心的五嬢去了电话，上午10点过钟，五嬢带着一大家人赶到了家中。父亲很高兴地与她们一家子拉了一会儿家常后，五嬢说要去寺庙上香，祷求菩萨保佑父亲身体康复，父亲立即掏出200元钱，请五嬢替他在庙里求签。

五嬢一家子走后，父亲说他想去看中医，我们都劝他别去，说他行动不便，其实是想减少对他的折腾，就骗他，叫侄儿去帮他把中药捡回来，他信以为真的告诉侄儿，他那些地方不舒服，其实，前些天，他说的那位中医开的药检回来还没煎，为满足他的愿望，三姐悄悄地到厨房给他煎了一付药，说是侄儿刚才找那位中医捡回来的，他喝完药问我，中午安排好请五嬢她们吃饭的地方没有，我告诉他在外面已经安排好了，其实是在骗他，五嬢她们走时就说不回来吃饭，让他好好休息。时间不知不足已过了中午，看见他精神很好，二姐一家就去“走人户”去了，我们简简单单的吃过午餐，都围在他的身边，他什么东西也没吃。他病得再重，神智都非常清晰。他对我们有些感叹地说：“人一生，吃得了，走得动的时候，要尽情享受生活，钱、权这些东西都是过眼云烟，生不带来，死不带去，没什么意思，过得去就行。”

下午3点过钟，父亲问大姐五嬢给他抽的是什么签，大姐骗他说是“上上签”，事后，五嬢告诉大姐确实抽的是“上上签”，父亲说他今天心情特别好，想去兴隆湖看一看，我们劝他别去了，他说在车上看看也行，叫我们把出去吃“酒大碗”的二姐夫喊回来，叫他开车去。我立即给二姐夫打了电话，他说，还要等一下才能回来。大姐怕父亲等久了，就叫大侄儿赶快将车开来。我和大姐、三姐和大侄儿陪着他去。刚出门时，母亲问我们要去那儿，我告诉她陪父亲去看看兴隆湖，母亲说她也要去，我们只好把有些神志不清的母亲扶到副驾座上，我和两个姐姐扶着父亲挤在后排位子上。从父母的家到兴隆湖不过20多分钟的车程，刚到湖边，我看见父亲神情有些不对，就对他说兴隆湖到了，爸，快看看！并示意两个姐和大侄儿赶快开车回家。一路上，我叫两个姐不停喊父亲，说我们快到家了，车上父亲就已不能说话了。我赶紧给二姐和彭州工作的儿子打电话，叫他们立刻回家，三个姐姐也分别给各自的子女打了电话。

回到家，我们按照父亲曾经给我们的旨意，将母亲提前送到大侄女家，不让她看见他临走时的样子。我们将父亲扶到床上躺下，他眼睛睁得很大，不停地喘着粗气。二姐说赶快去做晚饭，看父亲能否和我们共进最后一次晚餐，我便起身到厨房做饭。三个姐姐、侄儿侄女和侄孙侄孙女都守在床边。我刚进厨房不到半小时，二姐就叫我不用做了，快进来！我明白是父亲不行了，赶忙走进父亲的房间，坐上床，将他抱在怀中，他喘气的声音越来越小。二姐说他久久不愿离去，一定是还在等人。我知道他一定是在等我的儿子，能见上最后一面，没隔几分钟时间，儿子赶回来了，望着爷爷悲痛地喊了几声，他一定是听见了，才慢慢停止了呼吸，二姐说他已落气了，我一下子就懵了，我说还没有，我不相信他就这样离开了我们，我说你们看爸还数着指头，掐算着时间，他根根弯曲的指头，渐渐打直……时间定格在17：13分，父亲驾鹤西去，就这样安详地走了，带着太多太多的不舍。我们只能眼睁睁地看着这一过程的演变，却无能为力。刹那间，我感到天崩地塌，一种撕心裂肺的痛，一腔悲情，两行热泪，一时多少言语，竟不知如何诉说……从此，我们和父亲将阴阳两隔，这是多么残酷和无奈的现实啊！

父亲走了快100天，我无数次在心中默念：“树欲静而风不止，子欲养而亲不待”，无数次为这句话泪流满面。如今，我才真正体会到“没了才知道什么是没了”，而痛心疾首，心如刀绞。“羊有跪乳之恩，鸦有返哺之义”，何况人呢？父恩如山，父恩如海，父恩如天，父恩儿当何报？一腔悲情何日尽谴，纸灰摇曳，空留孝心，纸短情长，笔意拙远，难报我父养育之情，愿父亲在那个世界过得很好，如果有来生，再让我做你的儿子，来尽今生无法尽完的孝道。“爸！爸！爸……”我只能将积攒已久的思念在梦中呼喊，然而，你却只字不语，我想对你要说的话太多太多，想和以前一样陪着你喝茶、打麻将、下象棋，看见你笑眯眯的脸，想和你说说话，想告诉你一些你熟悉的人和事，想给你汇报汇报工作和家庭，想问问您在天国吃得好吗？住得好吗？寒冬将至你穿得暖吗？天堂一定很冷很冷吧！如果很冷，我们想对说，你儿子心中有一个温暖的天堂你永远在其中……

母爱深似海

又一次跪在地上，燃烧的纸钱将我的脸烤得炙热，我仿佛清晰地看到母亲那张熟悉的脸庞，至今我都不愿相信她已经走了，一闭上眼，她的音容笑貌就会浮现在我眼前。那种“子欲养而亲不待”的锥心之痛和蚀骨之伤，时不时让我战栗全身。虽然母亲离去时已 92 岁，也算得上高龄，但对我们儿女来说，就是活上 100 岁，都是犹嫌不足的。不知不觉母亲已离开我们有月余了，撕裂的伤口，也渐渐在被时间缝合。我终于能从悲伤中安静下来，好好地想想母亲了。

就像幸福的家庭都是相似的一样，天下母亲几乎都是慈祥无私、赤诚奉献的化身，但每位母亲所受的苦难、花费的心血、付出的牺牲和汗水又各不相同。我的母亲是一个经历过新旧社会两重天的人，她和父亲结婚时，父亲是用八抬大花轿把她接过门的。俗话说老还小，老了来母亲常给我们“炫耀”她结婚时的风光，那时，父亲家是街上的大户人家，光酒席就办了上百桌，街上的人都来了，后来遇上官司，家境才开始衰败的。正是因为有这段家史，后来“四清运动”的时候，母亲才遭人陷害，受尽了非人的折磨。出来后，为了赔钱，她只好将家产全部变卖，家里可谓是家徒四壁，晚上没有床睡，母亲就去砍了几根竹子捆绑了个床，铺上稻草，让我们睡在上面。无论是“文革”期间，父母遭人迫害，还是在“三年自然灾害”期间，家里揭不开锅，在最最困难时期，母亲都对我们讲日子会好起来的，她就这样抱着坚定的信念，带领家人度过了一个又一个难关。

母亲是一个没有文化的人，所以她知道文化对我们的重要性，她用自己独特的教育方式，将我们四姊妹培养成人。母亲是一个心灵手巧的人，不仅做得了一手好菜，困难时期，全家人穿的鞋子都是母亲一针一线做出来的。母亲是一个慈爱的人，她用一生的爱，把我们一家人照顾得无微不至。母亲是一个勤劳的人，她靠一根扁担，每天走乡串户，步行二、三十公里，卖点日用品，来挑起我们这个家。母亲是一个热情的人，她一辈子都喜欢帮助人，我们街上的孤寡老人，残疾人都得到过她的帮助，生活困难时期，家里只要有点好吃的东西，她总是要叫上那些有困难的人，到家里来一起吃，或叫我们给他们送到家中去。即使退休后她也没闲着，还帮街上有困难的人带小孩。所以，母亲在街上人缘关系好，从不与街坊邻里发生口角。母亲更是一个坚强的人，她创造了许多生命的奇迹。

在她年满 89 岁那年春节，经华西三位教授确诊，她患上了不治之症。医生叫我们将她接回家中，说不用治了，不用再到医院折腾了，我们明白医生的意思，便将她接回家中。看见她痛苦的样子，一家人都感到无助和难受，还是二侄儿主意多，说西医不行我们可以试试中医。侄儿说他认识成都一名中医，曾经帮外国总统都看过病，不如找他开几副中药吃吃看。谁知母亲吃了两副中药后，肚子拉得特别厉害，反应强烈，只好把药停了，但停药后，她奇迹般的好了起来，一过又是三年多。今年上半年，她曾经一周未进任何东西，连水都无法进，但她都挺过来了，她靠顽强的毅力支撑着自己的生命。我们都知道，她还有一个愿望未了，那就是想看见她最小的一个孙子，我的儿子结婚的那一天。两个多月前，当儿子儿媳将他们领取的结婚证，拿给他奶奶看时，并告诉她两个月后举办婚礼，他奶奶不知有多高兴，高兴之余轻轻叹息，时间太久了，还要等上两个多月，似乎她已经知道坚持不到那一天。就在离儿子大喜之日还有 20 天之际，她与生命进行了最顽强的抗争，但最终还是没能再创造奇迹，带着这一遗憾离开了我们。

母亲走的那天是 7 月的最末一天，正好是星期六，好像是她计算好的日子，因为只有周末全家人才有时间都在家陪她。记得那天凌晨 2 点过钟，在母亲客厅沙发上躺了一阵的我，轻轻来到母亲的床边，看见她呼吸有些困难，替她检查了一遍输氧设备，没发现什么问题，感觉她神智还是比较清醒的，就上床躺在她的身边陪着她睡。像小时候一样，她很自然地将手伸了过来，让我睡在她的手臂上，我知道这是她的一个心愿。就在她走的前一个月，我看见她病情加重，就陪她睡了一晚，醒来后她以为是在做梦，告诉我姐姐，说我还会来陪她睡的，并给她们讲，她做了个梦，在梦中我像小时候一样，睡在她的手臂上。我告诉她那不是梦，是真实的，她不相信。她说最怕离开的时候身边没人，一个人很孤独的离开这个世界。为了不让她走的时候害怕，她走的头天晚上，我陪她睡到了天明，了却了她的最后一个心愿。每每想到这里，我心里就是一阵酸痛，多少天以泪洗面，多少夜辗转难眠。我常常反问拷打自己的灵魂，为什么没能多陪她睡上几晚，在她走得动的时候，没陪她多出去走走，能够吃的时候，多给她做些好吃的，自己尽到了做儿的义务吗？不够不够永远不够，我们对母亲的回报太少太少。

天亮后，一大家人都来到她的床前陪着她，但她已经不能说话了，只能摇头示意，感动的时候流出点眼泪，说明她的意识还是清醒的。我将她轻轻抱在怀中，等待她漫漫的停止呼吸，那个过程无法用言语表达，那种痛比撕心刻骨还难受。全家人都围在她床前，大家都强抑内心的悲痛，守着她走完生命的最后一刻，时间定格在下午 3：18，母亲安静地躺在床上，那张脸是那么安详温暖，这辈子我永远无法忘记。母亲，你真是太累了，真该好好歇一歇了，你在天国安息吧！我知道你在天国默默的守护着我们，你用母爱给我们唱着一首久远温馨的歌谣，你用温情与感动编织着我们多彩的世界，你是开放在我们心中一朵永不凋谢的花儿。

刘祥辉，任教于成都棠湖外国语学校。四川省作家协会会员，四川省诗歌学会会员。作品发表见《星星》《四川文学》《青年作家》《品文》《中外文艺》《山东诗人》等多家刊物。出版散文集《唯一心粒》、诗集《子时阳光盛开》、《这里诗人十二家》(诗歌合集)。

生命的根（二题）

◎ 刘祥辉

记不得的老屋，太老了。记得的老屋，实属罕见。

——题记

过笼子　过笼子

屋前。一条一米左右的泥巴路，一边靠着崖，一边便是我们的小坝子了。

小坝子真小，十平方米左右的空间，整块坝子凹凸不平，左右都是用不同的材料做成的，右边要光滑得多。在坝子的中央还有白色碎瓦片镶嵌成的时间记号：公元 XX 年 XX 月 XX 日。坝子的最上方横砌着大约五块大石头作为进出的路，顺便也于大坝子隔开。其余人走的路的一边也是用石头堆砌起来的，有两三坨石头高。最下边顺着路变得小巧玲珑的多，还有一个光滑的弯和一个流水的小小缺口。靠墙的一边就是和我们的房子相连了。往上看，在槅子的最两端横着一根结实的铁丝，用来晾晒各家的衣服当然最多是裤子，上衣多半就晾在坝子的上方，和路平行，一头拴在过笼子，一头拴在核桃树上。据说小孩是不能从晒着的裤子下钻过去的，如果钻过去了，是永远也长不高的。后来便有姊妹们推拉着到裤子底下惊叫唤的场景。

过笼子，顾名思义，只能放一个笼子，也是很小的处所。到底多小，记得那时的我们可以从一端跳到另一端。小坝子靠近过笼子的地方，不得不说，以前养过那么多的猪，猪食都在这里用刀在黄昏时一刀一刀砍成的。若是妈妈砍猪食时，我们就靠在过笼子的墙上，一边看妈妈"嘭嘭嘭"地砍在菜墩上，一边打起瞌睡来。后来自己砍猪食时也喜欢背着光线和别人聊天，也曾因此大意而被砍在左手食指上，翻出白色的肉和红色的血相混合，待到邻居好心用酒来消毒时又清晰体验那种彻心的痛。

过笼子里常常名副其实放了一个鸡笼，鸡笼里养了一只母鸡，那母鸡常常是刚刚孵了一群小鸡出来，防止它带着小鸡到处走把小鸡丢在那个路沟里或者那个粪坑里，而设置的最好的一招。你甭说，只要母鸡在笼子里，小鸡准不会跑远，毕竟，小鸡还是很恋着妈妈的。姨婆每次来家里的时候，总喜欢和妈妈坐在过笼子里摇着扇子摆龙门阵。

过笼子两方有墙，说是墙，其实不过是用竹片编成后在外边糊上泥浆罢了，很是简便。两方的墙，一方靠着小坝子，一方靠着妈妈的房间，另两方是悬空的。悬空的一方横着一根木杆，用来晾我们一家的洗脸帕。竹竿的下方，靠幺婆的干檐上放着一个重又圆的石磨，好些时候也放着爸爸和爷爷的烂草鞋。

我们几个孩子也喜欢趁着地上什么东西没有的时候，在过笼子的地上打玻璃蛋子。

据说过笼子也停过七婆的棺材倒是吓了我们好长时间。不过，我们也好奇，这小小的地方是怎样放下的呢？不敢仔细地想。

我们的饭桌谁做主。走过过笼子，是除睡觉以外的集堂屋饭屋厨房等所有功能的地方了。

一道高高的门槛横在你的面前，大约齐到我们的膝盖上，并不方正的木头和黑色的砖构成了门槛的整个色调。当我们费力地迈过门槛以后，脚就踏在一块被踏得光滑淋漓的石块上，再下一步就站进去了。门也有意思：左右两扇门高矮形状各异。右边的门高，平整的木料依旧有着它当年挺拔的风景，而右边的门则显得低矮和破旧的多，因此从外边关住门的时候，多像一个弱小的女人靠着一个高大挺拔的男人。但门上年年有不变的风景就是喜庆的对联和秦琼、尉迟恭画像的门神。

进门朝里一直到厨房是一个长长宽窄的长方状。先说左边吧，是妈妈房间的入口，在入口处放置了一张竹凳子。紧接着是一张正方形的八人桌，桌子一方靠墙，三方围坐。家里六口人，通常是爷爷和我坐上边，爸爸和姐姐侧边坐，妈妈和弟弟坐下边。说是这个坐桌子有讲究，但仔细想想我们家，应该是浸润了尊老爱幼的朴素家风。但我为什么坐在了上方，估计是我性格比较大胆，而且和爷爷有着最深厚的感情（当然姐姐和弟弟不要生气哦，是我自己揣测的）。在印象里，爷爷是严格的人。我们家吃饭，有很好的规矩：要必须等到所有人到齐了，才能吃饭；而且必须先洗手洗脸过后方能上桌；吃饭的时候，筷子要用好，不能有那个指拇乱伸着的；也不能随便在菜碗里去翻，随着夹着就走；也不能像别人家的把饭碗端着东家去串或者随意蹲在外面。所以我们姊妹们都养成了良好的用餐习惯不能说这不是爷爷的功劳。有客人来的时候，就会把靠墙的一方拉出来，放下很久不用的第四张凳子。说到第四张凳子子，就会想起这四张凳子各具情状。其实我们都知道，谁家桌子和凳子不是配套的，但我们家的这四张凳子却各有各的特色。上方的凳子属于方正菱角分明型的在最边上还镶上一道铬人屁股的铁丝圈子，下方的凳子却是光滑宽大敦厚型拿起来放在肩上不免打个趔趄，右方的凳子是小巧玲珑型的最骨感的，右方的凳子唯独脚有毛病所以只得轻拿轻放，坐也得小心翼翼，客人来入座时这张凳子成了我和姐姐的专属。

和客人吃饭也挺有意思。来了客人，是不慌着吃米饭的，要先边吃菜边喝酒。于是，桌上放着空碗，摆着筷子，一个碗里倒着半碗高粱酒，桌上比平常多了瘦肉炒花菜、肥肉炒豆皮、腊肉蒸豆豉，再加一个鸡蛋汤。众人起筷，爷爷就热情地劝着客人：“来，先来吃块腊肉，不要讲礼，随便吃，没有弄些啥子。”他自己就带头夹起来，顺便把酒放到客人面前请客人先喝，客人吃了菜，端起酒来，呡了一小口，往爷爷传，爷爷传给爸爸，爸爸传给妈妈，一般我们小孩子只有传的份，但有时候我们会在大人的鼓动下靠在碗边，刺鼻的味最先袭来，轻轻把碗往上，喝上那么一小口，酒在嘴里了，呀辣，苦，赶快吞，喉咙热辣辣得要命，泪水禁不住留了出来，放下碗，大家开心一笑，等待下次从手里穿过的时候，不禁退避三舍了。又听到爷爷的劝客声：“来，随便吃，不要讲礼。”真的，在唇齿间流着香喷喷的腊肉油香味和花菜的清香味随着屋后的风在岁月的记忆里摇曳、飘散又聚拢。

春天的时候，油菜花开，蜜蜂也忙开了。桌子靠墙上方的墙上，整齐均匀美观的蜂洞，蜜蜂们飞着闹着，进进出出。不记得是那年那月就有了这些美丽的蜂洞，也不曾看见它们打洞的过程，只是很长一段时间过后我们的桌子靠墙那边会留下些许老墙的泥巴。它不管你是在吃饭，还是在饭后聊天，它们都那么自由自在飞进飞出，我们彼此也不曾打扰谁，伤害谁，都和谐相处在这共同的家里。

夏日午后，我们吃了饭。妈妈去洗碗，爷爷坐在上方趴在桌子上面睡，爸爸则在侧面也趴在桌子上午睡。我和姐姐则都在床上甜甜午睡了。醒来的时候，爷爷和爸爸已经出门了，妈妈在房间的出口靠着门坐在凳子上打着瞌睡，手里还拿着一把扇子，时停时扇。炽热的阳光从西边斜着穿过核桃树狠狠晒着，知鸟在竹林里热烈地吼着，狗躲在刷衣板的下面拼命伸着长长的舌头，大鸡小鸡都藏在无花果树下金鸡独立。稻子冒着绿烟似的，流水淡淡流着，泛着闪闪金光。这时，总有一种迷糊和时间错乱的感觉。

玉米收成的时候，桌子的位置也只好让了出来，吃饭的时候就在灶旁放张凳子，搭个簸箕简单凑合。玉米棒子堆积在桌子原先摆的地盘里，同时，用竹子编成的围子一圈一圈地往上牵，玉米就一层一层往上垒，天气好的时候，又拣出去晒晒，晒到松散的时候，家人找定围子旁坐下，我们戴个草帽用箩筐把它们又拾回家里，或者用手，或者是胶鞋底子，或者是有棱角的高凳子矮凳子，或者是打石头用的辗子，把玉米棒子上的一颗颗玉米都掰弄下来再仔细地晒干。

冬季的蚕下来了。等到蚕要结茧时，为了给蚕增加温度，桌子的地又被挪用了，只见之间放着一口大大的铁锅，里面放着满满的树桩、木头，妈妈点燃谷草引燃火，树桩木头就噼里啪啦放开燃烧着，屋子里就开始一直温暖着，我们一边烤着手，一边听外面的呼呼吹的北风和蚕哗啦啦结茧的欢乐声音交织着。

桌子回到了它的领地，大约在明年春天的时候。

蚕宝宝造丝房子

水缸的上面一直到大门的空间，层层叠叠搭建了我们家的蚕架。共有五层。每层都是平行的竹竿用结实的绳子大约隔 1.2 米长拴起来，层与层之间大约间隔四五十厘米高也是用绳子拴住的。蚕架浩浩荡荡开始，又浩浩荡荡结束。

蚕下来了，是一张紧紧贴满了蚕蛋的大张方形硬纸壳。妈妈把它放在温暖的床上，还遮着蚊帐，据说可以取暖，有时还要拿煤油灯来照亮，蚕宝宝可以更快钻出来。真的，不两天，蚕宝宝真的脱壳而出，小得无法用手指拈起，但妈妈工具齐全而巧妙：蛋壳贴得纸壳太紧，妈妈左手斜着拿纸壳，右手只要用一片长长的鹅毛最细软的一头轻轻扫过纸壳，蚕宝宝就乖乖得被分离了出来，被放在小小的细巴筛里，等待细嫩的桑叶被母亲精心切得细细的洒在上面，具体而微的蚕便享受生命里第一次食物的鲜香。

就这样反复等待，等蚕宝宝终于出来完了，妈妈会适当压着它们成长的实践汇聚成一批蚕宝宝而不分先后整齐划一开始了四眠的过程。

一二三眠的时候，往往是妈妈一个人照料。每一眠不过一周左右，到眠的时候，蚕宝宝不吃不拉，像傻瓜似的用中间八只脚静静贴在簸箕里，头聚精会神地张望前方，像站岗的列兵纹丝不动坚贞的守望。直到身上的皮蜕了下去，它们才开始下一眠的酝酿和准备，吃桑叶，拉黑黑的屎。

四眠一开始，全家人便开始了战斗和忙碌。

也真奇妙，先前的蚕这时飞速长大，像个个完全成熟的轩昂的先生：白白的身子，圆圆的脑袋，粗壮的腿，两只被涂上浓黑点的眼睛，簸箕的数量也从先前的十几个扩张到五六十个，只见它们悠哉而潇洒地抬着他的头大口大口地从上往下弧形蚕食一片片厚厚丰富营养的桑叶。

那时，在丝厂上班的胖子幺姑、幺婆的外孙怕蚕怕得厉害，只要他们一来到我们家时，我们就会逮一些蚕放到他们的颈子里，他们被吓得哇哇大叫。

天一亮，除妈妈做饭，爷爷换簸箕外，爸爸、姐姐、弟弟和我全部都得背着最大的背篼到山上摘桑叶。虽然昨天的桑叶勉强能撑得早餐外，中午下午晚上的进食就要全靠我们的努力了。

走在乡间的小路上，光脚的脚板心在春日的晨里舒服的凉，毛毛虫偶尔爬过脚背时的酥痒令人大吃一惊后陡然踢一脚把它满天飞，或是落到水田里漩涡挣扎，幸运得被一片叶子救起，匆匆钻进豆子地里去了，自己不免在一旁干生气。

这时摘桑叶是最好时机了，你看：桑枝从尖到杈的地方，除去已经摘过的嫩桑叶，剩下的全部收入囊中。把背篼放在桑树合适的位置，从远到近一一拉拢枝丫，用食指和大拇指框住桑叶小小的柄，使劲从上往下一滑，哈哈，桑叶全部乖乖掉入背篼里。当看到满是丫枝一一标致地由茂盛得大姑娘变成矗立于田埂秧苗之间的挺拔身躯时，心中满是成就感。但是，夏日里不会那么轻松走运了。常常会不经意间左手右手的胳膊、手腕、手心、手背、甚至脸，穿着衣服的背无一不碰到许许多多的霍腊子或者八脚叮，它们的武器把皮肤弄得痛麻很多时日还有余伤。而秋日里的桑叶往往是这里一点哪里几片要翻越好远的地方去凑。冬日无需多言。

当我们每人真正按紧满背篼尖尖时，已是快要到中午了。回到家，簸箕里的桑叶已经光光的了，你看到满簸箕的蚕挤着蚕爬着、望着，越过这头到了那头，可怜，桑叶还没驾到，又是换沙分簸箕的时候了。

蚕架由上而下地端，越来越矮，没那么费劲，况且几十个装满蚕与蚕屎的簸箕可不是那么轻易地端上端下。高的地方，我们往往要踮起脚跟，两只手拉住簸箕的外沿。往上一撑，使劲往外拉，这时，左手拿住一边，右手撑住另一边，基本上就差不多端下来了。把蚕网的四角拉拢，大部分的蚕就在里面了，提起来，放在早就准备好的丢了消毒石灰空簸箕里，一抖。一拉蚕网就拉起来了。再把蚕宝宝均匀地分开，若是过挤，再分一个簸箕来，把剩下在原来簸箕里的少数蚕，都一一捡过来，撒上桑叶，凭感觉不是太厚也仍旧处处均匀后就可以恢复它的原来位置了。留在下面的簸箕里，双手从桑杆和蚕屎的混合中分离出杆是杆屎是屎，最后把杆晒干作很好的柴火，黑屎直接倒进粪坑或是水田里做成上等的肥料。

换一次沙或是丢一次桑叶，真是一件很辛苦的事，不仅考验你的体力，还有耐心和信心。每一个蚕宝宝都是一个新鲜而美丽的生命，好些时候，当后面的簸箕还没弄完时，前面的蚕陶醉地吃着桑叶有时会不小心从簸箕里掉出来，摔倒地上，变成软软的长条，庆幸生命的坚韧，相安无事，又捡起来放进随意的一群伙伴中，冲刺完美的结局。那美妙的沙沙声，比春雨更让人觉得幸福而欣慰。

晚上吃过晚饭后是一天中最后一次给他们进食。有时我们姐妹们在桌上做着作业，家里没有电灯。爸爸掌另一盏煤油灯，灯芯拔得很亮，把蚕的傻脑映得透明。妈妈负责丢桑叶，撒让蚕健康成长的药和酒拌成的水。爸爸往往抵不住瞌睡的侵袭，时常一个手在桌上撑住下巴，忘了还有灯，直接把灯扔在地上，幸好地上是泥土地，没有摔碎；要么把灯滑进簸箕里，煤油的臭味一下子蔓延开来，惹得妈妈一阵骂。爸爸又只好找了些纸来擦干净又继续掌着灯。直到对门三娘家的电灯灭了，旁边幺婆家的大门也关了，文大爷窗里的电视机黑暗了，后面的二娘家也静悄悄的了，我们姐妹已经都上床睡觉了，冲上传来偶尔的狗叫声，爸爸依旧点着不甚安全的煤油灯，在黑暗的寂静的夜里闪烁着，妈妈的脸，疲倦里透着甜蜜和笑容。

四眠起来六七天，蚕开始吐丝结茧了。

妈妈坐在凳子上，簸箕一方放在自己的双膝上，一方放在大门的门槛上，顺着光亮，像捡一颗颗的钻石一样，双眼闪着金光，双手快速娴熟地各朝一边地拾着那些吐丝的蚕，放在一个空簸箕里，吹上一两口酒，父亲就把他们往草龙上一放，蚕先生们就蓄势待发找好自己的位置，不吃不喝，不日不夜地让身子固定好，脑袋像陀螺不断吐出雪白的丝，先是还看得见它俏丽的身影，后来，它完全包裹了自己。才想起，平日里日日的辛劳，这时回报你的是多么神奇的收获。我们姊妹们也知道，要上茧的蚕在亮的地方头是透亮的，于是，我们把簸箕抬得很高很高，自己却蹲在地上，使劲把眼睛和簸箕隔着最小的角度，但怎么看，也只能一只一只地捡，况且好些经过妈妈的手，又被放了回去。纳闷这经验到底姜还是老的辣，也就释然。

你甭说，每次到卖的时候，我们家的茧子成色是最好的，连蚕茧站收的师傅都给我们打很高的等级。那是我们最兴奋的时候，卖了钱，牙祭是跑不了的。

尽管妈妈的脸被晒黑了，被夜熬瘦了。但最累的是妈，最幸福的还是妈。

叔公叔婆夸妈，叔娘们妒妈。因为单价最高的依旧是妈妈的蚕。

连村长队长都比过了……

岁月流逝了很远。我们的老屋早已承受不住风雨飘摇，改修了新屋。也许姊妹们和亲戚们也不再谈论那时的岁月，毕竟，一谈起爷爷和妈妈就会泪流满面。但生命最初的河流里，永远飘着老屋的影像，像一幅永恒站立黑白的水墨山水，在我的心间和梦里召唤我，回去，回去。就让它在文字的敲击里慢慢褪去古老泥土的芬芳，消散在故乡季节轮换的寂寂寥寥。

闵小洁，喜欢写字者。籍贯武汉，出生四川，居泸州。大专毕业，幼儿教育高级教师。中国歌剧舞剧院民族舞蹈专业指导教师、四川省学生艺术素质舞蹈艺术指导教师。培养上千名学生连续十年在全国最高级别少年舞蹈、特长生专业比赛中获数百枚金奖，培养多名学生考入全国重点大学舞蹈专业，及出国留学获硕士学位。永远默默在路上，深知生活文学化是一湾很深的水。偶有不足挂齿的作品曝光，希望自己以心悦的文笔，描写感情和脑洞的清奇。

春晖风暖送鹰飞（外一篇）

——写给我千里之外的儿子

◎ 闵小洁

三月的春风，从脸上轻轻拂过，我坐在窗前，沐浴在清晨的阳光中，任思绪放出一只风筝，千姿百态潇洒自如地飘舞着飞升着，心里一根绵绵柔情的线，牵着一份思念，牵着远方的儿子。我瞬间明白，春天向自己走来又离去，是人生又路过了一个春天。自己生命的繁华和沧桑早已定格，真正美丽的春天属于年轻的儿子，连天空也是属于儿子的。而我感觉到了春天景象和色彩的呼应，是因为儿子像一场春雨，一首清歌，润物无声浸湿我缕缕思念。我朝思暮想的儿子啊，是妈妈心里唯一的牵挂和生活的希望。

谁都知道，人世间最伟大的爱是母爱。当我从一名少女变成一个少妇做了母亲，当我用生命的乳汁喂养新生命的儿子露出笑容，当我惊喜牙牙学语的儿子对我喊出“妈妈”，当我送儿子走进幼儿园、走进小学、走进中学、走进大学、走进飞行员行列，我是用了自己一生的经历和心血疼爱着、呵护着，牵着儿子，深一脚浅一脚，走过风雨，迎着阳光，走得很远很远。这才让我对伟大的爱是母爱这句名言，有了更深刻的体会和真正的理解。

我触摸儿子的成长岁月，柔软的领域很多很多。今天，我想在这里同远在千里的儿子谈心。儿子，你好吗？妈妈想你！妈妈理解你作为一名飞机的机长，每天飞翔在蓝天上，很忙很忙，我现在没有在你身边照顾你，妈妈该用什么样的语言表达对你的爱，该用什么样的形式表达对你的思念之情，该怎样才能像过去一样呵护你呢？

儿子，妈妈特别感谢你。你是我生命的慰藉和延续！你是上天赐我的最珍贵的礼物。你的到来，带给我喜悦、带给我惊奇、带给我疼痛、带给我心酸、但更多是带来了希望，你让我的生活多姿多彩，真正享受了做母亲的滋味和幸福。

儿子你想过吗，你随妈妈姓，是我的一种自信，我替你取了一个智慧的名字——闵睿，这个名字简单，大气，大象，而又英隽，非常符合你的思想性情和形象。你英俊的形象帅气逼人，让我常常从你身上移不开眼睛，你脸上洋溢自信的笑容，像是一轮暖阳的化身，满满的都是阳光的味道。我因为拥有你，我为自己对你的一切付出都感到知足而欣慰。心里有一种做母亲的骄傲！

我知道，自己的生命和生活里最愉悦的事情，是陪儿子一起成长。你的一点一滴一举一动一颦一笑，每一个细微的变化都存留在我的心里。从儿子你来到这个世上开始，我们母子俩就绑到了一起。我特别无法忘记儿子出生时的那份喜悦、满足和感恩，我相信自己直至死都不会忘记这一幕。儿子，你生下来的体重是七斤八两，不算轻了。当医生把你抱到我眼前，我是目瞪口呆地惊讶了。我没有想到当时你长得好丑啊，你浑身被小被子包住，头只有大洋娃娃那么大，圆圆的皱巴巴的脸，额头上长着像 70 多岁老头的眉毛，一个大扁鼻子十分醒目，宽大的小嘴巴一动一动，似乎求告吃奶。吓得我最初都不敢抱你，我甚至怀疑儿子没有继承我的基因，不可能一点都不像我，或者是医生将你抱错了吧。

出于做母亲的本能，我听到你哇哇的哭喊声，立马坐起一把将你搂在怀里，带着一个年轻妈妈的羞涩，解开衣服给你喂了你人生第一口奶。你的胃口很大，一天要吃六次奶，妈妈涨涨的乳房让儿子一吸感觉就通了，是一种很舒服的感觉，你在妈妈身上抓呀抠呀的，小眼睛就那么看着妈妈，我感觉很幸福。

你满月那天，特别把你包起称了一下体重，哇！十斤二两了，长了三斤多，长得真快。我又惊讶地发现，一个月的时间儿子你变化了！从一个小老头的模样变成了一个漂亮的宝宝，眉清目秀，唇红齿白，红扑扑的小脸，灵动的眼睛，微翘的小鼻子，薄薄的嘴唇，一脑袋乌黑卷曲的头发，挺俊气的，我喜欢的不得了。我相信这是你吃了我的奶水，母子相处有了感情，你才像花朵一样慢慢地长开了，以后还会越长越漂亮。

我喜悦地抱着宝贝儿子去照了你的满月像，也是你人生的第一张相片。你不知道我是多么的爱你，我想如果可以爬到月亮上面去，我要在哪上面写满你的名字。我知道唯有用自己的所能呵护你，让你在妈妈的怀抱中，一天天欢笑长大。那一年，很流行唱一首《熊猫眯眯》的歌，它就像专为你的到来谱写的摇篮曲，每天你非要听着这首歌才入睡，你是在优美旋律的陪伴下，在姥爷、姥姥、妈妈的照料呵护下，学会了抬头、翻身、爬行、坐起、走路。你从哦、伊、呜、哇的发声中，学会了模仿各种小动物的叫声、学会了唱儿歌《小蚂蚁》、还流着口水学讲童话故事《小红帽》，后来还会两手自弹自唱《敢问路在何方》。儿子你带来的快乐，让妈妈对生活充满了美好的愿望。

我没有想到你从两岁开始就有脾气了，有时把妈妈气得够呛。记得有一次你打开橱柜玩黄豆，玩着玩着就乱干起来了，你把面抓到米里。把米抓到豆子里，糊的一身像个小面人。看见你这样又可爱，又可气的淘气举动，我用劲把你拽开。也不知你从那儿来的劲，我是拉也拉不动你，而你不是一般的倔，偏又调过头去把米抓到了面里。气得我直跺脚，为你这不听话，我忍不住第一次动手打了你的小屁股，你立刻大哭个不停。没料到，晚上你发起了高烧 40 度不退，姥爷姥姥就都责怪起我来。我瞬间倒像做错了事的孩子，无奈无语地望着你哭，你那被烧得发红的双眼凝视着我，好像在说妈妈你不该打我。我紧紧地将你抱在怀里，你的身体开始抽搐起来，嘴吐出了白沫，吓得我大声叫你的姥爷。抱着你就朝医院跑。儿啊！你可不要吓妈妈，妈妈爱你啊！我心慌意乱默默祈愿：我的宝贝，妈妈不好，妈妈不该打你，你不要这样折磨我好嘛。你像听懂了我的话，张着小嘴深情地望着妈妈。

就从这次之后，你隔三差五很容易生病，你两次送往矿医院住院，一次还送往泸州医学院住院，最厉害的一次还叫了救护车，每次生病都特别让我惊恐不安。你从生病中也会揣摩大人的心，喜欢独自一人玩耍，知道爱你的人会呵护和惯着你，你学会了任性、你学着不听大人讲话。就是在那段时间，你的父亲发现你的身体不强壮，体弱多病，还感觉你的反应要比同龄的孩子要差一些。你爸就常拿你与别的孩子相比，他武断下结论，说你身体，智力，个子都不如别的孩子好。所以，儿子你一天天变大的过程，并不都是笑声和欢乐，你的童年没有得到你父亲应该给予你的关心和爱护。

你爸是一个独行其是的人，他性情刚愎自用，在单位里总说自己是怀才不遇；在家庭中他一副高高在上的样子，缺少家庭责任感；在与亲人感情相处里，他心中只有他自己，从来都不会考虑我们的感受。他极度自私，就因为我工作上比他更有成就、更受人尊重，竟就无聊到说我作为妻子压过了他，对我每年都不断获得“先进工作者”“三八红旗手”等一系列荣誉，甚至说是我的命太强硬，让他无法出人头地。儿子，也就在你从出世到上小学的幼年时间里，妈妈一个人带着多病而淘气的你，每天过的是苦不堪言的日子。我拖着单薄的身体，上班要忙繁重的本职工作，下班要忙做饭洗衣等一切家务事，尤其必须照顾好幼小的你，我顶着生活上和工作上巨大的压力，你爸他却不为我分忧。他不愿做家务事，不承担家庭责任，丝毫不体谅我，我还要伺候他。还在我哺乳喂你奶的期间，他就开始淡化我们母子的存在，他每天穿换上我替他洗熨得雪白的衣裤外出，成天出入迷恋于舞厅。并且开始不断抱怨儿子你淘气和多病，他说对你的成长失去了信心，甚至怀疑你今后长大不会有作为，他完全逃避尽一个父亲的责任，晚上不愿意回家了。到最后，你爸爸无情、无理由、无良心地离开了我们母子。

从此，我们母子相依为命，你缺少了父爱，我体会太深。尽管我心里再难受，下班回到家，只要一看见你，一切烦恼都抛到脑后。生孩子不易，养孩子更难。虽然带你很累很操心，我承担着整个家庭的生计，同时也担负了对你严厉的教育。但你是妈妈的宝贝，为你做饭洗衣，给你讲故事，我始终很开心。你已经溶入了我的生命，我爱你胜过爱我自己，你就是我的希望和寄托。我从心里肯定儿子你是聪明的孩子。常常很多时候，妈妈都会拿你的优点去比别人的缺点，明明知道你和别的孩子比，动作和做事或许慢一点，似乎有差距，我仔细一想和观察，发现你每对一件事都从容不迫好像懂得思考。妈妈我毕竟是从事幼儿教育的老师，还是幼儿园的园长，对幼儿教育的理解是比较透彻的，何况只有妈妈最了解自己孩子的心思与性格，妈妈才是教育儿子最合适的人选。我一定要把儿子你精心教育长大，而不只是养活大。令妈妈意想不到的是我给你讲故事，亲身感受到儿子你的兴奋与激动。我注意引导你度过发育敏感期，而且开发了你的潜能，启迪了你的心灵，让你后来才有应对学习与生活的智慧。

儿子你六岁就上学了，从小学到中学这十年寒窗，对我们母子可是真寒啊！这十年，妈妈内心有着像坐牢狱一样煎熬的感受。我没有想到儿子你进入校园学习环境，学习成绩时而可以进入前三名，时而却又退至后三名，让妈妈是鸭梨山大。特别你上石油中学初中的一二年级时，你的身心在迅速、急剧地变化，你因为自己是单亲家庭的孩子，表现出懦弱、胆怯、自卑、莫名的烦恼、情绪低落、怯于交往，应对人际关系能力差。偏偏你又遭遇上那个感情用事、偏执狂躁的杨某某女教师，她总是对你不公正的另眼相看，让小小年纪的你是完全失去了对学习环境的应对能力，不知不觉中就出现了一种厌学情绪的逃避行为。妈妈因此多次遭遇了你这个杨某某老师对我带轻视的质问。不夸张地说，儿子你创造了石油中学的几个之最：一是做作业全校最慢；二是被老师赶出教室最多；三是学校老师让家长到校最多；四是开家长会妈妈被点名最多；五是写检讨最多。记得有一次你没完成作业，杨某某老师把你推出教室后，打电话要我家长到校讲明情况，我赶紧跑到学校，只见你孤零零地面对墙壁站立，那一瞬间我的心里不知有好痛。杨某某老师把脸拉得很长地对我说；“你的娃儿不做作业，你家长不知在干啥，你这个娃儿我不想教，你看着办。”我一听吃惊非小，赶紧不停地向杨老师认错，恳求得到杨老师原谅，希望杨老师再给你一次机会。没想到杨某某老师不但不谅解，反而把教导主任马某某喊来一起数落我家长的不是。一番训斥和羞辱后，这个马某某主任还要我到他办公室谈话，进门连凳子都没让我坐，责令我们母子俩回家一起写一份检讨，才可以让你继续读书。第二天，我和你赶到学校，站在你班教室外等候，杨某某老师一走过来，就没好气地说：“今天你就回教室上课吧，再犯错你就不用再来了！”

儿子，像这样尴尬的场面我们母子上演了多次。为此你不知挨了我多少责骂，甚至有时忍不住还打了你。有一段时间，我明显地感到你恨我，回到家里你不多说话，趴在书桌上长时间的发呆。儿子你可能到现在都不知道，每当我打骂了你之后，背着你，我都会伤心地流泪痛哭。当你睡着后，我会把被子撩开看看你身上被打的地方，妈妈心痛得难以忍受。儿子你在妈妈眼里永远是那么傻傻的，儿子你永远都是妈妈的心尖尖肉，儿子你永远都是妈妈的宝贝疙瘩啊！叛逆的宝贝儿子，尽管因为你的学习态度问题，让妈妈承受了多次难堪的痛苦，但妈妈决不会对你失去希望，我必须一直抓着你不放。我相信自己的儿子，我们不仅要看到自己的短处，也要如实地看清自己的长处。我记得有这样一段格言：你所以感到巨人高不可攀，只是因为自己跪着。不信你站起来试试，你一定能发现，自己并不注定比别人矮一截。我在心里用这话来鼓舞自己，我要一步一步地把你往充满阳光的道上拉。我在严厉教育你的过程中，反思不应该对你的学习成绩看得过重，过度关注反让你焦躁不安，一定要让你轻松面对学习。我克制自己的急于求成的心情，逐渐更欣赏儿子。

玉不琢，不成器。我相信儿子你的优点占百分之九十，缺点只占百分之十，为什么非只注意那百分之十，忽略那百分之九十呢？妈妈为什么不欣赏儿子那百分之九十，让那百分之十质变成那百分之九十呢？为了你能顺利完成学业，为了你将来的前途，妈妈我想尽了一切办法。在你初中二年级的时候，妈妈断然决定将你转学到泸州市第13中学。这个决定，事实证明是我最正确的选择。你到了新的学习环境，你的叶礼老师发现你很聪明，不断鼓励你在受到别人的冷落和嘲讽时，不要气馁，要冷静地分析失败的原因，采取积极的态度去面对，用自信和勇气去承受厄运的挑战。在当时家里的经济十分困难的情况下，我常常硬撑着单薄的身体努力地工作，目的一是自己多挣奖金贴补用度，二是自己获得了各项荣誉和多种先进称号，为儿子你树立拼搏成功的榜样。妈妈也时时提醒你，在与人相处中，要善于表现自己，要扬长避短。要善于选择那些能发挥你长处的社交活动，尽量表现自己。你不负泸州市第13中学老师和妈妈的教诲，潜心发奋、好学不倦，你的学习成绩步步上升名列班里甚至年级前茅。有一次，你物理考试得到了全年级唯一的满分，你是骄傲地从学校提着这张试卷，一直走回到家里。妈妈被感动得喜极而泣，内心里高高地为儿子竖起大拇指！你应该知道，妈妈永远是你的“铁杆粉丝”。

儿子初中毕业时，你以六百分上重点中学的毕业成绩，向妈妈交上了满意的答案。这时，你的个子长高到了1.78米，形象帅气俊朗，英气逼人。德阳警官学校要录取你，希望培养你成为一名警官。妈妈没想到，你却非常有自己的主见，你向我提出要继续读高中、读大学，自己的愿望是当飞行员，驾飞机在蓝天自由地飞翔。并且，儿子你还提出，要重回石油中学读高中重点班！妈妈理解儿子的所有想法，我深明大义是又惊又喜，毫不犹豫地坚决支持你。我明白，母爱不在于惊天动地的壮举，而是对儿子的一句叮咛，或者是一道目光的赞许，这就是深深的信任。

你读高中的三年，有幸遇上了喜欢你、欣赏你的蒋勤老师，她给了你学习的动力。妈妈更是坚持和你一道在学如登山、铁杵磨针的路上同行，我不顾自己上班特别忙、特别紧张、特别累，甘愿和你一起努力。母子面临各种各样的竞争，白天你去上课，妈妈去上班，晚上我陪你做作业。高中阶段有那么多的作业，每晚做作业到深夜11点多钟，你的作业都还没做完，陪你写作业真的是难度太高了，日日如此，简直让人快要崩溃。但我每次一看见你灯下伏案努力的神情，妈妈我忘掉了疲惫和辛苦，不想陪你都不行。每个双休日妈妈还要为你请家教补课，妈妈感到陪儿子一起做作业、和儿子一起查资料，不仅是分享快乐，同时也是分解困难，也是一件让自己大伤元气的苦事。每当发现儿子困倦、懈怠和困惑的时候，我会谈谈自己的理解。发现你极度疲劳，要让你放松，就带你外出旅游。那个时期，妈妈和你像是在度过下凡历劫的磨难。所以，我心里要求和教育儿子的根本目的，并不在于让你考满分，而是让你更健全地发展。更重要的是，你在人生最关键的阶段，打下知识的基础，你的道路就会越走越宽。

有耕耘就有收获，有付出就有回报。功夫不负有心人，儿子持之以恒的努力，成功就在前方向你招手。你如愿以偿，不断以优异的成绩，给妈妈带来了无数的惊喜。我感谢儿子，你的物理获得过“全国奥林匹克二等奖”、你的作文获得过参赛优胜奖，你学习成绩优异的大照片被挂上了石油中学的光荣榜橱窗。高中毕业参加全国高考，你一帆风顺考上了全国重本“民航飞行学院”。大学四年毕业，你又顺利分配到海南航空公司，你以不敢告劳、钻坚仰高、孜孜不怠的精神勤勉努力，从学员、副驾、到机长，一步一步地走向了自己的目标，走向成功。

如今，儿子你远在天涯，你婚后小家的位置离妈妈也远隔千里。你就像是妈妈放飞的风筝，飞得很高，飞得很远。我手里拽着的风筝线放的越长，你就飞得更高，飞得更远。你是妈妈放飞的快乐，更是妈妈放飞的希望。你每天驾着飞机在蓝天飞翔，你忙得和妈妈难得有见面机会。妈妈想对你说，我不会忘记，在你拿上行李踏出家门依依不舍离去时，转身回头与妈妈的眼神触碰的瞬间，我感觉犹如触到火山爆发的一种滚烫热流涌出心口，让我慢慢地用眼泪浇灭。

儿子在妈妈眼里永远长不大，我们的那根连接母体的脐带终生难以割断，妈妈对儿子浓浓的爱永远不会改变。儿子你的身上留有妈妈的体温，你的脉搏里流动着妈妈的血液，你的性格上烙有妈妈的印记，你的思想里闪烁有妈妈的智慧。无论儿子在外面的世界，多么优秀能干，多么风光旖旎，多么的成熟，多么的有魅力，儿子在妈妈眼里永远是不懂事的孩子，你的一切永远都是妈妈日夜牵挂的最大心事。当我回忆往事，在你啼哭于襁褓时，母爱是温馨的怀抱，当你牙牙学语时，母爱是耐心的教导；当你熬夜备考时，母爱是暖暖的热茶；当你远行时，母爱是声声的呜咽；当你取得成绩时，母爱是激动的泪花；世界上有一种最美丽的声音，那便是妈妈的呼唤。

儿子你也许没有时间去想，妈妈是一个知性明理、柔中有刚的女人，也是一个倔强、善良、柔弱的女人，尽管我在事业上取得了很多的成就，尽管我在工作中获得了很多的荣誉，尽管我为家庭贡献了很多付出了很多，但真正能给我带来慰藉和快乐，是我想多看到你，多听见你的声音，多知道你的一切。“苍龙日暮还行雨，老树春深更护花。”因为儿子永远都是妈妈的儿子，如果说儿子你的成功是用来欣赏的，妈妈对儿子的欣赏是没有止境的。尽管我相信你已经长大，相信我再多的所谓经验都不及你自己的一次经历。妈妈希望你在自己的经历中体验到真实的人生。妈妈感谢你！我的儿子。妈妈祝福你！我的儿子。

洁雅清香酬雨露

——写给自己六十岁生日

我不忌说自己的年龄。2019 年 1 月 9 日，这天一转身，我生命里的一缕阳光，照亮了自己六十岁的生日。我一路走来，突然第一次想到给自己写一点文字断章，为祝贺自己六十岁生日，作献给自己的一份礼物，坦诚地为自己鼓掌喝彩，自信地为生命的初衷留下一份从容和最真。

其实，自己今天只想说我又长大了一岁，不能说老了一岁，即便真的老了，我也不想承认，不愿意承认，不能够承认，更不能沮丧失意。因为，我是一个从事幼儿教育近四十年的幼儿教育家，我永远和孩子们在一起，童心不泯。

回望逝去的时光，倾听内心的回声，一种收获了事业的慰藉，与生活无边的孤独和寂寞，勾起无尽的回忆。我明白，六十岁是一种心情，是那种惋叹青春无存，中年豪情消逝，却又做不了历史鉴赏家的心情；是那种看清人生、看透生活、看淡生命的心情；是那种宠辱不惊、俯仰自若、淡泊名利的心情；也是闪烁出成熟思想里睿智碎片的心情。

特别审视自己路上的历程，无意中翻看获得的一大堆荣誉证书，不由得深深感叹：生活总是忙忙碌碌，脚下总是高高低低，我作出的奉献和努力，证明了自己生命的音符是铿锵绽放。我为自己感到骄傲！

六十个春夏秋冬，时光像手里捧着的沙粒，想捂紧留下，却总是无奈流失得很快。我每年在心里都有一支唱给自己歌，在感动中思索，在思索中回望，永远铭记爱的点点滴滴。童年的歌声、青春的旋律，仿佛还在耳边回响，我还来不及感恩慈爱的父亲，父亲却已在十五年前永远离去。尽管如今可以每天都陪伴母亲，自己却已经和她老人家同是一起观赏黄昏风景的老人了。

我籍贯是湖北武汉人，1959 年 1 月出生于四川南充，父母亲都是一生奉献给开气找油事业的石油人。父亲的思想和骨子里，蕴藏着丰富的文化知识和生活哲理，他永远有一种人生是一场命运搏斗的观念。所以，父亲携手母亲一起在辗转流徙的工作和生活中，总是深信不疑对生活充满着希望。我和两个弟弟在家，从小就接受了要好好做人、正直向善的家庭教育。

我十七岁高中一毕业，就走进石油企业，像父辈一样把青春和一生都献给了石油事业。自己先后做过钳工学徒、厂广播室播音员、共青团干事等工作。更多的时间，却是被抽到近乎是专业水平的矿区宣传队里作舞蹈演员。因此我有了机会，多次被选送到重庆、成都和北京等地学习舞蹈专业。

从此，舞蹈伴随我青春，属于我生命的一部分。所以，后来我由衷愿意作幼儿教师，随后担任了幼儿园的园长。自己乐天任命　好学不倦，勤勉力行，发愤攻读了大专经济管理专业，取得大专毕业证书。专业评定获得幼儿教育高级教师中级技术职称。同时还参加考试，获得四川省学生艺术素质水平测试舞蹈类任课教师资格证书、中国歌剧舞剧院民族舞蹈专业指导证书等资格。并且，曾进入四川省委党校读书，荣获了优秀学员的称号。

人的命运都不是一帆风顺的，为了生活，为了爱情，为了家庭，我一直都努力去奔波，最难得的是寻找一份懂得。和有缘的人共鸣，对无缘的人转身。如果有人懂自己，是最大的一种幸福，自己要是懂得别人，是最大的一种智慧。在六十年走过的路上，自己难免遇到不少的风浪和险阻，我是坚持用善良、微笑、刚毅去坦然面对。想想也是，生活真的有一天平静了，也许生命也就暗淡了。一个人在生活中就是要有追求，要有梦想，只有这样才是真正的人生。

我倾尽一生时光，生怕遗失渐渐变旧的音符。我知道，人生最怕的就是放不下，最大的遗憾就是得不到。一个人只要来到这个世界上，就要为社会创造财富，为人类贡献力量，为世间留下一份想念，否则失去人生应有的意义。

我感悟到生命里最大的突破，是自己不为别人对我的看法而担忧，我追求的是能自由地做好自己的事。我在工作中没有想象的那么简单，我是一个具有悟性，虚心好学，愿意从有意义的事情中悟出创作灵感，让自己变强，迈好每一步的幼儿教育家、舞蹈艺术指导教师。

我明白，在努力的过程中只有做好了接受平淡和快乐的准备，只有在不需要外来的赞许时，才会有创造和自由，才获得属于自己的成功。所以，我必须放大自己生命中那些最美好的东西，在平淡的希望中享受欢乐。

因此，我用读懂快乐人生的思想，倾情去培养、指导和教育自己的学生。我付出了许多，也很欣慰，我的学生取得了全国最高级别的少儿舞蹈教学、特长生专业测试比赛等多项多次金奖的优异成绩。

2010 年获四川省中小学生优秀人才大赛决赛小学组一等奖；2012 年获全国第九届特长生专业测试赛舞蹈《大海啊！故乡》获决赛金奖；2018 年获全国第十五届特长生专业测试赛舞蹈《外婆的澎湖湾》决赛获金奖。

2008 年至 2018 年连续十年，我的小洁舞蹈班，参加全国未来之星特长生比赛，先后有四十多名学生分别获得一等奖、金奖和特别金奖。

我个人先后获得：1997 年彭佩云副委员长颁发的第五届中国人口文化奖；1999 年泸州市幼教工作舞蹈指导奖；2012 年中国特长生四川赛区优秀指导奖；2006 年第四届全国少年儿童艺术风采大赛总决赛优秀辅导教师；2012 年和 2018 年两次获全国特长生专业测试赛最佳指导教师奖。

往往在学生们取得优异成绩的时候，我都会忍不住流下激动和兴奋的眼泪。而更多的时候，我是谦逊地仰望和羡慕他人的幸福。但自己一回头，却发现我正被别人仰望着。其实，每个人都是幸福的，只是自己的幸福，常常在别人眼里。幸福这座山原本就没有顶，要学会走走停停，看看山岚、赏赏虹霓、吹吹清风，心灵在放松中得到满足。

今天，我走在了变老的路上。然而我相信，真正的人生从六十岁开始这句话。万物生灵，都有自己的生命延续方式，活下去，活得更好，活得更年轻，是我对生命的感动和感悟。六十岁以后，人终会变老，不再风光无限。可是，我的思想明显有童真的存在，我没有被年龄限制，没有割掉自己的热爱和梦想。我对美丽的一切，都会细心地品，调皮地撩，轻轻地抚摸，收藏在心里。

岁月就是一把杀猪刀，谁都无法抗拒。我不会去回想曾经承受的一些生活压力，和岁月里的一些不公正安排。我会让心灵远离嘈杂和喧嚣，把情留在尘世，不用再问是劫还是缘，内心里更多是对关心自己的人充满感谢、感激、感恩！只需胸有好心情，心中有意境，不断用真爱给时光和距离加料，待到回神，不妨觅得一处僻静，坐在最后一段时光的角落，空山看泉落，深林听鸟鸣，打动自己，一切都就这样过去，日渐活成一个越老越纯真的自己。

从此，我不再为了谁委屈自己；不在意别人的议论；不在乎别人的眼光；不屑背着烦恼和痛苦；不整天想得太多。该吃就吃、该歇就歇、该玩就玩、该乐就乐、该旅游就旅游，人老心不老，青春永驻。只要心静如水、找回自我、善待自己、就可以活成自己喜欢的样子。

就可以努力让自己沧桑的老年之美返璞归真，而比青春之美更具有深沉而睿智的品位。

我会珍惜自己、珍惜生命、珍惜生活、珍惜友情，洁身自好，以勤补拙，嗜书博采，让自己的生活充满阳光，永远精彩。英国文学家萧伯纳说："60岁以后才是真正的人生。"因此，我生命最后的活法，是决定自己一生是否精彩的开始。

我很满足，因为自己的一生，是在做一个美的耕耘者，美的播种者，我用美的阳光，美的雨露，滋润了无数颗无瑕的心灵。我为自己骄傲！在六十岁自己生日的时候，在变老的路上，我更懂得和学会了爱自己。我在心里感谢我自己：你好，小洁！善待自己！

张雨冬，籍贯山东，出生于四川泸州市。供职中石油退休。情系文学，有作品见于报刊。喜欢诗和远方，一直走在文字与梦的路上。

长江边的记忆（外一篇）

◎ 张雨冬

暴雨如注，就像啼哭不止的婴孩，哭累了歇会又哭。两天的暴雨，将闷热的二伏天彻底的退了神光。气温一下降了很多。但是，暴雨还是将不少人阻于宅屋，多有不适。傍晚。雨稍停息，我带上雨具冲出家门，来到安公河堤，雨后的堤两边，花草树木像刚洗完澡未来得及擦的孩童，水漉漉的调皮可爱，空气清新，偶尔夹杂着淤泥的腥味。堤上像电影院散场一样，从四面八方涌出很多带伞的人流，把不宽的堤面挤得水泄不通。“出来了”，“看涨水”，有熟识的人，相互打着招呼，寒暄着。我靠近堤栏，哇，浑浊湍急的河水奔涌直下，对面较低的河堤已经漫水，我们这边堤下一喝茶地坝的栏杆已全军覆没，看不见杆影，河水叫嚣，漩涡碰撞，水中不时漂流着一堆堆渣渣草草的杂物垃圾，有些冲走，有些在桥墩边挂搁。

不知咋的，我一下想起儿时，长江边，一个低矮的小草房，一个善良贫穷的老妈妈，嫁给一个老实巴交的聋耳脚夫，靠给人带孩子为生，有个孩子的父母忙于工作，把刚出生几个月的孩子交与她带。孩子跟着她，在贫困中长大，直到上学，还常赖在她家不走。老妈妈住的草房离长江很近，出门就可看见哗哗的江水，左边住的是一个靠给人洗衣度日的七十多岁的婆婆和她的女儿，外孙女。右边一户是两个拉板车的伯伯和婆婆。

长江边的生活让这个孩子从小就知道生活的艰辛不易。她和其他江边孩子一样，拾菜叶，拾柴火，拾煤渣，甚至成了远近小有名气的娃儿王。

长江边的生活让这个孩子享受了至真纯情。洗衣婆婆的门口是一个平坝坝，搭了一个好大的晒衣架，还有一棵好大的桑树，夏天的晚上，各家总是拉一床凉席或搭一个凉板在桑树下乘凉，洗衣婆婆会摆很多很多故事，把大家带到或鬼或仙或戏里面，有时，脚夫伯伯和拉板车的伯伯婆婆会拿出他们捡来的或小或开始烂的水果，削，洗干净，分给孩子们。吃着水果，听着洗衣婆婆的故事，偎在老妈妈身边，有时还数着天上的星星，争着说那是北斗星，长江水静静流着，它也在悄悄地听婆婆的故事，分享孩子们简单的快乐和欢欣……

长江边的生活让这个孩子领教了长江的多变无情，学会坚韧。记不得涨了多少次水，搬了多少次家，反正老妈妈的房子由于离江近，地势又低总是被淹，好在家里好像就两张床，一个像现在的床头柜一样高的平柜，被子，换洗衣服，搬家远比现在简单。但是锅碗瓢盆还是要一背篓一背篓的背很多趟。有时搬晚了，还要涉水。水退后还要随着渐退的水洗房子，修补房子。记忆里，一切都好像平淡自然，没有太多的吵吵和喧嚣。

长江边的生活让这个孩子早早懂事，体会了善良。那时，邻里间都不富有，但无论那家有难，需要帮忙时，大家都会出手相助。谁家推点豆花，做点粑粑，总是端来端去，大家分享。涨水搬家时，大家更是不分彼此，脚夫伯伯和搬运伯伯总是先帮洗衣婆婆搬完了再搬自己的。老妈妈无论多穷，总要变着法给这孩子做好吃的。孩子的父母来看孩子时，老妈妈总是不好意思，好像亏欠了孩子好多似得。“文化大革命”期间，孩子的父母被关进“五七干校”，隔离审查。家人都不得探望见面。老妈妈的聋耳丈夫，硬是提着做好的红烧肉，翻山越岭，找到关押孩子父母的五七干校，探望孩子父母。他，大大的无产者，大大的穷人，大大的文盲，耳朵又不好使，赖着不走，竟出人意料地见到了孩子的父母……多少年后，孩子的父母谈到这一幕，还感动，感慨不已。至此，泪水模糊了我的双眼，我善良纯朴的伯伯，老妈妈，你们可好？每年给你们烧去的钱可曾收到？

如今，那江边的草房，晒衣架，桑树，早已替之高楼，那可亲可爱的亲人，老妈妈伯伯婆婆早也去了天国，这个长江边长大的孩子，也近花甲之年。可是，那段儿时的记忆，儿时的感动还是那么记忆犹新，在这个看涨水的时候又上心头……

写给远走的爸爸

爸爸，这是女儿十年前写给你的一封信，要过年了，心中的思情越来越浓，常不守舍，不能自持。一直想给你讲讲你的孩子，你的孙子，我们的今天，总不能如愿表达，我又呈上了这封信。爸爸放心，我们会走好自己的路，做爸爸的好孩子。爸爸，我们好想你！

——题记

除夕临近，倍感思亲。天国里的爸爸，此时此刻，是否也是忙着过节，是否也在思念着我们。

我永远忘不了五年前那个炎热得令人窒息的盛夏，爸爸终没能敌过命运的安排，耗完了自己生命的烛滴，默默地离开了我们。当我从百里之外赶回爸爸身边，爸爸已静静地躺在冰柜中，还如生前那般宽厚、坦荡、慈祥。生死两界的离别是那样的撕心，我扑在冰棺上哭得死去活来。爸爸，几天前你还微笑着对我先生说："回去吧，别误了工作。"谁知，这竟是你在世上留给我们的最后一句话。

爸爸早年参军，40 多岁才安家生子，对我们子女的爱是可想而知的。那时，爸妈的单位是供给制，我生下来 3 个月就被全托在保姆家。我至今还记得保姆在长江边那间低矮的破草屋。保姆的丈夫靠在河边给运载船只下货物挑脚为生。我的三餐是保姆把米泡烂后，捣成米浆熬成的米糊。我随保姆在穷困中长大，那时在河边上住的孩子，几乎从小就会为父母分忧，为生活解愁。我们常常背着小背篓，手拿一根小竹竿，小竹竿上用铁丝绑一个小钩，每当运菜的船下菜时，我们就会站在河边用小钩把掉在水里的边皮菜渣准确无误地钩回，放进我们的小背篓。遇着下煤时，我们会把挑夫掉在地上的煤块和堆放时石缝里残存的煤块抢得干干净净。我们甚至还会用小錾子把河边上的伐木皮子一片片地撬下来，拿回家去作柴烧。我成了地道的长江边的野孩子。多少次，爸爸妈妈来看我，我几乎都是背着背篓挽着裤脚从河边回来。保姆觉得脸上挂不住，甚至有些紧张。这时，爸爸总是笑眯眯地对保姆说："小孩子晓得生活的艰辛好，"又亲切地拍拍我的头说："今天，战果如何?"日子长了，我在河边拾柴拾煤小有名气，不少人对爸爸说："换个保姆吧，别苦了孩子，孩子应该有良好的教育。"爸爸却不以为然地说："苦难也是教育，孩子娇惯了不是好事。"

爸爸，现在想来，正是这段贫困的童年生活经历，形成了我对人对事的容易理解和善心，养成了我随遇而安和对生活的乐观态度，以及不畏困难和战胜困难的坚韧。

爸爸，在我的生活里，你是灯，总是在女儿迷失自己时，照亮儿的迷途，帮儿疗伤，催儿策马，促儿上进。女儿至今还记得那次生死劫难，由于自己一直处于顺境，面对生活中突发的变故，自己惊愕了，纯真的追求，几乎使自己失去了生活的勇气。在那段灰暗的日子里，早已离休在家的爸爸一直陪着我，开导我，并送我去市图书馆看书。亲人的关怀和各类书籍的营养让我站起来，爸爸又鼓励我动笔写东西。爸爸，是你在我最绝望时，教育帮助我面对现实，自尊自爱发奋努力，今天，女儿可以欣慰地告诉你，无论我面对多少残酷的现实，多么巨大的困难，我都会咬牙挺过，因为我是爸爸的女儿。

爸爸，在我的生活里，你是山，你总是在女儿困难的时候出现在女儿身边，让女儿好有依靠。女儿不会忘记，当我生完孩子，忙着回单位上班，孩子无人带，近 70 岁的你却异常坚决地对我说，孩子丢在家里，我找人带，你什么都不要管，上班去吧，别误了工作。那时，女儿在一处，我工作在一处，丈夫上学在一处。我参加工作时间不长，工资低，我要保证丈夫每年两次探亲的路费和生活，没多少钱管孩子。爸爸离休多年，生活并不宽裕，但是，爸爸从不要我的钱，每每回家，爸爸总是说，家里没有困难，屈不了孩子，你放心。其实我清楚地知道，爸爸为了带我的孩子，省吃俭用，自己连当时8分钱一个的水糖饼子都舍不得吃一个，却保证了孩子的牛奶和衣食。一次，我坐夜车回家，到家时刚好凌晨6点过，家里人告诉我，外公等牛奶去了，我赶到售奶处，长长的队列里，我找到了你，爸爸，一个风烛残年的老人，戴一顶草帽，在寒风中蜷缩的站立着。那天的雪雨下个不停，像刀割人，我鼻子一酸。“爸爸”，“回来了，外面冷，先回去吧。”喜出望外的爸爸看到我，非常高兴，但仍慈爱地叫我先回去，那令人动情的一幕永远定格在我心里。

爸爸，在我的生活里，你是海，你海一般的胸怀时时感染教育着我，宽人严己。“世上没有完人，要多看别人的优点”，对别人，对社会，你总是力求给予的多要求的少。你是70年代离休的，当时的离休金只有80多元，到了90年代你离休的所有费用加起来远不及我们70年代参加工作的人多，面对很多不平的议论，你总是宽厚地笑笑：“什么活都没干，给这些钱还少吗?”连发工资的阿姨都感叹地说：“别人领钱都说少了，只有这个老头，说够了，又没干活，给这些钱不少了。”爸爸，你这些朴素的品格在潜移默化中教育着我。每当我被虚伪刺疼；每当我被世俗追杀；每当我被麻木侵染；每当我被南墙撞回；每当我被“朋友”欺骗；每当我意欲越轨；我总是感到眼前会涌现大海，海上飘着有海般胸怀的爸爸。你慈爱地看着我，让我自愧无形。

爸爸，真的好想你，你对女儿的影响和教诲，女儿将受用一生。

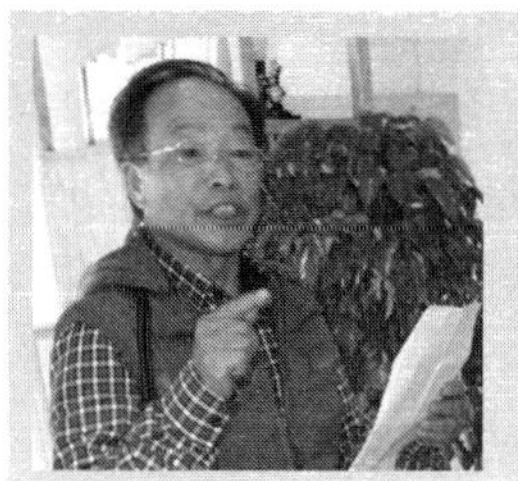

杜律新，成都人。曾在《星星》诗刊，《青年作家》等刊物上发表诗歌作品。获过石油诗歌大赛二等奖。有作品入选《成都诗选》、全国诗歌报刊集萃。

油菜花开

◎ 杜律新

你见过油菜花吗
在没有春天的春天里
黄黄瘦小的的骨朵儿叫守望
出门就可看见的
白天夜晚都可看见——
绝望中的美丽

1

母亲病时，我还小，也正值荒年。她不食不喝，脸色发黄，整天躺在屋门前的一把藤椅上，不能走动。她的表情应是有疼痛感的，但从未听到她哼过一声。邻居说：她恐怕是回虫钻了胆。医生看了病，吃了中药不见好转。而后随著她面容日渐憔悴；连眼珠子都泛黄了，不得不住医院。

有天她突然从病床上撑起身子，眼睛眨着亮光对我们说：“梦见油菜花开了！闻到了花香！她的病要好了！要我们带她去看油菜花”。事隔不几天她却离开了我们。

医院来通知：母亲剖腹确诊患的是胰腺癌晚期，国内少有的病例，要我们去告别。我站在她的面前，一位护士对我说：“儿不嫌母丑，快去给你妈擦洗身体”。我按照护士的话去做，用一张湿毛巾，擦干净了她的下身。奇怪的是我却没有流眼泪。现在想来要么我确实还小，要么我实在懵懂得不成样子。

母亲在生命弥留之际，梦见过油菜花开，要我们带她去看油菜花，这与她的命运息息相关。

2

母亲出生时，是一捆稻草救了她的命。小时候跟外婆从乡下来到成都。在南郊一所空军学校洗衣服认识了我的父亲，13 岁结婚生子，五兄妹，两哥哥夭折。我父 1947 年随军去了海的那边，此后杳无音讯。

夫妻间的分别，一个家的破碎，天海各一方，分别时她俩之间说了些什么话，对于这些场景，我是不得而知的，但姐姐告诉我：“父亲留下话要母亲让我们读书，他去不久会回来”，事与愿违，母亲从此背上了沉重的家庭的十字架。

3

我父远走后，母亲在我印象中是一个不分白天黑夜，更不知什么叫做苦难的女人。只要她身体不散架，就仅用一根琴弦，站在人生戏台上奏一支生活的乐曲，等不到掌声响起，就匆匆离去的演奏者。

4

母亲当过砖瓦工，泥水匠。后在国营的一家卷烟厂工作，因烟厂倒闭便自个儿做起小生意来了，吃尽了常人难以承受的痛苦。

从成都到什邡买烟叶，有好几十公里路程，她总是天不亮就出门，手抓一把生米，天黑回家口里还在嚼。外婆说她："早出晚回，黑汁白汗，出门一个钩，进屋一把叉。"这天，母亲回来得更晚。她是受到水田里突然窜出的蛇惊吓了……对发生的这一切，我们帮不上任何忙，早已熟睡。我们只不过像是呆在家窝的树上，等着要食要喝；要上学读书的窝中小鸟。

接着她将赶场买回的烟叶，放在太阳下晾晒。对于那些不容易捣碎的烟叶骨头，只得由她在正午时刻，手持棒锤，头顶烈日席地而坐，将它锤成粉末。在她每一次劳作中，没有一次不被通身汗水湿透，又沾满粉沫气味呛人。

是不是在她轮锤的上下之间，也将苦难锤成粉沫了呢？我想是的。而后，她便将裹好的叶子烟放进竹篮，提着徒步到各地城乡走街窜巷去销售。

有次我追着撵路，途经几条街巷，仍哭着闹着一直追到郊外沟渠边，母亲狠狠揍了我一顿后，再未回头看我一眼只管朝前走。

普天下谁的母亲不心疼自己的儿女！只不过她有一种痛，不可呼出而已。

5

有天不知什么原因，家里来了几个人传唤母亲，又将家里的烟叶和制烟的工具，全部拿走了。她回到家里，一手空空，看她的举动真想将我和哥哥一起带到什么地方去，不回来了……

母亲在整个过程中，没有流一滴眼泪。而让我无解的是，对于父亲的事，在我印象中从未提及。是不是她将这呼不出的痛；不可呼出的牵挂埋藏得无踪影了呢？也不是的。

荒年那年，母亲将我从成都带到郫县乡下，她的一个姊妹那儿去，她姊妹的丈夫也是去了海对面的。我记得那个晚上草屋内，两个女人，一盏灯，通宵未眠……

当然母亲带我去并非是去逃荒，因为有母亲，我在邻居小孩子的中间，从未受冻挨饿，每逢过年都有一件新衣，我在街巷一群小伙伴面前，真还算喜气。

6

1983年，通过去国外的朋友辗转书信，知道了我父亲健在的消息，他退役后已出家。在这30多年中，过着清淡宁静的生活，每天诵经念佛，只为了团圆这两个字的缘故。

父亲的回信经朋友在途中传递时，没有一位朋友读后不被感动得流泪……因这是一个真实的故事不是传说，就发生在我们身边。而父亲的书信来到我们手中真使我有烽火连三月，家书抵万金之感慨，同时也给了我意外的惊喜与悲伤。而后我们相约在香港见面，因父亲的眼疾和心脏病的原因未成行，实在是人生中一件遗憾的事。

2008年我退休后，在亲友的陪同下，我三次去了海峡对面。住在岗山超峯寺的日子里，每每听到念佛的钟声响起来，总觉得声声传播出意志和信念，对世界和平的祈祷不可战胜。

我总觉得在超峯寺停留的时间太短太短，凌晨3点钟我就起床，在我摸黑走入林子中去佛塔的路上，住在这儿实在太好了！走上不多远就可以给父亲聊家常，我感受得到他剧烈的心跳，一位耄耋老人流了许多眼泪，我问自己，我啊人，怪怪的人．父亲离家远走时，我还是母亲腹内的蝌蚪，为什么有那么多眼泪，这或许是人性的一种磁藏感应。我又将母亲几十年的守望，中国妇女传统的美德，叙述给了父亲听……我想父亲是听到了的。

我看见一棵树，一朵花，总觉得对我格外亲切，我看见飞来飞去啄食的燕子让我动容，总会给母亲和父亲的命运联系在一起……

我对着燕子说：“你好啊！燕子。”尽管它不认识我，会懂我心情。

我从成都老家母亲的坟上取来了泥土，又采摘来春天的兰花蕊，揉成了人间最美的母亲花，给父亲带来了，并告诉母亲油菜花开了。

戴宇威，1956年生于四川长宁，下过乡，当过工人，首届高考考入本地师专，后分长宁中学执教至今。爱好写作，主要为杂文和随笔，先后在四川文学、四川日报、青年作家、散文百家、杂文报、杂文月刊、当代杂文、中国教育报、教师报、四川政协报等发表大量作品，出版个人杂文随笔集4部，7次获阳翰笙文艺奖，已入选“全国杂文名家风采”。为四川省作协会员，省杂文学会会员。

卑微记住名字的感动

◎ 戴宇威

每个人都很在乎别人是否在乎自己的名字，我也不脱俗，一些多年不见的人，见面时还能说出我的名字，我不会无动于衷，心里是热乎乎的。然而，在生活中，姓名被人记住真正使我感动的，却是为我不大在乎的完全算是活得卑微的人。这人便是我的奶妈及她的子女。

我的奶妈与艾青《大堰河——我的保姆》中的大堰河很相似。她是县城附近乡下人，没有名字，有点弱智，说不清自己身世，别人叫她李罗氏。她丈夫早死，遗腹子生下才十来天也死了，很可怜，被人介绍到我家给我喂奶。我父母在机关单位上班，当时鼓励生育，国家把政府工作人员生育事包下了，奶妈的开销由政府负担，包吃之外每月还有7元津贴，这在当时算是不错的收入。

她也许是奶足的原因，食量真有点像《红楼梦》中刘姥姥戏谑的“老刘老刘，食大如牛”。在我有记忆时，她曾背着我去她的家住过几天。我还记得，她比我母亲足矮个头，她个子虽不高，但在我幼小的心目中，竟像大山似的，我伏在她的背上，觉得好厚实好宽大，仿佛伏在温柔的摇床上，随着她在乡下坡坡坎坎的小道上一颠一簸地行走，这厚实宽大的摇床竟把我摇入了温柔的梦乡。

当我迷糊中醒来，却是在罩着破蚊帐的草席木床上，天色昏暗，我吓得哇地哭起来，门开了，奶妈闪了进来，丢下手中的锄头便把我搂住。待我不哭了，她才从黑黝黝的屋角用米升子撮了点谷子，到门外侧边一石磨处，独自推起磨来。磨好后，回到屋子，在门边土灶上将磨碎的米和康熬起羹来。这米糠羹吃着是什么感觉我没有印象了，只知道每晚都是如此，早上她把我叫起来后，桌上摆的也是这样的米糠羹，她出工就把我带上，她同别的农民在地里挥着锄头，由着我在地边草地上玩。我要喝水，她丢下锄头把我抱到田边用树叶撮水给我喝；我喊饿，她采些说不出名的草果子给我嚼；我困了，她脱件衣服搭在我身上由着我睡。

后来我才听母亲讲，那时正是最困难时期，她所在生产队虽然离我们县城很近，但属另一县，处该县偏远的角落，也许是山高皇帝远，各种折腾没那么严重，社员还有点吃的，还可自家升火。奶妈是进城看到我可怜，主动提出带我去她乡下混点吃的。如此善良心肠，实在难能可贵，实在值得感念。

大概是我上小学后，她就再没来过我们家，后打听，她改嫁到叫大坳的地方去了，大坳是个山区乡，那时还叫公社，距县城近 20 公里，交通极不便，想来，以她那不及常人的心智，已不可能再到县城赶场或来看我了。这样，她与我们家失去了联系。随着时间的流逝，我和我家人自然就越来越少地提到她，想寻找也无从寻找，这样她完全淡出了我及我父母的生活视野。

其实，在特定的语境下，收藏记忆深处的奶妈的形影还是会被牵连出，有时不经意间，奶妈咧着嘴暴着一排黄牙痴笑的面容也会像不速之客闯进我的脑海，这不大受看的邋遢相便迅即在我心田荡起复杂的涟漪：有面子观念和虚荣心作怪而滋生的回避想法，有良心拷问而顿生的愧疚自责念头。

生活中就有这样的巧合。前不久，我去一乡下朋友家喝春酒。这位朋友我是偶然闯入他的家而相识的，也许是缘分，我和他很谈得拢，便常相往来——其实是我常去叨扰，我把他那儿作为我体验乡村生活，休闲散心的落脚点。自然，这去叨扰，都是在平时，往往是兴之所至，并不是专冲着什么事儿去，因而很随意。而请春酒是乡下相沿已久的习俗，实际是农村人利用正月间的闲暇，把平时难得一聚的亲朋好友及邻里请到家喝酒热闹一下，以维持亲情友情邻里情，自然，这习俗遵循礼尚往来，你请了该我请，因而又称吃转转酒，反正，一个正月间，乡下人的春酒就没多少空隙。朋友早就邀请我去他那儿喝春酒，我也早就想去体验农村请春酒的场景，只是因为他请春酒总是在正月初几头，而我年年都是在外地过年，赶不上时间。今年因别的原因我没外出过年，有了机会领略乡下请春酒的热闹。

我是熟脚，到了后是抄近路从他家屋侧的厨房穿进去。厨房里热气腾腾，好些人在忙，我认出了朋友的妻子打了招呼就进到了侧边的堂屋。堂屋里及堂屋外的敞坝都安满了桌，坐了不少的人。朋友见了我热情地招呼我坐，端上茶就忙他的去了。我喝着茶同周围陌生的人闲聊起来——我不诧生，视每个人为我了解社会的一道窗口，就喜欢同方方面面的人闲聊。

不久，一个个子不高的中年农妇从厨房走出，寻到我坐的桌旁，用探寻的眼光怯怯地盯着我："你就是戴宇辉？"

我很诧异，但知道她问的就是我——早些年我在乡下时农民都这样喊我。因为我们这儿过去较为闭塞落后，说话很土，词汇量少，语音分辨力较弱，发音音节也很简略，常将一些近音字"合并同类项"般归入一个易于喊出口的字。而我名字中的"威"，在地方土语中基本上没这个字，更难有人将其用在取名中，因而很多人觉得我名字怪怪的，听着别扭，喊着更别扭，自然而然地就将"威"喊成了易喊常用的"辉"。

我惊了，仔细打量她，宽圆脸，大大的嘴唇，我不可能认识，但在这特定的语境下，却迅即能将面前这个陌生的面孔连接上记忆深处收藏的某个形影，不由得惊奇地反问："你是——"

"我该喊你哥哥，是你奶妈的大女。"她不亢不卑地应答。

"你怎么在这里？你怎么就知道我是——"我觉得有些不可思议。

“我是试着问一下，没想到果真就是你。”她笑了笑，“我娘说喂过你奶，时常把你的名字挂在嘴上，我早把你名字听熟了。刚才，你在厨房同我小姑子打招呼，有人随意问你是谁，我小姑子说了你的名字，我觉得很熟的，就斗胆来问你。”

原来，我朋友的妻子就是她的小姑子，我们可有着两层关系。她年年都要来这里走人户，我时常来这里叨扰，按理早该相识。可他每年就这一天来，我恰是这一天不曾来，这就是我们有两层缘分却不曾相遇的原因。今天我凑巧来了，若不是从厨房穿过，若不是她也正好在厨房，又若不是有人随意问起我，也定会纵使相逢应不识而失之交臂。因为，这么多的客人，这种大场合，主人是不会将客人一一介绍的，就是向在座的同一桌人介绍，乡下习俗也只是介绍出主客间关系而不会说出姓名，似乎有点为尊者讳，因为客人是尊者。看来，是必然也是偶然，抑或阴差阳错吧。我急切地问奶妈情况。

“早已走了。”她语气很平常，像是回答与她没啥关系的事。

她讲了，她娘家就在大坳乡的一个村上，家里很穷，她爹也是双腿不便的残疾人，她娘生下了她和三个弟妹，一直就是有一顿没一顿的，没过上一天好日子。她们四姐弟都没读啥书，也没啥本事，虽然都有了家，但靠外出打工过日子。等正月十五过后，她也要打工去了。

我问她为什么早些年保姆不来找我。她脸上现出丝苦笑，反问道：“找你做啥？”见我愣了，她又解释说：“我娘不识数，说话有一搭没一搭的，我们几个子女的名字她都喊不出，只把你的名字记得真切，一时说你落在福窝窝里，一时说你比乡下人还造孽可怜。我们也不知道世上到底有没有你这个人，也不知道有你又是怎样一个人。那时我们一家子既不识字，又没出过远门，到了你那县城怕横头都摸不着，到哪找你？再说，你奶妈穷得像叫花子样，找到你，你不嫌弃？”

她这半是玩笑半是认真的反问一下子点中了我的软肋，仿佛是在讥笑我的虚伪，脸不由得红了起来，不知说什么好。是啊，再穷的人也有面子观念，也晓得点世态炎凉，人情冷暖，没多少人会有刘姥姥能厚着脸皮进大观园的底气，怕自讨没趣，自取其辱。然而不管怎样，让我震惊的是，心智不全的奶妈对我这个乳儿的记忆竟是刻骨铭心，甚至超过了自己的亲骨肉，这一记忆，竟传承给了她的后人。

我为我的名字能有人刻骨铭心地记住而感动，今天的相遇纯是偶然，她听到我的名字就赶紧来问我，也不过是要证实她母亲常叨念的是否真切，也就是这人世间是否真有戴宇辉（威）这个人。

看到我的难堪，她反安慰我："现在我们都好多了，打工虽辛苦，但吃穿不成问题，还都修起了房子。我家在大坳的楠木林，到这里就十来里路。过两天该我家办酒还礼（请春酒），我娘家弟妹都要来，我小姑子和你朋友也要来。你不嫌弃，请你也来耍，看看你的几个干弟妹，好歹都是吃过一个妈的奶的。"

我毫不犹豫地表示，到时一定来，还将把我的妻子也带来，让大家认识认识，也让同哺一母之奶的兄弟姊妹团圆团圆。她满意地笑了，说还要帮主人的忙，让我喝好茶，便回到厨房去了。

是啊，我们虽没血缘，但同吃一人之奶，也是一种缘分，义为兄弟姊妹，有此之义，我觉得就该负有某种责任，而我所能尽到的最主要的义务就是了解她们的存在和怎样的存在，让世人对她们的生存状态略知一二。相对于她们，我的生活可能会优裕些，文化和受教育程度肯定要高些，看能否给她们一点力所能及的帮助。就凭她们那样地在乎着我的名字，凭着奶妈给我的超过了给她子女的心力和感情，我该这么做。唯以此，或可弥补下我对她们的回报，让自己歉歉的内心得以释然，安然。

任影充，祖籍陕西洋县，六十年代初四川石油大会战时期生于南充，情满石油，往事如影，岁月如歌。曾经的成长经历，生活积累，唤起许多久远的回忆和美好的向往。闲暇之余，能带来几分消遣和乐趣，倍感欣慰！

西出阳关石油人

——写给母亲

◎ 任影充

母亲兴致勃勃地给我打电话，语气高昂爽朗，听那高兴劲儿，我才略知一二。母亲告诉我，她娘家“七眼泉”的晚辈孙女小琪琪今年考上大学啦，是重点院校——四川大学，明天就来川大新校区报到，叫我开车陪她去学校看看远方的“小亲戚”。母亲远在异乡几十年了，思念故乡，挂念亲人的情结从来没有改变。

新中国成立前，母亲两岁半时，她的母亲因患眼疾而双目失明。生活窘迫，为了生存，母亲不得不到她的外婆家生活成长。从小离开了自己的妈妈，练就了母亲很强的独立生活能力。母亲年轻时很活泼，从小就有一种倔犟的韧劲儿。

我父亲任述文，1954年时他二十出头，从玉门部队休假回老家，部队首长特别交代给他一项特殊任务，回老家必须相亲成功。偶然的一次机会，父亲一眼相中在汉中街上游行队伍中打腰鼓，即将中学毕业美丽活泼的母亲。父亲与母亲是一见钟情成为了一家人。

父亲他们部队，原中国人民解放军第19军第57师，1952年2月由毛主席亲自签署主席令：整编为“石油工程第一师”，集体转业赴玉门参加石油会战，这就是著名的“石油师”。母亲跟随我父亲1955年也上了玉门。大西北的风沙和严寒，恶劣的气候条件和自然环境，没有吓倒这个倔强的汉中女子，初到盐碱地戈壁滩风沙肆虐的玉门，一切从零开始，当时玉门石油基地生活条件简陋，工作上生活上的困难没有压倒母亲。

1957年姐姐出生在玉门，为了照顾未满月的姐姐，把爷爷、奶奶接到了玉门。母亲很能干，她既要照顾爷爷、奶奶，又要照顾幼小的女儿。1958年父亲跟随老首长秦文彩（原玉门石油管理局局长，后调任四川石油管理局副局长、石油部副部长、中海油总经理）经过四天四夜坐火车到成都，再辗转到南充，路途遥远。一路上母亲和奶奶轮换着抱着一岁的姐姐。到南充、西充的几年里，正遇上三年自然灾害，1961年对于我的出生降临实在是生不逢时，给家里带来特别大的困难，靠供应粮食根本吃不饱，由于饥饿，南充街头经常有人晕倒，或饿死在街头。很多人由于缺乏营养，得了严重的水肿病，手脚出现了水肿现象。

石油单位的性质就是“铁打的营盘，流水的兵”。母亲一辈子随父亲转战南北，东调西调，东走西走，工作流动，上西北下四川，上川南下川东，从南充到泸州，从泸州到梁平，又从梁平到南充，再从南充到乐山，转了大半个川渝两地，父亲“老石油”享有的军功章，确实还有母亲的一半。

岁月悠悠，乡音依旧。母亲待人豁达开朗，真诚直爽，满脸笑容，情感浓厚。几十年来，走的地方多了，适应能力很强，本来有些南腔北调的口音，但一遇到老家亲戚和陕南老乡，她总是操起一口流利的汉中洋县方言爽朗地和别人交谈，总是寒暄的问这问那关心老家的生活、关心家乡的变化，非常自豪。

如今，我们家是儿女儿孙满堂。在2014年11月29日母亲七十七岁生日这天，一大家人团聚成都高新区的家里庆贺，父亲兴致很高，由衷感谢母亲几十年来对他工作上的支持，生活上的关心照顾，欣然赋诗《赠相濡以沫妻子杨文娥》一首，作为最珍贵的生日礼物贺寿：

老伴今年七十七，儿女回家办宴席。七个碟子八个碗，能跟酒家比一比。辗转操劳大半生，堪称巾帼石油人。儿孙家家甜如蜜，齐夸当家好母亲。天伦之乐弥珍贵，只盼常把父母看。福禄寿喜春常在，共祝寿星岁岁安。

多年以来，我也总想提笔写自己亲爱的母亲，也写一写像母亲一样的“五七”职工。怎么写？一直是困扰我的难题。母亲是一个多面手，用现在时髦的话来说，是一个复合型女将才。她显得身份特殊的人生旅程、丰富而复杂的劳动经历、令人称道的工作成绩，在时空长跨度大的过程中，有些零散而杂乱，使得我始终难以开头、难以下笔。

母亲先后在川中矿务局机修车间、南充云溪钻井大队当三级钳工。1963 年，为了响应毛主席“五七”指示号召，当时干部家属的母亲带头下放，成为一名“五七”职工，那年她才 22 岁。母亲职业身份变了，职业生涯变了，工作环境和工作岗位也变了，但她对待工作的认真态度始终没有变，工作的热情始终高涨，从不低头，从不挑三拣四，一切从头做起，一切从零开始。她干起工作来总有一股泼辣的劲头，和那些斯斯文文的正式职工比，她从来不服输。我们的童年时代和学生年代，正值那些特殊年代和生活困难时期，母亲拉扯我们四姊妹，很不容易。她工作上是行家里手，开过刨床、当过电焊工、修过高中压阀门，把原来“三级钳工”的本事都用上了。1965 年秋天，妹妹出生了，她没有因此而颓废，一边学习新技术，一边掌握新技能，业余时间还在房前栽树，最喜欢屋后种的小菜园。后来的工作仍然很杂：倒过预制板，做过灯泡和蜡烛，经营过小百货，最喜欢敲敲打打、缝缝补补。家里的搪瓷盆坏了漏了，她用自制的火烧烙铁焊补。记得，弟弟出生才八个月，母亲听别人说泸县兆雅供销社有缝纫机卖，她顾不得安顿交代，就急冲冲地买缝纫机去了。家里至今还保留下 1970 年买来的那台“蝴蝶牌缝纫机”，那是母亲省吃俭用、辛苦操劳、勤俭持家的最好纪念，也是我们全家的传家宝。那会儿，买商品（如缝纫机、自行车、收音机、手表等物品）都要凭票供应。以后，遇到衣服、裤子破了，总是拼一块、补一块，有时还亲自大胆裁剪制作衣裤衣裙，特别钟爱给妹妹的小衣裤、小衣领绣几朵小花或小动物图案什么的。尤其让我对母亲记忆很深的两件事：一是我上小学一年级报名那天，母亲用老家带回来的一块土布给我亲手缝制了一个小书包，挎在我的小肩膀上，语重心长地嘱咐道："娃，要好好学习，好好练字，字是一个人的门面，要练好啊！"一是我参加工作去测量队报到的那天，母亲一再叮嘱我："娃，不要怕吃苦，不要怕出力，不要怕吃亏，遇事要积极主动、勤快点；男娃劲儿有的是，吃碗饭，睡一觉，劲儿就有了！"直到今天，母亲朴实的语言、谆谆的教导历历在目，一直鼓励和鞭策着我无论干什么工作、无论做什么事都要积极主动，脚踏实地，一步一个脚印。

上世纪六七十年代"抓革命、促生产"那阵儿，母亲既要忙工作，又要照顾家庭。母亲热爱她的"针线簸箩"，乘敞篷车循环出差到各钻井队为生产一线石油职工缝缝补补，那时，交通路况条件很差，通往钻井队的碎石子儿的简易公路弯弯曲曲，坡坡坎坎，一路灰尘，一路泥泞，她们远上梓潼、巴中、通江一带，近去长宁、江安、合江、赤水等地，哪里有钻井队，哪里就有"五七"职工"针线簸箩"服务队的身影。每次出差总要十天个把月的，母亲放心不下我们的吃饭问题，总是提前把生活安排好、交代好。父亲天生不会做饭，因工作太忙也没有时间弄饭弄菜。记得，有一年夏季的一天，父亲下班回家晚了，职工食堂早已关门，他便顺手把前一天剩下的腌菜给我和姐姐吃，由于没有完全热熟热透，结果害得我们三人都食物中毒上吐下泻，被邻居及时送医院输液抢救。

母亲曾在泸州气矿供应站"五七"车间担任过技术员，后来又在矿里"五七"综合厂工作。年轻时精力充沛，从事捆扎钢筋、倒混凝土预制板工作，是一项非常繁重、劳动强度很高、风险也很大的体力活，由于消耗大量体力，不论炎热的夏天，还是寒冷的冬天，她和她的许多姐妹一起，夏日战高温，冬日斗严寒，坚持工作，积劳成疾，到现在手上、腿上关节患上了风湿病，手背上肌肉严重萎缩。矿区广播站只要通知钻井前线固井任务重，钻井队急需油井水泥又遇到搬运人手不够，需要突击时，她和她的姐妹们就一起相约成群地到蓝田长江边码头的驳船上去扛水泥，水泥统一标重 50 公斤一袋，她们乐呵呵的从不计较报酬。受大人们的感染，那时，我们这些半大的小孩也跟去码头下水泥凑热闹。她的那些老姐妹常在一起倾述、一起回忆。由于母亲工作出色，性格刚强，处事干练，为人直爽，热情豪放，在“五七”厂里，姐妹们都亲切地叫她“老杨哥！”她在家庭里是贤内助，除了保证我父亲忙工作，还要处理一些邻里关系、生活琐事，遇事很有主见，家里的大事儿都是母亲拿主意定夺。吃住在老配气站的一户困难家庭，老公是浙江人，天天爱酗酒，每月不多的工资基本上都自己花光了，还经常找我家要酒票；老婆是南充人，没有正式工作，主要靠给牛奶场割牛草挣钱，生下一个软骨症儿子，经常看病求医，为一些生活琐事吵闹，母亲经常劝导他们夫妻，调和家庭矛盾，鼓励她们以家庭为重，共建美好幸福家园。1978 年这一家人支援新疆建设，参加了新疆石油会战，前些年来信高兴地告诉我母亲说：“儿子长大了，已经参加了工作，娶了媳妇，组建了一个小家庭。”母亲总是尽自己所能给予她们一家极大的帮助和照顾，至今还惦念着小张杰和他们一家人。七十年代初，生活困难时，粮油紧张，凭票供应，母亲为了改善伙食，冬天经常熬制“羊油茶”给我们补充营养，把在玉门时学的手艺又用上了。母亲始终保持着陕南人的生活习惯，最拿手的就是蒸面皮儿、包饺子、做醪糟、酿黄酒、擀面条、熬锅肉，还抽空织毛衣、织袜子、纳鞋底、做布鞋。

1979 年 8 月因父母工作调动，我们全家搬家到了梁平七涧桥，离开了依依不舍的川南。那阵儿，川东北石油钻井会战如火如荼，轰轰烈烈，到处可见简易活动板房、钻井设备、钢管料场、大宗物资，井然有序的会战场面十分壮观；各种运输车辆、特种车辆、车水马龙，灯火轰鸣，一派热气腾腾的石油会战景象。母亲也不甘示弱，在川东北钻井指挥部“五七”综合厂当厂长，承担起支前服务工作任务。那时，石油工业学大庆提倡“先生产，后生活”。刚到七涧桥，没有天然气做饭，给全家生活上带来了很大困难。在泸州气矿长期习惯了用天然气做饭，清洁又方便。即使这样，也没有难倒从玉门下四川的“女汉子”母亲，她“重操旧业”“重振旗鼓”，自己琢磨着砌灶台、自制电炉、买来煤油炉，上班的上学的都很忙，母亲下班回来又是烧柴火、又是点煤油炉，麻利的烧火烧水、切菜做饭。把年轻时的泼辣劲儿、年轻时的武艺又使出来啦，这样的日子经过一年多时间，从钻井一线不断传来喜讯，出了勘探成果，民用天然气管线终于从前线的钻井队敷设接通了七涧桥生活基地。

母亲和父亲家乡观念很重，和老家亲情很深。在生活困难的那些特殊年代，我们姊妹还年幼，每隔一两年要带我们姊妹回老家，看望年迈的奶奶、外爷、外婆，走亲戚串门，春节都要寄点钱回去，略表心意。常年书信往来，问候的电话从不间断。我们几姊妹从小就受父母的熏陶和言传身教，对老家也有特殊的情感，对老家的亲戚格外亲近。生活困难、日子艰难的 1967 年，我们全家老小曾逃难回到陕南老家。那是一段刻骨铭心的日子，让我们始终无法忘记那次逃难的经历，那次逃难途中几经历险的一幕幕场景和几经周折返回泸州气矿的蹉跎岁月。我闲暇时间已经把这些难忘的日子和经历，撰写汇编成《逃难记》《历险记》《京胡》《锣鼓》《农户高家》和《难忘的日子》、《回川》等纪实文存，真实地留下了那可以拉长的岁月里，难忘的永恒的生活记忆。

母亲今年快八十了。十八岁那年风尘仆仆跨出秦岭阳平关，第一次离开汉中，就追随我父亲远离家乡去了玉门，怀着一颗火热的心赴大西北参加玉门石油会战，1958 年又随我父亲下西南，到四川南充参加川中石油大会战、川南古隆起石油会战。1978 年又到梁平参加了由四川石油管理局组织的川东北石油钻井会战。由于石油单位的流动性，因此，母亲一辈子都跟随着我父亲过着流动性的生活。

岁月如梭，光阴荏苒。一晃过了大半辈子，每当回忆起几次石油大会战，年迈的父母都十分激动，布满皱纹的脸上充满了自豪的笑容。每当儿女们夸赞母亲时，母亲总是谦虚地说：“好汉不提当年勇，现在已经力不从心了。”随着时间的推移，“五七”职工成为了一代人的光荣，更是母亲当年那些老姐妹们的代名词，浓缩着一个特殊符号、一段特殊记忆，记下了她们为中国石油、为油气田的付出和特殊贡献。

母亲与父亲相濡以沫六十年，如今华发鬓衰，晚年相互依靠。父亲年迈走不动了，母亲照顾行动不便的父亲生活起居，日日夜夜，辛勤付出，无微不至；父亲病倒了，母亲照顾病榻上的父亲更是不离不弃，熬更守夜，擦洗料理，给我们儿女孙辈做出了榜样。

母亲一生总是体贴关心父亲，当父亲病重躺在病榻上之后，仍不忘细致入微地照顾。父亲母亲总是默默地相互表达恩爱相守、深深依恋的人间真情。父亲特别以战胜病魔的顽强毅力，于 2015 年 7 月 21 日在四川石油总医院病榻上，坚持为母亲写下了最后一首令人感动流泪的诗：

两个泥人儿，本是同根生；你是李清照，我是赵明诚；你离不开我，我离不开你；今生与今世，永远不分离。

现在，我们的晚辈父母亲的四个孙儿都长大了，为了不忘历史、不忘家风，不忘传统、不忘先辈，寄托老人的期望，了却老人的心愿。我们也秉承父母亲的愿望，以家风家训和美好的心意，先后多次回老家探亲寻根，连接亲情，传承后代，教育子女，永不忘本。我们始终强调传承忆苦思甜，勇于面对，敢于担当，将智慧和力量融入到生活里，肩负起时代赋予的责任。

感谢母亲！我们坚信：长江后浪推前浪，一代更比一代强。我们记住：以溪流浩源、群山若嵩、烟波浩淼的胸怀，施展毅力超群的才能和气概；以海纳百川，博学多才，百折不挠，不断追求，勇于创新的精神，做时代的先锋，做生活的强者。我们一定把石油人《西出阳关》艰苦创业、顽强拼搏的石油精神继承发扬下去。报效国家，感恩人民，奉献社会，回报父母，永远是我们这代人和后辈的责任。

马露，爱好文学、书画和古典音乐，尤喜诗性散文与朗诵诗歌。居成都。

父亲是挂在天边那颗星

◎马　露

父亲离开我已经整整四十年了，思念，依然如硬痂贴在心瓣，触之尤其锥心。父亲英年早逝。我至今无法相信，那充满爱意的眼光永远关闭。父爱，醇厚而弥久，已然终生簇拥着我的生命，包裹着我的灵魂。

父亲叫马吉刚，出生于河北无极。父亲生于忧患之年，逢于多事之秋。那时，河北之地已沦陷于日本的铁蹄之下。我的爷爷就是遇害于日本鬼子之手。1949 年父亲入学华北医科大学（即现在的白求恩医科大学），毕业后，随军南下来到成都。父亲既是军人，也是成都军区军事医学研究的专家和人才，特别是在军事医学防疫方面卓有建树，声誉甚隆。

早年，成都军区司令部就设在北较场国民党中央军校旧址上。据说中央军校走出很多抗日将士，他们在各个正面战场上，演绎着悲壮的故事。这里本当矗立一座丰碑，镌刻彪炳史册的名字，然而悲壮往事却被人刻意忘记了。我每每站在这里，似乎会听到空中有悠远而苍劲的歌声：百战旧河山，古来功难全。江山依旧，人事已非，只剩古月照今尘。

成都军区司令部在这里设有军区门诊部，我父亲最初就在门诊部小儿科担任主任职务。那时父亲二十多岁，英俊挺拔，成熟稳健，又具有高学历，是成都军区耀眼的年轻军官，很受年轻护士们的青睐。我妈妈叫李庆华，正是年轻护士中的一员。妈妈身材高挑，明眸皓齿，是重庆长寿的一个大家闺秀，后来与七姨李庆秀一同参军。我妈妈解放初随部队来到成都，我七姨李庆秀随部队到东北，后落户北京。慢慢地，父亲与妈妈开始交往，1955 年结婚，次年妈妈生下了我。父亲百般娇宠我，视我为掌上明珠，后来大弟弟降生了，他娇宠我依然胜于弟弟。那时候，妈妈只要将我抱到门诊部，便会被那些漂亮的阿姨们抱去到处游玩。父亲稍久不见我的踪影就会寻来，生怕把我弄丢了。我那时爱唱爱跳，特别爱笑，还喜欢照相，很主动，很配合，照相时还要说："我要自己笑!"那些阿姨们乐不可支，争相抱我，说这个小妞太乖了。

1957 年"反右"运动中，妈妈娘家接连有亲人被打成右派，妈妈也因此在各方面都受到影响，后来被分配到合江县医院工作，一家人便这样分散了。由于父亲工作太忙，常常出差，我和弟弟无人照顾，父母便聘了一个姓谢的保姆来照顾我们。谢姨对我们巴心巴肝，视同己出，所以我们有时管她叫"谢姨妈妈"。

1957 年至 1962 年，父亲在北京中国军事医学科学院学习了五年，并被选送准备赴苏联留学。这是当年成都军区进入高等军事院校学习的唯一的一名年轻军官。不料，风云突变，中苏关系急剧恶化，父亲赴苏留学流产。

记得父亲在北京学习期间，由于我和弟弟太想妈妈，谢姨便带我和弟弟去合江见妈妈。我们坐火车又转乘汽车。天快黑时到达，下车后，妈妈紧紧拥住我和弟弟，眼泪直是往下淌。

我们都做不到分离时的达观和从容，父母的叹息和眼泪太沉重。此后，几度浮沉，几度挥别，一家人都被放在时代之俎上，任悠悠岁月宰割。

我被谢姨带到三岁，便被父母送进军区后勤保育院，即现在人民公园斜对面的"将军楼"。很多年后我才知道，将军楼的主人叫王缵绪，民国时期四川省主席，抗日名将，官至上将。抗战时期，亲率川军出川抗日，战功至伟。

谢姨没带我们后，就到成都军区总医院动物室工作，后来又到化学试剂厂工作。因为我总是念叨谢姨，父亲便依我，有时也带我们去谢姨那里。我们非常高兴和兴奋，像是去看一个亲人。我们每次与谢姨的孩子们都玩得非常开心。谢姨的大儿子翔天哥后来考上中央音乐学院附中，要到北京去读书，而家里竟拿不出一床被子让他带上。父亲知道后，亲自把被子给他送去。后来，翔天哥考上中央音乐学院，毕业后分配到北京京剧团，不久进入京剧《杜鹃山》创作组。“四人帮”倒台后，翔天哥也受到牵连。

我的童年和青年时期，是在成都天仙桥街部队驻守的大院里度过的。天仙桥街名与七仙女有关。当初在后街上，有一个小庙，墙上绘有七仙女会董永的壁画。七仙女的传说早已随小庙灰飞烟灭。天仙桥背靠府河，往左往右不远都有码头和古城墙，是商贾云集之地。茶肆酒楼和游走小贩生意最盛，至“文革”时，所有的茶肆酒楼小贩都缈无踪迹。笙歌已绝，繁华落幕，唯留下时光的斑驳，一街的萧索，经年的叹息。

父亲总是忙忙碌碌，晚上，我总爱去实验室里去找父亲。有时我很自觉地坐在实验室门口的石阶梯上，等着父亲忙完带我回家。很多时候，院子周围的窗口里，柔柔的灯光与欢声笑语，惹得我倍感孤寂。我想象着窗口里一家人乐融融的氛围。后来，窗口里的灯光慢慢地都依次熄灭了，院子里幽暗而寂静。有时候我寻觅夜幕中的星星，我总在找最亮的。父亲曾说过，每个人都是天上的一颗星星，有的星星很亮，那是他在努力发光。我寻着等着，不知不觉就睡着了，父亲忙完之后将睡得东倒西歪的我抱回家。有一次父亲忙完出来，猛然看见一只大狼狗正在熟睡的我身边转悠，父亲吓坏了，慌忙抱起我，怒目瞪向狼狗。狼狗在父亲的怒视下，悻悻而去。父亲后来说，当时看见你那样觉得好可怜好令人心痛。我明显感觉父亲的愧疚与心痛，已然变成背负的一座山。父亲，你不知道，你的愧疚和心疼，也成了我的负重，且背负至今。

1963年父亲把我送进军区八一小学。这是一所寄宿制学校，周六下午回家，周日下午返校。每一次与父亲在学校门前分别，我总是久久地凝望父亲远去且不断回首的身影。

有一次父亲送我去学校，我缠着父亲晚上陪我在学校看电影。父亲无赖，硬着头皮陪我看完才离开学校。为了能多和父亲在一起，我常常要求他周一早上送我去学校，情愿不看周日晚上的电影。至今记得，周一早上我离家时，父亲常为我煮的那碗挂面的味道：葱花伴着香油和醋的味道，香喷喷，热腾腾，很好吃，很难忘。那是父女的烟火气，我一直吟咏成诗。

我在八一小学只上了一年，学校便因是培养“修正主义苗子”而被迫停办。次年我转到了北纱帽街小学。这是一所由旧庙子改建的小学，街对面就是大慈寺的北院墙，站在教室二楼就能看到大慈寺宏大的庙宇群，鎏金彩瓦，雕梁画栋。据史载唐玄奘曾在这里受戒。唐玄宗时期大慈寺最盛时有96个院子，占地方圆几公里地，小学的庙址是大慈寺的一部分。父亲对我的班主任老师配合得非常好，每周在家给我做一次学习测验，还要打分，然后交到老师那里去。班主任老师曾对我说，你有这样一个父亲真好。

父亲总是很忙，常常出差，那几年我见到父亲大多是风尘仆仆的样子，即便回家待不了几天便又匆匆离去。记得有一次父亲走后，我抱着他挂在衣架上的军装哭了很久，哭得很伤心。

1974我高中毕业后等待下乡，失落、空虚和恐惧交替缠绕我心头。我忐忑不安地等待无可逆转的下乡命运，就像等待无可逆转地被送进屠宰场一样。父亲为了安慰我，特地让我去北京七姨那散散心。北京的厚重历史很吸引人，但毕竟是他乡，一想到我将沦落到相当贫瘠的他乡，终生为客或终生为农妇，心情顿时跌到冰点。

年底，我下乡落户到邛崃高何乡，这是个浅秋地区，山地多水田少，经济作物不多，一个工分为十分，值一毛九，这里的农民都很贫穷。我每天挣的工分依轻重而分，总之不足十分，大约也就值一毛六七，只有每月一号到公社政治学习，才会给十分，可见洗脑才是最重要的。

我如当地人一样，开始日出而作，日落而息。我的住房就在公路旁不远，白天，劳作之间，我会翘首公路那端驶来的长途客车，它驶向我的故乡。红色的车头很突出，先是慢慢地蠕动而来，逼近后突突地不断喘气。我感觉这车未老先衰，似当时的国情。我更期盼邮递员出现，我可揣着满满希望追上去打听有无我的信。晚上，我就着某油灯，或读书，或写日记，或写信，纸里浮现的全是父亲的音容笑貌。最初这种异乡孤寂生活使我相当抓狂，简直忍受不了。没感受过浓浓的父爱，不会如此眷念，正如没见过光明，便会习惯黑暗一样。

荒凉贫瘠的山丘，连绵不绝，上面总是被灰白的云雾笼罩着。我常常望着这些山丘发呆，感觉自己就像山丘里的一介草芥，盛衰而定于时序，渺小而毫无价值，没谁在意你的明灭或荣枯。

终于，父亲的信来了，还没拆信，眼泪就滴落在牛皮纸信封上。收到了信，终于了却一件心事，其实屈指算来，我下乡还没几天。于是，我又开始进入下一个循环，看红色大头长途车和翘盼邮递员。

日子过得很慢，就像盯着沙漏计时，愈看愈慢。

父亲第一次来看我，我正在田间劳作，穿戴灰不溜秋的，裤脚挽起，戴着草帽。父亲从窄窄的田坎走来，躬身问道：是马露吗？我猛地转头，见是父亲，当时委屈得大哭起来。晚间，我对父亲简略介绍了队里大致情况，说队长老实憨厚，会计是最有面子的，因她的丈夫在县里酒厂工作。这在当地是相当有面子了。后来父亲来看过我几次，总是出人意料地出现在我的面前，让我喜极而泣。

1976 年我满 20 岁，我想起父母总会在生日这天带我们去照相，买我们喜欢吃的东西。当晚的日记是这样写的：“傍晚，当我踏着暮色，拖着疲惫的身子收工回到家时，突然看见了爸爸的来信，真是喜出望外。我迫不及待拆开信看着，眼泪在眼圈儿里打转……”在信里，父亲祝我生日快乐，还装了 10 块钱。这 10 块钱的重量，胜过这里的千山万水，我久久舍不得用。

有星星的夜晚，我还是喜欢仰望天鹅绒般的天幕，上面镶满星星。我总在寻觅和猜测哪一颗是我的父亲。

1976 年 5 月的一天，午后，一辆军车缓缓停在了路边。我起初怔怔地看着，猛然，我悟到那是父亲来了。我扔下锄把狂奔过去。果然，父亲下车了，一身戎装，英气儒雅。接着，妈妈也下车了，带着小弟弟。我惊喜万分，情不自禁张开双臂跑起来，边跑边呼喊，激动得不知怎么好。顷刻间，我们一家人拥在一起。那几天，我为他们做着可口的饭菜，带他们到处玩耍。一家人很久没有这样其乐融融在一起，充满了欢声笑语。我想起小时候的夜晚，在院子里等父亲，露重阶凉，虫鸣唧唧。我猜想那些窗户里飘飞的欢乐是怎样的情景，而现在，这温馨而欢乐的情景已真真实实呈现在我面前。我真的觉得很幸福。这是我下乡后最快乐的时光。

之后，我常常回忆这种欢声笑语的情景，并生出许多浪漫迷人的幻想，就像卖火柴的小女孩之于美丽的圣诞树，之于慈爱的外婆。

1978 年我参加工作了，然而不久父亲却生病住院了。我心急如焚，每天下夜班后就到医院去照顾父亲。至年底，父亲被确诊为肺癌。真正的晴天霹雳，我脑袋里顿时爆裂一声，几乎晕厥过去。父亲是我的天，我的精神支柱，如果父亲垮下去，我将如何走下去。于是，我除了上班，其余时间都在医院。从厂里到医院是一段不短的路程，我经常是一上车就开始哭，一直哭到医院快进父亲的病房才停住，然后在病房门外把止不住的眼泪擦了又擦才进去。由于长期奔波劳累，那是我最瘦弱单薄的时候。父亲见我日渐消瘦，老是叫我不必天天去医院。1978 年 10 月，弟弟的成都中医大学的录取通知书下来了，我们急忙把录取通知书拿到父亲病床给他看。父亲眼里闪动着泪花，默默地摘下腕上手表，给弟弟戴上，以示欣慰。

不知是我千万次的祈祷还是弟弟的录取通知书起作用，或者是兼而有之，父亲似乎有所好转。他可以不坐轮椅下地走路了，精神也好多了，我感到惊喜。那时，医院礼堂每周六都要演外国老电影，父亲知道我喜欢看电影，总是提前为我和弟弟买好电影票，等着周六我们一起去看电影。有时他不去看都会专门为我们提前把票买好。电影开演后，我和弟弟坐在里面看电影，父亲坐在外面石头上坐着等我们。我总是提前几分钟出来。外面灯光幽暗，衬托出父亲的剪影，像一尊守护神。我既感到温暖也心疼，眼泪总止不住流下来。

然而，这种状况没持续多久，父亲又躺在床上了。

1979 大年初一，我们把锅碗等带上，在医院为父亲包饺子过年，还有汤圆。父亲酷爱吃饺子和汤圆。饭后，我们用轮椅推着父亲，在医院的假山池畔和灌木小径转悠，照相，晒太阳。那天，父亲非常高兴，脸上舒展的明媚笑意，似一束阳光，打开我阴霾的心房。而后，父亲日渐消瘦和虚弱；当初的温文儒雅，已是瘦骨枯槁。

那些日子，我的世界完全是昏天黑地，愁云惨雾，撕心裂肺，肝肠寸断。为我的父亲，为那个最疼我的人，我一辈子的眼泪，那时已百转成河。

1979 年底，我的父亲去世了……

郭世香，小学教师，自幼酷爱文学，伴着文学梦长大。在记录着自身经历和见视听闻的同时，享受着文字的美好与魅力，近些年先后在文学杂志和教育教研学术杂志上发表过一些小文，如《妙趣横生的感叹号》、《音乐在语文教学中的魅力》、《神秘千岛湖》、《温暖的聚会》、《过年》、《跳跃在阳光里的生命》等等。

纷纷细雨飘在清明后（外一篇）

◎ 郭世香

清明对于我，曾经只是一个词汇，曾经也隐隐懂得是祭奠和怀念先人的日子。怎么也不甚理解“清明时节雨纷纷，路上行人欲断魂”的意思，只是感受到清明一词在文字深处有几分烟雨迷蒙的意境。

没想到，仅在一年的时间里，我却对清明的感受就特别深刻，甚至有盼望清明节到来的情愫，可是清明节到了，三天大假已结束了，心里的期盼依旧与时俱增，记得好像是神说的，逝世的人要三年以后，才能在清明节那天从阴曹地府里面放逐出来，见见人世间的亲人，神好像还说，在这三年里，活着的人是不能去坟上打扰的，否则这两个世界的人都要受到惩罚。父亲过世还未到一年，我们是不能去给他老人家上坟的。所以我们只能眼睁睁看着所有人去坟上朝拜先人，而坐等漫长三年的期限。我想念先父，很想去坟上看看他，给他烧点钱去，自从不久前听小弟弟说，父亲给小弟弟同梦，说他没钱用之时开始，我就一直在心痛，一直在愧疚，以为自己是不是做得不够好，是不是没有给他足够的钱纸，不然他为什么不在梦里来看看我，有困难也不在梦里告诉我，就连清明节的日子里，我也不曾梦见他。原来，我以为，只要在父母活着的时候，尽够孝心，父母过世了，我就不会有遗憾，也不会悲伤。可是，人的情感却远非如此。这些天，我特别的思念父亲，在清明节假日里，我回到老家的时候，每看到一个上了年纪的人，都会感觉是父亲的背影，而每次心里都会被重重地撞击，腾起一阵阵惊喜，可是心里很快就又飘起了细雨。

岁月在不经意间远去，从少不经事，到亲身感受生离死别，父亲的离去，才真正觉得那纷纷的细雨，从此便属于自己了。快一周年了，我守候在这头，静静地经受着每一份思念的降临，一次次想象着父亲的世界，追赶和感受着那份亲切又虚无的亲情。我想，父亲也一定来过我的世界，可是，我该如何去知晓？如何去捕捉？我肯定已经错过了很多次。

我只能在萦绕的惆怅哀思中，体悟活着的美丽，于是便理解了逝者如春花秋草寂寞轮回的释然，心也稍许释然了。我想，这也一定是父亲想要的，还记得他活着的时候，最不愿意的，就是我们牵挂他太多，就连在他后期特别需要人照顾的时候，说得最多的一句话也都是“你们忙你们的，没事就不要回来看我，我没什么的。”

爸！咱们梦里见。

白，阵阵芳香，充溢了整个小区。偶尔看着有人摘些捧回家，心里很不是滋味。原本花期有限，摘回家去，岂不更是坏了风雅。所以摘花之事我是不会苟同的，只是静静地观赏它繁华极度

栀子花的叶

人们养花，我养叶。人人爱花，我对绿叶情有独钟。

一两个月以前，楼下小区里的栀子花开得正盛。朵朵雪地绽放以及盛开的过程。对栀子花就“情不知所起，一往而情深”了。可短暂的时间之后，栀子花就圆润的转身，然后优雅地在我眼前消失，留下满眼绿色，在夏天的阳光下熠熠生辉。我才发现我是真心实意地爱上栀子叶了。原来“姹紫嫣红之后，都这般满目唯留绿叶频”呀！

难怪有“鲜花需要绿叶衬”“霜叶红于二月花”“落叶不是无情物，化作春泥更护花”“接天莲叶无穷碧”“寒山十月旦，霜叶一时新”之说，原来古人也都高度而优雅地赞美叶。“叶衬花”“红于花”“更护花”“无穷碧”“一时新”不正是叶无私与美丽的描写吗？由此不禁想起：我们随处都能见到，高楼林立，装点了城市和农村，装点了我们的生活，可我们却忘记了建设高楼的建筑工人，是他们的智慧和力量以及艰辛，才使得我们享受着有高楼大厦的生活；公交车司机，我们连他们的名字都不知道，他们却默默地拉我们到达目的地；守卫边疆的军人，冒着生命危险救火救灾的消防员，酷暑下辛勤劳作的环卫工人，他们虽然没有惊天的壮举，却默默为我们做着实实在在的事情。他们的工作不正像绿叶一样使花开放，使果实累累吗？花凋谢了，果实成熟了，绿叶仍然守候着，使花再开，果再结。

看着我这一瓶绿油油亮晶晶的叶，就是我两个月前栀子花凋谢殆尽之后，从栀子树上摘回家的栀子叶，我将这些栀子叶放进花瓶，盛上清水，没有想到，今天早上我奇迹般的发现它们居然长出一簇簇白色的根须，之前我只以为它只是活着，只是活得勃勃然然而已。于是我对绿叶油然而生敬意甚加……

陆嘉明，1941年生。苏州作家。先后在《文艺报》《文学报》《艺术百家》《品文》《中国乡土文学》等发表文学作品数百篇；参与编写各类图书和文学辞典20余部；出版《苏州美学映像》《游走在石头和时间之间》等专著文集6部。获省市及全国文艺奖40余项。

古城秋思谛听

◎ 陆嘉明

1

一生卜居苏州，从懵懂少年到霜鬓暮岁，不时回望历来栖息处，无论老街幽巷的古宅庭院，还是凭桥临水的平屋小楼，始终不胜眷恋令人意远。好在今居新村，缓步过巴、金双桥，随即可到静峙江南的古城盘门了。

春秋时期，伍子胥奉吴王之命踏遍吴中山水，“象天法地”，建造了这一座自然与人文圆融的生态水城。斯人已逝，古城还在。城泊水上，水流城中。古城原有八座水陆城门，惜乎除盘门而外全皆湮没在历史深处了。现今的盘门，“水陆相半，潆洄屈曲”，国内绝无仅有，世上已成绝版。

这一城市建筑，文脉历2500余年跌宕岁月，流传至今，方寸不乱，依然一曲雅奏，水磨一腔，如一首悲欣交集的柔。缓抒情诗，经久不息地回旋在江南烟水里。用生命的活力对话世道沧桑，用清澈的目光对视和暖的时光。

秋风吹过护城河，吹过吴门桥，吹过古城楼。吴水悠悠紧偎斑斑驳驳的城墙，静静流淌，从容不迫，深情地与陆城门打了个照面，就汩汩地从水城门流进城里，自与枕河人家亲近去了。一方水土养一方人。也养一方文化，更养一方世上独一无二的“一册方，双棋盘”格局的古城建筑。

红了枫叶，黄了银杏。正是“天凉好个秋”，“阖闾城碧铺秋草”。我喜欢独自静处盘门古城楼，喝茶观景，来得个惬意舒爽。品一杯碧螺春，一开似无味，徐啜慢品，渐入佳境，终于品出些儿苦中回甘的味道来了。躁动的灵魂犹得诗意的抚慰，倦怠的心志竟又被茶味激活了。

四望古城内外，忽而想起现代建筑大师路易·廉说过的话：“把建筑的出现视为人性的表达，是极为重要的，因为我们活着是为了表达。”那么，这座古城又在“表达”了些什么呢?

2

茶烟袅袅，弥漫成静逸的空间状态。古城静默，秋思芊绵。我想，生命充盈而热爱生活的人，倾听古城文化于无声，真格听得出建筑的“人性的表达”来的。

宋代苏舜钦在旅棹暮行经过盘门的瞬间，于视听交感中吟道：“东出盘门刮眼明，萧萧疏雨更阴晴。绿杨白鹭俱自得，近山远水皆有情。”诗人听到了水和城相与和谐的无声“表达”，一种诗性的幽幽诉说，一种氤氲人性温度的深情告白，从而在“万物盛衰”和“一生羁苦”的人生慨叹之余，流露出“无穷好景无缘住”的遗憾来了。

人生无常，古城结缘。哪料得诗人不久即遭谗言罢官，一叶扁舟游至吴地，恍若听到了姑苏城的深情呼唤和挽留，就因这“人性的表达”，竟然不想回老家了。偶见葑溪流经的一处废园，即以自然生态的构建理念筑就“沧浪亭”。“一径抱幽山，居然城市间。”从此归隐城市山林，怡然自得，颐养天年。高轩面水，廊庭幽静，翠竹慰心，鱼鸟适情，尽享静中日月的人间情味，无怪乎诗人直白地发出“吾甘老此境”的绝话来了。这种“诗意栖息”的古典版本，在园林之城比比皆是。走出历史的宏大叙事，诠释了建筑文化合乎“人性”的诗学“表达”，接受科技与艺术、哲学与美学互渗相融的文化洗礼，以及世人与之对话的时空体验。人这样活着，那是多么有意思有品位的生活境界啊。

3

历史消隐了，行走的足迹，期待记忆的叩访和智慧的探寻；是非的判断和意义的密码，任由代人用当世的目光注视、打量和解码式的演绎。时间的风吹过了，往事如山再也不说话，却把传统文化铺成了一条通幽的曲径，一条通向美好未来的路。

想起比利时诗人尼尔哈伦说过的一句话：“所有的道路都通向城市。城市是文明的意象，是时间的传奇空间的史诗。”是啊，城市是诗，是传奇，是文明的象征，生命的根脉，是今人行走在传统和现代文化交融的道路上追求更为美好的未来之梦。

我的古城也在行走。行行复行行，四望照眼明。古典在现代语境中行走。城市精神在人的心灵世界行走，民族灵魂在永远的清明中行走，城市建筑和地域个性在“绿色智慧”中行走……从古走到今，真个是时时古今园凝，处处富贵风流。

苏州的版图拓展了，现代建筑奇峰突起，更见新的理念，新的呈现，新的创造，洋洋洒洒又挥洒出一座座现代化的新城和一篇篇城市建筑的新华章。老夫我赋闲在家，也实在待不住了。背起尼康机，欣欣然走出书斋，游观古城内外。流连于旧观与新筑之间，既可抚我怀旧心情发思古之幽情，又可慰我履新之梦行吟古今辉映的文化意韵。

路易·康还认为，建筑是可度量的物质和不可度量的结合。“光明”代表前者；“静谧”即后者。好的建筑自当存在于“光明”和“静谧”之间。这种既蕴含西方的文化意识，又具有东方哲学意味的建筑理念，顺应天地物象而涵咏闲适静雅的风致，恰是契合苏州城市发展的建筑精神，抒写出一阕转译中外文化于苏州情调的静明赋。

且行且观，且赏且思。时或于熟悉的陌生里蓦然惊艳，时或又于陌生的熟悉里听到了流水的声音，听到了诗的呼吸；还听到了历史的回响，听到了“光明”与“静谧”谐振合拍的节奏和旋律……

4

“绿色智慧”朗照吴中大地，“苏州经验”描绘出城市建筑更为美好的新蓝图。园中园，城外城。一个江南水乡城市的诗性新概念。脉脉吴水流向古城外的四面八方，在传统文化的水畔，一座座山水、田园、生态、科技、教育新城拔地而起。洋洋乎雄伟壮观，悠悠然洒脱风流。“历史的今天”和“今天的未来”，叠印出走向世界的现代化影像。叠石理水，花木扶疏。苏州人正在依凭和借鉴原本私享的古典园林，把整座古城衍化为市民共享的大园林。园中有园，园外有园，一座“百园之城”，曙色初露。依然是“小桥流水人家”的黑白意象，石拱平梁画舫的水墨图画。不减苏州色，不泯水磨调。城外水阔，新城耸峙，与古城的水和古典建筑相互辉映。拍出来的照片，每一张都可以镶在镜框里挂到粉墙上，横看竖看，恰恰是“双面绣”的精致和风雅。

5

中而新；苏而新。中国风中飘过一朵耀眼的云，一轮新的太阳冉冉升起。又一个建筑新梦飘落在姑苏古城，毗邻原忠王府古建筑群和名闻遐迩的拙政园。为设计和建造苏州博物馆，世界建筑大师贝聿铭先生提出了这一新的建筑理念。

满天晚霞，一抹夕阳，瑰丽的生命光辉，在自己的故乡，挥洒智慧的律动和节奏，撞碎了以往仿作古建的刻板观念和古旧的模式。仰望这位老人年过九旬的精神高度。太高了，看不到峰巅的葱茏。古城的天空骤然亮了起来，只能眯起眼睛，如日本建筑家佑藤忠雄所说的那样，满怀敬意地举首“凝望光明”了。乍一看来，苏州博物馆犹如立体几何图形的组合，迥异于通常所见的明清古建筑。不意从简约的欧风中，沉静地呈现出大汉的煌煌气象，又隐隐漫出明清的精致气韵，更包孕苏州吴文化的清和雅致，堪称践行这一建筑理念的最新范本。

6

出于机，入于机。一种渗透于建筑设计和营造的东方哲学和建筑美学。

站在高楼层叠的台阶上，凝望“光明”与“静谧”在出入间化“机”为一种静明境界，仿佛“山鸟通过一幅画而融入自然本身”了。机，出于《山海经》：“单狐之山多机木。”原指一种桤木树，不知此为何树，然树之生长的过程和状态自有时间、空间和生命的意味。庄子有言：“万物皆出于机，皆入于机。”是啊，世上无论何物，自然也好，人作也好，即为建筑物，意义亦当在有“机”。而且要于往返之间方觉时空无涯和生命的气象。

游观古城内外，穿行于山水田园以及古典和今典的建筑之间，越发感到这一“机”的丰富的文化内涵和艺术意蕴，以及哲学的辩证观念。苏州的古典园林和深宅庭院，善用“因借”手法出入于天“机”人文而兼具文野之致。既有时间音律的起伏绵长，又有空间朴茂的空灵隽永，更有生命活力的人性温馨。苏州的城市建筑，因借一片水而如画之留白寓意深邃；因借一片山林而掩映错综绿意盎然；因借一方田园而倍感随性人间情味；因借寺塔而提升了空间高度和视觉景深……悉皆化“机”为一种生活方式，一种“即物即心”的诗赋韵律和人生情调。

曾与家人游赏金鸡湖。环湖而建的工业园区，林翳大道水流绿茵云隐高楼大厦东方之门，湖映“圆融”雕塑如虹一桥长堤一线，远远近近全然形态各异的现代建筑。追寻吴风足迹，依稀可觉吴文化的雅致流韵，以及“既雕既琢，复归于朴”的东方哲学的精髓意趣。

一条古斜塘河流经现代建筑群，在斜塘古镇原址，重建了一条

“斜塘老街”。纯然江南水乡的古街商铺和民居，竟然平和地与周遭的时尚高楼相与对视和呼应。中外古今的文化精神，在新城建筑“出”“入”于“机”而化为一个活力四射的时代新样本了。在国际化的“洋苏州”，弹奏出吴歈弦索，唱响了一曲田园牧歌。为此被联合国教科文立体绿化委赞为“具有中国人自己的民族风格和特色传承，以及现代人自己生活方式的营造建筑。”老妻特别高兴和自豪，原来设计师陈天趣是她的学生。就因这条老街，她的学生荣获了“世界景观规划设计大赛金奖”。老师的自豪，也是苏州人的自豪啊。我再也抑制不住自己的好心情，和老妻一起高兴起来了。

第四辑　虚构/说部

四川看成都，成都看城南，城南看华阳。到四川必去成都，在成都必去城南，城南来了就不得不知道华阳了。不知道华阳的人就不算真正来过成都。光华阳这个地方名字就有上千年了，比成都还早。

——刘平荣

我挂断电话望向窗外，天空难得一片湛蓝，几缕云丝在天空慢慢游动，飘向远方。

——潘树明

度假区的别墅其实只是一些简朴而雅致的小木屋，它们建造在临湖的一面山坡上，前面是烟波浩渺的湖水，屋后是莽莽苍苍的大森林，空气清新，风景旖旎。

——张道余

那天，雨丝停住了，天空阴沉沉，地面一片泥泞。在通往我们院子的小路上，走来一位身材修长的女人，那一身打扮虽然朴实，但整个脸庞却透露出一种艺术修养的气韵。

——冯金声

刘平荣，网名，冷雨问秋。生于七十年代。对诗歌与散文情有独钟。只是喜欢在有空的时间拿起笔写写，用十年的时间思考一件事，作为文化传承者该为后人留下优美的诗歌与散文吧。做过医生教过学生，华阳作协会员。

华阳是块金土地

◎ 刘平荣

四川看成都，成都看城南，城南看华阳。到四川必去成都，在成都必去城南，城南来了就不得不知道华阳了。不知道华阳的人就不算真正来过成都。光“华阳”这个地方名字就有上千年了，比成都还早。这可不是乱说的。

据说华阳是块风水宝地，随地挖一锄都有可能会碰上个金娃娃。自唐代始，华阳县便以“百业云集，市集兴盛”而饮誉川西，是近代中国西部“洋务”和“兴商”的发祥地。原先区域内有蜀中“首街”东大街、赞为“百年金街”的春熙路、源自宋代的染坊街小商品集散地、始建于民国的全国四大劝业场之一商业场。商贾大户不计其数，小商小贩络绎不绝，码头上更是热闹非凡，这就是以前的华阳。华阳女孩子的漂亮是与其他地方的不一样，美丽娟秀大气，历史上的刘皇后便是华阳人……一方山水养一方人，别的不说了太多了。只是说说华阳这天气吧！自从华阳大部分地区划给成都后，华阳的天空就知道自己的地盘。成都南面在不合适的时间下雨，雨都不会越过新华阳地界；桥那边成都-大雨；桥这边华阳-大太阳。冬天雪也不会在华阳下。华阳周边都盖上了薄薄的雪，华阳愣是不见一丁点雪心子，这让从没有见过雪的华阳人不得不开着车子到华阳边界上看雪去。更奇怪的是华阳的雨季都是在晚上，晚上再大的风雨，一到天亮马上会晴空万里。美女们依旧是风姿绰约的上班。即便是突然而至的大雨也不会挑在上下班的时间。可能是怕把上下班的美女们淋湿了不漂亮吧。华阳本地人爱华阳外地人也喜欢华阳。反正各种有样没样的理由使越来越多的人来华阳定居了。他包容了天南海北各色各样的人。一条老式的小街道一条不宽的河就聚集了全国各地五十多万的人口。而华阳的河边就是传说中的金土地，寸金寸土，住着的都是有钱人。光那气派的楼房小院也是多少人梦寐以求的。住在那里便是身份的象征，你说是不是块金土地。

王德明用自己在外打拼了多年的钱东凑西凑的按揭了一套二居室的房子，紧靠华阳河边，带着妻子儿子在此居住了下来。二叔说过他必须先住下来安定了，才有赚钱的机会，他相信这块极佳的风水宝地会让他成为梦中的富人。毕竟环境很重要。

清晨5点过的河边热闹非凡。练太极的，走路的．担担卖菜的……各行其是。王德明在各种吵闹声中起床了，看看表时间还早呢。妻子也嘀嘀咕咕地抱怨，这些人咋这么早？他们不睡觉吗？城市人真会折腾。王德明看看没睡醒的妻子说：

“三妹，就把这些吵杂声当做是叫我们起床的闹钟吧，早点起床早点赚钱钱嘛。”妻子被他的话逗笑了，回到“整条街就你起得早，开门开得早，努力赚那么多的钱，好评模范哈。”

“主要是我有个漂亮的妻子，我不努力赚钱咋行哦。”

“别个有钱人都在努力，我还不努力哦。”

“你赚了好多钱嘛，拿出来看看？”

在两人的调笑中，王德明抱着儿子送孩子上学去了。夫妻开始了一天忙碌的工作。王德明小学毕业，小镇上的街娃儿，结婚后改邪归正。妻子小尤，又叫尤三妹，农村户口。人漂亮个子高身材也好。比王德明高一个头。王德明青年时个子小，长得不好看不说胆子也有些大，不务正业，人称“王矮子”。近三十了才让媒人给他找了个老婆。据说王德明花了大价钱把他妻子的户口从农村到了城市，又花了大笔彩礼。凭着自己三寸不烂之舌穷追几个月才让尤三妹嫁给了他，尤三妹给他的条件是必须改邪归正。他怕到手的媳妇儿飞了，结婚后的王德明的确归正了，不再与其他的街娃儿混在一起耍或者打架。随着儿子的降生没文化的王德明渐渐有了压力，对生活的安排时常觉得力不从心。还好，妻子是他的第一帮手，鼓励他走出去出门赚钱去。两人跑了许多地方渐渐有了积蓄才想起自己要干一番实业，赚更多的钱给家人一个好的生活环境。这次又要长期出门，王德明请二叔占了一卦，说是要往成都的南面出行定居，他才会有赚钱的机会。王德明与妻子找人问了下，这才知道成都南面的确有块宝地叫华阳，顺风顺水，全是有钱人住的地方。既然有钱人和当官的都愿意住在华阳，说明这块地方的确是个好地方。这才有了定居华阳作为他事业的起点的决定。两人在河边隔家近的地方找了个不大的门面开包子铺。

王德明个子虽矮，人却很聪明爱学。手上的活儿在前几年的闯荡中学了不少。他的厨艺倒是很了不得，做的一手好菜。开包子铺本钱较少，容易上手。夫妻俩定下心来经营包子铺。以诚信为目的，原材料上严格把关，分量足味道又好。没多久，整条街上都知道有一家只用好肉做包子的王包子。味道巴适的良心包子铺。王包子的名气涨了，生意也跟着来了，几家学校幼稚园都来定他的包子。

最初几年里王德明与媳妇儿认认真真地做他的包子，请了几个工人，买了带箱的小货车送货。又开了三家连锁包子铺。两口子起早贪黑坐镇指挥，还有人不停地吆喝，不大的店铺生意确实是做的红红火火。每天早上都有许多人排着队到他店里吃早餐。为的就是吃两个包子喝口热稀饭，再拿一小碟咸菜。花钱不多吃得舒服放心，一轮又一轮的食客，早的晚的。旁边的邻居也爱凑热闹，男女老少都喜欢聚在他的小铺子里吃吃饭聊聊天闲话到中午，他们才有时间休息。往往人都累得什么也不想动了。

“三妹儿，快来看快来看，我们有快十万的存款了哦，呵呵呵”王德明在休息的时候清理自己的钱。看着手里的存折本本，像发现新大陆，瞬间脸上便笑开了花。

“是不，你娃儿豁人哦。”小尤拿过所有的存折本在计算机上加了一下，十二万了？她似乎不相信了。再算了一遍。两口子这几年只顾赚钱，根本没时间认真的算一下自己到底赚了好多钱。

“明哥，也就是说，我们除了开支，还存了十二万了。”小尤开心的问王德明。

“瓜婆娘，你有啥子开支吗？衣服没有买过几件，天天都在店里吃的包子馅。就是除了工人的工资，那也要不了多少钱。”王德明停了停看看小尤：

“三妹，辛苦了，跟着我，没好好耍过，明天陪你去逛一天，快过年了，买身好衣服。”王德明拍拍胸脯骄傲地说，他咂咂嘴，咕咚一声吞下嘴里的茶水“哈哈哈，我都不知道有这么多钱了，看来华阳的确是个带金的风水宝地。我二叔说得不错，我必须到这里才能赚到钱。”

“我有钱了。”

王德明兴奋地抱着妻子想学电视里的场景转个圈圈，无奈小尤比他高太多，尴尬地笑笑。

“三妹，有我在你尽管吃好穿好耍好，也可以天天去跳广场舞，我个子虽矮但我也是个男人，要让你也过一过城里人的生活。”他放下小尤。

“我又不是那种好吃懒做的人。”小尤回敬到。

这一夜，王德明失眠了。手里有余钱了！王德明告诉自己一定要靠这块风水宝地发点财，赚点大钱，又不要太辛苦的。他辗转反侧睡不着，干什么呢？他需要钱生钱，而且是最快的来钱方式。妻子都翻了几个身了，王德明还在想着N种可以赚钱的方法。第一次在梦想里甜蜜地入睡了。有钱的感觉的确不一样。

自从知道自己有多少钱了后，王德明心情好了，每天做包子都哼着歌儿干劲十足的，偶尔也与小尤吵吵架。即使别人叫他“王矮子”他也不再生气。但是最近他有了个坏习惯，总是在蒸好了包子后，骑个电瓶车儿就出去了转悠了。小尤吵他也没用。这种满足的日子在不知不觉过了大半年了。儿子放假在家，王德明发现自己还没有找到想象中的赚钱方式，很是着急。好在老家的表弟常常打电话给他聊天，两人神神秘秘的一说就是几个小时。也不与小尤打招呼更不让她听见。好在小尤并不在乎。夏天里生意要稍稍淡一些，人懒洋洋的，伙计们也靠着墙角迷糊一会儿。王德明接了一个电话，骑上电瓶车又跑了。小尤只能冲着他的背影大声喊："明哥，快去快回哦，儿子还在铺子里，别耽搁太久了哈。"只当他又出去联系生意去了。并没有在意王德明这一个月来究竟在忙什么。

就在这生意不好的一个月里，王德明三天两头的跑出去。说是去看一下亲戚。亲戚嘛．当然要看，看就去看了吧。小尤大大咧咧的没做多想。店里还有其他工人，加上小尤，还是可以忙的过来。

"三妹，三妹，快来"这天王德明终于没跑出去了，一进店门就大声喊道。顺便从包包里掏出5000元钱交给小尤。

"明哥，这钱哪里来的？打牌赢的还是借的？"小尤看着这一大笔钱担心地问王德明。

"三妹，这钱来的干干净净的，放心。你啊就坐着收钱吧，什么也不用干，也不用那么辛苦了。告诉你哈我们以后会更有钱了！"小尤看着满心欢喜的王德明没再问了。她知道王德明也不会告诉她什么所以也懒得问了。小尤对进进出出忙忙碌碌的丈夫，心中总有些担心疑惑。转念一想只要认认真真的做事，多些赚钱的方式也不错哦。一个不问一个不说。王德明也就不再向妻子介绍这钱的来历，女人也许什么都不知道要好些。再说堂弟家家大业大，有车有房自己这区区几十万算什么呢？集资借贷也不错，每个月都有那么多利息到账，全部交给三妹儿。她高兴我也高兴，自己耍的自在，多安逸的。王德明发财了，说话的声音也大起来了。渐渐地铺子的生意也不再去，全部交给了小尤管理。自己天天在河边的露天茶坊喝茶。老远就听到他那大嗓门儿与别人谈天论地。美其名曰"谈生意"。

在这块有自家房产的风水宝地上，王包子的确干得有声有色。住在一条街上的人都知道；有个靠借贷发财的王包子，找他的人也渐渐多了起来。人人都想钱生钱更轻松一些的赚钱方法，王包子的名声更响了。

"王包子，今天不去送包子了？"邻居丁贵打趣道。

“嘿嘿，不送了，几个包子也赚不了几个钱，送不送没关系，再说有人送的。”

“那是，王老板了，你现在港起了，甩手掌柜了。项链都那么粗，再送包子不合你身份了，还卖啥子包子哦，关了吧!”王德明一听，唷，不错哦。把包子店关了，三妹儿专心带娃，一个月有那么多钱进，不干活也行啊。王德明似乎明白了什么匆匆从茶坊赶回自己不远的铺子。

“三妹，三妹，我回来了。”小尤在厨房忙得满头大汗。听到王德明的声音大声道：“你个死明娃子一大早跑哪里去了？几个中学和幼儿园的包子都没送，娃娃些要上课，你耽误得起啊？时间快到了，还不去送货哦，光顾自己耍的安逸。”王德明很久没关心包子铺里的事了，一听这么多的货要送，有些吃惊。赶紧叫了几辆车把包子装上与司机一起按地址送货去了。小尤知道自己的男人玩是要玩，但是事情也是要做的，也不再说什么了。独自在厨房里边调着包子馅边蒸包子，其他几个工人都忙着招呼着吃饭的客人。

“三妹，过来，我跟你说件事情，我们把店关了吧。”王德明一送完货就回了铺子里看见小尤还在忙说到。

“你疯了哦？那不行，你看生意现在那么好，正是挣钱的时候，关了可惜。”

“我是男人，这些苦活都该我做，你知道我在忙又帮不了你，你这么辛苦，我心疼哦。”王德明继续开导小尤。“我最近找到了一个轻松赚钱的活路，每天都有钱进，也不用天天起早贪黑的忙了，以后你就专心的带娃儿就可以了。”王德明趁机拿出一个存折本本给小尤看，一项一项的指给小尤。小尤轻笑道“看不出哦，你还藏着一个存折哦。”

“这个本本依旧是你的哦，关了店吧，你好好的耍两年吧，跟着我一直吃苦，也该让你休息一下了。以后赚钱的事情就是我的。”小尤想想王德明说的也是对的，孩子快上学了，她停下手里的活认真地听着自己丈夫的解释。再说这几年挣的钱也有些差不多了，有些余钱了，平常的开支也算是差不多了，最起码不会像以前还为钱的事情烦恼。要知道现在什么事情都需要钱来说话，没钱还真不行。

王德明与小尤确定了关店后立马就贴出了转让广告。哦，好家伙，这块地方想要的人太多了，可能也是冲着包子铺的位置好吧。夫妻两个都见过人家面后选定了一对年轻的小夫妻。跟他们刚出来创业一样，小尤再舍不得包子铺也没办法，好在是自己敲定的人选，放心了不少。交代了包子铺的注意事项和客源。几天后王德明两口子正式回家休息了。小尤不知道几天后王德明偷偷地把转让铺子的钱也投入他的生意中了。

不开包子铺了，的确悠闲。王德明夫妻也学城里人一样早早地起床了。散散步，偶尔在河堤上吼几声。小尤学别人跳跳广场舞。王德明就天天去茶坊喝茶打牌过起了有钱人的生活。夫妻两个很满足现在躺在钱上过的日子。由于常去茶坊喝茶，茶坊的小妹妹也很照顾王德明，时不时的让王德明买点小东西，王德明也没有计较，大方得很。他很感激二叔为他选的这块风水宝地，的确是块为自己带来财富的金土地。孩子和家务都不用他去管，渐渐地心宽体胖了起来。王包子的称号也没啥人叫了。可时间长了，小尤觉得无聊，就附近找了个地方上上班，接接孩子，做做家务倒也不曾闲着。见王德明早上出去晚上回来，平常打打小牌，也不再担心他了。日子就这样慢悠悠地过着。

天凉了下来，吃好晚饭。王德明看还早，就与小尤在阳台上闲聊。看着天天长大的儿子，王德明觉得太幸福了。就是电话不停地叫着。王德明以为是茶坊的小妹妹约他去玩的时间到了，有点心惊胆战的感觉，当着小尤的面他接也不是不接也不是。小尤看着手机，“明哥，快接啥，哪个找你?”王德明说：“可能是三缺一了。”拿起电话：“喂，哪个?”

“派出所的，你是王德明吗？王旭是你啥子?”

“我表弟，怎么了?”

“你表弟集资放贷已经违法，涉嫌非法诈骗，现已携款逃逸，上面有你的名字，马上到派出所来一趟。”

“不可能哦，昨天还给我通电话了……”

“马上来哈，做个笔录，已通知你了。”

王德明话还没说完，对方已挂了电话。一下愣住了，灵魂出了壳。小尤见状以为是王旭家里出了事情，赶紧推推王德明“明哥，明哥，快去看看，咋回事，旭娃儿被抓了哇？”

王德明回过神来，什么也没告诉小尤，他也不敢告诉小尤。闷不吭声地抓起外套坐上车就朝表弟家飞奔。他抑制不住的全身颤抖，毕竟那么大一笔钱。自己和别人加起来百来十万啊，要是没有了，人都不活了啊。旭娃子，到底咋回事了？但愿这消息是假的，我还没买车子呢！钱啊！别出问题了！菩萨保佑啊！

王德明不知求了多少次菩萨，在他不停的叨唠中到了表弟家。好家伙，表弟那栋精致的别墅周围都有警察看守，几十百号人围着坐在门口的不停流泪的二叔老两口，不停地大声说着喊着，指着二叔老两口骂着。情绪个个都相当激动，估计老人也从来没有受过这种气，又不能回嘴，只得抹眼泪。王德明实在看不下去了，走过去叫了声“二叔”。老两口看到是王德明像见到救星一样说：“明娃子，你来了，王旭对不起你哦，钱现在也还不起你。看嘛，二叔丢人啊，王旭都不知道去哪里了，到现在也没有回来，电话也不开机。是死是活也不知道，说是去要钱去了，咋办哦？求你找找王旭吧，二老给你磕头了。”

老两口的哭声让王德明心里特别难受，自己还指望是亲戚不会出事呢。看着冷风中的长辈王德明无言以对。他拍拍二叔二娘的肩膀走向警察。生平也是他第一次见警察。

从警察口中才了解到，原来这几天有一批人的集资款到了收利时间迟迟不见打款。这些人就来找王旭，王旭答应去上家要钱去，谁知这一去就是两天。电话也关机了。据说上家跑了，王旭要不到钱干脆躲了起来。没办法，他们就只有围着王旭家，报警让警察管管。王德明这才明白事情的缘由，怪不得表弟短短几年一下子发了起来。别墅名车一样不少。看来集资借贷的人不少啊，个个都像他一样希望轻轻松松的赚钱。人是越聚越多，越来越闹，警察也挡不住激愤的人群。这里只有王德明是表弟一家最亲的人，他不出头谁又合适呢。王德明心里尽管有一万个不情愿，可看到老人那求助的眼神，王德明只有冷静下来，站在高处的台阶上让大家安静。

“我也跟你们一样是一个想快点赚钱的受害者，但任何事情都有风险。事情都已经出了，抱怨也没有用，现在我们只有配合警察破案。抓到跑水的人，能够追回大家的钱更好。凡是往最坏处打算，这事也不能全怪王旭。暂时也无法退大家的本钱。但是这里需要几个代表，大家在一起商量一下看事情怎么处理。”在吵闹声中有几个人跟着王德明进房间里去了。

王德明不得不感叹现在人们的警惕性很高，幸好提前发现了不然损失更大。他与大家一起查看了集资的总数，估算了下王旭的家产，相差不多。又叫来律师登记了所有家产与所欠贷款。几辆豪华轿车被几个更大债主的人认下了。王德明也想抢一辆，无奈人太多，太混乱。家具都被其他人搬走了。王德明拿了几件玉石摆件收了起来，财产中心也暂时封存了王旭的家。其他人都散开了，只留下王德明和二叔老两口。陪着两个老人大概等了两三天，王旭还是没电话。王德明把二叔老两口送回了老家，带着包袱回到了华阳。还好，小尤不在家，整个人虚脱了一样往床上一躺就睡过去了。

不知过了多久，王德明一醒来就看到小尤在哭。他难过地说“三妹，钱没有了，你又要跟我吃苦了。”

“钱是小事，你都睡了两天了。不吃不喝也喊不答应，我以为你活不过来了呢?”小尤说着哭了起来。

“我没事，借给他的钱被别人卷跑了。旭娃子这次也遭惨了，他什么都没有了。房子车子都被封了可能要拍卖，二叔们也没住的地方了，我就把二叔两个老的送回了老家。旭娃子他的上家跑了，也不怪他。只是他一直没有消息二叔们很着急。”王德明勉强笑了笑说：“没事，没有钱，我可以再赚，生活还得继续。”但他不敢告诉小尤房子已经抵押出去了。

华阳依旧是华阳，河边依旧是河边。除了王德明一切都没变。王德明又开始了起早贪黑的工作了。由于没有本钱，他只得从最原始的蹬三轮车开始。白天拉人，晚上去厂里面装车。由于他干活很实在工资都当天揭给他了。天气热了起来，王德明看到河边散步喝茶的人很多，自己家近，干脆卖起了烧烤和串串。这不，他又多了份工作。王德明从买菜，洗菜，串串都是自己亲力亲为。小尤看到他没日没夜地干，生怕累出了毛病。自己辞了职全心的帮助王德明。夫妻两的身影又忙在了一起。似乎一切又开始朝好的方向发展。辛苦忙碌的日子总是那么长，王德明这天接到了母亲的电话。

“儿子，妈把钱打到你账上了，你收到没有?”母亲开心地问道

“什么钱?妈。我没有问你要钱啥。”

“我知道你不会问我要钱，所以给你打点钱帮帮你。你电话一直打不通，你朋友说你被车撞了，需要钱住院。是不是哦?好些了没有?他把你的卡号，电话号码告诉了我，我与你爸商量了一下，把3万块钱全都给你打了，收到没?”王德明听完母亲的解释急切地说：

“妈，我没问你要钱，我也没有被车撞，哪个跟你说的?你认得到不?再说我没有叫过朋友给你们带信哦，是不是被骗了!”

“什么，不是你要的，这个电话是你的嘛。完了完了”母亲在电话那头焦急地说。

“那可是我们的棺材本啊!好不容易存的钱，哪个挨千刀的为啥要来骗我的钱吗?”听到母亲急哭了，王德明一下子明白了，老人上当了。

“妈，妈你别哭，看看打钱的卡还在不?马上拿到派出所报案去，也许还能追回来。”王德明安慰着痛哭的老人。放下电话，心头一急，晕过去了。小尤没听到电话说的啥，只当急病发了，吓得不轻。呼天抢地的哭起来，又是掐人中，又是拍。在众人的帮助下王德明醒过来就直呼：“出大事了，出大事了，要回老家去，要回去。”他来不及给小尤细说，如金鱼般大口大口地喘着气。看到车就上车了，直奔老家，任由小尤在后面喊叫。

王德明坐在车上，想起受骗不知如何的父母，各种后果让他想起就怕。眼泪不争气地流了下来。怕父母出现意外，万一走一个咋办呢。钱是不可能追回来的，只要老人平安。这一切都怨自己，自己已经负债累累了，唯一放在老人身边让他们安心的钱又被骗子骗走了。要是自己老老实实的卖包子，也许一切就不会发生了，可是一切都晚了。

回到家里，两个老人还坐在桌前抹眼泪。看到王德明就告诉他“明儿，我和你爸已经报案了，钱追回来的希望不大，派出所还在查。”说完又哭了起来，骂了一会儿骗子，又埋怨了一会儿自己。王德明没有说话，掏出兜里的一万块钱交给父母说：“钱没有了我们可以再赚，身体万一气坏了就没办法补救，你们没事就是我最大的福气。这一万就是奖励你们的，我前几天挣得的。不怕，越骗越有，我去派出所看看。”王德明忍着心里的难过耐心的开导二老。老人答应不再伤心了，目送着王德明出去了。看着矮小的儿子远去老人又抹起了眼泪。

王德明不敢回头看父母急匆匆地出了家门，抱着一丝希望来到派出所了解情况。派出所的同志就告诉他，这种经济诈骗案子全国已经出现很多次了。由于骗子作案手段隐秘，专门骗孩子不在身边的老人。父母爱子心切，往往不会分真假。这样，犯罪分子就有机可乘，屏蔽了孩子电话，使人无法通电话。父母打不通电话就会信以为真，以为孩子真的出了事故。再加之银行管理漏洞，报案不及时，往往资金追不回来。让犯罪分子有时间取钱，消除银行信息。这样的确让警察破案也有些难度。

王德明最后的希望破灭了，浑浑噩噩走到了河边。他想想自己咋这么倒霉。前面那么多欠账的事情还没处理，自己都闷在心里谁也不敢说。现在家里又出事了，老太太处更没法交代。刚刚赚了点钱准备还账又出了这档子事情，天要灭我吗？屋漏偏逢连夜雨。王德明像个孩子似的躺在河堤上哭了起来，这一哭就是几个小时。哭过后的王德明心里舒服多了，也有了主意了。他拿出身上的银行卡取了二万。回到了父母处掏出钱告诉父母钱只能追回 2 万了。让老人别担心认真照顾自己，他才会放心。王德明看到老人情绪好了些，交代了下隔壁邻居。返回了华阳，作为男子汉，他一定要熬过这个难关。重新振作，他发誓还是要在这块风水宝地上做出点事情来。

几天后，河边又开起了一家良心包子铺。门牌“良心王包子”。不用说这就是王德明的新包子铺。比以前的包子铺更干净更宽敞，品种也更多了。良心包子他的确良心了，包子像以前一样全部用上好的五花肉，没有一块不好的肉。同时还经营面条，饺子，豆浆，稀饭。好的材料，好的服务，没多久王包子又出名了。王德明似乎比以前更加努力了。他不再守在店里，白天一有空就出去跑各大单位订快餐，学校去预定包子。晚上半夜了还在监工和包子馅。忙碌的时候，请了几个工人。铺子渐渐有了些小规模了，天天都忙个不停。小尤在忙碌中眉头渐渐舒展开了。

这天来了个不速之客，进店便喊："明娃子，快出来，我来吃包子了。"

"来了来了。"王德明从屋里出来。"曾大爷来了哦。"小尤也忙着打着招呼，是原来的邻居。

"曾叔，我其他欠账都还的差不多了，你的拖到了最后了，对不起哈。"王德明低声给曾大爷说。

"明娃子，我是来吃包子的，哪个叫你的包子那么好吃，这个河边边上只有你的包子最好吃。今天不是问你要钱的。"

曾大爷笑笑说："老老实实做生意才对，莫去做那些偷奸把滑的事情。这一年来看你还算辛苦老实的赚钱，没来问你要钱，既然其他的还得差不多了，那我的你打算什么时候还呢?"曾大爷问王德明也毫不客气。

"曾叔，欠你的账最迟在这一两年就全部还你。我晓得你对我最好了。以后我一定老老实实地做生意，不再去想别的。你教训得是我记住了，天上不会掉馅饼的。"王德明不好意思的回答到。

"好嘛，我等你把钱筹齐一起还我，记住要凑齐还我。"曾大爷吃好饭说完就走了。王德明看着老人家的背影思考了一会儿，不大明白曾大爷说话的意思。反正要还钱，筹齐就筹齐，得尽快还钱才对得起别人。

王德明依旧在忙。幸好他有一个聪明的头脑和不怕累的精神。铺子里增加了炒菜，炖菜。价廉物美味道巴适，回头客多了起来。小尤也把孩子送回了老家父母身边，一心一意的帮助王德明。早上送包子，中午送外卖炒菜，晚上要忙到半夜才能休息。一天不足5小时的休息时间。好在两口子年轻力壮，有足够的精力应付。曾大爷也隔三差五的来王包子吃顿饭，但从不问钱的事情。似乎对这件事并不上心。王德明知道这是曾大爷在间接地问他还钱的事，也从不收曾大爷的饭钱。时时照顾曾大爷，几天不来就要派人送饭去。

冬去春来，华阳河边的树木又开始发新芽了，花也开了。王德明夫妻看看手里的存折很是开心。曾大爷的钱终于全部凑齐啦。王德明告诉小尤准备请曾大爷来吃饭，安排排场要隆重点，这是他的最后一笔欠债。四川人就是说不得说曹操，曹操到。人没到声音就到了。

“明娃子，在不？我们来吃饭了。”曾大爷拉着儿子进了王德明的铺子。小尤赶紧给曾大爷拿凳子端茶。王德明乖乖地坐在曾大爷旁边。

“明娃子，这是我儿子，xxx 火锅的总经理”王德明一听赶紧站起来打量着眼前这个人居然是 XXX 的老总，大人物啊。都知道他旗下光火锅的连锁店都不计其数还有其他产业。平常见也见不到，电视上倒是见得很多。王德明战战兢兢地问了声，“曾哥好!”以为是为曾大爷的钱来的，赶紧拿出银行卡捧给曾大爷。

“曾大爷，你的钱已经凑齐了，连本带利三十五万现在就还给你。”王德明看着曾大爷。

“不急，今天不是问你要钱的，我把你的事情告诉儿子了，他想和你合作，钱就当我投资的。”曾大爷笑着说。

啊，王德明惊呆了，闷声问自己。跟我合作，他自己有什么可以合作的呢？小打小闹的，无钱也无势。他看看曾大爷不大相信似的。

“王德明，我老汉儿看中你的人品，我相信他的眼光。合作的事呢我们还要细谈一下，你可以保持你的特色，店铺还需要扩大经营……”曾大爷儿子对王德明说。王德明掐掐自己，痛——才明白过来这事情是真的。赶紧把曾大爷和他儿子让进里面包间里开始了又一段改变人生的长谈。

几个月后在华阳的河边一家最大最上档次的饭店开业了。王德明请了他以前的债主也请了以前他欠债的所有人，曾大爷和儿子，王旭和二叔来了。

“朋友们，今天 xx 开业了，在座的各位都也是我的再生父母，不但支持我的生意，还教我如何做人。为我的重生为 xx 饭店的生意兴隆，干杯！”王德明端着酒杯望着在座的人大声地说。

“以前的王德明已经去了，我文化少，讲不出大道理，也干了不少荒唐事。但是我王德明是个知恩图报的人。”他告诉所有人，以后他王德明要“实实在在做人，老老实实做事”。要让自己的厨艺真正服务给大众和帮助过自己的人，随后大家热热闹闹的吃了顿开业饭。

在王德明模式中，“良心”再次发挥到极致，由于他的菜品价廉份足，味道又好。一到晚饭时候，各种味道的饭店几乎都被各色的人填满了。华阳河边的餐饮业飞速的发展。人们下班从市里赶路到华阳吃晚饭已经成了常态。次喝玩乐的铺子已经在河边连成了一道风景线。在夜色灯光的照耀下，华阳河边的确成了金光闪烁远近闻名的不夜城。华阳这块曾经繁华的金土地会因为王德明，再次出现了“百业云集，市集兴盛”另一派的商贾盛况。

也许是这种热闹在这块土地上的再次苏醒回味。随着华阳的第一栋别墅区的出现，国家西南第一大石油企业也落户于华阳。房地产商精明的眼光更不会放过商贾云集的地方，大小楼盘如雨后春笋般林立在华阳这块不大的土地上。环境和生活的便利使得更多的人喜欢上了这里，人口更是在短短的几年发展到了五十多万。

据说王德明发家了后，让那次在王旭家欠债的人都在王德明自己在河边开的各类商铺上班，让能干的人担任了各行业的头头。王德明更是在经济的大潮中如鱼得水，以他实干的精神带领着这一行业的发展。这也仅仅只是华阳发展的一域小隅，七十二行里，更多的人在为这块土地规划前程。

潘树明，成都人，爱好文学，笃信陆游“文章本天成，妙手偶得之”名言，故写作常随性涂鸦。

等待医保

◎ 潘树明

老旦就这样悄悄去世了。我获悉他得肺癌大约是五个月前的事。那天，十来个知青朋友按惯例每月聚会。我与老旦先到，老旦依旧声音嘶哑；上个月聚会他就有这种现象了，这次嘶哑更甚，语音含混不清，很难听清说的什么。我问怎么不去医院看看。老旦说看了，医生说是肺癌。肺癌？我大惊。看老旦说得云淡风轻，我信疑参半追问：“不会吧。这种玩笑不要乱开。”其实老旦从不开玩笑的，大家聚会时他的闲话很少，总是静静地听，偶尔插一两句。

“真的，医生说的。”老旦回答很正经。

“那你怎么不住院？”

“医生也叫住院，可我的医保还要等几个月才能享受。”

我愕然，静静地看着老旦。老旦肤色白净，说话总是一脸笑意，但这次只是一本正经。老旦领退休金都是费了很大劲才办下来的，每月领近一千元，但享受医保还差年限。这一天的聚会，我兴趣索然，觉得当时告诉大家似乎不妥，但心里老想着老旦的事。

聚会后，我把老旦得肺癌的消息打电话告诉了几个主要的知青，大家除了惊讶还是默然，都是领退休金的，还能帮多大忙呢。最后我们六人凑了六千元，我与康老师、明忠约好一起去交给老旦。老旦住廉租房，刚住上几个月，与他四哥住在一起。住房在城外很远，与新都接壤。他的前妻在城里带孙子。老旦也是从那里搬出来才几个月。老旦儿子在上海打工，搞餐饮的。我们转了几次车，到老旦家不远，我打电话叫老旦下来。我们都不想去他家。试想，谁人得了这个病，哪还有心情招呼应酬呢。老旦不知我们来意，下来见面后直是说去家里坐坐。我见老旦脸色呈瓦灰色，精神也萎靡不振。我们忙说不去坐了，大家说说话就走。康老师见状，鼻子酸酸的，上前去以女性的轻柔拥抱老旦，说："一切都会好的，别背负压力。"我把钱交给他，说明大家的来意。老旦一下子涕泪长流，蹲下掩面哭泣起来。康老师掏出纸巾递给老旦。老旦接过纸巾仍是哭泣。我想他自从得病，恐怕难得感受到这种温暖的关怀。我们三个直是劝说。临分别时，我告知老旦要借助滴水筹或轻松筹平台筹款治病。

我们这帮知青，招工时差不多都在外地一个大单位工作。八九十年代经商潮风涌全国，但凡有一点办法的都下海经商了。老旦父母住在成都一个繁华地段，虽然是瓦房，但有两个开间，三层楼高，也算比较气派了。那房子是他父母七十年代用了一生的积蓄三百元买下的。老旦几个哥哥合议利用自家优势开餐馆，于是老旦从单位不辞而别，回成都与哥哥们开起餐馆了。自此，我与老旦的接触日渐稀疏，但经常能听到他的消息。康老师的老公是我们这帮知青的大哥，为人豪爽仗义，三教九流朋友甚广，在知青群里很有威信。我与杨哥一直保持密切往来，所以对老旦在成都的事也大体知道。老旦为人老实，少言寡语。杨哥后来也辞职回成都做生意，再后来把自己最疼的亲妹妹介绍给老旦。后来他们结婚生子。七十年代时，我们这帮知青常常到杨哥家里去耍，所以经常看到杨妹，长得乖巧伶俐，对我们这些哥哥们也喊得很甜腻。

那几年老旦的日子过得还是挺滋润的，几兄弟开餐馆虽说挣不到大钱，但比工薪阶层好多了。慢慢地儿子也读书了，成绩中等，一家生活无忧。妻子在家里比较强势，下午没事总是去打牌，但输多赢少，于是家里也免不了有些磕碰。老旦脾气好，总是息事宁人。其实老旦闲下来也要打牌，但总体算账没什么输赢。后来，房子拆迁，馆子也开不成了。好在老旦也如愿分得一套住房，一家人其乐融融。老旦开始在外打工，干老本行，辗转在各大馆子酒楼炒菜。妻子依然是下午出去打牌。后来，老旦风闻妻子与一牌友关系暧昧，初始老旦不相信，后来传闻越来越多，有多人对老旦说亲自撞见两人的亲昵举动。于是家里烽烟四起，三天两头闹得乌烟瘴气。有时妻子索性在外过夜，说是回母亲家了。孩子总是在父母吵架的夹缝中过日子，小时常常吓得哀求父母不要吵架，大一点后干脆关闭自己房门，听任外屋摔凳子砸杯子之类的，习惯了。

杨哥知悉他俩事后，亲自上门，把妹妹骂得狗血淋头，差一点就拳脚招呼了。杨哥脾气暴烈，滚身江湖几十年，阅人无数，知道这个妹妹从小刁钻古怪，不是省油的灯。其妹历来怕哥，所以不敢吭声。家里暂时平静下来，但感情被撕裂一大口子，怎么缝补都有疤痕，何况这种缝补很粗糙，核心口子没缝上，总是须须吊吊的。如果后来杨哥没有病故，两人也许还能凑合下去。可惜杨哥英年早逝，两人感情的磨合少了轴心，感情便各自滑向一边。感情也许是讲缘分的，有些两口子感情磨合得谁也离不开谁，有些两口子感情的磨合是需要付出大半生痛苦的代价。老旦就是如此。

康老师太知道老旦妻子了，其刁钻强悍乖戾胜过常人。杨哥去世后尸骨未寒，她便挑唆其大姐一起来家里闹事。什么杨母老了，无生活来源，其哥哥遗产理应分担赡养老母；还有什么哥哥遗产，姊妹都应有份等等，闹了好一段时间。康老师被闹得身心疲惫，为了顾及婆婆，也拿了一部分钱给小姑。后来听说小姑拿去还赌债了。自此康老师少与杨家往来。杨母过世后，康老师还是招呼杨哥生前好友过去祭奠，帮忙料理后事。事后与杨家姊妹不再打交道了。所以康老师深知老旦日子过得艰难，每次聚会格外关心老旦。杨哥去世后，老旦妻子无所顾忌，变本加厉折腾起来，且每次骂架连珠炮似，不重复。老旦哪里是对手，最后总是被骂得脸红筋胀，说不出话来。后来老旦总算明白了，妻子就是不想跟他过了。两口子开始分床睡。妻子经常在外过夜，也不说明理由了，老旦估计是与老相好在一起。后来妻子干脆提出离婚，老旦初始不同意，后来被折腾得精疲力尽，于是同意离婚。老旦净身出户，但没有住处，只得还住家里。儿子烹饪专科毕业后，干脆到上海打工去了。不出去恐怕他自己也要崩溃。老旦一直没交五险一金。先前打工的钱顾及儿子读书和家庭开支，没什么余钱。妻子懒散惯了，很少出去打工，偶尔打工也是聊以混时间。老旦临六十岁，正好政府出台利好政策，大体就是城镇人口因各种原因断了工龄的，且又没继续交养老保险金，可以补交一笔钱，接续以前断了的工龄，凑够十五年工龄就可以领养老保险金。老旦获悉后，急忙坐火车到千里以外的工作单位，东找西找，最后开出以前工龄的证明。成都这边办理社保的有关工作人员很有同情心，不厌其烦，帮他把在成都多个单位打工的工龄东加西加的，最后补了少部分钱，好歹凑够十五年工龄，每月可以领近一千元。但医保怎么也凑不够年限，只有耐心等了。

只是，还没等到享受医保日期，差几个月，老旦便得肺癌了。我们这些故交，陆陆续续退休回成都，慢慢地建立了联系，并规定每月聚会一次。所以老旦的事也是陆续地知道了一些。自从我们三个给老旦凑钱去后，我便一直关注老旦是否求助滴水筹或轻松筹平台。一个月后依然不见动静，我有时给康老师或明忠打电话询问老旦情况，他们都说不知道。于是我在电话中与康老师和明忠商量，应该去看看老旦，主要是询问筹款问题，如果他不会操作，我们可以帮忙做好，关键是需要老旦去住院，这样才能把筹款需要的证明拿到手。事先我给老旦打电话，告诉他我们要来，到后给你打电话你就下来。我急急忙忙一口气说完，没听清楚老旦说的一个字，便把电话挂了。转了几次车我们到达老旦住处，老旦接了我的电话就下来。远远看去，明显背有点佝偻，走路也有点趄，走近后忽见头上已冒出很多花白头发。他仅仅走了两百米左右，显见已快接不上气了。

距上次见面才一个月，怎么就这样了呢！康老师依然走上去轻拥老旦，柔声说，“老旦，你不能这样，一定要振作起来。精神垮了，什么都完了。”我的心里也开始凄楚起来，问老旦最近情况，老旦急急吼吼说着，然而总是听不明白，但知道老旦没住院也没弄筹款。我把住院和筹款的关系郑重说了一遍：不住院就开不来筹款所需证明，所以必须住院。老旦老是强调享受医保日期快到了。我心想老旦可能交不上住院抵押金，便问住院交抵押金是怎么回事。我想过，如果真的交抵押金有问题，我们可以在知青大群里发起凑款。我们当初一起下乡有一百多人，大家朝夕相处有三年，应该能凑一笔钱。老旦开始支支吾吾的，最后弄清楚他说的交抵押金没问题，他的三哥表示过愿意借给他，但又说可以帮一时，不可能帮一世。三哥强调说，上面两个哥哥都装聋作哑，我也寒心了。什么兄弟姐妹，都是假的，只有自己看淡点好。看得出来老旦的自尊心很强，其哥的这种态度，深深刺激了他。亲哥哥如此，何况向外人筹钱。所以我一提抵押金问题，他马上就敏感到了，并一直暗暗抵触。老旦急急吼吼地解释着。我没听清楚，便说水滴筹主要是向公众筹款，无所谓的。如果没人帮你操作，我可以试试怎么操作。老旦连说带比划表示不用了，说他的侄女可以帮着操作筹款事宜。临分别时，老旦突然转身哭出声来，涕泪不断涌出。堂堂七尺男儿，在我们面前哭得哭得稀里哗啦的。我想，自从老旦得病以来，没有谁去关心过帮助过，闷在心里的恐惧、孤寂和无助久矣。今天我们的到来，打开了他的情感闸口，一下子汹涌泄出。我们慌不迭地围着劝解。走出好远，我回头望，老旦依然站在原地看着我们。我感觉那身影像摇摆不定的枯叶，随时都会被风卷去。可能老旦感觉到，此番一别，不久就会阴阳相隔，所以久久未离去。后来果然如此。整个会晤过程，我明白老旦就是想等到享受医保。

春节时，我给老旦发了一条节日祝福，本来想借此问问怎么还不求助滴水筹或轻松筹平台募捐。老旦没回信。我想，老旦平时很少上微信，我以前在群里招呼大家聚会时，老旦最多回应一声知道了。很可能，老旦因为自尊心缘故，不愿求助，又怕我问起，干脆不回。唉，不回也罢。有时我想打电话问问老旦，可想到他说话声音连含混不清都说不上了，简直就是把一整串语句打包甩出来，根本分不出里面语音的个体差别。

其时成都疫情开始紧张起来，大家都困在家里，哪里都不敢去，什么事都不能做。时日在无情流逝，而老旦却几无消息。有时我眼前也浮现那一枚枯叶，模模糊糊，摇摆不定。到了四月中下旬，落红满地，香染流水，大家枯燥无味地闷在家里。站在窗前，我想象着外面轻灵的风，柔媚的云，明艳的花，到外面去领略已是太奢侈的愿望。在疫情面前，大家都在努力活着。在全球，毕竟有几十万人如枯叶一般被疫情卷走了。每天我总是关注疫情发展，刷朋友圈，老旦渐渐淡出视野。进入四月下旬的一天，我随意翻看朋友圈，猛然看到老旦发出的滴水筹。心里一惊，我急忙打开，仔细看了一遍，受助人正是老旦。需凑款五万元，目前凑款数只有几百元。我猛然明白，老旦终于等到享受医保了。我急忙把此信息转发到我们这个知青小群，并立即打电话通知康老师和明忠等知青点开看。看得出来，老旦所凑款不多，应该是考虑到医保能报销一部分了。然而，病情耽搁了几个月，不知是否还有治愈希望。老旦住的医院依然是杨哥去世的医院，只是两人境遇两重天，杨哥当初住院时，来看望的知青朋友们络绎不绝。而如今，疫情当前，医院也不准探视，唯老旦终日孤寂煎熬。

我在电话上与康老师和明忠等开始商议大家如何凑款。最后定为我们几个还是各人先凑一千，其他人随意。如果最后不够我们再募捐。明忠率先在群里表示他捐一千，我与康老师紧跟，随后其他大多表示一千。我们这个十来人的群里一会共募捐八千六。我给老旦打电话，我想应该有人接电话的。老旦前妻接的电话，我简要说了大家捐款情况，并说想把水滴筹募捐信息发到知青大群里和我的朋友圈，你问问老旦行不行。老旦前妻说我问问他。

我们知青大群有那么多人，应该能募不少。尽量广泛募捐，应该是最后一根稻草，濒临下沉的人都会拼命去抓的。好一会没动静，可以想象，这一小会时间，经过了商议、争执和僵持。终于，老旦前妻发来信息：决不转发！我一下子被镇住了。这几个字里，强烈透出老旦的自尊和韧性。我慨然感叹：拒绝，这就意味放弃生的希望，这得需要怎样的决绝啊！我不敢妄断老旦的释怀和大悟是怎样，但我认为，老旦放下了这些世俗，便握住了真正的人生。

晚上，老旦前妻用老旦电话打来说看到大家的捐款，非常感动，也非常感谢。又说老旦想与我视频。我说好，然后跟着视频电话打过来。老旦前妻拿着电话，把镜头对着老旦。我心里咯噔了一下，看到老旦鼻孔身上都插了一些管子，形容枯槁，瘦弱不堪。老旦对着我努力的挤出一丝笑容，显然他已无法说话。我知道那是表达感谢。我怔怔地看着老旦，不知说什么好。好一会我才勉强挤出几句安慰的话，自己都觉得苍白无力。视频了一会老旦前妻便挂了。

我想老旦这种情形，应该时日不多了。我忙给康老师打电话说明了视频情况，问是否去医院看最后一眼。康老师没声音，我听到电话那端传来轻微的饮泣声。良久，康老师说疫情期间，大家就不要去了，医院也不让进。第二天康老师自己去医院了，费了一阵周折才让进去。老旦已被推进重症监护室，上了呼吸机，基本处于昏迷状态。康老师在外面两个多小时，始终没见到老旦。站在外面走廊上，康老师与老旦前妻彼此都很尴尬，好几年都没来往了。这里的场景康老师和老旦前妻都是记忆犹新的，当年杨哥也是在这里去世的，同是四月天，同是一间监护室。最后老旦前妻打破僵局，嗫嚅着向康老师介绍了情况，说老旦一直没对她说生病的事。有一次见面我问他嗓子怎么这样，他说是咽炎，老旦前妻也没多想。直到住院她才知道他的病情。老旦已经住院十多天，她一直吃住都在医院陪着。说到筹款事宜，老旦前妻有点遗恨和不解："他一直不让家人在水滴筹或轻松筹上募捐。家里人想尽办法凑款挺到现在，费用像流水一样，终于山穷水尽，只能募捐了。我们都是瞒着他做的，直到水滴筹上线才告诉他"。康老师问其儿子还在上海吗？回答说一直不敢叫儿子回来。怕回来后老旦如果一直这样拖着，儿子也不可能一直守着不回去。而一旦回上海，老旦去世了又怎么办？儿子的日子过得紧张，工作也紧张。孙儿都是交给我带着。老旦也说不要叫儿子回来。唉！只有等老旦去世了叫他回来，一次性解决。

康老师辞别出来，老旦前妻送出来，几次欲说还休。临分手时，老旦前妻嗫嚅着说"康姐，我以前太任性。我对不起你，也对不起老旦。你能原谅我吗？"康老师怔怔地看着，不知怎么回答。老旦前妻过来拉手，康老师没动。老旦前妻哇一声蹲下哭起来：“我以前怎么这么混蛋，老旦要走了，我一下子想起他种种的好来。”康老师的眼泪也溢了出来，忙去拉她。一瞬间，她对这个小姑所有的积怨一下子烟消云散。老旦前妻站了起来，一下子抱住康老师说：“我父母走了，最疼我的哥哥也走了，老旦也快走了。我没什么疼我的亲人了。”康老师情不自禁紧紧拥住她，说，“如果你不嫌弃，我还是你的嫂子。”老旦前妻哭得更凶，说：“我就是想你做我的嫂子。多好的嫂子，我自己没有珍惜。我经常都在回忆你和哥哥对我的好。这么多年了，我一直想找你说说，可又不敢对你说。”两人紧紧拥在一起，都哭成泪人了。康老师百感交集。杨哥也是在这个医院去世的，那天，杨哥去世之际，她和小姑也是相拥着哭成泪人了。

第二天早上，老旦前妻打电话给我，说老旦刚刚去世了。我挂断电话，望向窗外，天空难得一片湛蓝，几缕云丝在天空慢慢游动，飘向远方。我想，或许有一缕是老旦的吧；去吧，那深远的地方，或许没有病痛折磨，更不需要医保。

张道余，中石油退休。先后有数百篇文学作品发表于《青年作家》、《四川文艺》、《故事会》等报刊。60余次获各级文学奖，被某知名刊物评为首届全国最受读者喜爱的故事家百杰之一。百余篇次作品收入《中国微型小说百年经典》等多种书集。多篇作品被转载，其中《千古一吻》被20多家知名报刊转载。已正规出版有6部个人作品专集进入新华文轩馆配图书平台在全国发行。三部电视短剧被四川电视台、湖北荆州电视台录制播放。

还我命来

◎ 张道余

精诚所至　终抱美人归

靠山镇是一个偏僻的小镇。镇上开有一个豆腐坊，生意特别好。为啥呢？因豆腐坊门口经常站着一个漂亮的姑娘，那鹅蛋般红扑扑的脸，那高挺笔直的鼻梁，那一双水汪汪的眼睛滴溜溜地转，瞅你一眼就会摄去你的三魂六魄。再加上那身段小蛮腰，走起路来犹如风摆柳，扇起一股香扑扑的风，让急性子赶路的人也要驻足回首。美女名叫杨柳枝，因其守豆腐摊，小镇上的人都唤她作豆腐西施。制作豆腐的是她的娘，豆腐西施只管站柜台卖豆腐和招呼顾客。年轻人为了能近距离地从正面瞧上她一眼，便经常前来购买豆腐，豆腐西施的生意自然好得出奇了。

杨柳枝也到了谈婚论嫁的年龄，按说这样的尤物在城里，早已被富二代或官二代揽入怀中了。可这里地处偏远，她又不愿意离开自己的母亲和家乡，就只能在周围一带挑选意中人了。窈窕淑女，君子好逑，上门来求爱提亲的人趋之若鹜，这里面有在镇上政府部门工作的公务员，有中小学教师，也有小富小贵的商人、包工头。其中有一个人算不得什么人物，他叫郝松柏，高中毕业后就留在了家乡拼搏。郝松柏自小酷爱画画，属自学成才，在这镇上的美术发烧友里，算得上出类拔萃的人物。可要把画作作为上乘艺术品，并以此来养活自己和发展事业，却还要差个十万八千里。他因了这个特长，就在镇上开了个装裱店，装裱店生意不愠不火，除能糊口外仅小有盈余。他也自得其乐，闲暇时潜心钻研绘画艺术，仅是为满足他的精神需求。他追求杨柳枝，可不是一时冲动。他与杨柳枝是小学和初中时的同学，读书时就有过接触，见杨柳枝清纯可爱，当时就埋下了单相思的种子。如今都已长大成人，杨柳枝家的门槛已被人踏破，他也不知天高地厚地加入进追求的队伍。别人讥笑他是癞蛤蟆想吃天鹅肉，说你凭什么？凭权吗，凭钱吗，还是凭什么？听说杨柳枝眼光高着呢，你一样都不沾，穷酸一个，恐怕连大门也不让你进，就别做美梦了吧！郝松柏答道，凭什么，就凭我挚爱她的一颗心，夸父追日，杜鹃滴血，精诚所至，金石为开，还怕她不动心么？众人都笑他迂腐得可以。

众多追求者自然是八仙过海各显神通，有的答应替她家办事打通关节，有的许诺结婚后就有房有车，有的甘愿做上门女婿为她娘养老送终。郝松柏呢，精心画了一幅豆腐西施的肖像画，画中杨柳枝站在湖畔的柳枝下，美艳绝伦，光彩照人，装裱后送到了杨柳枝的跟前。杨柳枝一见画中的自己竟是这般美丽，惊喜无比，遂热情地接待了他，叙了叙旧，说了些让人感动的话。郝松柏暗暗给自己打气：有门！

这一天，杨柳枝的母亲类风湿病发作，住进了医院，杨柳枝在医院和家里两头忙着。美人有难，正是追求者们献殷勤挣表现的大好时机，有的送来了高档营养品，有的递上了慰问礼金，还有的跑上跑下当起了临时护工。郝松柏呢，则守在大妈身边，给她讲开心的事，说暖人的话，劝她得了这病不要着急，慢性病嘛，平时生活起居上多注意点就行。在众多有钱有势的追求者中，杨柳枝的母亲对郝松柏的印象最好。

杨柳枝的母亲出院后，又是几个月，杨柳枝却累得吐了血，住进了镇上的医院。美人有贵恙，这下来医院关心和看望她的人就更多了，都衷心地祝愿她早日康复，都希望能给她留下一个好印象。但没几天，她因病情恶化，被转到了省城的一家大医院，紧接着就传回了一个令人意想不到的消息：杨柳枝患的是胃癌，只有一年的存活期！这无异于给众多追求者头上浇了一盆冷水：美丽能当饭吃？去追一个已被死神攥住手的女人多不值！世态炎凉的痼习顿时显露无遗，杨柳枝回到家里静养期间，再也没了过去那种热闹的景象了，已是门庭冷落车马稀。而此时郝松柏却离杨柳枝更近了，他认为这是上天有意为他安排了一个绝好的机会，他每天都待在杨柳枝左右悉心照料，温言软语开导他，让她每一天都过得快快乐乐的。杨柳枝非常感动，但还是劝他说："我已经是病入膏肓的人了，已没有多少时间活头了。你来照顾一个濒死的人，这多不值？"郝松柏说："什么值不值的？因为我爱你，仅此一点，就够了。爱情是不讲等价交换的，既然相爱，不管你遭遇到什么困难，我都愿意为你承担。只要你不嫌弃我，如果你答应的话，我现在就要娶你！"杨柳枝感动得热泪涟涟，一下扑进了郝松柏的怀里。

不久，他们就举办了一个简朴而隆重的婚礼。令众人感到不解的是：这郝松柏究竟吃错了哪味药，要把自己终身的幸福和前程押在一个行将就木的人身上？

致富无门　误走难归路

郝松柏自己选择的路，他就要一条道走到底。婚后，他一个心思扑在照顾妻子的身体上，眼见杨柳枝的身体出人意外地一天天好了起来。三个月后，妻子对他说："松柏，我的身体恢复得差不多了，咱们还是该干啥就干啥吧！"郝松柏不同意："不行！你得了这么严重的疾病，我怎能丢下你不管呢？"杨柳枝笑了，告诉他，她患的其实只是普通的胃溃疡，没什么要紧的。郝松柏感到吃惊：不是说胃癌吗？铁板钉钉的事，怎么变成普通的胃溃疡了呢？杨柳枝解释道，说患胃癌，其实是她的一个闺蜜给她出的主意。这个闺蜜说，婚姻可是关系到一个女人幸不幸福的大事，现在这么多人追求她，知道谁是真心，谁是假意？要是选错了人，岂不后悔一辈子？不如借此次生病的机会，编造个吓人的绝症来试试众人的心。病名是闺蜜想出来的，得胃癌的消息也是闺蜜传播出去的。这一试，倒是真真地吓退了那些经不住考验的追求者，吹尽黄沙始见金，方显出郝松柏的真心是那么的难能可贵。想不到吧，郝松柏，其实你哪方面都不具备优势，能让我选择了你，是上天让你拣了一个大便宜！当然也有我那位闺蜜帮我参谋，促成我做出了这种选择。

郝松柏开心地笑了，当即表态："我一点不比别人差，我一定会让你过得幸福无比！"杨柳枝答道："但愿如此！你可不能食言喔！"

话好说，要兑现承诺却不是那么容易。现实生活是严酷的。杨柳枝的母亲因病去世了，妻子不能再卖豆腐了，郝松柏也不愿意再让她去受这份累。可郝松柏的装裱店，生意秋秋的，要维持一家人的生活都困难，哪还能满足妻子过上幸福优裕的生活？小两口就商量着，改做其他更赚钱的生意吧，经过一段时间的考察，他们选择了副食品小批发。店开起来了，小两口勤扒苦挣起早摸黑地打理生意，收益确实比装裱店好了许多，一家人的基本生活有了着落。但要把批发生意做大做强，就必须要有背景，要有关系，能让企事业单位的集团消费来订购。可他俩都是平头百姓，哪能拉上这些关系？每月的收入就只有这么多，要想过上有钱人买车买房出外旅游的生活，却是根本不可能。杨柳枝常常累得腰酸臂痛直叹长气，有时还要后悔一下选上了一个没有本事的老公。做丈夫的见此情景心里很不好受，只得暗中责备自己：我咋这么无能啊，不仅没让妻子过上幸福快乐的生活，反倒连累心爱的人跟着自己遭罪。

此时他又听说跑货运挺能赚钱，运气好的话，一年挣上十多二十万都是可能的。靠山镇周围有许多小煤矿，开采出的煤炭都要靠货车拉到外面去销售，不愁没有货源。说干就干，他很快就学会了驾车技术，考取驾照后，立马改弦易张，将副食品批发店盘给了别人，向朋友借了三万元钱，凑足了八万买了一辆二手货车，跑起了运输。

这行当的效益果真不错。妻子为他联系货源和收货款，他只管多拉快跑，第一年除去生活及打点费用外，就挣了足足12万元，是过去小批发生意年收入的三倍。他们乐欢了，计划着用这12万元钱，再向朋友借上一部分，去买一辆新卡车，雇上一名司机，两辆车同时跑运输。他们憧憬着美好的未来，心里盘算着，这样用不了几年，滚雪球般地发展积累，他们就可以跻身于富翁的行列了。

可好景不长，在他们还没挣够买新车钱的时候，政府就下发了关停小煤窑的政策。小煤窑一关，就断绝了大部分货源，尽管杨柳枝另辟蹊径，四处联系，两辆卡车仍是停多跑少，连维持正常的开支都不够，哪还谈得上什么发家致富？他们只得把雇来的司机辞了，只留一辆卡车勉强应付，连借朋友的购车款都不能及时偿付。车在歇着，钱在花着，债主天天急着逼还钱，这可怎么办？真急死人啦！

这样苦撑了一段时间后，有一天妻子对他说："我有一个好主意，既可以让我们摆脱困境，又能让咱家过上好日子！"郝松柏兴趣来了："快说说，什么好主意？"妻子凑在他的耳边说："咱们去给你买一个巨额人身保险，一百万两百万都行。这样只要你一出事，就能获得这笔巨额赔付。"郝松柏非常吃惊，像不认识杨柳枝似的："这么说，你是拿我的性命换钱了？在你的眼里，钱比人更重要了？"妻子道："哪是要你去死呢？这么跟你说吧，汽车出事故时，你名义上是'死'了，实际上你并没有死，当然这些真相都要瞒过保险公司，等保险公司把一大笔钱给了我们后，我们不是就可以过上好日子了吗？"郝松柏一听是这么一个损招，坚决反对："啊呀，这不是骗保吗？使不得！使不得！"杨柳枝开导他："你不是说为了我什么事都愿意干的吗？你不是信誓旦旦地向我表示过愿为我上刀上下火海也在所不辞吗？现在有这么一个发财致富的机会了，你为什么却不愿意呢？"郝松柏嗫嗫嚅嚅地："可是、可是……这可是违法的事啊！其他什么事都行，违法的事咱不能干啊！"杨柳枝一面开导他一面给他打气："不会有什么事的！万一出了事我给你兜着！"郝松柏仍心存疑虑："这主意……不是你出的吧？"杨柳枝道："唉，管它谁出的主意，只要能行就是了！你就放心吧，一切我都会给你搞定！"郝松柏本来极不情愿做这违法乱纪的事，但又无其他好的出路，在妻子再三的怂恿和因势利导下，也只得勉强地答应了。

一切都在杨柳枝计划安排下进行。他们先去保险公司为郝松柏投了200万元的人身保险，受益人一栏里填上了杨柳枝的姓名。为了避嫌，他们并没有马上实施“车祸事故”计划，直到一年多后，这起“车毁人亡”的交通事故才“意外”地发生了。

事故地点是一条山区公路的急弯处，公路的左侧是高陡的峭壁，右边是几十丈深的悬崖。郝松柏的货车在转左弯时，他减低了车速，缓缓前行，此时前面突然出现一辆快速开来的摩托车，眼看就要撞上他的卡车，他紧急刹车已来不及，赶紧将方向盘往右一扳，摩托车乘机飞快地擦车身而过，哪知公路过于狭窄，货车往右转向已控制不住，径直朝公路外滑了下去，自然发生了车毁人亡的惨剧。接到报警电话后，交警和保险公司很快就到了事故现场，车祸场景非常惨烈，一辆被摔得支离破碎并已燃烧得只剩下几许支架的汽车，司机被摔出了驾驶室，已血肉模糊成了一段焦尸。经过现场的勘查，交警和保险公司派来的调查人员都一致判定这是一起意外的交通事故。

生不如死　沦为洞穴人

真正的郝松柏其实没有死，“死”的是一具从殡仪馆偷来的尸体，由于已被烧得面目全非，自然是被判定为此卡车的驾驶员“郝松柏”了。郝松柏没想到“事故”会出在今天，杨柳枝并没有事先告诉他，他在汽车滑向公路边的一瞬间跳出了驾驶室，才侥幸保住了一条命，不由惊出了一身冷汗。他想想前前后后发生的一些事，不禁起了疑心：难道妻子不是要他假死，而是为了独吞赔付款，真的要他的命？也就是说杨柳枝是要拿他这条命去换取幸福快乐？但想想杨柳枝平时对他的好，他又把这个怀疑推翻了。他既然没有死，妻子又怎能得到巨额的保险赔付呢？他想回家去问问究竟是怎么一回事，但想到妻子再三嘱咐过他，只要汽车一出事，他就不能在世人面前露面了，所以就只能隐忍下来。

靠山镇实际上是坐落在一个较为开阔的山谷里。它的西面，是一条绵延一百多公里的莽苍山脉。近些年因封山育林，加之村民们都用上了煤，进山的人就很稀少了。郝松柏进入了莽苍山，在深山老林里躲了一个多星期后，有一天夜里他实在忍不住了，就悄悄潜回了家里。杨柳枝蓦然见到丈夫，就责怪他起来："叫你不要露面，你怎么擅自跑回了家里？这多危险！"妻子告诉他，保险公司赔付一事，不是那么简单。虽说赔付单已基本定下来了，因保额巨大，还得层层审批，赔付款到手还得待些时日。况且，即便赔付款下来了，她能马上离开这里吗？要是没缘由地马上离开，就等于明白地告诉别人，我们是在骗保。只要被保险公司和公安部门怀疑上了，就是躲到天涯海角也会被追回。所以我们必须把事情做得跟真的一样，你还得做好打持久战的准备，必须坚持长期在外躲避，躲得越久我们就越安全。待上几年，我才能和你一道悄悄地到外地去。

怎么会这样呢？郝松柏真后悔不该铤而走险走这条歪路，他赶紧找了几套衣服，揣了些钱票，备了些干粮，挎上一个包，就匆匆上路了。

这可苦了郝松柏。怕遇见熟人，附近的山林是不能再继续待下去了，他就装扮成一个老人，不敢走大路，更不敢去乘汽车火车，只能在人迹稀少的田野和山林里穿行。他蹚过了一条条小溪，翻过了一道道山梁，晚上随便找一个勉强能遮风避雨的地方过夜。这样走了五天五夜，估摸着已经到了外省地界，应该离家乡很远了，他才找了一个地方安歇下来。

郝松柏选择的安身地点是一个山洞，比较隐蔽，他拣了些枯枝干草铺在地上，就成了他睡觉的地方。他不能单靠身上带的一点钱财度日，况且他也不敢贸然去赶集购物，所以怎样依靠自身的能力在这山野里生存下来，就是他面临的最大课题。他每天漫山遍野地去找寻野果野菜，有时也能在农民收获后的地里刨出些红薯、山药，偶尔也能捕上一两只山鼠、野兔，或采些蘑菇、山珍，凡是能入口的，都是他的食物来源。他用三块石头垒成了一个简易的炉灶，从附近农民废弃的房屋中找来了一口破锅，再拣上些枯枝落叶，舀上山泉水，火一生，就能煮上一锅亦粮亦菜的食物了。有时为了图省事，他干脆将薯芋类食物往烤过火的柴灰堆里一扔，等养足精神后再刨出来吃，也算一种美味。有时他就在想，我这是何苦呢？有家不能够回，有正常的日子不能过，做人如同做鬼，还不如从前快快乐乐地过个小日子。唉，人哟，成天尽乱想些不实际的，到底图个啥啊？

他成天头不梳，脸不洗，胡子也不刮，饱一顿饿一顿的，再加上日晒雨淋，烟熏火燎，不到半年工夫，已俨然成了一个野人。

在这山中生活，就难免会遇见外人。别人见他这个模样，就会好奇地询问他，关心他，他就装作一个智障的聋哑人，傻乎乎地望着对方，咧着个流着涎水的大嘴，咿咿呀呀不作回答，别人见他这样，就只能摇摇头，叹叹气，爱莫能助地离开了。有一次，一个进山采药的老人见他这么可怜，就仔细地询问他，执意要帮助他，说他过的哪是人的生活，要将他送到民政部门的救助站去，那里的日子会比这好许多。他吓坏了，第二天就赶紧离开了这里。

他认为不能再这么窝囊下去了，他要换一种方式生活。他找假证贩子制作了一个叫吴忠友的假身份证，不再龟缩在山野，他要重新融入社会，四处打工谋生去。他先先后后在农场、茶林以及建筑工地找过活干，最后辗转成了一名下井挖煤的煤矿工人。打那以后，世上再也没有了郝松柏这个人，他现在是吴忠友，郝松柏已成了一个活着的死人。

恋妻心切　再遭杀身祸

在煤矿，他一干就是 5 年，有多少次矿难都与他擦肩而过，他也算九死一生。郝松柏攒了些钱，想回家去了，想去见见他日思夜想的爱妻。一旦做出了决定后，就归心似箭马上启程。到达家乡县城后，他却犹豫了：杨柳枝现在到底怎样了？她还在不在靠山镇？他的突然出现，给妻子带来的会是灾难，还是惊喜？为求把稳行事，他决定在去靠山镇的中途就下车，找一个比较隐蔽的山林暂时栖身，了解清楚情况后再作决定。

郝松柏在山林里转悠了半天工夫，寻到了一个过去护林人留下的窝棚，稍稍拾掇了一下，就成了他的栖身之地。虽然山还是那些山，景还是那些景，但他明显地感觉到，现在进山来游玩的人比过去增多了，有的是携着一家老小到山里来避暑的，自然也有来自靠山镇的人。他就乘此机会打听杨柳枝的情况。他完全操着一嘴外地口音，蓄着艺术家那种长发和胡须，穿着也大异于从前，晃眼一看，别人会以为是来山里采风写生的画家，或是热衷于户外游的驴友。他逢人便问："你知道靠山镇卖豆腐的杨柳枝吗？"多少人都摇头不知。有一次一个中年人反问他："你打听这个人干啥？"郝松柏巧妙地作答："听说她做的豆腐很好吃，很有特色！我想尝尝呢！"中年人答道："啊，她早就不做豆腐了。"他接着问："她住镇上哪里？我去找她学做豆腐的手艺！"中年人道："豆腐西施已搬走两三年了，况且她哪会做什么豆腐？都是她已过世的妈做的，她可是个好吃懒做的主呢！"

郝松柏有些失望，但他并不就此甘心。他后来又打听一些人问杨柳枝的去向，有的说她搬到很远的地方去了，至于到底去了哪里，谁也没说出个准信。

不是说等我回来后就一起离开靠山镇的吗？怎么她一个人就率先离开了呢？走了又不告诉我一声，难道是杨柳枝有意要撇开我？她离开了靠山镇，满世界我哪里去找寻？郝松柏百思不得其解，就显得落寞无助，产生了消极遁世的情绪。

这天，他信步来到大山幽深处的一条小溪边，见潺潺的流水穿过开满野花的山谷，鸟鸣蝉嘶敲拨着他的耳鼓，阵阵花香直沁人心脾，一群群蜜蜂嗡嗡作响，一只只美丽的蝴蝶在鲜花丛中翻飞，他被眼前的美景震撼了，心里的阴霾一扫而尽：最心爱的人都离我而去，世间这么美好，我为什么不可以换一种活法呢？对，与其这么东躲西藏过老鼠一般的日子，不如前去自首，长痛不如短痛，该受什么处罚就受什么处罚，然后洗心革面，重操旧业，开一间画廊，寄情山水，泼墨丹青，过一种平凡而又潇洒的日子，何乐而不为？此时，身后突然传来一串如银铃般咯咯笑的童声，郝松柏寻声一望，见一个如彩蝶般年约四五岁的小姑娘欢快地蹦跳着，忽左忽右地追逐着蝴蝶。追着追着就来到了溪边，一个不小心跌进了溪水里。小姑娘在水里挣扎着，大声呼喊："救命!"他赶紧一个箭步冲到了孩子出事的地点，鞋也没脱就跳下了溪流，将孩子从水里捞了上来。此时一个穿着十分时尚长得非常漂亮的妇人赶来了，从郝松柏手中接过了孩子，不住声地说道："大爷，谢谢你！谢谢你！救了我女儿一命!"听着这么熟悉的声音，再仔细地打量着眼前的贵妇：这不是杨柳枝是谁？他心内一震，不由惊叫道："柳枝，你怎么会在这里?"贵妇一愣，四目相视，顿时惊惶失色："你是谁？我不认识你！我不认识你!"说着拉着小女孩扭头便走。郝松柏感到奇怪了：你怎么会不是杨柳枝？就是烧成灰我也能辨出是你！他赶紧上前一步拉住了杨柳枝："柳枝，你仔细看看，我是郝松柏哪！你别走，有什么事都可以说清楚的!"贵妇人边挣扎边往前跑去："峨柱，快来救我！有人打劫!"这时从林子里冲出了一个肥硕壮实的中年人，身体保养得很好，脸白白净净的，提着一把长铳猎枪，几步就来到了他们的跟前，厉声对郝松柏喝道："放开手！你是什么人？敢打劫我的老婆!"贵妇立马应道："他说……他说是什么郝、郝松柏，我根本就不认识这个人!"男人的枪托随即就向郝松柏身上砸来，郝松柏受这猛然一击，疼痛难忍，与对方厮打了起来。可他哪是中年男人的对手，只几招就败下阵来。他赶紧扭头逃命，没跑上几步，就听轰地一声枪响，他应声倒地，眼前一黑，就什么也不知道了。

还我命来　善恶终有报

中年男人来到倒卧着的郝松柏的身体跟前，踢了几脚，没有反应。旋即翻过郝松柏的身子，用手摸了摸他的额头，试了试他的鼻息，回头对贵妇人说："死了!"贵妇人惶恐不安，担心地问："咋办?"中年男人轻描淡写地说："没什么大不了的！你把梅子带一边去玩，我一会处理妥当后就去找你们!"

等母女俩走后，中年男人在附近山丘处找到一个过去曾储过水的长方形土坑，土坑已经干涸，土坑里及其周围都长满了齐人高的蕨蕨草。他将郝松柏的遗体拖进了土坑里，土坑里的蕨蕨草只是因遗体的侵占倒卧了部分而变得稀疏了些，并未有太大的变化。中年男人又从其他地方搂了些蕨蕨草来盖上，加之周围都是茂密的草丛，从外面根本看不出一点破绽。

郝松柏没认错，贵妇人就是杨柳枝，那中年男子就是她的现任丈夫潘峨柱。郝松柏的车祸，就是杨柳枝和潘峨柱两人一起联手密谋策划的。当时潘峨柱是保险公司的调查员，他熟知保险理赔的程序和保险理赔程序中的一些漏洞。在郝松柏的车祸发生后，他作为保险公司派出的两名调查员之一来到了事故现场，很巧妙地并且理由充分地说服了另一名调查员提出的种种疑问，使杨柳枝顺利地获得了巨额赔偿。潘峨柱本就对杨柳枝的美貌垂涎三尺，两人早就眉来眼去暗生情愫。郝松柏"死"后，他就来到了杨柳枝的家里，几番挑逗，遂勾搭成奸，做起了地下夫妻。潘峨柱把骗保事发的严重后果分析给杨柳枝听，晓之以利害，动之以深情，提示她现在重要的是要把仍活着的郝松柏赶得远远的，要郝松柏在熟悉的人面前消失。最好的是让郝松柏在外面恶劣的环境下自然的消亡。后来，潘峨柱与远在家乡的妻子离了婚，同已"丧偶"的杨柳枝结成了夫妻。他们在县城里安了家，潘峨柱已升为保险公司的一个部门经理，杨柳枝开了一家品牌服装店，生了一个活泼可爱的女儿，.小日子过得红红火火。他们唯一担心的就是，郝松柏有一天会活着出现在他们的面前，所以他们想方设法掐断了一切有可能与郝松柏联系上的方式。今天在密林深处的小溪边突然见到了郝松柏，着实让他们大吃了一惊。潘峨柱迅速果断地击毙了对手，排除了埋在他们心中的一颗定时炸弹，消除了隐患，这下可以放放心心地过他们的甜美日子了。

幸福的生活过得如行云流水般的惬意，转眼已是两年过去，梅子幼儿园毕业，就要进入小学读书了。而此时的莽苍山，凭借自身的森林资源，加之那里新修了一个风景怡人的湖泊，一个大型财团将这里打造成了一个远近闻名的旅游度假区。潘峨柱决定，利用这个暑期，全家人一道去莽苍山的森林别墅里住上个十天半月，放放松松地过一段神仙般的世外桃源生活。

莽苍山旅游度假区的别墅其实只是一些简朴而雅致的小木屋，它们建造在临湖的一面山坡上，前面是烟波浩渺的湖水，屋后是莽莽苍苍的大森林，空气清新，风景旖旎。这些小木屋散落在森林里，也就是说每一栋小木屋都被森林包围着。小木屋里可以按自己的需求造饭做菜，也可以到 500 米外的酒店就餐；既可热热闹闹地群游群乐交际，也可其乐融融地独立生活。杨柳枝一家选择了一处靠近山谷的木屋，这里更显幽雅静谧，空气也优于其他地方。

他们一家在这里每天游山玩水，自己就地取材，做些绿色清淡的食物，过着无忧无虑的生活。还有两天就要结束假期返回城里了。这天晚上，梅子玩了一天，已经睡得很香很沉。杨柳枝睡过一觉后，朦朦胧胧中觉得屋顶上有窸窸窣窣的声音，是黄鼠狼还是松鼠进了屋？她赶紧睁开惺忪的睡眼，在迷离的睡灯灯光下，却什么也没看见。她刚要重新入睡，却听见一声声似乎从远方传来的低沉而又哀怨的声音："还我命来！还我命来……"这声音多么熟悉，分明就是郝松柏发出的悲鸣！难道是这个死鬼的阴魂不散，知道他是冤死的而前来鸣冤叫屈？这也太可怕太不可思议了吧？杨柳枝不由心里发怵，浑身起了鸡皮疙瘩。她赶紧用手肘碰了碰睡在身旁的丈夫："峨柱，你听，郝、郝松柏索命来了！"潘峨柱猛一惊醒，顺口答道："瞎说！哪会有这等事？"可他也依稀听到了"还我命来"的哀哀呼声。毕竟人是他杀死的，他还霸占着人家的妻子，享受着巨额赔付带来的优裕生活，冤魂索命是冲着他来的，他不由惊出了一身冷汗。

正当他俩惊魂未定时，又从房梁上飘飘忽忽下来一个人影，那人影扁扁的，张着大口，吐着长舌，扭曲抖动着身体，直冲他俩的头顶而来。啊，是郝松柏！郝松柏的冤魂不散，找他们讨还血债来了！俩人都吓得大叫了一声："妈呀！"顿时被吓得晕死了过去。

第二天清醒后回到家里，他俩大病了一场，还没等病好利索，俩人同时被请到了公安局。

这是怎么一回事？难道真的是郝松柏的冤魂不散前来讨还血债的吗？不，不是那么一回事！原来郝松柏并没有死，他被潘峨柱的猎枪击中后只是深度昏迷，被掩埋进土坑后不久就被一个前来挖山药的土郎中救起。土郎中名叫高山石，40 来岁，少年时习过武，后来跟一个乡村老医生学医，能以普通的中草药治疗疑难杂症闻名于乡里。郝松柏被救活后，对他感激万分，遂将自己的悲惨遭遇和一肚子苦水统统向救命恩人倾诉了出来。高山石非常同情他的不幸，见他人善良，又有文化和见识，就将他留下来做了自己的帮手。相处久了，都觉对方投缘，相见恨晚，二人遂成莫逆之交。高山石发誓要替朋友讨回公道。此次报复这对狗男女，就是高山石一手策划的。了解到杨柳枝夫妇来莽苍山旅游后，高山石让郝松柏画了一幅真人大小带点夸张变形且很狰狞恐怖的自画像，贴在纸板上。他夜间攀上了房顶，从房梁上将郝松柏的画像垂了下来，不停地抖动着。郝松柏则按照他的吩咐，不停地在木屋外呼唤着“还我命来……”

吓坏了杨柳枝夫妇后，郝松柏就来到了公安局投案自首，同时检举揭发杨柳枝勾结保险公司干部潘峨柱制造车毁人亡假案骗保和两次谋杀自己的犯罪行为。东窗事发后，杨柳枝、潘峨柱二人去到了他们应该去的地方。鉴于郝松柏在本案中犯罪情节轻微，同时他又是一个受害者，并在此案的破获中起到了至关重要的作用，被免于刑事处分。

据说，郝松柏后来成了一个著名的画家，又有人说他成了一个出没于乡野里的神医，但很少有人能再见到过他的身影。

张学东，男，四川省作家协会会员，高县作协第一届主席，供职于高县文广旅局，发表文学作品近百万字，出版散文集《爱在家园》、《这方水土》、《且行且歌》、《风景在远方》。

艰难使命

◎ 张学东

一

陈子墨没想到，他到渔溪镇任镇长的当天，就遇到了剃头事。老上访户李麻子提着两只死鸭子，撞开他的办公室，然后，把湿淋淋的死鸭子丢在办公桌上，大吵大闹，吼道："看他娘的兴盛粉条厂弄么霸道，一赶污水冲下来，又把老子在河中放养的鸭子毒死了，不赔偿老子损失，老子没完，上省城跑市上县上去告状，老子都去，怕他娘的！"

办公室小孙阻挡不住吼天骂地的李麻子，见他把死鸭子甩在新来镇长的办公桌上，然后一屁股坐在地上，做起一副死猪不怕开水烫的样子，便赶紧跑到楼上的会议室，想提前告知新镇长，避免与李麻子见面后难缠，就不要去办公室了，等李麻子闹够了，自然离去。

小孙气喘吁吁跑到会议室门口时，门刚好拉开，只见新镇长陈子墨侧身走在前面，斜伸着右手，引导着前来宣布他任职的县委常委、组织部长走出了会议室，后面紧跟着镇党委书记和其他镇党委政府的班子成员一干人等。还未等小孙提示，刚刚还在镇长办公室死搅蛮缠的李麻子，不知咋打探到消息，一下从楼梯口窜了出来，扑倒在人群前，手里拽着两只脏兮兮的死鸭子，不停在地板上翻滚扑打，大嚎道："青天大老爷，给我们平头百姓申冤呀！再这样污染河水，老百姓咋活呀！"

李麻子手中搅动的死鸭子几乎就要沾染到组织部长的裤脚上。组织部长被眼前突发的状况惊怔了，不经意地皱了下眉，似乎在思索怎么开口之时，陈子墨抽身上前，隔开了组织部长和扑倒在地面上哭嚎的李麻子，大声说道："李麻子，又来闹补助啦！"

脑壳因为哭嚎而不停摇晃的李麻子一听，停住了摇动，抬起头，手中的死鸭子也不再在地面上摔打，盯了陈子墨一会，有点惊讶地说："哦，是陈局长啊，你也到镇上来啦，嘿嘿！"

"我到渔溪镇来当镇长了，有啥事找我。起来，去我办公室先等着，我随后来听你说情况！"

李麻子一听，赖着不起，阻挡着行走的队伍，嘟囔着说："你来当镇长正好，免得我跑水务局去找你，你看咋个赔偿我吧？"

陈子墨提拔到渔溪镇任镇长之前，在县水务局任副局长，负责全县河道治理和渔政执法管理工作。陈子墨对李麻子非常熟悉了，最近两三年，一到春节前，这李麻子都要提着死鸭子，跑镇上、水务、环保、信访、人大政协等部门上访，说是渔溪河上兴办的粉条厂排出的污水，把他在河边喂养的鸭子给毒死了，要求处罚粉条厂，赔偿他的经济损失，成了全县挂号的上访户。作为水务执法部门的分管领导，陈子墨多次参与对李麻子上访案件的处理。因为渔溪粉条是川滇黔著名的特色农产品，作坊式生产的厂家星罗棋布，而兴盛粉条厂只是其中规模较大的一家粉条厂。一方面要保护地方特色产品，另一方面涉及众多作坊，处理起来难度较大。为了息事宁人，陈子墨每次都是协调镇上和兴盛粉条长，各出一千块钱，安抚李麻子。

这李麻子尝到了甜头，一遇到自己经济困难，钱扯不过时，就提着两只死鸭子，到处告状，最终都赔个千儿八百的。一年下来，上访安抚的费用远远超过了他养鸭子的收入，弄得渔溪镇和当出头椽子的兴盛粉条厂叫苦不迭，一说起李麻子，便愤恨不已，恨不得当街扇他两耳光。可有啥法呢！谁叫渔溪河从渔溪镇上流过，而兴盛粉条厂确实污染了渔溪河啊！

这李麻子，告状已经告出了经验。他一定是知晓了今天县上领导要到渔溪镇来宣布新镇长的任职，抢到这个机会，拦路告状，肯定会得到大大的甜头的。此时，他一手拽着的死鸭子横伸着，挡着了组织部长的去路，让部长非常难堪。看样子，今天他得不到好处，是不会放部长一行离开的。场面一时显得很尴尬。

陈子墨见状，拉着李麻子的膀子，低声决断地说道："李麻子，你不准混闹了。我答应你，照去年标准，补贴你！"

李麻子一听，低垂着的眼睛一下睁开，放出了亮光，但随即眼珠子几转，还是赖着不起身，说道："你别哄我，等你们一走开，跑得影都没有，我到哪里去领钱！"

陈子墨见他赖样，心里一团火在燃烧，但又发作不得。组织部长已经被阻挡得脸色异常难看，必须当机立断了。陈子墨当即命令小孙道："小孙，马上预支两千块钱垫付给他，通知兴盛粉条厂厂长黄大兴马上到我办公室来！"

李麻子接到两千块钱后，喜滋滋提着死鸭子让开了道。

组织部长黑沉着脸，一语不发，一直走到办公楼前场坝里停着的轿车前，才转过头，对跟在后面的镇党委书记和新任镇长陈子墨两人说道："李麻子信访事件，多年未解决，涉及渔溪河的污染，你们必须高度重视，立即着手加以解决啊！渔溪河是渔溪镇的母亲河，现在从中央到各级党委政府，都要加强对江河湖泊的管理，实行河长制。这次组织上用人所长，把你陈子墨从水务局副局长提拔任渔溪镇的镇长，明确你就是渔溪河的河长，你不仅要彻底解决好李麻子死鸭子上访案件，还要彻底扭转渔溪河的生态状况，还老百姓一片绿水青山啊！"

陈子墨听了组织部长的叮嘱，心里知道一条河流的污染治理，异常复杂艰难，中间牵扯到诸多利益格局调整，决不是一朝一夕之功。前任镇长，就是在前不久省上组织的环保督察中，因为渔溪河的污染严重受到通报批评，问责下课的。到渔溪镇任职，明说是提拔，说不定是拿他陈子墨到火架上来烤啊！今天一上任，李麻子就来凑热闹，前途未卜啊！陈子墨心里翻滚着，五味杂陈没有接上部长的话题。部长见他沉默着，提高声音问道："子墨，咋的，有畏难情绪啊！"

陈子墨一听，赶紧提振精神，回答道："部长，请您放心，我一定努力把渔溪河治理好，当好河长！"

二

送走组织部长，陈子墨和镇上其他班子成员寒暄几句后，就急忙走回自己办公室，等着兴盛粉条厂厂长黄大兴来处理李麻子上访遗留的补助金问题。镇上资金紧张，啥支出都捏得出水，这笔钱，只有让他黄大兴来出血了！

陈子墨走进自己办公室，坐了好一会，还没见黄大兴来。正要起身去隔壁办公室问小孙，却见他推开门，报告道："陈镇长，黄厂长正要说他来向您报喜呢，他们厂生产的产品获得了省名优绿色产品称号，说是下个星期邀请您一起去省上领奖呢！"

小孙话音刚落，一个洪亮的声音便从后面传来："陈二牛，你小子衣锦还乡了，瞒得深呵，也不给老表通白一声哦，罚你今晚上请客哈！"随着话音一落，一个穿着蓝色羽绒服的粗壮汉子摇摆了进来，光头发亮，整个人就像只矮山熊。

"黄三熊，请客没得说，一大盘回锅肉还请你得起，但你要先给我交上一笔补偿款来！"陈子墨也大声开着玩笑回答道。原来，陈子墨也是渔溪镇人，和黄大兴是姑表兄弟，陈子墨的母亲是黄大兴的亲姑姑，两人是穿开裆裤一起长大的，只不过陈子墨读书在行，读高中考上大学，大学期间成绩优异，被省委组织部考录为选调生，毕业后进入公务员队伍，很快提拔为了科级干部。而黄大兴除了读书不行，其他交朋结友、吃喝顽劣却样样精通上手，脑袋瓜子灵光，在社会上飘荡一段时光后，突然规矩起来，跟着家里父母老老实实做起了粉条加工生意。因为他脑筋活络，人脉广泛，很快把粉条加工做大了规模，年产粉条达到十万斤以上，成了渔溪粉条的带头大哥。

"二牛！""三熊！"两人亲热地你拍我一巴掌，我挥你一拳，相互喊着小名。当地习俗，小娃儿喜欢用猪、牛、羊、狗等牲畜起小名，说是烂贱容易养大。

“二牛，你说补偿款啥意思!”黄大兴待亲热打闹过后，明知故问。

“你小子装嘛！李麻子今天提着死鸭子来，给我上任送贺礼来，差点让组织部长走不脱，两千块钱的血，我先垫了，该你小子出呢!”陈子墨也不含糊，直截了当地对老表说了。

“啥，又让我当冤大头！那李麻子是啥人，你清楚得很！两千块钱的血，让我一个出，不干!”黄大兴气呼呼地瞪着眼叫道。

陈子墨笑嘻嘻说道：“老表，你别这样恼火。李麻子是有点赖，但你厂子向渔溪河排污水也是事实啊!”

黄大兴横瞪着眼嚷道：“向河里排水，又不是我一家，十多家粉条厂，咋不让他们一起来顶锅!”黄大兴越说越气，眼珠子几乎都要暴出来了。

“下一步是要找他们，但你目前是最大的厂子，让你出，你就得出!”陈子墨踩到黄大兴的脾性，最终都是要听他这个老表的话的，所以也懒得给他多解释，直接命令道。

黄大兴一听，愤恨不平地叫道：“二牛，你这是枪打出头鸟啊！你看看，我刚刚拿回省上名优绿色产品称号，你镇老爷不仅不奖励我，还要处罚我，这厂还有啥干头啊!”黄大兴把获奖文件丢在陈子墨面前的办公桌上，憋得“呼呼”出气，一屁股坐在旁边的藤椅上，沉重地撞击藤椅“呀呀!”作响。

“哈哈，获奖了，祝贺你！创出品牌了，下一步要谋划更大的发展呀!”陈子墨转换话题，活跃气氛，高兴地说道。

“你这样打压我，不去处理打击无赖，还说啥更大发展呀?”黄大兴依旧愤愤地嚷道。

“罚是罚，奖是奖，奖罚分明。我这次回渔溪任职，就是既要把渔溪粉条做大做强，也要把渔溪河治理好啊!”陈子墨像是对黄大兴说话，又像是对自己坚定一种承诺。

他走到窗子边，向窗外眺望，只见一脉绵延起伏的青山下，渔溪河蜿蜒流淌在一片辽阔的平坝间，瘦瘦的，浑浑的，与陈子墨幼时印象中丰盈的流水景象大相径庭了。寒冬的田野上，轻雾缭绕，黑黝黝裸露的田畴，显现出空寂寥落的景象。有一些田亩，衰败的荒草丛生着，应该是好几年没有耕种了。现在，农民举家外出务工的不在少数，承包的田地没有转包出去，就撂荒了。渔溪河两岸，曾经是全县著名的鱼米之乡，沃土良田，水草丰美，鱼类丰富，渔溪娃娃鱼（科学名大鲵）上个世纪六、七十年代曾是西南地区著名的山珍鱼类，团鱼、青卜、黄辣丁、河鲢等各种河鱼密布。“吃河鲜，到渔溪”是当时美食家们一句流行的口头禅。

现今呢？陈子墨感到心里沉甸甸的。

三

陈子墨对渔溪河有深厚的感情。当天下班后，他一个人开着车子，来到了镇郊一个叫湾滩的地方。渔溪河在这里流淌出一个大大的山湾，形成了一片幽深的回水沱。

陈子墨站在河岸上，默默地盯凝着寒冬中的渔溪河。河风凛冽，水瘦山寒。渔溪河水上漂浮着一层混浊的浮渣，冷寂缓慢地向前流淌着。水岸边，凸露出一坨坨黑魆魆的河石，奇形怪状，表面覆盖着厚厚的泥滓，沉浸在水中的石缘漂拖着长发样的黑苔，给人肮脏的感觉。河风中夹杂着腥臭气。

沉默凝望的陈子墨感到心底隐隐的疼痛。他情不自禁打了一个电话，叫来黄大兴。黄大兴匆匆赶到时，见陈子墨站在瑟瑟的寒风中，宛如一个凝立不动的泥塑。

“咋啦，二牛？”黄大兴见他许久不动，疑惑地问道。

许久，陈子墨才转过身，问道：“你还记得不，小时候我爸爸带着你和我，涨水天来河里打鱼吗？”

“哈哈，咋不记得哦，多好玩呀！那时大姑爷带着我们，涨水天就下河弄鱼，弄好多的鱼啊！”两家一个在湾滩前，一个在湾滩后，相隔就四五百米。小时候，两人整天都形影不离。

那时，一遇到夏天渔溪河涨水季节，黄浪滔滔，父亲便带上陈子墨和黄大兴两个小娃儿去网鱼。父亲提着一副渔网，陈子墨或者是黄大兴提着一个竹篼，裤脚高挽，打着赤脚，一大两小沿着蜿蜒的河岸撒网捕鱼。

汛期的渔溪河，一改平时的舒缓静柔、清澈碧绿，水势暴涨，黄浪滚滚，涛声震耳。那时的河水没有受到污染，各种野生鱼类多得不计其数，随时在河边看到钓鱼高手，周旋一两个小时后，从河里钓起二三十斤重的大河鲤、大河鲢。而涨水季节，河里的黄辣丁、鲫鱼子、仓杆鱼等，遭不住浑水呛，一赶赶朝水面上冲，这时，用渔网来捕鱼，个把钟头就把竹篼装得满实满载的。

大雨后的河岸，滑溜难行，两个小娃儿随时跌倒了又跟着爬起来，身上沾满了泥污。每到一处峡湾，父亲瞧准水势，然后站稳脚跟，奋力把渔网撒向浑黄翻涌的河水中。等到渔网慢慢下沉一段时间后，父亲才双手拉着网绳，一把把将渔网从浑黄的河水中拉出水面，等到渔网大部分露出了，他口里“嗨哟！”大喊一声，使劲把渔网猛地提出水面，腰一转，双手随即将渔网甩过半圆，丢在了河岸的坡坎草丛中。这时，等在一旁的陈子墨、黄大兴便喜滋滋跑上前，一层层翻开渔网，看到鱼儿在网眼里活蹦乱跳的，兴奋欢叫着把一条条鱼儿取下丢在竹篼里。

不到一个时辰，竹篼里便装满了各种鱼儿，运气好的时候还能网到二三斤重的河鲤，甚至有一次还网到一只两斤半重的野生团鱼，父亲舍不得自己吃，拿去卖到镇上的馆子里，卖了两百多块钱，说是要给陈子墨的母亲治病吃药。陈子墨母亲在生下他的第二年，突然患了一种怪病，高位截瘫，瘫痪在床，花很多钱。父亲是个老实的农民，尽管种地耕田很辛劳，但因为病床上躺着个病婆婆，打针吃药的花费如流水，家里的收入总是入不敷出的，生活过得凄惶。所以陈子墨的记忆中，每逢盛夏涨水天，父亲总带着他和老表去网点河鱼来，熬鱼汤给躺在病床上的母亲喝，然后，将剩下的小鱼油酥成金黄喷香的焦鱼儿，让两个小娃儿“咯嘣咔嘣！”咬得满嘴溢香。

回忆起往事，渔溪河在两人童年的记忆中，波光闪闪，跳荡起多少清贫中的欢乐啊！

“唉！”回到现实中的陈子墨，两眼难过地看着漂浮着污物的渔溪河水，忍不住叹息。黄大兴想到上午和陈子墨的争论，有些惭愧地低下头，不开言。

“现在河里还有鱼吗？”陈子墨问道。

黄大兴脸红着，摇了摇头。

“这渔溪河除了粉条厂，还有些啥厂子？”陈子墨问道。

“还有两家养猪场，一个草纸厂。”黄大兴答道。

“好，三熊，你给我看好了！渔溪河，从前那么清澈的河流，现在污浊得这么让人痛心，鱼花花都看不到了，你安得下心么！从你兴盛粉条厂开始，砸锅卖铁也要把排污给我解决好，整不好，给我关门！”陈子墨黑着脸，冷硬地说道。

“你敢！”黄大兴虽然刚刚为河流的污染感到脸红惭愧，但一牵扯到自己厂子要关停，那可涉及身家性命。老表虽亲，但要端自己饭碗，那可不是闹着玩的。黄大兴横瞪着牛眼，恶狠狠地甩下两个字，一转身走了。

寒冬的河风如冷鞭子一样抽打着陈子墨的脸，他看着黄大兴的背影，感到一阵阵的寒意不断袭来。

四

再过一个星期，环保督察组就要下来检查了。陈子墨感到异常的紧张。他坐在办公室里，一动不动，两眼紧盯着搁在办公桌上的手机，太阳穴在快速跳动。

半个小时过去了，手机铃声没响。一个小时过去了，手机铃声仍然没响。

咋的？难道比预想的还要严重，双方僵持不下，骑虎难下？

陈子墨坐不住了，在办公室里不停走来走去，脸色越来越焦急。“这个河长，真是折磨人的差事啊！”他心里不禁叹息道。

直到傍晚，他听到镇政府大门外传来一片嘈杂声，忙推开窗子，看到镇环保执法队一行人兴高采烈走进了院坝里。这时，他的手机铃声突然惊昂昂地叫起来了。

他按下接听键，对方却许久没有话音。陈子墨知道这个声音迟早要给他打来的。终于，一个苍老的声音传出来了，“子墨呀，草纸厂今天下午关停了，我没给你打电话说情。外甥找过我，我说是大势所趋。但我要提醒你，兴盛粉条厂，大家可是擦亮眼睛盯着呀！”

“嗯，嗯！”陈子墨只有唯唯答话。这个时候，任何解释都是多余的。老爷子也没有过多言语，把手机挂了。老爷子是渔溪镇的老书记，而开办草纸厂的老板是他的亲外甥。陈子墨一直家境贫寒，从读高中到读大学，都得到了老书记扶持。按照环保要求，这个草纸厂属于污染企业，必须关停的。今天，陈子墨派出执法队去执行关停任务，心里一直惶恐着，如果老书记电话打来，他该如何应对呢？

“忘恩负义！”老书记会这样骂他吗？他陈子墨是这样的人吗？老书记没骂他，是理解他了吗？一连串的自问，让陈子墨放下手机，心里仍然沉重着。

这时，陈子墨的眼睛看到屋角处放置的一盒礼品酒，是今天早晨他从家里带来的。他一下惊叫道：“糟了，把去舅舅家给他老人家祝寿的事情给忘记了！还得给他们家谈件大事呢”他赶紧提起礼品酒，拿起公文包，还特意检查了公文包里的一摞资料，匆匆走到院坝里，开上车子往舅舅家赶去。

借给舅舅祝寿，化解舅舅一家对他的误解和怨恨，同时也要给他们商量一件大事，否则，他陈子墨无法在渔溪镇继续待下去。

那天傍晚，黄三熊在湾滩的河岸上，恼怒地不辞而别后，已经三个多月时间了。黄大兴一直不见他的面，电话也不接，说他是白眼狼，六亲不认。陈子墨几次去舅舅家找他，他都避而不见。陈子墨知道，自己这样处罚黄大兴，确实会让对自己有养育之恩的舅舅一家寒心。陈子墨读初中时，一直瘫痪在床的母亲过世后，因为母亲治病借了许多债，家境越来越贫寒。陈子墨上面还有两个哥哥姐姐，不要说读书，就是一天三顿饭能否开锅都成问题。哥哥姐姐很小都出去帮人做活了。

陈子墨以全镇第一名的成绩考上县高中后，家里出不起钱让他继续去县城读书。就在陈子墨绝望之时，是舅舅和舅妈，也就是黄大兴的爸爸妈妈，给他交了每期的学费和书本费，后来镇上老书记出面，给他争取到民政救济，解决了他读书期间的生活费问题，才让他继续读上高中，最后考上了大学。可以说没有舅舅一家的资助，就没有他陈子墨的今天啊。

陈子墨心里有些伤痛地回想起前几次去舅舅家找黄大兴时的情景。黄大兴不在，明显躲起来了。舅舅家修建在渔溪河岸边的一片大平坝上。屋前一个宽大的水泥坝子，一排排挂晒着银白色的粉条，随风飘舞，非常壮观。坝子后面是一座钢棚车间，里面蒸汽袅绕，正在生产粉条。车间后面有一条砖砌的下水通道，直接通向渔溪河。入水口，泡沫翻涌，浑浊的污水侵入河水中，鼓荡起一波波不断扩展的黑圈，到下游，整个河水就搅和成浑黄一片了。

陈子墨在车间门口，被清冷着脸色的舅妈阻挡在外面。舅妈讥讽生气地骂道："接待不起，我们穷家小舍的，容不下你这当大官了的！养狗，也还知报主人恩呢！哼，当初瞎眼了眼啊！"

舅舅、舅妈的恼怒，深深刺痛着陈子墨的心。三个多月来，陈子墨常常一个人孤独地走在渔溪河边，一方面为浑浊流淌的河水痛惜万分，另一方面又为自己面临的处境而黯然神伤，内心的矛盾冲突，让他有时忍不住想冲天大吼。

夜深人静，他一个人独自坐在寝室里。打开的窗外，隐隐约约传来渔溪河不息的涛声。他心神渐渐平复宁静下来。陈子墨找来粉条厂的资料，认真研究，发现粉条加工污水主要来自三个生产工段：1. 粉条原料清洗工段。大量砂土杂物、叶、皮、鳞、肉、羽、毛等进入污水中，使污水中含大量悬浮物。2. 粉条生产工段。原料中很多成分在加工过程中不能全部利用，未利用部分进入污水，使污水含大量有机物。3. 粉条成形工段。为增加食品色、香、味，延长保存期一部分流失进入污水，使污水化学成分复杂。因此，对粉条厂的污水处理必须建立综合配套的污水处理装置。这对一般小厂而言，如果建一套设备设施，算上建设投入和运行成本，一年运行下来，利润微乎其微，所以整个渔溪镇的十多家粉条厂，没有一家愿意建设排污设施。怎么解决投入和产出的矛盾呢？陈子墨陷入苦苦思索之中。

一天，他从报纸上看到一篇以零散土地入股发展集体经济方式的报道，他灵光一现：要是以黄大兴的兴盛粉条厂牵头，把整个渔溪镇的十多家粉条厂，折资入股建设一个大型的粉条厂，聚力打造一个响当当的渔溪粉条品牌，更重要的是，把零散的小作坊组合建成大型加工厂，就可以建设一套完善的排污设施，成本利润就合算了。让陈子墨更兴奋的是，他从金融部门了解道：搞这样的环保设施投入建设，还能争取到一笔政府贴息贷款。这样，新建一个大型粉条厂的排污设施资金，就不用担心了。

陈子墨兴奋不已，用几天时间做了一个项目建议书。他想：在环保督察前，争取把舅舅家和十多家小作坊式的粉条厂做通工作，尽快启动起来。他最大的希望，是渔溪河的河水要清澈，渔溪粉条也要响亮起来！

车子渐渐驶近舅舅家了，他又不禁忐忑起来：黄大兴和舅舅，以及那十多家粉条厂，会答应这么干吗？

五

三年后的十月，金秋时节。渔溪镇郊外的渔溪河两岸，彩旗飘舞，人头攒动。“兴盛杯”川滇黔钓鱼邀请赛，在清波荡漾的渔溪河沿岸隆重举办。

钓鱼比赛主持人，渔溪镇镇长陈子墨环望着一河清流，不禁对自己担任渔溪河河长三年来的经历感慨万千，充满激情地宣布比赛开始，掌声雷动。

“兴盛杯”钓鱼比赛的冠名单位“兴盛”渔溪粉条有限公司董事长黄大兴满脸红光，喜笑颜开地穿梭在众多宾客之间。

老上访户李麻子，现“兴盛”渔溪粉条有限公司的门卫，着装整齐，站在主席台两边维持秩序，一本正经，好不骄傲自在。

渔溪河舒缓流淌，波光潋滟，好一片美景。

陈智泉，男，四川宜宾高县人，四川省作家协会会员，高县作家协会副主席，曾在《诗刊》《星星》《四川文学》《绿风》《诗潮》《青年作家》《四川诗歌》《新诗》《草地》《山东诗人》《北京诗人》《宜宾日报》及香港《橄榄叶诗报》等多家报刊发表作品，诗作入过书，获过奖，已出诗集《独弦琴》《秋水谣》《风吹陌巷》，即出诗集《远山如黛》小说集《远山，在落雪》。

云　妹

◎ 陈智泉

梁禾寨通往虾蟆口的路只有一条。这条路，是二十年前老云叔带着一帮石匠在峭壁上一锤一锤錾出来的。

云妹的家就在云缠雾绕的梁禾山上。

说来也是日怪，山上方圆十里平平整整的梁禾寨，四周尽是悬崖峭壁，没有一处平缓的地方。老云叔还没有带着石匠凿路的时候，山民们经过虾蟆口去两河镇赶场，是像猴子一样抓着麻绳和青藤一截一截的扭下山去又扭上山来的。梁禾寨上，一年到头见得最多的就是白雾和云朵。寨子里的人们要是没有紧要得不得了的事情是不会赶往山下去的。那年，老云叔带着石匠们在山崖上凿出一条路，梁禾寨的男男女女脸上都笑开了花，从没见过世面的女人们也走出寨子，去到两河寨赶场了。

云妹的妈和老汉儿也像老云叔和青冈崽家一样，是抓着青藤扭上山来的。那个时候，山下到处都在闹着革命，肚子饿得咕咕响，熬不住了，一些青年男女就悄悄扭到杳无人烟的山上来，开荒，修屋，生儿，育女，梁禾山上才算有了人家。渐渐地，人家越来越多，挨在一起，成了寨子。有人戏谑地说，梁禾寨人家，全是逃荒上来的，应该就是一家人……

老云叔在没有路的峭岩上凿出了一条路，他是山民们心头的大英雄。路凿出来了，搬家到山上的人也多了起来。过了些日子，两河镇的官儿也开始盯着这儿了，派人到山上来了几趟。后来，官儿们就召集山民开了个会，说梁禾寨也是国家的地盘，不能无组织无纪律的，也得像山下的村寨一样，要选个人作寨长。

“选个啥呢？选个锤子哇？老云叔就是梁禾寨的寨长！”青冈崽会场上一咋呼，山寨人就齐声喊起来：“老云叔是寨长！”官儿们顺应民心，老云叔成了梁禾寨寨长。

云山雾海里的梁禾寨人，过着神仙一样的日子。天晴了扛着锄头去干活，落雨天出不了门就搂着女人睡大觉，有了纠葛让老云叔评个理，摊上红白喜事串个门……

梁禾寨的一年四季就像虾蟆口的水，平静得没有一丝涟漪。可是，寨子里一个女奇子的出现，平静的寨子就不平静了。

“嗬，了不得啦！”

“这是梁禾寨的骄傲呢！”

“两河镇那么大地盘，那么多年了，都没出过这么劲扎的女娃子……”

“省城的大学，是花园头选花呢，就像皇上选娘娘一样，哪有说选就选得上的？”

“这女娃不简单，人又长得仙女模样……”

“我家闺女有那样子，该是八辈子吃斋修得的福了！”

“啧啧……”

山民们嘴角边的女娃子，就是云妹。她是梁禾寨首个考上省城大学的山里妹子。

梁禾寨人好像在荒山里捡到一块宝，你一言，我一句，说起云妹，大伙的笑容里面飘满了彩色的云，那种自豪劲儿真的没得说了。

云妹去省城读书，是老云叔送她去的。走到鬼见愁的时候，老云叔停下了脚步，眼眶有些湿润：

“云妹，你老汉儿就是从这崖边摔下去的……”

“嗯，嗯……”

“走过鬼见愁这地方，我就在想，当年该不该凿这条路，你老汉儿摔下去的时候，你刚满月……”老云叔望着雾海中的深谷，哽咽着说不下去了。

“嗯，嗯……”云妹揉揉眼眶，不知该说什么。

过了一会，老云叔接着说道：“闺女，念完书回来吧，别像梁禾寨上有些女娃，翅膀长硬就飞往山下去了。”

“嗯。”

云妹没有让老云叔失望，念完大学就回到了梁禾寨。

云妹怎会不回梁禾寨呢？梁禾寨是她一辈子也忘不了的地方。老汉儿修路从鬼见愁摔下崖去死了，老云叔一声令下，全寨人承担了她家山上的庄稼活。寨民们的帮助，让娘在悲痛中感受到了一种纯朴的温情。娘哺乳了她，也时常叫她记住梁禾寨乡亲的大恩大德。一天天，她长成了人见人爱的小姑娘。她的小学是每天到虾蟆口学校去念的。她的聪明伶俐让寨里人和学校老师赞叹不已。小学念完了，中学要到四十里外的两河镇去读。太远啦，以前梁禾寨是没有孩子去两河镇读书的。虾蟆口的老师来到梁禾寨，做娘的工作，说云妹是块读书的料，不去读中学可惜了。娘只是叹气，摇头。老师又联系了两河镇中学，帮她解决了食宿问题。这个时候，又是老云叔一声令下，寨民们凑钱的凑钱，凑米的凑米，整个事情就像自家的事一样。云妹也没让人失望，六年时光里，她是两河镇中学成绩最好的……一晃，云妹长成大姑娘了，娉娉婷婷的身段，含露欲滴的眼眸，简直就是魅力四射的一具美人胚子。人漂亮不算什么，更为人们称道的是，她以高分考上了省城的重点大学……

云妹从省城回来的那天，还是老云叔去虾蟆口接她的。同她一路来的，还有一个斯斯文文的眼镜。

“云叔，这是如云！”云妹指着眼镜，说。

“哦，如云？名字好听，好听……”老云叔看着俊俊俏俏的眼镜，乐呵呵地说道。

眼镜冲老云叔点点头，笑笑。

老云叔望望眼镜，又望望云妹，一下不说话了，似乎明白了什么。

明白了什么呢？

眼镜是云妹大学里的同班同学，班上的人些都喊他才子。他人长得帅气，琴棋书画都会舞弄几刷子，又是省城里的官宦子弟，屁股后头跟着一大群漂亮妹子。可是，眼镜一个也看不上眼，偏偏就看上了梁禾寨出去的不声不响的云妹。云妹起初是不答应跟眼镜耍朋友的。她说，她跟眼镜不般配，她是梁禾寨的人，她答应过老云叔，念完大学要回梁禾寨的。眼镜死缠硬磨，说啥也要跟她在一起。她说要回梁禾寨，他就说跟他到梁禾寨来。他说，不把云妹追过手他是不会罢休的。云妹也是拿她无奈。这不，云妹前脚刚走，他后脚就跟着来了。

那天，老云叔用梁禾寨人自酿的米酒、老腊肉、三塔菇招待了眼镜。眼镜脸颊喝得红红的，饶有兴致地说要到野外去看山里的夜景。皎皎的月光下，云妹陪着眼镜到寨子外面去了。那个晚上，他和她在山间小路上慢慢地走了好久，好久。

“云妹，到了梁禾寨，我终于明白……”

“明白什么？”云妹抢过了眼镜的话题。

沉默片刻，眼镜狡黠一笑：“明白什么？还用说啊？美如天仙的女孩，放弃追她的男神和省城就业的机会，硬要跑回偏远的地方来……”

“贫嘴！”云妹也笑了。

“好山，好水，好人，能不让养育了她的人回来吗？”眼镜说。

“好山？好水？……”云妹有些迷茫，像在回应眼镜，又像在喃喃自语。

“是啊，好美的山水！好美的夜啊！”

顺着眼镜的手势望去，雾气漫绕的月光里，山光，水影，树木，整个梁禾寨静得就像凝眸含羞的处子，忍不住就会让人舍身扑去。

“明白？明白吗？不会明白的……”云妹的话，让眼镜满脑雾水。

走到鬼见愁崖畔，云妹和眼镜没往前边走了。她指着深谷，跟他说起了凿路的老云叔，说起了摔下山崖的老汉儿，说起四十多岁还光棍一条的青冈崽，说起了满山的杜仲、果子；遍野的香菌、山珍……

就在老汉儿摔下去的地方，她跟眼镜在岩石上坐了下来，她跟眼镜说，她要去找到两河镇的官员，竞聘梁禾寨的寨长，她要带着山民，打通鬼见愁，把公路修到梁禾寨的山上去；他呢，就跟她说，他要回去求他当官的爹，看能不能想个办法，帮她修路出一把力。月光下的龙门阵摆起来是美好的，两颗年轻的心摆着摆着就挨近了。鬼见愁的月光色中，眼镜轻轻地将她搂在怀里，甜甜地吻了她……最后，她和眼镜还有一个约定，公路修上了梁禾寨，她才会答应去省城见眼镜当官的父亲。

月亮都快落到后山的树林子去了，云妹才和眼镜回到寨子。

第二天打早，眼镜回了省城，云妹和他同路去了两河镇。她找了两河镇镇长，和镇长谈了很久，说了她的情况，也说了她的打算，递交了竞聘梁禾寨村官的申请。

云妹竞聘寨长，她已经反复思量过了。外面已进入了电子科技时代，梁禾寨人还与世隔绝，处于原初的农耕状态。根本的原因，就是路不通，太闭塞，外面的东西进不来，寨里人没法见识山外精彩的世界，山寨的资源又出不去，全都糜烂在山林里。以前，她就找过老云叔，说过修路，说过建学校，建电视塔……老云叔呢，自然有他的想法，听着听着，总是停下吧着的烟袋，眯缝着眼睛对她说："去，嫩兮兮的黄毛丫头，懂个屁臭！"她要竞聘梁禾寨寨长了，她是跟娘说了的。娘不同意。娘说，她去竞聘寨长，老云叔会生气的。再说，老云于她们家的恩德，几辈子也不能忘，怎么能够过河拆桥，去争老云叔的职位呢，这不，寨里人都会说咱娘俩是白眼狼……云妹说，为了梁禾寨，她顾不了那么多了，她的做法，老云叔和寨里人以后肯定会原谅她的。娘拗她不过，只是摇头。

很快，镇上批复了她的申请。镇长亲自来到了梁禾寨，召集山民开了会，宣读了镇上的决定：云妹聘为梁禾寨的寨长！

事情来得有些突然。

镇长走后，老云叔心头有点不高兴了。晚饭桌前，两杯酒下肚，他自言自语地说："云妹啊云妹，当初我喊你回来，是要你带着山里的娃子，像你一样考个功名，给梁禾寨掌脸，没想到，你竟跟我来这个，哼，你行?”前两天，镇长找他谈了话，说是现在的村官要知识化，想让云妹替下她，再说，他年纪已高，该歇歇了。听了镇长的话，老云叔一下子就懵了。他想，云妹，一个黄毛丫头，她干得了什么？寨子里的人会听她的？今天的会上，镇长刚念完任命文件，她就款下大话，说是要把公路修到梁禾寨上来，要带寨子里的人致富奔小康！你个云妹，说的是什么话？你不是掌我老云叔的脸吗？这么多年了，要把公路修上来，我做梦都不敢想，当年凿那路，把你爹都赔上了，还修公路？还想赔几条人命啊？能把公路修上来，我早就带领大伙修了，还要你说？大白天尽说梦话……

其实，云妹竞聘寨长之前，很想找老云叔谈一谈的，但是，她没有。

她知道老云叔的性情，谈也白谈。

当晚，她去找了青冈崽，要他帮着说服寨子里的人，一起动手，尽快把公路修上寨子来。

青冈崽爽快地答应了她。

青冈崽是寨子里的精明人，长着一身疙瘩肉，浑身有股蛮牛样的力气，爬山越岭，跑得比猴子还快。他干着山里人干不了的事情，白天上山採竹笋，找三塔菇，连夜往返三十里，将它们卖给两河镇的二手贩子，困了，就倒下眯一会儿……这些年，腰包胀了一些，人累得够呛，四十岁都过了，连个女人的气味都没闻过。云妹跟她谈起修公路，那高兴劲儿，简直就是过了年的龙门阵——不摆了！

云妹找了镇长，又和镇长去了两趟县城，找了县上的领导和交通部门的专家。领导和专家听说要打通鬼见愁，把公路修到梁禾寨的山上去，尽都摇了摇头。可是，摇头归摇头，领导和专家还是来了，他们一起现场办公，商讨着绝壁修路的可行性。

不久，修路方案就出来了。随着方案出来，问题也出来了，修路的人力，物力，财力县上是没有办法的。镇长说，这路，得搁一搁。

能搁吗？

云妹又站到了鬼见愁的悬崖边，一声不语，脸上布满了愁云，很久，她才狠狠地撂下一句话："鬼见愁!"

动员大会是在青冈崽的敞坝里召开的，青冈崽的游说，好些山民对修路都饶有兴趣。云妹说："要致富，先修路，这个道理大伙都懂……梁禾寨的路，要等着有了钱才修吗？不！这不是梁禾寨人的样子……我们要像老云叔当年凿路一样，慢慢敲，慢慢錾，拓宽一截，算一截……"

老云叔没有参加云妹的动员会，他还是嘀咕着那句话："我不想再看着一条条活生生的人命赔下去!"

眼镜走后，云妹跟他打过几次电话。

梁禾寨没有信号，电话是到两河镇去打的。她跟眼镜说了修路遇到的困难和问题，要眼镜给他当官的爹说说，梁禾寨修路的事看他能不能帮帮忙。眼镜说这事可能有点悬，她给他说，修路悬了，她跟他的事也就悬了。眼镜说，有啥法呢，悬就悬了呗……

打完电话，云妹有些伤心，也有些冒火。她蹬着脚，嘴里骂道："悬就悬了呗，你个烂眼镜，狗眼镜，口口声声说爱我，关键时候就断线，亏你说得出口……"

平心而论，她是喜欢眼镜的。这么好的人，在梁禾寨，在两河镇，就是县城里，打着灯笼火把都不好找的，"悬就悬了呗"，一句话，差点让她眼泪都要流了出来。

云妹赌咒发誓再也不给眼镜打电话了，她觉得像眼镜这样的城里人，水得很。

公路是从虾蟆口动工的，连接两河镇那段前些年已经打通。山民们自带口粮，天亮出门，夜晚收工，叮叮当当的声音响彻鬼见愁山谷。云妹跑了一些单位，拉了一些赞助，买了炸药，雷管，可是，峭壁的油光石太硬，半年下来，山民们费尽吃奶的力气，也没凿出好长一截路来。有些山民望着陡峭的鬼见愁，说起了怨言，有些山民想收拾行头，不再干了……云妹磨破嘴皮，总算打消了山民们停工的念头。

镇长也到虾蟆口来了两次，他被云妹和她的山民们感动了，动员全镇捐钱捐物，援助梁禾寨的山民们。镇长说，他和县上的专家已经跑了几次省上，请求省上划拨项目资金，已经有些眉目了。

这天，镇长又来了，他把云妹喊到一边，小声地说了几句什么。云妹不等镇长说完，泪水就从眼眶里滚滚而落，双腿一下蹦了起来：

“感谢镇长！”

镇长故意将脸一虎：“错！感谢政府！”

云妹抹了抹泪珠，语无伦次地说：“对，感谢……感谢政府……感谢……政府……”

没两天，省上的资金拨下来了，重型机械筑路队就要驻到虾蟆口来，这条消息在梁禾寨不径而走。

隆隆的开山炮炸出了打通鬼见愁的序幕。梁禾寨石匠们的铁锤声，挖掘机的铿锵声，从早到晚，真让鬼见愁深谷的鬼们见愁了。老云叔也从寨子走出来，加入了筑路的队伍。

云妹在山谷里跑上跑下，指挥着各路人马，瘦瘦的身子越发的瘦了，瘦了……

半年后，九弯十八拐的公路终于从鬼见愁的峭壁爬上了梁禾寨。

完工的晚上，云妹一个人沿着公路，从虾蟆口走到梁禾寨，又从梁禾寨走到虾蟆口，反反复复走了两趟，眼望崖壁挖掘机的抓痕，呼吸着空气中弥留的开山砸石的火药气息，她的心中有一缕喜悦的涟漪微微地荡漾。

走近寨子，她听到了平时好多寂静无声的屋子，今晚灯火通明，到处都是山歌声，划拳声……

她在寨子外面，站了很久，很久。看着夜色中连绵起伏的群山，她想了很多，很多：公路通了，该去联系电信部门，在山寨后面建一座信号塔，让梁禾寨人也拿起手机跟外面的世界通上话了；学校也该修了；还有那满山遍野的翠竹，药材，山珍也该变成钞票，揣进梁禾寨人的口袋，甚至，她的脑海浮现出了寨子的人们打开了彩色电视，燃起篝火和远方来的游客们载歌载舞……想着想着，她不敢相信这是现实，真像做梦一样哪！

“云妹！”

青冈崽的喊声将她从遐想中拉回现实，“大伙等着敬你酒呢，原来，你在这里。”

“我……酒，不能喝的……”

“这酒，能不喝吗？”

云妹无话可说，跟着青冈崽进了寨子。

庆功会还是在青冈崽的敞坝里开的。云妹娘也坐在密密麻麻的人群中，望着忙来忙去的云妹乐呵呵地笑。

一辆小车从虾蟆口蜗牛一样爬上来，停在青冈崽屋前。镇长从车上走下来，大步跨向主席台。

会议由云妹主持。不等云妹介绍，镇长就拿起桌上的麦克风，大声地说道：

“梁禾寨的村民们，虾蟆口到梁禾寨的路今天通车了。从此，有个名叫鬼见愁的地方再也不叫鬼见愁！这条路，以前凿路有人丢了性命，这次修路大伙也吃了不少苦头。云妹，老云叔，青冈崽，还有机械筑路队的队员，梁禾寨人会记住你们的……但是，有一个人，你们却不知道，他为这条路的修筑暗中帮了不少忙，甚至可以说，没有他，这路可能上不了梁禾寨！他一直叫保守秘密，不要在大伙面前提起他的名字，甚至连他的女友也不让她知道，你们知道他是谁吗？”

会场顿时鸦雀无声，人们愕然了。

镇长接着说道：“而今，我不得不说破这个秘密啦，你们应该记得，有一个眼镜……”会场嘈杂起来，“今天，他也来到了梁禾寨，他要来兑现一个诺言……”

云妹伸手拿过镇长手中的话筒，声音有些哽咽：“镇长，别说了，他在哪里？”

镇长哈哈一笑，说：“看，有人等不及了！想会她的情郎……”

“镇长——”云妹恳求的目光投向镇长，整个脸庞都红了。

……

“眼镜，你好诡啊，明明搞定的事，偏说有点悬，害得人家……”

“害得人家哭鼻子，电话也不打了！”

“谁哭鼻子啦？”

“哭鼻子的，不是云妹，我说的是人家！”

“讨厌!”

“讨厌吗?”

“就是讨厌!”过了一会，云妹问道：“眼镜，为啥要让镇长隐瞒着你暗中帮忙的事，不跟我说?”

“那事，能遍山吼吗?再说，也想给你一个惊喜呵!”

“惊喜?我恨死你啦!”

“还恨吗?”

“当然恨拉!”车内响起银铃似的笑声。

“云妹，就要去到省城见未来的公公了，心头跳不跳?”眼镜调侃地问。

“跳啥?我还急着当面谢他呢。”

“哎!怎么不见老云叔呢?”眼镜问。

“通车那天，就没见着，到处找他，也没找到，老云叔的脾气是越来越怪了……”

“哎!”

离开梁禾寨的车上，云妹坐在副架位，和眼镜搭着话，一脸的幸福。

车过鬼见愁，云妹忽然指着后视镜，惊叫起来：

“眼镜，你看——”

眼镜停下车，从车镜里看到：一个清瘦的老人，站在鬼见愁崖前，痴痴地望着深谷，一动不动……

茂戈，本名陈茂兴，曾在军旅22年，转业前为西藏军区文学创作员。现居成都，鲁迅文学院第32届高研班学员。曾在《人民文学》《解放军文艺》《芳草》《作品》《青年作家》《文艺报》《解放军报》等刊发作品四百余篇(首)，著有诗集《雪域兵谣》《西藏在上》，长篇小说《陷入精神病院的诗人》《雪葬》。作品获全国全军奖三十余项，多次收入文集、年选等。

黑寡妇

◎茂　戈

黑寡妇是一条野母狗。

它不知是什么时候来到我们哨所背面山上的，我们第一眼见到它就从它圆圆的肚子上看出它已经怀孕了。刚来时，它远远地在山巅看着我们这群兵。后来，它慢慢地接近了我们哨所，一开始见到我们还“汪汪”地叫上两声，见我们没有恶意，它也就没有再叫。再后来，它还到我们哨所来寻吃的，兵们在吃饭的当口，也乐得从口里省出一块肉扔给它……

野母狗长约一米五左右，长得很是雄壮。“雄壮”这个词是兵们对这条母狗一致的评价，我也知道“雄壮”是不能拿来形容母性的，但兵们都这么说，我也只好认了。我们在巡逻时，也会见到许多野狗，但从没见过这么雄壮的。有兵就推断它是不是藏獒，可哨所一位藏族兵很肯定地说，它不是藏獒，藏獒的面相像狮子。藏族兵还猜测，它也许是野狗与藏獒的混血儿。藏族兵说得很迟疑。至于是不是野狗与藏獒的混血儿，我们无从考证。

这条野母狗的到来，让我们这群处在雪山深处的兵多了一份不可名状的快乐，打发了我们许多无聊的时间。

“黑寡妇”就是我们给它取的名字。

“怎么光见母狗没见到那条公狗呢？”说这话的是小胖，这个来自大城市营养过剩的兵总会比别人先发现问题。兵们都被挑逗起好奇心，纷纷把目光聚在肚子圆圆大大的母狗身上。

“可能公狗喜新厌旧，跟着‘小三’跑了。”这个会写点诗歌的张排长一说完，旁边的兵就笑着前仰后合，数刘老兵这个东北汉子笑得最大声，笑完后还不忘调侃地说：“也许它就是一个‘小三’呢，你看它长得多漂亮，油黑油黑的……”

张排长说：“它现在是寡妇了，就叫它黑寡妇吧！哨长，你看咋样？”

兵们都被这个名字弄得呵呵的，我也兴奋了：“好，就叫它黑寡妇。”

“黑寡妇”的名字就在哨所叫响了。母狗听到我们这样叫它，它会抬起头望着我们，偶尔也会“汪汪”地答应两声。

一天，张排长对我说：“哨长，干脆我们把黑寡妇‘收编’了，让它给我们看家护院。”旁边的兵一听就很兴奋地附和着张排长，有个新兵还异想天开地说：“那样就不用半夜三更顶着寒风起来站岗了。”

我狠狠地瞪了那个新兵一眼，新兵吐了吐舌头。不过，张排长这个想法还是让我很是动心。在我们这个海拔4500米的地方，我们好不容易建起一个大棚温室，经过多次试验，里面才长了一些萝卜、卷心菜什么的，虽然小，但终归是绿色食品，这让罐头和干菜吃得直想呕吐的我们见到这些无疑比见到一个女人还要动心。但是，这些被我们精心呵护的绿色食品却常常被一些兔鼠光临，你说气不气人。如果“收编”黑寡妇，让它为我们看守温室大棚，那些兔鼠肯定不敢再来光顾了。

我为这个想法而激动。

正当我们讨论如何“收编”黑寡妇时，突然发现已经整整一天没有见到黑寡妇了。

再见到黑寡妇是在一个星期之后，它显得有些憔悴，但走起路依旧雄赳赳的，最大的特点就是肚子蔫下去了，几个粗红的奶头懒懒地下垂着。原来它生孩子去了，见到我们先是“汪汪”地叫了两声，像是在告诉我们它的喜讯。我赶紧叫炊事班拿了一个快要过期的午餐肉罐头，切成一条一条地扔给它，它贪婪地吃着。吃完后，又感激地叫了两声，就朝后山跑去。

“收编”黑寡妇的话题又重新提了出来。最后，大家出于人道主义的角度考虑，认为黑寡妇刚做母亲，小狗还离不开它，这时“收编”黑寡妇，无疑是剥夺它做母亲的权利，更是将它的孩子推向死亡的边缘。“收编”的提议就此搁浅。

我见到黑寡妇的两个孩子是在此半个月后。那天，张排长带领一个班巡逻，在后山突然听到小狗的叫声，张排长带领人员寻了上去，在一个小山洞里看见两条小狗。张排长当即决定，把这两条小狗带回来。

在返回的路上发生了极不愉快的事儿。黑寡妇看见它的孩子被带走，愤怒地把浑身的毛发竖出来，表情狰狞，撕着牙狂叫着朝张排长他们扑了上来。事后张排长说，他们还是第一次看见黑寡妇这么凶狠。张排长立即组织力量用随身携带的工兵锹驱赶黑寡妇，用石头朝黑寡妇砸去……黑寡妇不依不饶地、顽强地与张排长他们对峙。最后张排长调整了“战术”：让两个兵带着黑寡妇的孩子赶紧回哨所，其余人员断后，边反击边撤。那两个兵带着黑寡妇的孩子回到哨所汇报了情况，我又组织了一个班的人员迎上去，对黑寡妇进行反击。黑寡妇在前腿重重地挨了一锹、脑袋重重地挨了一块石头之后，呜咽着跛腿而去。

黑寡妇的两个孩子胖乎乎的，很可爱。回来后，我们找来一个罐头箱，在里面铺了一条旧棉絮，两条小狗躺在棉絮上舒舒服服地睡了过去。哨所的兵们围了上来，看这两条小狗睡得酣酣的，都把高原红的脸笑得跟一朵花似的。接着，大伙儿争先恐后地给它俩取起名字来，最后我根据大多数人的意见，以“哨所”二字把那个胖乎乎的叫着“哨哨”，把那个虎头虎脑的叫着“所所”。

下午，哨哨和所所醒来，在罐头箱子里来回窜。炊事班长老李打开一罐奶粉，用开水冲了，给两条小狗端去。两条小狗欢天喜地地蹦上来，直摇尾巴。吃得正起劲，愣头愣脑的所所一脚踏进装有牛奶的碗里，将碗整个踩翻过来，奶一股脑儿地泼了所所全身，惹得我们在旁边直笑。老李哈哈地笑着把所所抱进炊事班，张排长贡献了他的“飘柔”洗头液，又把哨哨抱来，把它俩洗了个干干净净。最后小胖贡献了他平时都舍不得用的“男士”香水，洒了两滴在哨哨和所所身上。哨哨和所所就香喷喷的，大家轮流抱在怀里，开心极了。

这天晚上，黑寡妇没有来，我们都以为黑寡妇被我们打跑了，不会再回来了。可是第二天，我们的起床哨还没有响，我就被黑寡妇的狂叫声惊醒。紧接着，一阵急促的脚步声直冲我的房间而来，哨兵不断地敲打我的门着急地喊：“哨长，快，黑寡妇又杀回来了！”我在门里吼：“一条狗值得你这么大呼小叫的！”忽尔一想不对，连忙对哨兵喊：“叫张排长吹紧急集合哨！”

等我穿好衣服出来，兵们大多都投入到回击黑寡妇的“战斗”中。我们发现，黑寡妇的腿居然奔跑起来如以前一样雄壮和利索。我们都感到很惊讶，一边骂着“这狗日的生命力挺强的哇”一边握着手里的家伙对黑寡妇反击。

按理说，黑寡妇来要它的孩子，我们理应无条件地归还。昨天我看见黑寡妇如此疯狂，就打算将哨哨和所所归还给黑寡妇，张排长阻止我说：“哨长，等它们长大成野狗后，它们都在我们哨所周围乱跑，这是不安全因素啊！哨长，长痛不如短痛。”小胖还说：“哨长，我们再怎么喂，都要比黑寡妇这只野狗喂得好嘛！”我想也是这个理。

整整一个上午，黑寡妇不依不饶地与我们进行着“战斗”：我们一上前赶它，它在与我们对峙后，看着我们人多势众就“汪汪”地叫着撤退；等我们一撤回，它就又“汪汪”地扑向我们，向我们愤怒地发泄着它的不满。后来，兵们还总结出了黑寡妇与我们的“游击战”：“我进狗退，我退狗进，我疲狗扰。”

在这次“战斗”中，通讯员小张差点被狗咬着，但他的左脚踝还是崴了，肿起一个大包。黑寡妇的疯狂让我也有些疯狂了。我把几个班排长叫来开了一个“战斗”会议，把“收编”黑寡妇的议题又提上了桌面。

“收编”黑寡妇的“战斗”正式打响。过惯了寂寞与平淡生活的兵们对这次“战斗”表现出无比的兴奋，全哨所的兵都摩拳擦掌，战斗热情十分高昂。当然我们是不会对黑寡妇下毒手的，这也是我一再强调的“战斗”原则。

首先让“我家三辈都在大兴安岭打猎”的刘老兵对黑寡妇下“套”。所谓“套”，就是将被复线圈成一个活扣，活扣比黑寡妇的头稍大，放在黑寡妇路过的地方，然后再在活扣前放上一块肉。果然，黑寡妇中计了，它将头穿过活扣去吃那块肉时，活扣就将黑寡妇的脖子套住了。黑寡妇挣了两下没有挣脱。我们一见兴奋地大叫“哇，逮住了，逮住了。”

拴住脖子的黑寡妇已经红了眼，浑身不自在地“汪汪”大叫，谁也不敢靠前。张排长说：“先拴它三天再说。饿它三天，看它还凶不凶？”正在这时，意想不到的情况发生了，黑寡妇狂叫一声，一口咬住被复线，整个身子向后一挣，也不知是咬断的，还是挣断的，反正被复线就这样断了。重新获得自由的黑寡妇立即跑得远远的。

刘老兵跑上前，捡起断在地上的被复线，不相信地说：“这被复线可是两股啊！每一股都有五根铜丝三根钢丝，怎么就被黑寡妇整断了呢？”我们无奈地看着那两根断了的被复线又叹气又摇头。

刘老兵又准备了四根被复线的“套”，但黑寡妇长智慧了，怎么也不再上当。刘老兵这个自称“祖辈三代都在大兴安岭打猎”的人不得不宣告自己的失败。

有人出主意给黑寡妇下安眠药，但有人提出异议说，不知道药量，下轻了它晕乎乎的咬起人来更疯，下重了会把它药死……再说，药怎么解决？我们哨所离最近一个镇也有四十公里的路程，这个计划夭折了。后来，我们终于想到一个办法：将黑寡妇引进那个温室大棚关起来。

温室四周都是石头砌成的一米多高的墙，上面的塑料膜也能抗七八级的风，相信黑寡妇一旦被我们诱进去，出来的机会就很小了。为了这个计划，我们把辛辛苦苦种出来的卷心菜提前收获了，我们甚至想到牺牲温室三个月不种菜。我们还在温室里给黑寡妇做了一个窝。

怎么把黑寡妇诱进温室？在大家提出许多建议后，我采用了把哨哨和所所放进温室里引诱黑寡妇的办法。这个办法虽然有点龌龊，但这也是没有办法的办法了。昨晚一个兵深夜起床上厕所，黑寡妇不知从什么地方钻出来"汪汪"狂叫，把兵脸都吓白了，好在卫兵提着防暴棍及时赶了上来。现在，兵们晚上都要把防暴棍放在枕头下，时时准备"战斗"。

我们将哨哨和所所拴在温室里，失败了一次的刘老兵自告奋勇地蹲守在十米之外的篱笆墙内，手里牵着一根细绳，绳子的那头穿过门框上的扣系在门上，只要黑寡妇一进去，刘老兵就迅速拉动绳子将门关上。这个办法我们试验了两次，效果很棒。

黑寡妇看到温室里的哨哨和所所就呜呜地叫，但它围着温室不停地转，久久不踏进温室的门。我们躲在屋子里透过窗户和门缝看着干着急。有好几次，它转到刘老兵躲藏的篱笆墙边，篱笆墙只有一米来高，刘老兵紧紧地握着防暴棍躲在里面。

终于，黑寡妇向温室里探了探头，小心翼翼地迈进一条腿，看看没有危险，又迈进一条腿。我们在屋子里看着黑寡妇渐渐地进入我们的圈套，心里的激动那就甭提了……黑寡妇一点一点地试探着向里走，哪知，黑寡妇的后腿突然绊动那根细绳，细绳一动，门就开始关，黑寡妇立即敏锐地觉察到危险，瞬间就从门口逃出来，"汪汪"地大叫。

再次失败的刘老兵气急败坏地从篱笆里跳出来，兵们也从门口冲出来，挥着防暴棍朝黑寡妇撵了上去。黑寡妇灵敏地躲过我们的棍棒跑得远远的，站在一块石头上朝我们大叫，发泄着对我们的愤慨。

有点黔驴技穷了。正在大家讨论怎么再"收编"黑寡妇的办法时，我想到"有事请找警察"的话。我拨打了110。两个小时后，镇上那三个警察赶到我们哨所。他们望着对面山头正对着我们狂叫的黑寡妇嘿嘿地笑，他们也许在想：一群堂堂正正的解放军居然对付不了一条野狗！

为首的那个警察一上来就说："开枪打死算了！"旁边一个警察

附和说："要得，只要一枪就解决了！"我横了他俩一眼。小胖说："你们有没有网枪？"为首的那个警察把声音提高了八度："我们哪有网枪喔？"小胖又问："你们有没有麻醉枪？"他笑了笑："也没有哇！"

我在这时笑出了声，说："你们可以出枪打死那条狗吗？"为首的那个警察说："不能哟，我们出枪必须打报告请示上级。"我说："那怎么办？"那个警察说："你们不有枪吗？你们拿一杆枪来，我们出人，只要一颗子弹。"我就知道是这个结果，我从鼻孔里哼出一声："那你们还是回去吧，找你们来，不是想打死它。"

那三个警察又钻进他们的警车，一溜烟地走了。有一个警察在走之前还对着黑寡妇"汪汪"地学了几声狗叫，好像在试着与狗沟通似的。弄得我的心极不舒服。

黑寡妇仍站在山头的石头上朝我们叫。兵们就七嘴八舌地对着黑寡妇大声地喊，也不管黑寡妇听不听得明白。一个喊："黑寡妇，叫啥子哟，你看现在哨哨和所所被我们喂得多好！"旁边就有兵附和："就是，你能喂这么好吗？"另一个脱口而出："你的良心都叫狗吃了！"他的话把全哨所的人都逗笑了。我没有笑。

就在那天晚上，哨哨和所所突然都不见了。张排长第二天带领一个班在后山找到了黑寡妇和哨哨以及所所。黑寡妇死死地守着它的两个孩子，原来想把哨哨和所所重新带回哨所的张排长失败了。张排长回来找援兵时，被我制止住，我向全哨所下了一道命令：不许再打搅黑寡妇和它的两个孩子！让它们自由去吧！下这个命令时，我心里说不出是啥滋味。

黑寡妇是怎样突破我们森严的岗哨，把它的两个孩子叼走的？这至今也是一个谜。

我们的哨所又恢复了以前的安静。同时，没有了哨哨和所所，兵们发现这种安静，比以前还孤独。

哨所接连下了十天的雪，天地白茫茫的一片。我到这个哨所五个年头了，也是第一次遇见这样大的雪。在这一场多年罕见的大雪中，我们更加强烈地感受到，我们所处的哨所如同泛海之中的孤岛，我们和岸，和整个世界，都好像那么远，远得遥不可及。

这场大雪，对于雪山上的动物们来说无疑是一场灾难。冒雪巡逻时，我们偶尔会在雪野看见一些冻得像石头一样硬的兔鼠和鸟，看着它们干瘪瘪的身子我们推断：它们首先是饿死的。

黑寡妇现在怎么样了？哨哨和所所现在怎么样了？我常盯着哨所背面皑皑的雪山想。

这一天，我正组织全哨所的人扫雪，突然有一个兵一声惊叫："黑寡妇!"这无疑是一声惊雷。我们顺着声音望去，就看见黑寡妇嘴里正叼着一条小狗朝我们走来。兵们一见到黑寡妇，立即如临大敌，将手里正扫雪的扫帚、锹等家什握得紧紧的。

我仔细一看，立即止住那些想冲上去的兵。我看见黑寡妇直向我们摇尾巴，尽管隔了约百米的距离，我仍看见它眼里友善的目光。黑寡妇瘦了，没有初见它时的雄壮样，干瘪瘪的肚子凸现它的四条腿，那四条腿似乎也无力支撑它的躯体，走得摇摇晃晃的。

黑寡妇在距我们三十米左右的地方停住，把嘴里叼着的小狗放了下来，我们看清楚了，那是哨哨。放在地上的哨哨有气无力地叫了两声，立即就呜呜地爬到黑寡妇干瘪瘪的肚子下，一口含着奶头饿心饿肺地吸。黑寡妇好像被哨哨吸痛了，不自在地原地转了一下圈，哨哨依旧死死地含着黑寡妇的奶头……最后，黑寡妇安静了下来，仍由哨哨含着它的奶头。

我们静静地看着这一幕。黑寡妇轻轻地叫了两声。

终于，哨哨的嘴松开了。掉在地上的哨哨依旧有气无力，它呜呜地叫着。黑寡妇埋下头，开始用舌头舔哨哨的头，嘴里不时吐出热气，它舔完哨哨的头又舔它的身子……突然，我看见黑寡妇的眼里流出两行泪来，接着，它抬起头，朝着天像狼一样的一声长啸："嗷——"声音回荡在雪山，因空旷而凄凉，因凄凉而空旷。

就在这一声后，黑寡妇调转头，朝来时的路跑去，它跑得并不快，还摇摇晃晃的。它一直没有回头。直到黑寡妇消失在后山，我们才回过神来。

周晓航，大专学历，长宁县下长镇人。修过铁路，学过石匠，当过知青，教过书，做过县报副刊编辑。系四川省作家协会会员，有小说、散文、报告文学见省、市刊物和专集，出版有小说集《结伴同行》及纪实长篇小说《明代重臣周洪漠》《余泽鸿》两部。

官　渡

◎ 周晓航

在我们这方，有一条美丽遐迩的淯江河，因为河比较古老，所以自古渡口就是官家所置，也因此自古这条河的渡口就都称为官渡。不过，任秋风春阳，山瘦水丰，寒暑交错，渡口确也没有什么变化。一只船，一根篙，倘若有人要过河，而船在对岸，过往的人只要吼一嗓子，船老大就把船撑过来了，日月荏苒，时光穿梭，从古至今，官渡就是这个样子。

而最有变化的，是新中国成立以后，官渡的撑船也就算一份工作了。因为，有那么一批老兵，他们立了功，没有战争了，他们要回乡，要过所谓的安度晚年。有家的当然回老家了，而没有家的，也就说没有老婆的，由于他们对那片故土的眷恋，也要回乡，而回了乡，该怎么安排呢？政府自有办法，没有家的就尽量介绍那些年轻姑娘与他们成婚，组成家庭，而任何事都有例外。有的人，东挑西选，过头了，也就落得个一人吃饭全家不饿的后果。

双溪镇的张二爷就是这样一个人。每次所谈的婚姻不成时，他就爱说，在国民党队伍当兵时，见着女人就上，不成就抢，所以说，女人的味又不是没尝过。现在组不成家庭了，就当是对那时的惩罚吧。只要想通了，就啥事都没有了，张二爷照常是整天笑呵呵的，见着生产队的老哥们就玩笑不离口，而干起工作来却特认真，每个要过河的，上船时，他都爱叮嘱：嗨，小心哟，不要慌，掉到河里可不是好玩的，那河水不是烧酒，虽然吃不醉，却能吃得要你的命。遇到老弱病残、孕妇小孩上船，他都爱主动走过去，伸出一支手牵一牵。有人说，张二爷，你可真是个好心人呀。张二爷就爱笑一笑说，啥好人哟，这叫集阴德，以后死了，到阎王大人那里才好过关。才好早一点投二次人生。

这个张二爷，是抓壮丁到国民党军队的，后来被解放军俘虏了，想着回家也是挨饿受穷，还不如就当解放军，吃军粮。至于当兵要打仗，张二爷认为，子弹是长得有眼睛的，该自己挨子弹，那是命，是跑不脱的。所以也不在话下。没成想，他当解放军还当出了名堂。那一次打大战役，他冲在前面，没想就活捉了一个兵团级大官，为此他立了个一等功，部队送了一块一等功臣的奖牌。开始他没当一回事，回乡撑渡船后，他把奖牌往船的一个角落里一扔了事。可是有一回，也就是在困难时期，农村集体挨饿。张二爷虽然在撑渡船，情况也好不到哪里，每月供应 15 斤，而且还有一些不成为主食的豆豆颗颗，正在壮劳动力的张二爷肯定是不够吃的，他想着变卖点什么来买点吃的。横想顺想，自己这个破烂的家还没有值钱的东西。终于想到了立功牌，那上面金黄的字体，是不是涂的金子？如果是那就管钱了。想到这里，他就去东翻西找，终于把那牌子找了出来，他还在挂扣上拴了一根绳子，权作背带，掛在肩上，乘上乡里的拖拉机，到了县城。一下车，他就沿街喊卖。一开始，他不知该作价多少，想到是一等功，又是黄金的，肯定值钱，就喊了个天价。可是很多人问了价，只看看，又摇摇头就走了。他不知道这是人们同情他，以为是价太高才无人问津，就不断地把价往下降，等价降到少得可怜的时候，他已经到了县政府的门口。他没到县政府去过，所以不知道到了县衙门。守门的知道了，就把情况反映到了县府办的主任那里。主任听说了，觉得这不是往县政府脸上抹黑吗？于是就亲自过问。

他走到张二爷跟前问：“你这奖牌是卖的？”

张二爷回答："是，不知值得到多少钱。"

主任又问："这奖牌是你本人的？"

张二爷说："不是我的，未必是偷来的？"

这次主任笑笑才说："你叫什么名字？家住哪个镇？"

张二爷如实说了。

主任也没说什么，站了站，才走了。他是回办公室打电话核实。过了一会儿他又回来了，这次他也叫他张二爷，说："你放着渡船不好好撑，出来卖奖牌。你知道不，这是犯错误的。你没吃的了，去找镇政府，他们会给你想办法的。你想嘛，你是英雄，立了一等功，政府咋会不理你嘛。"说完，主任拿了五斤粮票，拿了十元钱给他，说："待一会儿，县政府有小车到你们镇去，你搭个方便车回去，不要再卖奖牌了，不然会处理你的。"

张二爷接了钱粮，当然也就唯唯诺诺，后来随小车回去了。

这次张二爷没被处理，后来还是犯了错被处理了。

那是张二爷的官渡所在的那个村有一户姓彭的贫下中农，他家子女多，就算农村稍微好转一些后，他家仍然属于贫困户。生活总是要过起走的，当然，猫有猫路，耗子有耗子路，彭姓家长想的办法是，大女儿已经快满十八周岁了。那时的《婚姻法》是女满十八周岁，男满二十周岁就可以结婚。快满十八岁属于谈婚论嫁的年龄，媒串串就蹿到他们家给她说开了媒。媒串串说，这家李姓人家如何如何好，如何如何富裕。

彭家长说："你揀主要的说。"

媒串串当然知道彭家长说的主要的是什么，但她不急，她要吊一吊彭家长的胃口，就说："这家的儿子身体健康哟，一挑水谷子，两百多斤重，从湾头气都不歇就挑到保管室敞坝头了。"

彭家长说："哪个问这些哟。"

媒串串说："哦哟，你是问彩礼哟？"

彭家长说："知道还故意拖。"

媒串串说："我不是故意拖，我还以为你老的不是看重钱财的，而是看重人品的哩。”

“还在拖。”彭家长故意生气的样子说，“好好好，你不说就请回，大门开着呢，你慢走哟。我陪不起了。你慢走。”彭家长故意站起来，往里屋走去。

媒串串这下才慌了，说：“你慌什么嘛，他们家答应，见面现金两千，还要另加——”她见彭家长站住了，又拖长了声音说。

彭家长忙问：“还要另加些什么？”

媒串串说：“还另加肉啊，鸡鸭啊，糖果时鲜啊这一些，都按农村的规定。但每样东西都是两套。”

彭家长说：“这还差不多。依我说，选个时候见个面。”

媒串串说：“我看见面没必要，选个时候把装厢的东西送过来，把彩礼的现金送过来，这门亲事才算定下来了。不然，男方不放心，有好的姑娘家一谈就成，这么好的人家，我就再也不能给你找了。”

彭家长说：“好吧，依你的，看个期程就照你说的办吧。”

这天晚上，彭家长把家里成年人叫在一起，对家里人宣布自己大姑娘已经看了人户了，要家里人找熟人打听打听这家人的情况和未来女婿的情况。

彭姑娘当然最关心的是那个男青年的情况。趁了一个赶场天，彭姑娘到街上，找自己的女伴们一打听。哎哟，情况不对哟，有女伴告诉她，那个男人是跛的；又有女伴告诉她样貌还奇丑，不过家庭倒还富裕。彭姑娘在心里掂量了掂量，觉得不行，这是关系到一生的幸福。回家后就给爹爹说了自己的意见：不答应！

爹爹说：“我也打听了，那家真的很富裕。”

彭姑娘马上反呛了她爹爹一句：“再富裕咋比得上人才好，人才好是一辈子的事，富裕不富裕可以创造……金山银山也可以空的。”

“可是有了基础是不易消失的。”她爹爹随后补充说，“女儿大了，婚姻得从父母。现在我决定了，大姑娘得与李家小伙儿好。”

“没有改了吗？”彭姑娘已经带着哭声地问。

“没有改了。”她爹爹很霸道地一挥手说，“过两天就装厢送期（送彩礼），他们家也要得急，年内摆婚酒。”

彭姑娘嘤嘤地哭开了。

她妈妈在一旁悄悄地劝着："你爹爹也是为你好。想想吧，嫁过去至少不得像现在这样有上顿无下顿的，富裕日子好过哟。"

彭姑娘说："怪眉怪样的，看着心头就烦，日子才叫不好过哟。"

她爹爹听见了在一旁吼起来："哭什么哭，听着让人心烦，拉进房圈（寝室）里去关着，紧防她跑了。"

她妈妈拉手，她弟弟在后面推屁股，就关进了寝室里。

彭姑娘在房圈里想，与那个李姓小伙好是肯定不行的。不过要想逃过父亲的决定更是不容易的，得从长计议。装厢送期到结婚不是还有很长时间的过程吗？到时候再想办法。于是，彭姑娘就开始装温顺了，她一不哭二不闹，饭送到房圈里就吃，有时还带着笑脸问下一顿吃什么菜，有好吃的没有？想解手了也就顺从地叫她妈开门，这样的缓兵之计对于家人是很容易麻痹的。慢慢地家人对她也就放松了警惕，后来干脆不关她了，只是做思想工作。教她要为家人作想，家里这么穷，不把她拿去换些彩礼回来，来年的春荒一家人该怎么过？对家里的教育，彭姑娘也装出懂得的样子点点头。

真的到了装箱送期那天，男方来了几车人，叫女方把近亲请几桌人到家来，由男方用车子到场上饭馆里包了几桌席拉到她们家里办招待。家里突然多了近十桌的人，本来并不宽敞的院坝里就显得熙熙攘攘的了。在吃饭时，她爹爹叫她怎样做她都顺应着，吃过饭，依农村的说法，是半下午的时候了，男方在收拾着准备撤走时，彭姑娘也觉得是跑的时候了，趁人不注意，她把早就收拾好的背包背上背，从她家的后门走出去，那里是一条石板路，翻过后边的山坡，就直通他们镇的场镇。彭姑娘早就划算过，不能对直朝场镇走，要中途拐弯，中途一拐弯，再拐个弯，就是通向官渡的渡口，过了渡口，她就可以跑到邻县的县城。然后再跑远一点，就可以找一家馆子当帮厨，或者找一户好一点的人家，当一个保姆；实在不行，找一个稍好一点的男人，与他结婚、生子都行，总之，生成一个人，只要勤快，绝对不会饿死自己的。

确实像她想象的那样，跑到官渡的时候，天色麻麻的，已经到了黄昏的时候了。张二爷的船在对岸，她麻着胆子大声喊：“要过河——”因为不敢把声音放大很了，再加上有江水的流动声，张二爷没听见。彭姑娘又喊了几声，声音还是不敢大声。这次张二爷似乎听见了，就长声吆吆地喊唱着：“撑船了哟——哟吠咳，船开河对岸哟——吠咳”

到了对岸，张二爷见是一个漂亮的、年龄不算太大的姑娘，就问：“我说小姑娘，天都这么晚了，你还要去哪里哟?”

彭姑娘说：“我想过河，到对面县城去。”

张二爷说：“没什么要紧事就回去吧。天都要黑了，你还要到对面县城去，十来里的路，不是一会儿就走得拢的。”

彭姑娘说：“你先把我渡到对岸去再说，行吗?”

张二爷说：“怎么不行呢。你执意要走，我一个撑船的，只有听其便啰。”

张二爷把船一篙杆撑离了河岸，向对岸撑去。张二爷边撑边说：“姑娘，你有什么事一定要趁黑赶路呐?”

“急事。”彭姑娘简短地回答。

“再急的事，也可以熬过一晚上嘛。”张二爷也像是铁了心要劝她回去一样地不厌其烦地说。

彭姑娘见张二爷劝得死心也真心，也就放下了戒备老实地对张二爷说：“我与家里吵了架，不想见着家里人才跑出来的，如果你是同情我，就不要把船撑过对河去，免得他们把我追回去。”

张二爷说：“好好好，我不撑过河去。可是我说姑娘，再紧要的事，总是有拧松的时候，你又何必与你家里人犟着呢?常言说得好，退后一步自然宽，家必定是给人温暖给人福分的地方。”

彭姑娘听说到这里，不由得嘤嘤嗡嗡地哭起来：“你说的家这么好我怎么没有呢?现在我连个不好的家都没有了，连今晚住哪里都不知道，现在我该怎么办啊?”彭姑娘边说还边抽泣着。

张二爷只有劝说：“别哭别哭，什么事都好办，什么事都好想办法。就是不准哭。”

彭姑娘说："别哭别哭，你说我今晚住哪里嘛？我说要走，你又劝我大黑天走起路来不安全，不要走。那么今晚我住哪里呢？"

张二爷说："我船上倒是可以避雨，就是晚上冷，现在竟管开春了，但春寒料峭，再加上河风吹着，还是很冷的。"

彭姑娘突然就笑起来，她说："冷我倒不怕，我带得有棉衣，可以抵御寒风。"

张二爷说："好吧，也只有这样了。"

张二爷从船头走到船舱旁，他从碗柜里拿出一碗饭一盘菜，还拿出一把面条说："我吃冷饭，你下面条吃。这冷饭是中午留下的，只够一个人吃。你也将就一下吧。"

他们分别把晚饭吃了。张二爷坐到船舱旁的矮凳上，拿出叶子烟裹好一支，抽起来。这时他看着对岸说："怎么对岸没有动静呢，按说他们找人也该找到这渡口了？"

这时彭姑娘像忽然明白了什么，就大声地嚷起来："哟，你是等着我家里的人，想把我送回去啊？不行不行。如果是那样，我就从你的船上跳到河水里去。我是宁死也不回去的。"

张二爷说："怎么那么大的仇气哟。什么事说不开呢，非得你死我活的？"

彭姑娘又哭起来。她说："他们要把我嫁给一个又跛又怪的男人，我不从，他们就把我关起来。你说，我这不是宁愿死也不屈从吗！"

张二爷说："姑娘，人是得有反抗精神，选夫婿是一辈子的事，这是原则问题，该反抗就得反抗。我支持你。但是，解决的办法也许不只一个，这样吧，如果你家人来了，你在河对岸躲着，我过河去与他们谈谈，谈得拢你就与他们回去，谈不拢你就留下来明天早晨赶路。"

彭姑娘说："不不不，谈得拢谈不拢我都不与他们见面，总之，明天早晨我就要尽早地赶路。"

张二爷说："好好好，我都依你，这还不行吗？谈得拢谈不拢都不与他们见面。但谈还是要谈的。你想共产党与国民党为了和平还在重庆进行谈判呢。那么大的事情都想通过谈来解决，何况你这种家庭小事哩。”

彭姑娘说：“好吧，既然你都依了我，我也就依你。不过，不准反悔哟。”

这件事也很怪，彭姑娘的家人没有人追到渡口来。张二爷一直惊着耳朵听着对岸。他想：也许对这个姑娘不报什么希望了，当没生这个娃娃。是啊，失望就是最好的解释。

张二爷一直陪姑娘坐了很久，大概比往天睡觉时间多坐了两个多小时。他无聊得数天上的星星，听河水轻声的歌唱。他也分辨着虫儿轻声的鸣叫，哪些是纺织娘的，哪些是蟋蟀的。都感觉得无聊极了，他才说：“我要睡了，年龄大了，熬不赢你们年轻人。”

张二爷向后面船舱处走了两步，然后回头又对彭姑娘说：“冷了你要穿棉衣哟。”

张二爷钻进船舱，拉上门帘，只一会儿就传出了高一声低一声的鼾声。

彭姑娘一个人靠在船舱外能遮露气的地方，心里感觉得很悽苦、很孤独，她抬头望着夜空，月亮不明，星星很密。她想起过去常说的，天上一颗星星，地上就是一个人。你想想，地上那么多人，天上的星星怎么不多呢？这时一颗流星从她面前的上空划过，拖出了长长的明亮的尾巴。她想起了小时候她妈妈给她讲的故事，说天上落下一颗星星，地上就有一个人去世。于是她想到这颗星星的落下会是哪个人去世呢？会不会是自己呢？潮湿的空气氤氲进仓里，有河风一阵阵地吹来，她觉得很冷，缩了缩脖子，把双手抱在胸前，还是很冷，于是她把脖子缩得更拢，双手抱得更紧。可是冷气像长着眼睛的精灵一样，真是无缝不钻啊。她想起自己清理的行李包，那里面装有一套自己很喜欢的棉衣棉裤。说喜欢是因为布的花色是自己亲手挑选的，那种浅蓝色的底子，深蓝色的小花，晃眼看去，好像没有花一样，可你要是盯着眼认真地看，却有着很好看的阴阴的花色。彭姑娘觉得自己就是这样的人，平时不太说话，像是没有主见的人，可做起事来很有自己的主张，不容易被人说动。

彭姑娘穿起棉衣棉裤来还是觉得冷，只是不像刚才那样寒风吹起来有一种刺骨的感觉。彭姑娘觉得太冷了就在船上走来走去，停下来时，就把手紧紧地抱着自己，觉得这样似乎要暖和一点点，有时又把手拢在自己的嘴旁，哈出热气来取一点暖。这些办法都用尽了，到了下半夜，简直没办法再熬了。她突然想起了那颗流星，它肯定预示的是今夜自己的结果。彭姑娘眼睛里流出了眼泪，她不愿意死，她觉得自己还这么年轻，她平时做了那么多的善事，她应该还有着很美好的未来，可是今晚自己就要像流星一样消逝，这是多么悲哀的事啊！

大概是彭姑娘的抽泣声惊动了张二爷，张二爷翻了一个身说："哭什么哭，冷得遭不住就上我的床吧，我的褥子是狗毛的，保证保暖。你睡我的脚那头，相信我不会动你一下的。一来你还那么小，二来我已经老了，不得行了。上床时把棉衣脱了，盖着被子才贴身，才暖和。"彭姑娘蹑手蹑脚地钻进了被窝。在寅时交卯时的时候，有人突然点燃火把一步踏上了船，高声地喧哗着："起来起来，捉奸捉双，这次被阻在被窝里了，看你还有什么话说。"张二爷一听知道"糟了"。那次上岩找柴的"大军"过渡口时，就是这个喧哗的人不按秩序排队上船，抢先上船，张二爷看见了，觉得别人都排着队伍上船，你却仗着自己的几个弟兄在队伍里就挤到前面去，张二爷就把他拉出排着队上船的队伍，要他按规矩从后面排队慢慢来。

这个喧哗的人竟是彭家这个生产队的队长，昨天他从镇上回来，正碰上了彭家长，问清了情况后，喧哗的人说："肯定到渡口上去了，我从镇上回来一直都没碰到人。现在追到渡口，渡船如果在对岸，他不给你撑过来怎么办?"

彭家长也说："是啊，怎么办呢?"

队长说："这么办吧，我用生产队的船把你们渡过河去，等要天亮时到船上去，你女儿想跑也跑不脱了。"彭家长撵回女儿心切，也没多想，就答应了。

李赛男，女，生于70年代，四川资中人，作品散见于《骏马》、《黄河文学》、《躬耕》等。

雁庄往事

◎ 李赛男

1

史裁缝有个活招牌。

午时一刻，史家娘子准时从家中出来，挽一个黑漆金勾彩食盒，晴时搭一把绸伞，雨时撑一柄油伞，伞面不是白就是黑，都是极素净的颜色，不会夺了伞下的景致。把饭送到裁缝铺里，她再回家。这一段路线浑然天成，不着痕迹却走过整个小城。一路上，她娉婷而行，接受众多眼光的学习，评审，甚至抚摸。

中午时分，活招牌展示之时，是雁庄最热闹的时候，哪家不开门出来瞧瞧。今天这样冷清，就表明史家娘子并未出现，那就是裁缝铺没有开门了。

织锦不甘心，非得亲眼看看才作罢。她踮起脚尖，随手拉下一片极大的柳叶子，衔在嘴里噗噗乱吹。转个弯，走过油糕店，铁匠铺子，金家木器号，顺发米店，王老七羊肉汤，前面就是史家的裁缝铺了。

最初，雁庄有两个老裁缝，史家才来一年不到，不知不觉中，史家娘子成了风向标，担任着流行趋势的预测和发布，爱美的女人们都以史记为标杆，雁庄俨然成了山沟沟里的小巴黎了。

裁缝店果真关着门，织锦怅然。

隔壁的伙计探出半个身子笑道：“织锦，看史家娘子的新衣服都追上门来了？想嫁妆想疯了罢？”

织锦扬手要打，又恨道：“呸！肉膻，人也膻，碰你还嫌脏我手。”

“织锦乖，大娘送你绣花枕头当陪嫁，样式儿你选。”吴家大娘安抚道。

三汝子说：“鸳鸯的好看，我也要！”

“傻丫头。”吴家大娘将女儿推开，摸着织锦脸儿，笑道：“全城看看，除了史家娘子，就数我们织锦！”

“给你家三汝子，我才不要嫁，再说，谁要同史家娘子比！”织锦将她手拨拉开，顿足气道，惹得旁人都笑了。

小姑娘中，织锦是个俏尖儿，可史家娘子确实更胜一筹，她高挑个儿，模样清秀，身材样貌雁庄里都寻不出第二个来。蓝红格的小袄，缀流苏的长披肩，云纹的亮面夹衫，她穿一件就流行一件。有时，史家娘子只是搭配上加些变化，也能让人眼前一亮。西洋礼服式的小马甲，配在里面的小衫儿却是绣金边的荷叶袖，裤边也是一溜儿金边，别有风味；百褶裙搭一件束腰的呢大衣，裙摆在呢大衣下方微微张开，活脱脱一条美人鱼；蓝布棉袍外面套一件黑色滚蓝边的褂襕，稚拙得可爱。各家的柜子纷纷打开，老旧的样式见了天，又能穿出些新意来。

织锦不理他们哄笑，气鼓鼓地在裁缝店的台阶上坐下，拉三汝子埋头玩起抓石子儿来。说不准，史裁缝一会儿就赶着他的骡车回来了呢。

2

每隔十天半月，史裁缝便要赶着骡子到县城去一趟。嘎吱嘎吱，驮三口大箱子进城，又嘎吱嘎吱，带回好些时兴的布料。依往日他早就该回来了，蹊跷。

“明天就是重九啦，八一三淞沪开战，一年有余了，伤亡惨重啊。今年也怪，国运不济，秋菊都不开，花也成了精了！”

“还有更怪的事呢，戌时以后，我家井里打上来的水是黑的，第二日晨起，又清亮了，你活几十年可听说过？神明在天，怕是凶多吉少哪。”

那人又叹道：“亡国在即，谁愿等死？只是有违祖训的事还得问问织锦的爹。”

织锦听了这话，一分神，子儿全输了。

雁庄是个地形特殊的小镇。峻峭的群峰之中，独有一柱奇特，像是被天帝神工鬼斧般地削了一半，雁庄就坐落在这平地之上。雁庄地势孤立，交通不便。先民们逃难或避世来此隐居，从古以来，男子可识字习文，但概不从政，不入行伍，女子不远嫁。辈辈代代如此。

去年太原沦陷，年底日军进驻白县之后，大丹大佐到雁庄来扫荡了不少粮食牲畜。上山容易下山难，雁庄的山路又窄又曲，五辆军车翻了三辆，撒一山的苞谷大米，鸡鸭乱飞。山外，日本军与阎锡山的部队战火不断，只有雁庄远离兵燹之灾，一如既往的宁静。

织锦如鲠在喉，赵先生教女学，常说的就是“国难当头，匹夫有责”。

一展眼，看见小哑巴呆呆地站在街角，神情委顿，脸颊肿着，问他，哑巴呜咽两声，拔脚就跑，织锦伸手去抓，背上有个包裹，便紧拉住带子不放，将包裹扯了下来，哑巴一个趔趄摔倒，哭出声来。织锦哄着他终于慢慢比划出原委。原来，他在草滩上睡觉，有人问他话，不知所云，便很吃了些耳光，羊全丢了。织锦想起包裹，刚一指，哑巴满面惊恐，然后便死死捂着脸总不肯答。织锦好奇，将包裹解开，里面还有一层厚黄油布，似有鱼腥气味，再一打开，禁不住骇然大叫。

包裹里竟是一颗人头！

小哑巴比划着说，这是那人逼他负在背上的。织锦又气又怕，行得远了，惊魂未定，却又忍不住慢慢回头，乜斜着眼瞟了一眼那可怖的物事。

泥浆草籽鲜血糟污了一头，眼睛半张着，双唇紧闭。

织锦忽地警醒，猛然再回头，定睛一看，晴天里一个霹雳，那可不正是她等的史裁缝！

3

临行前，织锦将信交给史裁缝，他将箱半开放信，她顽皮地探头想看一看，史裁缝赶紧关上箱盖，讪笑着上路了。

史裁缝那憨憨一笑如在眼前，此时却只剩死灰色头颅一颗。织锦心中千头万绪，乱如蓬麻。织锦泪眼盈盈，史家娘子该立即知道这消息才是。她转身往史裁缝家中跑去。

史家院外晾了手绣的云肩，琵琶襟的绸衫，白棉布绉裥裙。物犹在，人已逝。织锦正想敲门，树上忽然扑通一声掉下个人。织锦一看，原来是黄家二哥，问道："怎么？掏鸟窝，雀子啄了你手？"

黄家二哥支吾道："不是……呃，织锦，不如，你上去看看，倒该告诉你爹呢，只怕你说不出口。"织锦不解，半信半疑爬上树去，黄家二哥扶着她脚踝往上送，三踩两蹬，已坐在了树梢上。

织锦攀着树枝向院里望去，史家娘子着宝蓝色衣裳，头上挽了个花髻，背对着织锦坐在厢房的小桌边吃饭，并无异样。

正想抱怨黄家二哥信口雌黄，见厨子陈三端了碟子上来，含笑不知说了句什么，竟轻狎地在史家娘子脸上一摸。织锦哪里见过这等猥亵之事，一张脸红透了，只想冲上去替她扇他一记，却见史家娘子别过头来，不以为忤，反娇媚一笑，拈一团饭向他口中送去。

织锦怒气冲冲，从树上直溜下来，黄家二哥伸手要接，织锦已跳在了地下。黄家二哥道："织锦妹妹，如何？这对儿……"

织锦蹙眉打断，道："不许说！你快走，快走！"

史家并无女佣丫头，史家娘子除了送一餐午饭，成日里只与厨子相对，人们向来有些疑猜，有好事者与厨子陈三攀谈，陈三笑着推托："不敢妄言，不敢妄言。""不妄言也罢，可行有妄为之事？"陈三勃然大怒，只手一带，就把那人掀了个大跟头。满手老茧的陈三，不是善茬。

此般风闻织锦也曾模糊听过，一笑置之，亲见史家娘子对史裁缝敬若尊长，岂会与厨子苟且。谁曾想果有其事呢，且偏鬼使神差地在今日撞破。

黄家二哥见织锦呆立不言，竟扭扭捏捏道："好妹子，二哥着实喜欢你……"

织锦怒道："再胡说！"

"别恼别恼，前儿晚上，我爹妈和秀才伯都商议了。……二哥决不负你的！"他转身一溜烟儿地跑了。

织锦心烦意乱，站了半晌，终于愤然离开。

一跨进家门，便将桌上的书本全扫下地去，发狠道："爹，史裁缝死了！还有，我才不喜欢包子铺那个黄大头！"

4

鬼子竟又来了！没人见到他们是怎么摸上雁庄来的，凶神恶煞的日本兵咣咣砸门，拿黑洞洞的枪口，尖尖的刺刀对着人，生硬地喊着："走！走！"老秀才只听织锦火急火燎说了个大概，就被一起押到了麦场上。全城老少，黑压压的一片。

老秀才默默数了数日本兵，没有一百也有八十，心焦不已，低头偷偷摘下毡帽，将旁边的三汝子一碰，道："把辫子塞帽子里，低头！"织锦忽然觉得头上一热，顶上也多了一顶帽子，转头一看，黄家二哥朝她笑笑，织锦赌气取下来扔回到他手里，老秀才沉着声音吼一句："不要命了?!"织锦一跺脚，只得自己戴上了。男人们纷纷取下帽子围巾让女人遮住头脸。人群挤得越来越紧，孩子、老人和女人被圈在中央。

一个军官模样的日本人走到前面来，整整军帽，竟然说得一口汉语："各位的打扰了。我是大日本帝国109师团秋田中佐。我之前的请贵庄乡民送的礼物，没有的人要。”大家面面相觑，一名日军走上来，将黄油布半裹着的人头放在大家面前，人们惊叫起来。织锦偷偷回头，找到了隔得很远的史家娘子，不知裹着谁的头巾，只看得到半张脸，惨白得像张宣纸，连嘴唇都没了颜色。织锦真想啐她一口。

“这个人的你们认识。”秋田说话全是一个调调，但他极认真，一字一顿地说，“史玉秋，雁庄裁缝。昨天上午，他埋伏的在瑞祥布号，袭击我军大丹大佐，大丹大佐的殉国。”

各人心里都欢呼起来，叫了一声好。

“皇军的当场抓获史玉秋，他破坏中日和平，行为的很坏，处决了。他同党的在雁庄，我希望带走，我的保证不再打扰。”秋田微微鞠了个躬。

死一样的沉默。

秋田向身后的日本兵使了个眼色，他们扔过来一包东西，秋田将油布一踢，两只齐大臂砍下来的手滚了出来，指甲没了，十个指尖全凝着血块，手指奇怪地扭曲着，细一看，每个指节都被斩断，仅连着少许皮肉。

女人都哭出声了，史家娘子气闭晕厥，向后倒去，吴家大娘连忙用手撑住她，掐住了她的人中，史家娘子嘤然醒来，老秀才走近些，低声道：“沉住气，我定保你平安。”她两行眼泪直滚下来，虚弱道：“秀才伯，我……陈山自有办法，暂且拖住时间罢。”老秀才左右看看，果然不见陈三踪影。

老秀才分开人群，上前对秋田拱一拱手，道：“此史姓裁缝是外乡人，在雁庄并无所谓同党，长官明察。我庄民风淳朴，素来恪守本分，与世无争，万望长官体恤民情，切莫伤及无辜，致生灵涂炭。”

秋田哈哈一笑，“你这老头识字，史玉秋的有信，你读。”说完拿出一张纸来。

“见字如晤。来信均再三赏玩，书法大有长进，知你勤勉，心内欢喜。”

刚读了两三句，织锦低了头，脸已红到脖根。

“三信未复，知你必深责于我。甚念甚念。战事吃紧，夙夜难眠，恐巢倾卵碎，恐亡国为奴。决意投笔从戎，马革裹尸方为快事。暂抛下儿女情长，乞谅！月末将赴广西宜山黄埔军校求学，此去报国，归期未定，赵某不敢盟约，万望保重。”

织锦又是宽慰又是苦痛，心里恨恨道了一句，你敢！

秋田又拿出一个信封，念道：“‘织……绵亲启’，织绵的是谁？”

老秀才不动声色地瞟了女儿一眼。人群都明白过来，黄家二哥带头大声喊道：“不认得，哪有什么织绵！”大家都附和道：“不认得，不认得！”

5

老秀才回到人群，站在织锦身旁，织锦看着爹爹严肃的侧脸，不敢言语。

老秀才不苟言笑，严厉公正，修族谱，祭祖宗，红白喜事，作灶垒坟，邻里口角，都由他操持决断。年初，白县韵德女学来了几个劝学员，将校舍和师资大大鼓吹了一番，老秀才竟动了心，让独生女儿织锦去了县城上女学。不过数月，织锦言必称赵先生，老秀才惊觉不妥，命女儿禁足，不可再去县里，却不知仍在鸿雁传书。

织锦眼望父亲忠厚之貌，深恨那明哲保身的祖训，外敌入侵时，难道就如此不抗不争，束手就擒？

“没有织绵，史玉秋是有的吧？我们做游戏，谁是史玉秋同党的，我来猜。”秋田踱进人群，突然伸手抓住金木匠，“你为什么不敢的看史玉秋头？你的和他关系很好。”他又迈两步，把人群中央的三汝子拉出来，一把甩掉她头上的帽子，“史玉秋的妹妹，长得像！再看的再像！”吴家大娘大惊失色，哭着把三汝子往回拉，两个日本兵跑过来端起刺刀，强行将金木匠和三汝子押了出去。

“他，身上的有新棉布的味，史玉秋的帮忙。这个小姑娘的——”秋田将鼻子凑到三汝子肩上去，三汝子尖声大叫起来。“妹妹，香！”

金木匠大声斥道：“收拾起你丢人的中国话滚回日本去！爷爷我

什么味，手艺人汗水的味道，不像你一身的狗骚味！小丫头才十岁，和史裁缝不认识，你放了她！”

听了这话，秋田竟不生气，对大家笑道：“不是就不是，我来个的记号。”寒光一闪，他拔出腰间长刀，刀尖在三汝子脸上浅浅划过，血涌了出来，三汝子一声惨叫，扑倒在地上，吴家大娘趺趺撞撞冲上来把三汝子抱了回去。

此时，秋田的长刀又出其不意地一回，劈在金木匠颈上，瞬间鲜血喷溅。乡亲们大声惊呼，金木匠已倒地，奄奄一息。秋田蹲下身子，夸张地扇着鼻翼嗅了嗅，“全是的血腥味。我错的？不行，再猜。”

秋田带着几个鬼子又走进人群，东张西望，摸摸这个，又扯扯那个，好几个姑娘的帽子被他拉掉了，露出白净的面庞来，人群纷纷恐慌地回避，小孩子吓得要哭，母亲忙蒙着他们的嘴。秋田皱着眉头对身后的日本兵说：“我的记录不好，很快的忘记，你们来，这个，这个，这个，要记号。”一听到“记号”二字，刚刚平复下来的三汝子又“哇”的一声哭了。

此刻，有两个声音同时道：“住手！”

发出声音的两个人虽然相隔甚远，但都迅速找到了对方，她们各自吃了一惊，愣了一愣，好像生怕对方先说下一句，又不约而同地抢着张嘴，织锦毫不犹豫地伸出右手，食指指尖俏生生地对着史家娘子，“是她！”与此同时，史家娘子拉下头巾，露出哭得一双红红的大眼睛，无比坚毅地大声道：“是我！”

织锦怎会不知话一出口，就如覆水难收，然而一边是全庄人的性命安危，一边是行止出格的史家娘子，不用比较也知孰重孰轻，却不曾想到，两盆水会一齐泼向史家娘子——她选择自己迎头浇下。

史家娘子错愕，失望，惨淡，释然，一连串的表情只在脸上停留了片刻，她望了织锦一眼，轻轻颔首，似是理解，似是赞许。

老秀才怒目圆睁，一巴掌扇在织锦身上。织锦从小儿没有挨过打，委屈地小声哭诉道：“你不知道，她……”看着乡亲们讶异愤怒的目光，已哭得说不出话来。

6

几百双眼睛齐齐盯着史家娘子，她惨白的脸上突然恢复了红晕，微微一笑，“对，就是我。我是史家裁缝铺的。”她恢复了常态，从从容容走向前去。她穿的这身蓝色丝绒旗袍是簇新的，显然还是第一次上身。窄窄的立领，挺括简洁，一对儿削肩柔弱秀美，惹人怜惜，纤腰处的曲线楚楚动人，仿若只有盈盈一握，袍角长及脚踝，分外端庄，两腿边开叉至膝盖略上，将一双玉腿半遮半掩。随着史家娘子缓步轻移，蓝色丝绒也呈现出浓淡变化，似天空邈邈，又如海波漾漾。史家娘子不像在走向秋田，只若平常迎着晌午的日头，在目光中巡回雁庄。

秋田发出一声轻叹，“裁缝的女人，好看的呀！”他走近她，“你的说，史玉秋的上级是谁？他的刺杀是谁的告诉？”

“良心。”

“梁新？我的不认识，他住在什么的地方？”

史家娘子冷冷一笑，拍了拍自己胸口，“他住这里，一直都在。你们日本人当然不认识良心！”

秋田脸一沉，“你在骂我。”忽而又露出笑来，“旗袍好看的，与你的身体很合作，史玉秋手艺的好。大日本国，秋田谷纺织株式会社大大有名，我父亲是社长。我对衣服，眼睛很好。我和史玉秋，朋友可以的，但是他骨头的太硬。”

史家娘子冷冷道：“朋友？即使他现在还活着，恐怕也毫无兴趣，他不通兽语。”

人群窃笑起来，秋田不解地望他们一眼，不懂其中意味，他退了两步，上下打量史家娘子，继续道：“旗袍，中国女人的喜欢，和身体的一样大，男人有坏的想象，中国女人喜欢男人坏，是不是？”

“心中肮脏，你看何处不污秽？”史家娘子道，“旗袍庄重典雅，雍容华贵，中国女人爱美，追求美，如此而已。而你们到中国来，扼杀美，摧残美！”

秋田饶有兴趣地卷着舌头学道：“摧残美，扼杀美？是什么衣服？

我没有的见过。大日本帝国的和服，最美丽，你看看可以的。”

他打开助手手里的皮箱，扒开卷宗，捧出一个白绫包裹来。他小心翼翼展开，是一件半旧的白色绣松鹤纹样的和服。“和服，日本传统服装，从上到下，直的裁剪，好像我们优秀的大和民族，正直顽强。中国诗人的说‘最是那一低头的温柔’，日本女人美丽的他懂，哈哈，他馋嘴！你们的比一比，和服风情，旗袍风骚。”秋田卖弄着有限的词汇，得意地说。

“夜郎自大！”史家娘子满脸的轻蔑，“汉三国时，和服传入日本，唐代达到鼎盛，和服在你们国家也被称为‘吴服’和‘唐衣’。罔顾历史，你妄称什么美丑？你们在上海举行‘中日亲善会’，脱了军服，换上和服，以为这就能让中国人觉得你们至亲至善了？大错特错！披上羊皮总归还是狼。你们用虚伪玷污了自己的民族。因为，你们的宽袍大袖之下哪还有一点人性？掩藏的全是罪恶！”史家娘子激动得身体打战。

织锦听得快意，忘形得想振臂喝一声彩，转念却又想到，让她这般直面痛斥鬼子，陷于万分危险境地的人正是自己，懊恼不已。

能听懂的一小部分言辞已足以使秋田大怒，“罪恶？你的说话我很生气！罪恶是叫你死法一千种，在审讯室，你后悔的很晚。”

史家娘子毫无惧色地盯着他，乡亲们都攥着一把冷汗。

停顿片刻，秋田的脸色缓和下来，“大丹杀了很多女人，我不杀，你运气的好。你穿和服吧，比旗袍美丽，你喜欢它的，我保证。”

“我不会穿的。”史家娘子平静地说，“我是中国人。”

秋田如同猫在肆意玩弄自己的猎物，他看了看日本兵，兴奋地劝说她：“你不穿，他们会帮你穿，不温柔的。”

老秀才的牙咬得格格直响，织锦浑身颤抖，只听见身后黄家二哥和几个男人低声议道：“我们和这些狗杂碎拼了，横竖都是死，与其等他们血洗雁庄，不如弄死些鬼子垫背。”

“我耐心的没有了，马上！”秋田已迫不及待了，手伸向她腰间的盘扣。

史家娘子闪开，厉声叱道：“拿开你的脏手！”她望了一眼地下侧倒着的史裁缝的人头，忽然以迅雷不及掩耳之势飞奔向一个日本兵，他平端着的步枪上的刺刀将她对穿刺过，血洇在宝蓝旗袍上，瞬间变成了紫色的一大片。

人群惊呆了。

秋田傻了眼，无奈地看着史家娘子的尸体，沮丧道："穿和服不痛，你不穿为什么？刺刀很痛，你不要生命。"突然，他哽咽起来，"从我走开家，我的妹妹每一天在想念的我，她从北海道找我来到中国，路上，疟疾让她死了，只有留下的这一件和服。"

秋田侧起脑袋，重又露出凶狠的神情，"战争很坏！中国人很坏！你们应该为我的妹妹死！男的，女的，全部死！"

织锦按捺不住了，她知道再等一刻，男人们便要动手了，二哥赤手空拳，如何敌得过鬼子手里的枪，她扔掉帽子就冲出人群，老秀才急忙伸手去拉，已晚了。织锦在人群前方站定，看着众人疑惧的眼神，心中竟没有一丝恐慌，她自豪地笑笑，对秋田喊道："你放了乡亲们，史玉秋的同党就是我——信上的'织锦'，织——锦——，不是织绵，你这不识字的日本狗！"

话音未落，远处传来一声枪声。

秋田侧耳静听，随即响起了第二声，似乎并不远，他皱起眉头，回身命令道："集合！做好战斗准备！"夸嚓夸嚓，日本兵小跑前进的脚步声渐行渐远，离开了麦场。

老秀才急步向前，双臂拥住织锦，老泪纵横，无论如何不肯放开。

不久，就在枪声响起之地，传来了震耳欲聋的爆炸声，秋田和他的日本兵刹那间灰飞烟灭。

7

今年，作协一行人到晋中采风，当地政府热情地发放给我们一些"老故事"，我分到的是一位发白如雪的高龄老八路军女战士，名叫刘织锦。那天，我穿的是件旗袍，她望了我半天，于是给我讲了上面这个故事。

随后，我查阅了县志，因年代久远，又保存不善，我没有找到史玉秋的资料。不过，在一份烈士陈山的简介中，我发现了相关的记载。

“陈山，原籍四川，保定陆军军官学校第九期学员，八路军战士，共产党员。1937 年，参与忻口之战，与战友突袭日军机场，截断补给，致日军未能按计划攻打太原。陈山同志擅长组装枪械，制造炸弹，以妻子史玉玲之兄史玉秋的裁缝身份作掩护，机智地与敌人周旋，短短几个月内，完成了周边三县八地区敌后抗日队伍的军械配备，为山西省抗击日本侵略者作出了巨大贡献。39 年，陈山同志在晋察冀边区抵抗日军‘冬季扫荡’的战斗中英勇就义，年仅 34 岁。”

老人的故事还没讲完，“下葬时，史裁缝只有一颗头，一双手，姑娘们哭着将史家娘子的衣裳一件件铺在史裁缝的棺材里，垫得厚厚的，暖暖的，她们说，这些衣裳都属于那双手，那双握剪刀的手，那双精准地刺中了偶遇的大丹的心脏的手。”

她忽然微笑了，眼里是无限的遐思，“我爹爹以前总说，国弱，家贫，人穷，独善其身足矣。后来他说，乱世自保，非英雄也，祖规该废了才是。从那以后，雁庄的男人们不再绑手缚脚，纷纷走出去，如雨点儿，落在天南，落在海北。”

“那，赵先生呢?”我问她。

刘织锦脸上泛起少女般的羞怯，“黄埔军校他没有考上，年龄大了，不符合报考要求，身体也弱，你想，一个教书先生呢。后来我们一起参的军。他九年前离世了，走得很安详。”

老人沉浸在回忆里，眉眼间有一种无法言说的光辉，“雁庄的人，事，风光，我无知的青春岁月，随着史玉玲的离去而永远地离去了，我再也没有见过像她那么美丽优雅的女人。”说到这里，她摸出一张照片，照片上是个年轻的女孩子走在 T 台上，高高的身材，身穿黑白格的改良中式旗袍裙，正是回眸的那一刻，顾盼生姿。“所幸的是，他们的牺牲有价值。失去的美，失去的安宁与快乐，在千千万万的后辈身上找回来了。这是我的曾孙女，她是一个模特。”

李森林，教师，大学本科学历。在《四川文学》、《牡丹》、《金山》、《资阳日报》等报刊杂志发表小说、散文30余万字。

唐　刀

◎ 李森林

载金叔的刀铺，在李家湾一个小院里，石板墙裙的老瓦房，岁月沧桑。李家刀铺手艺，一脉传承。近几年来，刀铺的生意一年不如一年。

载金叔跟儿子福来说，他想打一把唐刀。福来一时回不过神来，望了父亲好一阵，才说："库存那么多刀卖不掉，打啥唐刀？"载金叔说唐刀是刀中神品，是李家刀铺的魂，也是他的一个心结，坚持要打。福来态度冰冷，继续说不。载金叔一口喝下半杯酒，双手抄在胸前，说："要是你协助老子打完这把唐刀，要出去，我不拦。"福来眼睛放光，立即放下手机，好！福来说，他走后，刀铺关张算了，累了几十年，该歇歇了。载金叔没说什么。

唐刀是一种古代名刀，工艺异常复杂，很难打。很多铁匠不仅没见过，连听都没听说过。如今，就全国范围来看，能打出唐刀的，恐怕也找不出几个。

载金叔的刀铺，能打制各种刀具，大至铡草刀、中药刀，小到修脚刀、挖耳刀，品种齐全，好几十种。李家刀锋利，好磨，耐用，工艺考究，远近闻名。

新中国成立前，李家唐刀是一刀难求，都是名流商贾定制。民国年间，国军中的高级将领，都以拥有一把李家唐刀为荣。那些买刀人，给重金，托人情，还得耐心等待。拿到唐刀，马上举办盛大的接刀宴，拿唐刀到宴席上展示，荣耀无比。新中国成立后，李家唐刀没有了市场，倒也打过两把。如今，除了载金叔偶尔提起，早被人遗忘。

近来，载金叔感觉右肋下隐隐作痛，提不起气，没有胃口，还肚子胀，睡眠也差，一闭上眼睛，就看见死鬼。乡下人把胸腔以下，胯部以上，笼而统之归纳为肚子。载金叔去找乡村医生况山泉，捞起衣服，指指肋下，跟他说肚子痛。况医生望一眼载金叔，“啧啧”两声，摇头。摸了脉，量了血压，查了体温，听了心肺，看了舌苔，没说个所以然，开给一盒健胃消食片。

李家刀铺除了打刀，也接些其他活，比如农家的钉耙锄头，木匠的斧头凿子，石匠的手锤錾子。刀还是那个刀，锄头还是那个锄头，质量也是那个质量，咋就每况愈下了呢？细说起来，原因很多：如今，市面上不锈钢刀铺天盖地，亮晃晃的，价格又便宜，这是一只无形的铁手，死死掐着李家刀铺的命脉。旋耕机在地里窜来窜去，耕地不再用犁耙，锄头也用得少了；木器厂轰轰隆隆的机器，替代了木匠的手工活，斧头凿子也用不上了；连石匠都不用錾子手锤，改用电锯电砂轮了，这些又在把刀铺往一条死胡同里赶。

福来有灵性，载金叔有心要把唐刀手艺传给他。福来的心，却长出了翅膀，想飞出铁匠铺。福来已在李家湾放出口风，他讨厌刀铺里乌黑的碳灰，甜涩的铁锈味，和叮叮咚咚的铁锤声。其实是看见村里有人当了工头，有人当了老板，楼房一栋一栋长出来，心里发痒。载金叔跟福来说：“别看到人家吃豆腐牙齿快!”福来福来年轻，一两句话劝不回。

村子里那些老朋友劝载金叔，树挪死，人挪活，外面的世界，天宽地阔，年轻人应该出去闯一闯。言下之意，对载金叔的刀铺也不看好。载金叔当然不是死脑筋，刀卖不出去，其他活又越接越少，他对形势也有个客观认识，但话从别人口里说出来，他心里就不舒服，跟别人瞪眼睛，拿脸色给别人看，还诀人：“只看见贼娃子吃鸡，没看见他挨打!”

近来，载金叔也渐渐想开了。他在心里跟自己说，这社会，想箍也箍不住，福来想出去，由他去吧。不过，他打定主意，儿子走之前，要把唐刀手艺传给他，儿子以后用不用，不管。今天，父子俩达成双赢协议，甲乙双方都满意。福来开始打外出的主意，载金叔也着手打唐刀。

载金叔也打过两把唐刀，那是刀铺归入公社铁器社后的事。一天，公社革委会主任安排载金叔父亲打唐刀。老铁匠愉快地领受了任务，反正打铁挣工资，花的是公家的材料，不怕打坏，正好练手艺，父亲就叫载金叔执钳，当主锤，自己打下手。刀打好，老铁匠不太满意，革委会主任却很满意，拿去送人，叫再打一把。手艺人有句俗话：头个怪，二个卖，三个四个逗人爱。第二把刀打完，老铁匠很满意了，主任更满意，又拿去送人。都是小领导送中领导，中领导送大领导，最后落到了谁手里，鬼晓得。铁器社解散后，刀铺又回了李家湾。

第二天早晨，载金叔进刀铺，在炉灶前摆一小块熟猪肉，一杯白酒，点燃香蜡纸钱，跪下作三个揖，磕三个头，嘴里念念有词。念完，杀一只红鸡公，绕炉灶滴一圈血。福来瘪了瘪嘴巴，鄙薄得很，这老铁匠，不就是打一把刀么，神神道道的。

载金叔架上老花镜，拴上皮围裙，戴上皮袖套，拿起那把锃亮的手锤，在砧墩上“当当”敲下两锤，余音袅袅。为啥要敲这两声开炉锤？说不好，反正是一代一代传下来的。砧墩是铁匠打铁的垫具，一块造型怪异的正方体钢坨，百多斤，表面光滑微凸，侧面有锥。

载金叔找出一块低碳钢，夹进炉膛，蹭两下，插进炭火中，拿铁钩钩点炭盖上。福来右手拉风箱，懒洋洋踱着步子，“翕哐，呼——”“翕哐，呼——”炉膛里的火，一会儿伸长脖子往上窜，一会儿矮下身子舔炉膛，屋子里忽暗忽明。他左手拿着手机，大指头滑屏，点字母，像一条饥饿的蚕。载金叔很烦年轻人玩手机，吃大烟似的。他“啪啪”敲两下铁钳，问福来：“不耍手机会死么？”这个问题用不着回答，福来继续掐手机。载金叔心情不错，哼起了山歌：

“姑娘问郎好久来，正月不来二月来，二月来了桃花开……”

铁块烧成橘红色，载金叔夹出来，举起手锤，“当”地砸下去，火星子溅出一朵灿烂的花朵。这一锤是号角，是鼓点，福来揣了手机，举起大锤，“咚”地砸下去，花朵更加绚烂。

铁匠铺打铁，两个人。师傅使小锤，徒弟砸大锤。小锤是大锤的灵魂，是指挥，管造型修形。大锤是小锤的脚力，小锤指向哪里，它就奔向哪里。小锤一声，大锤一声，一轻一重，“叮咚、叮咚”，声音沉闷，千篇一律。

载金叔打铁，则有板有眼。他左手捏着铁钳，夹着红铁块，前推后挪，左支右摆；右手握着手锤，高举重打，低抬轻击。他的手锤砸在铁块上，“当”的一声脆响，钢音回旋不绝。大锤紧接着砸下去，“咚”的一声闷响，带点余音，很短。几锤过后，载金叔开始敲闲锤，就是让锤子不砸铁块，敲在砧墩上，让它反弹后下落，落下再反弹，形成连续敲击的声音：“嘀嘀叮”“嘀嘀嘀叮”“嘀嘀嘀叮叮”“嘀嘀叮”。“嘀嘀嘀”是自然弹跳，“叮”带一点力，间隔长一些，余音也长。声音节奏变换，长短各异。闲锤过后，又是实锤，打在铁块上。实锤闲锤交替，大锤小锤错落，像是交响乐，气势恢宏，悦耳动听。刀铺里积淀下来的老味道，已融入了载金叔的生命，他的锤音从心里流出，欢实而灵动，是韵律，是生命之歌。福来却不以为然，说它是花架子，无病呻吟。

唐刀的精妙在于，它是个既锋利又柔韧的矛盾体。要锋利，得用高碳钢，要柔韧，则要选低碳钢。高碳钢和低碳钢是一对冤家，很难揉捏在一起。载金叔先烧一块低碳钢打“心铁”。这块心铁锻打折叠，折叠锻打，打了烧，烧了打，如此这般，反反复复。按载金叔的说法，是要捶掉它的个性。

打到第十天，福来终于忍不住，吼起来：“没完没了，想打死人哇！”载金叔嘿嘿一笑，说黄瓜还没有起蒂儿呢。福来看见父亲那深陷的锁骨窝，搁得下个鸡蛋，一下子泄了气。就自我安慰，反正打完唐刀，就要离开刀铺了，打一天少一天呗。

乡下人治肚子痛，有因地制宜的土办法，或喝白酒，或嚼花椒，或嚼陈艾。载金叔拿来酒瓶，掏出健胃消食片，就着酒吞。福来劝老头子，喝酒要有个顿头，零敲碎打地喝，会喝成酒痨。载金叔看一眼福来，没回答。

心铁打成了，柔软如竹片，能在腰上缠一圈，福来长长吐了一口气。载金叔说，还要用中碳钢做“皮铁”，包夹心铁，还这么打。福来大叫一声：“我的天！啥刀啊？”载金叔不说话，只是笑。

皮铁打完，载金叔握住刀柄，侧扳刀尖，弯成个半圆，点点头。福来以为完工了，又长长吐了一口气。载金叔说，还要用高碳钢做“刃金”，再包裹一次，还得这么打。福来早没了脾气，苦笑一下，说声：“向愚公同志学习。”不再吱声。

俗话说，天黄有雨，人黄有病。福来见老头子气色越来越差，叫他上乡卫生院看看。载金叔说，老毛病，在吃况医生的药。说唐刀不能停，打完再说。福来犟不过老头子，叫春叶上山扯些清热泻火，开胃健脾的草药，买两根猪蹄，炖一锅汤。载金叔吃了猪蹄，喝了草药汤，感觉好多了，夸媳妇有孝心。福来看父亲情况不太好，要带他到县医院检查。载金叔说，一进大医院，啥机子都得过一遍，花钱买罪受。人吃五谷杂粮，是人三分病，横竖会查出点毛病来。如今的医生下手狠，管你大病小病，收进院钝刀子割。不该死的折腾得半死，该死的还得死。一句话，不去，打完唐刀再说。

草药汤只管了几天，载金叔右肋下又疼痛，他又去找况医生。况医生继续摸脉看舌苔做检查，仍然开健胃消食片，加了止痛药。

唐刀终于打好了，屈指一算，前前后后一百天。福来捧着刀，亲两口，一屁股坐在地上，大叫一声：“阿弥陀佛！”载金叔笑笑，从炉膛里掏一块火炭，点燃叶子烟，深深地吸一口，长长地吐出来，说：“还有淬火和磨刀，哪样搞不好，都是废铁一块。”

普通刀具淬火，是半缸子清水。刀打好，拿进炉膛煅烧，红亮亮夹出来，伸进水缸，“嗤”地冒一股青烟，丢在地上，大功告成。刀的好坏，全在这一“嗤”，时间长了不行，短了也不行，要恰到好处。

载金叔给唐刀淬火，不用清水，用童子尿，尿液里加药水。淬火前，载金叔叫福来洗净淬火缸，交给他一张单子，单子上写了十多味草药。福来上山采回草药，熬成汤，倒进淬火缸里。还端上盆子，到处接童子尿。唐刀回炉前，福来还要上山挖黄泥，载金叔指定要老虎嘴山腰阳坡的。黄泥挖回来，舀淬火缸里的药水，调成糊，抹在刀面上。抹上黄泥的唐刀，放进炉膛用文火熬，风箱慢慢拉，烧一天一夜。福来不怕慢，边看手机，边拉风箱，脚步慢得能踩死蚂蚁。午夜过后，福来熬不住了，边拉风箱边打瞌睡，载金叔要替他，他看看老头子，不肯。

唐刀熬够火候，载金叔夹出来，把刀口放平，小心翼翼伸进淬火缸，卡定深度，刀口在药水里"嗤"一下，举起来。待一会，再"嗤"一下，每一"嗤"，深度都不同。最后，才把整刀泡在药水里。福来要捞刀，载金叔说，要泡三天三夜。福来从来没有见过这么个淬火法，就问。载金叔眼睛翻出老花镜，看一眼福来，慢慢跟他讲。

三天过后，福来捞出刀，刮掉泥巴，擦拭干净，左看右看，看不出有啥奥妙，瘪了瘪嘴巴，随后又长长地出了一口气。载金叔拿过刀来，压了压，端起刀看了很久，拿指头弹弹刀尖，耳朵贴上去听，脸越笑越灿烂。他告诉福来，活儿还在磨刀上。福来笑笑，心里说，再怎么折腾，也是最后一哆嗦。

载金叔从床下搬出十二个磨刀石，按砂的粗细分序排列，跟福来交代，从粗到细挨个磨，一天换一个，磨完为止。福来虽然有心理准备，还是吃了一惊。载金叔说，磨刀时，用力要均匀，推拉幅度要长，少浇水，磨出浆，让浆包着刀磨。福来说，磨刀谁不会呀？载金叔说，唐刀的整理定形、打磨开口、抛光留纹，全在磨，这叫"三枚合"。福来面无表情，顶一句："乾隆爷的九龙剑，恐怕也不是这个磨法！"载金叔眼睛眯成一条线，笑。

在福来看来，磨刀磨的是日子，磨一天就距自己离开刀铺近一天，宽下心来慢慢磨。磨刀用双手，不能玩手机，他就打开手机听歌。手机里，周杰伦叽里咕噜唱一阵，载金叔一个字也没听明白，就一棍子打死，说年轻人唱歌，没点正形，像和尚念经。手机里换了人，刘德华出场。载金叔也不喜欢刘德华，在他看来，再好的歌到他嘴里，都像在哭。刘德华唱《把根留住》，载金叔倒听得出神了：

"一年过了一年，啊，一生只为这一天。"唱完，他叫福来倒回去再放，听着听着，眼眶噙满了泪水。

最后两天，载金叔亲自磨。他磨一会儿刀，压一压右腹，喘一阵粗气，又喝酒。福来很生气，拿下父亲的酒瓶，掷在地上，酒瓶碰到一把钉耙，碎了。酒洒在地上，浸润出一张灰黑的图案，像一头牛，刀铺里顿时弥漫了高粱酒的浓香。载金叔看着福来，嘴皮不停地颤动，眼睛有些湿润。

刀终于磨好了。载金叔拿来一张新毛巾，把刀擦拭干净，端起来，眯缝着眼睛仔细看，看着看着，脸上绚烂成一朵花。他捡一根铁钉，轻轻敲击刀面，耳朵贴着刀面听，眼缝越听越细，最后好像在刀上睡着了。福来拿过刀，学父亲的样子，端起来看，却看不出个所以然，也拿铁钉敲刀面，也没听出啥名堂。他拿手指头摸刀面，有水，温温的。他看一眼父亲，摇摇头，苦笑了一下。

载金叔拔下几根头发，放在刀口一吹，头发全部断掉。再找来一段铁丝，几股绞成指头粗，搁在砧墩上，轻轻一挥刀，斩为两段。他把刀递给福来，福来看看刀刃，不卷不缺，惊奇地望着父亲。

福来开始联系打工的事。堂兄福成的高铁工地联系过了，他不想去。说起来是铁路工人，其实是挖地坑，栽电杆，日晒雨淋，跟农民差不多，工资又不高。到堂弟福广的建筑工地当钢筋工，工资倒不错，但还是日晒雨淋，也不想去。有朋友建议他进城当保安，他谢绝了，自己好歹是个高中生，跟人家看大门，放不下架子。电话打了若干个，都不大满意，他在继续联系。

如今的年轻人，喜欢玩微信。家里有啥宝贝，拿到微信朋友圈儿里晒。福来也想晒一晒家里的宝贝，可家里没啥拿得出手呀，砧墩铁锤那些铁疙瘩，倒是有年头了，但算不得宝贝，别人不会喜欢。想去想来，他想到了父亲的唐刀。他想，这把唐刀，千锤百炼，精雕细琢，应该算是一件宝贝，至少父亲是把它当宝贝的。对，就晒唐刀，让老头子露一露脸。

福来晒唐刀，不是简单地晒，花了心思。他找朋友扛来一台摄像机，按电视套路，把自己头发弄得乱七八糟，穿上羊皮袄，腿上绑上皮套子，插上刀，打扮成“绿林”模样。把春叶找来，打扮成剑胆琴心的女侠，两口子演一段女侠战“绿林”视频：“绿林”舞动日本战刀，张牙舞爪扑过来，女侠挥李家唐刀迎战，一刀劈过去，“绿林”手中战刀断为两段。“绿林”惊悚，大呼：“什么刀？这般了得！”女侠神采飞扬，道：“绝世再现，李家唐刀！”“绿林”跪地磕头，惊呼：“李家唐刀，刀中神品，果然名不虚传！”当然，日本战刀是道具，跟演电视差不多。

福来把唐刀摆若干造型，配上简短说明文字。大意是说，唐刀手艺，濒临失传，这把李家唐刀，能吹毛断发，削铁如泥，绝无仅有。再配上女侠战“绿林”视频，发进朋友圈儿，点击率蹭蹭蹭就上去了。一个叫金刚钻的网友问价，福来说是绝版珍品，无价。金刚钻说，世上之物，均有价值，故宫那么多绝世珍宝，都能估价，区区一把唐刀，咋会没个市价？福来便信口开河，报价二十万。朋友圈一片嘲笑，说他不知天高地厚。一个叫癞疙宝的网友挖苦福来，说他想钱想疯了，福来干脆改口五十万。朋友圈儿赚的是吆喝，图的是好玩，五十万一把刀，倒是引起了不少人好奇，点击率继续突飞猛进。

过几天，福来晒刀出效果了。有人打来电话，要来看唐刀。有电视台打来电话，说有个《老手艺》栏目，想来李家刀铺录制唐刀节目。载金叔一听，很振奋，赶紧抢话，说：“欢迎，欢迎得很啦！”

唐刀成了网红，电视台又要录节目，载金叔很高兴，叫福来上街买菜打酒，要请几个朋友，好生庆祝一下。福来终于要离开刀铺了，也想庆祝，骑上摩托车，跑得飞快。

酒席摆在堂屋里。桌子上，有载金叔的朋友，也有福来的朋友。大家看完唐刀，共同举杯，祝贺刀铺炼得宝刀。酒过三巡，各人单勾，气氛相当热烈。载金叔和福来各喝各的心思，都很高兴。一不小心，载金叔喝高了，舌头大，说话囫囵。大家尽了兴，要告辞，载金叔拦着。他摇摇晃晃进里屋，打开檀木箱子，拿出一个金丝绒套子，抽出一个鳄鱼皮刀鞘。福来看看箱里，还有一本发黄的《唐刀秘制》。他没想到，老头子这口从不示人的箱子，只装了一个空刀鞘，一本破书，很是失望。

回到堂屋，载金叔把唐刀放进刀鞘，不长不短，不宽不窄，恰似量身定做。众人恭维，好马配好鞍！载金叔指着佛龛，嘴唇不停地颤动。福来看看佛龛，仍然是老样子，一幅黄里带黑，铺满灰尘的开铺先祖画像，一尊大理石如来佛祖雕像，和密密麻麻的牌位。福来不明白父亲想说什么，载金叔指指唐刀，又指着佛龛。福来愣一阵，终于明白过来，把唐刀放到先祖画像前。载金叔跪在佛龛面前，长叫一声，泣不成声。

客人散去，福来扶父亲去睡。他摸到父亲刀片一样的肩胛骨，心里咯噔一下。给父亲盖上被子，摘下老花镜，看着他脸上那高高耸起的颧骨，福来心里一阵酸楚。他想，无论如何，明天也要带老人家到县城人民医院去看看。

第二天清晨，福来端了两个荷包蛋，进屋叫父亲，喊不应。一摇，僵硬了。仔细一看，灵魂还留在脸上：安详地微笑着。

安葬完毕父亲，福来一面联系废品收购站胡老头，一面继续联系打工的事。

这天，福来正在等胡老头来拉废铜烂铁，刀铺来了一男一女。男人富态敦实，六十来往。女人高挑时尚，嘴唇艳红，三十出头。福来以为是电视台记者，摆手说："节目录不成了。"老人咿里哇啦说一通，女人翻译成带广东口音的普通话，说老人是日本信阳刀业株式会董事长，是来看唐刀的。福来扶了扶眼镜，皱了皱眉头。

福来从佛龛上取下唐刀，递给老人。老人拿卫生巾擦了擦手，接过刀，对着光平举到眼前，眯缝着眼睛，翻来覆去看。看完，大拇指和食指夹着刀口，来来回回摩挲，再伸舌头舔刀口，舔着舔着，手发抖。他捡一根铁钉，轻轻敲击刀面，侧着耳朵仔细听，再敲再听，听着听着，手越发抖得厉害了。

老人指着唐刀咿里哇啦说一通，美女翻译给福来，说这刀从刀柄看到刀尖，能见有一条如霓亮线，优美流畅。轻抚刀身，仿佛抚摸到了一段妙曼曲线，起伏如波。拿铁钉轻轻敲击刀面，一声钢音，像一股山间溪流，汩汩流淌，如泣如歌。还说这刀是活的，每看一次，刀光都不同，每听一次，声音也不一样，每摸一次，都有新感觉，梦一样，太美妙了！最后说，只有能跟刀的灵魂对话的人，才能打出这种神刀！这刀要是落在不懂刀的人手里，就太可惜了。

福来看看老人，看看唐刀，扶了扶眼镜，一脸茫然。老人说，这把刀是有生命的，他一拿到她，就有一种想跟她对话的冲动。他见过各种世界名刀，从来没有像这样激动过。不用试，这刀他要了。福来似乎忽然明白了点什么，说这刀是他父亲的梦，不能卖。老人说，在网上，你不是标价五十万吗？就这个价，他买了。福来张大嘴巴，望着老人，好一阵才说，自己当时是在开玩笑。老人说，这把传家刀，不卖就算了，他出一百万人民币，请求再为他打一把，整个打制过程，他要录个像。福来耸了耸肩膀，摊开双手，瘪着嘴巴摇头。老人不明白福来是啥意思，说他出两千万人民币，买下唐刀的制作专利。福来一脸刷白，又扶了扶眼镜，跟老人说，给一座金山也没法了，打刀老人已经躺在山上了。老人听完翻译，摇了摇头，长长叹了一口气，问可不可以看看福来的生产车间。

福来推开刀铺门，一地煤灰铁屑，屋顶瓦片黢黑。斑驳的扇架墙上，铺满了烟灰。毛茸茸的蜘蛛网，大张旗鼓挂在窗户上。炉灶、砧墩、铁锤、水缸，灰头土脸戳在老位置。几把还没开口子的菜刀弯刀，横七竖八撂在地上。

看完刀铺，老人摇了摇头，说这么简陋个地方，居然能打出这种绝世宝刀，简直太不可思议了。他要福来带他去打刀人坟前，表达敬意。

一行三人来到载金叔坟前，老人摘下帽子，双手捧着唐刀，高高举过头顶，向载金叔坟头深深鞠了三个躬。

老人走了，福来脑子里一片空白。他回到刀铺，来到砧墩前，拿起父亲的手锤，“当——当——”重重敲下两锤。随后，他学着父亲的样子，敲起闲锤来：“嘀嘀叮”“嘀嘀嘀叮”“嘀嘀嘀叮叮”“嘀嘀嘀叮”……

杨小愿，四川省作家协会会员，简阳市作家协会主席，简阳市广播电视台专职编委。断断续续从事文学写作多年，发表过一些中短篇小说，有个人文集出版。

一生美梦

◎ 杨小愿

洁来最近梦很多，只要头一靠上什么，就立即进入梦境。

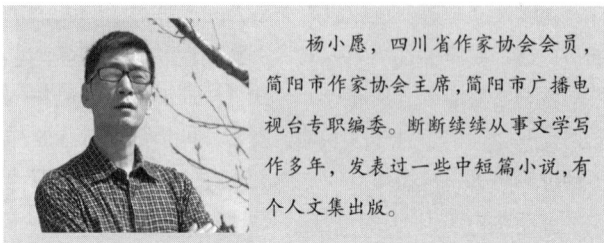

萌萌几次出现在洁来的梦里，所以，那副长发飘飘的小可爱模样在洁来脑子里印象深刻。洁来希望所有的梦都与萌萌有关。自从QQ上跳出萌萌那个调皮的头像，洁来就把她作为臆想的对象。这给他每晚临睡前的时光带来愉悦。不过，他知道，如果真把这个大美女放到他床上，他可能会力不从心。打拼到这把年纪，心力付出太多，最大的感官享受，只能靠臆想。

梦多了，就像电视连续剧，一个串一个，他隐约觉得，每个梦之间还有情节关联。不过，真正醒来能想起的，大多是最后一段。奇怪的是，梦中情景经常和现实牵扯上一些逻辑关系。

可是，这两天从梦里醒来，他绞尽脑汁去回味，记忆中也只有大民，没有萌萌。可能是那天大民动员他再为郑公山小学捐一辆校车的事，让他心里搁上一块石头。大民那副招牌式的笑容，像一支激光枪，发射出一束束无形的钢针，刺得洁来无法抵挡，又无力承受。

第一次见到大民，大民就是那样阴阴地笑着，说："人活着，就要体现价值，以前积攒钱，是表现你能干，现在，大家钱都多了，你再会挣钱，只算机器。新形势下，你要会花钱，把钱花在适当的地方，花在有意义的地方，比如慈善，散尽千金的过程，就是你体现人生价值的机会……"

洁来之所以会听大民讲经说法，是因为萌萌介绍的大民头上那一大堆头衔，什么新闻协会副主席、报纸副刊协会副主席、钓鱼协会副主席、慈善协会副主席……更重要的，他曾经是晚报"重点报道组"组长。这是专门报道主要领导活动的"御林军"，那么，大民要算是领导身边的重要人物了。洁来宁愿不相信价值，但绝对相信那个秃顶上的职务，更相信这些全来自萌萌口中的称道。

大民的口才不靠说话流畅，他甚至是有点结巴的，不严重，也不像生理问题，让人感觉他是储备不足，上一句话说完，不知道接下来该怎么接，需要停顿时间来组织后面的语言，所以，他说话总要附加那种他特有的表情，挤眉眨眼，有点故作神秘，又欲言又止，构成一种声情并茂的吸引力，尽管用文字表达出来并不生动，但他这一套很具蛊惑性，实际效果总是事半功倍。

洁来笑道："我可能暂时达不到你的认识高度，但我坚决拥护你的观点。"

大民自有他的不凡，"说的这些，并不是让你接受；但我也不能因为你的不接受就不说。因为一个伟大的事业，一个接近人类本质锐度的观念，最初都是在少数人天马行空的想象层面。"

洁来暗含讥讽，"思想先驱最初就是以疯子的面目出现。"

但大民是那种为了自己认定的"使命"，人品人格都可以舍弃的人，一点讥讽对他没有丝毫影响。

萌萌这期间没有插话，只是用崇拜的眼神一直仰视大民。如果说洁来最终被大民的慈善理论俘获，那么萌萌这种态度起到了极大的引导作用。

洁来心里想起那位歌后唱的：就这样被你征服……个中况味复

杂。他爱听这首歌，萌萌说她也爱唱这首歌。跟萌萌在网上聊了一年，能够把她约出来，就是以这个为借口。

他说："我订了天籁 KTV 豪包，叫服务生把 Burgundy 制温，Burgundy 口味比较淡，我要的 14 摄氏度，你看行不?"

萌萌在网络那端矜持。

他继续卖弄，"如果你不喜欢喝勃艮第，或者拉菲，我还要了一瓶设拉子，澳洲的，口味比法国酒重，制温就要高一点口感才好，18 摄氏度，行不?"

那端依然沉默。

他接着引诱，"我叫 DJ 用 79 分贝的音量反复播放《征服》，我们不说话，就品酒，就听歌……"

"不，我要自己唱，就唱一遍。"萌萌终于答应。

那天，高价买来的暧昧，如果不是萌萌偶遇她崇拜的大民，洁来就逐渐想入非非了。

大民是跟着从卫生间回来的萌萌来到包间的，他站在门口，诡异的灯光映照着他面部，显得表情有些古怪。配合着萌萌的介绍，大民伸过手来，秃头昂着，有点倨傲，"晚报公益版责编大民。"

洁来知道他。不仅从他编的报纸，还从街谈巷论。这家伙在小城算是个人物，过去经常出现在领导背后，后来每次公益活动，现场采访的小记者身边，总是不时出现一个矮个秃子。发亮的头颅耀眼，太容易招引目光，于是有好奇的人打听，秃子是谁?

洁来心里暗笑，秃子原来是你！俯身握着秃子的手，那一马平川的荒原就近距离展现在他眼前，第二个暗笑的兴奋点跳出来：荒原上面还有几条电线。

萌萌热情地拉大民坐下来，大民气场很足，把环绕耳际的《征服》旋律压住了，那一通关于人生价值的高论，又把洁来彻底征服。

那次是为一名白血病患者募捐。洁来掏了三十万，上了大民的公益版头条。

认识大民三年来，洁来几乎成了晚报公益版的主角。光环笼罩下，没人知道洁来的生意每况愈下，经营惨淡，积蓄也一次次化成慈善事业的一颗颗“铺路石子”。这期间，他真正体会到大民灌输的“人生价值观”，他慢慢觉得，这样“割肉”般地把钱捐给那些需要钱又确实没钱的人，从而得到的快感，比挣钱后数钱更能让心理满足。尤其是大民公益版上授予他的“著名慈善家”称号，比他苦苦追求了多年而尚不能被广泛认可的“儒商”称号，更加慰藉他先天欠缺自信的脆弱心灵。

洁来是一个希望自己与时俱进的人，虽然他内心清楚自己当年是家庭破落走投无路，才铤而走险去倒卖当地特产，完全是背水一搏侥幸成功，算是投机取巧的暴发户。秩序不健全的局势下，成功只给投机者机会，改革开放初期积累的财富，绝大多数只靠冒险与投机，与智慧和现代经营管理没有丝毫关系。但洁来最喜欢别人称他儒商。他凭父亲解放初期当过代课教师的经历，不放弃任何场合自诩“出生书香门第”。

虽然出生“书香门第”，但掩不住骨子里的暴发户特质，从他不为人知的喜好可以证明。他私下里最热衷的事情是数钱，把一匝匝钞票铺开，一张一张反复清点。他有银行账号、有存折、有储蓄卡，但他几乎都不用，他喜欢用现金交易。家里有大大小小 5 个保险柜，里面放着他的大半身家财富。他老婆，当时还是女朋友，第一次留宿后，洁来给了她一把房门钥匙。周末，女友想给他一个惊喜，悄悄用钥匙打开房门，眼前情景让她惊讶不已——洁来坐在床上一堆散乱的人民币中间，手里抓着一把票子，指头不断在嘴里沾着唾液，一张张地数……

不过，洁来身上也有书香特质。在历史变革时期，社会秩序尚不健全，财富没有可靠的制度保护，只要胆大就可撷取。他常常为自己作为中国第一批富人而感到羞愧。他认为像他这样有着“书香”根基的“良种”，不应该仅仅在混乱秩序下成功，而是在任何领域、任何环境条件下都能成功。事实证明，他跟着大民试水慈善事业，就大获成功。这些成功，极大地充盈了他的自信心。所以，这次大民鼓动他再拿出四十万为郑公山小学买一车校车，他实在找不出理由拒绝，几年来形成的惯性心理，也不容他产生一丝拒绝的念头。

几天前，他才在大民的公益版专访中慷慨就义般宣称：这一生只有两份事业，一份是做生意挣钱，一份是花钱做慈善。可是，他把公司账户的全部积蓄凑拢，也就十来万块钱了。这几天他睡觉都在盘算，要不要把老婆存了死期的三十万私房钱诳出来。

洁来下决心回家动员老婆之前，他约了萌萌。因为他回顾了一下自己从事慈善事业的过程，起初是有点小心机的。他曾经用类似的方法吸引过几位女青年上床，至于发展中被大民带偏了方向，但他认为在伟大的慈善事业面前，泡妞的确显得卑鄙和猥琐。一度他甚至感激大民的引导，让他从一个小老板格局陡然升华，仿佛重新做人，平凡的生命也绽放出火花来。

因为萌萌，洁来的人生才转弯，走上了一条高尚的康庄大道，萌萌算一个启蒙，而大民则属于精神领袖。在跟随领袖即将奔向辉煌巅峰之际，洁来怀着谢师一般的感情邀约萌萌；当然，也不排除洁来是已经察觉自己悲壮的绝境之后，想要跟引路人有一个交涉。

这次不在KTV，而是在咖啡店。他提出咖啡店静谧一些，更适合深入交谈。萌萌选了这里，她说她就在咖啡店楼上。洁来想了想，萌萌的家并不在这里，她在楼上什么地方呢？进店前洁来有意观察了一下四周，发现二楼有一家情趣酒店。

洁来坐在窗边。落地窗外面就是街道，可以打望人来人往。

萌萌迟到了半小时。她到的时候，面色潮红，让人感觉到她身上洋溢着满满的激情，仿佛随时会喷射出来。

“大民不高兴了。”坐下来萌萌就说。

“大民？大民知道我约你？”洁来有些不解。

“你打电话的时候，我们在这楼上。”

“楼上？”

“嗯，我们每次都在这家酒店。”

“你们在酒店？”

“对你，我就不隐瞒了——大民是我恩人。我是大民的人。”

萌萌说得轻描淡写，但对洁来而言，无异于五雷轰顶，他们？怎么会是这种关系？洁来无法把大民和萌萌联系起来放在情趣酒店这种环境去想象。

萌萌见洁来疑惑的神情，就把她和大民之间的关系及发展过程娓娓道来，语气平缓，不动声色，就像讲述与己无关的故事。

萌萌是在医院病房里认识大民的。当时萌萌刚上大一，暑假突然生病住进了医院，同病房的女孩叫小米，是大民的女儿。小米是白血病，已经晚期，大民经常来陪护女儿，就跟萌萌熟悉了。

萌萌家庭贫困，读大学已经债台高筑，这场大病几乎把她全家推到绝望边缘，医药费全靠父母东凑西借。怜惜父母的辛劳，萌萌几度打算辍学，并放弃治疗。大民每次给女儿送水果、营养品来，都会分一些给萌萌，让萌萌心生感激。后来，小米终究不治，萌萌也替大民一家痛惜，心里难过了好一阵。

大民表面上看不出有什么悲痛，但几天后他来看望萌萌时，萌萌发现，大民头上稀稀拉拉的头发竟然掉光了，成了一个完完全全的秃顶。大民坐到她床沿，拉着她的手说，我帮你找了民政部门和几位爱心人士，你的医药费由他们资助。你安心治病，小米走了，以后你就是我的女儿。

秋季开学前夕，萌萌终于痊愈出院。原本该成为大二学生的萌萌，家里依然一贫如洗，根本凑不够报名的学费。又是大民出面，为她申请到助学贷款，这才没有中断学业。

这份恩情，萌萌看得很重，她一直觉得无以为报，如果有机会，无论让她怎样报答大民，她都心甘情愿，毫不犹豫。大学毕业回到家乡工作，她常去看望大民，接触多了，一来二去，就顺理成章地以身相报了。

洁来听萌萌讲完，还是不敢相信这是真的。他怀疑是萌萌为了打消自己的非分之想，故意这样编排了一个乱伦一般的故事。他一时不知道说什么好，望着萌萌尚显稚嫩的脸，说：“你甘愿？”

萌萌点点头，“知恩图报吧，再说，他也的确值得我尊敬。”

“你们这样……你就不为自己的未来着想？”

“实话告诉你吧，我们在一起，只是一种仪式感。他可能是失去女儿，把我当成他的精神寄托。”

“可是，可是别人不会那么想啊!”洁来不敢想象萌萌说的那个香艳却也猥琐的场景。他突然觉得大民的光辉形象轰然倒塌，甚至有些令人鄙视。

“我无所谓。人嘛，要按照自己的愿望去做成一件什么事，总是需要代价的。没有他，就没有我的今天。我要感恩，用自己的身体和名誉，就算付出的代价吧。”

洁来许久没有说话，他在思忖萌萌的话。是的，人要达成自己的目的，必然需要付出代价。

他默默起身，喊服务生买了单，回头冲萌萌挤出一丝笑容，说：“我今天找你，本来是想听听你对这次捐助校车的想法。现在有答案了。你回去继续你们的仪式吧。”

洁来头也不回地出了咖啡店，回到家里，几乎用命令的口气叫老婆拿出那三十万死期存单，把钱转到了大民提供的账户。

一年后，洁来再次约会萌萌，还是那家星巴克咖啡店。

萌萌如约而至，还是那张阳光而稚嫩的脸和那副坦然承受一切的神情。她不知道洁来隔了一年约她是什么事，仰头望着洁来，等他说话。

沉寂了好一阵，洁来缓缓说道：“如果生命的尽头必须成为一具饿殍，那么，套上一件华丽的衣服从容死去，即便同样难免腹中空空的悲凉，也算是最体面、最划算的结局，比我们概念中的衣食无着、饥寒交迫了结残生，更多一份幸福的况味。”

他低着头，视线对着自己的脚尖，说：“我打算到山里居住一段时间，但有一件事情，想拜托你，可能会给你的生活添一些麻烦，我想来想去，还是觉得把这个事托付给你更稳妥。我想请你，以后，每天抽空给我打个电话……”

他咳嗽，顿了一下，“每天打，如果我没有接，你过一会再打，我从来不关机的，也有两个备用电池。”

他抬起头，望了望萌萌的脸，继续说：“三次，你最多打三次，如果我都没有接听，就请你通知我家人，或者报警……”

他用这种平静的语气说完这番嘱托，像放下什么重负一般释然。他们相互对望着，一时都没有说话，静谧包裹整个环境，死寂一般的肃穆，只有两人胸前有微微的颤动，证明这个空间尚存生命迹象。

还是洁来先起身，但这次他没有买单，径直走出了店门。

萌萌望着洁来的背影，嘀咕了一声："狗日的大民！"

这个情景，洁来在脑子里设计了很多遍。事实上，他再也没有约见过萌萌，也回避了跟大民的交往。

洁来家里那几个过去用来放工商执照之类重要文件和现金的保险柜，如今放满了有关慈善家的荣誉证书，他偏爱数钱的癖好，也变成了欣赏荣誉证书，隔三差五就会打开保险柜，把一摞证书搬出来，摆在桌上仔细端详。

他当时心里是荣耀、后悔抑或其他，我们不知道。他自己的感慨是：这辈子就是一场梦。

陈维刚，53 岁，四川省什邡市人，德阳市作协会员，1983 年开始发表作品，现在什邡市红峡谷经营酿酒作坊。

发 小

◎ 陈维刚

夜幕正在降临，路灯亮了。

远方的灯光渐行渐近，吴师傅从自己的小车里钻了出来，慢吞吞地伸了个懒腰，又慢吞吞地拿出个写有“出租”二字的牌子。

这是小镇上的一个小小招呼站，昏暗的路灯下，吴师傅高举着的字牌显得毫不起眼，公交车晃来晃去的光柱没有一秒钟照耀到他的字牌上。但他的车停在这儿，他靠着小车旁边，这就够了。这行当，他熟。

公交车悄无声息地停靠在前面的路灯下，几个懒洋洋的身影从车上鱼贯而出。没有人瞅吴师傅一眼，更没有人去瞅吴师傅高举着的字牌。吴师傅早已习惯了这样的尬景，习惯了也就不以为然。这里离家很近，回家也是闲着，不如在这儿多待一会儿。

眼见下车的客人们匆匆散去，吴师傅又把字牌扔进车里，跳上车，启动汽车的时候又习惯性地往公交车上看了一眼。这一眼还真没白看，公交车上又跳下了一个瘦高的老头，瘦高的老头手上还拖着一个硕大的红黄蓝相间的彩色塑编袋。这种塑编袋早已过时，就算在这个偏远小镇也已多年不见，看得出这是个远道而来的客人。

吴师傅知道拖着这样笨拙行李的人大多会叫上他的车，何况这是个人地两疏的老头子。吴师傅赶紧跳下车，快步走向那老头，一边帮忙拖拽行李一边关切地问道："老哥，您这是要去哪儿？"

老头抬起头来，看了他一眼，又迷茫地往四下里张望，好像在寻找着什么。这一抬头吴师傅才看清老头的尊容。这老头眼窝深陷，皮肤黢黑，须发尽白，满脸皱纹，干瘦得就像一副骨架上包裹着一层薄皮囊。

"请问，四大队八队怎么走？"老头惴惴地问道，声音有些怪怪的。这地名还是公社化时代的称谓，老头不提起，连吴师傅都几乎忘了。吴师傅呵呵一笑道："不远，就两三公里，我送您去？"

老头迟疑着，胡茬颤了颤，似乎还想说什么，吴师傅打开后备厢，不由分说把老头的行李抱上车，才又说道："您放心，我免费送您，我就是那儿的人。"

老头有些讶异地睁大了双眼，上下打量起吴师傅。吴师傅只顾忙乎着，没注意到这个细节。老头见吴师傅已为自己拉开车门，赶紧弓着腰钻进了车里。

"老哥，咱俩有缘。"吴师傅上了车，乐呵呵地启动了车子。他隐隐觉得他跟这老头似曾相识，只是记忆太模糊，一时想不起缘起何处。

老头并没接过他的话茬，双手拘谨地放在两个膝盖上，眼睛既紧张又惶惑地张望着正前方。

老头不搭话，吴师傅也只得闭嘴。跑了多年的野的，吴师傅早已悟出了一些道中规矩。客人不愿说的他也绝不打听，客人是上帝，他只须把上帝送到目的地就行。

吴师傅再次用余光瞟了瞟坐在副驾位置上的老头，这老头六十来岁，干瘦得像具骷髅，又木讷得像个哑巴，个子高得头能顶到车顶。吴师傅确信，他的过往里百分之百有过这个人的印记，但他绞尽脑汁就是想不起来。

小汽车在乡间公路上拐了几个弯，在一扇崭新的红漆大门前停了下来。这里的民房都一样，一样的户型一样的颜色，一样粉白的院墙和一样红彤彤的大门。

“到了。”吴师傅笑着对老头说。

老头身子向前倾了倾，眼睛努力向外面搜寻着。“不是这儿，我说的不是这儿。”看着外面一排排崭新的房子，老头显得有些慌乱了。

“这儿就是四大队八队。大地震后搞统建，全村老百姓都搬到这块儿了。”

老头“哦”了一声，这才迟疑着下了车。吴师傅打开后备箱，拎下沉重的包裹，才又问道：“老哥，您这是要找谁呀？我可以带您去。”

“晏家，你知道晏家住哪儿么？”

吴师傅心里着实吃了一惊，记忆的大门似乎开启了一条缝。来不及细想，他试探着问道：“老哥您是说岳老太家吗？”

“就是就是。”老头不假思索地急切回道。

“巧了，那家就是。我们还是邻居呢。”吴师傅指了指斜对面不远处的一道大门，边说边帮老头把包裹挎上肩头。老头又抬起头来，眼睛迷茫地在吴师傅脸上扫了扫。吴师傅说道：“到我家坐坐吧。”老头回道：“不了呢，不了呢。”急匆匆地就朝斜对面走去。

吴师傅一头雾水地回到家里，中邪一般陷入苦思冥想中。媳妇几次催他吃饭他都像没听见似的，他努力在记忆的大海里搜寻着，打捞着。

他想起了一个人，一个在他生命长河里几乎已经被抹去了的人。

这个人就是他家斜对面岳老太失踪三十年的长子，吴师傅的发小晏浪。晏姓是个孤姓，在他们村只此一家。晏浪失踪没几年，他的弟弟晏波又死于车祸，接着其父又自杀，晏家连遭变故，最后只剩下岳老太孤身一人。晏家逐渐被人淡忘了。

晏浪与吴师傅同岁，又是近邻。记忆里晏浪就只长个头不长膘，天生的骨瘦如柴。晏浪自小就不咋合群，只跟吴师傅能玩到一块儿。他俩一起逃过学；一起上树掏鸟窝，下河捉泥鳅；一起守护着一个共同的秘密——他俩每月都会在生产队碾米房的大碾盘底下偷偷聚一次，一边享用香香糯糯的红薯软糖，一边用从家里偷出的剪刀相互给对方“理发”。他俩理发的技艺不仅骗过了粗心的父母甚至骗过了学校的老师和同学们。而父母省吃俭用给他们用于理发的钢镚则被他俩吃进了肚子里。

他俩的美好时光在他们小学毕业后便戛然而止。吴师傅顺利地上了中学而晏浪则拜师学了木匠。晏浪本就性格孤僻，小学毕业后便跟包括吴师傅在内的所有小伙伴断了往来。

没过几年的某一天，吴师傅背着书包走在放学回家的路上，与骑着自行车的晏浪擦肩而过，晏浪有些尴尬地冲他点了点头。晏浪的自行车的后架上斜坐着一个年轻的女子，那女子大嘴大鼻子，眼睛眯成一条缝，虽然皮肤白皙却一点都不好看。

又没过多久的某一天，还是在放学回家的路上，吴师傅又与晏浪不期而遇。晏浪的自行车上依然载着那个肤白却貌丑的女子，那女子头上戴着一顶棉帽子，怀里抱着一个襁褓。

这大概是吴师傅最后一次见到晏浪。吴师傅高中还没毕业，便听说晏浪失踪了。据说是因为晏浪他妈太过跋扈，天天找儿媳妇的茬。儿媳妇也不是省油的灯，偏要与婆婆对着干。婆媳俩势如水火，三天两头大打出手。晏浪夹在中间，两头不是人，忽一日劝架无用，晏浪气晕了头，悄然离家而去。这一去便从此杳无音讯。晏家找了两年没找着，儿媳妇独守空房还受气，一咬牙抱着孩子跑了。

晏家福无双至，却祸不单行。没过几年，晏浪的兄弟晏波也惨遭车祸。据说也是因为颜波受不了他妈的唠叨，骑着摩托车负气出门，钻进了一辆飞速行驶的大货车底下。

晏老爷子本就唯唯诺诺，老实巴交，但求依托俩儿，平安到老，哪曾想两个活生生的儿子说没就没了，老爷子哪里受得了这晴天霹雳？在一个朔风凛冽的黄昏，老爷子触景生悲，独坐在小儿坟前，把一大碗掺有剧毒农药的烈酒倒进了肚子里……

晏浪一失踪就是三十年，有人说他死了，有人说他在黑砖窑做了苦力，也有人说他一路南下出了国门，成了制毒工厂的黑工。年代渐远，晏浪淡出了村里人的记忆。

现在，吴师傅坐在自己家里，静静地捋着头绪。他已从老头的身上搜出了一丝丝晏浪的印记。一样的瘦骨嶙峋，一样的沉闷木讷，举手投足都有几分相似。莫非此人真是三十年前失踪的晏浪？可是也不像啊，此人少说也有六十来岁，而晏浪与他同岁，满打满算也就五十出头而已。

也许这人还真是晏浪也说不准！吴师傅又想，晏浪这三十年历经磨难，又一路舟车劳顿，所以显得苍老些也不足为奇。再说这世上长得着急的人也有的是呢。

但愿如此吧！吴师傅心里默默祈祷着。

第二天一大早，吴师傅还在睡梦中，就被窗外尖锐的叫骂声吵醒了。

“岳疯婆又开始发疯了。”媳妇嘟噜着嘴，揉着眼睛从床上坐了起来。

“也许岳疯婆这一次没有发疯。”吴师傅笑眯眯地起了床，打着哈欠推开了自家大门，仰头望望，月牙儿还挂在天上，东方刚刚露出点鱼肚白，空气中飘绕着淡淡的稻禾清香。四周围静悄悄的，空旷的健身广场上，一个模糊的身影在晃动着。正是农闲时节，乡下人睡到自然醒。每天起得最早的，除了他吴师傅，就是被全村人恨得牙痒痒的岳老太。

岳老太这些年是越来越疯了，骂起街来也越来越凶了。村里人都不爱搭理她，于是骂街成了她的消遣方式，她高兴了要骂，着恼了要骂；累着了要骂，闲着了要骂。她可以从早骂到晚，又从月上枝头骂到晨光初露。谁要是不小心招惹了她，她会跑到你家里来，指着你鼻子慢条斯理地骂。

吴师傅向那黑影走过去，他想从岳老太那漫无边际的叫骂声里听出点什么端倪来。

可是今天实在令吴师傅有些失望，他无法从岳老太的叫骂声中捕捉到任何有价值的信息。他不敢再往前走，怕岳疯婆缠上他叫骂。大清早的，他可不想去触这霉头。

可是他刚刚走回自家院子，岳老太那尖锐的叫骂声便从围墙上飘了进来。

“不要以为你有小汽车就了不起，老娘不怕你欺负了。”

吴师傅哭笑不得，尽管他已经小心翼翼，但还是被岳老太给缠上了。居民区这一截儿，只有他有一辆小汽车。岳老太显然是冲他来了。媳妇也听见了岳老太的叫骂，没好气地冲吴师傅嚷道：“大清早的，你去招惹那老疯婆干啥？”

“我哪里招惹她了？”吴师傅挠挠头皮嘟噜道。

“这下热闹了，这老不死的今天还不把你家祖宗十八代都请出来，挨个骂个狗血淋头。”

“放心吧，今非昔比了，”吴师傅冲媳妇笑笑，神秘兮兮地说，“今天她很快就会歇菜。”

果然，吴师傅开车出门时，岳老太已经鸣金收兵了。

吴师傅把车摆在招呼站，从早上候到午后，只拉了三趟短途。钱没挣到几个，他却莫名地兴奋着，脑子里时不时地浮现出昨天那个瘦高老头的模样，回味着岳老太那戛然而止的叫骂。他强烈地预感到一件足以轰动全村的事儿正在发生或者已经发生。

吴师傅没心思再等生意了。“大路上鬼都没几个，再等也是白等。”他安慰着自己，开着空车回家去了。

吴师傅刚回到家门口，人还没下车，媳妇已从屋里跑了出来，把着车门兴奋地说：“告诉你个新鲜事儿，想听么？”

吴师傅白了媳妇一眼，说道：“别激动，有啥大不了的事儿？”

“岳疯婆的大儿子回来了。”

吴师傅竭力按捺住内心的澎湃，不露声色地下了车，关好车门，才佯装镇定地说道：“就这事么？我早就知道了。”

“哄人！你怎么会知道？”

“我把人接回来的，能不知道么？”

“昨天咋没听你声张呢？”

“我怕你昨晚上睡不着啊！”吴师傅一脸坏笑地调侃道。其实吴师傅一直没跟媳妇聊这事，是因为他自己心里都还没个谱。他媳妇有些八卦，心里憋不住事儿。

媳妇对老公的揶揄不以为意，想了想说道："我们家来客人了你总不知道吧?"吴师傅问她谁来了?媳妇指了指茶几上的一个纸袋说："就是你接回来的人呀。今天早上你刚出门人家就来了。"吴师傅赶紧打开纸袋一看，是一包云南普洱茶。

"人家说跟你还是发小呢。咋就没听你说起过呢?这人看起来倒是挺憨厚的，又黑又瘦又显老，估计在外面没少吃苦。听说这人当年是被他妈逼走的，你说这岳疯婆咋就这么狠心呢?听说他在外国当上门女婿呢，听说他现在的媳妇比他儿子还小呢，听说他还有个外国孩子才几岁呢，听说……"

吴师傅不想听媳妇瞎叨叨，起身就朝外面走去。媳妇问她去哪儿，他说去看看这位发小。媳妇说，人家没在家，跟他妈走亲戚去了。

这天晚上，发小晏浪没有回来。

第二天早晨，吴师傅要出车的时候，又去岳老太门前瞅了瞅，大门紧闭着，院子里静悄悄的，发小晏浪还是没有回来。吴师傅心里有些失落，他心里念着发小，太想对颜浪的馈赠表达一声感谢。

傍晚时分，吴师傅刚刚收车回家，一个瘦高的身影紧随他走进了他的院子。吴师傅回头一看，正是发小晏浪!

"老晏!"吴师傅激动地一把捉住晏浪的手。

"嗯呢，嗯呢。"晏浪干柴棍子般的双手微微有些颤抖，眼睛里闪着泪花儿，"我看见你的车，我就过来了。"

吴师傅请晏浪进屋就座，媳妇赶紧捧上热茶。

"我们有三十年没见面了，前天晚上我还没认出你呢。"吴师傅上下打量着晏浪说。晏浪经过一两天的休整，又理了发，刮了胡子，换了件合身的衣服，看起来精神了许多，也年轻了不少。

"嗯呢，我也没认出你来呢。回到家才知道是你送我回来的，巧着呢，巧着呢!"

"是啊，咱哥俩的情谊咋也割不断啊!要不哪有这么巧呢?"吴师傅仔细打量着颜浪，感慨地说，"时间过得可真快，一晃我们都老了。"

“你还年轻着呢，听说你的孩子还在念大学？可好着呢！”

于是他们从孩子聊起，吴师傅告诉晏浪，他女儿二十一了，在省城念大学，孩子希望大学毕业后就留在省城，但他不同意，他想让孩子回来，就近谋个生计，目前父女俩为这事还拧着呢。晏浪表示同意吴师傅的想法，说孩子经常在眼前晃着心里踏实。晏浪说自己的孩子如果还在，都三十多岁了，也不知道孩子长啥样，结婚没有，还认不认他这个当爹的。他说他愧对孩子，愧对孩子他娘，也愧对父亲和弟弟，如果当年他不负气出走，所有的事情就都不会发生。吴师傅的媳妇是个直性子，中间插话说，这些事情也不能全怪你，要怪就怪你妈。晏浪愣了愣，苦笑一声回道，她是我妈呀！吴师傅心里暗想，你既然牵挂家人，为什么一走就是三十年？有多大的怨气需得三十年才能化解？吴师傅是个细心人，几次想插话问晏浪这三十年都是怎么过的，但话到嘴边又咽了回去。如果这三十年对晏浪来说不堪回首，他又何必去挑开别人的疮疤？吴师傅问晏浪今后作何打算，晏浪说他想回来，这些年他欠他妈太多，现在他妈老了，他得回来照顾他妈。他想把老婆孩子都接回来过日子。但他还不知道他的户口问题怎么解决，他孩子还小，也不知道孩子能不能就近上学。吴师傅提议他去派出所问问户籍的事，晏浪说好着呢。吴师傅又说这事要办就趁早办，如果你明天没有别的安排，我开车送你去派出所。晏浪高兴地说，好着呢！吴师傅又说，不管这事儿办得怎么样，咱哥俩明天中午都要好好喝一台。晏浪爽快地回道，好着呢好着呢！于是吴师傅吩咐媳妇明天在家里杀只鸡炖着，二货媳妇学着晏浪的腔调答应道：好着呢。

“明天喝酒请我么？”三个人聊得正欢，谁也没注意到晏浪他妈岳老太什么时候走了进来，手搭在门框上笑得满脸褶皱。

老吴媳妇一见岳老太就来气，恨不得立马就把这老疯婆赶出去。但晏浪杵在这儿，她也不能太造次，毕竟不看僧面还得看佛面。她边搬凳子边说道：“老太婆，你是不是又来骂我们家老吴啊？”

“我啥时候骂过你们家老吴呀？”岳老太大咧咧地一屁股坐下，抬起一条腿来问老吴媳妇，“你看这皮鞋亮堂不？这衣服裤子漂亮不？啧啧，都是晏浪给我买的。男人嘛，就得出去闯，不去闯能有出息么？不去闯给我买得起这里外一身新么？你看你们家老吴，就只知道在家门口转悠，能有啥大出息？”

老吴媳妇哭笑不得，嘴角一撇说道：“好好，我明天就把老吴撵出去，等他出息了才让他回来。”

晏浪没料到他妈会跟来，知道他妈嘴上没个把门的，他妈要是不走，这天就没法聊下去。于是说声明天见，就起身告辞了。

送走晏浪娘儿俩没几分钟，吴师傅两口子还站在院子里，外面又响起了敲门声。吴师傅开门一看，是晏浪又折了回来。

“真真的丢死人了！”晏浪两额通红，一脸的局促不安。

“老晏，有什么大不了的事啊？”吴师傅大惑不解，可媳妇却看清楚了，晏浪的手上拎着一双她搭在晾衣竿上的袜子。“丢死人了，我妈咋干这事儿呢，真真的丢死人了！”晏浪把袜子塞到吴师傅手里，逃也似地转身就走。

“这么好的一个人，咋就摊上这么一个妈呢？”望着晏浪单薄的背影，吴师傅的心里生出无限感慨。

“这事儿可不许往外说！”吴师傅吩咐媳妇，媳妇想了想说道：“你放心，老娘嘴巴稳得很。但老疯婆碰瓷这事儿，你得跟晏浪说说，这可是缺大德的事。”

说起这事，吴师傅心里就堵得慌。这些年岳老太成了远近闻名的碰瓷专业户，见车就敢靠上去，就连小学生骑自行车都不放过。前不久吴师傅把车停在自家门口，岳老太在距车子一米多远的地方跌倒，还硬赖了他两百块，她说是因为避让他的车才跌倒的，他的车不停靠在这儿，她就不会跌倒了。不拿钱她就去他家里赖着。吴师傅明白跟这老太婆就没道理可讲，只得折财买清静。其实谁都知道岳老太是故意在他车子旁边跌倒的。吴师傅心里想，这事儿还真得跟晏浪说说，他妈毕竟岁数大了，保不准哪天碰瓷还就碰成真车祸了呢。

第二天一大早，吴师傅把车子静悄悄开到晏浪家门口停下来，正要敲门，晏浪已开门走了出来。原来晏浪早已在家候着。

“我以为你还没起床呢。”晏浪不好意思地笑着说。

“我习惯早起。”吴师傅说。

“嗯呢，”晏浪点点头，怯怯地小声问道，“方便捎上我妈么？我妈说他想出去走走。”

没等吴师傅开口，岳老太已经站到了小车旁边，探头朝车里张望着说：“哦吆，小轿车硬是安逸，我还没坐过呢。”吴师傅笑着说：“今天不就坐上了吗？”

晏浪感激地冲吴师傅笑了笑，扶着他妈上了车。

不一会到了派出所，派出所还没到上班时间。吴师傅吩咐晏浪，办完事就在派出所门口等着他，别让他妈乱跑。他先去镇上转转，一会儿过来接他们。晏浪说：“你就别管我们了，我们自己回去，可不敢耽搁你做生意。”吴师傅说：“今天不做生意，我们早些回去喝酒。”晏浪知道多说无用，点点头答应了。

吴师傅开着车围着集镇优哉游哉转了两圈，在朋友的熟食摊上买了几样下酒菜，看看时间还早，又去给爱车加满油，这才慢吞吞往派出所开去。

吴师傅把车停靠在派出所大门对面，这里虽然横隔着一条公路，仍能清清楚楚地看见派出所里进进出出的人流。晏浪并没有如约等在派出所的大门口，可以肯定人还在里面。吴师傅突然觉得自己今天办事考虑得不够周全。晏浪笨嘴笨舌，万一派出所三言两语就把他给打发了咋办？如果有他陪着进去，最少他能帮着把事情叙述得清楚些。吴师傅又想，或许今天把岳老太捎来是件好事也说不准呢。岳老太碰瓷早已在派出所挂了号，她孤人一个，装疯撒泼，派出所也拿她头疼。如果晏浪回来能管住他妈，那可是大好事一件。或许派出所考虑到这个因素就把他的户籍给恢复了呢？

吴师傅想到这儿，又轻轻摇摇头，觉得自己的这个想法太过天真可笑。晏浪这些年在哪儿？在干什么？是否有过什么案底？是否真的在境外成了家？他的妻小怎么办？这些问题，他一个普通的小老百姓都能想到，政府部门当然也不会放过。

吴师傅一边漫无边际地瞎想着一边紧盯着对面的大门，没多大一会，终于看见晏浪娘儿俩出现在派出所的办公楼下，岳老太迈着碎步走在前面，晏浪和一个警察说笑着并肩走在后面，看晏浪那一脸喜色，吴师傅心里一块石头落了地。

吴师傅兴奋地下了车，正想穿过公路向派出所走去，突然，一辆白色的面包车从街心方向驶了过来，吴师傅只得停下脚步避让。他向晏浪挥挥手，但晏浪没有看见。晏浪已走到派出所大门口，正侧着身子与警官握手道别，岳老太站在儿子身后笑眯眯地看着儿子。

正在这时，岳老太像是站立不稳似的，踉跄着向公路中间退去，刚刚驶到岳老太身后的面包车猝不及防，传出刺耳的鸣笛声和刹车声。晏浪掉过头来的那一瞬间，面包车挡住了吴师傅的视线，紧急着，只听“嘭”的一声闷响，面包车弹跳了两下停了下来。

完了！吴师傅心里暗叫一声。他是老司机，他知道那一声沉重的闷响意味着什么。岳老太碰瓷成瘾，今天终于为自己的肆无忌惮付出了惨重的代价。

吴师傅无暇细想，赶紧穿过公路跑了过去。

吴师傅跑到现场一看，面包车的侧后门被撞了一个深深的凹槽，岳老太安然无恙地跌坐在公路边上，一脸懵逼地看着躺在车子侧下方的晏浪。晏浪的双脚在地上无助地乱蹬着，殷红的鲜血正从晏浪的头上和鼻孔里流淌出来。

“老晏，老晏！”吴师傅扑上去，一把抓住晏浪干枯的胳膊，一边呼喊，一边费力地拖拽着，警官错愣了一刹那也扑了上来。他是个老警察，应对过太多的突发事件，但此情此景依然是他平生仅见。在他都还来不及做出任何反应的时候，他眼睁睁地看着这个看似呆滞的汉子瞬间爆发，以迅雷之势飞身救母，在奋力拉开老娘时收势不住，一头撞在面包车上。“老晏，你不该呀，不该呀！”警官在帮忙抬起晏浪时发出无奈的低啜。

“快去帮我打开车门！”吴师傅使出浑身力气托起晏浪，喘着粗气急促地吩咐警官。警官应了一声，飞快地跑向公路对面，钻进了吴师傅的汽车后座，麻利地从吴师傅手上接过晏浪。吴师傅感激地望了警官一眼，快速地启动了车子。

挺住啊，挺住啊，我的苦命的发小！吴师傅在心里默默祈祷着。

第五辑　非虚构/游览

华阳自唐朝设县到六十年代撤除，有一千三百多年历史，承载着两千多年厚重文化的锦江从华阳腹地穿行而过。

——章科才

旅行会改变人的气质，让人的目光变得更加长远。

——曾识

那血红的日轮溜下去了，群峰像剪影一样嵌在天边，雾气的灰纱向我轻轻地浮动，像漂着的吻，世界环拥着我，天宇全入我心，我仿佛看见了二亿多万年前，大地内部的相互作用，相互造作和那种种不可思议的萌动。

——张治玲

两岸的山野，一如刚出浴室的丽人，被雨水洗濯得格外灵秀，景物伴随时间的移步而变化，草木渐渐抛水气转翠绿，海水缓缓弃煞白变澄蓝，迎着海鸟唱翔，悠云舒卷，丽日终于羞答答地出现在偏西的山顶。

——黄开士

湖水总是那样锦绣心肠，不扬波，不淌浪，落入湖中的梨花瓣，还有红杏叶上的水珠，如后宫佳人的巧笑，美目盈泪似的，短尽英雄们的万丈豪情，在昆明湖中娇喘咻咻，香风细细的浮着，淌着。

——黄维生

章科才，泸州市机关退休，泸州市作协会员。现居成都，华阳作家协会理事。有多篇文学作品发表见省市报刊。有散文、影视评论，多次获全国和省市征文奖。出版个人中短篇小说集《海峡情深》。

艳丽春色耀华阳

◎ 章科才

多年没有去华阳，听说华阳作为成都高新区的驻地，城市扩大了，人口增加了，昔日的小镇变成了一个现代化都市。于是，暮春的一天下午，我慕名前去游览。

我赶到华阳时，太阳已经行走在西边天际，也许我生长在长江边，工作在长江边，对江河有一种特殊的感情，知道成都的母亲河锦江流经华阳，便招了辆三轮车径直往锦江去。

到了河岸，兴奋的神经瞬间被调动起来，一幅浓墨重彩的春江水乡画呈现眼前：平阔的锦江从华阳的腹地穿过，清澈的河水徐徐流淌，跳跃的浪花在灿烂阳光照跃下晶莹耀眼；弯曲的河道两岸，灰色的钢筋混凝土栏杆，宛如延绵起伏的长城，忠实地护卫着游人的安全；沿岸茂密的绿意盎然的树木，仿佛是条一无望际的翠绿色宽带镶嵌岸边；比肩而立的黄色高楼直插云天，美轮美奂，熠熠生辉。甚有杜甫笔下“锦江春色来天地”之感。

望着这清澈的河水，繁枝绿叶的河岸，心里不停地嘀咕，这里真的是锦江吗？在我的记忆中穿越华阳的锦江不是这样的，想着想着，当年铭记于脑海的锦江，缓缓地冲开记忆闸门浮现海面。

那是二十多年前的一个夏日，我到华阳出差，朋友告诉我，华阳自唐朝设县到六十年代撤除，有一千三百多年历史，承载着两千多年厚重文化的锦江从华阳腹地穿行而过，在全国乡镇中可谓凤毛麟角。能够在千年古镇游览千年江河，我心中升起几分欢喜，于是，晚饭后在朋友的陪同下，去了离南湖桥一百多米远的河边。然而，刚到河边喜悦心情一落千丈，呈现眼前的是河水混浊，炎热的空气中时而带有腥臭味。稀少的树木沿岸孤单站立，给人一种凄凉的感觉。河岸两边偶有几幢残破的房屋，遥望着同病相怜的河水诉说苍凉。偶有经过此地的人，都是神色凝重匆匆而过。

今天，我站在岸边的河还是原来的锦江，二十多年的岁月洗涤了千年河流的尘埃，河水清澈了，时见小鱼在河底绿油油的小草中游来游去；两岸变了，整齐的重叠的青石条昂然挺立，整洁的滨江步道掩映在成荫的绿树下沿岸延伸；行走的人变了，犹如春风扑面，脸上荡漾着欢笑的涟漪。

我望着蜿蜒流淌的河水，绿色葱茏的树木，光泽闪烁的高楼，喜爱之情像河面的浪花在胸中跳跃。兴奋之余，心里又默默嘀咕，这美丽的宜居环境能接受我这样的外来客吗？正在遐思时，一阵浑厚声音在耳边响彻：华阳是一片热土，对所有喜爱这片土地的人，都会张开双臂热情拥抱！

我满怀喜悦心情，望了眼快下山的夕阳，披着淡红色光芒，徜徉在洁净的青石道路上，沿着河边往上游去。沿途的景色一样迷人，一棵棵枝叶繁茂的榕树，犹如一把把巨伞伫立岸边，为游人遮风挡雨；满枝金黄，艳丽可爱的连翘，仍然散发出花开时的淡淡香味；河边上垂下的婀娜多姿的柳条，宛若万条绿色丝带随风飘舞，好像告诉人们春天不会离去。也许是美丽的风光罩住我兴奋的神经，已经流连忘返，乐不思蜀，继续沿着河岸边走边欣赏美景，不知不觉地过了南湖桥，依然不停步地往上游去。当走到一处树叶葱茏，绿草莹莹的休闲之地，看见远处挺立的一幢幢黄色的蓝色的高楼，犹如一排排整齐的直入云天的巨人，俯瞰着绿色的岸边，闪亮的河水，骄傲地欢笑。

“没有想到这个地方还有这样壮观美丽的住宅小区。”看着眼前的优美环境，我感慨万千，赞美之词脱口而出。

“现在看到的确实壮观美丽，要是前些年你来到这里，看到的情景会使心情郁闷。”坐在旁边休闲的，六十多岁的陈先生告诉我，这里之前是田土，河边的斜坡上杂草丛生，遍地污泥，一到暴雨天洪水泛滥，岸边的路会被洪水淹没，人们根本无法从这里经过。后来华阳镇政府对这段河进行了治理，在两岸建起了宽敞平整的道路，栽种了各种树木，让人烦恼的河岸成为了一棵茂盛的梧桐树，吸引了远方的金凤凰展翅飞到河边。从此，拔地而起的高档住宅小区，像雨后春笋茁壮成长。如今，沿河修建的高档宜居小区太多了，如下游几百米远的天府伟岸、南浮左岸等小区一点不比这里差。正是她们的雄壮，她们的俏丽为华阳这个千年古镇，展现出了特有的城市风貌。

远处的壮观，河边的秀丽深深地吸引了我，伫立河岸，恍惚看见南宋诗人陆游站在停泊江边的船上，陶醉于美丽的景色，仰天直呼“好风吹我衣，春色已粲然。”观景赏诗，我已陶醉了。

太阳已经落山，天边的云被太阳的余晖熊熊燃烧，五彩缤纷的晚霞映红了沿江两岸。当晚霞慢慢褪去美丽盛装，岸边的乳白色路灯，通济桥上色彩斑斓的彩灯，高楼身上的霓虹灯纷纷睁开靓丽的眼睛，射出五光十色的光芒，映衬着锦江河水犹如鳞片闪烁的巨龙向前方游动，欢笑的水声在这幽美恬静的夜晚像夜莺在歌唱。此时，我好像徜徉在金碧辉煌，轻歌曼舞的龙宫，又仿佛信步在流水潺潺，清幽迷人的世外桃源。

半天时间被锦江两岸的秀丽风光吸引，面对绿树成荫，风光旖旎的风景，热爱的胸怀犹如蔚蓝色的天空，清澄得没有一朵浮云；萦绕心中的遐想已经被斑斓的灯光，照射得像晚霞般绚丽多姿；虽然没有观赏千里古镇的现代风貌，但是，我已经看到了冉冉升起的一颗璀璨耀眼的明珠，正绽放出多彩多姿的光芒；看到了广都大地上的千年古镇，在春潮涌动下，正在抒写更好、更美、更灿烂的明天！

张治玲，1952年生于成都锦江畔。成都十九中老三届学生，下乡7年知青。1976年初返城，历经工人、行政干部、文秘、记者、编辑、编审等工作。汉语言文学专业毕业。创作发表报告文学、纪实文学等数百篇于全国报刊杂志，并多次获奖。作品入选上海人民出版社、光明日报出版社、北岳文艺出版社、四川人民出版社等多种选书。

果然造化钟神秀

——兴文石林游记

◎ 张治玲

初夏，我们来到了地处蜀南的兴文县“石海洞乡”。整个石林景区绵延30多公里，石海起伏茫茫一片，千姿百态，气势磅礴，雄伟壮观；地下溶洞纵横交错，钟乳争奇，琳琅满目，美不胜收。石林溶洞相映成趣，构成好一派离奇万状的独特风光。

我抱着一种试试看的心情来到兴文石林，不料她却意外地使我兴奋，如获失落在深山里的明珠。

我们从兴文县城乘汽车，不多时便到了离城30公里的兴晏乡境内的石林游览区。我们住的宾馆坐落在一群奇岩异石的环抱之中，它显得别致秀雅。大厅前，一柱粗壮的岩石卓立在拐弯处，她好像是宾馆派出的迎宾小姐，早早的迎候在大门前，真是名不虚传的迎宾石。晚间，游人可趁着月色和星光在宾馆的楼上推窗、凭栏、远眺……

翌晨，我们怀着兴奋的心情，走在梅岭小道上。朝霞的光芒是柔和的，它沐浴着大地，给一座一座的石岩峰峦镶上了一道一道的金边。整个周遭雾气蒸腾。什么都感到新鲜离奇，什么都是享受和情趣。没有一点儿牵绊，没有一点儿顾虑，甚至连明天的事也不想。一路上大家兴致勃勃，谈笑风生。我们时而流连，无非是一尊怪石的吸引；我们时而徘徊，无非是一丛野花的诱惑。这里的竹林、茅舍、小桥、流水无不使我们感到隽美可爱。

半小时以后，我们来到天泉洞。据县志载："天泉洞四围光峰，中藏深壑，形势窄狭，亦洞中之奇者。"听说，目前我国还未发现比这更大的溶洞呢。天泉洞上悬崖绝壁，远远望去，形若一只长长的卧虎，故而得名"卧虎林"。

天泉溶洞共分穹庐广厦、长廊石秀、云步通幽、泻玉流光、天泉明宫、石林仙姿、石花奇观等 7 个大洞厅，总面积达 81000 多平方米，一般高度为 50 米，宽度为 30 余米。我们依次观赏了洞内的 7 个大厅。整个洞里富丽堂皇，妙趣横生，7 个大厅各具特色，万象争辉。最引人入胜的是洞内有洞，洞内有山，洞内有天，深谷幽幽，流水潺潺。仿佛使人进入了一个梦幻般的童话世界。

"穹庐广厦"厅内洞壁广阔，十分轩敞，可谓洞中之天地。这儿有一泉眼从洞壁顶上飞泻而下，源源抛洒，正好落在一个大池中，叮咚作响，溅起一圈一圈的涟漪。它清澈见底，沁人心脾。

长廊石秀厅的岩壁双立，两边缀满各种粗狂的天然石雕，镶嵌着看不完、数不尽的珍珠玛瑙、彩贝、翡翠……最使人诧异的是长廊阴河中独有的玻璃鱼。没有阳光，它照样能生长，别看它寸身虽小，却洁白晶莹，玲珑剔透，简直是活的美玉。借着手电的一丝光亮，只见它在阴河中轻轻地翕动着，游过来，浮过去。不禁使我想到：要是人类也像这纯洁的小生灵一样披露心肠，肝胆相照，世界该是多么美好！

长廊前面洞中有山，峰回路转，烟岚袅袅，小桥横卧。跨过石桥，穿行在这洞中升登的曲径上，宛如置身在画面，果然有"云步通幽"之感。从云步通幽厅往左行，便进入石花奇观厅，这儿不见海水，却珊瑚满壁，石花怒放。好像是工艺美术陈列馆。

特别令人神往的是泻玉流光厅，这儿有口天窗离地面 70 米，一道阳光从敞开的天心眼儿里照射下来，光缕中，一串串飞泉直泼而下，猛击洞中的大石，发出脆响，淅淅沥沥，噼噼啪啪，有如碎玉飞花，宝石珠帘……

石林仙姿厅使人陶醉，这里处处钟乳嶙峋，步步景色诱人。观赏至此，恍如置身琉璃世界。一种离奇神异的感觉油然而生，水晶宫的传说多么令人神往，更别说是身临其境了。环顾四周，钟乳成林，玉笋参差，玉柱亭立，一片晶莹。岩栅壁廊群雕列队：那儿猴群携老带幼，翻腾攀缘于玉树，追逐嬉戏于回廊；这儿龙女挥鞭赶海，白浪滔滔；眼前慈母亲吻着怀中的爱子幸福无比。各种珍奇异兽举目皆是，如同走进了天然动物园。我感到多么神秘的刺激啊，真想叫全世界的人立刻都来看才好！

从小时候起，就神往了多年的龙王水晶宫，一下子都在这儿找到了，难怪我刚一跨进来，就觉得好生面熟啊，好像在那儿见过一样。我们沉醉在这甘美的境界里，如同沉醉在年代过于久远的美酒里一样。不知不觉，我们竟在这迷宫仙境中盘桓了 6 个小时。

天泉明宫厅照样四壁生辉，宫内没有果树，却仙桃垂壁，母乳倒挂，令人垂涎。穿出这个洞厅，正是天泉洞的出口。

从这儿，我们开始了漫游石林。

首先进入眼帘的是溶洞出口形成的大漏斗，它上方下斜，形若漏斗。边长少说也有 500 米，深有 250 米左右，周围是悬崖峭壁。据地质学家介绍，凡有溶洞就必有漏斗，但像天泉洞漏斗这么庞大和规则的，在整个世界上都极为罕见。我不了解它的地质价值，却被引进了一个奇异幽深的世界。

沿着石林小径，信步于石林丛中，使我联想到云南的路南石林，她凭其秀丽的身影，显示出少女的娇美；四川兴文石林却更有着丰满的体态，增添了山村姑娘的健壮美。这里的石林比路南石林更广阔，更年轻，更野。这里石林的名堂也很多，想什么有什么，说什么像什么，要多像有多像，真是粉墨登场，肖像百出。

我们沿途浏览了八戒石、石林仙姑、双狮争绣球、羔羊石、乌龟戏狗熊、唐僧拜佛、天涯望归人、石堡、斜塔、群驼漫步等天生型石。整个石林横生竖叠，惟妙惟肖，千峰竞美，万象呈毕。一路上石径曲折升降，条条通幽，让人叹为观止！

七女峰上七个姐妹亭亭玉立，低首回眸，舍不得离开这可爱的人间；白龙马昂首长嘶，跃腿欲奔，气势不凡；石峰拥翠处绿竹青青，石屏层层，有石有林，相互映衬，羞煞园丁。其中最生动的场面，要算是群羊下山。远远望去，一个姑娘正趁着夕阳的余晖，赶着咩咩的羊群涌下山峦。那情景是豺狼在把羊群追赶？还是妈妈的炊烟在把女儿轻轻地呼唤？

更给人美感的，要数那神妙的夫妻峰。据传说：古时候，天上的玉女随玉帝巡视人间，为王母采集奇花异草，来到石海洞乡。玉姑看见勤劳的石娃侍候着瞎眼的妈妈，便一片痴情地爱上了石娃，她避开玉帝悄悄地留在了人间。后来天泉洞内的红眼怪禀告了玉帝，玉皇大帝知道后大发雷霆，命天兵天将到石林捉拿玉姑回去。可是炸雷把他们轰不散，长剑把他们割不开。他俩共同发誓：“既使化成石峰石柱也要在一起。”雷电中，石娃玉姑毅然化成了一对石夫妻，从此便留下了这个动人的故事。你看那一丛丛石峰簇拥着一对高大的夫妻石，他们凌空依偎，紧紧搂抱，任凭雷轰电劈，纯洁美丽的玉姑依偎着勇敢健壮的石娃，依旧是当年的情景。

哦，爱情原来是从这儿开始的，难怪人们都喜欢孜孜不倦地谈论爱情这个古老而又有权威的题材。凡是到石林游览的人，当去朝拜这一对多情的石夫妻时，那美的情操就会在心中升华。于是，有欺骗的，感到内疚了；有过失的，开始忏悔了；有爱情的，更坚贞了。

黄昏，我们站在一座高高的石峰岭上，徐徐的晚风凉爽宜人，鸟儿咕咕地叫着，十分悦耳。但见前后左右，上上下下，石峰石笋犹如海洋，滚滚滔滔，莽莽苍苍；眼前好似千军万马，浩浩荡荡。往远处遥望，朦朦胧胧的情景不计其数。你瞧那些不知修饰的石峰吧，无论从它苗条或健壮里，还是从它的娇美或纯朴里，都可以窥见到美的本身，美的质朴。美就美在像与不像，似与不似之间。大自然存在着大量的抽象美，它们并不依赖自己像个什么名堂，有个什么出处。抽象的美由人们去想象，逼真的形态任人们去臆造吧，动人的故事凭人们自由创造好了。

我置身于这无限风光的石峰岭上，顿感其乐融融，仿佛是在画中看画。望着那环绕着我的石林，洵可惊叹！那儿是同心石，我能漫步其下；那儿是通幽曲径，我能隐身其间；那儿是石堡，我能置身其中。

那血红的日轮溜下去了，群峰像剪影一样嵌在天边。雾气的灰纱向我轻轻地浮动，像漂着的吻。世界环拥着我，天宇全入我心。我仿佛看见了二亿多万年前，大地内部的相互作用，相互造作和那种种不可思议的萌动。我又仿佛看见了大海在干枯，石笋在冒芽，石峰在迸发，石柱在分裂……那生命的原始萌芽，不正是从这儿开始的吗？那万物的萌动，不正是全靠这类力量的施舍吗？我是多么领悟地捉住了这一切。真有一种奢望，想去和山，和石峰，和整个宇宙紧紧地拥抱。

我曾醉心于路南石林玲珑秀丽的奇峰异景，但欣赏了兴文石林以后，更为这里雄伟壮观充满生机的大自然杰作所倾倒。

我反复在心里赞美着：果然造化钟神秀。

黄开士，系四川省作家协会会员、诗歌学会会员、中国石油作家协会会员，天府华阳作家协会副主席。从上世纪六十年代末始，有诗歌、散文、报告文学散见于国内数十家报刊并部分获奖。出版诗集《寒草》人物纪实专著《找回远逝的乡贤梁正麟》。另有作品入集《火海征战录》《这里诗人十二家》《这里散文十三家》等多部文学作品集。

洱海一日

◎ 黄开士

早想一见苍山洱海两尊高原美神，原因种种，直到今年清秋时节，劳女儿利用暑期末一小点时间，驱车去了这域神往之地，方了却了夙愿。

乍到目的地，有感苍山崔嵬巍俊，洱海浩荡锦秀，景区分布甚广，一次短暂旅游断不能穷目极足，便决定远观苍山，近览洱海，限一天时间，沿洱海岸边尽兴罢了。为不失时机，让目光和照相机镜头更多地捕获到美神的神情韵致，到达的当晚，特意宿住有“苍洱风光在双廊”著称的双廊湾，便于翌日清晨观日出，拍晨景，留下到此一游的第一印象和美好记忆。

无怪双廊湾秋深夜长，醒得早是因自个心中有念。翌日天刚刷白，我就带上照相机，匆匆登上双廊湾背靠的大青山观景台，等候丽日探头。不巧碰上了个太阳不出雨不下的阴沉天气，让人有感失望。可待我向双廊湾和苍山一打眼，哇！虽无丽日高照，晨光点染，却见洱海海面、海的两岸和苍山山麓，呈现出另一种生命情志。

洱海这位与苍山永世相恋的女神，持一副清纯凈洁娇柔羞涩的样子，静静地依偎在苍山的怀抱。双廊湾酷似她的明眸秀眉，在清滢澈亮的水光映照下，愈见天生丽质，撩人心魂，仿佛正在对苍山含情脉脉诉说衷怀。

苍山被众多的晨雾簇拥，一展挺昂帅气，胸前宛若托着大团雪色玫瑰，殷情自若地向洱海表达爱意。

洱海两岸分别升腾起长排神气十足的雾团，俨然是护卫洱海女神的贴身仕女，那神态，确乎透出几分飒爽英姿。

这里的晨雾果真有灵?!

我看在眼里，倏然想起在咱川南老家，出现晨雾，一般是晴天的预告，环顾四野，此时此地，看不出一星半点欲将下雨的征兆，阴沉天气，依然山明水秀，景致迷人。

原有感失望的心情，很快被眼前的一切陶醉，以致横生猜想，如是一切，否从仙境移至？但我决可肯定，非此时此地，无论在丽日初露的北国，还是朝雨淅沥的江南，皆不可能出现。

面对罕见情景，好让我，也让所有来观景台的游客，既惊诧万分，又心动不已。我不容思索，即刻开启照相机，连连拍下这无比珍贵的高原美图。

从清晨到正午，丽日终没露面，但也没见阴云布空。照家乡的说法，此种天气，管叫它老阴天。然而，对洱海而言，得另当别论。

正午刚过半晌，天边突地擦燃一道闪电，卷来一团乌云，随即大雨滂沱，洱海和两岸山野霎时被没入茫茫烟雨之中，再也看不清甚至看不见什么风景了。雨水很快把多数原没想到未带雨伞的游客淋了个水湿。而尤让游客毫无所料的是，就在大伙失望、焦急、无奈的当儿，慌乱奔跑寻找躲雨场所的俄顷之间，大雨戛然小了下来，变成了稀疏零散的雨滴。茫茫雨雾慢慢散开，空际透出预示放晴的光亮，已可看清落下的雨滴在海面上开出一朵朵小白花，洱海又变成了一条恍若有微微动感的嵌花飘带。两岸的山野，一如刚出浴室的丽人，被雨水洗濯得格外灵秀。景物伴随时间的移步而变化，草木渐渐抛水汽转翠绿，海水缓缓弃煞白变澄蓝，迎着海鸟畅涌，悠云舒卷，丽日终于羞答答地出现在偏西的山顶。至此，洱海无处不被鲜活的画景点缀，简直美得快要让人窒息。

此时，就在此时，我油然想起东坡先生饮吟西湖的那首千古绝句，对照眼前情景，其中“山色空蒙雨亦奇”之句，尤觉意象之贴切，意境之深邃，确实诗味无尽。但转而又好怨自己，怎么也吐不出半句诗来，唯有回首宋朝，拱手向东坡先生表示景仰和崇敬。

变幻着的雨景，致使游兴倍增，越发侈望面见已所打听到的“海舌”奇观。于是，立刻驱车前往，决意不留遗憾。

海舌，位于洱海西岸，距喜洲古城约 3—4 公里，是一处延伸到洱海中的狭长半岛。因半岛上树木蓊葱，海鸟群集，四季花草幽香，到岛上览海观景别有情趣。当地已给其冠名“海舌生态公园”，辟为与游喜洲古城相连的著名景点。

恰到海舌公园大门前，就喜从天降，欣然见到头顶上空，有一道壮观的七色彩虹。在家乡，随着气候变暖，雨量减少，已多年未见到这一天上奇观。瞧它有多美，像给蔚蓝的空际架起一座弯弯的彩桥，悠悠白云恰似飘飘仙人，正乐滋滋地在彩桥上俯视人间。尽管明知夏秋两季，雨后初霁，蒸发的水汽容易形成彩虹的原理，但仰望彩虹，心中仍充满神秘感。下车伊始，便见彩虹，甚感今日的运气不错。按景区规定，须乘坐马车上岛，我们坐在装饰华丽的马车上，耳闻马蹄笃笃，心犹想着彩虹，不时回望渐行渐远的天空。

登上海舌半岛，已是夕阳西下时分。此间的洱海女神，早换上了有若着满珠光宝气的艳装，芳容已散去娇羞，焕发得光彩照人。海岸倚着的西岭头顶，一抹云霞似火，灿若熔金，咱可真的赶上了最美的时辰。半岛上游人很多，咔嚓咔嚓的照相机响个不停，我为之激动，也因此担心：游人过多，会不会触发海舌的味蕾，把大伙一口吞噬，或震荡海舌的耳鼓，使之一如世人，浮躁情绪日增，失去过往的宁静。

不过，我虽萌生如上所想，却设有停下脚步，依然同大伙一道，直顾前奔，抢拍镜头，生怕暮色掩没了美景。

洱海一日，时间短暂，收获颇丰。洱海把晨阴、午雨、晚晴不同天气及其运化出的全部美景，惠然之顾于我和当天的所有游客，确若向我们上演了一整天“阴雨晴”喜剧，委实神奇奥妙，以致让我无意中陷入了一种思维怪圈：如斯若斯，可否是神明赐予抑或个人运气所致？我素来不信奉神明，寡淡运气，可此次说是巧遇吧何以巧到此等地步？

思维怪圈一时搅乱了方寸，甚至快演变成纠结，差点动摇了我的一贯信念。

意于解脱，我不惜花去功夫，从书中网络上查寻了不少资料，最终有谢云南十八怪笑话及解读，给了我心灵安慰。其第十七怪讲：“这边下雨那边晒”，附后解读为：“即指特殊的高原地理位置，存在十里不同天的多变气候，随时会出现异常天气景象。”是啊，洱海之美，除了独自拥有自然美元素，与高原特殊气候条件不无有关。而情况表明，所谓运气其实是人们在现实生活中常见的客观存在着的一种所期机会或机遇而已，与神明毫无相干。尽管解读和我的理解犹感单一，务须继续查寻更多更具说服力的答案，但也总算找到了一道解脱的出口。

于是，我一步走出了思维怪圈，且从内心深处暗自发呼：洱海，您好！我定将再来与您相约……

马玉荣，笔名川江号子，重庆忠县人，拉萨市自主择业军转干部，系中国散文学会会员，四川省散文学会副秘书长，成都市天府新区华阳作协副主席。有百余篇散文、诗歌、报告文学在全国三十余家报、刊、台、网、公众号发表，多篇获奖并收录丛书以及被腾讯网、搜狐网、央视网等转载。

寻访一份美丽珍藏（三题）

◎ 马玉荣

瓦屋山看雪

我曾经在西藏当兵，什么雪都见过，点点星星的小雪，漫天飞舞的大雪，如棉絮卷裹的暴雪，有白白的、银光闪闪的、刺眼泛光的；有的雪只盖过脚背，有的雪厚如城墙，莽莽苍苍的雪域，是雪的世界。

有时去边防的路上，汽车像树叶片漂移在茫茫的雪海里，很害怕，很危险，天寒地冻却“虚脱”得冒冷汗，人随车东倒西歪地漂移。心想，万一车晃荡下悬岩，恐怕连车架子也找不到，更别说人了。

雪，在我心目中并不是爱物。一段时间，我不但不喜欢雪，反而也不想提及它。有时，我很讨厌别人话长话短议论雪有如何如何的美，更不用说去看雪了。

这次随朋友去瓦屋山看雪，开始我真心不愿意去，可难以推却朋友的邀约，只好随车前往，根本没有赏雪的欲望。

瓦屋山，早就听说是一个很美丽的地方，可是一直没有亲近过。夏季美如仙境，景色如诗如画，还可以纳凉避暑，是成都地区人们前往休闲纳凉的好地方。冬季，大雪飞舞，银装素裹，是少雪的城里人看雪玩雪滑雪的理想之地。

我随人群下了索道，天空下着似雪非雪的小雨。走道上也积着近大约五厘米厚的冰层，我取下随身带的防滑套套在鞋上，又将户外活动衣服拉链拉至颈部，但还是觉得冷气穿背。

因为瓦屋山很美，心想雪也一定很美，一定和西藏的雪不一样。怀着这样的念头，我坚持冒着小雨前行。山里雨雾朦胧，什么也看不见，只见高矮不一的树梢、地上都挂着雪花。我沿着积雪的石梯小心翼翼地上上下下，周围大雾弥漫，前后左右可只见几十米左右。山下到底是什么景色，眼里一片模糊，只能用心猜测。这样也好，更增添了我坚持走下去的欲望。在西藏，那儿的雪一望无际，让人生畏，心里空空的；而瓦屋山的雪，却让人心旷神怡，心中充满猜想和期待。

从早上八点过上山，到下午三点左右下山，这么冷的天，我和几位朋友在山上坚持了近六个小时，我没觉得冷，而且也没感觉累，也许是不一样的心境吧。站在瓦屋山山顶象尔岩，没见日出、云海、佛光、雅女湖，只是浓雾紧锁，能见度约几十米开外。过了鸳溪口鸳鸯池，也不见溪流和各种野生鱼类，早已被厚厚的冰层盖住。来到兰溪瀑布，一切都是冰的世界，溪流变成了冰川，瀑布变成了冰柱，给人一种神奇与兴奋的冲动。过去行走在西藏雪的世界二十多年，没真正去发现体会享受过雪的美，早已对雪麻木了，而且产生过抵触。

美，有时在无意中发现，就像生活会无意中出现的惊喜一样。我在感叹山川冰雪的神奇时，更向往对美的品味。过去那些不堪回首的往事，顿时烟消云散。由于天气和时间关系，我没能认真去观看和考究瓦屋山那些流传动人故事的地方。

雪，是看不够的。白色是不变的基调，神工构成了雪不一样的形态，在心境里波动着的却是五彩斑斓的图画。现在回想，陪伴了我二十多年的西藏雪，是我成长的财富。陪伴就得感念，感念走过与遇见。到瓦屋山看雪，我所看到的仍是原始的白色，然而，我却收获了不一样的心境。看，只是一晃而过的视角；悟，才是心境永恒的最高境界。

漫步阆中古城

青石，瓦房；老街，古院。一街一风景，一巷一世界。

漫步阆中古城，总有一种久违的感觉，莫名的兴奋，这种梦境般的感觉兴奋亦真亦假，温馨而潮湿。

四月，春风有度，心灵无语。时值午后，阳光和风恰到好处，温文尔雅、不急不慢，让这座川北有着2300年历史的古汉巴蜀国重镇显得更加神秘奇幻。

古城的建筑是按照唐代天文风水修建而成，城里四四方方的街道，整整齐齐的青石板路，沿街商铺红灯笼高高挂悬，各种招牌比比皆是。我们选择一个小餐馆坐下，顺便午餐后继续游玩。不一会儿，年轻的妹子端上川北凉粉、张飞牛肉、热凉面，同行的朋友拿出事先准备好的小酒慢慢品味起来。突然一友高声喊道：老板，给我们一人来点保宁手工醋。真的，不品尝一下这儿地道手工醋味道，就枉自来一趟阆中。我们细细品味着美食，如同品味着这座古城的味道。心想：浓浓的“醋味”随风飘散，满街生香。醋可以养身，是否可刮骨疗伤，净化心灵？

一座古城，有这么厚重的历史，肯定还有许多鲜为人知的秘密。要真正做到了解全这座古城的历史，一定不是一时半会的事。由于时间关系，我们只能是走马观花，了解皮毛罢了。

我们吃好饭，又继续从东向西沿街行走。眼前平整灰色黛瓦的房屋连列成排，古城的街巷都是背山面水，南北街道少而短，古院格式多样，有“多”形、“品”字形、长方形等，像一串一串珠子，散落棋盘。

人间有如此静谧的地方，何必寻觅太多？斑驳的小巷，深得如筒子，清一色的石板相缀，门楼相望，曲折幽静。宽直的大街，整齐排列有致；木质穿斗结构的灰瓦房，两旁商铺林立，老字号“张飞牛肉”“保宁醋”“白糖蒸馍”，杜家客栈、光华客栈等等旅店、商铺幌子一个连接一个。古城内老街交错，民居庭院勾连，厅居明显，顺风宜水，天地合一。浓厚的风水人文景观，据说有了当年落下闳研究出的“太阳新历”，从此才有春节的开始。

古巷纵横，多达90多条，其中有20多条街巷仍完好地保留着唐宋时期的建筑风格，乃中国建筑史上一大奇观。

张飞庙、永安寺、滕王阁、大佛寺、贡院等八处全国重点文物保护单位以及邵家湾墓群、文笔塔、石室观摩岩造像等景点，马家大院、张家大院、孔家大院……一个接一个。登上光华楼顶，古城的风景收入眼底，让人惊叹不已，如此美妙绝伦的地方，如仙境一般。

阆中最值得参观的是学道街贡院，其存史、资政、教化和文物价值不仅全国唯一，也是世界奇珍，形成独具特色的早期巴文化之一。阆中古城，古称“阆苑”，系中国四大古城之一的千年古县。

古城民居融北方四合院和岭南庭院为一体，独具特色，具有明代疏朗淡雅，又有清代的精美繁复。唐代大诗人杜甫留下“阆中城南天下稀”的千古名句。苏轼、陆游也曾留有佳句流传后世，给古城增添几分优雅厚重的色彩。

到此一游满足了多年的期望，也算心满意足。喜欢逛古城老街已成了自己一大爱好。

入夜，投宿草堂别院，古城灯光华然，嘉陵江流光溢彩，让人久久不能入睡。

阆苑，古长安之遗风国都之模式，就是一座古建筑活化石，活在高贵典雅的品相中。三面江光抱城郭，四围山势锁烟霞。真所谓：“阆苑仙境，风水宝地，闻名遐迩，绝伦天际。”

我曾试想着她的模样，可却始终没有猜到现实中有如此大的魅力。

一座千年古城，诉说着千年不变情愫，也相传着永远不老的传奇。

再访平乐古镇

这是我第二次来到平乐古镇。

第一次应是三年前的夏天，我和一批徒友来访过平乐古镇，那次只能说是自己初次来这儿，谈不上了解，更说不上喜欢。

由于天太热，热得心慌，静不下来，只是随便走了走，看了看，没太深的印象。这次随中城投建工集团有限公司员工户外拓展来到平乐，本是去金鸡谷户外活动，由于遇大雨，临时改变在平乐古镇内活动。由于大都是年轻人，我一个上半百的小老头就自由活动。

午饭后，雨仍下个不停，我独自撑着雨伞沿着古街漫步，先沿着紧挨河边的古街逆行而上，街的两边多是民居依水依势而建，时宽时窄，东拐西转，虽低矮但仍不失古色古香。街道路面淡黄色石地板泡在雨水中，干干净净。高低错落的房子保持川西民居建筑风格。沿街铺面上多是当地风味豆豉、豆腐、萝卜干咸菜，以及血旺、奶茶面、瓜子饼，麻花等小吃，还有竹、木小手工艺制品等，小餐馆各具特色。古街和新街紧紧相连，纵横交错，22 条街道四通八达，使这座古镇成为游客的最爱。偶尔有行人打着雨伞静静而过，听不到往日的喧嚣，只有切糕片机依旧摇头摆脑地不停工作，商铺的老板也悠闲地坐着玩手机。

雨点声很大，却听不到高跟鞋咔咔的声响。我喜欢这样独自一人静静地走，雨中，什么也可以想，什么也可以不想，我很喜欢这种无人打扰的感觉。其实，这才是我喜欢古镇的理由，这才是古镇应有的味道。古镇不需要太多的吵闹。

印象较深的是乐善桥（1861），据说是用了十年时间修建而成。我站在桥上，寻找江南水乡烟雨朦胧的感觉，可没邂逅烟雨中的花纸伞。我静静地看着雨点打在河水里溅起波纹，也不见古时来往的商船，也再见不到昔日的码头，唯有桥头那颗 1500 多年的古榕树，仿佛在诉说着昔日的繁华与沧桑。

沿河两岸古树参天，茶楼由于是雨天，也见不到品茶聊天的游人。突降的春雨，给这座古镇给予了少有的宁静和安分。

雨一点不矜持，大胆的倾诉，仿佛这个世界都是它的；雨水也浸湿了脚穿的旅行鞋，这种感觉还是小时候体验过……

古镇因为有雨尤为清爽舒适，空气也湿润干净。

查阅：平乐，古称“平落”。迄今已有2000多年历史，是南方丝绸之路西出成都第一驿站，是茶马古道第一重地，是中国历史文化名镇，全国重点镇，全国环境优美镇，中国民间文化艺术之乡，四川十大名镇之一。

“秦汉古镇，川西水乡”。承载平乐道不尽的文化风韵。古街、古寺、古桥、古树、古堰、古坊、古道、古风、古歌演绎出古镇“九古”。印染、山歌、灯会历史悠久。最著名的是正月初一到十五的是狮子灯、牛儿灯是平乐人的拿手好戏。

人，不困于心态，不惑于杂念。风轻云淡，拜山问水，何不乐哉？

如果你需找一份素雅，平乐等着你！

曾识，笔名：剑硕。自由文学人。

80年代读中学时开始发表文学作品，被某市作家协会吸收为会员。

90年代读大学期间，作品散见于海内外多家报刊。

沉入现实生活后，逐渐疏于创作，读多写少。

视文学是生活的一部分，心不远离文学。

走过南洋温暖的段落

——新/马行散记

◎曾　识

很多时候，我都在构思一段旅游，特别想陪爸爸妈妈，一路外出看一个美丽的地方，短暂离开久居熟悉的城市，去采撷遥远陌生的心情和感悟。

因为要考虑老父亲腿疾不能坐上四个小时的飞机，父母之前出行也只能是到台湾、泰国、柬埔寨等近距离的地方转。我的旅行计划就选择了颜值担当的新加坡和马来西亚，这两个近两年虽然已不被更多选择旅游的国人挂在嘴边，但作为国内最早的海外旅游地，依然有着别样的魅力。

东南亚似离我们很远，在千里之外，却似又离我们很近，在目之所及的范围内，我想，这次旅行也不妨权当着是感受闯南洋吧。甚至我和妻子、儿子感觉到，这是和年老的父母一起难得的幸福的人生旅行，是一段渐行渐远共聚天伦之乐的时光，这经历对父母来说，何尝不是一份值得惬意的记忆和一次快乐的享受。

2018年7月的暑假，我们老少三代五人，以正儿八经报名精品纯游团的方式，开始了六天新马之行的跟团游。从成都下午八点左右起飞，三个半小时左右，就抵达了全球获奖最多的新加坡樟宜机场。

踏上这个世界著名的花园机场，吮吸入肺的空气似有热带雨林点点花香的温润，映入眼帘的热带植物一片浓密，花树成荫。我们还来不及细细感受这个 36 年来荣获了超过 540 项“最佳机场奖”的最牛逼的机场，就在导游的催促下，纷纷前去行李输送带前寻找自己托运的行李。没想到悲催的事情发生了，输送带转了一圈又一圈，就是不见儿子那灰色的行李箱。导游因为要安顿其他的游客，让我和儿子自己去机场行李报失办公室查找。这是我第一次遇见行李丢失的事情发生，而且还是在异国他乡。尽管行李箱里只是儿子的一些衣服和生活用品，但这会对我们刚开始的旅游带来很大的不便。

我和儿子在走进行李报失办公室前，我完全没有意识到会有交流障碍，因为知道新加坡人大都会英语和汉语。当工作人员在接待完前面一个行李丢失的欧洲旅客，轮到我们，我用普通话述说情况，瞬间发现工作人员很茫然，她微笑着对我们反复说：“can you speak English.”我回过神来，她应该是马来人，显然不懂汉语。糟糕的是我的英语水平也只是局限在能看单词和语句上面，无法口语表达。情急之下我只有把 12 岁的儿子推出来与工作人员对话了，工作人员耐性的用缓慢的语句和儿子进行了交流，记下了我们的航班和行李号码，做了一番登记后，表示了一些歉意，就让我们回酒店休息，说会按时把行李送到酒店，不会影响我们的行程。

第二天早上，酒店前台通知我下去拿取行李，酒店人员说，当晚 2 点钟机场就把行李送到酒店了，酒店方面怕影响我们休息，就没通知我们。行李的失而复得，让我心里有一种意外惊喜，其实当晚我们都抱有行李找不回的心态，准备给儿子去买换洗衣服了。这让我感受到发达国家的高效办事效率和纠错能力。也感慨为什么这个无任何资源的弹丸岛国，能发展出自己独特的文化，成为世界经济强国。

初到一地观光，总会开始以迫不及待的心情去感知和认识。新加坡被称为狮城，是勇猛、雄健的象征。是东南亚的一个岛国，虽然面积仅有七百多平方公里，人口也只有五百多万，但是文明程度却非常的高。我们是先坐在大巴车上观赏城市，透过车窗，看到一栋栋高耸的大厦，一条条整洁的街道，路旁绿色的树木，鲜艳的花团，一切都清新悦目，植物的覆盖率令人惊叹，是实至名归的花园城市。导游告诉我们，新加坡的法制严明，至今还保留着鞭刑，用来维系人们的道德规范。

新加坡的建筑很有特色，在城的经济中心有著名的鱼尾狮雕像，是由带有鳞片的鱼尾和狮头组成的造型，象征智慧勇猛，体现了鱼尾浮泳于层层海浪间，是新加坡从渔港变成商港的特性，高昂的狮口中源源不断喷出清泉，寓意着财富和代表经济带来活力，这尊雕像是新加坡当之无愧的象征。我们同如织的游人一样，在鱼尾狮雕像前拍照留影，纷纷都摆出了用手接水的造型。从鱼尾狮口中喷吐出来的清泉水线，随着清风水花飞溅，抚摸我们的脸庞，留下阵阵清凉，有看既亲切又舒心的清爽气息，我们似乎有一种温馨感动，丝毫未感觉到这是一个陌生的城市。

从鱼尾狮这个雕像，围绕着金融中心水系，矗立着三栋高楼，连接楼顶部的是一条巨大的船舶造型，称为世界最大的屋顶花园游泳池，也就是著名的金沙大酒店。从远处看去那壮观背景里的大船，仿佛飘浮在空中，让我们叹为观止。摩天观景轮也是地标性建筑之一，观景轮高达 165 米，相当于 42 层楼的高度，被誉为世界最高的摩天观景轮。游客在摩天轮上可以 360 度观景，尽情欣赏新加坡的绝美风光。这恢弘建造物的背后，体现了新加坡人的风水意识和聪明智慧。

花芭山靠近繁华市区，面向新加坡海港，是一独特的热带植物公园。其实，花芭山不足称为山，仅 115 米，但名副其实却是新加坡的制高点。登上山顶遥望四周，就能鸟瞰错落有致高楼耸峙的商业区、世界贸易中心、远处圣淘沙岛的美景、蜿蜒的公路和新加坡城的海港邮轮码头、集装箱码头以及周围大大小小的岛屿。整个花芭山绿荫覆盖，山顶还塑造着一尊小鱼尾狮雕像，白色圆柱下镌刻的是新加坡的历史。

圣淘沙被誉为新加坡最为迷人的度假小岛，有多姿多彩的各类娱乐设施，赌场、海洋馆、杜莎夫人蜡像等都在其中，更有广阔的休闲活动区域，享有欢乐宝石的美誉。环球影城坐落于全球投资额最高的名胜世界之内，其中拥有古埃及、失落的世界和好莱坞大道等七个主题区。游客可随着不同电影的剧情，从一个区域转移到另一个区域，这里的游戏大都是世界首创或专门为新加坡制造的。我们已被这独有的娱乐体验深深吸引住了。遗憾的是我们的游览受时间的限制，只看了冰山一角。

站在圣淘沙岛的中心，望着川流不息的来自世界各地的人们，我在想，世界之大，人的生活方式有太多种，不必拘泥于世人的眼光，无论什么样的生活方式，只要自己觉得值得，和自己所爱的亲人一起，就是有意义和价值的，当一个人心里都被美丽容纳，跟着心走，就会找到方向，内心犹如碧海蓝天那么澄澈开阔。

新加坡，这座清新、干净、湿润、气候宜人，留下深刻印象的城市和国度，让我们感受到发达城市愉快的气息和明快的节奏。这里值得留下回味，可惜我们只是匆匆留下足迹的过客。告别新加坡，通过新山关就进入了马来西亚。我们换乘上马来西亚的旅游大巴，就前往吉隆坡。

马来西亚简称大马，首都吉隆坡，是一个中西合璧、繁华、美丽的国家。位于东南亚半岛，太平洋和印度洋之间，南部接近赤道零度线，属于热带雨林和热带季风气候。这里常年温差极小，无明显的四季变化，因此全境阳光充足，气候宜人。

马来西亚曾经是英国的殖民地，是一个民俗古老、多元民族、多元社会、多元文化、多元经济的新兴国度。马来西亚主要是马来人、华人和印度人三个种族，白种人、黄种人和黑种人在同一个屋檐下生活，讲着各自的家乡话，拜着各自的神，友好和谐地相处。华人大多分布在吉隆坡、槟城、马六甲等城市，政府官员基本都是土生土长的马来人，所以这个国家的通用语言除马来语外，就是英语。

马来西亚独特的风情与文化，有着集大自然万般宠爱于一身的众多旅游景点。我们坐车沿途旅游，一路椰树清风鲜花盛开，看到最多的就是碧水蓝天，蜿蜒起伏的崇山峻岭，茂密葱郁的树木，房屋都建在树丛中花海里。

吉隆坡是马来西亚的首都和最大城市，有着“世界博物馆”的美称。这里既有现代化高耸入云的大厦和鳞次栉比的气派商铺，彰显着大都会的豪华和繁荣，也不乏古色古香典型的穆斯林建筑，中国式的住宅以及英国殖民统治时期的建筑星罗棋布在市区，古老的、现代的、东方的、西方的各式风格和谐并存，互相映衬，散发出迷人的风韵。在这里可以体会到现代都市的清新时尚气息，也可以饱览历史留下的古老印记。吉隆坡到处是高楼、商店。一走进商店，从古董到最具地方特色的手工艺品，从世界名牌时装到物美价廉的电子产品，各种各样商品进入眼帘，应有尽有。晚上漫步在大街上，灯光闪耀，车流不息，景色是那样宜人，弦月般的海湾、徐徐的海风，一切都是那么让人陶醉。我和父亲面对映入眼帘的一切，不断地交流探讨，深刻地感受到马来西亚多民族多元文化的无穷活力。

吉隆坡标志性的建筑景观是坐落在市中心的“石油双塔”，一对一模一样的大楼并肩耸立，直插云霄。双子塔高 452 米，地上 88 层，是美国建筑设计师 Cesar Pelli 的杰作，曾经是世界最高的摩天大楼，直到 2003 年被台湾台北的 101 大楼超越，目前是世界第五高的大楼，也依然是世界最高的双栋大楼。双峰塔充满现代元素设计感，表面大量使用了不锈钢与玻璃等材质，反映出伊斯兰艺术风格的文化传统。在晚上璀璨的灯光里更是特别异常的漂亮。

与双峰塔邻近的吉隆坡塔，海拔 515 米，塔身净高 421 米，是东南亚第一高塔，也是世界排名第四的通讯高塔。双峰塔和吉隆坡塔同为吉隆坡的知名地标及象征，代表着马来西亚经济发展的高度。在这里可以俯瞰吉隆坡最繁华、最美丽的景象。

吉隆坡的另一地标性建筑是布特拉水上清真寺，整个清真寺都用粉红色的大理石建造，主体建筑有四分之三建在太子湖上，三面环水，大门朝向布拉特广场。建筑屋顶上那一座座大大小小的园穹在阳光下全部散发着深深浅浅粉红的色彩，在蔚蓝天色背景的衬托下，宛如一朵清新靓丽的莲花在碧水湖畔灿烂地绽放，显出神圣又美丽的风采。在这宏大的清真寺面前，我不禁困惑，伊斯兰本是崇尚和平、崇尚科学、崇尚绿色的宗教，“穆斯林四海皆兄弟”。可伊斯兰原教旨主义的兴起，以致在某种程度上，把伊斯兰妖魔化和恐怖主义连在了一起。或许这宗教的纷争只能让历史来回答。水上清真寺一直是吉隆坡最主要的清真寺。清真寺内礼拜殿被大大的圆屋顶包围着，非常壮观，寺内的装饰也是非常的气派，给人一种庄严肃穆的感觉，是一个去马来西亚值得注目的景观。

没想到我们参加的这次旅游项目中，竟有坐热气球升空飞行一圈观赏地面风景的内容。在吉隆坡布城的公园，我们体验了马来西亚唯一运营的热气球之旅，感受没有翅膀也可以的翱翔。我原担心父母年龄大了，他们的身体是否能承受上升的热气球遭受空中气流的颠簸。或许是老天有成人之美，那天的风很平静，气流也很稳定。随着热气球的缓慢上升，布城壮丽风光尽在脚下。从天空鸟瞰，金色的阳光洒在这片大地之上，那种一望无垠的开阔与壮观，一眼看不尽的旖旎景象，真是美得让人震撼。

在马来西亚旅游，据说中国游客必去打卡的地方，是东南亚最大的避暑胜地云顶高原。这里距离吉隆坡约 50 公里，建筑群耸峙在海拔 1700 多米的乌鲁卡里山上，山峦重叠，林木苍翠，花草繁茂，空气清新怡人。云顶其实是一个大的娱乐城，是马来西亚引以自豪的一颗明珠，有创吉尼斯纪录的全世界最大的酒店、有汇集了全球多个著名景点称为小联合国的第一城、有马来西亚唯一合法的大型赌场、有花园游乐场、室内体育馆、还有面积 4 公顷的人工湖，环湖有儿童火车、高尔夫球场、温水游泳池等，还有小溪可划船。吃喝玩乐的项目应有尽有，能够满足几乎所有游客的全部需求。或许因为神秘，到云顶高原一游，对我们有一种格外的吸引力。

登山的公路曲折迂回而平坦，我们乘坐的大巴车，在开阔弯曲的六车道山道上飞驰。透过车窗，我们观看旖旎的高原风光，眼前山峦重叠，林木苍翠，花草繁茂，溪涧瀑布，一路苍翠欲滴，撩人心醉。车至山脚，导游让大家转乘缆车到达山顶，导游说云顶的建筑及娱乐场所都建在海拔一千七百多米的高原上，如果是乘坐巴士上去就太没意思了，云顶缆车是世界上速度最快的缆车，每个缆车厢可坐 8 人，极速为每秒 6 米，只需 15 分钟便能完成 3. 38 公里长的登山路程，可以达到在一小时内载送 2000 名乘客上山。排队坐缆车的人很多，队伍移动也很快，我们一家五人乘坐在一个车厢。随着缆车的上升，距离云彩很近，大地和森林都在脚下，眼里映入各种热带植物，景致变幻，目不暇接。渐渐云雾缭绕，有如身临仙境。我和儿子感觉是一种刺激、是一种愉悦，听爸爸妈妈说，他们更多的是心跳、或许还有一点后怕。但我们不管什么感觉，都还是要抓紧拍照，因为一家人这样高空俯瞰美景的机会是不多的。走下缆车我听父亲情不自禁地感叹：云顶缆车还真就是云顶高原旅游的一个卖点。

离山顶缆车站不远的漂亮建筑是第一世界酒店，该酒店共有 6118 间客房，是世界上拥有最多房间的酒店，完善的服务及设施，充满艺术气息的设计风格，以奢华著称，不免让人叹为观止。当我们正在照相中，山上的天气突然发生变化，刚才还阳光明媚，霎然间不知何时从何处涌来了满天的云雾，在云雾的环绕中整座酒店犹如云海中的蓬莱仙阁，又如海市蜃楼。

其实，马来西亚是个禁赌的国家。惟云顶娱乐城设有唯一合法的赌场，而且是亚洲第二大赌场。这里的赌场豪华奢侈，只接待外国游客，进入赌场要出示护照，年龄未满 21 岁不得入内，星期天是 24 小时开放，许多好赌之士是趋之若鹜。我们父子对于赌的娱乐是一窍不通。平时生活中，我和爸爸连扑克牌和麻将都不摸一下。我们站在赌场门前没有太多的兴趣，妈妈说他们看过澳门的赌场不想进去转了。我还是有点好奇心驱使，想进赌场实际看看。我们把未成年的儿子安排在麦当劳喝饮料，进入赌场后，发现里边非常大，分为 5 个主要区域，马戏宫殿、蒙特卡罗、好莱坞、国际厅和贵宾厅。一处房间套着另一处房间，广阔的大厅中摆满各种各样、名目繁多、应有尽有，反正是我看不出一点名堂的赌具。人虽然很多，但秩序井然。赌场内发牌者都是年轻的俊男靓女，外行也能看出他们专业水平高，反应快，发牌动作潇洒漂亮，而且彬彬有礼。据说按建筑规模排名，云顶赌场堪称亚洲第一、世界第二。我在赌场里边匆匆转了一圈，感受了一下赌徒们一掷千金，或者一夜暴富、或者是一夜沦穷的氛围，就急忙逃离似地转身出来了。

云顶第一城是高原上诱人的景点，汇集了全球著名的如美国的环球步道、法国的香榭丽舍、意大利的威尼斯、英国的大笨钟等，可以用最短的时间体验到环游世界的感觉。云顶还拥有很多世界品牌的门店，很多购物区可以溜达。走累了，逛乏了，找个地方歇脚。为难的不是找不到地方吃饭，而是品种繁多，大马地道的南洋风味、各种快餐和高级餐厅等，实在不知从何下手。可惜因为受旅游行程的安排限制，我们错过了云顶的一些观赏，也仅是跑马观花到此一游。

在马来西亚旅游的最后一站，我们到了世界著名的马六甲城。马六甲城的战略地位十分重要，是锁马六甲海峡的咽喉，是控太平洋和印度洋的通道。千百年来，先后经历了葡萄牙、荷兰、英国和日本人的殖民统治。我们现在来这里，还能看到荷兰人，葡萄牙人留下的城堡，教堂和炮台。还能看到荷兰式的红色楼房、葡萄牙式的村落、中国式的住宅，住房的墙上镶着图案精美的瓷砖，木门上装着瑞狮门扣，窗上镶龙嵌凤，街道曲折，古朴而宁静，显示出历史古城的独特风韵。欧州人、华人、印度人、阿拉伯人等，相继来到这里，经过长期的交流，形成特有的文化风貌。沿街从荷兰红墙开始，似乎隔着百十步就能遇到一处世界遗产，在这里可以穿越历史，还能穿越国度。

马六甲也是一座华裔聚集的城市。在这里我们充分感受到这座城与中国的历史渊源，1405 年，中国著名航海家原名马三保的郑和率领庞大的远洋船队七下西洋，曾五次驻在马六甲，第一次就在这里休整补给，船队的两万多名士兵曾上岸驻扎在一座小山上。为纪念郑和，这座小山名为三保山，山上还建有一座纯中国建筑风格的三保庙，红墙绿琉璃瓦，飞檐翘角，雕梁画栋，庙内供奉着郑和像，是华人数百年落地生根的见证。

我特别要写上一笔，在马六甲三保庙外屹立有一座纪念碑，我们走近细看才知道，这是纪念民国时期马六甲的华侨抗日殉难义士纪念碑，碑身上嵌有蒋中正先生楷书题写的“忠贞足式”四个端庄的大字。这是铭记抗战期间，南洋华侨出巨资帮助中国抗日战争，抗战胜利后，国民政府为表彰华侨的功绩，于 1948 年修建此碑以资纪念，碑后葬有被日军残杀的数百华人。1972 年曾修葺一次，到了 1993 年华侨们又募集了 20 万马币，再次修葺。每到清明节，华人络绎不绝前来拜祭。

我们站立碑前，凝视蒋先生题写的“忠贞足式”，领悟四字是忠贞值得效法之意所蕴藏的历史和情怀，心里有一种无可名状的沉重和感动。我看见，父母亲两位老人的表情特别凝重而虔诚，要求我认真为他们在此拍照留影以作纪念。父亲说，仅这座纪念碑，就深深地影响了马六甲这座城市的历史。

是的，在马六甲依稀还能看出当年华人下南洋，在这里从苦斗到定居的变化影印。我想大概任何一座城市都抵不过时代的变迁，现在马六甲还剩下的为数不少的华裔老人，依然痴心不改，默默在坚守这一片土地。中国对于他们是复杂和陌生的，唯一记得的只剩下祖籍来自那儿。值得庆幸古代修建的街道，至今依然保存完好。同时保留下了中国古时传统的尊师重教，礼仪纲常。我们沿马六甲河畔行走，吹着凉风，用心地感受这座城市的历史。我看见古色古香的老建筑、水边的岸上人家、街边盛开着的粉红三角梅，似乎在此之间，找到一种满满都是少女气息的些许俏皮新意，平添悠闲又惬意的感觉，让人流连不舍离去，这或许就是马六甲历史与现代的完美的魅力所在。我们记住了，2008 年马六甲市被列入世界文化遗产名录，是马来西亚传统建筑最具特色，历史最悠久的古城。

我们在马来西亚入住的几家酒店，都有着高贵典雅的气派，尤其是铂尔曼湖畔酒店美丽的水域、椰树、沙滩、游泳池、酒吧、歌厅，给旅游疲惫后放松休憩带来舒心的享受。一时不由我心里冒出来乐不思蜀这句成语，让我忍俊不禁地笑了。

我们回国的航班，是返回新加坡在樟宜机场乘机。在从马来西亚过关新加坡时，我们发现父亲迟迟没见出来，不知道发生了啥事。关口也不允许重新进入询问，只能在那里焦急的等待。幸好等待的时间不算太长，父亲的身影出现在了关口。父亲告诉我们，他耽搁的原因是他的指纹模糊，电脑无法识别验证，是被带去人工验证通的关。

候机前的时光，我们又再次感受了樟宜机场以自然植物，渲染环境和空间的美妙，随处点缀见到的仙人掌花园、兰花园、梦幻花园、向日葵园、还有蝴蝶飞舞的蝴蝶园，让人赞不绝口，抓紧拍照留念。

回国的飞机降落在成都双流国际机场，我们一家的这次新加坡大马之行就顺利结束了，和父母一起旅行的快乐时光虽然短暂，走马观花般的浏览，却带给我们许多的惊喜和温暖的幸福。我留意细心问父亲，请他评价一下此行的印象。父亲说：新加坡是完美融合了东西方文化精粹的繁华都市和国家。马来西亚是融东方色彩与西方文明，美丽而神秘的花园国度。我点头称是：实在的，旅游到新加坡和马来西亚，是最不错的选择。再见新加坡！再见马来西亚！亚洲两个永远美丽的国度。我们愉悦地走了，正如我们愉悦地来。

著名乡愁诗人余光中说：旅行的意义并不是告诉别人“这里我来过”，而是一种改变。旅行会改变人的气质，让人的目光变得更加长远。在旅途中，你会看到不同的人有不同的习惯，你才能了解到，并不是每个人都按照你的方式在生活。这样，人的心胸才会变得更宽广；这样，我们才会以更好的心态去面对自己的生活。

我以为，此行无疑也感受到了前辈华人闯南洋的艰辛，以及南洋国家对多元文化的接纳，看到了英式殖民文化、浓厚粤式怀旧文化和多元宗教文化的相融合。在我看来，南洋的诗意，一直与纯净的海滩、原始的雨林、现代化的都市和缓缓的旧时光包容共存。印象深刻的两国首都两个魅力无穷的“花园城市”，让我对旅行有了新的一分期待和牵挂的定义。如果说生活不止眼前的苟且，不言而喻，南洋或许就是梦寐以求的诗和远方。

黄维生，遂宁人，市作协会员，做过工人和从事国企、私企管理工作，现居住成都。热爱读书、喜爱散文写作。1984年开始先后十多种报刊杂志发表作品。

昆明湖与观音湖（外一篇）

◎ 黄维生

家乡遂宁的观音湖，是一个掌故稀缺，古早故事根浅的湖。她落脚故乡是因城市发展需要，她的模样儿便由宽阔的涪江，变成了如今品相不俗的城市湖泊模相了。

清早，我一人行走在观音湖畔。水面宽阔，风拂无痕。山峦倒映，湖犹酣睡未醒。湖岸迭生的荷叶连碧，莲花绕岸。鸟叫，声脆。湖周边的花树与我，分享清早这份安静。来到几棵柳树下独坐：柳条弯垂，柳叶绿翠。因这次旅游去了北京颐和园的昆明湖，见过昆明湖岸边的柳树，枝硬叶小，柳条短粗，就连翠色与观音湖的柳树比，也少了些清亮，少了那么一股儿姿柔婀娜的韵味儿。我手抚摸着柳，细看，心想：把慈禧老佛爷请来当裁判，昆明湖的柳树无论在姿形姿色上，比起观音湖柳树来，都要逊色些。

昆明湖与观音湖的柳树生长出来的模样儿，为啥有这么大的悬殊呢？除北方山峻地冻，雨冷雪寒，风冽水冰外，恐怕与她生长在皇宫这金贵之地有关：在她身边，总是高墙、大门围着，便挡住了外来的风雨。楼阁、水榭中的香气、朴粉，从早到晚都抹着、涂着，便少了些空气的清明。明清的皇帝，带着嫔妃宫娥去昆明湖踏青、赏柳，走邀月门，过排云阆，行万寿山，歇石章景。这中间修建的“留佳”“寄澜”“秋水”“清遥”四座八角重檐阁亭，和那长廊800余幅溢彩流金画……把一个昆明湖如绸缎裹着，涂金错银般亮着，加上规矩多，排场大，声势阔，嫔娥们要做点什么，也都长袖护手。皇帝指下什么，一批跟随前呼后吆，瞬间树静鸟噤。昆明湖的柳树模样，它在这样的环境中生长，估计一生没见过北方汉子喜欢的烈酒旱烟，没有闻到过北京拐弯儿胡同的饽饽、点心的鲜香，自然也从不知道坊间的大粪臭了。

遂宁观音湖的柳树多好啊：就生长在高天之下：春阳、夏晒、秋霜、冬寒来就是，是雨是雷是风来就是。何况，遂宁这地方：山峦儿围着，一泓湖水护着，空气都是潮润润的，雨水儿又勤，太阳儿又亮，观音湖的柳枝长出的模样，那能不枝弯叶贵，翠色满身。话说丑点：昆明湖的柳树，那是长给皇帝和嫔妃们看的，空间狭窄，见的人，看的事都是天天一个模样，哪能与观音湖的柳树，见的都是天下庶民百姓，油盐酱醋柴的人间烟火的事儿。尤其是谁家添了女孩儿，自然是吉祥金玉，平安福一类饰品，探望产妇有鸡蛋、红米、挂面、糖，还有就是不可少的小衣小裤儿总会绣上花儿柳条儿……

我也注意到颐和园昆明湖的水，那水面也宽敞，湖水也说的上清亮，可清澈的湖水，总是在亭台阁楼旁躺着，在琉璃瓦和朱门间歇着。湖水总是那样锦绣心肠，不扬波，不淌浪。落入湖中的梨花瓣，还有红杏叶上的水珠，如后宫佳人的巧笑，美目盈泪似的，短尽英雄们的万丈豪情，在昆明湖中娇喘咻咻，香风细细的浮着，淌着。要在湖里湖外看点儿雄壮、激荡、昂然的东西，似乎总越不过凝重的飞檐，高阶的云脊，汉白玉的石狮，铜鎏细雕精琢的异兽……这些就算雄性的高傲，也都在薄窗芙蓉帘，扉门兰花香，庭院香熏风间兑化成安分随从，盈盈楚楚，少了逼人之雄、血溅五步的骨气！就连昆明湖上的行船，有小巧了些，有丽彩了些，也都带上了粉脂儿体似酥的胭脂色。

遂宁的观音湖，那湖水多么的泓大，水势多么的雄阔。远水尽南天之门，揽云抱雾，洗日皓月，仿佛把天都给吞了似的。湖水，就绕山，就荡滩，就跨桥，就拍岸，一显湖水的秉性脾气和表里澄清。观音湖的前生是条有名有姓的涪江，从松潘境内的岷山主峰雪宝顶出发，沿途纳溪汇流，越山跃岩，过村走寨，一身是胆地来到遂宁，以不折不挠的精神奔向目的地——长江。到了夏季暴躁起来，盆周的山就挡住她，镇住她。它有种亡命、逆子脾气：敢打、能斗、不怕惹事；也会劝架、说笑、讲道理。两岸的人们来往走动，湖水就躬身驮体，行船搭桥。农民地旱了庄稼渴了，甩一个潜水泵，湖水就到地里了。这观音湖的水，肯干肯吃苦，把遂宁的金谷、玉米，辣椒，果蔬浇灌的肥壮壮的。一个原叫猫儿洲的小滩子，涪江千百年的波涛，浪嚼涛咬造化成一个水中之台。遂宁人便在观音湖淼淼水间布一湖青莲，万千荷叶，把她改造成世界荷博园。还在华夏没有文字时，据说遂宁这方水土生出一个妙善国。妙善国王有三个女儿。她们在雨妙花香间长成，在虚空诸天里点化：佛，披着印度的草露，西域的晚风，中原蜀地一衣带水，风月同天。佛，用灵光那般的轻柔，抚启三姊妹心灵。她们得道图谶预示人间灾苦，用菩萨之善普度众生世界。于是，猫儿洲便顿悟成圣莲岛。

遂宁百姓把观音菩萨亲切地叫做观音姐姐观音妹妹。喝观音湖水长大的遂宁小女儿，大女儿，小媳妇，亮出来，走出去，那是一番了不得：貌为花，柳为态，玉为骨，冰为肤，水为姿，诗为心……遂宁人在圣莲岛上建五彩缤纷路，兴学校、筹医院、立高楼、置产业。一到夜晚，岛上人涌声沸。城中仕女，巷院少年，岁月太婆，携孙抱女提包背袋，来来往往，往往来来，三五一群，七八一堆，胳挽手牵，购物的，看热闹的，小儿逗耍的，情侣说笑的小夫妻讲悄悄话的……遂宁的百姓在观音湖周边，种五谷杂粮，畜牧饲禽，婚丧嫁娶，延嗣生养，安居乐业。这观音湖写着百家姓，万家业。

而昆明湖历史太古老，掌故太神奇。元代定都（中都）北京，为兴漕运，引昌平神山泉水及沿途溪流汇入湖中，成为当时北京城内接济漕运水库。而她的辉煌，她的骄傲始于明代的朱棣：郑和率巨船，号令从昆明湖发出，载上明帝国的威仪七下西洋，中华威望在明帝国手中，传至东亚诸国，越印度洋抵达非洲海岸。而朱棣的后辈，开始改变昆明湖漕运的性质：开始植树栽花，筑亭建阁，明武宗、明神宗在湖上笙磬歌舞，泛舟钓鱼游乐。昆明湖再次拓园，数乾隆最为认真，如今见到的格局、规模、风物景致，考据流源大都是那时的规制。乾隆在他父亲的厚底子上，更是将昆明湖在高墙屏障中，穿花拂柳，联殿通阁，步移景换，万千变化，生出的那副水色清秀，也给满清一朝创建了出世所公认的“康乾盛世”来。

然而，湖是盛水的地方，有水便有女孩儿。昆明湖也有女孩儿。她们与观音湖的女孩儿是那样的不同：她们个个貌如玉体，质似精金。人贵如明珠在胎，光彩如晨曦升岫。她们是一个叫“朕”的私物，是被一群阉割了雄性器官的男人包围着，绫罗绸缎，钟鸣鼎食……她们最不缺的是时间，最缺的是自由。她们最不缺的是有人请安，有人磕头，有人前呼后拥。她们最缺的是敢爱、敢恨、敢哭、敢笑。她们活着是给唯一一个“男人”活着……她们活在一个翡翠楼居，雕楼绘彩，霓裳态妍高墙中。乾隆诗写“何处燕山最暢情，无双风月属昆明”的得意之作，却万没想到畸形派生出昆明湖另一种哀伤入骨，悲凄长夜的罪孽来。

湖，本是一种天然生态，有其自然属性。它大也好，小也好，处平原落山区也好，还是置闹市生乡村也好，天地分娩成啥模样，它就是个啥模样。然而，往往因不同的气候、时令、晨夕、湖的模样也呈现出不同的景致：如风雨晦出，云霞明灿，晨曦夕照，都与情与绪的起落连接：洞庭湖范仲淹一笔，忧乐天下绝响华夏。西湖娇子，苏轼用手浓妆淡抹，天下镜子便失泽影。更有鄱阳湖，那是了不得的湖：戏圣汤显祖，礼教泰斗朱熹、王阳明，宋朝王安石，洪迈的家乡就在鄱阳湖。这鄱阳湖浸润文章，灿然如辉，影响后世。历代诗人作家写湖的诗词文章真是汗牛充栋……或许，家乡遂宁的观音湖太平和了，太没有多少故事讲了，油盐醋柴米炒出来的庶民日常，婚丧嫁娶与昆明湖高度集中四海的欲望之波，号令天下的忠顺涟漪，是完全不同的两个世界。但昆明湖从来都没有像观音湖那样波平浪静过，它的水温貌似平和却从来都是暗波涌流，甚至跌宕起伏……可事情总是要发展的，“多少前朝兴废事，尽付与渔樵闲话”，这就是一种揭示：湖，在我们的世界星罗棋布，从开天辟地之初，如“血脉”一样遍布各地，它是一种闭合系统完整的自然生态。从这一点出发，湖是善良的，湖中的水是善始善终的。这是大自然给湖的一种规则，更是对湖开出的长剑悬额的公开，是一种普照人间的良好体系与制度。

在明清两朝，昆明湖却是一个特例：它的自然性越来越少，社会性越来越强，强大得无以丈量。它的一泓清湖装下来的是一湖凛冽威严，既便是天下奇美，世界壮丽，乃至四时悦景与笔墨诗意都归“朕”的私物了。即便生活、工作在那里面的男人女人，也成为“朕”的私物而失去人的天性。因为人为创造了一种制度：皇权是至高无上的，是凛然难犯的，是逼使臣民仰视伏跪于地的。就这一点来说：昆明湖失去了它的自然天性，没有了大自然给湖的一种规则，抛开了大自然长剑悬额的公开，踢开了大自然善的体系与制度，淌出了一种承继两千多年罪恶的世袭独裁皇帝制度。

今天，昆明湖又回到它不可剥夺的自然属性了：昆明湖因水而亮丽，因水而鲜活。它的自然美：一涟一漪，一声一浪，一树一花，本能地自然分娩：春暖花开，夏盛荷莲，秋落叶黄，冬酷皑雪一样美出它的个性，美出它的公开，美出它的秉守。昆明湖它的天然本色：不因事立，不因“朕喜”，不因母仪而失去自然性。大山可移位，行道可更改，政权可更迭，人可随风化为尘埃，这是自然法则也是社会必遵的法则。我们庆幸昆明湖普照人间的良好体系与制度又融入我们的日常生活，这便是我今天写观音湖与昆明湖意义的所在。如果还是要说它们之间的区别，在历史上，它们的确截然不同：昆明湖是王者嫔妃的，宫廷私属的，是经典的美，是孤独的美。观音湖是庶民百姓的，俗世公开的，是大众的美，是日常的美……

酒　爱

小暑封门阵雨，从遂宁到成都再去北方的朋友暂留下来。

开一袋土灶花生，斟上酒。二人喝酒，不醉不罢休。

杯中酒，召唤话匣。人世可醉之事之物太多：江河浪潮可醉，野岭危岩可醉，剥壳花生主宾杯盏交错欢尽笑醉……屋案上酒，韶光三分。我坦言，白玉黄金合成酒。朋友说，闲中富贵谁能有？抬眼窗台，花看半开。举杯，酒饮微醺……

我们杯举数次，喉音酒烧嘶哑，但杯中仍盛满那离别的欢酌，热手将酒一次又一次煲烫，使我们忘了这是离别酒。想想啊：你从涪江那连着山坳的水岸起程，望见过猫儿洲平畴中的炊烟，晨时河东曦光升腾，暮晚犀堤银亮倾泻，夜风吹奏树叶喁喁，远津脚沾的水迹润了苔藓……既使你此次再次远行了：心杯桑梓之谊，再隔时间远遥，我仍感到你我彼此为邻。

相识不在久远，深爱不在杯中，困时有你一笑，难时赠我话语。不是男欢女爱，更不是骨肉亲情，但人生相伴，时世多以事的繁杂，人的鬼诡，情的难定，权的高下，财的多寡论辩、区别、由衷。而我们，相识相知几十年：却如春萌之草，只鲜而嫩；如冬之雪，只莹而晶。高兴之时，如众溪腾聚而汇合；雅乐之余，更觉山与雾相连通。我与你：心洞，如莲藕细丝纤毫顶逆风不断；眼开，似峰巅触天挺拔坚韧而傲！

酒饮了，话长了，路还远，事还繁，带着滴水锥穿石床的忠贞，共享云朵与天通的心灵相息。祝福你，我的朋友：远去有鸟雀欢啼，有树花罩荫。累了，有白石净如凳；渴了，有清爽的甘冽醇待。让鸟爪在苔藓上书写你的消息，让思念的云雾密封你的祝言。等到我们再聚会故乡遂宁时：额皱有北疆的寒雪，浊目有南国的流云，鬓角显露人间天上的沧桑，嘴唇挂足了秋蝉咏叹的韵声。

人想寻仙，可幂而不可久憩；愿望觅神，溟蒙而不要企慕。鹤寿太长，道风只是依稀之事；玉兔可爱，太虚清渺中少有暖流。

继续喝酒吧，我的朋友。哪怕口烧、舌烂、喉炎。醉中自在，醉中自有醉中事；酒话颠倒，话里惟恐语不真。恋世还是厌世？禄福还是寿福？让愚智分事，让是非仲裁：肯为仕者，多受藩篱纠缠；肯逐富群，朝暮计利忘性。财有不一定志有，钱多难说有人味。人生太短，如草木一秋。功名何谓？想到头来镜花水月。

朋友啊，此次北行，你不算老，也不算小。岁过中年，早过青年，迈入晚年。认知熟中夹嫩，黄中带青以远：注意安全，保重身体！分别一长，友情不会过期凝固。儿时伴读玩耍，大学室友秉烛。入世，你有百感丛聚；立业，我有千念并袭。我娶斗城少女为妻，你迎北国佳人为室，如今你女我儿青葱正当时。我们六十耳顺：愿我们宁做出山树草，置山泽沃野，沐晨霞凝夜光悠闲自在；可为僻乡竹藤，谈道论书，毫泼词章。我们相膝侃侃而论，古往今来，天地好宽好阔。

雨歇了，天放晴。儿子开车我为你送行……

张天涯，四川雅安人，中国数学会会员，四川省诗歌学会会员，华阳作协会员。毕业于西华师范大学，就职于成都棠湖外国语学校，数学教师。虽遨游于数学界，但仍旧是文学殿堂的仰慕者。爱好文学，勤于写作，先后在《四川文学》《品文》《南充晚报》等报刊、杂志以及著名文学网站榕树下、起点、红袖添香发表多篇散文、诗歌、小说等作品。其作品风格细腻，文笔飘逸，清新隽永，理性中不失浪漫，感性中亦有情怀。

相约边城（外一篇）

◎ 张天涯

当我站在沈从文老先生的故居的庭院中，突然有种恍若隔世的感觉：几十年前，是否也有位二十多岁的年轻人，像我一样站在庭院望着天空中若有所思呢？《边城》成就了沈老先生，而沈老先生也成就了这座古老的小城，让凤凰古城的影子从此散落在《边城》里，名字深深地刻在了世人的心底。

朋友说，她是从《边城》知道的凤凰古城。作为学文的人，作为沈老先生的读者，她觉得非常有必要来凤凰，来寻慕文学大师的足迹。这是她很久的梦，也是她一个人旅行的意义。

说实在的，我很惭愧。我知道湘西有座神秘的凤凰古城，还是在丽江大研古城的时候听一位浙江金华来的朋友提起的。初中时候，学过沈老先生的《边城》选段，不过里面的内容至今也开始模糊了，依稀记得老二傩送和翠翠的爱情，但是我却忘记当时老师提过的凤凰古城。也许，当初年少轻狂，不谙世事，竟然对此没放心上。时至今日，请原谅我的“孤陋寡闻”，请原谅一个理科生整天被数字、公式、代码充斥的头脑，总那么不解风情，不了解湘西那片不食人间烟火般的净土。湘西地理位置特别，民族文化迥异，朋友们口头相传凤凰的惊艳，也让凤凰古城的名字在那年刻在了我灵魂的深处。是的，下一站，我该虔诚寻觅。

时隔多年，我终于站在了这片厚重的土地上，一个让人思想仰视而又让人心灵依靠的地方。望着熟悉而陌生的古城，突然间有点想热泪盈眶的错觉。

古老而宁静的凤凰古城，静静地浸在午后温暖的阳光里，悠然地迎接我们目光的穿越和审视。她无视我们的新奇，无视我们的兴奋，也无视我们的慨叹。也许，经过了一千多年的风雨沁润，凤凰早已经心如止水，安静掩映在崇山峻岭之中，慈祥地看着这片土地上生活着的勤劳的子民。

还记得我看见古城的第一眼，那我无以言表的心情。她和丽江的繁华与喧嚣不同，她似乎更有一种跳出凡尘，超然物外的洒脱。带着一种虔诚和敬畏，我轻轻的打量着这座梦了好久的古城。

凤凰古城是用一块块青石板、一垛垛老墙、一段段流水、一艘艘小船、一座座吊脚楼迤逦而成的，而沈老先生那些传世之作就“从这些青石、绿水和老墙中蓬蓬勃勃地长了出来，被那悠悠的乌篷船载了一路踏歌而来，自然得不需要任何修饰”。

沱江河是凤凰古城的母亲河，她依着城墙缓缓流淌，世世代代哺育着古城儿女。坐上乌篷船，听着艄公的号子，看着两岸已有百年历史的土家吊脚楼，别有一番韵味。

顺着沱江穿城而过，双手轻轻抚摸着这条波光潋滟的河流，看着她诗一般美丽的映着初秋的斜阳。这一刻，我知道，以我浅薄的文字的形容，也许是对她的亵渎。河流中央砌成一条青石组成的桥，阳光打在波光粼粼的水面上，光影的变化逗弄游人蹲在青石上戏水。来来往往的人群倒影，和河面组成一幅动人的画面，再被土家族乌篷船上“泡菜”姑娘悦耳的歌声渲染，

在这一刻，我突然想到了古人所说的“天人合一，自然之道”。也许，这就是诸多生活在城市喧嚣中的人们，为了不远千里而来寻求内心那份宁静的原因之一吧。舟行于江面，我立于舟前。放眼望去，

古旧的吊脚楼嵌于两岸，鳞次栉比，极像一幅用笔入神且描于江岸的水墨丹青，意境深远；散落的乌篷船点活了这幅画卷，透着扑面而来的诗歌范儿，很有点初唐的味道，丢在时光里发酵，醉了上千年的岁月。蓝天依旧，白云悠悠，这里藏了古城无数个寂寞的梦，偶然间，被心有所感的人拾起，轻轻的用心擦拭，然后沉浸其中，不可自拔。

拾阶而上，穿街过巷，用手品味着被历史刻画的痕迹。踩着一块块青石板铺就的小巷，一种隔世之感便扑面而来，似乎凤凰离我们实在是太远太远了。努力地伸出手去，抚摸那一垛垛老墙，感觉它的朴实和沉寂，似乎能听到历史渐去渐远的脚步声，循着这脚步声一路追寻而去，穿过一条相当狭窄的街巷，一所不起眼的小小四合院一如它当年的主人一样，平和地承接了我们一道道急切而仰慕的目光。

夜幕来临，华灯出现。

极具现代文化气息的霓虹灯勾勒出了古城的容貌，就像为年轻女子描的秀眉，平添了一份魅力和神秘。小巷中，熙熙攘攘的人群，悠扬的音乐声，起伏的叫卖声，似乎再向人们昭示，凤凰也有着一颗年轻跳动的心，在随着时代的脉搏在起舞。

……

还没来得及仔细看你一眼的绝美的容颜，还没来得及品味你诗一般唯美的故事，还没来得及倾听你古老的传说，我，不得不启程离开了。

来不及告别，来不及诉说，甚至来不及带走沈老先生的《边城》……

朋友说，很遗憾没有多停留几天。

我说，心底，有座古城，带着遗憾，我们才能在下一次最美丽的时刻相遇。

韶华易逝，但我们相约，好吗？

邂逅丽江

（一）知道么？我来了

恍如隔世的召唤，鬼使神差的诱惑，我终于还是来到了丽江！

在飞机上看到了那座闪着金光的玉龙雪山，突然想起了那个隐藏在心底多年的期待，那个“一米阳光”传说，还在么？望着整个大研古城，我轻轻对自己说，丽江，我来了，你可曾等我？

清晨的丽江，干净，静谧，就像熟睡的美人，在淡淡的朝阳中，做着她自己的梦！没有自己想象的激动，只有的是无由的沉默。不知道是丽江有感染自己情绪的魔力，还是因为久违了，此次初见被她的美丽惊艳了！

此刻，我也陷进去了，不能自拔，心灵就在这片纳西族人的土地上萦绕，盘桓！

（二）你的心，就如寂寞的城

丽江是全世界唯一一座没有城墙的城市，这里的纳西族人勤劳善良，自由开朗。爱情对于他们而言，那是神圣也是自由的。可是百年来因为木府统治者接受了儒家文化的熏陶，开始了父母包办婚姻，这使得无数的殉情的青年男女将灵魂交给了虎跳峡，交给了玉龙雪山！

没有城墙的古城，却将爱情关在了世俗的城墙里。年轻的心，确如这寂寞的城！

时过境迁，现在的丽江古城，处处透出一种华贵雍容的气质，繁华中又带点暧昧。“艳遇丽江”也就享誉全世界了。多少心里有故事，或者受过伤的人前仆后继的来到丽江。寂寞的城，寂寞的心。也许这一刻的共鸣，才能轻抚自己伤口吧。

蓝天白云，雪山草甸，高山湖泊，小桥流水，四合院逍遥椅，转经筒青稞酒……这一切的一切，只能在画里见到，梦里触摸的美丽，实实在在的在我的面前。一幅又一幅的画面，就像蒙太奇镜头，不停地穿梭，划过，就似一场梦，不愿醒来，生怕一睁眼，就是梦中人了！

如很多人一样，带着自己的心情和故事，踏上这座沧桑之地，让心灵散步吧！

当我真正站在小石桥上回望这座城市的时候，我的心，就留在了这座寂寞的城！

（三）华灯下，谁知谁的故事

以前听说过很多关于丽江的故事，知道了“在丽江开店的人，都有自己的故事”。

我知道，这座城承受了太多的故事！

有人说，流星之所以会跌得那么重是因为背负了人们太多的心愿！但是，古城却因为这些故事而越发神秘动人！历史的酝酿，岁月的沧桑，留给这片土地足够多的回忆。故事发酵，不管是否有结局，都能醉人，而这一种醉来自心底。

古城的街道很窄很多，就像树叶细细的经脉，支撑起对生活的承诺。黄昏，华灯初上，霓虹灯的华美笼罩着整个酒吧街，一条小河顺街而下，来来往往的人，穿梭在彼此的生命轨迹。也许，从此留下不离不弃的情缘；也许，只是生命中的一道不起眼的画笔而已。我坐在酒吧的角落里，看着这个喧嚣迷离的世界，以及那一幕幕即将上演的“艳遇”。“一米阳光”“樱花屋”，就像大海中的船，摇摇晃晃的载着诗人的句子，可曾载得动来自于世界各地的哀愁和伤感？

灯红酒绿，这一刻，谁知谁的故事？

（四）遇见你，我的缘

“没有早一步，没有晚一步，于千万人之中，恰好遇见你”！什么是缘分？谁也说不清这种冥冥之中的神奇。只能说，如果缘来是你，我会好好珍惜！

丽江有如误入烟花的女子，有着妖艳的外表和衣饰，流离顾盼之处，仍然掩饰不住内心的沧桑。只是旁人不暇过多解读，只有心上人，才能体味其中真味。这么多匆匆的过客，可曾有谁静下来细细的解读古城的心，古城的情？

哒哒的马蹄，在这里不是美丽的错误；杨柳清风，胭脂味起，邂逅也就不再是传说了！

而我也开始明白了些带着故事的人，为什么留在丽江了。也许，这就是无意中为自己找到了适合自己的人生注解吧。

站在狮子山观景台上，望着眼前千年古城的繁灯，逐渐化作一片光斑，光晕散向四周，漫天的星星坠入这片光斑，旋转，沉浮，融化，眼神早已天马行空，不知所踪……

就这样罢，任由它信马由缰，任由它随着晚风，让自己唏嘘感叹，最后才发现，原来自己早已泪流满面。

心中有个声音，如果，爱，就留下来！

（五）杯酒，梦回

朋友拿出来自己一壶来自北方的马奶酒，给我满上。大家围坐在一起，天南海北的侃着！说说自己的经历，聊聊自己的故事。生活这一刻，没有烦劳，没有忧虑，就这么简单。如果这一刻长存，那该多好！

丽江就像一部没有结局的电影，来自世界的差不多的故事天天上映着。太多的聚散离合，社会百态，到这里都化为简单真实的生活。听着别人的故事，留着自己的泪。当自己走了，丽江的阳光能带走一米么？

是时候回去了，回到那个复杂的商业化社会。离开这个承受过自己眼泪的城市，只有选择天亮之前，一个人，静静地离开。

“如果爱，留下来！”

而我，只能把心留在这里！也许某一天，我还会回来，重新拾起这颗是否还属于自己的心。

沈国凡，中国作家协会会员，常州市作家协会顾问，著名纪实文学作家，参加大三线建设23年。主要作品有《共和国大审判——审判林彪江青集团亲历记》《我所亲历的胡风案》等21部，有著作获中国脊梁优秀报告文学奖，全国五个一工程优秀电视剧奖，两次获江苏省紫金山文学奖。

瑞士散记

◎ 沈国凡

A

瑞士的品牌是什么？你肯定想象不到。

我前几天在意大利和德国，看到的是被地中海暖风宠爱着的沃野繁花，没想到一踏入瑞士便是雪原茫茫，从阿尔卑斯山呼啸而来的寒风，裹着鹅毛大雪，扫荡着公路两旁的村庄农舍。这里九月中下旬就开始下雪，到第二年的六月初很多地方还在下。

人们有很长的时间必须“猫”在家里，地里的农作物更是无法生长，加之地下无资源，地上少良田，牧场受着积雪的威迫，在农耕文明时代瑞士曾经是一个非常贫穷的国家。为了生存，女人在家放牧挤奶，男人只得外出打工——充当雇佣兵。他们别无生计，只好做出这九死一生的选择，一纸合同，便成了他们的一张生死状，将自己卖了，以生命为赌注挣钱来糊口养家，他们是当年欧洲血腥战场的合同制殉难者。纵然能活着回乡，大都也伤痕累累，肢残眼瞎。凡是家境稍微好一点的家庭，都不会将自己的孩子送去当雇佣兵。

老板一开始并未看好这些来自穷山恶水的“打工崽”，给很低的佣金，派去参加最危险的战斗。但他们“食君之禄，忠君之事”，严守合同，从不畏死，用鲜血和生命使瑞士雇佣兵成了举世瞩目“品牌”。

1792年8月10日，一群“暴民”手握武器冲入巴黎杜乐丽宫，高喊推翻路易十六的统治。法国警备部队和宫廷卫队的官兵见大势已去，纷纷扔下武器逃窜。在此危难之际，唯有786名忠勇的瑞士雇佣兵未曾离岗，在明知寡不敌众的情况下仍挥戈上前，洒血迎敌，无一后退，即使在法国皇家卫队都转投暴动阵营的情况下，他们仍然勇往直前、前赴后继，誓死保卫着国王路易十六及皇后玛丽·安托瓦内特的安全，一直战斗到最后一人。

还有另外的一个版本，当这些瑞士雇佣兵保卫着路易十六和皇后进行血战的时候，路易十六见双方死伤惨重，于是命令瑞士雇佣兵放下武器。当这些勇敢的瑞士士兵听从雇主的命令放下武器之后，就被对方活活的残杀了。

无论哪一种记载，瑞士军人的这种勇气与意志，连他们的敌人都震撼和感动。他们在生死决策面前誓死守约的职业精神，受到了人们的肯定与赞扬，很快便传遍法兰西，接着又传遍了整个欧洲，他们用壮烈的生命为大地留下了惨烈的伤痛和一曲哀婉的赞歌。

一位名叫伯特尔·托伐尔德森的丹麦雕塑家，为他们的故事感动得彻夜难眠。这样的军人，不就是一群忠于职守，誓死不屈的雄狮吗？

29年后，他来到瑞士，来到了卢塞恩城郊的这座山崖上，决定为那些战死的雇佣兵塑一座纪念碑。他根据自己心灵的律动，用超现实主义的艺术手法，将瑞士军人的精神物化为一头在战争中受伤并已濒临死亡的雄狮，用插入身体的利箭和散落四周的武器表示战争的残酷，用累累的伤痛和哀伤的面部表现其对生命的无奈与渴望，用一张瑞士十字的盾牌，赞扬瑞士军人的忠勇与赤诚。

石狮的上方刻有一排拉丁文，意为“献给忠诚和勇敢的瑞士”。

这不单是献给 786 名勇士，更是献给瑞士的每一个公民，献给整个瑞士！

无论你来自哪里，无论你是什么肤色，当你站这里的时候，面对着这头绝望的狮子，除了让人潸然泪下、遐想无尽之外，不得不被瑞士这个民族所坚守的忠诚精神所震撼。

B

1527 年 5 月 6 日，统治奥地利的哈布斯堡王朝查理五世的军队血洗罗马城，并对罗马附近的小国梵蒂冈进行疯狂的洗劫，守卫的罗马军队望风而逃，查理五世满以为就此可以直取梵蒂冈，擒捉教皇克莱芒七世。

令他们没有想到的是，当进入梵蒂冈时，却受到了教皇卫队的顽强抵抗。查理五世军队的统帅觉得十分奇怪，在罗马大军望风而逃的情况下，一个小小的教皇卫队，哪来如此勇敢的战斗精神？

原来，与查理五世军队进行血战的是一支瑞士雇佣兵，共计 189 名，在此担任梵蒂冈教皇的卫队。他们面对数十倍的强敌，毫无惧色，挥舞长剑，将敌军阻挡于教堂之外。前面的倒下了，后面的又跟上来，刀光剑影中头颅抛掷，呐喊拼杀中血流成河，终于以牺牲 147 人的代价，由 42 名将士护送着教皇克莱芒七世离开，最后送达梵蒂冈天使城堡避难，使这位教皇躲过一劫。

作为职业军人，瑞士雇佣兵的忠勇死战，为他们赢来了崇高的声誉，罗马教廷称赞他们是“绝对忠诚”。

瑞士军人的忠诚之名来之不易，他代表着国家和民族的信誉，这种誓死守约的精神，成了瑞士这个国家扬名于世的品牌，也为这个国家赢得了财富和朋友。

从此，这些曾经被“老板”瞧不上眼的“打工崽”，成了欧洲军人中各国争抢的“香饽饽”，成了达官贵人和巨商富豪看家护院争相雇佣的“保安”，各国王室更是雇佣瑞士人担任皇家卫队，欧洲各国几乎所有的宫门都专请瑞士人把守。

每年的 5 月 6 日，是梵蒂冈卫队新成员的宣誓日，瑞士卫队都会在梵蒂冈的宫廷里举行宣誓仪式，诵念五个多世纪来一直未变的誓词，表达对教皇的忠诚，祈求天主赐福。

并不是每一个瑞士青年都能成为教皇卫队的雇佣卫士，教廷对这支卫队要求很严，规定必须是瑞士青年中的天主教信徒，并具有贵族血统，知晓教廷的各种礼仪礼节。这说明瑞士雇佣兵早已走出平民的范畴，在衣食无忧的贵族青年中成为一种职业。而他们每月的佣金只有 1000 美元。现在的瑞士是个世界著名的富足国家，国民平均年收入达 30 万美元，他们的这点收入远远不如国内一个普通的国民。这说明他们需要的不完全是金钱，而是一种民族“守约”精神的延续与展示。

瑞士自 1815 年宣布中立以来，随着国民经济的好转，1874 年，瑞士宪法规定禁止国民接受外国军事雇佣，颁布禁令后的唯一特例是，允许志愿者加入以护卫教皇宫殿为职责的卫队。2005 年保罗二世教皇去世，我在报上看到一则新闻：老教皇的贴身保镖是位 87 岁的瑞士人！先后受聘于四位教皇，仍不退休，继续担任比他小 10 岁的新教皇本笃十六世的贴身卫兵。

这真是一头不老的忠诚的“狮子”。

C

瑞士为山国，到处都是高山，实则“穷乡僻壤”。17 世纪之前，瑞士就开办了银行业，但一直都是惨淡经营。欧洲乃富足之地，各国都市银行林立，为什么全世界的有钱人都要把钱存入瑞士银行呢？而这些银行大都没有利息，同时还要支付一定的管理费。

满以为瑞士各个城市的银行肯定超过当下的中国。可是，在卢塞恩的街道上转了很长时间，也没有发现一个。好不容易在街道的一个转角处看到一家银行，却并非高楼大厦，而是在一座与其他商店共用的小楼底层，更没有石狮把门，只是简单地放了两盆较大的盆景，显得简朴而幽静。

我立刻举起相机准备拍照。可是，我发现镜头里竟然有一个人径直朝我走来，不停地向我摇手。他是这家银行的工作人员。虽然语言不通，通过手势我明白了他的意思，原来，在瑞士的银行门前是不准拍照的，更何况里面有顾客正有办理业务，银行要对客户的个人隐私负责！

世界上什么人最忠诚？如果你问欧洲人，恐怕所有人都会回答：瑞士人。在欧洲人的心目里，“瑞士人”是“忠诚”的同义语。

1713 年在瑞士日内瓦召开了银行会议，并制定了银行法，规定银行的工作人员有责任纪录客户信息，但禁止将这些信息透露给任何人。从此，瑞士银行开始形成了保护私人账户和财产隐私的传统，这些银行业的工作人员，一代又一代，如同当年他们的祖先担任雇佣军一样，忠诚地坚守着每个客户的“皇宫”。虽然后来不断受到西方大国“避税天堂”的指责和胁迫，但瑞士人仍我行我素，坚守忠贞，不予理睬。

这是一种高尚同时更显高贵的职业品质，瑞士人的重诺与忠诚，赢得了全世界的信任。

人们愿意跟瑞士人交往，将自己的钱存入瑞士银行感到踏实。现在，瑞士银行的储蓄额占全世界总储蓄的三分之一，世界上四分之一的个人财富都存放在瑞士银行。多年来，瑞士一直保持人均财富世界第一，人均银行存款世界第一，这个山高谷深、贫瘠穷困的国家就这样走进了世界最富足国家的行列——受人之托，忠人之事，这句中国的古训不但在瑞士生根开花，同时结出了丰硕的果实。

“忠诚”——瑞士的立国之基，固国之本，生财之道，富民之路。

除了银行，很多国际性的总部都设在瑞士，国际足联，国际奥委，红十字会等等，一些国际性的投票也选在瑞士，认为不受政治影响，比较公平，投票不受威胁。

今天，当我来到这里，真如走进了一座大花园。湖泊和河水不再泛滥，高山积雪之下尽是森林和牧场，一个个沿湖的小镇，雾霭缭绕，一如仙人所居。

曾节，当过知情，教师，自由职业，现退休，爱好阅读和写作。

失魂李庄

◎曾　节

启程去李庄的时候，才想起朋友之前预报过宜宾有雨。我忘了带雨伞，未及自责，蓦然聊狂，想，沐浴霏霏春雨，在李庄石板铺砌的街巷里彳亍，数读着咸丰同治年间的木质楼阁，看苔痕绿阶，蚁穴筛孔，也有意思。

结果，李庄阴沉着，并没有真的下雨。

知道宜宾有个李庄，是十几年前读了岱峻的《发现李庄》。以后，又陆续读到岳南的《南渡北归》、阿来的《士与绅的最后遭逢》和阙文咏的《李庄深巷里》。可以说，凡是有关李庄的资料，我都敏感，特别多一分关注。曾经在李庄生活过的傅斯年、李济、董作宾、梁思成、林徽因等等熠熠闪光的名字，我固然景仰；李庄本地的乡绅先贤，如罗南陔、张官周、杨君惠等辈，我也无比倾慕。我万分惊奇，抗战中后期，李庄人文荟萃，群星璀璨。中华文脉，民国衣冠，蜂拥蚁聚在长江南岸这个蕞尔小镇，一时被誉为战时“四大文化中心”。我无比疑惑，上世纪八九十年代，我无数次履及宜宾，上游到水富，下游到南溪，居然当地的朋友们从没有只言片语提及，我对此也一无所知，数次与他擦肩而过。他，何以甘于湮没，把昔日的芳华隐藏在历史皱褶深处！

以现在的交通，到李庄方便得很。可是，十几年来，我却一次次放弃去李庄的机会。不是不感兴趣，而是太在乎。这是一座富矿，蕴藏太多的文史传奇和兴亡更迭悲欢离合的故事。我怕准备不充分，入宝山而空手归。

李庄，今天，我来了。

从游客服务中心请来的讲解员小陈，是宜宾人，我们希望他说本地话，他试了一下，和我们摆龙门阵拉家常可以，解说李庄的故事，就不顺溜了。项上挂着塑封工作胸牌的小伙子歉意地咧嘴笑笑，告饶说，我还是说普通话吧！我们看他为难的样子，表示理解，说，请便，请便。

小陈带领我们逡巡在席子巷、羊街巷、流芳街和文星街。这个实在的小伙子，卖力地给我们讲述李庄的建筑特色和抗战文化。我们出于尊重和激励，会回应赞许的感叹和夸张的表情；偶尔提问，超出了预设的解说范围，阻断了他的记诵，他会短路，很久回不过神，讪讪无语。他年轻，还没有学会莫测高深的世故。

我们打听罗南陔、张官周等李庄乡绅的事迹，小陈期期艾艾，然后转移话题，宕开言他。看情态，他真不是要掩盖或隐藏而不愿提及，而是差不多就一无所知。倒是说起新世纪初，李庄的毛镇长访问同济大学，小陈一下来了精神，操宜宾本地方言，滔滔起来。

当时，潮润的江风吹拂我们，我们流连在江边的同济纪念广场，欣赏着像饱满的风帆一样的同济纪念碑，欣赏着镂空雕刻了“同大迁川，李庄欢迎，一切需要，地方供给”十六字电文的红色金属文化柱，逐字逐句阅读了同济大学兴建广场的碑文。

小陈指着附近的李庄中学大门，起劲地说，李庄一位学生立志报考同济大学，结果低了录取线一分。毛镇长亲自出马到上海，为李庄的学子争取。最初接触到的同济招生负责人没有把一个镇长放在眼里，不买账；费尽周折见到同济领导，这个领导知道同济与李庄的渊源，感念李庄厚恩，破额给了这一分……

小陈还说，李庄希望同济在这里建一个一万平米的大广场，同济抠得很，只肯搞了这么一个一千来平米的小广场。

小陈说，想当年，我们李庄人倾其所有，帮助了同济大学中研院等文化单位，整整六年。他们把李庄吃穷了，我们没有钱改造旧居，因陋就简迁延时日，反而因祸得福，这些上百年的川南民居大宅，不少得以保存。

我微笑倾听，却是满腹不以为然。

我想起中午入住酒店时，老板娘也在抱怨，我们（李庄）对他们（民国文化单位）贡献这么大，他们却没有给我们带来啥子好处。宜宾城里人把我们这里当做农家乐，周末来逛一逛；平时生意秋得很，价钱也抬不上去。我们是穷李庄！

李庄一度穷了，是事实。把穷的原因归咎于资助同济大学等文化单位，则张冠李戴了。那几年，周济文化单位、照顾莘莘学子，李庄的乡绅富户慨然解囊，连年乐输。但是，文化单位的经费，主要还是由国民政府拨付。

李庄的乡绅并非因为资助文化单位倾囊而出，导致家境困顿。穷了，原因之一是，交通运输格局的演进，公路铁路异军突起，水运大码头的式微。不独李庄，江河沿岸大小码头，比比皆是。

穷了，此外另有更深刻的历史缘由。

人们错怪了同济大学等文化单位。既不是他们吃穷了李庄，也不是他们薄情寡义知恩不报。

我读过资料，李庄确实有一位叫毛霄的镇长，2001 年 4 月只身造访了同济大学。他不是为了某个李庄的学子谋求加分，他是去请求同济大学为李庄作历史文化保护与发展的规划。他起初确乎有些忐忑，但是，同大的反应让他意外："他们听说我是从李庄去的，都很高兴。"2001 年 5 月 1 日，曾经在李庄求过学的董鉴鸿教授代表学校来到了李庄。当年 8 月，同济大学授牌李庄为"四川李庄同济大学爱国荣校教育基地"。2006 年，同济大学与宜宾市在李庄建立了"李庄同济纪念广场"，竖起了纪念碑。2007 年，同济大学百年校庆，校园里有一块专门宣传李庄的场地。从 2011 年起，同济大学通过"定向录取"的方式，在自主招生中，给了李庄中学 3-4 个名额，并同意，在李庄中学的教学水平提升后，可以挂同济的牌子。2012 年 4 月，李庄同济医院奠基。当年在李庄求学的同济学子、中国肝胆外科之父吴孟超先生表示，希望自己能做李庄同济医院的第一台手术。

此外，清华大学建筑学院还参与了李庄中国营造学社旧址的设计与改造。

南京博物院为感谢李庄昔日接纳其前身中央博物院，也提议提供一些藏品的复制品给李庄……

尘世小民，朝升暮合，他们背负养家糊口的责任，埋头盘算自己的生计，胼手砥足之余，指望分润余荫，奢求坐享甘霖。然而，恩惠未遍，天鹅没有将肉自动送进他们每一个人的嘴巴，他们心生怨怼，口吐怨言。他们觉得，他们的先贤，在国难当头的时刻，救亡图存，为保存文化火种挺身而出，倡行义举，而付出与收获，蛮不合算，有些不值得。

有些人把躬行民族大义与恩谊施受、投资牟利混为一谈。

有人施恩，如同进庙烧香磕头，意在贿赂，迹同交易，期待后日或来生获取福报。古人讲“大恩不市”，市者，交换也。李白曾搭救郭子仪于刑场，有救命之恩，但是，他很快将此事置诸脑后，一生诗文，并无只字言及于此。江油李白故里有李榕一联曰：

真赏难逢，古今几人如贺监；
大恩不市，平生无语及汾阳。

汾阳，即发迹后的汾阳王郭子仪。下联说的就是这段故事。

至于拿钱做生意，当然首先考虑回报；回报有限，或周期太长，或不确定因素太多，自当裹足慎行。万一生意亏损，只能自认倒霉，说说愿赌服输自我解嘲。

李庄的先贤们，血液里流淌着家国同构的文化理念，疏财救亡，毁家图存，心中洋溢的“义”，是社会公义，是民族大义，是人类正义。他们不是施恩，他们压根儿没有想过要受惠者回报。

退一步说，后来同济大学不忘旧情，给予酬情，最有资格乐享美意的是李庄先贤们的后人，可惜他们大多已经星散无踪。

我们在羊街巷深里，拜访了罗南陔的孙子罗新亚先生。

心念不已的羊街8号庭院，已经支离破碎面目全非，令人遗憾。遥想当年，庭院主人罗南陔先生，为人慷慨，深明大义，乐于交游精英侠士。他与南溪县乡党孙炳文（周恩来养女孙维世的生父）过从甚密，并经孙氏引荐，得以同驻防此地的朱德结识，终成朋友。他为朱德治印两方，一为“德字玉阶”，一为“仪陇朱氏藏书之印”。朱德在川南驻防五年，是难得的读书时光，他在这里收藏、阅读的近1500册图书上，几乎都钤印了这两枚图章。

罗新亚先生年近花甲，在当地小学任教。他的居所局促在8号庭院的西南角，相当简陋，低矮的廊檐权作起居间，容不下四五人小憩。他端出几根塑料高凳，邀我们在院坝里聊天。

他从容自矜，意绪恬然，娓娓诉说祖辈的荣光和父辈的沉浮。他并不拔高先人的境界。他甚至披露，李庄在民国时期隶属南溪县，先贤们一向对南溪县官绅的短视和不仗义，颇有微词。当南溪县的官绅婉拒同济大学落脚时，李庄先贤们做出了接纳同济的决定，出于义愤，也有一丝抢占风头的私意。他认为，抗战胜利后，文化单位复员北归，作为“四大文化中心”的李庄，精魂已散；而罗南陔张官周等乡绅的往生，则李庄魂魄尽失。我某一刻思绪飘忽，感觉眼前是“白头宫女在，闲坐说玄宗”的寂寥和安静。

说起他的外甥女阙文咏及其大作《李庄深巷里》（载《当代》2018年第04期），罗先生稍稍激动。他说明了阙女士与他的亲缘关系，介绍了阙女士的聪慧与勤奋。显而易见，罗先生对《李庄深巷里》这部记录了罗氏一族百年繁盛的书得以发表，很是重视。盛德之家，虽有跌磋，必有家门重光的日子。这部书，对罗氏后人，与其说是一个回望，不如说是一种暗示，一种接引。

我们在李庄街巷游荡穿梭时，尝过了李庄的白糕；傍晚，在离魁星阁上游不远处的餐厅，我们又慕名品尝了白肉和白酒。平心而论，白糕燥涩，失却了软糯；白肉极具观赏性，佐料却偏甜，是早年迎合下江人口味留下的蛛丝马迹；至于白酒，如此逼近酿酒之城，其品质，却碍难说好。经营者急功近利，暗中偷工减料，低价兜售，让传统美食抽离灵魂，空余残躯。

我们让服务员把桌椅摆在餐厅室外临江的轩敞处，饮酒聊天。心仪已久的李庄，我来了，却应了那句话，没来期望，来了失望。治疗失望，唯有杜康。我生出买醉的念头。

柔和的江风拂去燠热，吹散阴云。江上暮雾渐起，似一道纱笼，柔曼而薄透，江心的航标灯闪闪烁烁，对岸的峰峦影影绰绰。不经意间，云敛星空，冰轮乍涌，我忽然记起，这天是农历三月十五。

所幸，李庄的江景毕竟不错。月光是轻柔的，月亮是纯洁的。

我酒意上头，想，没有了先贤们的李庄，是失却了灵魂的庄子，一如没有了满怀敬意精工制作的饮食，味同嚼蜡。如果可以，我愿意只将灵魂飞升，去那虚无皎洁之处，叩问李庄的先贤们，向他们致敬，与他们为伍，同他们一起品评李庄的“三白”，回忆与大师们过从的轶事佳话，熏陶一点他们的文豪之气。贱躯呢，管他的，扔在这里，占据失却灵魂的庄子，吞咽失却灵魂的饮食。

第二天返程，我们驱车爬升蜿蜒的山道，去板栗坳参拜栗峰山庄。那里，是当年国立中央研究院历史语言研究所的驻地。

不大的停车坪空空如也，山庄门可罗雀，被称为山庄的张家大院，高高在上。

我们拾阶而上，在狭长的门洞右边，条桌后坐了一位百无聊赖的工作人员，售卖门票兼领核验门票、讲解陈列。左边整面墙，是中研院成立十三周年纪念会巨幅黑白旧照。

在旧照里，我只辨认出了史语所中山装挺括的李济和棉袍臃肿的董作宾，于是向工作人员请教其他的头面人物。那位四十来岁的工作人员来了兴致，绕过条桌，来到我的身边，熟稔地指点那些胸佩红绸会标的各色人物，谁是县长，谁是驻军团长，谁是罗南陔，谁是张官周……

我问，傅斯年呢？

那位随口答道，出差去了。在重庆，没有赶回来……

啊！听此回答，我仿佛穿越到 78 年前，躬逢盛会，侧身群贤，置身在会议合影现场，与众人一起，只遗憾缺席了文化巨擘傅先生，他才是中研院的灵魂。

如果他赶回来了，多好！

唐莉，1982年毕业于华西医科大学口腔医学院，毕业后留校从事行政管理工作十年，曾任口腔医学院副院长等职。1992年随丈夫来到美国，相夫教子，开创事业。从1993年开始，创办口腔技工实验室，至今拥有三个现代化规模牙医诊所，真正经历了从一个牙医到企业管理者的转型。2017年将多年的工作和经历写成集子《心路》。

来自地心的魔力

◎唐　莉

摄影，有一种险象环生的执著追寻之爱；旅行，有一条有始有终的心灵升华之途；冒险，有一线望不到边的勇者无畏之光；生死，有一扇拒无可拒的坦然考验之门。

2016年8月1日凌晨1点，头顶夏威夷的漫天繁星，我们乘坐一个陌生人的车出发了。此时，我们完全抛开了“是否值得信任”这个心理设防，心中扑腾着终于可以一睹火山真容的激动，仿佛那升腾的熔岩热浪已经窜入胸腔，燃烧在平静的瞳孔里，平静之下是些许忐忑的呼吸。

我们来过夏威夷多次，但无缘近距离拍摄活火山，这次，好不容易在下榻酒店附近的小店里，遇上这位热爱火山摄影的店主，当下一拍即合，不由分说，我们便决定趁着月黑风高，由他做向导带我们踏进火山公园，直奔夏威夷神秘的基拉韦厄火山（Kilauea）而去。此时，我们行驶在深夜的寂静中，这份神秘感和神圣感仿佛在期待已久的愿望里即将变成现实，也让此行显得颇有些壮烈的意味。

说起这位陌生而热情的导游，还要从偶尔相识的缘分说起。这一次来到夏威夷，我们已经连续数日，几乎游遍了岛上的各个景点，从乘坐直升机空中俯瞰全岛，到海底潜水观鱼；从漫步亘古荒凉的火山灰大地，到驾驶越野车穿行热带丛林；从坐在咖啡种植园里品尝美味的夏威夷果和咖啡，到登上海拔 4000 米高度的国际天文台观看行星；从黑油油的火山岩地，行驶到金色的海岸沙滩……

夏威夷东西岸的景观截然不同，我们几乎走遍了这座位于夏威夷群岛最南端，面积一百多平方公里的夏威夷岛。夏威夷岛又名大岛，这座大岛由连续五座单独的盾状火山，一座座重叠构造而成，因此属典型的火山岛，五座火山中两座是活火山。因大岛火山地貌的奇特和活火山喷涌的神奇，这里成为世界上远近闻名的火山公园胜地，也被誉为全球最值得去的旅行地之一。

前一日，我们曾在夏威夷火山公园里，步入火山溶洞，在地热蒸汽中穿行往返，尽览了硫磺山、火山渣锥等火山景观，那些冷却后变化多端的岩石造型让我们眼花缭乱，但是站在火山公园的眺望台上，仅能远远望见基拉韦厄火山口，依稀的红光和蒸汽漂浮在半空中，实在难以满足我们这番好奇心。

晚饭后去商场闲转，偶见一家摄影艺术小店，墙上挂满了火山喷发的摄影作品，顿时吸引了我的眼球，在我的连连惊叹中，“哇！这么壮观的照片！”“谁这么好的运气，正好拍到了火山喷发？”“我们如果有这样的运气就好啦。”话音未落，“是我拍的。”“你们想去吗？”“我可以带你们去。”回头一看，说话的年轻人正是店主，“太好啦！什么时候去？”我一脸惊喜，“今晚 12 点半集合，天色越黑，火山熔岩的效果越好，但单程需要步行八公里……”不等他说完，我们脱口而出，“没问题，去！”

于是，我们在凌晨一点出发了，这位陌生人是一位摄影师，为拍摄活火山他在夏威夷岛住了两年，对火山公园的环境，对活火山的状况了如手掌。步行前往的路上，他介绍了许多火山知识，让我们对夏威夷岛又有了进一步的了解。

夏威夷地处热带，但气候却温和宜人，但天气变化莫测，出门晴空万里，半路就倾盆暴雨，如果你正在犯难忘了带雨伞，老天一转眼又放晴了，就像小孩子的脸，没个准儿头，所以夏季来夏威夷时，最好要随身带着雨具。

由于火山喷发形成高低起伏的地势，这里是全世界唯一一个在不到两小时之内即可以从海拔地平面升至海拔 4000 多米高度的地方，简直就是从热带一下就过度到了寒带。

构成夏威夷大岛的五座火山，按地质形成的年代从早期到晚期依次为：卡哈拉（Kohala）火山、莫纳克亚（Mauna Kea）火山、霍阿拉拉（Hualālai）火山、冒纳罗亚（Mauna Loa）火山、基拉韦厄（Kilauea）火山。其中冒纳罗亚（Mauna Loa）是世界上最大的火山，基拉韦厄（Kilauea）是世界上最活跃的火山，这两座至今仍处于生命活动期。1986 年基拉韦厄火山（Kilauea）喷发的熔岩流涌向海边，覆盖了公路，从此要到火山口就必须步行了。

我们现在开车前往的目的地就是这条被熔岩淹没的公路尽头，然后再负重步行八公里，去瞻仰这座世界上仅存的五个活火山之一的基拉韦厄火山。

回头看着装备齐全的拍摄器材、干粮、水壶等，对于第一次这么近距离拍摄火山，虽然我们提前研究部署了缜密的计划和措施，激动之中还是多少掺杂着一些顾虑和担忧，倒不是怕死，只是觉得要绝地迎面一场生命的考验，内心总归交织着复杂的念想。

到了公路的尽头，汽车停下后，我们背起行囊前行，眼前黑压压的一片，除了天上的繁星，前面没有一丝光亮，脚下的路高低不平，“店主”摄影师让我们紧跟他的脚步前行，以免走偏，离开主路，掉进火山岩石丛中。

静静的夜晚只有我们三个人沙沙的脚步声，以及随着身体晃动上下摇摆的头灯光影。这是我有生以来第一次步行 16 公里，而且还身背几十斤重的摄影器材，在这十年磨一剑的关键时刻，我看到了我们平时锻炼有素的成果。

行进途中，渐渐遇上了其他一些与我们目标相同的同行者，在依稀的星光和头灯的照射中，我看见了岩浆形成的大地上的菊花图案，那一刻我们就穿行在“大地之菊”的花瓣上，顿时，一种敬畏大自然壮阔辽远，慨叹造物主神奇伟大的情感回荡在心间。熔岩冷却形成了大地上黑色的诗与画，没有色彩，只有庄严肃穆，凝重如铁。

我们一路上不需多言，借着天上的星光，远处岩浆映照在天幕上的火光就是一座灯塔，为我们指引着方向，几乎用不着打开头灯。我的心里不断浮现出历史上庞贝古城被火山覆灭的画面，那火红的光，照亮了幽邃的夜空，弥漫着岩浆特有的气味。

这是平生第一次前往火山岩浆出口实地探险、拍摄，我们只是一群摄影爱好者中有着强烈冒险意识的人，但一想起电影《庞贝末日》中惨烈的画面，就不由得惴惴不安起来，不知道我们前行的途中会发生什么？如果正巧遇上了活火山喷发怎么办？生命的考验到底在冒险中意味着怎样的份量？但是转念一想到这股心潮澎湃即将载入我们的摄影史册，心里的兴奋就淹没了恐惧。

火山口快到了，岩浆的热浪像无形的巨手，一把将我们揽进了怀里，我们离开小路，踏上火山岩，高一脚低一步地向海边走去。本已坚如磐石的心，在暗黑的夜里，在隐约的滚滚热流涌动中，在来自地心的沉闷轰鸣声里，大地好像有一丝颤动，脚下的步伐变得沉重起来，往前挪动的身影缓慢得像电影胶片里的慢动作，我小声嘀咕了一句，“这摄影包怎么这么死沉啊！”黑暗中便有“店主”雄浑的声音回应，“我们马上要在火星着陆了，身上的负重包括自己的体重都将因为引力原因变得可有可无……”一句不经意的玩笑话，让我们紧绷的神经在低头前行的黑夜里，刹那间和缓了下来，心弦也稍稍松弛了些，在这关键的时刻，在这举足轻重的意志力被动摇的时刻，这位与我们素昧平生的人，却因对摄影共同的热爱，将我们的心与行连在了一起。

到了火山岩浆入海口附近，远远看见整个地表冒着腾腾的白烟，而且由于温差产生了强烈的大风，风声在耳边呼啸，眼睛被雾气迷蒙，脚下空洞的地壳深处传来岩浆涌流、碰撞、爆裂的声音，我仿佛觉得身躯摇摇欲坠，一边支起三脚架，一边尽可能靠近岩浆，但是悬崖边缘的地壳崎岖不平，有的地方仅能容一人立足，稍不留神就会跌落。脚下是岩浆巨浪与海水汇合的沸腾景象，遇冷凝却的熔岩瞬间就变为一块新生的岩石，哧哧地冒着雾气。我们仿佛就站在一口开水锅的沿儿上，谨小慎微，面临生命极限的挑战。

我有恐高症，站在崖边心中发毛，腿发软，但是，心里有一种意念支撑着不能瓦解的胆气，“无论怎样，拍到了世间最壮阔的美……”，只见一团团火红的岩浆坠入大海，天空白雾飞扬，海上火花和浪花飞溅，火山喷发的轰鸣和海浪拍击岸边的潮声此起彼伏，火山的力量促成了毁灭和新生两者之间生生不息的循环往复，如同在黑夜作幕的舞台上唱响壮烈的生命史诗。

拍完岩浆坠海，我们还不甘心，又继续向火山口迈进，脚下的岩石像炭火烧烤，暗红花纹的岩浆从火山口慢慢地涌流出来，越涌越多，我们努力接近，再接近一些，火红的熔浆像炼钢炉内的钢水一样汩汩涌出，那罕有的热度似乎非要把我们熔化了不可。

抬眼望去，视野里通红一片，我们站在火山口突起的岩石上，这雄奇伟大的大自然让人类显得愈加渺小而不堪一击，我们诚服于这绝世难遇的奇险风光，已然超越了生死和恐惧，“不到长城非好汉”，这时，仿佛有一种力拔山兮气盖势的豪迈之气回荡在心间。

狂风夹杂着火山灰肆虐而过，地面上铺满了硫磺蒸汽凝结出的针状晶体，一脚踩上去，脆生生的碎成粉粒。脚步挪移之间到处是冒着烟的地缝，远看摄影师扛着三脚架行走在火光中的身影，简直就是一部人类登陆火星的纪实大片，而那完全不可抵挡的奇伟壮丽景象，又像世界末日来临时，打开了外星宇宙之门，不知道走过去是生还是死。冒险就是这样富有挑战性和刺激性，它点燃着人类原始生命的激情。

脚下又传来振聋发聩的爆炸声，似乎是地狱之门被重重撞击的声响，难以想象地壳深处是一幅怎样的情景，难道这个火山口就是直通地球心脏的隘口吗？突然狂风乍起，岩浆的蠕动愈加剧烈，每一次岩浆翻滚、喷涌好像都在释放压抑已久的能量，然而我们屹立在这气吞山河的原生态之上，较量着生死考验的意志，这种意志席卷了每一次心跳，每一个呼吸，已然抵挡任何恐惧，只有一种敢为天下先的豪情调校着镜头和焦距……

满载而归的我们踏上了归程，步行返回的 8 公里路程仿佛近了许多。变换莫测的天气一会儿下小雨，一会儿出彩虹，一会儿又云霞满天，我们走走停停，边拍摄边欣赏沿途的风景。

令人好奇的是，有一些简易的小房子建造在火山灰堆积而成的土地上，他们在这无电、无水的不毛之地上是如何生活的？让人难以置信。

火山喷发给人类带来毁灭的同时，也给人类带来大量的财富，比如：火山熔浆流入大海，与海水发生激烈反应而产生了海滩上的黑沙土地，随着逐渐扩大形成岛屿，最后形成了新的陆地，几百万年来，火山土中含有的大量矿物质，使土壤非常肥沃，只要勤劳，在夏威夷岛花两千美元即可买到几平方公里的火山土地，任何人都可以与这些居住在火山顶上的勇敢居民一样，将这块土地变成自己美丽的家园。

中午时分疲惫不堪的我们终于回到了酒店，当随行前往夏威夷度假的家人看到我们拍摄的照片，赞叹不已，面对大家羡慕的眼光和渴慕的眼神，我们决定下午 3 点带领全家一行 8 人再走一次往返 16 公里的探险之路。真的难以想象，这段看似无法挑战的路程，却没有让一位成员丧胆退却，最小的两个孩子，一个 9 岁，一个 7 岁都顺利走到了火山口，我们全家人站在火山之巅拍下了与天地之美同在的一幅合影，而这张全家福也成为最有意义、最好的人生纪念。

从此，我们每一位家庭成员心中都刻下了夏威夷火山的壮美。2018 年 5 月 3 日听到广播，基拉韦厄火山（Kilauea）再度喷发，引发 5.5 级地震，不由得引起我们一家人心里的震惊和牵挂，我们纷纷为岛上的居民祈祷。面对世上无数的险情或灾难，正因两年前我们与它结下的生命之缘，所以自然而然为它担心、挂念，我们全家人站在火山口上的身影，是大自然恩赐给我们的一段神奇经历，也是心中被唤醒的一种生命力。

夏威夷火山口之行是人生旅途中，不可复制的一种神奇和美妙，完全是一次神圣的生命洗礼，只有经受了这样的洗礼，才能重新审视生命的价值，才能深刻理解生命的意义。

生命就像一张弓，如果敢于用冒险，用智慧，用行动去拉开这张弹性十足的弓，那么，人生就在无法控制长度的局限里，挑战了极限，找到了宽度和深度。所以，在平庸中挖掘深度，在平凡中拓展宽度，当终于超越了自我时，就铸就了一段生命的传奇。

没有哪一个人天生就是勇者，只有让内心深处的冒险精神，在经历了一次又一次历练后，才能赋予生命坚韧的厚度，闪光的品性，丰厚的内涵。

人生短暂，可堪回首；死无可惧，生无所。

李春茂，男，现已退休。曾在全国三十余家包揽杂志发表小说、散文、诗歌、歌词等四十余万字。短篇小说曾两次在全国级杂志选载，作品曾十次获报刊文学奖。他信奉“人生即是追求”，所以，力图在作品中表达对人生思考和追求。

中岩纪游

◎ 李春茂

去年深秋，我陪外地几位朋友刚游了峨眉山，午后便又驱车直奔中岩。许多成都人还不知道，在离峨眉山不远的青神县，还有一座“小峨眉——中岩”。

青神县地处川西南部，北邻眉山，南靠乐山，东依仁寿，西偎夹江，地理位置略显偏僻，以至许多人皆不熟悉，时常把青神误为“青城”。

中岩系龙泉山脉尾部，属浅深丘陵，位于青神县城九公里处的岷江东岸，岷江与思蒙河交汇处，江面十分宽阔，颇为壮观。中岩早期为佛教圣地，是十六罗汉中第五罗汉“诺巨那尊者”的道场，唐代建寺，与峨眉山齐名，故有“川南第一山”之美称。

十年前，我曾游览中岩，在我心中留下了美好的印象，清晰记得当时是汽车一直开到江对面的瑞峰场古渡口。当时我一下汽车，蓦然看见奔腾的岷江，葱郁的中岩，红墙飞檐，隐隐还传来寺庙的钟声。我被这庄严美景深深震撼。乘船过江，拾阶至下寺门前，门上有一楹联云：“三寺烟霞千佛影，一江风月半山云”。写得十分传神，别有一番韵味。而现在上游二公里处修建了跨河大桥，汽车从桥上可直奔中岩寺门前。但总感觉少点什么，好像一个人不经过恋爱一下就结了婚，情趣全无。当然按美学观点来阐明，那就是距离产生美。

中岩分上、中、下岩，习称中岩。绿云深处游中岩，一抬足似乎都会踩到历史文化的痕迹。进了山门，拾阶而上，便觉得铺地遮天的苍翠，顿然一派绿意扑入心怀。沿着青绿的苔藓山径穿林而上，过林壑幽深。虽说今天是星期日，山上却游人寥寥，清净极了。突然一声鸟鸣，划破山林寂静。林深叶密难见鸟，声声鸟语象从树枝的隙缝里迸出来的，象从片片绿叶上弹跳过来的。此刻，你才能真正深切领略到王藉“鸟鸣山更幽”诗句的韵味。

翻过一座陡岩，进入一峡谷慈姥岩，环诸皆山的唤鱼池赫然展现在眼前。这里林壑幽美，高山流水，风光旖旎。那碧绿水中，密密麻麻、五颜六色的鲤鱼成群结队而来，簇拥在我们面前。这让我不禁想起苏东坡和夫人王弗“唤鱼联姻”的文坛佳话。

北宋年间，中岩山上有一座“中岩书院”。青神的宿儒乡贡进士王方在书院主讲。当时的苏轼风华正茂，游学到中岩书院攻读，诸生中尤以苏轼品学兼优，才华出众，深受王方赏识。当时有人迷恋慈姥岩下的这个深潭的山光水色，常临池观景。苏轼也常来潭边观赏游鱼，且拍手唤鱼，习以为常的鱼儿听到掌声，不禁浮出水面游跃。苏轼想，这样有趣的地方，应该有一个美名相配，那将增添几多幽趣。于是，他向老师述说了自己的意愿。王方欣然认可，便邀请了县内外学识渊博的人士商量，在慈姥岩下召开了给池命名的投签盛会。这天，真是群英荟萃，少长咸集，纷纷投签。但众人提名投签均未中选，独有苏轼的投签“唤鱼池”堪称风雅。王方正精心琢磨之际，爱女王弗也在家中命名投签，且使小丫鬟送来会场，展开一看，也叫做“唤鱼池”。王方情不自禁地说：“这简直与苏轼不谋而合，韵成双璧。”随后，王方嘱苏轼亲笔在摩岩书“唤鱼池”三大字为纪念。王方分外喜爱苏轼，便将十六岁的女儿王弗许与苏轼为妻。

婚后，苏轼夫妻感情和美。才子佳人，书窗相伴。朝夕相处，情深意笃，谁知婚后12年，王弗因病逝世，给苏轼留下终身伤感。

十年后，神宗熙宁八年（1075 年）在密州任太守的苏轼，念念不忘“唤鱼池”畔的美好生活时光，写了一首痛绝千古的《江城子》，表达了他对早逝的爱妻的深切怀念，以及对那段快乐日子的追忆：“十年生死两茫茫，不思量，自难忘。千里孤坟，无处话凄凉。纵使相逢不相识，尘满面，鬓如霜。夜来幽梦突还乡，小轩窗，正梳妆。相顾无言，唯有泪千行。料得年年断肠处，明月夜，短松冈。”

如今，风流千古的“唤鱼池”三字，正与池畔苏轼和王弗的塑像交相辉映。苏轼英俊年少，壮志藏眼底，才华露眉峰。王弗正值妙龄，笑而不露，才貌双全。这对塑像堪称苏、王固态化了爱情故事，是无音符的爱情颂歌。

沿着一道云梯似的石阶小道，从茂密丛林中穿过，我们一抬头就到了“接引亭”，便进入中岩的“千佛长廊”。只见山道左方的危崖绝壁上，唐宋两代的摩岩造像，分布在“牛头洞”“罗汉岩”“卧佛岩”“仙人床”“玉泉岩”等处。大大小小的佛龛与佛像特别多，就像一颗颗璀璨的明珠，点缀在大自然的画卷中，闪射着夺人眼目的光华，令人眼花缭乱，应接不暇。突然，我们的目光凝固在眼前一尊精美绝伦巨大的观音菩萨像前。你看她亭亭玉立，脸庞清秀圆润。目光下视，柔薄的嘴唇微启，有一种楚楚动人的风韵。她头梳螺旋式高髻，胸垂纤细的璎珞为项链，裙带飘逸，像蝉翼般的薄纱，似乎还在轻轻地颤动。她在这中岩悄然站立一千多年，见过人间多少沧桑哀伤，抑或像诉说今日的欣慰呢？据考证资料，中岩所有的 1200 多尊石刻佛像，没有一个留下雕刻师的姓名。后代人真该向他们顶礼膜拜，奉献上最真诚的崇敬和深挚的感谢。因为他们的作品凝结着我们民族文化艺术的精华。

山道崎岖，峰回路转。两旁皆是一个绿色的世界。阔叶树和竹林枝枝相衔，叶叶相接，重重叠叠。空气里充满松树林、翠竹林，以及苔藓植被混合交织的潮湿的清新空气，让人感到舒畅惬意。透过绿叶缝隙窥见那淡云中飘浮的连绵群山，顿生一种超脱人世返回原始生物圈的感觉，令人心旷神怡，流连忘返。不禁使我想起历代众多高人，难怪都要隐居山林，逃避现实生活。当然那是有自然的魅力，但更多的是社会矛盾在他们内心的使然。而今天的人们向往山林，却是在社会激烈竞争中感到心身疲惫，需要寻找幽静之处放松心境。

我们在一笼笼一片片拥翠泻青的山道上缓缓而行，不时欣赏沿途的摩崖石刻。这里有苏轼、陆游、范成大、黄山谷等许多历史文化名人的题词，其书法风格不同，点赞风光意境妙词各有千秋同在，让人大饱眼福，颇受震撼。

伴随着清脆的木鱼声，我们走进了香烟袅袅的“景德禅院”，参拜了诺巨那的道场。我不信佛，但对佛教心存敬畏，深知佛教是一门深奥的学问。它既包括了因果报应的道德判断和奖惩抑扬，又在佛家过去、现在、未来三世的背景上，引导人们翘望时间以至空间的彼岸，满足了个体生命的世俗愿望。置身大千世界，斗转星移，花开花落，你才省悟，人生何其短暂。古人谓之白驹过隙。一个人只有不断地超越和解脱自己，才能成功知觉而彻悟人生，达到成佛的极境，从而让我们明白珍惜时光和生命的确切含义。

在游览途中，我们忘记了时间的流逝。当我们登上中岩最高峰——石笋峰的“露天观景台”时，太阳已经开始西沉，抬头只见山后天际，三柱鼎立。石骨嶙峋。环眺四周，眼前是“慈姥峰”“玉泉岩”“仙人床”“卧佛窟”，迤逦不断的苍壁丹岩；左边是峡溪以西的“丹梯”峰峦连绵横亘；右边是“宝瓶峰”与“东坡读书楼”以及“大圣岩”孙悟空像的幻影；后为“慈航普度”的观音殿，都抹上夕阳淡淡的余晖。

今天一上山，我就在想，诺巨那的墓地在哪里？此刻，在观音殿则，经一位老者指点，在一处不起眼的山坡边，终于寻找到了中岩佛教道场开山鼻祖诺巨那的石龛墓。使我没有想到的是，这位天才的高僧竟如此孤单寂寥地长眠于此地，且有上千年。面对墓塔之下的诺巨那，我有些黯然神伤。

我想，有的人来到这个世界上，就是要为人类留下一些余味无穷的痕迹，让后来者心慕感怀，认识世界的真谛。他们虽然远去，却并没有离开我们生活的时空，那就是一种文化和精神在我们心中积淀。在诺巨那墓前，我默默地为大师祈祷，心潮起伏。

我们下山走在一条山涧小道上，没有文物古迹，但展现出原始生态的美来。青石上铺满落叶，时有铮铮淙淙的溪水声从厚厚的叶层下传来，在偶尔的叶缝间像银子般一闪一闪，好像遥望我们下山脚步的眼睛。

在狭窄宁静的山道上，几乎能听到自己心跳的声音。大家似乎失去了安全感。“啊……荷荷荷……”不知哪位为了壮胆，不禁吆喝起来。在山谷里引起巨大的回声，犹如在和峡谷进行豪放的对话，使人感到这大山也有了灵性。

游罢“中岩”下山，淡紫色的暮霞已渐渐从岷江边升起。大家却毫无倦意，在临江岸边小憩。

我点燃一支烟，凝望着岷江水从我脚下缓缓流过……远处水天一色，从青神至乐山，六十里水路，沿途风光旖旎，有“小三峡”之称。

我想起了唐朝著名诗人青年李白，在峨眉山习剑、读书后，就在“小三峡”阳平坝登舟入长江，踏进长安，去实现他人生的伟大抱负。他在此留下了脍炙人口的《峨眉山月歌》：

峨眉山月半轮秋，影入平羌江水流。
夜发清溪向三峡，思君不见下渝州。

诗中“平羌”就是指青神至乐山这一段古时江名。

宋嘉佑四年（1059）十月，三苏父子及其家属，乘船离开眉州，经过中岩，我想苏轼一定会遥望中岩，回忆在中岩书院读书时的美好时光，沉浸“唤鱼池”畔结下的美好姻缘。

我向往平羌泛舟，追求苏轼、李白的足迹，已是多年的夙愿了。但愿能尽快实现。

暮色将至，微风徐来。当我们即将登车离去之时，我情不自禁地回首中岩，投以深情的一瞥。此时轻柔的山籁似乎传递着一种不可抗拒的神秘气息，始终萦绕在我的心灵。

第六辑　非虚构/写意

那些月色的芬芳，正源源不断地穿过羽状的云，圣洁着这个世界。我心灿然!

——达夫

我们是否可以不再浮躁，而是静下心来反思：反思我们的责任、反思我们的自私狭隘、反思我们的使命感。我们人类是否可以像黄河一样，只为付出不求回报？为我们子孙留下纯真、留下清正廉洁，生生不息传承人类精神上瑰丽的沧海桑田。

——陈永珍

谁不曾年轻，谁不曾一腔热血，在现实的战场上短兵相接。我们切身体会生活，在认清生活的真相后，依旧深爱它，也恍若年少的做梦，腥风血雨后，现实中厮杀。

——橙子

我庆幸自己生长、生活在长江之岸，家乡的水在心中流淌，也在笔尖流淌。

——郑友贵

达夫，实名：夏洪。诗人、作家、文化产业专家、企业家。四川省文化产业商会党委书记兼执行会长、四川省民营文化企业协会会长，多家智库和研究机构专家。出版文学专著《水做的骨肉》《把酒话桑麻》《花落知多少》等，出版经济管理畅销书《解放老板》等。作品收入海内外出版发行的60余种文选文集。在全国报刊、电台、电视台发表传播各类作品1300多件，获全国及各地文学奖50余次。曾获十大杰出青年、优秀知识分子等多种荣誉和称号。

景观三题

◎达　夫

（一）眺望春天

如果季节是一条河，那么汛期之后就该“衣带渐宽”了。

雨夹雪的日子，站在冬天的高处，我们俯视细若游丝的河流。但见许多白色鸟在一团似是而非的寒气上飞翔，冻不僵的鸣叫简明而优雅，如渔火一般闪闪烁烁，我们的视线便烟雨迷濛起来……

我们在枯水的季节如何泅渡我们的希冀？望不穿秋水的眼睛望不见春天。

是谁在一棵上了年纪的树后犹抱琵琶半遮面？森林每天都有新的童话和传奇。凭借诗歌和牧歌，我们眺望季节的另一端，正看见面含娇羞的春天在对岸忽隐忽现。

不是所有的人都能读懂花开花落的预言。昨天的夕阳点不燃今天的朝霞，明天的风能否飘扬起我们镶满花边的梦？

那些最先游出冬天的鱼，是真正的智者。我们尾随在鱼的身后，渴望长出鹰的翅膀。长长的一个季节，被急迫的渴望一笔带过。

请问春天，是你向我们走来？还是我们向你走来？

春天把答案放在我们找不到的地方。

（二）农家女人

几亩坡地，圈定一个女人的命运。

种瓜得瓜，种豆得豆。

女人既种瓜又种豆，得的却是关节炎和贫血病。

无论是春天的早晨还是秋天的黄昏，我们常常看见一个个汗流浃背的女人在崇山峻岭的大背景下认认真真地耕耘着她家的责任地，耕耘着坚硬的温饱。犹如一枚枚塑料图钉，钉在地图的随便哪一个角落。那情形分外油画分外苍凉！

生命的原色和大自然的原色反差很大。

有时，一个女人就是一株菜，本本分分地走进朴朴实实的农家生活，既清新又清淡。当女人从菜园子里直起腰身的时候，我们似乎听到了一种类似茎类植物纤维素折断的声音……

园子的边缘就是生活的边缘。一个农家女人把她全部的挚爱和忧伤都献给了土地和男人。

只是男人大多如板结的碱地，很不好耕耘。

农家女人大抵命苦！

委身一个男人和委身几亩坡地其实没有什么本质的区别。

她们和农作物说话的时间常常比和男人说话的时间要多得多。即使备上好酒好肉，男人也不愿意假装听听他们的唠叨，她们的心里闷得发慌，如地膜里缺氧的秧苗。有泪就背着男人偷偷地用围腰布抹去，不露丁点儿痕迹。

农家女人还要侍候好也许很难侍候的公婆，拉扯大也许很难拉扯的孩子……

会种菜的女人都学会了像菜一样悄无声息地生活。

（三）举杯邀明月

初夏的夜晚，花香最爱袭人！

熏风过耳，嗅觉和听觉顿时明媚起来。

若有若无的旋律丝丝缕缕地飘逸在天地之间。天地之间因此藕断丝连。

那轮从传说中升起来的圆月，镀亮我们的目光，树梢之上是苍翠欲滴的形象思维。

云朵以舞蹈的姿势斑斓着夜空。

曾多少次与月光擦肩而过，心静如水，无处扬波。这一回，却月色如流，秋波荡漾，心波也荡漾。

再回首，依然是月色袅袅。

语言和时间，悄然滑落草丛。草丛夜露含苞。

我以一首宋词作背景，不厌其烦地阅读月光。

月光真的如水。我是水中一尾遛弯的鱼，在风的涟漪中，通体透明，连思想也透明得若有若无。

远离生长坏心情的琐事，心如花蕾，悄然开启绽放模式。

彩云正追月，后浪逐前浪！

不用等待，等待压根就是一个托词。

于是，我举起一只盛满烧酒的烧杯，举起李白的豪放苏东坡的豪迈曹操的豪情，一饮而尽！

杯沿顿时怒放出铿锵玫瑰！夜色睁不开酩酊的眼。

“明月几时有？”随缘而定。

“把酒问青天！”随性而为。

明月作证，悠悠岁月悬挂在红扑扑的酒旗之上。

举杯邀明月，我与酒手把手交谈。

谈心灵最深处的悸动，谈新冠病毒之外的话题，谈窖藏了N年的旧事，谈正在酝酿的新梦……

其实，人和酒可以无话不谈。

酒是我们生命中的另一种骨血。

不需要任何人为的过滤，酒就进入了我们的脉管。汩汩的脉搏是酒的歌唱。我们的生命因酒的浇灌而春色满园，于是我们在初夏的月夜飞翔起来。

那些月色的芬芳，正源源不断地穿过羽状的云，圣洁着这个世界。

我心灿然！

陈永珍，笔名：乘舟前行。陕西省作家协会会员、中国诗歌学会会员、重庆网络作家协会会员、上海华文易书网签约作者。出版有长篇小说及合集。在全国各杂志纸质刊物及网络微刊发表有大量小说、散文、诗歌诗词等，并多次获奖。2020年2月中篇小说《故土故乡》在盛世阅读全网小说征文大赛中荣获优秀奖。

黄河韵

◎ 陈永珍

2018 年 7 月，和朋友一起去甘南旅游，来到海拔 4000 米若尔盖草原上的唐克乡大高原，看到清亮的黄河水在广漠的草原弯弯曲曲铺开，心一下子被缠绕我一生想看看黄河源头的渴望而激动起来。回来之后就耿耿于怀，不得平静，就像那黄河水一样汹涌澎湃，总是想着应该写点什么，抒说我内心对母亲河的感动。

——题记

你听见美丽的歌谣了吗：孔雀河上有孔雀呵，羽毛插在净瓶里。

在青藏高原巴颜喀拉山下的约古宗列盆地，居住着勤劳朴实的藏民，那里的藏民祖祖辈辈传颂着“玛曲”和“玛曲曲果”的歌谣。

从巴颜喀拉山上流出涓涓溪水，和股股喷涌的清冽泉水，形成许许多多池塘和小湖泊，像是五彩玻璃破裂撒落开来，密密麻麻，星罗棋布；夜晚这许许多多池塘小湖泊和天上的繁星相照应，一个美丽童话般的名称出现了：星宿海。

白天在太阳光辉的照耀下，星宿海炫丽灿烂，像是孔雀开屏。知道吗？那勤劳朴实的藏民传颂的藏语“玛曲”就是指这像是孔雀开屏的“孔雀河”；“玛曲曲果”说的就是“黄河源头”。

黄河源头这美丽歌谣美丽神话，随汩汩前行在千回百转的 5464 公里的黄河水，一路放歌。到达海拔 4000 米若尔盖草原上的唐克乡大高原上，绿茸茸的草地像毛毡一般铺陈开来，辽阔无边，和碧蓝的天空形成的地平线，像序幕一般拉开了诗歌的韵律：天苍苍，野茫茫，风吹草低见牛羊。

再看黄河，那清亮的河水好似来自远处一望无边的天河，像优美的龙蛇在飞舞一般，恣意蜿蜒而去，拐出了身姿婀娜又清秀祥和的九曲十八湾。这清秀祥和的九曲十八湾，令千古文人骚客滋生出多少美韵佳作！唐代诗豪刘禹锡一首浪淘沙，道尽了黄河美丽的风姿和雄伟气魄：

九曲黄河万里沙，浪淘风簸自天涯。如今直上银河去，同到牵牛织女家。

俗语有说：跳进黄河洗不清。其实黄河源头的水清澈见底，幽蓝纯净。黄河水经过青海四川甘肃宁夏内蒙古，一路高歌猛进，汹涌着古老的黄河船夫曲，震撼着天地山河。

在波浪滔天的黄河水两岸，一根根纤绳挺进着赤身裸体的生命，融入着山河的魂魄。那一声声震天响的号子，是世界上最优美最雄壮的音乐，那是天、地、人，融汇而成的天籁之音，是生命的旋律。

你听，从左边岸上传来有节奏的信天游船夫曲旋律：

你晓得天下黄河几十几道湾哎？几十几道湾上，几十几只船哎？

几十几只船上，几十几根竿哎？几十几个那艄公嗬呦来把船来搬？

那右岸回应的更加是铿锵有力：

我晓得天下黄河九十九道湾哎，九十九道湾上，九十九只船哎，

九十九只船上，九十九根竿哎，九十九个那艄公嗬呦来把船来搬。

特别是青海甘肃那一带的船夫曲，更加接地气，具有民谣的感觉：

黄河滚滚波浪翻哎，牛皮筏子当轮船。

你见过大峡谷，可是你见过黄河大峡谷吗？黄河沿岸的峡谷像一串串晶莹的珍珠：什么龙羊峡、李家峡、刘家峡、青铜峡等等。一路上，黄河水时而碧波荡漾，时而湍流急涌。两岸则山峦叠翠、险峰千仞、鬼斧神工。特别在青海同仁地区，有着血色燃烧一般的丹霞峡谷，那诡异的红色，既就是在大雪纷飞，或者在阴霾的下雨天，仍然能够让你惊叹不已地看到那山体中神秘的斑斓色彩。那奇异的色彩，在丹霞峡谷中的沟沟壑壑中，戚戚磋磋，颂吟着黄河千百年神奇的演绎和传说。

更加惊异有趣的是黄河石林和黄河大转弯。

在甘肃白银市景泰县东南部，有一片占地约 10 平方公里的地方，竟然是距今四百万年前第三纪末和第四纪初的地质时代。那是黄河在经历了几个大弯，河岸边由橘黄色砂砾岩石堆积组成的悬崖峭壁，经历千万年黄河水的凶猛冲击和洗刷，形成了眼前气势磅礴、怪石嶙峋、千姿百态的石林壮观。真可谓旷世亘古，最具有独特气势的地貌奇观！

抬头远望，面对坐落在优美娴静的弯弯曲曲的黄河岸边的石林，那造型逼真而又栩栩如生的大自然神笔，你尽管放开你的想象力去设想去遐想，那些你曾经想到的和没有想到过的、你曾经见到过的和没有见到过的一幕幕自然奇观向你勇敢袭来，令你的双眼应接不暇。什么雄狮当关、猎鹰回首、大象吸水、千帆竞发、西天取经、月下情侣、屈原问天……，众多的雄伟宏壮场景，像千军涌动，像万马奔腾，在汹涌澎湃的黄河浪涛中席卷而来。

黄河、石林、沙漠、戈壁、绿洲，还有满坡遍野的一片片花海，都在亦幽亦静、亦动亦险、亦古亦奇中，聆听着从天庭中传颂过来的回旋音韵：

黄河远上白云间，一片孤城万仞山。

黄河一路咆哮向前，进入中国腹地的陕北。在那里峰回路转、威武雄壮地演绎着华夏文明的仰韶文化；流传着大禹治水的许许多多的神奇传说；还有天造地设的黄河古道，秦晋峡谷上最灿烂的天然景观——陕北延川天然太极图。

磅礴恢宏之势的黄河在延川的乾坤湾来了一个河道大拐弯，突然，从幽深的山林中奔腾出势不可挡的一条巨龙，经过延川土岗乡的大程村、小程村、伏义河时，陡然几道急转，形成神秘悬念的S型。在到达乾坤湾，奔腾汹涌的九曲弯弯的黄河水，竟然悠然地在这里围了一圈，形成转弯度达到320度的神奇大转弯，堪称“天下黄河第一弯”。

哦，我的母亲河啊！您“大风起兮云飞扬”的豪情壮势，既雄伟磅礴而又如此婉约秀丽。

据说，大禹用疏导之法，劈开吕梁山，凿开龙门，给黄河留下世界上最大的黄色瀑布——壶口瀑布。黄河在这里好像是从地底下喷涌出来的岩浆，又像是从天庭上泼落下来的瀑布：激流奔腾、汹涌澎湃、堆砌出奇伟磅礴的千山万磊。这时你已经无法用语言表达，你只有惊叹，内心默然惊叹诗仙的表述：

飞流直下三千尺，疑是银河落九天。

夏日里的壶口瀑布，金黄色的浪涛从远方咆哮而来，人未到达而轰隆隆的炮轰声先进入耳膜，犹如万鼓齐擂。然后才看见那波涛如飞刀论剑、龙腾云端、涛声如雷。这一情景却被杜甫一语道尽：黄河北岸海西军，椎鼓鸣钟天下闻。

冬日里，汹涌的壶口瀑布就变成为凝重的冰壶。那千军攒动、万马奔腾、汹涌澎湃的黄色巨浪，像席卷而来的千重山万重岭，这时却安静得像是冰雕，像是一座能工巧匠们精雕细琢出来的万象景致。有时候寒气喷雾，那千重山万重岭似的冰雕，便像是从天上掉落下来的一座云山、雾山，朦胧剔透、似影似幻、宛若水晶宫。从远处望去简直是人手无法描绘出来的一幅幅超凡脱俗的水墨画，淡雅灵动，所谓昆山冰玉，无非就是这样了。

黄河离开山西古道秦晋峡谷，离开陕西的黄土高原，浩浩荡荡进入中原河南省，穿越三门峡、洛阳、郑州、开封、商丘、济源、新乡……在开阔宽敞的河床上一路奔腾不息。在这里，你将看到万里黄河上的两颗硕大翡翠——横跨在奔腾黄河上的两个水库大坝。在这里，黄河两岸时不时地传来一曲曲铿锵有力的黄河船工号子，你听：

一条飞龙出昆仑哦，摇头摆尾过三门耶。吼声震裂邙山头哦，惊涛骇浪把船行耶。

相传大禹治水在疏浚河道时“斧劈三门”，形成神门岛、鬼门岛、人门岛，故名三门峡。雄伟的三门峡水库大坝，像是一条壮丽的彩虹横跨在波涛汹涌的黄河水岸上。辽阔的水库犹如一池闲雅的湖泊，又似如开阔的沧海横流，磅礴伟岸、气势雄壮，这豪迈气势千百年来被誉为中华民族精神的象征：是中华民族的“中流砥柱”。

地处济源的小浪底水库大坝，像一头雄狮俯卧在黄河两岸，雄伟壮观。眼前的水库是“高峡出平湖”，浩如烟海、山明水秀。远远望去岛屿峥嵘错列，奇峰险峻，庄严肃穆。真正是范仲淹在《与晏尚书书》中说到的奇胜景致：

又郡之山川，接于新定，谁谓幽遐，满目奇胜。

哦，黄河，我的母亲，我只知道您用您丰满的乳汁哺育了中华儿女，丰腴了祖国大地，却没有想到您数千公里的跋涉，竟然让汹涌奔腾的九曲十八湾如此百变俊奇、如此祥和艳丽、如此灿烂辉煌！

黄河一路传奇，在出海口更加传奇。

在中国第二大油田，胜利油田的所在地东营市垦利区，就是万里黄河入海的地方。在这里惊叹的是：奔腾的黄河在入海口有大量的泥沙沉淀，每年竟然自然造陆200公顷——“沧海桑田”的演变，形成黄河三角洲平原的发展。这里形成一片绿洲，拥有一千五百多种野生动物的美丽富饶的湿地生态保护区，被人们称誉为鸟类的天堂。

黄河，我的母亲，您从青藏高原巴颜喀拉山下的约古宗列盆地的玛曲，汹涌澎湃纵行5464公里；您以气吞山河一泻千里之势坦荡奔向渤海，一路上养育着中华民族的子孙，最后还生生不息留下这瑰丽的“沧海桑田”。

作为黄河子孙，我面对这“沧海桑田”满面汗颜。

沙尘暴在惩治破坏环境的人类恶习；各种疾病和伤害在控诉着反自然生态的人类贪婪和欺诈……我们人类是否可以不再浮躁，而是静下心来反思：反思我们的责任、反思我们的自私狭隘、反思我们的使命感。我们人类是否可以像黄河一样，只为付出不求回报？为我们子孙留下纯真、留下清正廉洁，生生不息传承人类精神上瑰丽的“沧海桑田”。假如我们现在不能够崇敬自然、敬畏生命，我们人类将面临生存危险！

黄河，我的母亲，您孕育了中华民族上下五千年的文明历史，您是中华民族的文化摇篮；您风风雨雨历经着沧桑，满载曾经的苦难和光辉璀璨。

黄河，我的母亲，我歌颂您、赞美您！我热爱您的宽容、热爱您的奉献、热爱您的纯真执着、更加热爱您历经苦难而不变的高贵品质——不畏艰险、坚持真本、宽容厚重、无私奉献。

君不见，黄河之水天上来，奔流到海不复还。

周家琴，女，汉族，70后作家。四川省内江人，四川省作家协会会员，鲁迅文学院西南地区学员。曾先后在《四川文学》《西藏文学》《星星诗刊》《中国西部》《青年作家《华西都市报》《西藏日报》《成都晚报》等报刊杂志发表诗歌、散文和文学评论若干。并有多篇文学作品入编几本文集，有诗集《卓玛吉的风铃》出版。

泉水一样透明的森林人家

◎ 周家琴

风，躲在缤纷的花蕊里，策划大自然演绎的歌会。羊群，走不出原野的绿色。奶香，匍匐在草地上。

——夏寒

父亲是森林工人，母亲是地地道道的家属。我自然而然就是一名典型的森工子弟。父母亲90年代初退休回内地安度晚年去了，留下我和弟弟在川西北高原上扎根开花。

师范校毕业后我留在了大山，留在了父辈们工作一辈子的森林工业局（简称：森工局）子弟校当了一名教师，大概13年后调到九寨沟继续教书，直到几年前改行做了一名编辑。弟弟从师范校毕业后到了地方学校教书，没过几年改行进了公务员队伍，大家都脱离了森工队伍。但是我们却永远是森工子弟，是与大山深处有着斩不断，理还乱的依存关系。

八月的川西北高原气候凉爽，位于马尔康的梭磨河大峡谷到了最美丽的时候。我们选择在这个季节，在群山苍翠，溪水丰盈的时候去马尔康梭磨乡毛木楚村。那里正在新开发一个森林公园，森林公园里建有当地林业局一个林场的管护站，管护站的林业工人们响应局里的号召开展多种经营，组建了一个叫“森林人家”的休闲之地。森林人家有点像农家乐的经营模式，当然薄利的收入是要上交给局里统一支配的。

这天是周六，考虑到“森林人家”度周末的人会比较多，我们选择错开客人密集时段，晚上八点到达森林公园时夜幕已经降临了。整个山谷完全暗下来，一种深山老林特有的宁静让我觉得回到了小时候。我的儿童时代有很长一段时间是在大渡河旁的一个林场里度过的，那时母亲在工段上打零工，没有上学的时候偶尔我也跟着去工段上玩儿。印象就是那时留下的，林场工段上通常只有几乎几户人家，都是段上工人及部分家属，几乎没有当地老乡的掺和。所以工段上零零星星的几排住家户房子的坐落，对于四面青山环绕，森林茂盛的地理环境来说，尤其显得安静，对于喜欢热闹的人来说，甚至会感觉一点灵魂深处的孤独。这样与世隔绝的深山环境，加之文化生活的缺失，年轻人可能还会感觉些许的落寞。也不是说在林场看护森林就没有一点点乐趣，如若在夏季，森林里的山珍就长出来了，松茸、蘑菇、青杠菌、黄丝菌、杨柳菌、猴头菇、青杠耳、杉木耳……都市人渴望的这些美味儿，于大山里的林场工人来说都是小菜一碟。但是随着工人在林场工段上班时间的增长，慢慢地就会习惯那种护林的日子，那种只有我们林业工人才知道的简单的快乐。

匆匆吃完晚饭已是九点了，夜，完全黑下来，除了森林人家工段上的两排古旧民房里飘着微弱的灯光，小木屋我们还没有入住，小木屋形单影只的保持着沉默。苍穹之下，有星星的夜晚还是可以看见朦胧的景物。我望着夜空中闪烁的繁星出神，搞摄影的格桑梅朵问我看见银河没有。细看，一条若隐若现的闪着辉光的带子飘在天空中，那就是小行星带吧。几颗游走的行星慢腾腾的移动着。我从来没有看见过夜空如此繁多的星星，有点小激动。“哇，这么多的星星呀！”管护站一个年轻人小程说，这里晚上很容易看见星星的。

九天云水、文军、沙龙工长、格桑梅朵和小伟五人有个更大的计划，决定冒夜爬山去拍摄星空。山顶上有一座废弃的碉楼，碉楼前有一块宽阔的空地，估计是拍摄的最佳地点，大伙儿在漆黑的夜里上山，必须穿过高大的冷杉林和灌木林才能到达，我有点担心。格桑梅朵说，搞摄影的人最不怕的就是吃苦，他们曾经徒步穿越过数十公里的密林，这点距离不算什么。管护站的工人给他们五人准备了手提电筒，大伙儿背着装备上山了，我也想跟着上山被他们严厉拒绝了，估计是怕我拖他们的后腿，也许更多的是为了我的安全吧。

我站在院坝里看着游走的点点星光慢慢在黑黢黢的密林里上行，心里也暗暗为他们的敬业精神感动着。森林公园的夜晚安静极了，我甚至连鸡鸣犬吠的声音都没有听见，我想它们是不是早已进入梦乡里了呢？

这样静谧的夜晚，我和雪雪沏上一壶“正山小种”开始聊天神侃。这个小女子具有茶的精神气质。那年她曾给我看过一篇她的《人生如茶》的美文，记忆里“人生如茶，头苦、二甜、三回味。品茶，品人生百态。有的人，一辈子像喝茶，水是沸的，心是静的。”而现在，在山谷的一间小木屋里，四周无人，只有窗外流水的潺潺声打破了些许的宁静。一几，一壶，一幽谷，二人，浅酌慢品，体会它的清香甘甜，聊一些平时打不开的结，想不明白的事。被茶水漂水过的心情仿佛好了许多，被夜的静谧安慰过的心灵似乎温柔了许多。

自在空山，空山辽阔，人生如若像空山一样虚怀若谷，志存高远。“居庙堂之高则忧其民，处江湖之远则忧其君”，我没有这么远大的志向与格局，有的只是活在当下我能否做好朴实的自己。

夜已深，上山拍摄星空的伙伴回到了小木屋，他们带着满满的收获各自进入梦乡了。

森林公园的早晨，我在一阵鸟鸣声中醒来，溪水的哗哗的响声更像是一首优美的乐曲。

算是睡得很实诚的一夜，睁开惺忪的眼睛，一缕阳光透过窗帘的缝隙照进小木屋，赶紧起床，雪雪小朋友昨晚道别时约我早起去溪边捡拾石头。推开门，一股清新的空气迎面而来，森林公园八月末的早晨是薄凉的，好在早有准备带了长衣长裙御凉。其他小木屋紧闭，敲门无声，大伙儿又上山拍片子去了。

阳光洒满山谷，森林女主人走出她的小屋，脸上洋溢着浅浅的笑，轻轻对我说：有点冷吗？我说：不冷呀。转过身，我紧了一下毛衣，一股冷颤来袭，加快步伐踱步。小桥安静，一如这个藏在大山深处的小小的森林人家。直到山上一个老人赶着他家数十头肥肥的绵羊过来，打破了些许宁静。森林人家其实就是林场的一个管护站，只不过大家都记住的是森林人家，森林人家周遭是郁郁葱葱的冷杉林，山野苍翠，神清气爽。

这两年我迷恋微信上走路计步锻炼，每天给自己定下一万步的目标，目的是想把高血糖的症状走掉，中年以后的身体犹如一件日渐老去的机器，身心开始锈迹斑斑，不再光鲜靓丽了。心情跟空气一样清新，一个人沿着栈道漫步，青青草地上结有晶莹的露珠，山上离森林人家最近的那片冷杉林棵棵笔直挺拔，颜值很高。这些人工种植的冷杉林大约有四十年的树林了。“十年树木，百年树人”，我想栽种这片人工林的森林工人们早已退休了，现在管护站的部分森林工人是他们的后代，年轻一代的森林工人们甘于寂寞，甘于清贫的守护着这片青山绿水，沿着父辈们的足迹长久的走下去，这种默默无闻的奉献，不仅仅是两代人的事儿，极有可能是三代人的事儿，甚至代代传承下去。山上除了大片大片的冷杉林，还有很多的松林、白桦林和灌木丛，森林植被特别茂盛，放眼望去群山苍翠，天空湛蓝高远，景色迷人。

在这个小小的管护站管辖的范围内还有几块土地，管护站的工人们在边角土地上种植了莲白菜和葱蒜等蔬菜。在开阔的地面有几处大棚蔬菜园，那些花花碌碌的蔬菜长在白色的透明的大棚房子里，我钻进温暖的房子里偷摘了一根青翠的黄瓜，咬一口，清香可口。无茎豆和四季豆的辨认我有点含糊不清，总之都是我喜欢的蔬菜。管护站食堂的工人忙着采摘蔬菜的伙伴笑着对我说：晚上你们会吃到这些新鲜的蔬菜的，放心好了。在大棚蔬菜园地旁有更大的一块空地，用铁丝网搭成高高的围栏，围栏里圈养着蓝马鸡、锦鸡、野鸡等山野飞禽类生物，这也成了城里人带着小孩子来玩耍的原因之一。在另一块更为广阔的斜坡地段，也有铁丝网隔离着的境地领域，也就是与茂密冷杉林接壤的空间里，是林业管护站人工饲养的跑山鸡，这些跑山鸡全是用山里的玉米、青稞谷物饲养，所以肉质鲜美有嚼劲。来森林人家度周末的城里人，少数人也是冲着来品尝山里美味来耍的，多数人是想在如此安静洁净的山野放松一周疲惫的心情。而我更多的是想去河边捡拾那些我认为的无比精美的石头。在森林人家这个管护站里，还有一大片榛子园地，这里是林业局管护站培育的榛子基地吧。榛子树苗大约才一米高，不过长得枝繁叶茂，榛子树还没有到挂果的年龄，在不久的将来一定会硕果累累吧。在“世界四大坚果”中，榛子食用的历史最悠久，营养价值也非常高，有着“坚果之王”的美誉。

在森林人家入口处的木栅栏边有一畦条形的平地，工人们种植上了高原上常见的花卉植物，这些粉的紫的开得正艳的波斯菊，随风飘动摇曳成一片靓丽的风景。

空气是如此纯净，思绪也是如此的宁静。自在空山，这样没有一丁点喧嚣的山谷适合静养身心，更适合一个人闭门写作。听说阿来的《尘埃落定》就是关在九寨沟的一间小木屋里创作出来的。走在夏季最美的时候，我却考虑着关于冬季的预谋，幻想着在雪后的森林公园里邀约几位臭味相投的知己文友，来一次雪地煮酒听歌，吟诗作文，那将又会是怎样的一幅景象呢？这样的想法应该不算奢华，这些被森林工人守护下来的净土，是可以让更多人分享快乐的。

趁着夕阳的余晖，我们穿越梭磨河大峡谷驶向灯火阑珊的康城。像泉水一样透明的森林人家陷入更加宁静的状态之中。我若聒噪，我一定会再度来此休憩。觅得最高处的小亭，坐下来，默不作声，看一片浪漫的云缓缓向我走来！

张用生，笔名：灵子。中国作家协会会员。中外散文诗学会副主席。四川省文艺评论家协会会员。四川省音乐家协会会员。四川省文学艺术研究会名誉会长。内江市作家协会名誉主席。曾获：第八届全国戏剧文化奖(戏文理论)银奖。四川省五一文学艺术奖。2016唱响四川歌曲原创二等奖。盘锦市市歌全国征评三等奖。

李刚的二胡独奏曲《二弦吟》

◎ 张用生

2009 年元月 14 日晚，成都金沙国际学艺大厅，观众爆满，氛围热烈。大厅外一幅幅演艺节目的广告摄影大型图片展示在观众面前，色彩缤纷，形态动人。李刚的一幅身穿中式白长衫，端坐持琴，长衫下草书体的古诗词飘满民间器乐的风情，格外引人注目。这是一场由战旗歌舞团创演的“西部花潮迎春开”的器乐音舞晚会，正在隆重上演。也是战旗歌舞团几十年来第一次以民族民间器乐为主的新春音乐会，盛况空前。雷鸣般的掌声中，青年二胡演奏家李刚再次向观众谢幕；观众惊叹他的《二弦吟》出众超凡。一位业内的朋友对我说：“这真是一曲走出二弦之外的‘二弦吟’，使人叹服。”

——题记

1. 在《二弦吟》创演上他独出的心裁。

在《二弦吟》二胡的独奏曲创作上，李刚根据词作家蒋明初的歌词《二胡吟》创作的，创作酝酿达年余时间。他的创作萌动，是在《二泉映月》的二胡乐曲的“土壤”里萌生的，但《二弦吟》很难发现《二泉映月》

的影子。却吸收了巴蜀民间音乐和戏曲的元素，在演奏的配乐上吸收西乐的交响手法和民歌的伴唱、吟唱的形式。使其《二弦吟》以一种全新风貌与色彩呈现在观众面前，在金沙国际演艺厅产生了空前的反响。我感觉是一支民乐的交响诗，演示着时光与自然的咏吟：月光洒满竹林，清风缭绕林间，片片竹叶在月光下轻飞曼舞。远古的箫声吹拂着清绿竹丛，摇曳出撩动心弦的泉流之声。有沿竹节攀爬的孩童，更有二弦吟月演奏者的身影。高空处，撒下是银色的、盘绕在山水竹林间的黑白书法长卷，卷帘经结处，石墩案头上，书者行笔之气已进入忘我境界……李刚领悟到乐曲的文学心灵，他说自己仿佛是在二弦上寻觅二弦之外的感觉。

《二弦吟》原自一首歌词《二胡吟》的创意。李刚在二胡独奏的创意上，除了乐句的根，源生于《二泉映月》外，在曲式上他采用了引子+主题 A+A1+A2+B+尾声构成。他利用了传统古琴的琴音和雅致的抹弦，把人们带到远古，演奏模仿古代乐姿态，春天出意味悠然的第一乐句，整个乐段情断意不断。主题 A：源于引子的动机，加入了人声的吟唱和二胡相互呼应，营造出一种浪漫的情怀，即古典又时尚。A：乐曲一层层往上推，二胡运用连顿弓的演奏法，仿佛心灵随着琴弦，像个顽皮的孩童，踮着轻快的脚尖，在人生的道路上穿行。二胡加入大跨度音域变化和快弓，这一段借鉴了小提琴的表现手法：双弦，大滑音，半音的音型模进，表现了人生的环境和社会的环境给人的一种压力和动力；A2：混声吟唱做铺垫，几多欢慢，几多惆怅，当情动涨潮到无从复加的境地时，进入 B 段：二胡奏出大调广宽的旋律和着男、女混声合唱，清亮的歌声，乐曲进入高潮，转入尾声：人散曲未终，一串淡淡的音符，隐约的主题简略再现，把人生的长廊引伸遥远……乐典整个感觉不到《二泉映月》的影子，但有《二泉映月》的灵魂；有二胡独奏曲《二弦吟》古质之源，时尚之感，多彩之吟，悠远之旷。

2. 二胡名曲辉煌着他的创演生涯。

李刚在战旗歌舞团一举成为青年二胡演奏家，这与他的艺术领悟与独创的演艺生涯分不开。他 5 岁受长兄（川音二胡专业本科）拉琴的影响，从小十分喜爱，加之父母爱好音乐，极力培养，兄姐呵护，他 7 岁就能拉歌曲《洪湖水浪打浪》《人说山西好风光》《绣红旗》等歌曲，7 岁、8 岁时常常在学校演奏，在家里，在院坝里演奏，老师、同学、家人、亲戚、邻里都十分喜欢他，夸奖他。当月光辉映在大院坝，无数的人围着他，听他演奏《一座座青山紧相连》《东方红》好多人们喜爱的歌曲，他的姐姐们跳舞助兴，父母唱歌。1985 年他以优异的成绩考入了川音附中，后来继续本科。1992 年毕业于四川音乐学院二胡专业本科。毕业后他曾组建了一支电子乐队到外地交流演奏。随着年龄的长大，李刚明白了好多创演的道理，理解加深，觉得二胡要进入出神入化的境界，也不是那么容易。好多二胡名曲：《二泉映月》《良宵》《空山鸟语》《三门峡畅想曲》……以及上海之春的名曲都百拉不厌，情悟其中，艺境无止，技语无限。那儿时的大宅院，那如水的月光，那悠远的琴声……似乎中法近泉月的映照，那冰灾年夜的星星下，一曲《良宵》撼动心弦；那“5. 12”之后放飞《空山鸟语》；那《月夜》下寻踪亲人，那《秦腔主题随想曲》里触及黄土之魂……

一个一个艺术境界，成为他徒涉艺道精神力量；一级一级攀越艺术之峰，成为他追逐艺术美妙之终极。

3. **不懈的追求奠定了李刚创演艺术的独到品味**。

无论是创作或演出，李刚都追求个性化的表现。强调音乐的感染力、感召力，演奏上追求自然，表达乐思的准确性。他在演奏时，仿佛不是音符的放飞，而是音乐的形象展示；是诗的激情，是歌的旋律流淌，是乐涛的澎湃。他常记住老师的话：“认真对待每一次演奏，无论念经是台上，还是台下。”周钰老师说：“有一分钟我就拉一遍《野蜂飞舞》；有 5 分钟我就练《流浪者》。”常常晚上十点以后还在练琴。他常有奇特的想法：“二胡发展这么多年了，二胡今后的出路在哪儿？能否借鉴其他艺术的表现形式来充实二胡的表达力、想象力”，今年开年他就搞独奏曲《二弦吟》，加上交响乐辅助、吟唱辅助、舞美辅助表现的二胡独奏曲，起到了撼动观众的美妙效果。他也想通过《二弦吟》的表现方式，极力达到他构想的二胡艺术走向国际化，受到全世界观众的喜爱，在中国民乐鉴赏与西方鉴赏之间尽力沟通一条自然之路。为今年出国访问、传播中国民族乐艺走出第一步。

4. 艺术的网络化与网络的时尚艺术化，对他的二胡起到穿越时空的质化。

李刚时常在网上与师交流，鉴赏名家名曲的演奏。能听到阿炳的名曲，闵惠芬的名曲，宋飞的名曲……不同时代的大师名曲都能在网络时代的大课堂品味、寻思、示范，还可直接与老师、学友交流、提问和展示自己，传递创作、艺术研究和构想。《二弦吟》的酝酿创作的年余都在网上，与老师、艺友沟通，推上舞台排演一段时间，基本达到预期目的。李刚的《二弦吟》创演近两年的时段，得到了李西宁团长的赞赏，并对他在二胡上今后的创演的艺术思路的拓展上，给予肯定和支持。

《二弦吟》创演期间，他常常沉醉在乐曲的形象里：神圣与远古的交响，乐感飘逸的激动，主旋律在乐理之中流淌，茫茫青铜色的质感，青铜胡上的乐舞人，诗画的服饰，青铜色的时装，哑语空灵的舞蹈，倾诉对二胡的崇拜和祭祀。艺术的岁月在指尖默默地歌唱，无法带走声音留在人生艺术的天地间。

他说他的创演思路是：写情、写景、写意，最终达到通俗、通雅、通古今。在艺术上追求浑然大气，编排上大胆尝试国画般的意象，造型风格诗情画意。

李刚的心语：琴弦不是拉老的，是流逝的时光磨老的。琴弦与那尘封的往事一样，只是深埋在我心底，从来不曾离去。琴弦是拉不老的，它承载着一如既往的真情。琴弦从不言爱，却把一个爱字表达得淋漓尽致；琴统统从不言愁，却让人品味到最深刻的人生苦。

他用琴声在祝福人们平安快乐！他用琴声在祝福二胡走向世界！他用琴声在祝福祖国富强壮丽！这就是走出二弦之外的《二弦吟》，它有浓郁的古味，也具非凡的时尚。

橙子，实名李澄，四川遂宁人，1997年出生。自幼热爱文学，大学期间担任楠林文学社社长、绵阳市高校文学社联合会主席。现就职于四川日报，担任文学编辑一职。曾有作品荣获大美四川省级征文比赛三等奖，绵阳市高校大学生原创征文比赛三等奖等。

在沉默中开花（三题）

◎ 橙　子

夜行涪江河畔

遂宁涪江纵贯遂宁全境，它穿城而过，构成城在水中，水在城中的独特景观。这里傍水为立，依水为兴，被冠以海绵城市的头衔也见证着遂宁善作善成的治水之道。

当夕阳下的余晖投射于涪江清澈的湖面，在没有风吹来的时刻，湖面平静得像一幅印象画。当丝丝微风袭来，惊起湖面阵阵涟漪，夕阳西下的光辉把湖面照映得如黄金般璀璨。

天上的火烧云通红得像火烧过一样，它一会像象，一会像花，变化万千。当它的变化投影湖面，湖云衔接在一起，水天相接的景象不禁让人惊叹涪江怎么可以美成这样？

那时候的我与你共同期待，期待在涪江旁的不期而遇，期待涪江旁的万物生长，波光粼粼的湖面给人以无限遐想，待到所有的疲乏褪去，生活又是无限可能。

若你曾体会过涪江的清凉之夏，那夏日的清爽是伴着忙碌的工作疲乏褪去后得到的少有的内心安宁，那是孤帆远影碧空尽，唯见长江天际流的寓景于情之心，极浅极淡，极浓极深，看其意境，思其心境，望至帆影向空而尽，唯见涪江浩荡，衔接天际，尚惆怅依依，帆影尽而离心不尽。

若你曾行走于涪江河畔，看江畔一树树的花开，如同亭亭玉立的姑娘站在河边轻轻捧着河水，映衬得涪江别是一番美丽，那不仅仅是一簇簇花开，更加是看不尽，看不透的夏日光景。目力所及，只见水流滔滔，河水如同幽灵一样无声无息的流过，如绢的波光，鳞波闪闪。

若你曾夜行涪江河畔，感受晚霞当空的难得雅趣。就让微风轻抚，将你珍藏的心事让风儿知晓。遂仰望漫天星辰，不停的感叹轮回更替，只得旧人静守日月，看星河璀璨。体验晚间的思念如梦中蜿蜒盘旋，却怎堪岁月荏苒，私藏起三千烦恼丝，拂去烟尘，不再顾盼中沉醉流连。只得存一缕心事，捻一抹深情，让山高水长的愿，随岁月流淌，将缱绻的心事，放逐流年。

在涪江，在橹声悠悠、欸乃声声之中，让我们一同摇曳在丝绸般的流水之上，凝望山水清明。抬眸望去，江水总是多情，一切都是如初的模样。

研一池绿波碧水，泼千里花红柳绿，藏在云行水流的诗行，细细回味走过来的路，蓦然感到：生活错落有致，如同这浩荡涪江。

青春在未知中尝试

以前看见过一个提问：一个女生把十年的人生交给某座城市，会换来什么？

答案是：没有一个人变成了当初理想中的自己。

于是思考我们的理想，这句话看似很丧的背后，你不得不承认，成年人真正的迷失，是看过风景过后，我们忘了最初的人生设计，一路上渐行渐远。

我们在无数个沉默里狠狠地点头，我们在无数个夜色当空下漫步，我们从滴酒不沾到千杯不醉。这十年来，这座城市比我想象的更寂寞。

在无数的人肉面具下撕裂的成长，流的泪变成了支撑我行走的骨骼和血肉。我们的曾经经历，我们的即将面对，我们对理想，生活，友情，光鲜，落寞等等颠覆性的理解，都让我们迅速长大。

我其实是特别喜欢北京的，但是我选择回到了遂宁，我的家乡。

对北京的向往，从小学时就想去北京，去八达岭长城，去故宫，去天安门广场。但是理想终归是理想，现实就是我读书时代给自己设立的考取北京的大学，现在寄希望于自己的孩子。

被家庭捆绑的孩子是没有脚的，奈何想飞，翅膀却是隐形。成年后的工作特别劳累，多了许多对成年人的理解，太多的不可言说，太多的无声崩溃。在很累的时候还写了一首打油诗安慰自己：天天加班，天天问自己，不如去捡矿泉水瓶，从遂宁到北京。于是我的梦始于遂宁，现在还在继续。

你能想象吗？我十年的人生交给了遂宁，换来了什么？

以前不敢想象的人，毫不费力就能认识。在遂宁，人和人之间的距离比想象中的近。在很多个关键性的节点上，见过世面的人，选择是截然不同的。这不是刻意为之，而是一种无形的烙印。

后面读了很多书，走了很多路，却也没有像沈从文所说的："我行过许多地方的桥，看过很多次数的云，喝过许多种类的酒，却只爱过一个正当最好年龄的人。"

和读书时代追求的爱情一样，只是年岁打磨了我的心智，依旧深爱，依旧热泪盈眶，做自己喜欢的事。我喜欢什么呢，何妨就去坚持热爱，再努力一点点就好了。

我不知道自己有没有变成自己理想中的英雄，但是我知道我已经脱胎换骨，每一天都朝气蓬勃，迎接着新的自己。就像有些人止于唇齿，有些事掩于岁月，只要结局未知，我都愿意去努力尝试。

谁不曾年轻，谁不曾一腔热血，在现实的战场上短兵相接。我们切身体会生活，在认清生活的真相后，依旧深爱它，也恍若年少的做梦，腥风血雨后，现实中厮杀。

理想与现实之间，渴求与欲望之间，只是同样的贪婪，并追求着快乐。

我们都曾把青春交给一所城市，如今已在我们的生命里留下烙印。

圣莲残荷

何以咏残荷？在世人心中，残荷之美可谓是别有韵味。好似残荷不语，美人不暮。残荷残吗？非也。

一池残荷，颓汁败叶；余晖残蓬，清风透骨。只得常居斗城之人，才能够懂得半湖残荷半斜阳，懂得圣莲岛上的荷花，无论是在夏日的娇艳欲滴，或是在冬日带给人的暖暖诗意，这都是大自然的丰富馈赠，这别样的秋意浓，同样是不可错失的。

以前一直以为荷花的美丽只存在于炎炎夏日，殊不知冬日的岁寒枯黄也给了它别具一格的美，好似一场冷风下空降的寒冬，刻意要将人置于凄楚落寞的境地。

此世间并不缺少美，缺的只是发现美的眼睛。待到岁月倏忽，恍然间行色匆匆，无论是人或事。只有满地繁华落尽，满地繁花散落，人们才可以看见凋敝至尽的荷花有着它别于盛开时的美。不是落落大方，不是深情款款，是一种对岁月的静默无声，是萧疏的凄然，是孤寂的心，在沉默中开花。

也待秋风拂过荷塘，枯荷像绿浪般翻滚过来，一枝枝傲然挺立的莲蓬在风中高昂着头，被吹得翻卷的残荷，也更加衬托出莲蓬的孤傲。它残吗？只有这种残缺的美，才不同于其他，需要用时间、用心去细细品读，反复咀嚼，才能深得其味，才能够透过残缺，看大自然的鬼斧神工，看残荷不残，看残荷如画，看它的灵魂。

残荷，将枯败蜕幻成风骨，形成一种萧条的美。湖面上一组组极其简约的线条，勾勒出残荷的孤独冷傲及优雅的沧桑。在光影色彩的明暗对比之下，画面中特有的留白开始倾斜，扭曲的荷梗产生的跳跃动感，让所有的荷韵尽在不言中……

彭烟霏，石油企业新闻记者，重庆市作家协会会员。有诗歌，散文在国内及海外报刊发表。文学作品及新闻作品先后获中国石油文学奖、中国报纸副刊奖、中国产经新闻奖、四川省新闻奖等。

鼓响三声（外一篇）

◎ 彭烟霏

记忆中的故乡，八月的蜀地一片金黄。那时，还没有到秋季开学，一群屁孩，背一个草背篼，在山坡上野耍。秋高气爽，东边一百多里外的华蓥山偶尔露出山影和白岩。代课的小学老师告诉我们：那是盆地的边沿，我们住在大盆地里。

小时候的中秋节，天还没亮，婆婆（奶奶）的糯米蒸好了，大人就借助黛青色的天光，在檐下打糍粑。石碓窝里，散发着故乡味道的糯米饭。两个壮汉举着粗大的木棒，此起彼伏，还夹杂着轻微的喘气声。当最后黏成新鲜糍粑后，屏住气绕着碓窝移步三圈，如古老的仪轨，其实就是把糍粑抬起来。

那时候，石碓窝旁，除了有早起的屁孩，还有小狗。都眼巴巴地望着碓窝里的热糍粑。屁孩和小狗的关系，如同朋友，往往是屁孩把一小坨热糍粑喂到狗嘴里，一下子把狗嘴黏上。屁孩哈哈大笑，小狗汪汪大叫。

很多年后，我写诗，把大盆地比喻成一个石碓窝，里面装满农业和喜悦，最后变成糍粑，黏成乡愁。蜀中灿烂的农耕文明，特别是中秋这个纯农耕的节日，只承载丰收

的喜悦和欢乐，只承载对天地的感恩。

虽说是天府之国，但我在故乡生活的那个年代，也就是十年“文革”时期，吃不饱也是常事。每年四五月份，即小春前，是青黄不接的时候，挖野菜、剥树皮也偶尔干过。八月份的收割是大春，小麦和包谷还没吃完，水稻和黄豆又入仓，地里还有红苕。中秋节，手里有粮，心里不慌，娃儿吃得红光满面，大人心情舒畅。

“大月亮，二月亮，哥哥起来学木匠，嫂嫂起来打鞋底，婆婆起来蒸糯米……”那首童谣，估计大盆地很多上了年纪的人都会唱。唱那童谣时，多半是在中秋节。

八月十五夜，孩子们疯耍，打闹，稻草垛里，月光皎洁。那时，大人和孩子都没有乡愁，鸡犬相闻几百年，守着共同的敬畏。大人们说，今夜不能手指月亮，不然天门开了，要割耳朵，这话，我们信，祖先更信。

小时候，老家还有习俗，每年稻收，新米蒸出来的第一碗饭，都要喂狗。后来才知道，在西南地区很多部族，都有新米饭喂狗的习俗。最普遍的说法是，从前大地没有水稻，狗从前是天上的神仙，来到人间，在狗尾巴上夹了几粒稻种，于是，人们丰衣足食。每到丰收的季节，开镰割稻，第一碗饭都敬狗。

那狗，是天狗。四川有个成语叫蜀犬吠日。在外省人看来，这是不知天高，想把太阳咬下来，是贬义。四川老百姓的理解是，大地收割了，天狗想天上的家了。

中秋节，天狗想家，人也想家。乡村的中秋节，一大家族的人坐在晒坝里晒月亮。劳累了一季，丰收的喜悦摆在桌子上。老人总会讲古，爷爷说我们祖先是湖广填四川来到武胜的，老家在湖南一个小地名叫五棵大柏树的地方。以后有机会，你们可以去那边找一找族人。

现在待在老家人并不多了。到了我这一辈，升学、参军、工作、打工、远嫁，都以不同的方式离开故土。但这么多年，家族几百号人，谁也没有想过去那边看看。几年前，堂弟四处张罗着修订族谱，逐家逐户登记造册，梳理各支系分布、后人迁徙，就是没有想过到那边寻根。其实，在这地方生活了三百多年，早已把他乡当故乡。

十多年前，我在武陵山区做田野调查。某个清晨，在酉水河与梅江河交汇的石堤古镇，我沿着码头石级拾级而上。在陡峭的半坡上，进一户居民家讨一口水喝，顺便把手机和相机的电池充足。

招呼我的是一个 70 多岁的大娘。她问我的第一句话是“你贵姓?”

“鼓响三声，出征。”老人家一下子热情起来，说他家也是鼓响三声。然后开始问老祖先的祠堂，辈分。

于是报字辈。老大娘突然说：“叔叔，你坐着，我给你煮甜酒糍粑。”然后迈着小脚进了厨房。那一刻，我突然泪流满面，千里之外，萍水相逢，不是他乡之客，而是故土亲人。

鼓响三声，出征。这是从前彭家对自己姓氏的官方解释。

我在北纬 30 度等你

从四川成都乘高铁取道湖北利川，沿 318 国道，进入重庆万州，已是黄昏。翻过七曜山，一条干涸的溪流始终伴随左右，满眼苍翠中偶尔夹着黄叶。

一直以为，318 国道是中国最美的国道，从上海到西藏聂拉木，皆沿着北纬 30 度地带逶迤。在大四川境内，从东部沟壑纵横的群山，穿越烂熟的盆地，穿越人间烟火和灯红酒绿，直抵柏烟缭绕的康巴藏地。向东，是远方，向西，也是远方。

1984 年冬天，当上石油工人，到川中矿区 6036 钻井队当了一名地质采集员。单位用一辆解放牌货车，把我们从遂宁拉到广安县马坝乡广参 2 井，一直沿着 318 国道跑。

那是一口参数井，以取资为主，从表层的白垩系一直打到 5000 米深的奥陶系。最后几米，全队高度紧张，地质技术员是我师傅，他在班前会上说：“再钻，就他妈的把地壳钻穿了，不知道会冒出什么鬼。”对一个新参加工作的学工，很兴奋，也很好奇，就问师傅：“地壖到底是啥模样?”师傅嘿嘿一笑，说我也没见过，估计这地球上谁也没见过。

那我们就一直打下去，直到看见为止。师傅就骂，你个二货。

结果，还是没钻穿。因为井太深，上级要求原钻机试油。地质室就开始整理资料，在坐标纸上画钻井曲线，做岩性描述，也用蘸水笔写仿宋字填观察记录，几十上百万个数据，横轻直重，写得像印刷体。

试油期间，相对清闲。师傅嫌我们技术进步慢，就带我们去华蓥山实地看地质剖面，也顺便在渠县看火车。那时，川中没有铁路，一个钻井队上百号人，看过火车的也就一二十个人。那群钻工听说我们去看剖面，还要横穿襄渝铁路，就开骂："狗日的，好事咋个都轮上你们。"去华蓥山，也是沿 318 国道走，从广安悦来到大竹城西段。一上山，漫山遍野的杜鹃花，开得心花怒放。

后来，那口井的钻井地质资料，被评为石油部第一名。因川中矿区当年还没成立专业的录井大队，降级授予同工种社会主义劳动竞赛银牌。那银牌有碗口大，银牌背后，有用毛笔字写的获奖人员名单，我排名最后。

前年四月，到广安采访，特地到那口井去看了看。那口老井无人值守，被围墙围着，一道铁门下有个洞，可以钻进去一条土狗。我直接从洞中爬进去，齐腰的野草长在井口周围，像墓地。出来，如虚脱，坐在井场外的田埂上，与干活的农民聊天，希望能认出一两个熟人。结果，一个都不认识，他们也没认出我。

也是那年，我的师弟让我加入 6036 钻井队微信群。一进去，就问那台钻机现在哪？有人说在磨深 2 井的废料场堆着，估计生锈多年了。也有人说可能当废铁卖了，突然感到巨大的宿命。磨深 2 井是这部钻机打的第一口井，出了点事故，无工业气流。那部钻机打的所有井，大多都是干眼井，或者事故井。直到后来换钻机，换编号，成了金牌队，那是我离开这个队以后的事。

我师傅后来当官，放弃专业，在我们队里当指导员。说实话，他真的不是那块料，磕磕碰碰干了几年，又回到老本行搞地质。退休前十多年，一直在矿区研究所当油藏研究室主任，在磨溪第二次会战中，做出大贡献，被评为公司劳模。但 2014 年磨溪龙王庙组对外发布找到国内最大海相整装气藏时，他已经退休三年。

那年采访龙王庙气藏对外发布会，找到时任总地质师，也是我的师叔。以前，他在另外一个钻井队当地质技术员，并不认识我。当我自报家门时，他欣然接受了独家专访。对地质专业的采访，他们一直把我当成自己人。

一部四川油气田的历史，就是一部勘探会战史。是几代川油人、数十万川油人与古老的四川盆地互相征服、互相妥协，最后山呼海啸大发现的过程。而这一切，全部发生在北纬30度区域。

这条位于北纬30度狭长地带的油气区，从乐山—龙女寺古隆起，到长宁-威远页岩气区块，到罗家寨高含硫区块，一直到下川东石炭系，全部在318国道两侧的区域。它也和全球其他北纬30度区块一样，充满诡异、神秘和变数，勘探、失败、再勘探、再失败，直到石破天惊。几代川油人在这里演绎着自己的命和运。

一条能承载记忆与梦想的国道，总值得牵挂。曾经的杜鹃花，年年岁岁在山崖自生自灭；曾经的夜归人，披星戴月也披满风雪，曾经的曾经……盆地就是一个大轮盘，下再大的赌注，它都能承受。既能承受荣誉，同样也能承受苦难。

进入万州城，已是夜色阑珊，醉里挑灯。有人建议：再过两月，利川段当是满山红叶，再过来看看吧。独自斟满一杯白酒，苦笑：常年颠沛，像一条野狗一样到处流窜，彼时，哥如川江长流水，流到哪道湾，碰到哪个滩也未知。

但我知道，我一直在北纬30度等你。

郑友贵，笔名蜀夫、一叶舟，四川宜宾南溪区人。重庆煤矿学校、四川电大毕业。做过农技员、面房工匠、教师、团干、企业秘书、机关工作人员。经济师。诗歌、散文、小说、报告文学、评论等散见《青年作家》、《四川日报》、《文艺报》、《中国文化报》、《中国散文家》等报刊。出版有散文集《故乡在远方》、《一路行走》、诗集《目光如初》等。获过国家、省、市级征文奖。中国散文家协会会员、四川省作家协会会员。

家住江边

◎ 郑友贵

我家就在江边住。我住在被称为万里长江第一城的宜宾。

这也许是前世今生的注定。我出生在川江之岸的古县城边。青菜、萝卜、泡咸菜……清贫的童年、少年，但我心中还是真诚感激这一江清水。

上世纪七十年代中后期，我这个农家子弟有幸进入县城二中读书。住着10多人挤一起的寝室，吃着清汤寡水的饭菜，我常在每天下午四、五点钟就开始流鼻血，头昏眼花，跑去学校医务室，中年女校医也说不出是啥原因，先说青春期现象，后又说可能是“营养不良”。高中生了，十六七岁的年龄，去学校食堂打饭，我个子还没有食堂窗口高，食堂师傅说：“你是中学生吗？城里的小学生都比你还高！”那时，同学们常拿矮个子同学开玩笑叫“根号二”或“X矮子”。不过，我并不因为个子矮小自卑，而是担心天天流鼻血不能活下来。长身体的时候，农村只吃两顿，读书也是自带红苕到学校食堂煮熟当主食，学校说是每月打两次“牙祭”，可就那么几片猪肉咋管用呢。

上世纪七十年代后期，恢复高考制度。幸运的是，我们班百分之八十以上同学都先后考上大、中专学校，这十分不易，那时录取率只有百分之三至五左右，意味着百分之九十五左右考生“名落孙山”，我和同班田川同学被重庆煤矿学校录取，一同来到歌乐山下的校园。

真是与江有缘，依然在长江之岸读书。生活打开一扇崭新的窗口。每天伴随着学校高音喇叭“风儿呀吹动我的船帆”等歌曲起床、早操，然后是早自习、课间操，每晚我还沿学校环校公路长跑。《浅草》墙刊，则由张晓陵（后来的导演张一白）、田涌（后来的画家，策划师）主办，钢笔书写，刊发班上同学习作。郝成彪同学小诗《窗外》在《重庆日报》发表，轰动校园，连校长也关注呢。同学们拼命读书，你追我赶，力争成绩在全班五十多名同学中进入前“十佳”。我这个“丑小鸭”和宜宾籍的田川、张崇煜同学都先后进入过“十佳”。很有学问的重庆师院李敬敏先生（后来任重庆师院院长），为我们讲授《文学概论》，同学们爱听、爱问，李先生在美学研究上颇有建树，已发表过多篇美学论文。他毫不掩饰对我们这个班学生的欣赏和喜爱：“你们并不比我在重庆师院教的学生差”。班上同学们走出校门后，从政经商、从艺教学等，都有不俗表现。

命运有时真的神奇。出生长江边，读书长江边。谋生“创业”也在长江边。我先在川南珙县芙蓉矿区上班，后又定居宜宾。

第一次到宜宾，是我很小的时候，随哥哥从南溪乘船到宜宾寻郑氏宗亲，记得在宜宾合江门下船，就有一排排木瓦结构、雕梁画栋的一楼一底两楼结构房屋映入眼帘，古色古香；除了江边码头人来人往，街上行人并不多，街沿上喝茶、谈天的人们生活显得悠闲自得。终于打听找到了郑氏本家，只有一位婆婆在家，记得她叫我“幺哥”（宜宾话对男孩的昵称）。

宜宾，真是一座奇特的城。金沙江、岷江从雪山、草地、峡谷一路奔来，在宜宾相拥在一起，始称长江，浩荡东去。宜宾是古老的，第一批“全国历史文化名城”，已有二千二百多年建城史，地处川滇、黔结合部，古代南方丝绸之路重要通道，诸葛亮南征在宜宾驻军，至今在流杯池公园仍有“丞相祠”，唐朝时称“戎州都督府”，管辖着云贵川近一百个州县，号称“西南半壁古戎州”。

宜宾有酒都、竹都、煤都、茶乡等美誉。但在我心中，它主要还是一座“江城”。不管城市如何发展壮大变化，宜宾三江六岸，临港、江北、西区、南岸、古城，始终还是江边之城。因为这条大江的滋润，才有了秀美竹海，才有醇香美酒，才有这品茗好茶。因为有了这条神奇古老萌动生命与青春活力的大江，才有这两岸的茂林秀竹、物产丰茂。一方水土养育一方人，宜宾人有大江胸怀，有翠竹的秀美气质，有山的刚劲，更有酒的火热。江之儿女，不畏艰险，勤劳智慧，当国家有难抗日时期，正是宜宾李庄这座江边小镇，敞开胸怀，接纳了同济大学、中国营造社，中央博物院梁思成、林徽因、李济、傅斯年等文化名人、学者、师生，一个仅有 3 千人的小镇，容纳了 1 万 3 千多师生，度过了整整 6 年时光，在此梁思成在林徽因协助下写就了经典之作《中国建筑史》，李庄成为和昆明、重庆、成都一样的“抗战文化中心”。李庄“三白二黄”也名扬四方（即白肉、白糕、白面，黄粑、黄辣丁）。宜宾江安同时接纳了“国立剧专”，共和国成立后更名为中央戏剧学院，曹禺、谢晋等在江安度过难忘时光。

很多人都说宜宾是块“宝地”“福地”，有山有水有酒有竹，有吃的、玩的、看的，如今正把沿江一百多公里建成滨江绿化休闲观光道，既涵养水土防止流沙入河，又为百姓、游客提供了健身、休闲去处，而且宜宾城附近的蜀南竹海、兴文石海、李庄古镇、南溪古街等车程大多在一小时或半小时内，方便得很，而城中就有翠屏山、真武山、白塔山、七星山、龙抱山等城市森林公园。

宜宾是西南出川出海通道，成贵高铁、蓉昆高铁、渝昆高铁在此交汇，是国家级高铁交通枢纽——可以设想，宜宾的未来及发展空间将是令人鼓舞的。

不知不觉中，我的小诗《思念》、散文《岁月的镜子》被宜宾《金沙》杂志张德生先生刊发了，那时我才 22 岁。张先生宅心仁厚、育才爱才，尽管我们不曾见面，他还常让人带投稿用的稿笺给我，并带话鼓励我：“文笔还可以，要坚持多写多看多练。”他退休后，我专程到他位于小北街的文化馆家中去拜访、感谢他。我庆幸自己生长、生活在长江之岸，家乡的水在心中流淌，也在笔尖流淌。做梦也没有想到，祖祖辈辈斗大字识不了几个的我，从一个乡村放牛娃，成了舞文弄墨的作家，诗歌、散文、评论作品先后在《文艺报》《中国文化报》《香港文艺报》《中国散文家》《四川文艺》《青年作家》《散文诗》等数十家报刊发表、获奖，诗集《目光如初》、散文集《一路行走》，《故乡在远方》由中国文联出版社、大众文艺出版社出版发行，并由国家图书馆、中国现代文学馆及各著名高校图书馆、省级图书馆永久收藏。

在工作或写作读书劳累后，夕阳西下，在江边走走，看看，或坐在岸边发呆，什么可以想，什么也可以不想，或捧读一本喜爱的书刊，或看江水起伏，鸟儿飞舞，心中有时会自然升起一种情愫：有幸家住岸边，感恩并珍惜这条大江的馈赠。

然后，夜深了，枕着江涛慢慢入梦。

李莽，四川省内江人，1957年生，内江日报社退休记者。2006年12月，与人合作的电影剧本《小城艳阳下》由峨眉电影制片厂投资拍摄，并于2008年4月入围美国滨江国际电影节。2017年2月，创作的长篇小说《屋顶下的天空》由四川文艺出版社出版，2019年获首届内江文学奖一等奖。

两段旧旋律

◎李　莽

旋律也叫曲调，是音乐的首要要素，通常指若干乐音经过艺术构思而形成的有组织、奏的序列。

旋律存在的形式可分为两类：一类是有形的，存在于各种音乐典籍和各种演出载体；另一类是无形的，存在于人们的记忆里，与他们的往事融为一体。

那些与往事融为一体的旋律，就是旧旋律。旧旋律也分为两类，一类是在以后的岁月能够听见的旋律，如一些老歌、经典的乐曲，只要它们再次响起，一段往事就会随之浮现；另一类是以后再也无缘听见的旋律，当一个人回忆某件往事的时候，往往会把它带出来。

1975年，我到农村插队落户。我们生产队有两个大院子，一个叫伍家湾，一个叫张家院子，中间隔了一个小山坡。我住在张家院子，出工时，经常到伍家湾那边的地里干活。那年冬季的一天，我和社员到伍家湾那边一块偏远的地里挑“土边”（把夏天冲刷到坡地低端的泥土挑到坡地顶端），经过一幢土墙茅屋时，看见一个骨瘦如柴的中年人坐在门口。他穿一件破烂的灰棉袄，头上缠了一块白帕子，双手拢在一只烘笼上，一边烤火一边哼小调。他的眼睛半眯，我走过他的身边，他的脸转向我，眼缝里射出一丝晶莹的光。他哼唱的小调陌生而动听。

后来，我出工时路过他的家门，又见过他几次，有一次，我看见他身边坐着一个年轻女子，正敞怀喂一个婴儿的奶。

一个下雨天，社员陈子华带上他犁田时顺便捉的泥鳅和黄鳝，到我的屋子里加工。我拿出一瓶红苕酒，倒在两个土碗里，喝酒的时候，我问起那个坐在门前哼小调的中年人，陈子华说，他叫吴兴国，是生产队的五保户。

“你不要小看这个吴兴国，”陈子华说，“他年轻时，可是一个厉害角色。他模样标致，歌唱得好，还会武功，方圆几里，好多女人都喜欢他。这些女人当中，很多都是结了婚的，惹得好多男人恨他，一直想打他，但都打不过他。有一次，十几个拿着锄头和扁担的男人把他堵在一间茅草屋里，结果，他冲破屋顶的茅草，跳上屋后的悬崖逃走了。有一天，他还是倒了霉，被恨他的男人们抓住了，身上的骨头被打断了好几根，内脏也受了重伤。”

陈子华说，吴兴国被打残后，不能下地干活，整天待在家里。大家都没有想到，竟然有一个外乡的青年女子来到他家，和他生活在一起，还为他生了一个娃娃。我一下就想起了吴兴国和那个坐在门口奶孩子的女子的场景，吴兴国哼唱的那段旋律也在耳畔若隐若现。

不久，我再次听到了这段旋律。有一天早上，我和社员们出工，沿着一座山坡的土埂向前走。土埂很窄，只容一个人行走。当时我扛着锄头，走在几个社员身后，突然听见前面传来歌声：

“河东有个王二哥，河西有个刘二嫂……”

这首歌的旋律与吴兴国哼唱的一样，有一种孤独、凄凉的韵味。我赶紧从那几个社员身边挤过，拐过一个弯，看见了前面唱歌的人。是火娃。

我不知道火娃的名字，只晓得他是生产队副队长吴绍初的儿子，身材瘦长，面容清秀，像一个来自城市的少年。平时，火娃沉默寡言，我没有想到他的歌唱得这样好，更没有想到，那歌的旋律和韵味，与吴兴国哼唱的一样。

那天“打杵”（休息）的时候，我和陈子华倚在一处崖壁下，火娃坐在离我们不远一块石头上，向一个小蓄水池扔石子。我对陈子华说，这个火娃，歌唱得真好。这歌的曲调，我听吴兴国哼唱过。

“那当然。”陈子华说。

这句话没头没脑的，我盯着陈子华，等待他把这句话说完。

陈子华看了一眼火娃，突然凑到我耳边小声说：“其实，火娃不是吴绍初的儿子，他是吴兴国的儿子。”

这么多年过去了，火娃应该接近六十岁了吧。我不知道他现在生活得怎样，他唱过的那首歌，我只记得开头两句，但那段旋律经常在我耳边回响。一首歌也许会在时间里腐朽，它携带的歌词会在时间里风化，但旋律却像一片残叶，叶肉虽然消失，叶脉依然存在。我经常想一个问题，为什么会有那么多的旋律与往事相伴。我想，旋律其实是命运的象征——音高线与节奏是旋律的要素，而构成一个人往事的事件，有强弱有间歇，与旋律中的音高线与节奏类似。旋律往往与生命的律动合拍，与往事的节奏合拍，它会携带一种神秘的共鸣因子，顽强地延伸到记忆深处，向灵魂与灵魂之间传递文字和语言无法表达的东西。

乐山市峨边彝族自治县的黑竹沟，我曾先后去过三次。1995 年 6 月，我第二次去黑竹沟，为一家影视公司拍摄 MTV 素材。那一次，刚从西南师范大学地理系毕业的大学生杨浪涛同行，他说，乐山的嘉乐造纸厂有一个“飞人”，我们可以邀请他到黑竹沟去看一看，如果合适，可以拍摄他在天空飞翔的镜头。

我们来到嘉乐造纸厂 23 幢宿舍 4 楼，见到了“飞人”衣瑞龙，他是当时全国唯一的业余滑翔翼运动员，经常以私人的身份在天上飞来飞去。1991 年，衣瑞龙到峨眉山旅游，第一次看见滑翔翼这个怪物。当时，有几个美国人正在洗象池调试这种飞行器，准备飞下山。这一刻，衣瑞龙发现了自己生命的意义。他奔过去测量飞行器各部件的尺寸，却被一个翻译人员赶到一边。此后，衣瑞龙花了一年时间，搜集各种资料，凭着自己机械工程师的才能，制作了一架合格的滑翔翼，用它把自己带上了天。后来，他和法国、美国一些滑翔翼爱好者成为朋友。

在他用录像机为我们放映的视频中，我们看见了这样的画面：在他家里，几个外国人正把他吊上门框，指导他如何用最快的速度把双脚伸进吊带中，使之起飞时保持身躯与滑翔翼面的平行状态。

以后的 3 年中，衣瑞龙飞了 26 次峨眉山、1 次黄山、1 次华山、1 次滇池。当然，飞翔的代价是沉重的，他的老婆带着儿子离开了他。衣瑞龙向我们讲述往事的时候，我看见他的桌子上有一个婴儿的石膏脚模，放置在透明塑料盒里，我的心脏突然坠了一下。我想，这个石膏脚模，一定是他儿子刚出生时留下的。

我们邀请衣瑞龙一同去黑竹沟，那里有一座海拔 3988 米的金字塔形状的山峰，他决定去看一看。

第二天一早，我们出发赶往峨边县城。下午，从县城出发到黑竹沟时，衣瑞龙看中了县城边一座山峰。

“我要在这里飞一次，”衣瑞龙说，“时间就定在火把节，我要在县城上空盘旋一圈，全城的人都可以看到。然后，我要降落到大渡河的河滩上。”接着，衣瑞龙谈起了在天空飞翔的感觉：在天空，有时可以飞翔半个小时，有时可以飞翔几分钟，这要看风力及起飞时的地势高低等具体情况。他说，在空中飞翔，会获得超然的感觉。靠自身的力量挣脱大地引力，这是一种境界的具体化，这种感觉，无法言传。

到了黑竹沟，我们住在 611 林场第二工作段。晚上，我们在大灶旁边烤火，衣瑞龙在段长办公室里发现一张《四川日报》，上面刊载了一篇关于他的新闻，于是，他便忙碌起来，先给我们看，然后给伐木工人看。工人说，他们不识字，衣瑞龙便一字一句念给他们听。看着火光中衣瑞龙翕动的嘴唇，我联想到一个电影画面：新中国成立前，一个革命者给一群没有文化的劳动者念传单。看来，此刻的衣瑞龙心情很好。

衣瑞龙的好心情没有保持多久。第二天，我们进入原始森林，他抱怨说，不该到这个鬼地方来。我就安抚他，说山上的风景很美，那座金字塔山峰很奇特，一个月前，我曾爬上去过，在那上面可以看到峨眉山和贡嘎山。而且，金字塔山下满坡都是箭竹，我在里面找到了几块熊猫粪，说明有大熊猫在这一带活动。几个小时后，我们到了金字塔山峰下，从云缝里射出一道阳光，把山峰镀了一层金色。我问衣瑞龙感觉怎样？衣瑞龙说：“荒山野岭，鬼都见不到一个，有谁来看我在天上飞？大熊猫吗？它看得懂？”

返回林场的途中，大家都没有说话。衣瑞龙独自走在前面。突然，我听见了一段低沉、优美的旋律。那是衣瑞龙在唱歌，略带一点鼻音。这歌声一下就打动了我。这是一首我从未听过的歌，现在，我只得歌词里有“山妞妞”几个字。那旋律像一根丝线，穿过我所获得的有关衣瑞龙的信息，形成一根逻辑链条，粗略地勾勒出他的生活轨迹。我在他家看到的影像和脚模，以及他的林场读报纸的情景，都被歌声揉入苦涩和期盼的元素，变成一块柔软的橡皮，把我对衣瑞龙的不佳印象擦拭得干干净净。

2016 年 3 月底，我到雅安市汉源县参加一个会议。其间，会议主办方组织与会人员到九襄镇采风。大巴经过汉源湖时，乐山市一个参会人员指着远处的湖面说，“我们乐山的‘飞人’衣瑞龙就死在那里。2013 年 2 月 24 日，70 岁的衣瑞龙驾滑翔翼坠入汉源湖，临终时依然保持着飞行的状态：双手呈一上一下的抓杠动作，双腿并拢，脚背紧绷。这是他驾驶滑翔翼的标准姿势。”

这时，有关衣瑞龙的往事在我的脑海里浮现，他在黑竹沟哼唱的那首歌的旋律，也清晰地涌现出来，在汉源湖上空回旋。

梁炳青，教师，四川省作家协会会员，四川省2015年中青年作家高级培训班学员。作品散见《十月》《散文选刊》《四川文学》《青年作家》《散文百家》《奔流》《草原》《参花》《当代人》《海外文摘》《成都文艺》《散文诗》《大风》等纯文学刊物，《在布拉格咖啡馆》收入《2010中国散文经典》，《人间四月天》入选《散文百家十年精选》《菜市》收入《当代四川散文大观》第七集，出版有散文集《后窗》。

听得见的声音

◎ 梁炳青

我像真正的圣徒那样/听见声音

——（波兰）辛波丝卡《赞美做梦》

豆腐脑儿——凉皮儿——凉面——凉糕儿……豆腐脑儿——凉皮儿——凉面——凉糕儿……

每到夜里十一点半，叫卖声便会从街口传来，由远及近，又由近及远。叫卖声是从录音喇叭里放出来的。女声。带儿化韵。还拖着尾音。这几年来，几乎天天如此，风雨无阻。

通常这个时候，我正和衣靠在床头看书或刚躺下不久。靠在床头看一个小时左右的书，成了我多年的习惯。枕头旁，长期被几本书横七竖八地占据着。有时睡着了书或笔被挤下床，“啪”地掉在地上。妻子收捡过几次，但积习始终未改，只好听之任之。左边爱人，右边书，枕书入梦，这样的觉，踏实、安稳。

第一次听到，是一个寒冷的冬夜，刚刚上床睡觉，被窝还没捂热。叫卖声刺破沉重的夜，划过窗户的玻璃。玻璃窗发出串微颤。突兀。急切。像一把尖利的刀子。我缩在被窝里，感觉一阵寒意。这个时候，大多住户已经入睡。每次，叫卖声比街长，从楼下一路逶迤而去，很少逗留，或许是少有人买的缘故吧。我一直也没见过楼下的叫卖者到底长什么模样，到底是男是女，是老是少，是高是矮，是胖是瘦。留给我的，是无端的猜测和想象。平日里，楼下总会有各种叫卖声："蜂糖——槐花蜂糖——梨花蜂糖——菜花蜂糖""豆花儿——豆花儿——""收废书废报——烂手机烂电脑——""杂粮软面包——手撕软面包——3 块 5 一个，10 块钱 3 个——"

卖蜂糖的是位六十来岁的老头，矮矮胖胖，挑副担子，总是笑眯眯的，像尊弥勒佛。他卖蜂糖好些年头了，也有批比较固定的客户，主要是附近的中老年人。

卖豆花的拉着辆三轮车，一锅豆花坐在小炉子上。有时快吃午饭的时候，听到叫卖声，也会下楼去打几块钱。那豆花的蘸料好，拌有炒焦后打碎的南瓜米，特香。

收废品的是一个瘦精精的老头，山羊胡。我卖过两次东西给他。一次是旧电视。买了平板电视后，那台老式的电视搁了年多也没放过一次。听到他挑着担子吆喝，问他要收吗？他说要。问价，他扫一眼，说，30。我说，好好的一台电视，再怎样也得 100 吧。老头直摇头，在我们眼里，这就是坨废铁。我说，那么 50 吧，废铁也有这么重啊。老头说，最多 40，你扔还得两个人抬呢！百十斤重的台式电视，老头用一根绳子，挂着电视的四个角，再挽两个结，背着就走。第二次是卖书。书柜里的书塞满了，书屋里杂七杂八地堆放着，清理了两麻布口袋。老头来，用秤称了说，30 斤。我觉得不太对，沉沉的两大口袋，再怎么也得有四五十斤啊。又一想，就几块钱的事，也就懒得与老头道破。

卖面包的是位中年妇女，推着手推车，录音喇叭挂在车边，手推车装饰着面包广告：还原小时面包的味道！车过处，碾得地"轱辘轱辘"响。

能还原小时面包味道的，属于女儿这一代人。有时夜里十点左右，街口上会传来"黄粑——黄粑热的"吆喝声。嗓门大，声音短。

急切。尖利。像是被歹人追赶时喊出的。不知怎的，她的吆喝声，竟唤起我强烈的食欲。等反应过来，到阳台伸头看，人已经走远。后来留了神，听到楼下的吆喝声，赶紧叫住她。卖黄粑的是个五十来往的女人，瘦，背个背篓。有几次下着小雨，我下得楼来，冷风直往脖子里钻。瘦女人戴着顶草帽，一副袖套，躲在檐坎上。街本来就僻静，早已关门闭户。路灯表情昏暗，看不清她的脸，似乎跟我去世多年的母亲一样遥远、模糊。她放下背篓，揭开背篓面上捂着几层的毛巾，拿出冒着热气的黄粑，递过来。

黄粑蒸煮得很粑软，滋融，砂糖多，甜。童年时代有关吃的记忆往往又会沉渣泛起。饥饿年代，盼的是过年。也只有到了腊月底，年关已近，母亲才做黄粑。提前几天，母亲就要忙碌着准备：买糯米、红糖，打米浆、借甑子。做的程序并不复杂，但费时，先将一部分洗净的大米与糯米打制成混合的米浆，再将剩下的糯米洗净，放入木甑中蒸煮到七八分熟后，将打制好的米浆与蒸好的糯米饭倒入大木盆中再混合，加入适量的红糖，待米浆中的水分被糯米饭完全吸收，再用洗净晾干的良姜叶将成型的糯米饭团依次捆扎好，盛入一个木甑中。到最后一道加火蒸煮程序时，往往天已黑尽了。而蒸煮到绵软粑熟还要 10 个时辰的样子，一家人要在柴火灶头边，轮流守着蒸煮整整一夜。

我现在住的地方在城西路的街侧，老地名叫竹林湾。搬来时，为通讯地址犯愁，隔两栋楼的斜对面有家卖家私的，“杨胡子家私”几个大大的招牌醒目地挂在街口。“杨胡子家私斜对面二幢二单元五楼”成为我相当一段时期以来的详细通讯地址。

这个单元楼里，最先熟悉的是楼下姓袁的老太太。她搬来住得早些。我们开始装修时，老太太跑上来，主动说是楼下的邻居，东看西望一圈，最后说，你们一定要做好地漏和防水，万一以后水漏下去了麻烦。还热心地给我们推荐防水材料和工人。厨房的吊顶快要完工时，忽听得老太太在楼下的厨房吼起来，一会儿便吵着上来，有些气急败坏，大声武气地说，你看你看，漏水了吧！这段时间我老是觉得不对，厨房里总有股臭味。漏来把壁头都整花了！我们赔着笑脸与不是，当着她掏给装修师傅100块钱，请师傅下去检修。大约一个小时后，师傅弄好了上来，不平地说，这个老太太，太霸道了。是她的水管漏，关我们屁事。

大概是错怪了我们的缘故，在楼道间见到我们，老太太总是笑着打招呼。搬来时，女儿刚上初中，比她的孙女略大一点。她爱摸着女儿的头，夸我们的女儿乖，然后就说自己的孙女脾气怎样的不好。她与儿媳和孙女间时不时要发生点摩擦和战争。有好几次，在卫生间里，清晰地听到她大着嗓门数落，孙女大声哭着大声地和她顶着嘴。我一般睡得晚，有时半夜三更去卫生间，听到她在小卧打电话，她的声音本来就大，对着手机喋喋不休，似乎总有诉不完的委屈。老伴住在乡下，偶尔上街来。两人似乎总是见面吵。听到楼下她在吵的时候，多半是老伴上街来的时候。老头子瘦，盘着头帕，上楼扶着楼梯，一根竹烟管不离手，病恹恹的样子。有时刚到二楼，便闻到刺鼻的叶子烟味，便知是老头子来了。屋里没人，进不了屋，只好在楼道里候着。旁边，总有只背篼，装着些菜，有时也有鸡鸭。

她的门楣上，挂着面小镜子。对面是医院，或许是觉得这幢楼的阴气重吧。有几次上下楼，屋门口香烟袅袅，她半跪在窄窄的楼道上，烧着纸钱，楼道间飘着纸灰，腾起的烟雾半天散不开。

那天，在楼道口碰见她抱着才几个月的小孙子，喜形于色。儿子跟在后面，埋怨着，你不是想得很吗？这下你天天带嘛！她没理会，还沉浸在得小孙子的喜悦里，凑到我们跟前，殷勤地说，梁老师，你们也再生一个！现在政策好了！

我打个哈哈，笑笑。每天，为了生计，早出晚归，像只旋转的陀螺，停不下来。二十年前，边上班边带孩子的种种辛酸，那段烦琐、忙乱、争吵、破网似的生活，衣长袖短、捉襟见肘的艰难的日子，至今不堪回首。岂不说现在，就是早五年实行二胎政策，我们也生不起，不敢生。

隔壁起初住的是对老年夫妇，女的已退休，男的在乡下一个村小教书。搬去后，仅仅在进出门时碰过面。也打招呼。通常他们应了句后，马上闪身进屋，从不多说话。两家楼道门口都接了灯座。我这边主动安了声控路灯。一个楼道，一个月耗不了几度电，也多花不了几分钱，何况是邻里之间。楼道灯坏了，我又换了一个。直到第三个灯坏了后，我没急着换，想看看隔壁的反应，可挨了一周，隔壁没一丝风吹草动。想来那老两口大约晚上是根本不出门的，所以不担心晚上上下楼道不方便。只好又安了一个。正月间，乡下的亲戚来耍，吃饭的桌凳不够，去敲隔壁的门。好一会儿，里面问，哪一个？我看到猫眼里有只警惕和审视的眼睛，浑身紧张和不自在起来，感觉像成了个小偷或乞丐。然后，门开了道缝，挤出个脑袋，说没有。倒是从楼下的袁老太太那里借了张小方桌和几个塑料凳，她还热心地给我搬上楼。

后来隔壁又换了一家。因是临时租住，屋里只有简单的家具。听说男的原来是副乡长，本来该正常晋升的，因与单位上一个年轻漂亮的女子纠缠不清，老婆跑去大闹，被免了职。女人在跑客车，平时很少见到。男人瘦高瘦高的，肩上总是吊一个公文包，阴着张脸。有天晚上，忽听得门外“轰然”一声闷响，开门一看，那女人跌坐在地，头发散乱，满身酒气，地上散着从包里掉的钱。我欲扶她起来。女人重，试了几下才扶起。敲门，男人出来，依然阴着脸，捡起地上的钱和钱包，把女人扶进去，“嘭”地反手关上门，连谢字都没说一声。不一会儿，隔壁传来男人的怒吼，女人带着哭腔的咆哮，还伴有杯具摔在地上的脆响。

对面，是县中医院的住院大楼，直线距离也就二十来米。中间，隔着个残存的小山包，长着些野草、东倒西歪的小杂树。不知是谁，在乱石坷间撒了油菜籽，似乎是一夜间，那油菜就呼啦啦地蹿出一大截，叶子青绿，碎花软软的嫩黄。一座孤零零的小楼兀自立着，像座孤独的城堡，周围有些香樟树。春天，鸟啼声声，娇嫩，婉转，清脆，亲近，亲热，像一声声来自春天的问候。春夏之时，小楼的外墙被爬山虎覆盖着，一片葱绿，像一面绿色的屏风，挡住了与它一墙之隔的大街上的喧嚣。夏天，蝉则躲在浓密的枝叶间，不倦地吟唱。秋天，小楼的周围开满菊花，黄的、粉的、白的、红的、紫的，从坡坎下走过，菊香满头！因了这个小山包，五楼高的厨房里，还跳进过几只调皮的蟋蟀，晚上，躲在碗柜间“蛐蛐蛐蛐”地叫，和着清梦。窗台上，有时会有一两只不知名的鸟雀，探头探脑，东张西望，让人心生柔软。清人张潮在《幽梦影》里说：“春听鸟声，夏听蝉声，秋听虫声，冬听雪声，白昼听棋声，月下听箫声，山中听松声，水际听欸乃声，方不虚此生耳。”在寸土寸金，周围钢筋水泥林立的地方，能听到鸟声、蝉声、虫声，得山林之气，一天的困顿劳虑，被这天籁涤去，恍然有居世外桃源之感。

这座最后的城堡，在我们住进来后，居然又坚守了五年。楼主终于别无选择地选择了出卖。在这五年里，房价腾云驾雾地翻了好几个滚。现在，一栋名叫“鑫都国际”的20多层的电梯公寓，剑指青天，成为老城区繁华地段的标志建筑。在当初的规划图里，与医院之间的这段是绿化带，也被精明的开发商改成了收费的停车场。我住的房也成了临街房，原来终日紧闭，只是用作库房的门面，摇身一变，相继成了花店、发廊、茶房、网吧、火锅城、美容院、按摩店、商务宾馆。

去年的夏天，听到袁老太太在楼下吵，你们这样安，油烟子不是就往我们楼上钻吗？我们岂不天天闻油烟！左边门面，准备开家“鑫都饭庄”，老板正在指挥工人安装烟筒。老太太叉着腰，横着眼，拦着不准安。几个住户也下来，七嘴八舌地声援老太太，老板只好把排烟筒接上楼顶。不久，右边门面又开了家“鑫都夜宵”店。公共通道成了两家的临时后厨。他们支了雨篷，择菜、洗碗。生意好的时候，安一个小炉子做饭炒菜。上楼下楼，无论走左边还是走右边，都得从碗盆、垃圾桶、污水间而过。

斜对面，开了家云南过桥米线。紧张忙碌的装修后，门口醒目地张贴着一律半价的活动广告。开张那几天，门庭若市，我也去凑闹热，“试尝”过一次。店里精致的装修，大堂里端盘的五六个店员统一的着装。先排队打票，终于找到空位，等了十来分钟，米线才送到桌上。米线的味道也不错，但价格是面的两倍。渐渐地，门口稀稀拉拉。早上经过，偌大的几间门面，只有三两个顾客。一晃半年过去了，居然还在苦苦支撑！

楼下这两家店子也呈现出截然不同的生意状态。“鑫都饭馆”生意冷清，门可罗雀。到了吃饭时间段，偶尔有几个散客，服务员大妈终日无所事事地在坐在店子门口，寂寥地看着路人。关了一段时间，又开张了，不知是不是又换了老板，但毫无起色。那家夜宵店，则夜深而人不静。有时夜里十一二点过了，店里还闹杂不已。

夜里的喧嚣，无疑增加了我的失眠次数。躺在床上，“四季财，六魁首，两弟兄好……”楼下，男男女女的猜拳声不绝于夜里的喧嚣，无疑增加了我的失眠次数。食客们喝过了酒，结了账，往往还杵在当街聒噪。一波过后，另一波又来。他们的声音，像一枚枚无目标地甩出的手雷，在静寂的夜里炸响，又像是一支支带响的乱箭，射向一扇扇窗户。有几次，很想起床干涉，但终于没有。两排楼，几十家住户，居然也一直没出现过制止的声音。莫非，除了我是失眠者，都能安然而卧？或者，如我这样，也是一个个声音灾难中的隐忍者！而且，此时的制止者，也必然成为声音的暴力者！楼下卷帘门“哐当”声过后，一切归于沉寂，却再也无法入睡，像是漂浮在时间的死海上，随波逐流，湿淋淋一身，既不能沉，又靠不了岸。在清醒的夜里，不时有车披着夜色从街口而来，又从楼下碾过，向夜色深处而去，顷刻成为夜的一部分。车轮碾过地面的声音，像一股巨大的水流，“嗤嗤嗤嗤”地溅上两边的高楼，溅湿我的耳膜。

也去找过老板。老板是个团团脸的中年人，正在灶间忙着，腰间系张围腰帕，头上冒着汗珠子，一脸歉意，边炒菜边忙不迭地点头哈腰，对不起，对不起，我们注意，我们注意。找了两次，依然如故。想想人家也不易，也就罢了。从楼下过，老板但凡看见，总是边热情洋溢地向我打招呼边讨好地可能掏烟。

这些声音，成了失眠的我躺在床上训练想象的重要素材。从走路声的轻重、缓急，我猜测是男人还是女人，是几个人。那扯着嗓门震又声嘶力竭、含混不清的，是几个趔趔趄趄，相互搀扶，醉眼迷离的酒鬼？那高跟鞋和平跟鞋交织在一起的男女，他们从何处而来，又往何处而去？那一路追打一路骂骂咧咧的，是刚刚从网吧里蹿出来的小青年。从车子碾过的声音里，我猜测是小车还是面包车，是摩托车还是电动车，是三轮车还是手推车……我时不时在众人皆睡的暗夜里，还睁着眼睛，重新打量世界，并试图从这些声音里，窥测到暗夜的秘密。

一天里的大多数时候，对面的住院部是安静的。但时不时有人伏在窗前打着电话。声音不大，努力不让床上躺着的人听见，但语速快、急。这样的情形，每天都有。有时，好几个窗口里钻出好几个正打电话的脑袋，甚至能清晰地听到躺在床上的人发出长一声短一声的呻吟。晚上坐在电脑前码字，往窗外一望，对面住院部所有房间里的灯几乎全亮着，通宵达旦。偶尔，对面还传来“噼噼啪啪”的鞭炮声，那鞭炮声在告诉我：又有人永远告别了这个世界，他们再也看不到明天的太阳。

一年里，我总要过去那么几次，看朋友、同事、亲人。前段时间，左腿的膝关节处，一走路就“咯吱”响，也没太在意。6 月的一天，毫无征兆地，腰陡然疼得直不起来。这种情形，以前出现过几次，到药店里拿点药，几天就好了。而这次，吃了药却还是整日虾着个背。到对面去打 CT，腰椎间盘突出和骨质增生。长期的久坐久站，终于无可避免的落下这职业病。输液。小针刀。针灸。牵引。电疗。每次去，理疗室和住院的病床上人满为患。8 月份，一不小心又“二进宫”。做完理疗，走在人来人往的街上，心生感叹：有多少像我这样，看似正常，却有着只有自己知晓的痛苦的人呢！在出院单上，医生填的是“好转出院”，并再三叮嘱，不要剧烈运动，不要久坐、久站。搬到这里后，我一直保持着在傍晚时分沿出城公路跑步的习惯。人到中年，也是人生的黄昏时段。在黄昏奔跑，与其说是锻炼和运动，不如说是想继续保持奔跑的生活状态，或者，在大汗淋漓中得到释放，在沉重的喘息中获得轻松。美国当代小说家唐·德里罗说：“跑步帮我甩掉一个世界，进入另一个世界。”我试图以此抵抗粗粝的时间，抵抗不可抗拒的衰老。

这个夏天，身体以尖锐的疼痛的方式，促使我重新审视自己的身体，审视周遭。出院后，不得不对自己的身体谨小慎微。咳一声嗽，打一个呵欠，漱一个口，这些不经意的动作，都可能会导致腰椎病复发，从而痛苦不堪。有些东西，实在不能强行为之，否则，只能适得其反。我必须善待自己，善待周遭，与光同尘，与自己的身体讲和，也要与周遭的这个世界讲和。我减少了坐在电脑前的时间，跑步也改为散步，让自己慢下来，让生活慢下来。那根老寒腿，医生建议最简单的方法就是随时拍打。随时敲打自己，以疼痛对抗疼痛，这或许真的是一种有效的自疗。如今，冬夜，躺在被窝里，听到楼下“豆腐脑”的叫卖声，不再觉得室内寒气袭人，而是温暖如春。平时，站在窗前，常常望着对面发呆，无端地想象床上躺着的人的各种情状：残缺的四肢、抽搐的脸、破损的心、肿大的肝，想象着这些人的焦虑、不安、痛苦、挣扎、绝望。这幢住院楼像一面巨大的镜子，照出了生命的最后真相，它又像块巨大的警示牌，时常警醒着我，让我知足和感恩。

我的通讯地址，改成了“鑫都国际大厦背后一单元五楼”。

结庐在人境，处处车马喧。靖节先生的“桃源”，只能到“世外”去寻。玄武兄在《小众》2017 的新年献词里写道：“无论你主动还是被动，你终是被裹胁向前的一个；无论你如何祈祷美好，令人不安之事仍会降临，因为它是抵达美好秩序的必然过程；无论你如何畏惧时代的变化，剧变仍会不容置疑地、步履坚定地到来。”其实，宇宙无所谓荒谬，人在里面，觉得荒谬。世界也无所谓喧嚣，人在里面，觉得喧嚣。我必须承受来自某些声音的暴力，也必须接受这些纷纷扰扰的声音，并理解来自尘世的这些声音，包括我那根老寒腿时常的喟叹，尽管来自身体的内部，只有自己听得见。因为这些声音，是我泥沙俱下的生活的必然组成部分……

邱龙君，四川资阳人。文学作品《美丽西昌》《彝人之母亲》《彝家兄弟与孔明南征大军共欢火把节》等，获得中国凉山国际火把节征文奖。另有作品散见于《凉山日报》《会理文艺》《凉山经济》杂志和《四川省广电报》。系华阳作协会员。

神奇龙首山

◎ 邱龙君

资阳市金星村，有一远近闻名的神奇龙首山，每到逢年过节或生期满日，龙首山附近的人总爱带着亲朋好友到这里游玩观光，他们穿过草丛茂林，观赏一座隐藏在山巅的神奇龙首山，龙首山上的奇石，远观奇石曲颈撑天、神武浑宏、拥有顶天立地之气；近观奇石高大险奇、肃严雄壮，大有磅礴挺立之势，观中带思奇石大有气贯天地、镇灾驱邪、护卫沧桑之威。特别是奇石上精湛的石刻工艺更是让人叹为观止。奇石下观赏的人指指点点，惊叹中驻足观中带读、读中带比划，仿佛要把华丽的词句记在心、精美的字体学到手中。他们的目光移向龙身石，看着龙身石在那贫穷年代被毁坏的凄凉场景，不禁想起龙首山从古至今的一些关于龙首山的神奇传说，可谓是百花齐放、百家争鸣各有所道，就其比较经典的神奇传说，就有伍氏传说、董氏传说、年氏传说等等。

伍氏传说

相传，一代女皇武则天后裔，伍氏家族的一部分就住在龙首山下右翼的伍家湾，伍家湾山岭与龙首山龙脉相连。祖祖辈辈生活在伍家湾的人传说，现在的龙首山这一带，以前不叫龙首山，具体叫什么地名也无法考证。在很久很久以前戊戌年的一天，这里的天空突然暴风骤雨、雷雨交加、天昏地暗、滚滚洪流在沱江河里肆意狂奔。霹雳闪电中，一条巨大蛇妖顺沱江河水而下，一路兴风作浪、摇头摆尾、卷身腾空、发出怪异吼声。到达沱江河畔的资阳莲花山，蛇妖见山上莲花银光闪闪，蛇妖想将其据为己有，便施法水涌莲花山。一时间沱江两岸洪水泛滥，洪峰冲击之处，田地淹没、沟坎崩溃、房屋倒塌，哭声、喊声、崩塌声响彻天空。在这万念俱灰之时，莲花山上那莲花射出一道闪光直冲天空，一会儿天空出现朵朵祥云从天而降。只见一条金光闪闪的金龙乘一朵祥云直奔莲花山，将那蛇妖一卷而起，腾空奔向一处山梁。随着一声巨响，雨过天晴、天明地朗、水退江平。金龙卷着蛇妖乘着祥云落到山梁之上，金龙所乘的那朵祥云落到金龙头边丈许开外，化为上下大小的大奇石。金龙将蛇妖压于身下，与蛇妖一同化为龙体山梁。龙首之处就是现在的龙首山，其龙身骨化石肉化泥拖至百家山富家山两道山梁，其龙尾就藏在沱江河水里边，与金龙一起落地的七朵祥云，分别散落在山梁下各处化为形状各异的石包，人们称之为七仙女石包。后来人们为感谢金龙扶正压邪、守候一方水土，保佑风调雨顺家和年丰，不惜与蛇妖同归于尽，化身为泥石的壮举，在大奇石顶端刻着“奇石撑天”，在奇石撑天下面刻着“龙首山”以表龙首山峰扶正压邪的雄伟高大、威武庄严之气势。

董氏传说

相传历史名人董卓后裔，董氏家族中的一部分，就住在龙首山背后山下的董家池塘，辈辈代代生活在董家池塘的人，传说在很久很久以前，天灾频频、连年荒歉、王朝风雨飘摇，势危如累卵，地方官商勾结、兵匪一家、扰民害民。人们过着饥寒交迫的苦难生活，不少平民为求生存相继拉杆子，结盟占山头，共同抵抗外敌，保一方平安。龙首山一带有志之人，结盟在龙首山上，内防恶势力，外抗来侵强敌，保护相邻百姓免遭生灵涂炭。武举人在龙首石上锉孔插旗、练兵布阵，壮大队伍。其中练武者以磨盘当茶盘，舂米的窸窝当茶杯，单手托举招待来抓壮丁的差使，吓得差使望而生畏逃之夭夭，从此不敢再次来犯。文举人在梦里念着：“跨过去捡金子、跨过来捡银子、跨不过去饿死你。”睡在他旁边的大个子把他弄醒问，文举人你在念什么，他恍恍惚惚地说：“我梦到跟金龙太子在奇石与龙首石间跨来跨去，在念什么我就记不太清楚，好像是……好像是……哎呀记不清楚了。”大个子问是不是；“跨过去捡金子，跨过来捡银子，跨不过去饿死你，”他若有所思地回答：“对对好像就是这么念的，大个子你耳朵真灵，连我梦里的话你都听得这么清楚。”你念得那么大声，睡在你旁边的兄弟没有听不清楚的。文举人自言自语道：“怪哉、怪哉，怎么会有这样的谚语在我梦中，”大个子催促道赶快睡，天都快明了。第二天睡在文举人旁边的人都念着：“跨过去捡金子、跨过来捡银子、跨不过去饿死你。”于是大家都到龙首石上试着想跨到奇石那边去，但都没有一个跨过去的，就连几个平时胆子最大的都没有跨过去，有人就问文举人你在梦里真的和金龙太子在奇石与龙首石之间跨来跨去了吗，文举人笑着捋捋胡子，那是在梦里呀，哪能当真。不过梦中谚语倒是很有意思，你想，只要敢于迈出人生艰难的一步，就能在人生的奔波中跨来跨去，固然就饿不死也。从此结盟的兄弟以及他们的后世子孙，都善于大胆开拓、勇于跨越。所以龙首山下人，历经各种艰难险阻，饥寒交迫的日子里，都能艰难的挺过来。从这“跨过去捡金子、跨过来捡银子、跨不过去饿死你。”的谚语受益匪浅。

年氏传说

相传，年羹尧后裔，年氏家族的一部分就住龙首山下右翼的年家湾，年家湾山岭与龙首山龙脉相连，祖祖辈辈生活在年家湾的人传说，很久很久之前这一带十分贫穷，民不聊生，地方官员、土匪、恶势力轮番盘剥。很多平民子弟为求生存，男子沦为奴隶、女子被迫为娼，人们怨声载道。可屋漏偏逢连夜雨，船迟又遇打头风。有一年大灾后，瘟疫遍地，感染瘟疫的平民越来越多。地方官府官员、土豪劣绅、族首乡霸不但不给予治疗，反而把生病的和感染瘟疫乡民赶到山梁上去，不准下山，下山者杀。感染瘟疫的乡民在山梁上，过着饥寒交迫的生活，乡民们既要忍受饥饿、还要忍受病魔的折磨、更要忍受寒冷的煎熬，乡民们在生死关头仰天长呼救命啊，祈求老天保佑。哭喊声、哀嚎声、痛苦呻吟声、求救声响彻天空。嫦娥听后为之哭啼，吴刚闻后为之流泪，各路神仙纷纷向玉皇大帝禀告，请求玉皇大帝派天兵天将下凡救黎民百姓于水深火热中，玉皇大帝决定派龙太子于天明前下凡拯救。子夜一处鸡鸣把龙太子惊醒，龙太子手持金星脚踏祥云，降落在感染瘟疫的乡民聚居的山梁，为不扰民惊民，龙太子落到山梁后将金星化为上大下小的奇石，奇石白天供乡民遮阴避雨，晚上为乡民发光保暖驱寒。自己龙尾藏在沱江水里，龙身覆盖在白家山富家山两道山梁上，化骨为石化肉体为泥，龙首骨化为离奇石丈许开外的龙首巨石。随着一声又一声的鸡鸣天渐亮，乡民们发现山岭上有了一块高大的奇石，奇石旁边有一方龙首巨石，龙首石下的山坡有泉水流出，泉水浸润的山坡上，庄稼长得比以前更翠绿健壮。乡民们吃山坡上的粮食蔬菜，喝着龙首石下流出的泉水，病痛逐渐减轻，于是乡民们，夜晚靠坐在奇石下，白天带病耕种，一段时间后，感染瘟疫的乡民基本痊愈。可消息传到族首乡霸那里，于是他们抢山抢水抢地，乡民们拼死保护，在相互争抢中，有人发现泉水渐渐变小，庄稼慢慢变黄，于是大声呼喊，不要抢了，再抢还要地缩水少。大家在停止争抢的安静中，好像隐隐约约听到，龙首石里发出“团结共享不许争抢，若是再抢瘟疫也很难根治”的声音。大家再静下心又听，有人说听到了，有人说没有听到，不管听到还是没有听到，谁都担忧瘟疫传染，谁也不敢再抢。于是大家在团结共享中商议保住这方水土，从此龙首山下乡民在团结共享中，娶妻生子相安无事。人们为纪念龙太子，把龙首巨石所在的山梁命名为龙首山。

不管伍家怎么传、董家如何讲、年家怎样说，传说终归是传说，不过就是人们饭前茶后扑朔迷离的神奇传说罢了，就让其风影飘茫吧，然而这扑朔迷离的神奇传说确实述说着资阳市雁江区保和镇金星村的龙首山一些风雨飘摇的故事。至今还时隐时现的能听到一些，关于龙首山，“高高山上有石头，背不起来抬不动、无路车马难驮运、不知哪位仙人弄上去，金星化为奇石头，上大下小立千秋，巍然挺立不动摇，龙首高昂向天歌，龙身向着百家富家两匹山那边拖，龙尾藏在沱江水窝窝”的神奇歌谣，龙首山旁的鸡鸣山，龙首山下明星村、金星村都或多或少见证着龙首山无风不起浪的风风雨雨。总之龙首山扶正压邪、龙首山的谚语，龙首山团结共享，都养育和激励着龙首山下的代代儿女。

李克佳，1953年生于成都府河畔。有下乡4年的知青经历。1975年底返城。成都飞机工业(集团)公司工程师，从事机械设计与工艺技术工作。现已退休。

那些年烤火的乐趣

◎ 李克佳

曾经多次听北方人讲，咱北边虽然寒冷，但室内温暖如春，你们南方却是室内室外一般冷啦。不错，这是实情。不过，近些年来已有改观。不少家庭采用了炉盘、小太阳暖风机、空调等电器取暖，少数家庭还用上了地暖，早就今非昔比了。无疑少了许多麻烦，也避免了生火的烟熏火燎和尘灰飞扬。

现今取暖的条件虽然好多了，但却缺少了过去那种亲友邻里之间围炉烤火的热乎劲儿和人情暖意，因此常常怀念过去围炉取暖的乐趣和味道。那种气氛，那种感觉，那种体验，不可替代，如今再也无法复制还原了。

成都人烤火看重的是这个围坐沟通的交流平台。借取暖之机聚集人气。正如一个人在家看世界杯足球赛无趣，非得到咖啡馆茶馆等球迷们聚集的场所观赏品评才火爆够味一样。因此，火炉既是取暖的中心又是交流媒介，能够把人们聚集在一起长达几个小时，除了取暖之外，还有一种人们喜欢的市井人文之享受。

这种享受的感觉还会延伸到日常用语。比如，成都人爱说的一句话：“跑那么远，去了有没有火烤哟?”其含义并非涉及到烤火，而是有无好处，有无搞头和希望的代言词。由此可见，成都人是多么看重烤火这件事，烤火在心目中具有多么大的感召力。

我对烤火的最初了解还来自阅读，小说《水浒》中对武松人品和性格细致入微的刻画也是抓住武松与嫂子边烤火边等候武大郎回家的情节过程入手的。同时，现实生活中的公众场所也见过烤火的场面。比如，那些年医院诊断室有些安装有暖气片，有些烧有火盆。不但解决了病人和医护人员的取暖，同时也兼顾处理了其他一些需求。

我家的火炉生火是我责无旁贷的使命，晚饭之前就要将一切程序准备就绪。先是清理炉膛、捶打炭块，劈砍引火柴；继之点火助燃，按照煤炭块头大小合理置入炉内，堆砌做到下松上紧。反正炉膛堆砌要空，上部堆放渐次紧密。下方的“空”是为了流通充足的氧气助燃，上部的“密”是压住火头，避免过早燃尽，这样才利于合理燃烧，以实践于“人要忠心，火要空心”的经验之谈。其间的搧风充氧以促进燎原之势是必不可少的一环。整个过程苦不堪言，一身上下土头灰脸不说，还被煤烟呛得眼泪长淌……

当时最上等的燃料算是无烟无味，又便于快捷生火的杠碳，只要一根火柴就能引燃。一般机关单位办公室和医院门诊室都选用它。其次是焦炭，没有煤气呛鼻，也没有烟雾缭绕，但生火比较麻烦。实在缺乏上述两种燃料的人家就去老虎灶或是北门城门洞渣滓坝买别人捡来的“二碳”，优点是烟雾少，缺点是不熬火。往往正烤得痛快，火力减弱，旋即熄灭。

通常，人们爱在火炉上烧一壶水，借“吱吱”喷出的水蒸气湿润一下干燥的空气。红彤彤的火光映红了一圈围坐者的脸庞，似乎空气中也透出兴奋和欢快。

那时烤火的方式有许多种，唯有大伙聚在一起烤火最够味。除了自己家，我常去烤火凑热闹的地方不外乎这样两户邻居：

一家是附 5 号院子里的钟婆婆家。钟婆婆与我母亲同辈，但比我母亲大几岁，出于尊敬和自谦，全巷子不论辈分高低、大人小孩都管她叫“钟婆婆”。她本名为“简全如”，不落俗套中隐具内涵，凸显娘家的文化底蕴和修养格调。全身上下一直保留着旧时代的痕迹，梳理后的长发在脑后挽作一团成饼，外套黑丝网发兜，然后在发髻上横插一根碧绿色的簪子，再联系到不论何时手腕都戴有一圈品质上乘的碧绿玉镯和耳垂下晃动的一对金耳环，显现出大家贵妇的风范，但不知做起事来是否方便。尤其是她的三寸金莲形若汤勺，格外打眼，走起路来一晃三摇，步步为营，缓慢坚定且悄无声息。只是在着急开跑的当儿，“咚咚”作响，显然是脚后跟对地面的敲击，就像捣对窝一样短促而有力，确实与“钟婆婆”的称呼相当。

钟婆婆早年丧偶，与唯一的儿子相依为命。儿子比咱大十几岁，在位于二仙桥的某仓库工作。五官长得不错，但可能是体母亲的原因，钟大哥身材矮小，穿着也相当老成守旧，加之过于老实本分，反正一直没有成家，因此母子二人同居一室。那个年代一家人同住一间屋乃司空见惯，既是卧室，又是客厅、兼作书房和饭厅，夜间还有可能临时作为厕所，更有甚者还发挥厨房功能，反正一切家务活动都只能在一间屋中操持。好在钟婆婆住的屋子原是金老板会客的堂屋，居于院子厢房正中，前后两面采光，高朗通透明亮，天花板离地足有6米以上，相当于两层楼房高，与如今的跃层式客厅等量齐观。前方那道墙由构图精巧的窗格上镶有彩色花玻璃的一组屏风形成，面对庭院天井和小径。天井上方是长势茂密的葡萄架，架下小径两旁置放着两个巨大的落地式金鱼缸，缸子齐腰高，形同水缸，外表烧制有双龙戏珠的凹凸景泰蓝图案，彰显主人的富有与情趣。后方朝向玲珑别致的后天井，后天井两对边分设厨房和厕所。卧室前后两面均有门进出，高高的门槛，气派的房门，房间方方正正不说，地面还铺有古老的方地砖。面积足有20多平米，并且紧邻屋子额外还有厨房和厕所独享，这在那个年代并不多见，形容为“得天独厚”都不过分。本来就人少，安放完家具，屋里还显得空空荡荡，因而将较空一方天地作为会客之用，来客围炉烤火也安排在此处。加之母子俩非常好客，凡左邻右舍上门烤火皆来者不拒，人与炉火一样，对客人都露出了一概欢迎的笑脸，并且还要泡茶递烟，尽地主之谊。特别是钟婆婆的近邻是马屠夫，善言谈，龙门阵摆得有声有色，妙趣横生；听者专心致志，欲罢不忍。记得他讲得最多的就是《济公传》连播。况且他每晚必到，从不缺席，从这个意义上讲，他本人就是一膛炉火。这就是众邻居常去钟婆婆家烤火的理由。只是马屠夫抽叶子烟不断欠，钟婆婆吸水烟不歇口，两人合唱对决，搞得来烟雾腾腾，空气中不时漫延着呛人的味道。

常去烤火的另一家是附 4 号院子住家的夫妇，男主人精明能干老成，早期是记者，后为东城区政府干部。遗憾的是，他患有糖尿病，精神状态一直不好。经常在肩头背有挎包，里面携带水壶和馒头，以备随时食用，解决少食多餐的需求；女主人年轻活泼漂亮，打扮入时，情商很高，人缘很好，是成都军区总医院护士。尽管经常上夜班，看模样要比丈夫年轻一圈。用世俗的眼光看，他俩是不般配的，女主人总体条件明显占优。她讲过，当初在众多追求者中肯下嫁完全是看在男方是记者的份上。夫妇俩都热情好客，待人诚恳随和，口碑和人缘都不错。去他家蹭火烤，还可受到他们端茶递烟的接待。记得最常抽的是 0.17 元一包的兰雁牌香烟。茶是当时成都流行的“三花”。在物资极度匮乏、凭票计划供应的那年月弥足珍贵，算得上是不小的人情。膝下一对才几岁的儿女，聪明乖巧，十分逗人爱。巧合的是，他们家住房也是四合院的原堂屋，同样高朗开阔通透，不过要比钟婆婆那间屋稍小一点。幸而他们在屋外回廊上方搭建了一个袖珍阁楼，有 6 平米大小。加上他们家后门外有一段全封闭式巷道，作厨房绰绰有余，还兼作用餐的场所。另外，钱家兄弟是长途货车驾驶员，源源不断为哥嫂拉来不少焦炭。印象中，钱家的焦炭取之不尽用之不竭。因此，他家具备聚众烤火的条件，去他们家烤火是邻居们一致的选择。

令人十分惋惜的是，大约在 1968 年冬季，钱大哥因单位上的派系纷争还是经济问题不得而知，趁一个人在家之际吞噬硫酸服毒自杀。看见他大口吐泄黄色恶臭的液体，几乎快把黄胆都吐出来了，我与邻居们才感觉不妙，赶紧叫来人力三轮车把他送到成都三医院抢救。之后我与四哥还去医院蹲守照料过，不料两天后便撒手而去，遗下年轻美貌的妻子和一双可爱可怜的幼小儿女哭天抢地，恸绝人寰！

此后，大家便不忍心再去这家蹭火烤了。

不扯远了，这边夜幕已经降临，炉火燃起来了。火苗如舌，肆意舔砥炭块，扑腾腾的火焰摇曳飞舞；火势强劲，炽热弥漫四散，气氛也随之活泼热烈起来。人人脸蛋红扑扑，个个兴奋笑呵呵，背向火焰一面则有些暗幽阴冷。大家稍稍离开火炉，围成一个大圈子面火而坐，以便容纳聚集更多的人。因此，老成都不叫“烤火”，而谓之“向火”，地方用语的简明扼要贴切，表达意境的形象生动传神，由此可见一斑。

稍事寒暄之后首先是互递香烟，不管质量好与瞥，都拿出来满撒共享，俗称“下大雨”。本人就是在这样的环境中学会了吸烟，好在后来戒掉了。

其间，也有老年人端着设计精湛，样式精美，做工精巧，功能精致，工具齐备，分量沉重的镶银铜质水烟壶吞云吐雾。

值得一提的是有两类人烤火也不歇着，一类是用毛线编织那种露指头手套的小姑娘，另一类是边冲壳子边裹叶子烟的老大爷。均眼望对方，嘴上唾沫飞溅，手中活路有条不紊，两者都不误。

此刻，少不了有人捧出瓜籽请大家分享，也有人吃完了橘子，手挤橘皮将冒出的果汁液气对着炉火使之喷出美丽动人的蓝色火苗，爆出“噼噼啪啪”的响声。还有在炉火上烘烤食物和手套的等等，不逐一叙之。但此时切忌使用钩火钎拨动炭火，一来，碳灰势必飞洒弥漫，难免扫兴；二来，会加速炉火的熄灭。将此定义为“欲速则不达”或“弄巧成拙”都恰如其分，闹不好导致大家不欢而散。古往今来人们所说的“人怕闹，火怕操”就是这个道理。

为数不少的人生了冻疮，一旦烘烤暖和就奇痒无比，禁不住连连揉搓按捏，虽然嘴歪眼斜，心底却荡漾起舒服痛快的波澜。个别人的双手冻得通红，肿得像包子，也借机解开包裹的手巾烘烤缓解。

此时，自然有人打开了话匣子，完全用的是“倒龙破摆”“扑爬跟斗”“歪把裂枣”这类老成都方言摆龙门阵。天南地北，海阔天空，时事新闻、名人轶事、马路消息，添油加醋，不一而足。讲的人抑扬顿挫，眉飞色舞，口若悬河，听者津津有味，乐此不疲。不时报以夸张的，会心的嘻哈打笑与之回馈，其乐融融。聊天不一定拘泥于统一，不妨也有个别之间小声嘀咕，各摆各的小龙门阵。兴致很高，像火焰一样热烈。但也免不了会遇上个别烤霸王火的不拘小节举动留下不和谐，即使无人当面善意规劝，也会在其背后抨击。

夜深了，炉火也即将燃尽，随着各家催促回家睡觉的叫喊声，彼此之间难舍难分，不禁连连相约明晚再聚，没有聊完的龙门阵也且听下回分解。

一幅幅的记忆场景非常生动有趣，那是怎样的坦诚，怎样的和谐？几十年过去了，至今内心仍有一种深深的感动和依恋挥之不去。

苏长恒，研究生学历。四川石油职大退休教师。自幼爱文学，川大毕业后，到钻井队，在井队办了《油花》小报，得到《四川石油报》的整版转载。以后在教育战线工作，加入省哲史协会等学术组织，出版了十几本书和词典，发表不少论文，有的获奖。退休后，加入石油诗书画摄影协会、华阳作协等，并在会刊和报章杂志中发表了不少散文、新诗、报告文学等。

明黄色的天府之春（外一篇）

◎ 苏长恒

人们常用绿色来描画春天，可是，在气候温和的成都平原，一年四季常穿绿装，什么才是天府之春的特色呢？我是春姑娘的痴情人，我深情地凝望着川西大地，我要捉住春姑娘最动人、最妩媚、最鲜艳的姿色，我要……

功夫不负苦心人，我在天府新区的城郊，终于发现了，切切实实地看见了，春姑娘在这里，首先播撒下醒目的明黄色——

还在寒风刺骨、百花凋零的隆冬，傲霜斗雪，枝干挺劲的腊梅，就绽露出暗香浮动的蜡黄色小花，高瞻远瞩地启迪着人们，冬天如许，春天还会远吗？果然，报春的红梅紧跟着黄色腊梅之后开放了，像燃起的火炬，照亮了春的道路。

看啦，在展览馆的背后，在各个供人们小憩的公园，在郊外的崖下沟边，一丛丛柔软青翠的迎春花长藤上，像星星缀在绿色的天空，像金光洒满翡翠的海洋，像明黄色的宫灯挂在天设地造的碧玉丝绦之间，像毛茸茸的嫩黄的小鸭挤在绿水青湖之上——迎春花开了，春姑娘来了，大地开始了春的萌动。

我满怀切切盼念终得见的喜悦，我深藏着对春姑娘的挚爱，我控制着像春潮般汹涌的激情，拽着春风的裙裾，步出郊外，扑向春的怀抱：啊！一个明媚艳丽的春天，一个金灿灿，暖融融的心胸博大的春天啊，你使我兴奋；你把我醉倒了，在一望无际、青翠欲滴的麦田中，镶嵌着大块大片明黄色的绸缎——那是迎着春的丽日，沾着春的雨露，冲出春的温床，展示春的天姿的油菜花！自豪的油菜花，嫩黄的油菜花！脚踏实地的油菜花，为了结菜籽一报耕耘之恩的油菜花，敢于斗奇争艳的油菜花，引来蜂蝶起落的油菜花！自尊自强的油菜花，崇尚集体力量的油菜花，与绿色王国的公民和谐相处的油菜花……大片的明黄色，使春天的太阳更加辉煌，使阴湿的天空也充溢着阳光，使柔美的春色添加热烈，使绿色的成都平原涂上对比色而显得明亮……

循着看不尽的油菜花，我信步来到一座小巧玲珑的鹅黄色的小楼前，这小楼色彩极为高雅，一楼一底，二楼走廊和屋平顶四周，环绕着精致的铁栏杆，栏杆规则地弯成一排排花叶之状，花是明黄，叶是淡绿——是什么单位在这里修房造屋啊？再走几步，但见鹅黄色圆形大门两旁，立着两根仿古落檐柱子，用金字篆刻了一副楹联：

繁花似锦万业兴旺勤是金梭劳是本
新农如神改革深化爹是太阳娘是根

读罢此联，方知此乃一农舍！这副楹联把我从大自然那明黄色的春天里领了出来，走向我们这些黄皮肤的九州臣民所在的春天！这使我在振奋中自豪起来，发自肺腑地呼喊：你好啊，成都平原的明黄色的春天！谢谢你，明媚的鹅黄带来了金子般的希望！啊，明黄色的炎黄子孙，把对美好生活的向往作为奋斗目标，创建着追梦耀眼灿烂的天府之春！

我为朝露而歌

东方刚刚开始发白，大地还在睡最后一觉。我就起来了，踏着朝露，迎着清新，向着太阳，开始了新的一天的长跑。我跑步、打拳、还做俯卧撑。我唱歌、读书、大声朗诵“Good morning……”啊，朝霞以她独特的色彩，向我微笑。我感到心情格外振奋，浑身是劲。该回去了，要把这充沛的精力赋予生命！望望两手的泥土，我正埋怨周围没有水，我突然发现大道的两旁，是绿草茵茵的平地，乍一看，两条碧光闪亮的缎带镶嵌着大地，伸向远方，仔细瞧，毛茸茸的地毯似的小草上密密实实地顶着、挂着、盛着一颗颗晶莹闪亮的露珠。我高兴极了，两手在小草尖上来回抚摸着，泥土洗净了，手上身上是那么凉爽，那么惬意。这时，一对陌生的青年男女赶早路，从我旁边走过。只见那女的看着自己雪白凉鞋，透明的肉色丝袜上沾满了水草，埋怨地说：“看，露水把袜子都打湿了，弄脏了。”那男青年关切地看了一眼，却沉思着，说：“搞脏鞋袜还是露水的小缺点，它最根本的问题是生命短暂。”男青年略微一停，一个情人的眼风，从女青年红扑扑的脸上扫过，拉长声音说：“所以为人莫学露水，我和阿妹要长相思。”那女青年笑着追过去打他，那男青年也笑着，躲着，向前跑过去了。

“为人莫学草露水!?”这话在我对朝露一往情深的清泉中，投下了一块嶙嶙巨石，激起了阵阵思绪的浪花。在这洒满珍珠的田野，踏着洒满珍珠的露，观赏着路旁的景色：大道的右边，一片精神百倍的包谷林，在晨风中轻轻地摇曳，枝叶上的露珠骨碌碌地滚进了少雨的土地；迎面扑来的又是昨天被太阳晒得垂头丧气的一厢厢棉苗，这时也头顶露珠，亭亭玉立，在美妙的晨光中感激甘露的滋润。啊，露珠，禾苗欢迎它，人也感激它。

一个池塘又出现在面前，满塘荷叶青翠欲滴，充溢着勃勃生机，几朵早开的荷花白里透红，在团伞似的绿叶映衬之下，显得格外妩媚多姿，近处的花上，叶上都铺上了水灵灵的露珠，有的叶子上小珠子汇成一颗很大的透明宝珠，在朝阳之下闪烁着柔和迷人的光芒。我突然想起了无数花卉照片上，珍珠般的露水总是必不可少的装饰品，人们需要它，喜欢它，是因为它无私地陪衬了花草，给人类以美的享受。

我站在荷塘边，不自觉地牵动了荷叶，叶上的露珠就温顺地滚走了，融进了池水之中。啊，露珠，在黑夜的冷清中悄悄长成，在迎来彩霞漫天、红日高照的温暖明亮之后，她又默默地逝去，人踏棍打，它从无怨言，擦脚洗手，它欣然前往，它没有雪的舞姿，它没有风的呼啸，它没有雨的凶猛，它没有霜的残暴，它只是静静的出现在田间地角，山沟旷野，在它有限的生命里，为人类做出尽可能多的贡献。

一边走一边为朝露的声誉不平，朝露冲破黎明前的黑暗，给我们送来艳阳天，朝露伴随着光明毁灭了自己，滋润了空气和大地，造福于人类——确实是短暂的生命，然而是闪光的生命啊！它的毁灭，不是生命的终结，而是永恒的开始。不管人们怎么议论它，它的子子孙孙都是忠贞不渝的沿着这条路走下去。这是多么值得称颂的无私坚韧精神啊！

回到宿舍，偶翻书，见到马克思的一段对露水的赞美之词，他说："每一滴露水在太阳的照耀下都闪耀着无穷无尽的光彩。"我看到这里，拍案叫绝，情不自禁地走到窗前，面对着世界和宇宙，在心中发誓：我一定要为朝露唱颂歌，颂不够它无穷无尽的光彩，哪怕歌唱一点一滴也是一份心愿！

诱人的府河偏袒华阳　有意
沿安公堤　转了几个弯
华阳成了临水环绕的半岛
全城街道　倾听水的浅唱

第七辑　意论/末篇

文学作品有着不可再生性，任何经典都有其独特意义，都是不可能复制的。它的价值在于能通向未来，指示未来，为后来者提供思想和艺术启示。

——秦兆基

石油诗，在表现生活和人的精神世界方面，其意象，其语言，可能给读者以某种程度的新奇感和陌生感，这应该是它的优势和价值所在。石油诗对于诗人和读者，都有一个从隔膜到切近，从陌生到熟悉的过程。

——毛序竹

张大千的文明视野开阔，艺术创造力旺盛，艺术创作成果丰硕。在其艺术世界中，既不缺惊天动地的画，亦不乏五彩斑斓的诗。

——汪毅

历经数千年，华阳作为广都古城的政治中心，依山傍水，气候宜人，既是府河航运的咽喉，又是陆路运输的枢纽，航运发达，经济繁荣，文化底蕴深厚，文物古迹星罗棋布，区域历史文化资源丰富。再看今朝，承载着千年广都文脉的华阳街道，正按照建设成为天府新区新极核的战略目标，大力发展总部经济、金融商务、科研创意、文化创意、旅游休闲等第三产业。广都，这一毓秀钟灵之区，还将庇荫千古。

——汪利娟

秦兆基，江苏镇江人，1932年生，教师、作家、文学评论家。著有散文集《错失沧海》《苏州记忆》《红楼流韵》《走向教育源头》；长篇文学传记《范仲淹》；散文诗集《揉碎江南烟水》；文学评论集《散文诗写作》《散文诗品》《散文诗诗学》《诗的言说》《永远的询探》《时代的脉搏在跳动》《报告文学十家谈》等，在《人民日报》《文艺报》《文学报》《十月》《钟山》《延河》《报告文学》等报刊发表文学评论和诗歌、散文多篇。

回归原点　重新出发

——中国散文诗：走向新的百年

◎ 秦兆基

世界散文诗的历史，如果从法国诗人波德莱尔将其散见于报刊的同类型文字结集为《巴黎的忧郁》出版，并在书名之下的括号中标注为“小散文诗”，为这类文体的名称时，也就是1869年6月算起，距今150多年。如果再推上去，从波德莱尔倍加推崇，视为自己散文诗创作范型的路易·贝尔特朗的诗集《夜之卡斯帕尔》出版时——1842年算起，就更加长了。在中国，从现在被公认的第一篇散文诗作沈尹默的《月夜》发表时——1918年算起，也是百岁有零了。

中国散文诗百年庆寿的热潮，如今已经销歇，可以神定气闲地思考一下，怎样在新的百年中谋求新的发展，开拓散文诗的一方新天地，臻于新的繁荣。

谋求实现这个目标的最好的、最为切实的方法，就是回归原点，重新出发。

在文学研究中，“原点”意味着文学创作的源头，回到“原点”就是回溯到源头，寻绎文学发展的轨迹，也就是如何认识传统，承续历史。

回归原点，才能更好地前进，中国和西方文学史上的重大突破，无不证明了这点。韩愈古文运动，张扬“文起八代之衰”的旗帜，直追三代秦汉；唐代诗歌，为了荡涤六朝宫体诗脂粉气，吟唱起“蓬莱文章建安骨”，慷慨以任气；西方的文艺复兴，意旨就是回到古希腊；20世纪欧洲以艾略特《荒原》为代表的“新史诗”，就是从古希腊两大史诗中找到母题，发掘其宏大叙事背后隐寓的人性美和至高的精神追求。

散文诗的发生、发展何尝不是如此？法国散文诗的产生是不满于西方自由诗的羞羞答答，谋求对格律诗的彻底“背叛”。在某种意义上，它是遥接西方古代类似近代“散文诗”的一种诗体。在这里，补充说明一下，西方的自由诗，并非全无格律，只是比传统格律诗限制少一点，并不同于中国的自由诗（白话诗），全然不讲格律。

中国散文诗传统是怎样的？如何承续传统呢？

中国当代散文诗的文学传统，包括两个方面：一个是在中国历史发展中形成的带有民族性征的心理状态——精神追求、集体无意识、美学癖好，以及表现这些民族性征的文艺作品和诗学理论；一个是散文诗文体发展历史积淀而成的，即中外散文诗发展历程中的艺术成果和由经验集聚而提升的诗学理论。

这两种文学传统，隐含在众多作家的难以量计的作品中，可以视为突出代表的是经典作家的经典作品。

要很好继承传统，势必得认真地研读经典。中国文学中的经典，与散文诗有指涉的，大抵已有共识，正如当代学者、中国古代文学专家袁行霈先生所言：“散文诗，以文视之有诗之抒情性；以诗视之，有文之描叙性。法兰西诗人波特莱尔所谓‘足以适应灵魂抒情之震荡，梦幻之波动与意识之惊悸’者也，以此衡鉴我古贤之作，多有暗合者。”① 这类作品，自先秦以降，是一些游离于庙堂文学以外，以遣情适志为主的兼有抒情性和描叙性的散文或骈文，诸如诸子寓言、楚辞、六朝小赋、宋明小品，可以资鉴的委实不少。其实扩展开去，一切中华典籍，都可以罗致来为我所用的，都可以改造制作，创作新章。

一些前辈作家，在这方面提供了有益的借鉴。爱尔兰作家詹姆斯·乔伊斯的长篇小说《尤利西斯》袭用了古希腊史诗《奥德赛》主人公奥德修斯历尽艰险、志在还乡的母题，将古希腊史诗的人物活动的细节和现代人的生活状况的描写平行交叉设置，互相映照，增添了作品解读的难度，取得陌生化效果。风格上，粗俗和典雅兼具，俚语间出于文词之中，体现出莎士比亚戏剧、十四行诗般的情味。如小说末尾以散文诗写作的“书后”中片断：

伙计，你难道从来一点儿没听说过丰乳莫莉·布鲁姆，一个爱尔兰美人儿，先生，丰腴似列维–布鲁门特尔？她要是坐在总督的包厢里。蒂姆·希利就根本没位子，而是蜷缩在她斜眼一瞥的角落里。

……

伙计，我记得在我流浪时代烦扰着我的时候，我们在法兰西、西班牙、匈牙利的风雨或阳光中野餐；她说我是她的最初和最后，我倾倒的酒泛着沫四溢；

可如今你遇见的每个男人都跟他有一腿。伙计，我用我的全部心和脑清清楚楚地记得她打扮起来做新娘，她成了我的灾祸。她周围嗅来嗅去的小狗比珀涅罗珀②的求婚者还要多。

她把我撇在门口台阶上像只狗儿任它死。

---

① 袁行霈：《序》，见陶文鹏：《中外散文诗鉴赏大观·中国古代类散文诗卷》漓江出版社，桂林，1992 年。

② 珀涅罗珀（Penelope），是奥德修斯忠贞的妻子，出自《奥德赛》。其在丈夫远征特洛亚战争失踪后，拒绝了所有求婚者，一直等待丈夫归来，忠贞不渝。

引文中，一口一个“伙计”，说她和男人们“有一腿”，说自己“像只狗儿”，充分口语化，但又引用了希腊史诗中的典故，俗与雅，浪漫诗情与无端愤慨，交相辉映，显现出大家气度和散文诗的自由精神。

再如，鲁迅《野草》中的《影的告别》，承受了《庄子》中“罔两问景（影）”和陶渊明《形影神三首》的影响，并有所点化。他既打破了庄子“罔两问景（影）”的模式——无可奈何，只能拖下去，又打破了陶渊明“神”说服“影”的模式——两者相安，选择离“我”远行。《死火》《失掉的好地狱》《墓碣文》《死后》，都分明留有佛经文化的影子，神秘、奇谲，带有阴森可怖的气息。

就散文诗传统而言，一百多年来，呈现出的散文诗作品浩如烟海，其中可视为经典的，也是数不胜数。但是文学经典，不比文学评奖，评上的就是，要自己拿出眼光来鉴别。

什么是文学经典？阅读文学经典的真正意义何在？

意大利作家、评论家卡尔维诺为文学经典作出律定，一共有十四条，其中首要的一条是“经典是那些经常听人家说‘我正在重读……’而不是‘我正在读……’的书。”① 一部作品之所以能广为传播，诱引人一读再读，是因为它的深度和广度很难在一次阅读中得以穷尽。二十世纪以来，西方文学创作与理论的几乎所有的重大突破，无不建立在对过往经典作品的重读之上的。重读意味着作品被放置在不断解构又不断重构的历史轮回之中，并通过这种阅读实践所构成的变幻不定的意义关系而不断得到新的定位与新的诠释。重读，有如不可能的永恒的承诺，是无尽的过去对于无穷的未来的祝福。而在这个过程中，阅读者可能借助于对文学作品理解的变化，重新认识自己。耐得住重读的，不是一味艰涩，而是底蕴深厚，经得住咀嚼，能启发

---

① 卡尔维诺着　黄灿然　李桂蜜译：《为什么读经典》译林出版社，南京，2012 年，1 页。

人探究的作品。

一次次重读意味着从不同角度对作品进行省视，从中找到可以感悟和借鉴的成分；一次次重读意味着，个我对作品所承载的内容和表现形式，直至文体精神的透彻理解。如果你多次重读波德莱尔《巴黎的忧郁》和鲁迅《野草》，就不难体会贯穿在这两部的堪视为人格精神的就是“反思”和叛逆：从精神追求看，前者是痛苦的反思和无望的救赎，后者则是无情的反思和自我拷问；就不难发现它们表现形式的多样：两者都是不拘一格，力求突破既存的规范和秩序。

对于经典和传统，心存敬畏是必要的，因为任何经典作品都是杰出的，都是独特的无可取代的存在。但是，经典与传统有赖于它们生存的条件。有人说过荷马如果生活在现在，不会去行吟史诗，而是去写长篇小说了。有人说，鲁迅的《野草》是中国散文诗史上不可逾越的高峰。文学作品有着不可再生性，任何经典都有其独特意义，都是不可能复制的。它的价值在于能通向未来，指示未来，为后来者提供思想和艺术启示。

卡尔维诺在所谈的经典标准中，还有一条也很有意思，“‘你的’经典作品是这样一本书，它使你不能对它保持不闻不问，它帮助你在与它的关系中甚至在反对它的过程中确立你自己。”① 卡氏在经典的前面加上了“你的”两字予以限制，说明经典在人们的心目中是不尽相同的，每个人有认定属于自我的经典的权利。阅读者要在“你的”经典中找回自己，发现自己。作为散文诗作者，可以选择自己心仪的经典，选择适合自己个性和写作追求的经典。

中外散文诗在长期发展中集聚了大量的堪称为经典的作品，如西方的一些大诗、叙事散文诗，尼采的《查拉图斯特拉如是说》、纪德的《地粮》、圣-琼·佩斯的《远征》，并不只限于我们熟悉的泰戈尔、纪伯伦等抒情散文诗；再如中国游离于主流之外的散文诗，焦菊隐的《夜哭》、高长虹的《心的探险》、何其芳的《画梦录》、唐弢的《落帆集》、彭燕郊的《混沌初开》，它们在思想追求、题材猎取和呈

① 同注“3”7页。

现方式多样化方面，都是别开生面。散文诗人会在重读“你的”散文诗经典中找到适应自己创作发展的路径。

对经典心存敬畏是必要的，但传统并不是单靠“继承”，经典也并不是用来顶礼膜拜，以提高自信心和自信力的神主牌位。经典阅读必须经过“反刍”阶段，必须花心力寻求它的真髓，阅读经典的意义就是在于对其不断地解构、剖析中获得新的意义。说得明白些，真正的传统就是“反传统”，文学传统的精神是不断求新，创造过去没有的东西，经典则是为这种创造提供借鉴。一味维系传统，不敢批评和变化，一味死守经典，不敢创新，那么散文诗的道路必然是越走越窄。一句话，敬畏，继承不过是为了发展。

回归原点，重新出发。文学发展不断地，也许是无穷极地重复这种轮回，散文诗也会在这样的轮回中嬗变、发展。

毛序竹，男，1982年生人，西南大学美学博士，重庆邮电大学艺术传媒学院讲师，深圳齐白石艺术中心副主任。著有《自主性灵——齐白石诗画美学研究》，《艺苑十杰丹青集萃》，发表齐白石相关学术论文数篇。

略论曾涵复石油诗的审美世界

◎ 毛序竹

摘　要：曾涵复（寒沸）是四川乃至中国石油行业的代表性诗人之一。他的石油诗关注石油人别样的生存状况和精神世界，独步一方。读他的石油诗，可以发现其打量世界的独特视角，领略其不倦的艺术追求和审美理想，感受其别致的思想情怀和艺术魅力。

关键词：石油诗，曾涵复，寒沸

曾涵复身为石油人，对油田职工艰苦而漂泊的生活及其所思所想，有着深入骨髓的认识和理解。他的石油题材的诗创作，努力摆脱早期石油诗“头戴铝盔走天下”的高亢和浮泛，甚至假大空的说教，力图以一种新的感知方式、审美方式，穿过生活的表象，直达石油人的精神世界，呈现一组组石油人的心灵图谱，再现一个原本复杂多面的石油世界，使石油诗真正具有诗的质地和品位。他认为：中国新时期的石油诗的变革，与主流诗坛的变革是同步的，“其一是题材扩展，诗歌的触角伸到了油田生活的各个角落。其二是艺术手法的更新，传统的表现方法和创作模式面临着新诗潮的挑战。”曾涵复当然不只写石油诗，譬如他的爱情诗也写得极为灵秀唯美，试读《寻觅青梅竹马》：“眼睛碰落风雨时很苦/唯有孩提的纯情/是黑夜里举着的烛光/赐我永不冷却的温馨”，《消瘦的相思》：“储蓄了很久的纯情/在等待中/一点点消瘦/今夜，听懂了押韵的风雨”。

1

远古的生物，沉睡到地下，一梦千百万年，化身石油、天然气，然后醒来，被请出大地，服务于现代工业，见证现代文明。石油天然气的探寻、开采、加工和应用，本身就富于诗意。这富于诗意的事业，也易于培育诗人。相对于一般意义上的诗，石油诗更属于自然，属于生命的直感。当然，石油诗也属于社会，属于一个相对独立的小社会。

由于我国幅员辽阔，各地自然环境和地域文化不同，西北、东北、中原和四川，各大油气田，石油人气质各异。即使在石油诗内部，也异彩纷呈。中国所有的油气田都诗人辈出，西北、东北、中原和四川的石油诗，也都于审美共性中各见个性。试看曾涵复笔下的四川石油诗：“雄秀的四川山是国色味的/幽奇的四川水是国画味的……/四川味发酵于永恒野火的天然气/四川味悠远于数千年前圣灯的传奇……/四川味陶醉在巴山夜雨/四川味飘流在川江号子/四川味是矜持的火井放喷”，曾涵复的这首诗题为《四川国味》，第一眼瞟见题目，可能会让人产生一点误解，历史上有巴国，有蜀国，何曾有过四川国呢？待读其诗，这与“国色”“国画”拈连而来的四川“国味”一词的创造是如此得体，而在石油人的眼睛里，“四川味发酵于永恒野火的天然气”“四川味是矜持的火井放喷”，更是一般读者意料之外的奇思妙语。

“太阳红色的铜锣敲响丧钟之后/四川盆地有了殒日之孕……/在压抑的沉积岩和凹陷意识上钻勘/揭开史前地壳的盖层　喷射/羽化天然气如初夜少女的奇迹/以高昂的血火　浴天地/展开鲜红潇洒的本体”，此诗题为《喷火盆地》，那是在油气田勘探现场才能见到的壮丽的情景，那是油气田勘探成功的火光才能激发的诗情，那瑰丽的意象和诗家语也是四川石油诗人的光荣。是的，四川石油诗有着自己独特的风貌和艺术个性。如果把立足四川油气田的诗，写成东北的荒原石油诗、西北的沙漠石油诗，显然就没有了一方水土养一方诗人的意义了。在四川土地上诞生的寒沸石油诗，折射着巴山的雄奇，蜀道之幽险，以及川味的爽快和劲爆，更透着其难得的生命的敏锐和艺术传达的微妙。不过，所谓西北石油诗、东北石油诗、四川石油诗，只是基于地域的一种不确定的提法，不应过早地固化之，也许永远也不必固化之。

石油人的工作性质有区别于其他行业，无论是地质勘探、钻井开发、地面工程，大都是伴着繁重的体力劳动。石油人常年离家野外作业，成天穿着浸透油垢和泥浆的工作服，还要上夜班，不时还可能遭遇井喷和其他意外险情，还要不断地迁徙漂泊转战四方。因而每个油田都有自己的学校、医院等服务体系，形成自己独立的小社会，小小的独立王国。但即使这样，特殊的环境里，特殊的生活中，也未必能产生特殊的诗。严羽《沧浪诗话》说：“诗有别才，非关书也；诗有别趣，非关理也。”其实，诗与诗人所处的环境，所在的生活，也没有必然的因果关系。环境和生活是孕育诗歌的外因，诗人的天赋、激情和灵感才是诗歌孕育诞生的内因。适当的温度可以把鸡蛋孵成小鸡，却不能把石头孵成小鸡，这句哲学家的套话，套用于诗学，竟然也如此贴切。钻井队里来了一位女生，不知是哪位钻工兄弟的小妹或女友，许多钻工的目光立即就包抄了上去……此中有诗意，仿佛若有光，但这诗意之光不是谁都抓得住的，抓住了也未必能孵化出好诗来。且看诗人曾涵复如何调动他的灵感、激情和天赋，孵化他的那首极见才情的《钻工群里的小妹》的：“纤巧柔弱的小妹　沾上油味/就变了　一夹进野钻工群/就失重嫩绿的年龄/胸脯熟透了　眼睛熟透了/说出的话熟透了/变成一枚酸甜的圣果/变成钻工入梦的月色//钻工队的寂寞开始枯萎了/苗条柔情的背影　开始印上/相思的平仄和韵脚/饥饿的男眼睛　挤满/半透明的连衣裙……”

立足油气田，感受生活，发现美，妙处难与君说，妙处偏与君说，此中的妙处正由心与心的耳语，灵魂与灵魂的吼叫，在倾诉着，倾听着。《钻工和他的妻子》《石油神》《喷火盆地》《焊花闪烁太阳河》《雄性风的钻井队》《石油人的家》《四川油妹子》《油建人之姿》《牵送石油的劳动》《情系石油到永远》……曾涵复就这样不断推出自己的石油诗佳作，推动着四川的石油诗一路向前。

2

关注时代风云，感应生活的脉动，思考历史的得失，是诗人不应该回避的责任。而囿于个人情怀，年年岁岁喋喋不休于一己的悲欢，则不免是诗的自闭症。《寒沸诗选·自序》称："我的作品大部分写于逆境之中，但我可以负责地说，我没有忘掉使命意识。"那该是一种"位卑未敢忘忧国"的诗人传统吧。1987 年 5 月，大兴安岭发生特大森林火灾，林业部长被撤职。曾涵复敏锐地切入这一事件，迅速写出了一篇构思工巧而主题严峻的长诗《石油部长的视线在地下森林》："大兴安岭蓄了几千年的长发/凝重传统派现代派树群的年轮/疯长时间站立的希望/突然间　命运的巫女抛一条/涌动红色大潮的衬裙　火焰/裹住绿色的健美　喑哑/植物的微笑　黑太阳般的/伤痕　惊呆林业部长失职的眼睛……/石油部长　无意为自己设计/风度翩翩的构思　一支/亢奋的红铅笔　感觉/岁月沉重　前额沉重……/掐灭手里不安的烟头/用兴安岭火的声音　告诫/一切自以为是的惰性　当心……"以中国林业的重大灾难，警告中国的石油人，地上的森林烧毁了，地下的森林（石油）何以自处呢？此诗发表《中国石油报》上，一时振聋发聩，好评如潮。

在曾涵复的石油诗里出现频率很高的一个词是"雄风"。这个狂野的意象，用来表现那豪气、艰辛、孤傲，兼有几分性苦闷的石油人，应该是相当传神。创作之余，他对石油诗还有过独到的理论言说，率先提出过"雄性硬派石油诗"之论。读曾涵复的石油诗，能够感受到诗人笔下那烈烈的雄风，能够认识和理解那油田一线的工人们的生存境遇，那永远无法摆脱的单调，无法逃避的枯燥，无法远离的寂寞，无法超越的无奈。雄风，也许只是面对人生困境的一种坚强姿态，雄风掠过，困境依然是困境。但他笔下的英雄主题还是如此动人心魄，例如《1969 年一次停钻事故》：“钻进乐章沿地层的剖面线/滑入遥远的世纪/撩拨钻工恣情的欲火/走入贝多芬的《英雄交响曲》//陶醉着几乎打瞌睡的瞬间/旋律被扼断了　疏忽的三星轮钻头/被叛乱的地层劫留一颗星星/钻工变成失意的拿破仑/提着刹把沉重的剑/愤懑地呵责咆哮的钻机//三千米深井　化做竖立的长笛/吹不响一个英雄的主题”。

在曾涵复看来，诗人重要的是找到自己，每个人都是一个世界，各有自己的天地，因而每个诗人都是一种独立的存在，个性的存在。曾涵复的石油诗，表达着他对生活的思考，对历史和未来的叩问。在他的石油诗系列里，《钻工流派》有两百多首，从不同角度去表现那个年代石油人的生活、工作和向往，表现其生命骚动和丰富的内心世界。他力图站到一个哲学的、历史的和审美的高度，去审视脚下这片赖以生存的土地和土地上面鲜活的生命。其《1983 年的石油神》诗云：“钻工打的第一口井喷湿过星星/从此　大山里的钻工有着帝王的勇气/不再信仰经典和名人的片语/说话总选择挣脱锁链的字词/钻工不相信上帝不相信神/不相信外国人发明的空想主义/他们相信夸父追日/相信后羿射落的太阳化做石油天然气”。

诗人曾涵复的创作起步很早，他在石油诗发展的高潮时期投入极大的热情，他的石油诗大多置于一个生命的歇斯底里的激情世界之中，触摸到了石油人意识与潜意识之间的冲突和翻滚，他以自己的才华和勇气，抒写着关于石油人的赞歌和悲歌。石油人形象永远是他石油诗的英雄剪影，他用心捕捉那些使自己情感颤栗的感动，诗境往往出人意料，别开生面。“你站在/地平线上　站成粗犷的剪影/很庄重很潇洒地　弹拨/一架硕大的铁的竖琴”，“演奏很雄性很震撼的原创音乐/弥漫成/油歌流派的主旋律”（《寒沸诗选·原创音乐》），这关西大汉的英雄交响乐之后，又满是柔情，一派婉约明净：“眼神涨潮莹艳的蔚蓝/奏一支徐徐展开的音乐/轻诉一种童话式的成熟/无雕琢的情致/被憧憬的音符牵出渴望/未及营造的心事　悄悄去飘泊”

（《寒沸诗选·定格宁静》）。

3

曾涵复是一个真正的石油人，石油人站在自己的油田上，写最为本真的石油诗。他不是一个外来的浮光掠影的猎奇的采风者，他是石油人的一份子，生于斯长于斯，他与油田职工同呼吸共命运，心灵相通。石油人的喜怒哀乐，他都感同身受，他诗中关于石油人的痛苦悲伤乃至性压抑性苦闷的抒写，也未尝不是他的心灵自传："诡谲的春天/点燃感情的欲火/雄性的钻工/睁开烈性子的食欲/干渴地　饮下发酸的阳光/打响指也沙哑了/打唿哨也轻飘飘降落/嘴唇挂起一支寻找挑战的火药铳……"（《寒沸诗选·失恋的钻工》）诡谲的春天，无名的欲火，变味的阳光，挑战的火药，在这缺少异性关爱的时空里，石油人除了莽撞的雄性，似乎一无所有。"真正的男子汉/是淬过火的……/在枯燥的同性尊严里/钻工们痛骂钢铁和岩石的对唱……/常常想把搁浅的初恋/白纸一样撕碎……/终于　钻井队分来了几个姑娘/丰满的胸脯/撞弯钻工的目光……"（《寒沸诗选·雄性风的钻井队》）这也是石油诗，诗里的石油人在自嘲，生命像是一座空城，暗恋已不需要对象，日子单调成顾影自怜，默默地用整个青春演绎一曲了无情节的寂寞。

石油诗，在表现生活和人的精神世界方面，其意象，其语言，可能给读者以某种程度的新奇感和陌生感，这应该是它的优势和价值所在。石油诗对于诗人和读者，都有一个从隔膜到切近，从陌生到熟悉的过程。一旦熟悉之后，则可能不再敏锐，不再刺痛，不再有新奇独创的诗了。于是，20 世纪 90 年代后，曾涵复试图突破地域的藩篱，防止艺术表现的单一化，他不再徘徊于四川油气田，而远去大西北采风，希望西出阳关，无故人，无故诗，以独家的寻觅的眼睛，发现新的石油诗的疆域，写出一些不重复他人也不重复自己的另类之作。例如其《西北太阳雨》："在离蓝天很近的青藏高原/缺氧的太阳雨　亮得柔情似水/浸进砂砾　诱惑/有鳍的石油鱼在砂砾下游动……/石油

人来这里　不是仿制海市蜃楼/他们是一粒粒草籽　渴望/在陌生的沙漠上　种活感情……/真正的雨　是沙漠的睫毛/很久才眨一下　只一瞬/就为之断魂”。

曾涵复的石油诗在自觉地引导自己进入创作的癫狂状态，在追求入圣超凡的艺术效果的同时，曲折地表达石油人的价值观。曾涵复对石油诗的理解，就是对石油人和石油世界的把握与理解。在诗人的眼里和心里，石油世界是一个坦荡豪迈的世界，一切都是启示，一切都是象征，一切都是欲念，一切都是哲理，一切都超越语言而存在，超越历史和人生而存在。他曾经感觉这个世界在以近乎崇拜的热情去理解石油人，这是石油诗的希望和骄傲。而提高石油诗的审美价值，就是生活和时代对石油诗人的要求。试看他如何《苦恋西部》：“虽然历史　雨一样润物无声/虽然如今正流行忘却/从西部出发　又回到西部/总让我想起　放牧沙漠里的阳光/思念雨　终年没有改变表情/目力所及　红柳依旧临风飒飒/寒暑转换　已不闻羌笛悠悠怨声/一条油缘油情油魂的轨迹/闪烁几代人沉重油梦的叹息/当年的玉门　比大漠的幻影更真实/钻塔掠过祁连山的瞳孔……/几十年后　西部那片沙漠版面/刊载地下液体森林的消息/此时　风把那缕千古不散的孤烟/朝着落日吹去　吹坠在地平线/石油人卷土重回　路过玉门关/直抵新疆塔克拉玛干/心底有一种回家的感觉”。

曾涵复以为，石油诗美学是全新的，石油诗应该满怀激情，去进行艺术的开拓与尝试，去提炼新的生活信念和美学情趣。只有艺术风格和表现方法多元并存而且不断创新，石油诗的发展才不会停滞和僵化。

而石油诗的疆域还应该拓展，无论其心灵的疆域、艺术的疆域或是地理的疆域，都应该与时俱进，毫无疑问，今日中国石油诗还应该从内陆走向海洋，走向东海和南海，乃至更加遥远的地方。

汪毅，四川省地方志工作办公室原副巡视员、《四川省志》原副总编，张大千纪念馆首任馆长，一级文学创作，出版有《张大千的世界（三卷）》《寻踪张大千：台湾之旅》《张善子的世界》《张大千大风堂艺术研究》等著作。

大观堂大风流韵

◎汪　毅

张大千的文明视野开阔，艺术创造力旺盛，艺术创作成果丰硕。在其艺术世界中，既不缺惊天动地的画，亦不乏五彩斑斓的诗。

张大千的诗存有近千首，海峡两岸出版有《张大千诗文集》《张大千诗词选注》《张大千诗文集编年》《张大千先生诗文集（上下册）》《张大千诗词集（上下册）》等诗词专著并有《大吉岭诗稿》印本。

张大千的诗众采百家，有大江东去之势，受苏东坡影响最大（包括笠屐装束及行为方式），一定意义上他就是当代苏东坡，诚如傅增湘题诗“笠屐风流谁写出，眉公而后属张髯。”徐邦达序《张大千诗文集编年》也说到张大千的诗“近于李（太白）苏（东坡）。”罗家伦在序《大千画展》中，誉张大千是“杰出的中国诗人”。于右任更是直接将张大千的诗画相提并论，甚至认为诗更高一筹，故他在《浣溪沙·寿张大千先生》词中感慨：“作画真能为世重，题诗更是发天香。”尽管这出自于右任在某一个阶段的认知，但却反映了他对张大千诗的推崇。20世纪30年代，张大千东渡扶桑时，著名诗人、词人谢玉岑赠张大千书画扇面题款为“大千诗人教正”，足见诗人（谢玉岑）对诗人（张大千）的肯定和相互尊重。

综观张大千的诗，以五言、七言绝句和律诗为多。其诗具有重矩度彝准，格调高，意境阔，想象丰，寄意远，抒情浓，纳名宿之大器，亲山水之清音，留人文之情殷，近钟鼎之铿锵，步彝器之高致，采法书之雅达，撷丹青之醇美等特点。中国台北故宫博物院院长秦孝仪曾评论张大千的诗“高华妍秀，如藐姑射仙人吸风饮露，不食人间烟火”，并直言“大爱之”，甚至还历数张大千诗之境变“大抵独往独来，一空羁靮，如列子御风以游，眼界廓如也，心灵豁如也。徐而赏之，则题咏即景之作，标举兴会，衔华佩实，句必有声，字必有色，模山水则明瑟朗润，写花卉则活色生香，此一境也。至于感时抚事，忆旧怀人，或温馨悱恻，情殷缟纻，或美人俊侣，对酒当歌，红妆浅拜，隽语珠联，斯则大千又一境界也……登楼作赋，抱天荒地变之感，迸去国怀乡之泪！侧身东顾，情随事迁，而诗境亦屡变焉”，进而喟叹张大千“诗卷长留天地间”。

不仅如此，大风流韵（大风堂乃张善子、张大千昆仲所创。张善子亦擅长诗，惜英年早逝），一脉相承，一门风采、一袭诗香。在笔者视野中，大风堂门人里诗词创作佼佼者应推曹大铁、谢伯子、丁翰源、梁树年、巢章甫等，大风堂再传弟子里诗词创作具有代表性者当数赵凯、曹公度、赵夜白、陈沫吾、孟庆利、张近生、刘宝柱、庄景辉等，尤其是李代远。他们长歌啸天，逸韵高标，或诗壮昆仑，或词雄长江，在中华诗词天地中撑起了一片天地。其中，曹大铁可谓天纵奇才，著有《大铁词残稿》《梓人韵语》《菱花馆歌诗》《半野堂乐府》等十余种，诗词并茂，尤情钟于词，有“词痴”“词癫”“词神”之说，并走进“当代旧体诗词十大作家”排行榜，与臧克家、赵朴初等作家共享盛誉；谢伯子诗词双修，出版有《诗词辑》，其异禀所修正果在聋哑人寂静无声的世界里，堪称中华第一人；丁翰源出版有《三馀诗词集》，诗誉一方，生前为四川省遂宁市张船山诗社社长；梁树年出版有诗集《且朴集》，诗饮誉京城画界；巢章甫诗誉大风堂同门，享有“大师哥”之誉。赵凯出版有《赵凯韵语诗存》等近十种，其诗意奔放，擅写长诗，其中《东山魁夷歌》长诗书法长卷入藏日本国立长野美术馆；曹公度擅长填词，其词情率意，纵横捭阖，乃曹门当大，等等。

眼前，中国诗坛不乏影响，创作诗词楹联逾万首，出版有《大观堂诗选》等诗集，开宗立派，创意倡导“中国现代格律诗”“中国昆仑诗派”，的李代远，令人震撼他万余首诗词楹联中，竟有500余首是礼赞张大千与张善子及其大风堂门人的，并以张大千为诗讴歌主体。其咏叹张大千诗的惊人数量，创大风堂门墙新高，对一脉相承的大风流韵无疑是重大贡献，甚至具有讨论意义。

李代远咏叹张大千的这些诗概括起来：格局大、视野阔，心象远，气势宏，呈现美。为巧妙地表达心境和诗意，借助“题”“感题”“再题”“恭题”“戏题”“偶题”“题记”“赞”“再赞”“观后感”“转呈”“赠别”“梦”“记梦”“祭”“哭祭”“寄兴”“怀”“怀念”“寄”“感”“写”“读”“夜读”“重读”“拜告”“感怀”“述怀”“追怀”“追忆”“放论”“梦”“夜梦”“拜观”“拜谒”“告慰”“拜告”等多元视角，将诗的珠玑有机地缀连起一条风景线，使读者对诗风生水起的形象与丰富多彩的内涵产生积极共鸣，并作美学意义观照。如校读笔者所著《张大千的世界（三卷）》有感的50余首诗，均与张大千的社会圈有关，颇显其诗情之澎湃，诗心之磅礴，诗绪之辽阔，诗风之逸然。

在岁月长河中，李代远视张大千为精神崇拜偶像，更视之为隔代知音，于他是“三传”——“传道传衣更传情”，故他发出“君子空怀璧，知音几人同”的喟叹（《己亥清明大观堂故园遥祭大千夫子（七）》2019年）。究其这个“传”的连贯性，得益于代远在同代弟子中立雪大风堂门墙时间早（迄今已59年），在于他有文化坚守的自觉性，更在于他对张大千这位隔代知己的特殊依恋和不可阻止的心心相印。故他矢志不渝，以赤子之心和诗情相许张大千，从而抒发对太老师“高山仰止，景行行止；虽不能至，心向往之”的一往情深。

代远的诗，对张大千山水、人物、花鸟画及摹古的点赞无不涉及，特别是泼墨泼彩、面壁敦煌、咏梅、情系青城山等的诗占有相当数量，而且佳句叠出，既表达了他对张大千泼墨泼彩与临摹敦煌壁画及咏梅、写青城的心象风景，又让读者感到他挑战同题诗多元所尽显的云水风度和文学底蕴，可谓诗才横溢，诗情井喷，十分难得，甚至有的诗不乏对张大千具有学术或文化的讨论意义。

让人惊叹代远的《丙申台湾行之十拜梅丘》《摩耶精舍大画室瞻仰太老师作画蜡像并陪侍留影》《摩耶精舍拜谒大千夫子梅丘灵厝》《摩耶精舍咏梅丘石畔梅花》《瞻仰摩耶精舍自然风光感赋》《摩耶精舍画室感怀臆想太师创作〈桃花源图〉》《敬谒太先生摩耶精舍感怀大风堂画派九十年》《摩耶精舍感怀东张西毕会晤六十周年纪》等50首诗，诗情并茂、波澜壮阔、跌宕起伏、回肠荡气让人感动不已，代表了他驾驭诗歌创作能力所表现出的非同寻常的水准，使张大千及其艺术、情感有了诗眼和诗魂存在的典型意义。至于代远旅游欧洲瑞士感忆张大千的27首诗，亦大都力透纸背，张力十足，让人再度感到他创作能力的非同凡响。

代远的诗以五言、七言绝句为主，兼七律、律排。其诗表达的构思立意，自出机杼，穿越时空隧道，凸显出屈子、渊明、李白、杜甫诗之风骨气韵，从而构成诗的时间跨度长、抒情性强、信息量大等特点，别开生面，心驰神往于张大千的“三千大千世界”中，从一定意义上弥补了从诗的角度礼赞研究张大千的一个空白，具有大风流韵的特殊价值，构成了值得关注的诗歌现象，即让人联想到《荷马史诗》《格萨尔王史诗》等诗传，尽管这些诗的表现不同于诗传的叙述性和故事性。

代远礼赞张大千诗有一个重要特点，那就是时间跨度长。这个时间长达40余年，上可追溯到1979年早春二月写的《初观太先生爰翁泼墨原迹》（三首），下可启2019年5月写的《己亥新岁先太师大千爰翁诞辰120周年恭为诗赞》（19首）。难能可贵的是，代远在此期间以诗礼赞张大千从未间断，即让那一条属于他与张大千的感情线，穿越时空而彼此心心相系、紧紧相连。

代远礼赞张大千的诗还有一个重要特点，就是信息量颇大。究其主要原因，诚如他所诗“大风学问是高天，三生三世学不完”“上下开拓五千年，先生似有天神引”。囿于历史等原因，20 世纪 70 年代，在大陆能分享到张大千泼墨泼彩作品者寥寥无几。当第一次看到张大千泼墨泼彩原迹时，他掩饰不住喜悦，以诗传达了激动心情和敬仰之情“久闻泼墨神，揣摩臆想深。拜观情激烈，淋漓韵致真”（《初观太老师爰翁泼墨原迹（一）》1979 年）。此外，还有若干鲜为人知的信息，其诗中不乏传递。

至于代远坦露心迹追随张大千的诗，更是妙句叠出：“沧波皓月无穷意，蹈海追光笑我来”“久欲相从山海隔，十年空有梦中魂”（《大千夫子赞六章呈爰翁并序（一）（四）》1980 年）、“身未相从心已去，风驾云飞万里程”（《建初师伯夫妇行将赴美再呈爰翁座下》1980 年）、“后生孺子狂，直继大风堂”（《以生宣追拟太老师泼墨泼彩五周年题记》1984 年）、“随师搏狂风，天马行太空”（《山东青岛筹展感题先太师〈三峨泼彩〉（十二）》2015 年），等等。

数十年来，代远与张大千始终保持着鲜活的距离美。正是这个空间，使代远在属于他与张大千的那个充满难以言语和神交的情感世界里，不仅使人感到张大千对代远的影响可谓深入其生命骨髓中，而且让人感慨代远一生对张大千的崇敬“故人一别魂千里，几时随梦旧金山”“梦绕魂牵六十年，铮铮铁骨仰大千”，甚至心甘情愿“爰翁门下作痴徒”。故代远诗中弥漫着虔诚，甚至透出“神”——宗教似的膜拜，即执拗地认为所顶礼主体张大千是“精深博大谁能比，韩潮苏海轻信谈”（《大千夫子赞六章（二）》1980 年）、“五洲归赤子，万古领潮人”（《偶题先太师大千先生巴西八德园赏梅（四）》1990 年）、“一时形意俱参悟，始识先生画道神”（《京华见大千先生摹古墨迹偶题（二）》2005 年）。代远的诗为之还充满感恩、感激，甚至视张大千对他的传道、受业、解惑为“神助”，故他以诗抒怀记录“卅年幽梦到黄山，挥毫泼墨涌波澜。精彩疑是有神助，先生时时在眼前”（《京华以生宣泼墨泼彩画<黄山二十四景>忆去岁旧游感怀太老师张大千》2009 年）。

日有所思，夜有所想，生活在梦寐的快乐和喜悦里，心湖荡漾的当是美丽涟漪。而让代远心湖律动这层层涟漪，却源自张大千。故在代远诗中，有若干他对张大千的梦以及梦中交流和对话，即“梦中许我问道勤”“规划名山风雨夜，先生入梦话高台”等。更为精彩的是，代远把这些梦的意境演绎成一个五彩斑斓的风景区，如“太师入梦频欢晤，灵犀一点说太玄?”（《夜梦大千夫子谈艺甚欢觉悟之极枕上作（一）》2012 年）。代远还有梦张大千对他绘事，特别是泼墨泼彩技艺的传授“指点风云天泼彩，心有灵犀一点通”（《夜梦大千夫子谈艺甚欢觉悟之极枕上作（六）》2012 年）、“爰翁七十鬓成丝，梦中指点泼墨痴。色墨交融多用水，意境开拓便是诗”“斩劈风云追圣手，梦中点拨小徒孙”“万水千山融笔底，最喜先生入梦多”（《京华梦中大千太先生指点泼墨泼彩喜极而醒即枕记之（一）（二）(四)》2011 年）。此外，代远诗中还有写梦中与张大千互动“我敬先生真创造，先生笑我面目多”，等等。咀嚼这些诗，意趣横生，妙不可言。由此，不能不说张大千已走入他的梦境里，更融入他的生命和艺术中；不能不感慨他与张大千情愫的超越和升华，不愧为张大千隔代知己。

除写有关“梦”之诗，代远还写有“告慰”和“拜告”诗。这些诗，多成于代远取得社会隆誉时，以托梦形式“告慰”或“拜告”张大千以分享喜悦。这类诗，有如陆游“王师北定中原日，家祭勿忘告乃翁”诗意之妙，表达了深深的寄情。故与其说这是“告慰”和“拜告”，不如说是代远的感恩与陈情“此身绝似爰夫子，高山流水遇阳春”（《京华荣膺“中国当代最具世界影响力诗书画艺术大师特别奖”告慰先太师爰翁》2010 年）、“邯郸学步拜画神，一生启迪赖先生。从此生涯追风骨，狂风暴雨护阳春”“两万书画夜挑灯，八千诗话梦通神。三张十论新意创，不负恩师教诲勤”（《天津人民美术出版社出版〈中国近现代名家画集——李代远〉（一）（五）》2013 年）。品赏这些诗时，我感到代远已经把对张大千的崇敬乃至顶礼膜拜升华至属于他仰望的珠穆朗玛峰，甚至是一尊无法替代的艺术之神。

代远礼赞张大千的佳句俯身可拾，堪称他的心象风景，如“高山流水诗千首，傲视尘寰八百年”“一枝冷艳冲寒放，留得梅丘万古名”“相期肝胆如冰雪，百年生死作梅花”“枕上偷眠敲新句，一身风骨一生情”“横卧青城八百里，构图重不见古人”“信手一挥三万里，江山故国梦魂香”“玉比君子石比身，温润坚贞托画魂”“三代千军多国手，承先启后领新潮”“百万文章阐学派，身后知己姓名香”“摹古百变乱人眼，绝学千秋出流沙”“千秋文采几人兼，一身傲骨出天然”“毁妒万端香如故，仰天大笑蓬蒿词”，等等。这些佳句与其说是代远随心流淌出来的，不如说是他用精神和情感熬炼出来的，故不乏天香，具有特殊的审美价值。

代远的诗，传递了他对张大千所融 40 年感情、感恩、感艺、因缘际遇结晶的信息，让人看到大风流韵的精彩与精神依恋，更感到代远对张大千尊崇的超越以及一生不解的情缘。

未弋，本名魏光武，四川内江人，下过乡，教过书。内江市委宣传部退休。四川省作家协会会员、四川省文艺评论家协会会员、中外散文诗学会会员。有200多篇诗歌、散文、纪实文学、文学评论在国内各级报刊发表。有诗歌获奖并有作品入选多种诗选集，出版有诗集《燃烧的瞩望》、与人合集的诗选集《四川文学百家》、散文暨文学评论集《淌过心中的母亲河》。曾获内江市首届文学贡献奖。

诗　缘

◎未　弋

环溪河水从我所在的生产队蜿蜒而去，在十多里外的河床处形成了一个旋涡地带，那地段名叫高玛河，很久以来，人们称此地为“黑涡头”。李乐军就下乡在那里的一个生产队。

与乐军结缘，是因为诗歌。我素来多愁善感，在艰苦的劳作之余，面对悠悠的河水与起伏的山峦，常会吟成一些诗作。这些融合着命运喟叹的诗歌引发着周遭知青们的共鸣，自然在爱好者中形成了一些影响。

那是1970年仲春的一个逢场天，在简阳县禾丰镇茶馆内，我新结识了几位内江的男女知青。其中一位个头不高，面庞白净瘦削，戴着近视眼镜，身着洗得发白的工作服的小伙吸着香烟，彬彬有礼地握着我的手，不无喜悦地说：“你就是河对岸写诗的那个呀！”接着，随口吟出“生活的浪花消逝在平淡的小溪，/幻想的江河迷蒙着一派烟雨。”尔后，他掏出“朝阳桥”牌香烟（那年代四川较好的一种香烟），抽出一支递给我，用熏得有些发黄的右手拇指和食指擦燃火柴，为我点烟后，称赞道：“这些诗句写得真好，太切合我们知青的实际了。”我得知他叫李乐军，所在的生产队与我隔河相望，便连连叫他不必过奖，我心里猜想他一定喜爱诗歌，不然怎么背得我的诗句。

乐军果然是个诗歌爱好者，他是内江二初中 66 级学生，下乡插队在简阳县禾丰区碑垭公社。于是，我同他一下成了知音，彼此饶有兴味地谈起普希金、裴多菲，谈起郭沫若、艾青，以及中国令人悲哀的诗歌现状。屋外，赶场的人流熙攘；屋内，另几位知青边喝茶，边交谈着其他杂事。我俩却兀自沉浸在众多的诗歌话题中，真有些相见恨晚。乐军博学多闻，许多见解令我十分佩服。他说，现在的诗歌太政治化、口号化，缺乏真情实感。诗歌是主情的，应当抒写自己真实的生命感受。普希金的《假如生活欺骗了你》，真切生动，之所以令知青们喜爱，就是它的内容和思想切合了大家的处境和心境。临散场时，他邀我去他们生产队作客，并告诉我他的文学书籍很多，可以一饱眼福，还说他们那叫“黑涡头”，是个很有诗意的地方。这，无疑很吸引我的，于是，我慨然答应前往。

步行十多里后，我们停留在“黑涡头”宽宽的河滩上，望着雾岚弥漫的山岗、回漩而去的淙淙河水，以及掠空而过的自由的飞鸟，一种羁旅天涯的感觉向我悄然袭来……

乐军的文学书籍真令我惊喜不已，也不知他在哪里搞来这么多。临走，我特意借去了《艾青诗选》《裴多菲诗选》等几本早已被宣布为“封资修”的书。从此以后，我同乐军成了亲密的诗友。我常去他家，那些书籍无疑是我们贫困生活中的精神食粮。我俩一起讨论，一起创作，单调寂寞的乡村生活一下也似乎变得充实和丰富起来。那时，除了喟叹命运的落寞外，少年豪气也充斥着我们的胸怀。我俩都崇尚匈牙利爱国诗人裴多菲，他的名诗“生命诚可贵，爱情价更高，若为自由故，二者皆可抛。”烂熟于心，其既是诗人又是战士而战死沙场的短暂一生令我们十分景仰。我俩常激情吟诵着他的代表作《民族之歌》：“起来，匈牙利人，祖国正在召唤！/是时候了，还不算太晚！/愿意做自由人呢，还是做奴隶？/你们自己选择吧．就是这个问题！”而德国诗人海涅的《我是剑，我是火焰》中的诗句：“黑暗里我照耀着你们，/战斗开始时，/我奋勇当先/走在队伍的最前列。/我周围倒着/我的战友的尸体，/可是我们得到了胜利。/我们得到了胜利，/可是周围倒着/我的战友的尸体。”也常常令我们激动不已。喜爱雕塑的李乐军，还亲自雕塑了那时的苏联英雄保尔·柯察金的小型半身石膏像，放在破旧的茅屋中。尽管形神说不上精准，但塑像坚毅的神情、消瘦的面庞、尤其是刚劲的线条和棱角，令我们很为欣赏。可见乐军审美的取向和深浓的英雄情结。

乐军那儿虽离我所在的生产队只有五里路，但山路崎岖，还要经过一座乱葬岗和一段长长的河滩，但这阻挡不了我去乐军那儿的热情。我常常是当天收工后，匆匆赶去，再于深夜赶回，以不误第二天的出工劳动。尽管每次夜晚归来，途中经过那乱葬岗时，浑身都会紧张得起鸡皮疙瘩。记得一个夏天的深夜，我带着与乐军探讨诗歌新作的愉悦心情，急忙忙赶回生产队，凉风在河畔悠悠地吹着，天上几颗星星眨巴着眼睛，四野空旷而死寂。我一抬眼，瞥见前方的乱葬岗旁，一团白影在隐约约地幽幽飘动，仿佛一位女子身穿着白色长裙。我一向不相信鬼神的，但此时心里也难免有些发怵，便借那时的革命歌曲壮胆，扯起喉咙高唱道：“雄赳赳，气昂昂，跨过鸭绿江……”歌声在寂静的河畔飘荡，激越中分明有几分颤栗。我拉开步伐，径自向前方走去。待走近一看，才发现原来是偌大一簇正盛开的白色刺芭花，挂在山崖旁，随风摆动着……而此时，不知不觉间自己身上的汗衫已沾满了冷汗。

乐军的诗写得很好，明白晓畅而不乏诗意。还记得他仿陈毅元帅《赣南游击词》格调所创作的一首诗：“鸡报晓，/枝头闻啼鸟，/睡眼朦胧醒来早，/出工哨响了。//日正午，/饥肠响如鼓，/滴滴汗珠禾下土，/尝尽千般苦。//日坠西，/风雨压云低，/一片茫茫悲愤极，/梦里念生机。”真切形象地描抹出知青艰难的生存境况。

一个深夜，我同乐军徜徉在“黑涡头”河畔，寻找着诗的灵感。只见星光稀疏的天穹下，一点灯火在河面上闪动，且传来隐隐的拨水声，走近一看，原来是一只捕鱼小船。于是，我俩相约以此为题即兴创作。乐军抽着烟，在河畔来回徘徊思索。只一会儿，我先吟道：“闪烁的星星，/施捕者以些微光明；/晃掠的渔火，/正将希望的鱼儿找寻。”他随口赞了一句“不错!”便扶了扶眼镜，单薄的身躯显得格外坚定，略显深沉地吟道：“鱼儿呀，切莫靠近那引诱的渔火，/虽然它比星光还要耀眼。”在诗中，我俩都含蓄地表现着知青的生活与希冀，但显然，乐军的诗境高我一筹，机警而有灵气。我知道，那期间，他目睹队上知青间的一些矛盾纷扰，对世象有进一步的认识吧。

那晚在他家，就着昏黄的煤油灯，各自将河畔的即兴之作写了下来，相互笑评一番后，我顿时觉得饥肠骨碌，情急之下，从泡菜坛中捞出一碗红萝卜，乐军在旁点燃一支香烟，缓缓吐着烟雾，说笑着，看我独自津津有味的很快吃得精光……

1971 年底始，招工潮起。在知青中，能否被推荐成了热门话题。这期间，不少知青八仙过海，各显神通。而我，尽管辛勤劳作表现很好，但因那时很讲究的家庭出身问题，显然被拒之门外。情绪低落的我，写了一首诗歌《阶梯》，其中写道：“我愿意是阶梯，/依附着命运的高墙，/让你们踩着我残损的躯体，/爬上去，越过农门!”乐军对我这种阶梯意识很不满，批评我不应这样悲观，要积极努力，去赢取命运！这其间，我到乐军的生产队去，乐军告诉我他被区上推荐给了内江锻压厂，并已参加了体检。为他高兴之余，知他此时家中几乎断粮（生产队分粮太少），第二天下午收工后，我特地给他捎去 5 斤干面。当晚，我俩下了一把面，和着炒鸡蛋，在雷打不动的诗歌话题中，美美地吃了一顿。

大约一星期后，乐军被内江锻压厂招录。离开生产队前，他来与我辞行，并特地带来 10 多本诗歌书籍留给我，他还告诉我，好得我那几把干面，他节省着吃，方才度过了这难熬的几天。他说笑着取下眼镜，掏出手帕擦拭着，我分明瞥见他双眼中含有的感激与隐隐的不舍。

乐军到厂后，身体单薄的他却被分配做翻砂工，显然，这于素有学养和追求的他是不情愿的。但他格外珍惜这难得的工作机会，积极努力，还曾被评为厂里的先进生产者。他常给我来信，勉励我在农村乐观劳动和生活，努力争取早日调出来。在一次来信中，他附了十多斤那时很珍贵的粮票给我，还有一首深情绵邈的诗，诗中写道：“还是一样的江水，/泛着粼粼的波光，/只是，这是沱江，/不是在高玛河旁。//还是一样的你哟，/吟着激情的诗章，/只是，这是梦中，/再没有煤油灯晃亮。”……

知青时代的诗缘，维系着我与李乐军终生的友谊。五年前，乐军因突发心肌梗死猝然去世，年仅39岁。他的遗骨葬在紧靠河边的山崖上. 我想，乐军一生喜爱水和如水样澄澈的诗，日夜相望着家乡奔流的沱江及其如诗的情韵，不也是令他灵魂惬意的事么。

廖心永，四川内江人。致力于古典仕女画法的研究和表现，画风清丽、典雅、新颖、卷气，被评论界称誉“新古典主义人物画”代表，作品被辑选编入人民美术出版社《中国近现代名家作品选粹——廖心永》等多种。2020年不幸病逝。

笔落惊魂相与析

——砚边杂谈

◎ 廖心永

“归去来兮，田园将芜胡不归。”渊明先生挂官归去后的爽心吟唱，读起来总是叫人心旌摇曳，心向往之。可佩的是，陶渊明不是终南作秀，而是真诚地向自由恬淡，不官不仙，快然自足的精神境界皈依。发之为诗为文，自有古贤今宿所不能到的空灵超妙之境。

遗憾的是，当今以抒写高雅文化符号而自诩的艺术家们，似乎都在或多或少地“折腰”侍弄着曾经纯洁的笔墨丹青，无奈也好，随波也罢，一旦腰板不硬，其作品的面貌也就可想而知了。

艺术家们心中的那方田园似已荒芜多时，不知主人何时归来？

现在，许多做着画家这个行当的从业者，几乎早与“文人”二字沾不上什么关系了。绘画已不再是呕心沥血的追求和开人胸次的抒写，转而变成攫取名利身价的吹嘘和设计。道德观念和艺术标准的双重缺失，已昭示着画家自身传统文脉和思想体系的溃散。

“文人”，曾经是充满学问和道德内涵而让人肃然起敬的两个字，在与需要它作底蕴的各行当中已渐行渐远，似乎已变得遥不可及。

一直以来，国学，传统文化，都被各类标新立异者或哗众取宠之流当作演练各种手段的终极标靶。钱玄同要废除方块字；李小山哭中国画末路穷途；吴冠中笑笔墨等于零；某大学教授发论取缔中医……这些明枪，无一不是寒芒闪烁，企望向靶心发出自以为可以致命的一击。结果也许都会如钱玄同先生一样，掮了自己的耳光。

从美术大专院校出来的美术专门人才，大多以“玩”观念而自视甚高。对他们来说，没有“玩”不出来的艺术，玩得轻松而惬意。坦诚地说，他们很多人似乎都与传统的“文化精英”相去甚远。需知，不具备扎实的基本功夫，又没有深厚的文化底蕴支撑，如何“观”得清楚，“念”得明白？更要命的是，本来“身子骨”就单薄的天之骄子们，又不屑于对传统文化的再学习，这无疑就会造就一个文化水平和文化素质都不高，绘画技巧粗糙的低智商绘画群体。如果要指望他们与真正意义上的文化精英相颉颃，那显然是毫无希望的。

“五四”新文化运动时期的知识分子，他们首先是饱读诗书之后，再张扬砸烂孔家店的大旗。因为他们熟知的四书五经，诸子百家，在列强的坚船利炮面前显得是如此的脆弱和不堪一击。当时迫切需要的是西方的现代科学和生产力，所以，连鲁迅也主张不要读古书。由此看来，两千多年后的大成至圣先师孔老夫子也是运交华盖，自家店铺被砸，亦是命中注定。

“文化革命”，这个被强烈推出的口号是极具杀伤力的，特别是在思想意识形态领域。远如“五四”新文化运动，近如“文化大革命”。它一旦和文学艺术勾联起来，对文化传统的割裂，几近斩草除根。几十年过去了，时至今日，有多少人还能知道真正的文化传统是什么？

自清王朝被洋人的铁甲钢炮轰塌以后，国人在经济、文化两方面的自我矮化过程，至今也还没被终结。西方的各种价值观念是一种以强大的经济基础作后盾的强势文化，在中国经济尚不发达的今天，一切用西化的标准来比对，正如一些有识之士所哂识的那样，逮谁就要和谁接轨，这国画，乃至国学的尴尬也就可想而知了。

现在，很多画家的画室已逐渐沦为相似于小商小贩的手工作坊，想到这些，真让人有些儿泄气。其实，我们曾经有过高贵的精神生活时代：春秋时期，一个山野村夫，一个市井小民，都可以是一个思想家。物质生活非常匮乏，精神境界却十分高尚。那个指责孔夫子四体不勤，五谷不分的老丈；子路问津时所遇之长沮，桀溺两兄弟；拒受万钟之禄的屠羊说；……不要以为这些老去的故事已遥不可及，需知，中国传统的人文血脉，就是这样汩汩流淌下来的。

看着老祖宗留下的作品，总会让人感叹什么是登峰造极，什么是无法超越！对传统的学习继承，即有前辈大师“全力打进去，再全力打出来”的训导；又有现代才俊“全力打进去，何必再出来”的放言。站在巨人的肩膀上能攀登更高的山峰，真是如此吗？且看时下的画家，又有多少具有站上巨人肩膀的意识和能力？看看“韩熙载夜宴图”，看看“清明上河图”，看看李成、范宽、郭熙；看看李公麟、梁揩；再看看黄公望、吴镇、王蒙、倪瓒等等，哪一位不是摩天绝岭？哪一位笔下无高超的技艺，胸中无高标的士气？

无视老祖宗留下的宝贝，侈谈创新，无异于二杆子的赤手空拳。拿得出来的也就仅止于花拳绣腿。能浸淫于传统的高山绝岭之中，心无旁骛，胆识可嘉，精神可佩者已是少数；而又能将祖宗的东西学得十之八九，更是辰星之寥寥。所以千万莫要轻言创新，轻言超越。

当意大利艺术家曼佐尼把自己的大便分装于精美的罐头盒中，拿到展览会上以百分之百的纯艺术家的大便招摇拍卖时，世界上还有什么比作一个艺术家更容易的事？至于其他在展览会上挂小便池，洗脚，孵蛋，装傻等“艺术作品”与之相比，顿时变得相形见绌了。但更叫人发晕的是，居然有人为这“纯艺术家的大便”买单，以每盎司高于黄金的价格买下了它。我们还有什么话可说？所以，你倘若见到一些大款们为江湖上的“虾王”“蟹霸”“花魁”“书圣”掏腰包时，也就不足为怪了。“谁叫俺们有钱？谁叫俺们喜欢？”一旦遭遇到这类被满裤腰的银子涨暴了的冤大头时，多想一想那位曼佐尼先生，气也就消停了。

钱钟书先生曾数落世界上并列的三大哄人和自哄的玩艺，艺术就是其中之一。政治的高深莫测；形而上学的晦涩玄妙；能哄人之处，自不待细说。而艺术要哄弄起人来也是一套一套的：其画板刻呆滞，可赞之曰“一丝不苟”；其画“粗疏草率”，可赞之曰“不求形似”，如果把老虎画成了狗，亦可赞之曰“匠心独运”；如果画得什么也不像，还可赞之曰“观念新颖，天马行空”。

据说弗洛伊德曾对爱因斯坦说过，你的领域没有经过严格的专业训练，谁也无法进入，我的领域任何人都可以进来说三道四。老实说，弗洛伊德那一套，只要是个人，真的都可以进去胡说八道麽？

正儿八经的政治，形而上学和艺术，那是无法哄人和自哄的。只不过，现在的艺术似乎已经没有了门槛。

当下的中国，由于东西方文化的交汇，艺术上几乎没有什么成为不可能。当代的知识分子也只有恢复了“知识分子”的实质，中国社会才会重新具有文化的品质。而画家们是文化前沿的探路人，更应该回复其真正的文人身份，中国画才会有实实在在的文化艺术价值。在抹去了貌似繁荣的书画热潮产生的巨大欺骗性泡沫之后，我们似乎才能看清当下中国画的本来面目。

要当代画家们进入无功利的创作形态，无异于白日说梦。想当年陶渊明先生挂官归隐，总还有那一亩二分地可以躬耕自食，也才能“引壶觞以自酌，眄庭柯以怡颜。”赵孟頫官高优禄，自不必为衣食发愁；而黄公望还需占卜卖卦以养皮囊；郑板桥无米下锅也得明码高挂鬻画条例；……本来，“七件事尚且艰难，怎生教我折柳攀花？”历代大家都如此，更何况现在多如过江之鲫的无名画家们？如果这些起码的生存保障都硬说与艺术无关那未免太不近人情。在当今畸形繁华的社会中真正要过简单朴实的生活是需要一点勇气的，如果现在还找得出有这类操守的画家无疑会被视为另类。但这种反动于“时尚”的另类生命形态，恰恰是艺术本源的深情回归。也许，只有在这种状态下流淌出的作品，才可能称得上真正意义的中国画。

嗑着五香瓜子，喝着盖碗茶，连天下大事都能随意胡吹乱侃，何况艺术这玩艺儿？一是没人较真，你既便是瞒天过海，胡说八道吹破了天去，也没谁来理论你。二是若要理论，既不能请你在牢门内高坐，又不能随便饿你肚皮。所以，你还是瓜子照嗑，盖碗照喝。这也就为艺术留下了偌大的“空间”。这空间一大，真就应了老祖宗那句“疏可跑马”的话。所以，这跑摊的，装神的，摆玄的，耍酷的，出家的等等，都能放肆地在这空间里自由驰骋。

人们既然能把大气层捅破了，把地球变暖了，把道德淹灭了，把良心给狗吃了，再要把书画艺术这点“闲事”搞乱，岂不是小菜一碟？

商业炒作的那根“魔棒”，确有点石成金的奇效，连山民喝的极其粗糙的大叶茶——普洱茶，竟然也被说得如玉液琼浆般美妙，想那清王朝“宫藏”了三百年的极品普洱，虽炒至天价，现在，那玩艺儿还能喝吗？

时下画坛不时窜出的各种“黑马”，身价也被那根“魔棒”炒上了天，但手中那点玩艺儿，现在还能看吗？

媒体本应是社会良知和道德的公器，在重建和弘扬高雅纯真的艺术风范时，责无旁贷地应该成为明辨是非，去伪存真的强大支持和监督力量，现在却油滑和商业得叫人失望。今天，它们基本上沦为廉价叫卖的传声筒。对书画艺术，除了自己不怎么懂或者根本就不懂之外，更多的是没有了尊严，湮没了道德底线，为了银子，真是什么都敢说。

当代中国书画的教习，不管在朝在野，不管江湖还是学院，教的是形式，学的是形式，学生以后写的画的也还是形式。书画中那个最根本的东西，虽然是在形式，但它又不只在形式。谈色论空，写境抒心，有了内蕴，怎么都行。这内蕴怎么教？

无传统之积累，无生活之历练，无学养之润泽，画儿犹如缺失了阳光的豆芽，虽也能白生生，胖乎乎的可疼可爱，但一捏就扁，一碰就断，毕竟太羸弱了。中国画的传统形式，远不仅只有如徐渭、八大浓墨粗笔简淡疏狂一路。虽也养眼，但味道毕竟过于寡淡。

有人说，以形入画易入俗格，以神入画方至超脱。其实未必，手头功夫欠佳，写形不易，入俗也难。胸中内营不足，写神亦难，超脱更不易。形之不存，神将焉附？

有不少画家常以貌似恣肆之笔墨掩盖造型之稚弱，以“少少许胜多多许”之招数遮羞技艺之贫瘠。在大发神韵高论中博得些清誉；倘若能牛饮或吊嗓，又会平添些豪气和逸名；倘若又还能品咖啡谈普洱，则成通才；再或美髯长发，着青襟，摇折扇，简直风流高古，非神即仙了……不过，剥去这些外物秽形，艺术的内核还剩多少？

现在，进入书法的门坎委实太低，只要你敢用毛笔，写一张“奋进”“腾飞”之类的往墙上一挂，俨然也就成了一个书法家。想那古人，从小就拿着毛笔，在那种环境中，练字，即为实用，又能修养。现在，从小学到大学，从教师到教授，还有几个能知道毛笔是怎么一回事？常见一些教授、博导以“鸡爪疯”式的手法弄出的“墨宝”被夸成了一朵花。什么“书卷气”“学者字”的吹得天花乱坠。又因为是教授或博导，所以更能迷人眼目，而教授博导们被捧得痒酥酥晕乎乎的却也十分受用。一拨又一拨的“书法家”就这样冒出来了。

凡字画有一点“旧气”，更能古意盎然。古人之画虽旧，能得静气，今人之画虽新，然燥气灼人。当下全民浮躁，带点“旧气”的字画或许可当一帖清凉剂，为满脸虚汗的人们降降心火。厅堂书斋有幅字画，自会平添一种宁静的文化气息。歇息其中，浮躁之气也就会消减许多。诚然要求人人都懂字画，在什么时候都是一种奢望，不过，哪怕是附庸风雅，也不失为一种足可彰扬的行为。情操，即在这不知不觉中陶冶了出来。

就绘画而言，与“写意”相对的形式是“写实”。这决不能因其刻画的精准就可以被随意贬低为“俗不入品”，“雕虫小技，壮夫不为”。“写实”因受内容与形式的相互制约，就使其与生俱来的较其他绘画形态更具有了学术上的难度，它要求画家必须具备深厚的学养和高超的技巧，否则，“写”则写了，却不知“实”在何处。“雕虫”不在写实，而在“壮夫”。

写实画风追求的是“艺术的大众化”。尽管这“艺术的大众化”被某些“孤芳”的高人和“自恋”式的超人所不屑。但是，这种以大众化和平民化的话语图式展现的绘画形态，已然伴随着人类从过去走到现在，并且，我们有足够的自信，它还将伴随人类到永远。

近三百年流风之所及，以大写意自诩为画坛正宗者亦时不乏人。常见有缤纷其须发，拴束其马尾之“高手”，作霸悍之姿，舞放浪之笔。展纸临池，鼓阳刚之状。但惜乎胸中不厚，腕底无功而滑于造作。直叫人觉得，如拨开其贴胸的猪毛，露出的应还是鸡胸。

但真能作此跌宕奇诡恣肆纵横之笔墨者，时不二三。对此类笔墨，古贤早已有训：“非天才勿强命笔。”话虽伤人，然理则如是。徐渭，天才也；朱耷，天才也。不过，夙业与修持并重。持之以恒，虽非天才，假以时日，说不定也能长出几根像样的胸毛来。

凡看过刘国辉〈庭院深深〉的人，是无法将眼光从他画面上挪开的。画中女人体的背影，结构精准，体态柔美；肌肤的弹性，空间的关系等等，都在看似率意而毫不作为的提按，转折，轻重，快慢，浓淡，粗细，润涩的线条律动中一一表现出来。这远不是空泛的一句中锋用笔就能涵盖的。

这人体是纯东方的，纯中国的。它的神、韵、美、柔、空、灵、虚、静；它的欲言又止，欲露还藏；它的朦胧含蓄，心旌摇曳；它的禅，道，……总之，我们在理论上能找到的任何语词，在这幅画中都会被淋漓的诠释。中国画的全部学问，似乎都被凝注在这一根根变化万端的线条上了。

类似这样纯正写意的绝妙好画，在刘国辉的作品中还比比皆是：如黄賓虹像，张大千像，马蒂斯像，……都可欣赏到他如何信手拈来，如何轻描淡写，如何从容率性，如何天马行空。这除了他世不一二的禀赋灵性之外，还归根于他扎实深厚的写实功夫。其代表作之一《岳飞奉命班师》中突显的黄钟大吕般的庙堂气像足可印证。这无疑给时下粗笔乱墨，简形陋态，几无技巧可言尚还自鸣得意的写意画家们一个当头棒喝。

手中有技，心中有道，心手相应，技道合一，那才真是要什么有什么。夸张、变形，似与不似。纵横恣肆，随心所欲而法度森严。至此，方可放言何为写意，何为笔墨，何为形神，何为境界者也！

作画当以眼格物，能见规矩方圆；否则法失极则，坠于野狐。作画当以心驭形，方能随心所欲，穿过千嶂，即见如来。作画若要传神，需见形才是；作画若要得意，需忘象才是。若执于相，求神不易，求意亦不易；若昧于象，求神不是，求意亦不是。就绘画而言，一个苦心于法度，一个无心于法度；一个苦心于形式，一个无心于形式。如何更适合你自己？

“读万卷书，行万里路，脱去胸中尘浊，自然丘壑内营。”“画法与诗文相通，必有书卷气而后可以言画。”随意摘几句古训，都可见古人对画人的学识要求是何等的高超，

古人无太多声色之惑，孤灯飘摇，静思冥想。所以，展纸临池，见画见心；今人无人能脱犬马之诱，气浮心躁，急功近利。所以，张纸落墨，只能见画是画。

古时，书画是贤者与闲者们的闲事。要弄好这等闲事，首先得要那份闲心。“凡落笔之日，必明窗净几，焚香左右，精笔妙墨，洗手涤砚，如见大宾。必神闲意定，然后为之。岂非所谓‘不敢以轻心挑之’者乎？”想想古人作画时的心境状态，总是叫人十分羡慕而心向往之。现在的画家们和社会上其他人一样，整天忙得跟救火似的，连深山古刹都变成了熙熙攘攘的闹市，谁还会有那份“闲闲”的定力？谁还会来体味那份清静，悠闲，淡定，平和？

庄子“立于途，匠者不顾”的那株大树，因其无用而得长生。它直接告诉我们，要想做一棵能够长生的大树而不被人砍翻，先不要到处显摆你的“用”，否则，你将难逃夭折之命。

中国书画艺术是高级的无用之“用”，是修习自身心性的审美游戏。“无形神之挂碍，无气象之局促，得天籁之机，识坐忘之道，得谓至闲。”但愿国人画画也好，赏画也罢，都能“闲闲”地进入这无用之用的游戏过程，以期身心俱健，颐养天年。

岳建一，笔名盘古。湖北武汉人。毕业于北京大学中文系。历任《工人日报》编辑，《开拓》杂志副主编，中国工人出版社编辑，副编审。著有中短篇小说、散文、文学评论《荒魂》《盘古》《夜祭》等，编著《青春炼狱》《黑的雪》《天堂挽歌》等图书。

一去不返的悲慨践行

——读木心先生作品有感

◎ 岳建一

大约是两年前，我在三联书店漫步，偶见木心先生的《哥伦比亚的倒影》一书，随意浏览，仅仅读到开篇文字："……汉赋好大喜功，把金、木、水、火边旁的字罗列殆尽，再加上禽兽鳞介的谱系，仿佛是在对'自然'说：'知尔甚深。'到唐代，花溅泪鸟惊心，'人'和'自然'相看两不厌，举杯邀明月，非到蜡炬成灰不可，已岂是'拟人''移情''咏物'这些说法所能敷衍。宋词是唐诗的'兴尽悲来'，对待'自然'的心态转入颓废，梳剔精致，吐属尖新，尽管吹气若兰，脉息终于微弱了……"便暗自一惊，凭了职业编辑的敏感，知道不得错过木心先生，于是找了楼梯坐下细览，不知不觉便是几个小时，其文字看似"精美精致精确"到近似晶莹剔透，却是融了东方与西方、古典与现代、文言与白话、哲学与文学博奥于一体，化浓为淡为清冽、清澈，于是有了不曾见过的生气致远，有了无隙不入的穿透力。

我知道，今日的不期阅读木心先生，莫如说是遭遇汉语天赋、灵性、博蕴和海纳百川品质的复活，是我们深陷文学浩瀚的兽化、痞化、商化、腐化、沙化境地后的莫大意外，是百年歌哭后的文化期待。我怀着深深的感激，就这样地读到店外灯火阑珊。以后，先生的作品陆续出版，我惊喜不已地全部购买，一一反复细览，即便在海南岛原始森林人迹罕至的黎寨里，也就着烛光拜读。

读这样的著作，不洗心以得沉静难及其里。

读得多了，便生感慨：倘若真正读懂先生作品予以的深远文化意义，必定不是今天。今天，汉语精神尚未苏醒，汉语传人价值体系正在深刻崩毁，汉语道德、汉语尊严、汉语高贵气质正在汉语传人的皮囊里日益枯干。以这样集体的情境，读懂先生一生高蹈践行于世俗与功利之外的事业，几无可能。我想，即便不是需要一、二百年，也将是需要个体与民族真正超越自我的演进，需要将政治、宗教、历史以及地域文化带来的局限洞视清楚，需要从看似极其净炼、精致、空明而又不见人工痕迹的文字表层，洞悉木心先生化中、西文化万千气象、万千波澜为滴水的巨大功力，需要对先生个人及其文化阅历有着深刻了解，需要更多的审美自由、超拔与境界。不然，终会误读，糟蹋先生"寄意于文学，一字一字地救出自己"的大道情怀。《带根的流浪人》便是以大道情怀，晓示极权主义者们的奇深心机："驯服不了的异端，便索性让他脱根而去，必将枯死异乡，或萎瘪瘪地咳嗽着回来"，其"最大伎俩，最叵测而可测居心是：制造无人堪作见证的历史"，"中古的'野蛮'在嗜杀'文明'后，会徐徐异化为'文明'，近世的新'野蛮'具有克止异化的特殊功能"，"喧嚣折腾中，来不及联想到人的极权乃是神的极权的变相与加剧，等到有所觉察，人的极权的机械器械系统性的完备程度，早已超出神的极权的模式之上了。"真是力透纸背，直入骨隙。《此岸的克利斯朵夫》《温莎墓园日记》《哥伦比亚的倒影》……更是深切关照人的生存状态，化大痛、大悯、大悟、大省乃至种种终极追问、追思为似水行韵抑或韵外之致。这样的文字，属于彻底自由的心灵，属于精神与文化自救的特立独行，属于超越一切机构、蔑视一切禁锢、洞透一切绝对精神的灵魂，属于皈依的唯是属于自己生命的智性。

木心先生的小说、散文堪称不见常式而卓其态，且穷形而取极境，几乎每篇读来皆可窥见厚积薄发的中国文化功底与西方技巧浑融一体。譬如，木心先生的散文，既是在真正复活着每一汉字，赋予新的灵性，又可以说是在颠覆着散文文体，不仅仅是因为化恢廓、恣肆于纤致、灵变，更是因为几乎在取中、西文体、语体一切所长，又一一弃之，融小说、寓言、汉赋、古典诗词、俳句、国画、油画、现代新诗一切形神……乃至东、西方哲学于一体，又去粗取精，一一淡出淡远，自辟语义、语体结构与创新境界去了。我想，如此博大精深的文学、文化功底，不仅仅来自先生毕生探索与积累，更来自先生对中国文化及至人类一切文化建树入骨入髓的挚爱，古今中外多脉相承的智慧，来自严峻的使命感，因而使其作品风格有了极其丰饶的世界性内涵。我想，从胡适、鲁迅、徐志摩……到余光中……中华民族几百年来，未见一人臻于此境。可以想象，臻于此境的先生会有着怎样深刻的孤独和悲凉。尤其可以想象，许许多多赞美先生的文章，会给先生带来怎样更加深刻的孤独和悲凉。先生的高蹈践行，很难说不是一去不返的悲慨践行，但是，先生不幸民族幸——从此，在找回汉语高贵命运并使之激活精神生命和创新能力中，终于有了多元、开放、灵变、博远的奇迹。

在读到的评价木心先生的文字里，我认为李静、陈丹青文章不错，难得，我猜或许能给先生带来几许知音般的宽慰。有人希望我写一篇评论先生作品的文章，我深知其中的挑战性。面对先生的作品，我深怀敬畏，自知以现有功底写出来后会是一种怎样的浅薄。今天，奉友之命，冒昧将自己曾被采访的笔录略饰成文，心内忐忑不已。我想，一定会有一天，自己将能够迎接挑战，以不负先生的毕生心血和非凡建树。

汪利娟，华东师范大学中文系研究生毕业。怀文学赤子心，追家国情怀梦。写作特点：注重文章格局大气，写作类型丰富，文风清新淡雅，亦气势磅礴。曾任成都天府新区华阳文联理事长，著有《华阳赋》。2019 年获成都市第二届机关公文写作技能大赛讲话稿类一等奖，并获成都市五一劳动奖章。

千年广都　文脉传承

◎ 汪利娟

在蜀国大地上经历着千年演变的广都城遗址，曾经回荡着古蜀国悠扬动听的弦乐，积淀了汉代源远流长的历史，上演过大唐盛世歌舞升平的景象。而今，人事已非，唯留古城斑驳遗迹，待后人凭吊追忆。

广都本是古蜀国时有名的“三都”（即新都、广都、成都）之一。史载古蜀国开明王朝九世将都城从广都樊乡（今双流）迁到成都，成都、新都之名沿袭至今，唯独广都在元时废县后，其名就不存在了。那么，古城今在何地？

1981 年，位于双流县华阳镇古城社区的广都城遗址被公布为成都市市级文物保护单位。1998 年，双流文管所与成都市考古队联合对该遗址进行科学考古发掘，确认此处为唐广都城，同年重新立碑加以保护。这就是史籍传说中沃野千里的广都古城吗？广都城的历史源流从何而来？是如何变化发展的？如今，广都城遗址的科学考古发掘尚未完成，该遗址至今未能完全确定范围、规模，因此还需要我们结合史料进一步分析。

广都之名，始见于先秦时期《山海经·海内经》的记载：“西南黑水之间，有都广之野，后稷葬焉。”对于

“都广”与“广都”的关系，据袁珂《山海经校注》引郭璞云：“在广都之野”；又引王念孙考《后汉书》《太平御览》《艺文类聚》所云，“柯案，据此，则古有二本，或作都广，或作广都，其实一也。”如今，多数学者也认为“都广”即“广都”。文献记载，后稷葬于成都平原的广都之野。如今后稷墓早已不存，但《华阳镇志》一书中对该墓还有相关记载，推断墓葬可能在华阳镇广都城后的关门山麓。由此可见，华阳早在先秦时期被称为“广都之野”。

广都建县应在秦时，据《成都城址变迁考》载：在“后王杜宇治郫邑或治瞿上”时期，杜宇在农业生产方面已有许多发明创造，使富饶的川西平原成为开发最早、农业最发达的地区之一。鳖灵治水，把原来为沼泽的成都平原变为耕地和水田，从而蜀国的农业范围大为扩展，国力昌盛。开明氏初治郫邑，后开始营都于沱江之南，天隳山北，是为新都，后加扩展，又在天隳山南、龙泉山以北，营建广都，到开明九世，徙居成都。秦灭巴蜀后，在蜀地实行郡县制，必然首先置县。如郫邑，秦灭蜀后，出于形势需要，将其治所迁至郫县城关附近；又迁秦民于临邛充实，以防戎伯，并置县治。广都本蜀王故治之一，县治当为秦时置。

另据《四川政区沿革与治地今释》一书记载：“秦灭蜀，在今四川地区推行分封、郡县并举制度，建置郡县。乃以旧蜀国地置蜀郡。”又云：“蜀郡，战国时，周慎靓王五年，即秦惠文王后元九年（前316年）置，领可考者有十二县，而‘广都县’即排列第三。”并明确注明：“广都县，昔广都樊乡，曾为蜀国都。今双流县东南中兴镇。”

由此可见，广都置县当在秦时，远在汉武帝之前。至于汉以前的广都古城究竟在哪里，众说纷纭。据苏兆奎著的《华阳古迹志》记载：“广都县有盐井，在今县东三十五里中兴场附近。”西魏曾于今仁寿东北六十七里置贵平县，县本汉广都县之东南地，有平井盐井。可见，从广都盐井和贵平盐井的开发，可知汉以前的广都当在华阳治东三十五里的中兴场（即今天府新区华阳街道）附近。

嘉庆《四川通志》关于广都故城按语中说：“按《隋志》《元和志》俱谓双流即汉广都，据章怀太子注，参考岑彭、吴汉传，汉县

（汉广都县）本在（成都）府东南，江北岸……”《蜀水考》朱锡谷补注云：“汉置广都县，后周废，唐复析置，元省。故城在今华阳东南。云在双流县者，非是。”（转引自《华阳县志》卷二十七·古迹篇）苏兆奎著《华阳古迹志》亦云：舞阴侯岑彭墓，在治东南三十四里，汉广都城东林寺旁……附近有岑公桥、岑公坊，皆因墓为名，按岑彭墓即在今华阳镇（华阳街道）东山农场后山，距镇约数里，该地距古城村（古城社区）约二里左右。据此可证，西汉时期设置的广都县就在今天的天府新区华阳街道古城社区一带。

东汉班固《前汉书》卷二十八载：“广都，莽曰就都亭。”西汉王莽篡位后，广都县改名为“就都亭”。三国时期，蜀汉蒋琬曾为广都长。华阳街道的古城社区有座华严寺，寺前一大石坊上就镌刻有蒋琬任广都长的事迹。

东晋永和四年（348 年），北方的流民政权涌入四川，蜀中局势混乱一片。当时李特、李势与东晋司马氏争权夺地，流民聚集成都及其附近，社会动荡不安，人民流离失所。为了应急，东晋王朝新设置了“宁蜀郡”，以广都县为郡治，管辖广汉、升迁、广都、西乡四县。宁蜀郡是侨郡，无郡治，而所管辖的四县，一在松潘、一在汉州、一在今陕西西乡，地形复杂。作为寄置的广都，出于形势发展的需要，于是沿新开江溯江而上向北迁移。那么，原广都县治所究竟向什么地方迁徙了呢？

四川地方志研究者把当时的广都，称为“晋广都”。据后人研究认为，东晋以后的广都县治所位于金花镇与马家寺之间，小地名叫康家巷子，这是沿江安河（古称“牛饮水”）西迁的结果。根据晋代常璩著的《华阳国志》称广都城“在郡西三十里”，指的就是这处晋广都，这里的“郡”，即蜀郡成都。常璩是东晋蜀郡晋原（今崇州市三江镇）人，其记载亦可靠。

东晋、南北朝直至隋朝，大约三百年间，广都城治所一直在康家巷子。至隋朝，隋文帝杨坚开皇二十年（600 年），废太子杨勇，立杨广。次年为仁寿元年（601 年），广都县则因避太子杨广讳，改名为“双流县”，因县在二江之间，故以名县。

公元618年，李渊建立唐朝，初期仍复隋开皇旧制，武德元年则改郡为州，推行州县二级制。唐高宗龙朔二年（663年），长史（即成都府尹）乔师望上书朝廷，析双流县地重置广都县。据唐李吉甫《元和郡县志》卷三十二记载："广都县，本汉旧县，元朔二年置……隋仁寿二年避炀帝讳，改为双流县，今广都县。龙朔三年长史乔师望重奏置……华阳县，本汉广都县地，贞观十七年分蜀县置，乾元元年改为华阳县，华阳本国之号，因以为名。"从此以后，华阳、双流、广都三县并存唐宋两代约610年。

1998年9月23日，成都市文物考古工作队、双流县文物管理所联合对广都遗址进行了调查和试掘。遗址范围大致呈长方形，东西长74米，南北宽67米，面积约5000平方米。出土有较多唐宋时期的瓷器，有罐、碗、碟、水盂等，未发现先秦时期的文化遗存。结合文献史料及考古学发掘资料，可以推断，今之天府新区华阳街道古城社区的广都故城遗址，应为唐宋时期广都治所之所在。

元初中统元年（公元1260年），蒙古骑兵入侵成都，广都县县城毁于兵灾战乱，县治被废，只称"广都街"。但由于有府河运输和驿道通衢之利，又是东山牧马山丰富农产品与江安河下游中药材玉京大宗集散地，商贸旺盛，非常富庶。至明朝嘉靖末年，朝政腐败，民生凋敝，商业为地方恶势力把持，药材玉京被掺杂弄假霉变，信誉大损，广都街便逐步衰落，终于被毁。直到清朝初年"移湖广，填四川"，康熙励精图治，大量移民辛勤垦种，生产得到发展。人们才又用石条砌成河坎，沿河建房开店，先从下河坝、半边街开始，逐渐扩展形成街巷，开辟了各种市场、店铺，省外商旅也纷纷修建会馆，集镇又重新繁荣起来，故名"中兴场"。

古镇华阳，初名中兴场，后名中兴镇，是古蜀国的广都辖地。早在先秦时期，就有蜀人在此繁衍生息，发展农耕，史料中称此处为"广都之野"。秦汉时期、唐宋时期的广都治所即在华阳，当时广都经济繁荣、人口众多。直到元初，广都县毁于兵灾战乱，县治被废。清初，中兴场在广都城旧址上繁荣发展起来，成为华阳县首场。解放后，中兴场成为华阳县政府所在地。1965年撤销华阳县，华阳县的乡区部分（含中兴镇）被合并入双流县。1984 年，中兴镇升级为区级镇，因四川以“中兴”命名的场镇很多，为了保留具有历史意义的华阳名称，故沿袭华阳命名为华阳镇。2006 年 9 月，经省政府正式批准，成都市撤销双流县华阳镇、中和镇建制，同意实行“街道办事处”管理体制，华阳镇改称华阳街道。2013 年 12 月，剑南大道南段、元华路以东的华阳街道划入成都市国家级新区——天府新区，是天府新区的中心规划城区。

2014 年 10 月 14 日，中国政府网公布《国务院关于同意设立四川天府新区的批复》，这一批复意味着天府新区已经正式成为国家级新区，是继上海浦东新区、重庆两江新区等之后又一个有全局性战略意义的国家级新区，在促进成都、四川产业发展的同时将拉动整个西部经济的发展。批复中对天府新区的建设目标描述为：“努力把天府新区建设成为以现代制造业为主的国际化现代新区，打造成为内陆开放经济高地、宜业宜商宜居城市、现代高端产业集聚区、统筹城乡一体化发展示范区。”

天府新区的规划蓝图中，除了经济的发展和环境的美化，同时也将具有传承悠久的历史底蕴和别具魅力的文化特色，尊重和遵循地方特色与文化产业有效融合，为百姓提供一个宜业、宜商、宜居的工作和生活环境，增强新区的文化软实力和核心竞争力。华阳街道位于成都市南门，距离市中心 12 公里，80 米宽、8 车道的天府大道（人民南路延伸线）像一条纵坐标，北连天府广场，南接华阳新城。天府新区升级为国家级新区的战略规划以及华阳街道在地理行政区位、历史文化资源、贸易交通枢纽等方面得天独厚的优势，使这里成为一片发展前景无限美好的热土。

历经数千年，华阳作为广都古城的政治中心，依山傍水，气候宜人，既是府河航运的咽喉，又是陆路运输的枢纽，航运发达，经济繁荣，文化底蕴深厚，文物古迹星罗棋布，区域历史文化资源丰富。再看今朝，承载着千年广都文脉的华阳街道，正按照建设成为天府新区新极核的战略目标，大力发展总部经济、金融商务、科研创意、文化创意、旅游休闲等第三产业。广都，这一毓秀钟灵之区，还将庇荫千古。

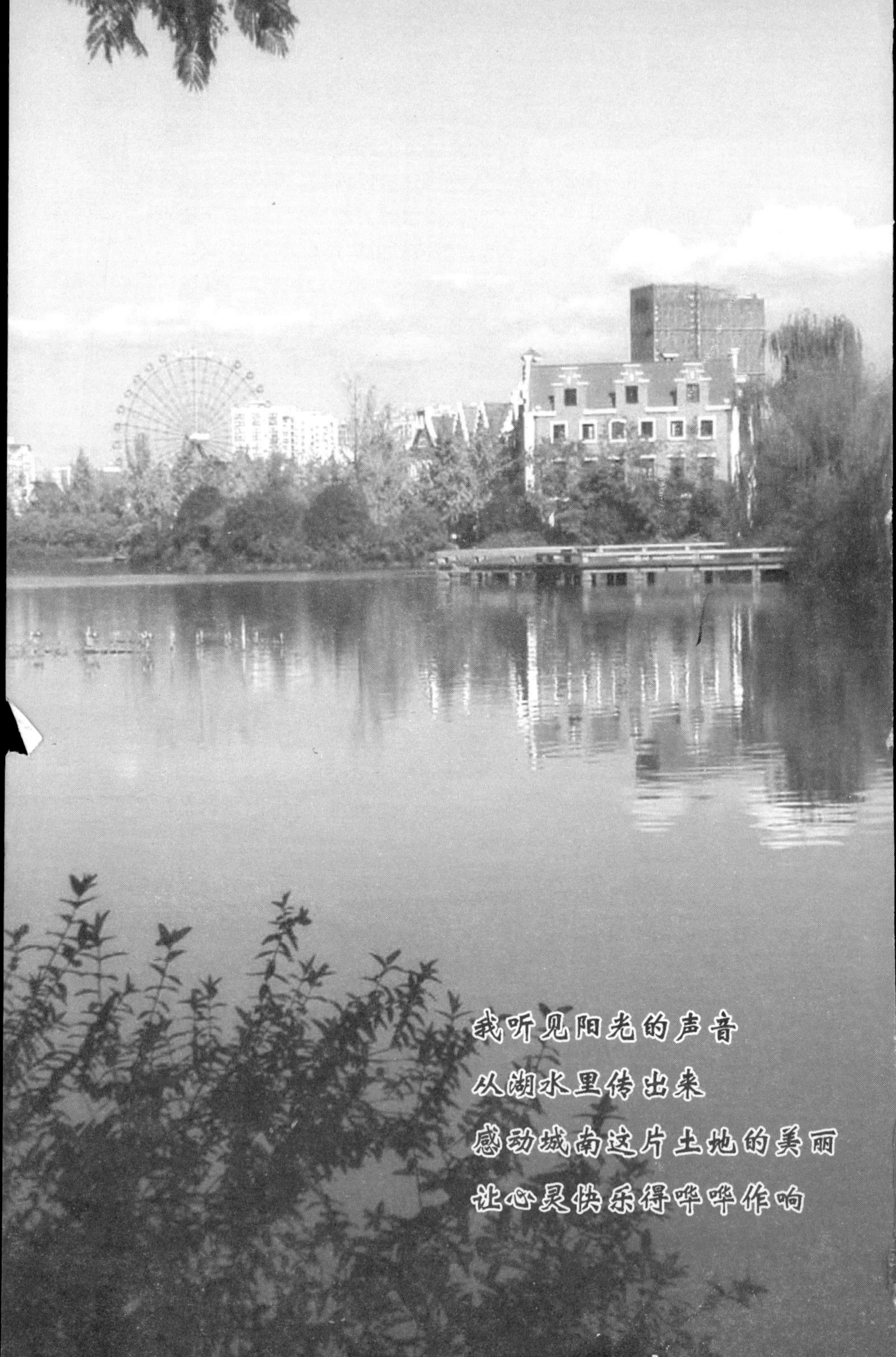
我听见阳光的声音
从湖水里传出来
感动城南这片土地的美丽
让心灵快乐得哗哗作响